久保田淳
松尾葦江 校注

源平盛衰記(七)

中世の文学
三弥井書店刊

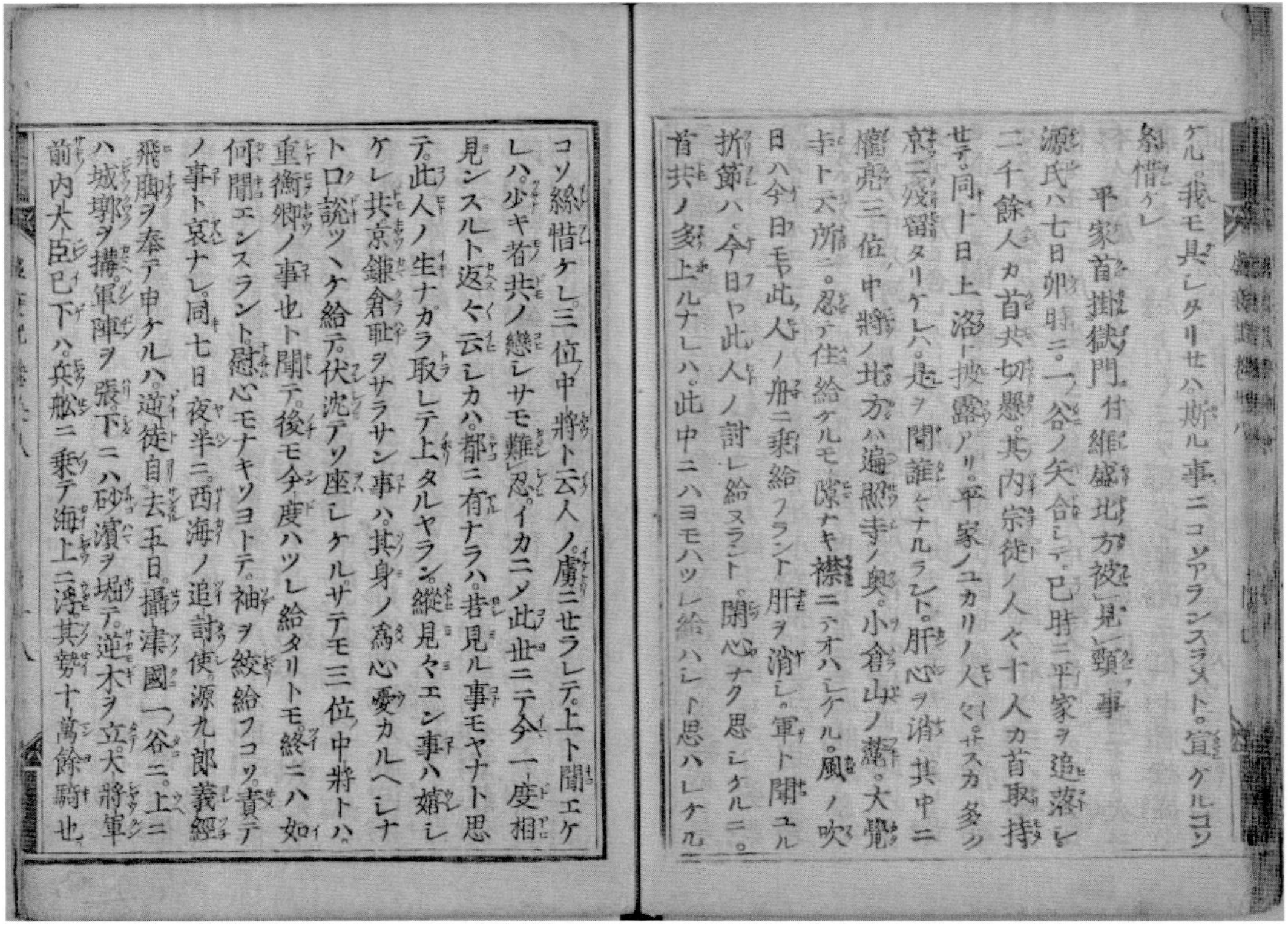
ケル。我《ワレ》モ具《グ》シタリセハ斯《カヽ》ル事ニコソアランスラメト。宣《ノタマヒ》ケルコソ
糸惜《イトヲシ》ケレ
平家首掛獄門付維盛北方被見頸事
源氏ハ七日卯時ニ。一ノ谷ノ矢合シテ。巳時ニ平家ヲ追落《オヒオト》シ
二千餘人カ首共切懸。其内宗徒ノ人々十人カ首取掛
サセテ。同十日上洛シ披露アリ。平家ノユカリノ人々。サスカ多ク
京ニ殘留タリケレハ。是ヲ聞誰ヽナルラント。肝心ヲ消。其中ニ
權亮三位ノ中將ノ北方ハ遍照寺ノ奥。小倉山ノ麓。大覺
寺ト云所ニ。忍テ住給ケルモ。隙ナキ襟ニテオハシケル。風ノ吹
日ハ今日モ此人ノ船ニ乗給フラント。肝ヲ消シ。軍ト聞ユル
折節ハ。今日ヤ此人ノ討レ給ヌラント。悶心ナク思ヒケルニ。
首共ノ多ク上ルナレハ。此中ニハヨモハツレ給ハシト思ハレケル

コソ糸惜ケレ。三位中將ト云人ノ虜ニセラレテ上ト聞エケ
レハ。少キ者共ノ戀レサモ難シ忍。イカニメ此世ニテ今一度相
見ンスルト返々《カヘス〴〵》云シカハ。都ニ有ナラハ。昔見ル事モヤナト思
テ。此人ノ生ナカラ取レテ上タルヤラン。縦見ヘエン事ハ嬉シ
ケレ共京鎌倉恥ヲサラサン事ハ。其身ノ為心憂カルヘシナ
ト口説ツヽケ給テ。伏沈テソ座シケル。サテモ三位ノ中將トハ。
重衡卿ノ事也ト聞テ。後モ今度ハツレ給タリトモ。終ニハ如
何ト聞エンスラント。慰心モナキツヨトテ。袖ヲ絞給フコソ。責テ
ノ事ト哀ナレ。同七日夜半ニ。西海ノ追討使源九郎義經
飛脚ヲ奉テ申ケルハ。逆徒自去五日。攝津國一ノ谷ニ。上ニ
ハ城郭ヲ構。軍陣ヲ張。下ニハ砂濱ヲ堀テ。逆木ヲ立。大將軍
前内大臣已下ハ。兵船ニ乗テ海上ニ浮。其勢十萬餘騎也

『源平盛衰記』乱版　巻38　17丁裏（古活字版）18丁表（整版）　本書70–71頁　国立国会図書館デジタルライブラリーより転載

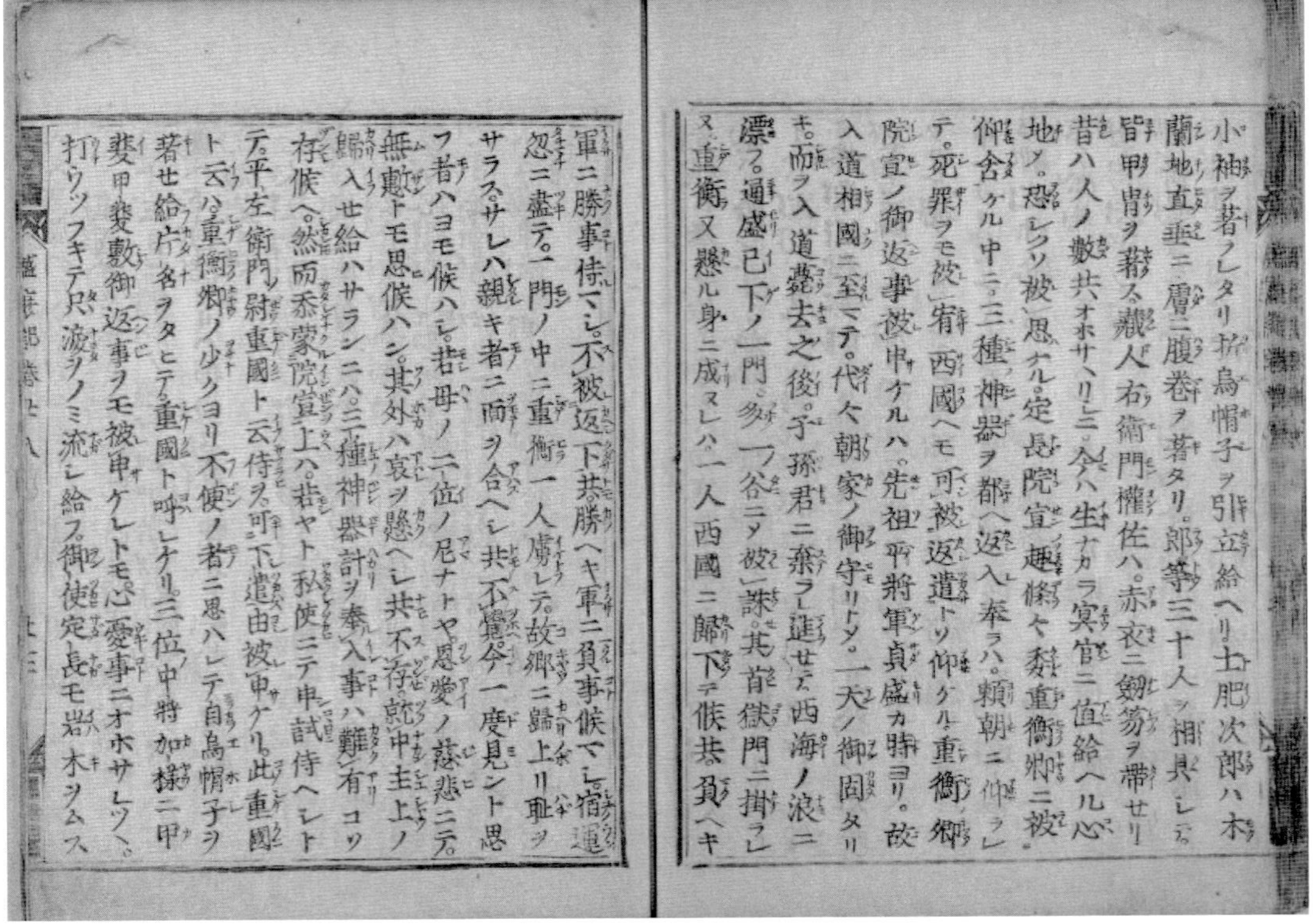

小袖ヲ著タリ。折烏帽子ヲ引立給ヘリ。土肥次郎ハ木
蘭地直垂ニ鎧ニ腹巻ヲ著タリ。郎等三十人ヲ相具シテ
皆甲冑ヲ帯ス。藏人右衛門権佐ハ。赤衣ニ劔笏ヲ帯セリ
昔ハ人ノ数共オホサハリシニ。今ハ生ナカラ冥官ニ値給ヘル心
地シテ。恐レクツ被思ケル。定長院宣趣條々委重衡卿ニ被
仰含ケル中ニ。三種ノ神器ヲ都ヘ返入奉ラハ。頼朝ニ仰
テ。死罪ヲモ被宥。西國ヘモ可被返遣トソ仰ケル。重衡卿
院宣ノ御返事被申ケルハ。先祖平将軍貞盛カ時ヨリ。故
入道相國ニ至マテ。代々朝家ノ御守リトシテ。一天ノ御固タリ
キ。而ヲ入道薨去之後。子孫君ニ棄ラレ進セテ西海ノ浪ニ
漂フ。通盛已下ノ一門。多ク一谷ニテ被誅ヌ。其首獄門ニ掛ラレ
又重衡又懸ル身ニ成ヌレハ。一人西國ニ歸下テ候共負ヘキ

軍ニ勝事候マシ。不被返下共勝ヘキ軍ニ負事候マシ。宿運
忽ニ盡テ。一門ノ中ニ重衡一人虜レテ。故郷ニ歸上リ恥ヲ
サラス。サレハ親キ者ニ而ヲ合ヘシ共不覺。今一度見ント思
フ者ハヨモ候ハシ。昔母ノ二位ノ尼ナトヤ恩愛ノ慈悲ニテ。
無動トモ思候ハシ。其外ハ哀ヲ懸ヘシ共不存。就中主上ノ
歸入セ給ハサランニハ。三種神器計ヲ奉入事ハ難有コソ
存候ヘ。然而恭蒙院宣上ハ。昔ヤト私使ニテ申試侍ヘレト
テ。平左衛門尉重國ト云侍ヲ可下遣由被申ケリ。此重國
ト云ハ重衡卿ノ少クヨリ不便ノ者ニ思ハレテ白烏帽子ヲ
著セ給テ。片名ヲタヒテ重國ト呼レケリ。三位中将加様ニ申
斐甲斐敷御返事ヲモ被申ケレトモ。心憂事ニオホサレツヽ。
打ウツフキテ只涙ヲノミ流シ給フ。御使定長モ岩木ナラス

盛衰記巻三十八　廿三

『源平盛衰記』乱版　巻38　22丁裏（古活字版）23丁表（整版）　本書77-78頁　国立国会図書館デジタルライブラリーより転載

目次

目次

凡例

一、底本には内閣文庫蔵慶長古活字版全四十八冊を用い、明らかな誤植と思われるもの以外は底本のまま翻刻した。

二、底本は漢字片仮名交じりなので翻刻に際してもその表記に従ったが、変体仮名や異体字は原則として通行のものに改めた。〈例〉ソ→シテ　躰→体

三、送り仮名を補うことはしなかったが、読みにくい箇所には平仮名による振り仮名を付した。

四、句読点・「　」・『　』・中黒・濁点は校訂者が加えた。

五、助動詞等の漢文訓読的表記は左に返点を付した。〈例〉被レ仰　可レ止

六、段落の分け方は校訂者の私見によった。

七、底本の低書部は原則として二字下げとした。和歌・漢詩は底本一字下げであるが二字下げとし、漢文体の文書等は一字下げとした。

八、底本は各巻冒頭に章段の目録を掲げるが、本文中には小見出しを掲げていないので、この目録に基づいて頭注欄にゴチックで見出しを設けた。

九、長文にわたる漢文体の部分は、訓み下し文を「文書類の訓読文」として巻末に一括して掲げた。

一〇、本文中の不審な箇所については底本と同系統といわれる近衛本、相補う関係にあるといわれる蓬左本及び静嘉本巻三十九の一部を適宜参照し、相違する場合は、１２３・・・の番号を付して、校異として巻末に一括して掲げた。略号は左の通りである。

ⓒ＝近衛本　ⓗ＝蓬左本　ⓢ＝静嘉本（巻三十九の一部が現存。本書九六頁九行目「ノ藁」以下巻三十九尾まで）。

一一、口絵には国会図書館蔵の乱版源平盛衰記（WA七―二五八）を掲載した。乱版（みだればん）とは古活字版の丁と整版の丁とが混在する版本のことであるが、詳細は高木浩明氏「古活字版『源平盛衰記』の諸版について」（『文化現象としての源平盛衰記』笠間書院　平27）を参照されたい。

一二、弓矢と馬について、参考となる図版を三三三〜三三四頁に掲げた。

一三、本書作成に際して、本文・校異・文書類の訓読文は松尾葦江、頭注・補注は久保田淳が担当した。注釈に際して、東野治之・佐藤道生・西澤美仁・植木朝子の諸氏に御教示頂いた事項がある。

「源平盛衰記と諸本の記事対照表」は、伊藤悦子氏の作成による。本文の翻刻の点検には、大谷貞徳氏の手を煩わせた。

一四、注釈に際して、左記の諸注・事典・辞書をはじめ、先学の御学恩を蒙ったことを銘記する。

校註国文叢書七『源平盛衰記』　鎌田正憲・上野竹次郎・保持照次・小林善三郎校訂　博文館　大13→「国文叢書」と略記。

『新定源平盛衰記』　水原一考訂　新人物往来社　平3→『新定』と略記。

「『源平盛衰記』に引用の漢籍の典拠」　遠藤光正　東洋研究77〜104　昭61・1〜平4・9

『長門本平家物語の総合研究校注篇』下　麻原美子・名波弘彰編　勉誠社　平11

『平家物語大事典』　大津雄一・日下　力・佐伯真一・櫻井陽子編　東京書籍株式会社　平22

『邦訳日葡辞書』　土井忠生・森田　武・長南　実編訳　岩波書店　昭55　→「日葡」と略記。

源平盛衰記　巻第三十七

源平盛衰記巻第三十七

[一]熊谷父子城戸口[二]ニ攻寄《せめよせ》[三]テ、大音揚《あげ》テ云《いひ》ケルハ、「武蔵国住人熊谷次郎直実、同《おなじく》小次郎直家生年十六歳、伝《つたへ》テモ聞《きく》ラン、今ハ目ニモ見ヨヤ。日本第一ノ剛者《かうのもの》[四]ゾ。我ト思ハン人々ハ、楯ノ面《おもて》ヘ蒐出《かけいで》ヨ」ト云テ、轡《くつばみ》ヲ并《ならべ》テ馳廻《はせめぐり》ケレ共、只遠矢[五]ニノミ射テ出合《いであふ》者ハナシ。熊谷、城ノ中ヲ睨《にらま》ヘテ申ケルハ、「去年[六]ノ冬、相模国鎌倉ヲ出《いで》シヨリ、命ヲバ兵衛佐[七]殿ニ奉リ、骸《かばね》ヲバ平家ノ陣ニ曝《さら》シ、名ヲバ後代[八]ニ留メント思《おもひ》キ。其《その》事一谷[九]ニ相当《あひあた》レリ。[一〇]軍将モ侍モ、我ト思ハン人々ハ、城戸ヲ開キ打テ出テ、直実・直家ニ落合《おちあひ》[一一]、組《くめ》ヤ〳〵」ト云共《いへども》、出《いづ》ル者モナク、名乗《なのる》者モナカリケレバ、「此《この》城戸口ニハ恥[一二]アル者モナキ歟。父子二人ハヨキ敵ゾ。室山[一三]・水島二箇度ノ軍《いくさ》ニ高名[一四]シタリト云《いふ》ナル越中次郎兵衛[一五]、悪七兵衛[一六]等ハナキ歟。所々ノ戦ニ打勝《うちかち》タリト宣フナル能登殿[一七]ハオハセヌカ。高名モ敵ニヨリテスル者ゾ。サスガ直実父[一八]子ニハ叶ハジ者ヲ。[一九]穴無慙《あなむざん》ノ人共ヤ、イツマデ命ヲ惜《をしむ》ラン。出《いで》ヨクマン、出ヨ組《くま》ン」トイヘ共、高櫓[二〇]ノ上ヨリ城戸ヲ阻《へだて》テ、雨ノフルガ如《ごとく》ニゾ射ケ

熊谷父子寄城戸口

一　熊谷直実・直家父子。直実は一説に、保延四年（一一三八）―建永二年（一二〇七）九月四日、七〇歳。永治元年（一一四一）―承元二年（一二〇八）、六八歳とも。直貞の次男。直家は一説に、嘉応元年（一一六九）生。没年未詳。承安四年（一一七四）―安貞二年（一二二八）、五五歳とも。→補注一。

二　平家の一谷の城郭で東、生田森の入口（一ノ城戸口）。

三　寿永三年（一一八四）二月七日のこと。

四　「Cǒnomono. カゥノモノ（剛の者）強くて勇敢な人」（日葡）。

五　遠くの目標を射る矢。対義語は「差矢《さしや》」。

六　寿永二年（一一八三）冬「兵衛佐…六万余騎ヲ指上ス」、その軍勢の中に「熊谷二郎直実ハ、権太栗毛トテ引タリ」（巻三四・東国兵馬汰）という。

七　源頼朝。久安三年（一一四七）―建久一〇年（一一九九）一月一三日、五三歳。清和源氏、左馬頭義朝の三男。母は熱田大宮司藤原季範女。平治元年（一一五九）一二月一四日、平治の乱の際に右兵衛権佐に任ぜられたが、乱に敗れて同二八日に解官され、永暦元年（一一六〇）三月、伊豆国へ配流された。治承四年（一一八〇）八月挙兵、同年一〇月鎌倉に入り、ここを拠点として平家と戦った。→補注二。

八　「Cǒtai. コゥタイ（後代）」（日葡）。

ル。熊谷、小次郎ニ教ヘケルハ、「汝ハ是ゾ初軍[一]、敵寄スレバトテ騒グ事ナカレ。射向《いむけ》[二]ノ袖ヲ間額《まつかう》[三]ニアテヨ。アキ間ヲ惜テ汰合《ゆりあは》[四]セヨ。常ニ鎧ヅキ[五]セヨ。立ハタラカデ裡《うら》[六]ヲカヽスナ。アヲノキ[七]懸テ内甲[八]射サスナ。指《さし》ウツブキテ手返《てへん》[九]射ラルナ。賢カレ」トゾ申ケル。直実ハ小次郎ヲ矢前《やさき》ニアテジト、冑ノ袖ヲカザシテ立隠セバ、直家ハ父ヲ孚《はごくみ》[一〇]テ、前ニ進テ箭面《やおもて》ニ立《たつ》、武《たけき》心ノ中ニモ親子ノ情ゾ哀ナル。カク寄《よせ》テ一軍《ひといくさ》シタリケレ共、夜ハ猶深シ、城戸口ハ不レ開、御方モ未《いまだ》続ネバ、死《しぬ》ル命ハ何《いづれ》モ同事ナレ共、暗闇ニ証人モナク死ニタランハ、正体[一一]ナシト思ケレバ、明ルヲ遅シト待居タリ。

平山[一二]モ熊谷ガ心ニ少シモ不レ違、先陣[一三]ヲ心ニ懸テ、三草[一四]ノ関道ニカヽリテ、浦ノ手[一五]ニ打出テ、後陣[一六]ヲ待テ城戸口ヲ破ラント思《おもひ》、「アレコソ浦ヘ出ル道ヨ」ト云ケル計《ばかり》ヲ聞、大勢ヲバ弓手《ゆんで》[一七]ニ見ナシ、三草ノ山ヲ打過、尾一[一八]ツ越テ、須磨浦ヲ指テウツ程[一九]ニ、先立テ武者一人歩マセ行《ゆく》。「アレハ誰ソ」[二〇]ト問ケレバ、「景重」[二一]ト答。成田五郎ニテゾ有ケル。成田思ケルハ、平山[二二]ガ馬ハ聞ユル逸物也、我《わが》馬ハ弱ケレバ、打ツレテ先陣蒐事叶マジ、タバカ[二三]リ返サント思テ、馬ノ鼻ヲ引返テ平山ニ云ケルハ、「高名ハ大手[二四]、搦手[二五]ニ依マジ。聞《きく》ガ如キハ平家ノ大勢、ナヲ三草、小野原[二六]越ニ向テ、両方ヨリ指合[二七]

九　一谷でのこの戦いに相当する。一〇　軍の指揮者。大将。一一　出て来て立ち向かい。出合い。一二　恥を知る者。
一三　寿永二年閏一〇月一日、備中国水島の船軍で平家が木曾義仲の軍を破り（巻三三・水島軍）、同月二〇日、播磨国室山でやはり平家が源行家の軍を破った（同巻・室山合戦）。
一四　手柄をたてたと世間で言っている。「高名」は手柄をたて、名をあげること。「Cǒmiǒ. カゥミヤウ（高名）」（日葡）。「ナル」は伝聞の助動詞「なり」の連体形。
一五　平盛嗣。生没年未詳。桓武平氏、盛俊男。平家の家人で侍大将。→補注三。
一六　藤原景清。生没年未詳。藤原氏北家藤成流、忠清男か。平家の家人で侍大将。→補注四。
一七　平教経。永暦元年（一一六〇）？―元暦二年（一一八五）三月二四日、二六歳か。桓武平氏、教盛の二男。母は未詳。→補注五。

平山来同所

一八　そうはいうものの。一九　ああ憐れな人たちだなあ。二〇　高く築いた櫓。

一　初めての戦い。
二　鎧の左袖。「露ふきむすぶ秋風は、ゐむけの袖を靡し」（覚一本巻一・鵜川軍）。
三　兜の鉢の前面。
四　揺り動かして隙間のないようにせよ。「汰ユル」（類聚名義抄・色葉字類抄）。
五　鎧の札《さね》と札の間に隙間ができないようにせよ。六　矢を鎧の裏まで突き通されるな。
七　上を向いて。八　兜の内側を射られるな。
九　兜の鉢の頂上。天辺。一〇　かばって。
一一　正気ではない。証人もなく死ぬことは愚かしいのでいう。

セ、源氏ヲ中ニ取籠テ漏サジト[二八]支度ス也。誠ニ被二取籠一《とりこめられ》ナバ[二九]ユヽシキ大事也。其上大勢ノ中ヲ忍出テ先ヲ蒐タリトテモ、誰カハ証人ニ立ベキ。後陣ノ勢ヲ相待テ、先陣ヲコソ懸《かく》ベケレ」ト云ケレバ、「[三〇]ゲニモサルベシ」トテ、暫ク休居タレバ、成田、[三一]白地《あからさま》ナルヤウニモテナシテ、甲ノ緒ヲシメテ進行《すすみゆく》。平山ハ、我ヲタバカルニコソト思テ、馬ニ打乗、鞭ニ鐙ヲ合テ行ケレバ、成田、今ハ叶ハジト思テ、[三二]ヘラヌ体ニモテナシ、「誠ハ家正、馬弱テ、イカニモ御辺ニ先セラレヌト思ツレバ、タバカラントテ申タリ。強カラン[三三]乗替一疋タベ。命生《いき》タラバ後ノ証人ニモシ給ヘカシ」ト云ケレドモ、平山耳ニモ不二聞入一、成田ヲ弓手ニ見成《みなし》テ打テ通ケルガ、[三四]遙ニ延テ思ケルハ、成田ガ馬ヲ乞ツレ共、余ノ悪《にく》サニ返事ヲイハザリツル事情《なさけ》ナシ、[三五]見合《みあひ》タラバ取テ乗カシトテ、[三六]宿鴾毛《さびつきげ》ナル馬ノ[三七]五蔵太《ぶと》ナルガ、[三八]七寸ニ余タルニ鞍置タルヲ、[三九]道ノ耳《はた》ナル木ニ繫付テゾ通リケル。成田、此馬ヲ見テ、「同《おなじう》クレバ[2]早クレテ、共ニ打ツレテ行ナマシ」ト、一人言シテ打乗ツヽ、鞭ヲ打テゾ馳行ケル。

熊谷暫シ休テ小次郎ニ云ケルハ、「実《まこと》ヤ平山モ打[四〇]ゴミノ軍ヲバ不レ好《このまず》。[四一]小《こ》手向《たうげ》ニ音ノシツルハ、[四二]一定《いちぢやう》爰ヘゾ来ランズル。城戸口開《ひらく》事アラバ、[四三]相構

一二　平山季重。生没年未詳。直季男。武蔵国の武士で、武蔵七党の一つ、西党に属す。同国平山（現、東京都日野市平山）を本領とした。白河院武者所に仕え、平治の乱では源頼朝に従って戦った。治承四年（一一八〇）一一月頼朝が佐竹秀義を攻めた時、勲功があった。→補注六。　一三　一番乗り。　一四　三草山の抜け道。三草山は播磨国。現、兵庫県加東市社。
一五　須磨の浦の方。　一六　後方部隊。
一七　左手。弓を持つ手の意でいう。馬の手綱を取る意の馬手《めて》（右手）の対義語。
一八　尾根。　一九　馬を走らせるうちに。
二〇　そこにいる人は誰だ。
二一　成田五郎。生没年未詳。この先では自身「家正」といっている。『成田系図』に載る成田助広の男五郎助忠が該当するか。成田は武蔵国埼玉郡成田（現、埼玉県熊谷市上之付近）。
二二　頼朝の命により京に上ろうとした軍勢について述べた部分で、「武蔵国平山武者所季重ハ、目糟《めかすげの》馬トテ引ク」（巻三四・東国兵馬汰）という。　二三　だまして帰そうと思って。
二四　敵の正面を攻撃する軍勢。
二五　敵の背後を攻撃する軍勢。
二六　「小野原」は「三草山ノ東ノ山口、小野原ト云里」（巻三六・源氏勢揃）という。
二七　出会って。はさみうちにして。
二八　計画しているらしい。
二九　大変な重大事だ。　三〇　全くその通りであろう。　三一　かりそめなさまに装って。「白地　アカラサマ」（類聚名義抄）。
三二　平気を装って。臆する、ひるむことを「へる」という。　三三　乗り継ぎ用の予備の馬。
三四　遠くなって。　三五　見つけたらば。

三六　赤茶色を帯びた月毛（赤茶に白みを帯びた馬の毛色）。　三七　体つきが大きくてたくましい馬。「蔵」は「臓」の当て字。　三八　「寸《き》」は馬の丈を測る際の用語。四尺（曲尺の尺、一尺は約三〇・三センチ）を標準として、それを超す高さを一寸・二寸と数え、五尺を十寸《とき》という。　三九　道端に生えている木。「耳　ハタ」（類聚名義抄）。　四〇　大勢が入り乱れた軍。「Vchigomi. ウチゴミ（打込み）隊列を乱して進む軍勢や馬など。Vchigomino icusa」（日葡）。　四一　これ以前に、「小峠坂ノ人宿リニ、人アマタ音シケリ。忍聞ケレバ、平山ト成田ト也」（巻三六・熊谷向大手）とある。　四二　きっと。　四三　決して。

一　一面に染めた目結《めゆひ》（回のような形を描いたもの）の総文様。　二　ここは鎧直垂。武士の代表的衣服である直垂よりも袖が小さい。　三　赤色の糸または革で綴った威《おどし》（鎧の札《さね》を綴ること）の鎧。　四　紋所で、輪の中に二筋の線を引いたもの。　五　鎧の背にかける大形の布帛。流れ矢を防ぎ、存在を示す標識にもした。母衣。底本「幌」。　六　目のあたりに糟毛（灰色に白毛が混じる）のある馬。　七　薄暗がりで物を透かして。　八　混戦。敵味方入り乱れて先後も分らぬ状態の戦闘。　九　「剛臆」のこと。強くて勇気あることと、気が小さくて臆病なこと。「Cǒuocu. カゥヲク（剛臆）」（日葡）。　一〇　強剛さを現わそう。　一一　現在の午後一一時から午前一時まで。　寅時は現在の午前三時から午前五時まで。

テ先蒐《かけ》ラルナ」ト云《いひ》教ユ。平山ハ成田ヲバ打捨テ、山ノ細道分行《わけゆけ》バ、暗サハ暗シ、サシウツブキ〳〵見ケレバ、薄氷ヲ踏破テ馬ノ通ル跡アリ。既ニ熊谷ニ先懸ラレヌヨト本意ナクテ、イトヾ馬ヲゾ早メケル。其日ノ装束ニハ、[一]重目結《しげめゆひ》ノ直垂[二]ニ、赤威[三]ノ鎧著テ、[四]二引量《ふたつひきりやう》ノ幌[五]ヲ懸テ、[六]目《め》油《かすげの》馬ニコソ乗タリケレ。熊谷ハ西ノ城戸口、浜ノ際ニ引《ひか》ヘテ、誰カハ先ヲバ蒐《かく》ベキ、早《はや》城戸口ヲ開ケカシトゾ相待ケル。後ノ方ニ馬ノ足ヲト、人影ノスル様ニ覚ケレバ、[七]雲透《くもすき》ニ是ヲ見《みる》ニ、武者二騎馳来レリ。近付《ちかづく》ヲ見レバ平山也。案ニ不㆑違ト思テ、「何《いか》ニ平山殿歟」。「季重」。問《とふ》ハ誰ソ。熊谷殿歟」。「直実」ト名乗合、共ニ一所ニ寄合タリ。平山、熊谷ニ語ケルハ、「[八]打籠《うちごみ》ノ軍《いくさ》[九]ハ甲臆見エズ。イカニモ追手ニテ鍔金《はがね》[一〇]顕サントト思テ、子《ね》[一一]ノ時ニ山ノ手ヲ忍出タリツレバ、寅時ニハ爰ヘ来リ付《つく》ベカリツルヲ、[一二]小手向ニテ成田来テ申様《まうすやう》、『御辺ハ追手ヘ向給《むかひたまふ》歟。誰モマカルゾ、打列《うちつれ》給ヘ。只一人敵ノ中ヘ打入タリ共、証人ナキ所ニテ死タラバ、ナニトモナキ徒事《いたづらごと》[一三]、犬死トハ左様《さやう》ノ事也。御方ノツヾキタラン時ニ、先ヲ懸《かけ》命ヲ捨テコソ、我モ人モ高名ニテ子孫ニ勲功モアランズレ、闇討[一四]ニ射殺サレテハ、且ハ嗚呼《をこ》[一五]ノ事。卯[一六]ノ始ノ[一七]矢合トイヘ共、イカニモ辰[一八]ノ始ニゾアランズル。是非[一九]軍《いくさ》ハ夜ノ凌晨[二〇]。暫《しばし》此《ここ》ニテ馬労リ、後陣ヲ待給へ、家正モ休《やすまむ》』ト云ツレバ、ゲニ[二一]モサリト思テ、暫《しばらく》峠ニ下居《おりゐ》テ、腹帯クツロゲ甲《かぶと》脱テ、人宿《やどり》[二二]ニ休《やすむ》程ニ、共ニ休《やすむ》。暫タメラヒテ、成田甲《かぶと》打着、馬ニ乗、坂ヲ上《のぼり》、先ニスヽム時ニ、『我ヲタバカルニヤ、悪《にく》キ事也。其義ナラバ劣マジ』ト言《ことば》ヲ懸テ、馬ニ乗、一鞭アテヽ追並《おひならべ》、鐙ノ鼻ニテ成田ガ馬ヲ一摺スラセテ先立《さきだち》ツレバ、馬ヲ所望シツル間、悪《に》クケレ共《ども》道ニ馬ヲ繋セテ先立タリ。彼ハ谷河ヲ下《くだり》ニ、西尾ヲ北ヘ廻ツレバ、今十、二十町[二三]ハサガリ[二四]ヌラン。サレバイカニモ弓箭取《とる》身ハヨキ馬ヲ可レ持《もっべき》也。季重ハ馬ハ武蔵国姉埣[二五]立ノ名馬也。左ノ目ニチト篠突《しのつき》[二六]ノアレバ目油《かす》毛《げ》[二七]ト申。熊谷殿ノ御馬ト勝劣アラジ」ト語ツヽ、共ニ夜ノ明《あくる》ヲゾ待居タル。去程ニ成田五郎モ主従三騎ニテ追来レリ。各《おのおの》浜際ニ打並テ、渚ニ寄来《よせくる》白波ニ、馬ノ足洗ハセテ、城内ヲキケバ、櫓ノ上ニ伎楽[二八]ヲ調べ管絃シ、心ヲ澄シテ被レ遊《あそばれ》ケリ。夜深更ニ及テ山路ニ風ヤミ、海上ニ水静《しづか》ナレバ、寄手ノ者ドモモ弓杖[二九]ニスガリテ是ヲ聞《きく》。熊谷感ジテ云ケルハ、「実《まこと》[三〇]ヤ大国[三一]ニコソ、軍《いくさ》ノ庭ニシテ管絃シ、歌ヲ詠ジ調子ヲ糺シ、勝負ヲ知《しる》ト云事ハ有ナレ、我朝ニハ未ダ其例ヲ聞ズ。哀、ゲニ上臈[三二]都人ハ情深ク、心モヤサシキ事哉。カヽル乱ノ世ノ中ニ、龍吟鳳鳴[三三]ノ曲ヲ調べ、詩歌管絃ノ興

一二　小さな峠。　一三　無駄なこと。
一四　暗闇に乗じて人をうち殺すこと。
一五　馬鹿げたこと。底本「鳴呼」。活字の流用とみて改めた。
一六　現在の午前五時ごろ。
一七　開戦の合図として、両軍が互いに鏑矢を射合うこと。
一八　現在の午前七時ごろ。
一九　きっと。どうあっても。
二〇　しののめ。東の空が僅かに白む頃。㋙しのゝめ　㋭あけほの。節用集類に「あけぼの」、『色葉字類抄』に「あさぼらけ」、『書言字考』に「しのゝめ」。　二一　本当にそうだ。
二二　休憩所。
二三　一町は六〇間。約一〇九メートル強。
二四　遅れたであろう。
二五　㋙あねつほたち　㋭あねは立。底本書入れ「姉埣」に「シサイ」と傍書。『新定源平盛衰記』は「姉埼《しさいだ》立ち」とし、「騎西立ちの意か。武蔵国埼玉郡騎西の牧の産。私市《きさいち》党の地盤。利根川流域には牧が点在し、良馬を産した」という。現、埼玉県加須《かぞ》市に騎西の地名がある。
二六　角膜にできた白い点。
二七　目油毛→注六。「油毛　カスケノウマ」（色葉字類抄）。　二八　音楽を演奏し。
二九　弓を杖のかわりにし、それにすがって。「Yunzzuye.　ユンヅエ（弓杖）」（日葡）。
三〇　そうそう。まことに。
三一　中国の意。「大国ノ習《ならひ》……烽火ヲ揚ル事アリ」（巻六・幽王褒似烽火）。
三二　身分の高い人。
三三　「龍吟」も「鳳鳴」も、ともに笛や琴などの美しい音色の比喩。

ヲ催《もよほす》事ノ面白サヨ。我等イカナレバ[一]邪見ノ夷《えびす》ト生レ、イツマデ命ヲ生《いき》ントテ、身ニハ甲冑ヲハナタズ、手ニハ弓矢ヲ携テ、カ様《やう》ノ人ニ向《むかひ》奉リ、闘諍ノ剣《つるぎ》ヲ[二]研《みがく》事ノ悲サヨ」トテ、涙グミケルコソ哀ナレ。[三]去程ニ夜モホノ〲ト明《あけ》ニケリ。

平山、熊谷ニ云ケルハ、「城ノ構様《かまへやう》ヲ見《みる》ニ、二重ノ櫓ニハ平家ノ侍、国々ノ兵共並居タリ。高岸ニ副《そひ》テ屋形ヲ幷《ならべ》テ大将軍御坐《おはしま》ス。海ニハ石ヲ畳重テ、大船共ヲ片寄置《かたよせおけ》リ。上ニ櫓ヲ掻《かけた》リ。城戸口ニハ[四]逆木《さかもぎ》重々ニ引廻シテヒラカネバ、輙《たやすく》蒐入《かけいる》事叶難シ。イカヾスベキ」ト云程ニ、城内ノ兵共ノ評定シケルハ、「『熊谷父子』ト名乗テ、[3]『組々』ト詈《ののしる》ヲ、此陣固《かため》ナガラ漏サン事[五]云カヒナシ。サリトテ大勢ニモ非ズ、只二騎也。サテ又後陣ノ大勢ノ[六]連《つづく》ニモアラズ。東国ニハゲニ是等コソ名アル者ニテ有《あ》ラメ。日本第一ノ剛者《かうのもの》ト名乗《なのる》ヲバ、イカヾ空《むなしく》ハ返スベキ。[七]イザ殿原、熊谷父子虜《いけどり》ニシテ、[八]大臣殿ノ[九]見参ニ入《いれ》ン」ト云《いふ》。「[一〇]然ベシ」トテ、越中次郎兵衛尉盛継、[一一]上総五郎兵衛忠光、同悪七兵衛景清、[一二]飛驒三郎[4]左門景経、[一三]後藤内定綱已下、[一四]ハヤリヲノ若者共二十三騎、城戸口ノ逆木ヲ引却《ひきのけ》サセテ、轡《くつばみ》並テ[一五]ヲメキテ蒐出ケル処ニ、平山ハ波打際ヨリ馬ヲ出シテ、主従二騎懸出《かけいで》ツヽ、「武蔵

一　残忍な野蛮な人間。
二　「研　ミガク」(類聚名義抄)。
三　そうこうしているうちに、夜もほんのりと明けていった。「去程ニ」は「然る程に」の意。「Fonobono.　ホノボノ（ほのぼの）副詞。詩歌語。夜が明けるさま、あるいは、朝になるさま」(日葡)。
四　敵の侵入に備えて、棘のある木の枝を立て並べ、結び合わせて作った柵。

平家開城戸口

五　ふがいない。
六　「連　ツヾク」(和玉篇)。
七　さあ、殿たち。「原」は複数語尾「ばら」の当て字。
八　平宗盛。久安三年（一一四七）—元暦二年（一一八五）六月二一日、三九歳。桓武平氏、清盛の三男。母は平時子。平治の乱に参戦し、乱後勲功により遠江守とされた。寿永元年（一一八二）一〇月三日、内大臣に任ぜられたので「大臣殿」という。後には「八島内府」とも呼ばれた。→補注七。
九　お目にかけよう。「Guenzan.　ゲンザン（見参）」(日葡)。一〇　そうしよう。
一一　藤原忠光。生年未詳、建久三年（一一九二）二月二四日没。藤原氏北家藤成流、忠清男。平家の家人。→補注八。
一二　藤原景経。生没年未詳。藤原氏北家藤成流、景家男。平家の家人。→補注九。
一三　後藤内定経。生没年未詳。藤原氏北家時長流、後藤内則明の流れを汲むか、平家方の武士。壇浦合戦で討死したか。
一四　血気にはやる若者。
一五　わあっと声をあげて。

国住人平山武者所季重、角《かく》コソ先ヲバ懸《かく》レ」トテ、城戸口ヘゾ馳入タル。城内ノ者共ハ、熊谷、鬼神也共《なりとも》、二十余騎ノ勢ニテハ[16]手取ニセント見ル所ニ、[17]指違《さしちがへ》テ「平山」ト名乗テ懸入ケレバ、廿三騎モ平山ニ付テ内ニ入《いる》。城ノ内ニハ、源氏ノ大勢ニ城戸ヲ破ラレヌト心得テ引退《ひきしりぞく》。櫓ノ上ヨリ是ヲ見テ、「敵ハ二騎ゾ。[18]痛《いたく》ナ騒ソ」トテ、[19]矢ヲハゲ射ントスレ共、御方《みかた》ハ多シ、敵ハ二騎、[20]一所ニタマラズ、[21]電《いなづま》ナンドノ様ナレバ、弓ヲ引テハ[22]ユルシ、引テハユルシケレ共、矢ノアテ所ハナカリケリ。櫓ニテ下知シケルハ、「平山ト名乗《なのる》ハ、[23]本所経タル名アル侍、ヨキ敵ゾ。其男取テ引落セ。[24]中坂東者ハ馬ノ上ニテコソ口ハ聞《きく》共、組テ後ニハ[25]物ナラジ。[26]落合ヘ〳〵殿原」ト、両方ノ櫓ノ上ヨリ進《すすむ》レドモ、平家ノ侍ノ乗タル馬ハ、舟ニユラレ、[27]飼《かふ》事ハ希《まれ》也、乗《のる》事ハ隙《ひま》ナシ、日数ハ遙ニ経タリ。平山ガ目油《めかすげ》馬ハ、勇嘶《いばえ》タル大馬ノ、[28]狂象ノ[29]タケル様ニ、弓手・妻手ヲ嫌ズ、一所ニトマラズ馳ケレバ、相構テアテラレジトゾタメラヒケル。マシテ落合《おちあふ》マデハ思ヨラズ。熊谷父子ハ、廿三騎ガ後ヲ守テヲメキテ蒐《かく》。二十三騎ハ平山ヲバ内《うち》ハニ成シテ、取テ返テ熊谷ニ向ヘバ、平山又ヲメイテ蒐。廿三騎ハ熊谷ヲ外様《とざま》ニ成シテ、取テ返テ平山ニ向ヘバ、熊谷又ヲメキテ蒐ク。[30]三帀《まはり》四帀クルリ〳〵ト巡《めぐり》

一六 手で生け捕りにしようと。
一七 入れ違って。入れかわって。
一八 ひどく騒ぐな。 一九 矢をつがえ。
二〇 一箇所にとどまらず。
二一 ㋺いかづち ㋭いなづま。「電 イナヅマ、イナヒカリ」(類聚名義抄)。
二二 十分に引き締めた力を抜き。引き張った弓を緩め。
二三 武者所づとめを経験した有名な侍。「武者所」は、院の御所を警護する武士の詰める所。
二四 「坂東者」は関東人のこと。関東中部の者、の意か。 二五 たいしたことはないだろう。
二六 駆け付けよ。 二七 食料や水を与える。
二八 象は実際には見られなかったから、仏典などの知識によって言うか。「唯耽ㇾ色耽ㇾ酒、未ㇾ謝二狂象跳猿之迷一」(巻一八・文覚勧進高雄)。
二九 激しくあばれる。
三〇 「帀」はめぐる意。底本「匝」(「帀」の俗字)。

タレ共、何《いか》ニモ不レ組シテ、終《つひ》ニハ敵五騎ヲバ、外様ニ成テゾ[一]禦《ふせき》タル。熊谷ハ平山ヲ休メントテ、「暫[二]和殿ハ気《いき》ヲ継《つぎ》給ヘ」トテ、父子二人面ニ立テ散々ニ戦《たたかふ》。左右ノ櫓ヨリ射ケル箭ハ、雨ノ足ノ如ナレドモ、冑ニ立《たつ》ハ[三]裏カヽズ、[四]アキマヲ射ネバ手ハ負ハズ。越中次郎兵衛盛継、好《このむ》装束ナレバ、[五]紺村紺《こんむらご》ノ直垂ニ、赤糸威ノ鎧著テ、[六]白星《しらほし》ノ甲《かぶと》ニ、[七]芦毛ノ馬ニ乗、先ニ進テ、熊谷ニ打並テ組ンズル様《やう》ニハシケレ共、熊谷父子ハ[八]上食《うはぐひ》シツヽ、[九]間《ひま》モスカサズ待懸テ、父ニ組マバ直家落合《おちあひ》、子ニ組バ直実落重《おちかさ》ナルベキ気色ニシテ、少《すこし》モ退カザリケル[一〇]頬魂《つらだましひ》、叶ハジトヤ思ケン、盛継[一一]一段計《ばかり》ヲ阻《へだて》テ申ケルハ、「[一二]大将軍ニ遇テコソ命ヲモ捨メ、[一三]和君ニ不レ可レ有二組事一」ト云《いふ》。熊谷[一四]勝《かつ》ニ乗テ、「[一五]キタナシ盛継ヨ。直実ヲダニモ恐テクマヌ者ガ、大将軍ニクマント云《いふ》ハ[一六]ヘラヌ体ノ詞《ことば》カ。先《まづ》直実ニクンデ、源氏ノ郎等ノ手ノ程ミヨヤ」ト云ケレ共、盛継終《つひ》ニクマズシテ、[一七]廓ヌ体ニテ引《ひか》ヘタリ。悪七兵衛景清ハ、盛継ガ不レ組ケルヲ悪《にく》シトヤ思ケン、次郎兵衛ヲバ妻手《めて》ニナシ、渚ノ方ヨリ熊谷ニ組ントヲメイテ懸ケレバ、直実父子、景清ニ目ヲ懸テ進ケル有様ハ、[一八]鬼ヲスニ指《さし》テ食ンズル景気也。既ニ組ントシケルヲ、次郎兵衛、「[一九]ヤヽ七郎兵衛殿、君ノ御大事是《これ》ニ限マジ。アレ程ノフテ[二〇]癩《がつたゐ》ニ会テ命ヲ捨ン事、無

一　「防ぐ」は、南北朝時代頃までは清音であったと推定されている。
二　貴殿は一息お入れなさい。「気　イキ」(類聚名義抄・色葉字類抄)。
三　裏まで矢が通らない。
四　すきまを射ないから、手傷は負わない。
五　全体の地色は淡い紺色で、部分的に濃い紺色で斑に染めたもの。「村紺」は「滋濃」の当て字。
六　兜の鉢を釘付けする鋲頭の星の表面を銀で包んだもの。
七　白毛に青・黒・濃褐色などの毛が混じる馬。
八　歯を食いしばり、下唇で上唇を食いしめて。
九　「間　ヒマ」(類聚名義抄)。
一〇　気魄のこもった不敵な顔つき。
一一　一段は六間。通説では約一〇・九メートル。一説に、中世では九尺で、約二・七メートル。
一二　武士団の総大将。
一三　君。ここでは、相手を軽んずる気持ちで言う。　一四　調子に乗って。
一五　卑怯だ。
一六　ヘラヌ体→一三頁注三二。
一七　さあらぬていで。
一八　「す」は酢。「酢に指す」は酢漬けにすること。強いものを恐れずひねりつぶすことのたとえ。　一九　これこれ。
二〇　ひどく大胆不敵で無法な者を罵っていう語。「不敵癩」とも。「人ノ情ヲ不レ知、法ヲ乱ルヲバ悪キ者トテ、不敵癩ト申タリ」（巻四四・癩人法師口説事）。

益也。止リ給へ、無レ詮《せんなし》々々」ト制シケレバ、悪七兵衛モ[二二]事ガラニハ出タリケレ共、イカヾシテ留ラント思処《ところ》ニ角《かく》制シケレバ、立止テ不レ組ケリ。其外二十三騎ノ者共、口々ニハ詈《ののしり》ケレ共、熊谷・平山ニ近ヅキヨル者ハナシ。共ニ「武蔵国住人、直実、季重、日本第一ノ剛ノ者、[二三]一人当千ノ兵《つはもの》」ト名乗テ、逸物ノ馬共ニ乗タレバ、爰カトスレバ彼《かしこ》ニアリ、彼カトスレバ此《ここ》ニアリ。二、三疋ガ走巡リケル有様ハ、四、五十疋ガ馳違《はせちがふ》ニ似タリ。平家《へいけの》侍、組《くむ》事ハ不レ叶シテ馬ヲ射ル。熊谷、馬ノ腹ヲ[二三]射サセテ頻ニ駻《はね》ケレバ、足ヲ越《こし》テ下立《おりたち》、「落合へ〳〵」トイへ共、終《つひ》ニ人落合ハズ。小次郎ハ、父ガ馬ニ矢立ヌトミテケレバ、今ハ最後ト[二四]思切、二ノ[二五]垣楯《かいだて》ノ際《きは》マデ推《おし》寄《よせ》テ、「熊谷小次郎直家、生年十六歳、軍《いくさ》ハ今日ゾ始《はじめ》。クメヤ者共、落合へ人ドモ」ト云ケレバ、平家ノ侍共、「[二六]狐ノ子ハ頬白《つらじろ》ト、親ニ似タル不敵者哉。聞ケバ十六ト云《いふ》。誠ニサ程《ほど》ニゾ成《なる》ラン。[二七]アマスナ」トテ散々ニ射ケル矢ニ、[二八]小肱《こひぢ》ヲ射サセテ引退《ひきしりぞく》。[二九]熊谷ハ小次郎手負《おひ》ヌト思《おもひ》、打寄《うちより》テ見ケレバ、直家、父ニ向テ、「此矢抜テ給へ」ト云《いふ》。熊谷「是ハ非《あらず》二痛手一。暫シコラへヨ。隙《ひま》ノナキゾ」ト云捨テ、又ヲメキテ攻入、戦ケリ。

平家追討ノ軍兵今度上洛ノ時、[三〇]鎌倉殿ノ[三一]侍所ニテ評定アリ。「十五、六ハ

二二　事の有様。

二三　一人で千人もに相当する勇士。「Ichinin tǒjen. イチニンタゥゼン（一人当千）」（日葡）。

二三　射られて。「させ」は使役の助動詞「さす」の連用形。受身を表わすのに「る」「らる」でなく、「す」「さす」を用いることがある。

二四　覚悟をきめ。

二五　楯を並べて垣のようにしたもの。

二六　子は親に似ているということの譬え。

二七　とり逃がすな。「大勢のなかにとりこめて、『あますな、もらすな』とてせめ給へば」（覚一本巻六・洲俣合戦）。

二八　肱《ひじ》に同じ。「こ」は接頭語。

二九　以下の直実と直家父子のやりとりは、延慶本・長門本にはない。

三〇　将軍源頼朝→一一頁注七。

三一　鎌倉幕府で、守護・地頭を支配し、武士の進退、罪人の処罰などを、戦時には軍務をつかさどった役所。長官を別当という。

小《をさなし》[6]。十七以上ハ可上洛《しやうらくすべし》」ト被定《さだめられ》タリケルニ、小次郎ハ十六也、有ノ儘ニ申テハ御免《ゆるし》[7]アラジ、十七ト名乗テ父ガ伴セント思ケレバ、鎌倉ニテ其定《ちやう》[一]ニ申《まうす》。父モ我身ノ伽[二]ニモセン、軍《いくさ》ヲモシ習ヘカシト思ケレバ、同《おなじく》十七ト申テ、西国マデ具シタリケレ共、一谷ニテハ、実正《じつしやう》[8][三]ニ任セテ十六歳トゾ名乗ケル。

平山ハ暫シ休テ馬ヲモ気《いき》ヲ継《つが》セケルニ、熊谷ハ馬ヲ射サセテ歩立《かちだち》[四]ニ成《なり》、小次郎モ手負ヌト見ケレバ、又入替テ戦ケリ[9]。旗指《はたさし》[五]ハ黒糸威ノ鎧ニ三枚[六]甲《かぶと》ヲ著タリ。馬ヨリ真倒《まつさかさま》ニ被射落《いおとされ》タリケレバ、不安《やすからず》思テ、余ノ者ニハ目ヲ不懸、旗指ガ敵ニ押並《おしならべ》、引組デ馬ノ上ニテ頭ヲ切[七]、手ニ捧《ささげ》、「一人当千ノ兵《つはもの》平山武者所季重、一陣懸テ敵ノ首取テ出ヅ。剛者《かうのもの》ノ振舞見ヨヤ殿原。我ト思ハン者、組《くめ》ヤ者共」トテ、城ノ外ヘコソ出ニケレ。誠ニ由《ゆ》[八]々敷《しく》ゾ見エタリケル。平山ガ二度ノ蒐《かけ》トハ是也ケリ。平家ノ侍共、平山一人ヲバ安ク討ベカリケルヲ、後《うしろ》ニ熊谷アリケルヲイブセク[九]思テ、終《つひ》ニ漏シテ出シニケリ。後日ニ関東ニテ、一陣二陣[一〇]ノ諍《あらそひ》アリケルニ、熊谷ハ城戸口ヘヨスル事ハ一陣、平山ハ城ノ内ニ蒐入事一陣、而モ敵ノ頸ヲ取《とる》、甲《かう》ハ何《いづ》レモ取々ナレ共、平山先陣ニ定リケリ。

一　その通りに申した。
二　退屈を慰める話し相手。
三　事実。

源平侍合戦

四　徒歩での行動。
五　馬に乗り大将の旗を持つ侍。
六　錣《しころ》（兜の鉢から左右や後に垂れて頸を覆う部分）の板（革または鉄札）が三枚ある兜。
七　「其頸取テ取付ニツク」（延慶本）、「その首を取てと付につけ」（長門本）。「取付《とつつけ》」は、鞍の後輪《しずわ》の鞖《しおで》につけた紐。以下の平山の言葉は両本にはない。
八　立派に見えた。
九　気味悪く思って。
一〇　熊谷と平山の間に、どちらが一陣でどちらが二陣かの論争があった際に。
一一　「白旗」は源氏の旗。「一流《ひとながれ》」の「流れ」は、旗や幟など、細長いものを数える語。

其後成田五郎、三騎ニテ押寄テ、一戦シテ出ニケリ。次ニ白旌[一一]一流上《あげ》テ、五十余騎ニテ馳来ル。熊谷、「誰人ソ」ト問ヘバ、「信濃国住人村上[一二]二郎判官代基国」ト名乗テ、一時戦テ出ヅ。此等ヲ始トシテ、高家[一三]ニハ秩父、足利、三浦、鎌倉、武田、吉田、党[一四]ニハ小沢、横山、児玉党、猪俣、野与、山口ノ者共、我モ〳〵白旗サヽセテ、十騎、廿騎、百騎、二百騎、入替《いれかへ》々々劣ラジ負《まけ》ジト戦ケレ共、西国第一ノ城ナレバ、可レ落様《やう》コソナカリケレ。赤[一五]旗・白旗相交リ、風ニ靡ケル面白サハ、龍田山[一六]ノ秋ノ晩《くれ》、白雲懸ル紅葉バヤ、梅[一七]ト桜ト挑交《こきまぜ》テ、花[一八]ノ都ニ似タリケリ。ヲメキ叫音《さけぶこゑ》山ヲ響シ、馬ノ馳違フ音如レ雷《いかづち》、太刀、長刀ノヒラメク影如レ電《いなびかり》。組ンデ落ル者モアリ、矢ニ当テ死《しぬる》者モアリ。指《さし》違ヘテ臥ス者モアリ、蒙レ疵《きずをかうぶり》テ退《しりぞく》者モアリ。源氏モ平氏モ隙《ひま》アリト見エズ。源平此《ここ》ニテ多《おほく》討レニケリ。

大手ノ大将軍蒲御曹司[一九]、後陣ニ引《ひか》ヘテ、「武蔵・相模ノ若者共、敵ニ息[二〇]ナ継《つが》セソ。責《せめ》ヨ蒐《かけ》ヨ」ト下知シ給ヘバ、三百騎、五百騎、入替《いれかへ》々々ヲメキ叫デ戦ケリ。天帝[二一]・修羅ノ合戦モ、角《かく》ヤト覚テ恐シヤ。敵ノ頸ヲ取《とる》者ハ、気[二二]色シテ木戸ニ出《いで》、主・親ヲ討セタル者ハ、涙ヲ流シテ引退《ひきしりぞく》。馬ヲ射サセタル者ハ歩立《かちだち》ニテ出《いづる》モアリ、蒙レ疵者ハ、人ニ被レ助テ出《いづる》モアリ。寄《よす》ル時ニ

一二 村上康国。生没年未詳。清和源氏、為国の男基国か。保元の乱の際、崇徳院方の武士に「村上判官代基国」の名がある。→補注一〇。
一三 武家の名門。「党」よりは上位の階層の武家。以下のうち、秩父氏・三浦氏は桓武平氏で坂東八平氏に数えられる。「鎌倉」は鎌倉景正の子孫でやはり坂東八平氏のうちの大庭氏・梶原氏をさすか。足利氏・武田氏は清和源氏。
一四 同族の武士達などによって結成された小地域中心の軍事集団。以下、列挙されるもののうち、横山党・児玉党・猪俣党・野与党は武蔵七党に数えられる党。「山口」はやはり武蔵七党の一つ村山党の一族か。
一五 平家の旗と源氏の旗と。 一六 大和国の歌枕。紅葉の名所。
一七 「梅」は白梅で、白旗と赤旗が混在するさまをいうか。
一八 京の都。ここまでの表現は、素性の「見渡せば柳桜をこきまぜて都ぞ春の錦なりける」(古今集・春上・五六)を意識するか。
一九 源範頼。生没年未詳。清和源氏、頼朝の六男。母は遠江国池田宿の遊女という。「於二遠江国蒲生御厨一出生之間、号二蒲生冠者一」(尊卑分脈)。幼い時、藤原範季(→一六三頁注一一)に養育された(玉葉・元暦元年九月三日条)。建久四年(一一九三)八月、叛逆を企てたと疑われ、起請文を献じたが、同月一七日伊豆国へ移された。その後殺されたか。→補注一一。

平次景高入城

二〇 休息させるな。
二一 帝釈天と阿修羅の戦い。帝釈天は須弥山の頂の忉利天の主で、喜見城に住む。阿修羅は闘争を好み、地下や海底に住むとされる。
二二 得意げな様子をして。

ハ旗指《さし》アゲ、[一]名対面シテ入ケレ共、引《ひく》時ハ又旗カキ巻テ出《いづ》トカヤ。[二]梶原平三景時ガ二男[三]平次景高、一陣ニ進テ責入《せめいる》。大将軍宣ケルハ、「是ハ大事ノ城戸ノ口、上ニハ高櫓ニ四国・九国ノ[四]精兵《せいびやう》共ヲ集メ置タルナルゾ。悞《あやまち》スナ。楯ヲ重《かさね》、馬ニ冑ヲ可レ著《きす》。[五]無勢ニシテハ悪《あし》カリナン。後陣ノ大勢ヲ待《まち》、ソロヘテ寄《よす》ベシ」ト下知シ給ヘバ、人々承リ継テ、「大将軍ノ仰《おほせ》也。勢ヲ待儲テ寄給ヘ」トイヘバ、梶原ハ、[六]キト見カヘリテ、

[七][10]武士《もののふ》ノトリツタヘタル梓弓引《ひき》テハ人ノ帰ル物カハ

ト詠ジテ、[11]城戸口近ク押寄テ散々ニ戦《たたかふ》。是ヲ見テ、[12]党モ高家モ面々ニ、轡《くつばみ》ヲ並テ三千余騎、我先《われさき》々々ニト攻付《せめつけ》タリ。白旗其数ヲ不レ知指上タレバ、白鷺ノ蒼天ニ羽ヲ並ルガ如シ。平家ハ高櫓ヨリ[八]矢衾《やぶすま》ヲ造テ散々ニ射《いる》。城ハ[九]究竟ノ城也、[一〇]生田杜ヲ一ノ木戸ト定テ、三方ニハ堀ヲホリ、東ノ方ニ引橋渡シテ、重々ニ逆木ヲ曳《ひき》、北ノ山本ヨリ南ノ海ノ際《きは》マデ垣楯掻《かき》、[一一]矢間ヲアケテ、一口コソ[13]開タレ。城ノ内ヘ入ベキ様《やう》モナカリケルニ、武蔵国住人[一二]篠党ニ、[一三]河原太郎高直、[一四]同二郎盛直、兄弟二人馳来テ馬ヨリ飛下《とびおり》、[一五]藁ノ下々《げげ》ヲハキ、木戸口ニ責寄テ、「今日ノ先陣」ト名乗テ逆木ヲ登越ヘ〳〵、城内ヘ入ケルヲ、讃岐国住人[一六]真鍋五郎助光、弓ノ上手、精兵ノ[一七]手足《てだれ》也ケレ

一　互いに名乗りあって。
二　梶原景時。生年未詳。正治二年（一二〇〇）一月二〇日没。桓武平氏、『尊卑分脈』では鎌倉権五郎景正の子孫。景長男、『三浦系図』では景清男。治承四年（一一八〇）八月の石橋山合戦では平家方であったが、敗れて臥木に隠れていた頼朝を救ったとも語られる。翌五年一月一一日、頼朝に召されて参上、気に入られてその懐刀として寵遇された。頼朝没後の正治元年一二月一八日、頼家によって鎌倉を追放され、翌年一月、子息達を引き連れて上京の途中、駿河国狐崎（現、静岡市の梶原山付近）で土地の武士達と戦って敗死した。→補注一二・一九。
三　梶原景高。永万元年（一一六五）―正治二年（一二〇〇）一月二〇日、三六歳。桓武平氏、景時の次男。和歌を好み、戦陣で詠歌する話が多く伝わる。
四　射撃の名手。櫓の上から命中度の高い矢を浴びせる戦法をとった。
五　人数が少ないこと。　六　すばやく。
七　武士が代々手に執って子孫に伝えてきた梓弓を引くではないが、引き退いて帰りなどしない。「引」は「弓」の縁語。
八　大勢の弓の射手が隙間なく並んで一面に矢を放つこと。　九　極めて頑丈な城。
一〇　摂津国。現、神戸市中央区下山手通の生田神社の森。　一一　矢を射るための隙間。
一二　私市《きさいち》党、私《し》の党とも。武蔵国の党で埼玉郡・大里郡を本拠地とし、武蔵七党のうちに数えられることもある。→一五頁注二五。
一三　河原高直。生年未詳。寿永三年（一一八四）二月討死。成直男。→補注一三。
一四　武蔵国埼玉郡河原郷（現、埼玉県行田市北河原・南河原）を本拠とした武士。

バ、木戸口ニ被㆓撰置㆒《えらびおかれ》タリケルガ、サシ顕レテ能引《よつぴき》、暫シ[一八]堅テ放ツ矢ニ、河原太郎ガ弓手ノ[一九]草摺ノ余《あまり》ヲ射サセテ、弓杖ニスガリテ立スクミタリケルヲ、弟ノ次郎ツト寄《より》、肩ニ引懸テ帰ケルヲ、助光、二ノ矢ヲ以テ、腰ノ骨懸テ冑《よろひ》カケズ射コミタリケレバ、兄弟逆木《さかもぎ》ノ本ニ、太刀ノ柄ヲ把《にぎり》テ並居タリ。真鍋ガ下人、是ヲ見テ、櫓ノ下ヨリツト出テ落合ケレ共、二人ナガラ痛手ナレバ、左《と》モ右《かく》モ戦《たたかふ》ニ及バズシテ、二人ガ頸ハトラレニケリ。[二〇]心ノ甲ハ熊谷・平山ニ劣ラズコソ思ケレ共、運ノ極《きはめ》ニ成ヌレバ、敵一人モ不㆑取シテ討レケルコソ[二一]無慙《むざん》ナレ。同国[二二]猪俣党ニ、[二三]藤田三郎大夫行安、ツヾキテ逆木ヲ登越ントシケルヲ、真鍋引固テ放《はなつ》矢ニ、同ク此《ここ》ニテ討レニケリ。藤田ガ妹ノ子ニ[二四]江戸四郎ト云《いふ》者アリ。今年十七ニ成ケルガ、連《つづき》テ蒐《かけ》入《いり》、散々ニ戦フ程ニ、冑ノ胸板ヲ射ラレテ弱ル処ヲ、[二五]阿波民部太輔成良ガ甥ニ、[二六]桜間外記大夫良連ガ手ニ討レヌ。[二七]人見四郎モ此《ここ》ニシテ討レニケリ。勲功ノ時、河原太郎ト藤田行安ガ子共ニ、生田庄ヲ給《たまふ》、其《その》墓所ノ為也。今ノ世マデモ彼《かの》[二八]社ノ鳥居ノ前ニ、堂塔ヲ造立シテ菩提ヲ[二九]弔《とぶらふ》トカヤ。真鍋五郎ハ櫓ヨリ下《おり》、河原兄弟二人ガ頸ヲ手鉾ニ貫《つらぬき》、木戸ノ上ニ昇《のぼり》、高《たかく》捧[14]テ、「源氏ノ殿原是《これ》ヲ見ヨ。進《すすむ》敵ヲバ角《かく》コソ取《とれ》。[三〇]ツヾケ〳〵」ト招タリ。梶原是《これ》

一四　河原盛直。生年未詳。寿永三年（一一八四）二月討死。
一五　藁草履。「Guegue. ゲゲ（げげ）Iǒri」（草履）に同じ」（日葡）。
一六　真鍋助光。生没年未詳。平家方の武士、瀬戸内海の真鍋島の領主真鍋氏の一族。
一七　名手。腕きき。
一八　弓を引き絞ってそのまま保ち。
一九　鎧の胴の下に垂れて、腰から下を守るもの。
二〇　心の勇敢なことは。
二一　かわいそうだ。
二二　武蔵七党の一つ。武蔵国那珂郡猪俣（現、埼玉県児玉郡美里町猪俣）を本拠とする党。
二三　藤田行安。生年未詳。寿永三年（一一八四）二月討死。『吾妻鏡』寿永三年二月五日条。
二四　江戸重長の男重通（江戸系図）か。江戸氏は秩父氏の一族。→補注一四。
二五　姓は田口、粟田、紀など諸説ある。「成良」は「重能」とも書く。生没年未詳。阿波国名西郡桜間（現、徳島県名西郡石井町・徳島市国府町）を本拠とする豪族。初め平家の家人だったが、壇浦合戦で裏切った。→補注一五。
二六　桜間能連。生没年未詳。
二七　生年未詳。猪俣党の武士。武蔵国榛澤郡人見郷（現、埼玉県深谷市人見）を本拠とした。
二八　生田神社。摂津国。現、神戸市中央区下山手通。
二九　底本は「弔」をしばしば「吊」で代用する。以下、改めるが一々注しない。
三〇　河原兄弟に続いて攻めて来い、そうしたらこのように打ち取るぞと挑発していう。

ヲ聞、「口惜《くちをしき》人共也。ツヾク者ガナケレバコソ兄弟二人ハ討レタレ」トテ、五百余騎ニテ推寄《おしよせ》ツヽ、足軽四、五十人ニ[一]腹巻キセ、手楯ツカセテ、[二]曳声《えいごゑ》出シテ逆木ヲ引除《ひきのく》。爰ニ討レタル[三]冑武者一人アリ、見レバ藤田小三郎大夫行安也。「穴《あな》無慚、敵ニ頸トラスナ。隠セ」トテ、沙《いさご》ノ中ニ堀埋《ほりうづみ》テ、後ニ角《かく》ト云ケレバ、子息・郎等共堀起テ、生田庄ニ納テケリ。櫓ヨリハ逆木ヲ引セジト、矢衾《やぶすま》ヲ造テ是ヲ射《いる》。寄手《よせて》ハ是ヲ引セント、指詰《さしつめ》々々矢倉ヲ射。是ヤ此《この》[四]天帝須弥ヨリ刃《やいば》ヲ雨《ふら》シ、修羅大海ヨリ箭ヲ飛スラン戦ナルラント夥シ。両方ノ箭ノ行違《ゆきちがふ》事ハ、群鳥《むらとり》ノ飛[15]集レルガ如シ。懸《かかり》ケレ共、[五]足軽ドモ一ツ二ツト引《ひく》程ニ、逆木ヲバ遂ニ皆引除《ひきのけ》ニケリ。[六]梶原ハ、「今ハ[七]軍庭《いくさば》平《たひら》也。ヨセヨ者ドモ」トテ、子息ノ[八]源大[九]相具《あひぐ》シテ五百余騎、ヲメキテ中ヘゾ入ニケル。此手ニハ[一〇]新中納言父子、[一一]本三位中将、大将トシテ御座ケルガ、敵内《うち》ニ乱入ト見給テ、二千余騎ヲ指向《さしむけ》テ、梶原ガ五百余騎ヲ中ニ取籠テ、「アマスナ漏スナ」トテ、一時計《ばかり》ゾ戦ケル。何《いつ》レモ互ニ引ザリケルガ、サスガ無勢ナレバ、梶原下手ニ廻テ、サト引テゾ出タリケル。「源大ハイカニ」ト問エバ、「御方ヲ離テ敵ノ中ニ取籠ラレ給ヌ」ト云《いふ》。「[一二]穴《あな》心憂《う》、サテハ討レヌルニヤ。景時生《いき》テ何[16]カセン。景季ガ敵ニ組テ死ナン」トテ、二百

一　「腹巻」は歩兵用の鎧。草摺《くさずり》を細分した、軽くて小形の鎧。「手楯」は手に持つ楯で、長方形の木楯。
二　「えい」という掛け声。
三　甲冑を身に着けた武者。
四　天帝→二一頁注二一。「雨　フル」（類聚名義抄）。
五　敏速に行動する兵士。
六　梶原景時→二二頁注二。
七　戦場。陣地。
八　梶原景季。応保二年（一一六二）―正治二年（一二〇〇）年一月二〇日、三九歳。桓武平氏。景時の嫡男。→補注一六・一九。
九　「源大」は「源太」の当て字。以下、人名の「太」を「大」と当て字する例が多い。
一〇　平知盛・知章の父子。知盛は仁平二年（一一五二）―元暦二年（一一八五）三月二四日、三四歳。桓武平氏、清盛の四男。母は平時子。寿永元年（一一八二）一〇月三日、権中納言に任ぜられた。知章は生年未詳、寿永三年（一一八四）二月七日没。知盛の一男。母は八条院女房治部卿。→補注一七。
一一　平重衡。保元二年（一一五七）―元暦二年（一一八五）六月二三日、二九歳。桓武平氏、清盛の五男。母は平時子。治承五年（一一八一）五月二六日従三位に叙され、左近権中将に還任した。都落ちにより解官される以前は正三位左近権中将兼但馬権守。→補注一八。
一二　ああなさけない。
一三　鎌倉景正。生没年未詳。『後三年記』に、合戦で負傷した時一六歳だったというのによれば、延久四年（一〇七二）生。桓武平氏、景成男。相模国鎌倉を本拠として鎌倉権五郎と称され、『尊卑分脈』に「御霊大明神是也」と注す。

余騎ヲ相具シテ、平家ノ大勢蒐散《かけちら》シテ内ニ入、声ヲ揚テ、「相模国ノ住人鎌[13]倉権五郎平景政ガ末葉[14]、梶原平三景時ゾ。[15]彼《かの》景政ハ八幡殿[16]ノ一ノ郎等、奥[17]州ノ合戦之時、右ノ目ヲ乍レ被レ射《いられながら》、其《その》矢ヲ抜ズシテ、当ノ矢[18]ヲ射返シテ敵ヲ討《うち》、名ヲ後代ニ留《とどめ》シ末葉ナレバ、一人当千ノ兵《つはもの》ゾ。子息景季ガ向後《ゆくへ》覚《おぼつかなく》テ返《かへり》入レリ。我ト思ハン大将モ侍モ、組《くめ》ヤ〳〵」ト名乗懸テ、轡《くつばみ》ヲ並テ責入ケレバ、名ニヤ実《まこと》ニ恐ケン、左右ヘサトゾ引退ク。「源太尋《たづね》ヨ」トテ責入見レバ、景季末レ討[19]。初ハ菊地[20]ノ者共ト射合ケルガ、後ニハ太刀ヲ抜合セテ名乗ケリ。「和君《わぎみ》ハ誰ソ」。「菊地三郎高望[21]。和君ハ誰ソ」。「梶原源大景季」ト、名対面シテ切合タリ。源太ハ甲ヲ被二打落一《うちおとされ》、大童[22]ニテ、三十余騎ニ被二取籠一《とりこめられ》テ切合ケルガ、菊地三郎ニ押並テ引組デ、馬ノ際《きは》ニ落重テ菊地ガ首ヲ取《とり》、太刀ノ切鋒《きつさき》ニ指貫《さしつらぬき》テ馬ニ乗、出ケルガ、父ノ梶原ニ行合タリ。平三景時、源太ヲ後《うしろ》ニ成《なし》テ、矢面ニス丶ミ禦戦《ふせきたたかひ》ツ丶、其間ニ源大ニ冑キセ、暫シ休メテ寄《よせ》ツ返《かへし》ツ戦ケリ。城戸口ニ「真鍋四郎[23]」「五郎」ト名乗テ出合タリケルガ、四郎ハ梶原ニ討レヌ、五郎ハ手負《おひ》テ引退ク。平家ノ兵共モ、入替《いれかへ》々々戦ケレ共、景時ハ源大ガ死ナヌ嬉サニ、猛ク勇テ竪《たてさ》マ横《よこさ》マ戦ケリ。暫シ息ヲモ継ケレバ、父子相具シテ引テ、木戸ヘゾ出

一四　子孫。「Batyô　バッヨウ（末葉）」（日葡）。

一五　これ以前石橋山の合戦で大場景親が「昔八幡殿後三年ノ軍ノ御伴シテ、出羽国仙北ノ金沢城被レ責時、十六歳ニテ先陣ヲ蒐、右目ヲ射サセテ答ノ矢ヲ射、其敵ヲ討捕テ、甲ヲ其場ニ施シ、名ヲ後代ニ留シ鎌倉権五郎景政ガ末葉」（巻二〇・石橋合戦）と名乗っている。

一六　源義家。長暦三年（一〇三九）生か。嘉承元年（一一〇六）七月没、六八歳か。清和源氏、頼義の長男。母は上野介平直方女。八幡太郎と号す。

一七　永保三年（一〇八三）―寛治元年（一〇八七）の後三年の役。清原武貞の子真衡・家衡・清衡（藤原清衡）らの内紛に源義家が加わり、清衡を助け、家衡やその叔父武衡を破って終結した。

一八　射返す矢。答の矢。

一九　「未だ討たれず」と読む。㋭いまたうたれす。

二〇　肥後国菊池郡（現、熊本県菊池郡）の豪族菊池氏（藤原道隆を祖とする）の者たち。

二一　未詳。『吾妻鏡』、盛衰記巻四三「源平侍遠矢」に見える菊池次郎隆直（高直）の一族か。

二二　髪が解け乱れてざんばらになって。

二三　真鍋五郎（→二二頁注一六）の兄。

ニケル。サテコソ梶原ガ、生田杜ノ二度ノ蒐《かけ》トハイハレケレ。
詩歌管絃ハ一公家仙洞ノ翫物、[17]二東夷争《いかでか》三磯城島《しきしま》難波津ノ言葉ヲ可《レ》存《ぞんずべき》ナレ共、梶原ハ心ノ甲《かう》モ人ニ勝《すぐ》レ、四数寄《すき》タル道モ優也ケリ。サキ乱タル梅ガ枝ヲ、五蚕簿《やなぐひ》ニ副《そへ》テゾ指《さし》タリケル。蒐《かく》レバ花ハ散ケレ共、匂《にほひ》ハ袖ニゾ残リケル。

六吹風ヲ何イトヒケン桜花[18]散《ちり》クル時ゾ香ハマサリケル

ト云《いふ》古キ言《こと》マデモ思出ケレバ、平家ノ公達ハ花箙トテ、「優也」、「ヤサシヽ」トロ々ニゾ感ジ給ケル。此《この》梶原、七右大将家ノ八奥入《いり》シ給ケルトキ、九名取川ニテ、

一〇我独《われひとり》ケフノ軍《いくさ》ニ名トリ川

ト、クリ返シ〳〵詠ジ給ケレバ、一一大名小名ウメキスメキケレ共、付ル者ナカリケルニ、梶原、

一二君モロトモニカチワタリセン

ト付タリケリ。又京上《のぼり》ノ御伴ニ、相模国一三円子川《まりこがは》ヲ渡リ給ヘリケルニ、梶原[19]一四小要アリテ片方[20]ニ下居《おりゐ》タリケルガ、御伴ニサガリヌト、一五一鞭アテヽ、打《うつ》程ニ、此《この》川ノ川中ニテ馳付《はせつき》奉タリケルニ、一六沛艾ノ馬ニテ、鎌倉殿ニ水ヲサヽト蹴《け》

平三景時歌共

一 朝廷や院の御所。 二 東国武士。

三 「磯城島」は「敷島」に同じ。もと大和国磯《し》城《き》郡の地をいうが、「敷島の道」は「難波津ノ言葉」と同じく、和歌のこと。

四 風雅の道をたしなむやさしさもあった。→補注一九。

五 胡簶。矢を盛って背に負う具。箙《えびら》より軽く、簡略。㋙きんはく(傍書「やなぐひ」) ㋭えひら。『和名類聚抄』に「蚕簿」の項あり。「簿音薄和名衣比良」とする。元来は蚕が繭を作るための巣「簿」をえびらと言ったが(「箔」も同。「簶」は別字)、転用して矢を入れる道具の字に当てた。

六 『拾遺集』春・三・凡河内躬恒、三句「梅の花」。吹く風をどうして嫌ったのだろう、風で桜(梅)の花が散る時は香りがまさったよ。

七 源頼朝→一一頁注七。

八 文治五年(一一八九)七月、平泉の藤原泰衡を討つために、頼朝が奥州に兵を進めたこと。

九 陸奥の歌枕。奥羽山脈の二口峠付近に発して東流、仙台平野に出て、宮城県名取市閖上《ゆりあげ》で太平洋に注ぐ川。

一〇 自分一人が今日の軍で名声(よい評判)を取った名取川だ。頼朝の句。『菟玖波集』雑連歌三・一三六一、詞書「秀衡征伐のため奥州にむかひける時、名取川をわたるとて」。

一一 「大名」は名田《みようでん》(自己の名を冠して私有権を示した田地)を多く領有する地方豪族。「小名」は名田の領有が少ない豪族。「ウメキスメキ」は連歌の付句を案じて苦心する様子を滑稽

懸奉《かけたてまつる》。御気色悪《あし》クテ、キト睨返リ給タリケルニ、梶原、

[一七]円子川ケレバゾ波ハアガリケル

ト仕《つかまつり》テ、手綱ヲ[一八]ユリスヘケレバ、[一九]御気色ナヲリ給テ打《うち》[二〇]ウソブキ、「ケレバゾ浪ハアガリケル」ト、二三返《べん》詠ジ給テ、向ノ岸ニ打上リ、馬ノ頭《かしら》ヲ梶原ニ引向《ひきむけ》テ、

[二一]カヽリアシクモ人ヤミルラン

ト付《つけ》給、「イカニ、[二二]発句脇句イヅレ増《まさ》リ」トゾ仰《おほせ》ケル。懸《かか》ルヤ[二三]サシキ男也ケレバ、サシモノ戦場思寄《おもひよる》ベキニアラネ共、[二四]折知貌《をりしりがほ》ノ梅ガ枝ヲ、箙ニサシテ寄《よせ》タレバ、源氏ノ手折レル花ナレ共、平家ノ陣ニゾ香ケル。

東国ノ兵共、百騎、二百騎、入替《いれかへ》々々我モ〳〵ト戦ケリ。此《ここ》ニテ源平ノ兵《つはもの》多ク討レケリ。東西ノ城戸口、人種《だね》ハ尽《つくれども》共、可ㇾ落《おつべき》様トハ見エザリケリ。

[二五]七日ノ暁、[二六]九郎義経ハ[二七]鷲尾ヲ先陣トシテ、一谷ノ後《うしろ》、[二八]鵯越ヘゾ向ケル。比《ころ》ハ二月ノ始也。[二九]霞ノ衣立阻《へだて》テ、緑ヲ副《そふ》ル山ノ端ニ、白雲絶々聳《たなびき》ツヽ、先咲《まづさく》花カトアヤマタル。未歩《いまだあゆみ》ナレヌ山路也。行《ゆく》エハソコト知ネ共、[三〇]征馬ノ足ニ任ツヽ、各《おのおの》先ニト進ケリ。マダ夙暗《ほのぐらき》程也。道ニハ[三一]泥《なづみ》ケレ共、矢《や》

に言った。
一二　わが君と一緒に勝って、徒歩渡《かち》り（歩いて川を渡ること）しよう。「カチ」は「徒歩」と「勝ち」の掛詞。頼朝の句の「我」に対して「君」、「独」に対して「モロトモ」と付けた。（菟玖波集・雑連歌三・一三六一）→注一〇。
一三　酒匂川《さかわ》の古名。富士山の東斜面に発し、神奈川県西部を流れて、小田原市の北東で相模湾に注ぐ川。　一四　「小用」の当て字。ここでは、あるいは小便をするの意か。　一五　おくれた。
一六　荒い性質ではね狂う馬。
一七　鞠ならぬ鞠子川の水を馬が蹴ったので、波はあがったのです。「円子川」に「鞠」を掛ける。「ケレ」は「鞠」の縁語。
一八　ゆすって落ち着かせたので。
一九　御機嫌がお直りになって。
二〇　（梶原の句を）口ずさみ。「うそぶく」は、詩歌を吟ずることをいう。
二一　かかりが悪いと人は見るだろうか。「カヽリ」は、蹴鞠で鞠を蹴る庭、またその四隅に植えたり、立てたりする木。それに水がかかったことの意を掛けた。
二二　梶原の句が発句、頼朝の付句が脇句。
二三　風流な男。
二四　いかにも時期を知っているといった様子の。　二五　前と同じく、寿永三年二月七日。

義経落鴨越

二六　源義経。平治元年（一一五九）―文治五年（一一八九）閏四月三〇日、三一歳。清和源氏、義朝の九男。母は常葉。幼名は牛若、沙那王。鞍馬寺に入るが、金商人に伴われて奥州の藤原秀衡のもとに身を寄せ、兄頼朝の挙兵を聞いて、陸奥を出て治承四年（一一八〇）一〇月駿河国黄瀬川での対面後は木曾義仲や平家追討の

合時《あはせのとき》ヲ定タレバ、明ルヲ待《まつ》ニ及バズシテ、谷ニ下峰《おり》ニ登、引懸《ひっかけ》々々打ケルニ、一谷ノ後ニ、[一]篠《ささ》ガ谷ト云《いふ》所ニ人ノ音シケレバ、押寄テ「何者ゾ」ト問《とふ》。名乗事ハナクテ散々ニ射ケレバ、「此《この》奴原ハ平家ノ雑兵ニコソ有《ある》ラメ。一々ニ搦捕テ頸ヲ切、[二]軍神《いくさがみ》ニ祭レ」トテ、源氏モ散々ニ射ケレバ、此《ここ》ニテ平家多《おほく》討レニケリ。其後、鷲尾[21][三]尋承ニテ、[22][四]下上打《うつ》程ニ、[五]辰ノ半ニ鵯越一谷ノ[23]上エ、[24][六]鉢伏礒ノ途《みち》ト云所ニ打登《うちのぼる》。兵共遙ニ指《さし》ノゾキテ谷ヲ見レバ、軍陣ニハ楯ヲ並突《ならべつき》、士卒ハ矢束ヲクツロゲタリ。前ハ海後《うしろ》ハ山、波モ嵐モ音合セ、左ハ[七]須磨右ハ[八]明石、月ノ光モ優ナラン。[九]追手ノ軍《いくさ》ハ半《なかば》ト見エタリ。ヲメキ叫《さけぶ》声、射《い》[一〇]違《ちがふる》鏑ノ音、山ヲ穿《うがち》谷ヲ響シ、[一一]赤旗・赤注立並《あかじるしたてならべ》テ春風ニナビク有様ハ、[25][一二]劫火ノ地ヲ焼ランモ角《かく》ヤト覚タリ。時既ニ能《よく》成タリ。大手ニ力ヲ合セントテ見下《みおろ》セバ、実ニ上七、八段ハ小石交リノ白砂也。馬ノ足トヾマルベキ様《やう》ナシ。[一三]歩《かち》ニテモ馬ニテモ落スベキ所ニ非《あらず》。サレバトテサ[一四]テ有ベキ事ナラネバ、只今マデ乗タリケル大[一五]鹿毛ニハ、[一六]佐藤三郎兵衛ヲ乗《のせ》、我身ハ[一七]大夫ト云馬ニ乗替テ、谷ヘ打向ケ給、「鹿ノ通路《かよひち》ハ馬ノ馬場ゾ。各《おのおの》落セ〳〵」ト勧給。兵共、我モ〳〵ト馬ヲバ谷ヘ引向テ、心ハ先陣トハヤレ共、サスガイブセキ[一八]礒《がけ》ナレバ、手綱ヲ引《ひか》ヘテ[一九]踉蹡《ためらへ》バ、馬モ恐テ退ケ

将として戦った。→補注二〇。
二七　鷲尾義久。生年未詳。文治五年（一一八九）閏四月没か。
二八　「神戸市兵庫区と北区の境にある峠」、「神戸市須磨区一ノ谷町周辺にあった砦の背後の懸崖」などの説があり、現実の地形とは必ずしも一致しない。
二九　霞を春の衣に見立てた歌語的表現。
三〇　従軍する馬。　三一　行き悩んだが。

一　㋙さゝかたに　㋭さゝか谷《タニ》。
二　武運を司る神。　三　案内人。
四　下ったり上ったりして馬を進めるうちに。
五　「辰」は現在の午前七時から同九時まで。
六　「鉢伏、蟻ノ戸ト云所」（延慶本）、「鉢伏と蟻のとゝ云所」（長門本）。
七　摂津国。現、神戸市須磨区。須磨の関、『源氏物語』須磨巻で知られた歌枕。
八　播磨国。現、兵庫県明石市。月の名所として、また『源氏物語』明石巻で知られた歌枕。
九　敵の正面を攻撃する戦闘。「大手」に同じ。
一〇　「鏑矢」の意。鏑矢は先端に鏑（蕪の形で中は空洞、空を飛ぶ時、高く鳴り響く鏃《やじり》）をつけた矢。→図三三四頁。
一一　鎧の袖や兜の背後に味方の目印として付けた赤い布。
一二　世界が崩壊する時起こる、全世界を焼き尽くすという猛火。
一三　「歩　カチ」（類聚名義抄）。
一四　そうしてそのままでいられるわけではないから。　一五　「鹿毛」は浅黄色の馬。
一六　佐藤嗣信。保元三年（一一五八）生か。元暦二年（一一八五）二月一九日没。二八歳か。藤原氏北家秀郷流、信夫庄司佐藤元治の三男。

リ。互ニ顔ト〳〵ヲ見合テ、イヅクヲ落スベシ共見エズ。[二〇]軍将宣ケルハ、「一ハ馬ノ落様《おちやう》ヲモ見、一ハ[二一]源平ノ占形ナルベシ」トテ、[二二]葦毛馬ニ[二三]白覆輪、白ケレバ白旗ニ准テ源氏トシ、鹿毛馬ニ[二四]黄覆輪、赤ケレバ赤旗ニナゾラヘテ平氏トテ追下ス。各《おのおの》木間ヨリ是ヲ見《みる》[26]。上ニ七、八段ハ小石交リノ白砂ナレバ、[二五]宛転トモナク落ルトモナク下ツヽ、巌ノ上ニゾ落著タル。良《やや》暫クアリテ、岩ノ上ヨリ宛転《まろび》下リ、[二六]越中前司盛俊ガ仮屋ノ後ニ落付テ、源氏ノ馬ハ[二七]蚑起《はひおき》ツヽ、身振《ぶるひ》シテ峰ノ方ヲ[二八]守《まもり》、二声[二九]嘶《いななき》、篠草ハミテ立《たて》リ。平家ノ馬ハ身ヲ打損ジ、臥テ再《ふたたび》起ザリケリ。城中ニハ是ヲ見テ、「敵ノヨスレバコソ鞍置馬ハ下ラメ」トテ騒ギ迷ケル処ニ、[三〇]御曹司ハ、「源氏ノ占形コソ目出《めでた》ケレ。平家ノ軍《いく》サ様《やう》[三一]アルベシ。人ダニ[三二]心得テ落スナラバ、悞《あやま》チ更ニアルマジ。落セ〳〵」ト宣ヘドモ、我ダニ恐テ落サネバ、人モ恐テヱオトサズ。白旗五十流計《ばかり》、梢ニ打立テ宣ケルハ、「守テ時ヲ移《うつす》ベキニ非《あらず》。[三三]磯ヲ落《おとす》ニハ手綱アマタアリ。馬ニ乗《のる》ニハ、一ツ心、二ツ手綱、三ニ鞭、四ニ鐙ト云テ四ノ義アレ共、所詮心ヲ持テ乗《のる》物ゾ。若キ殿原ハ見モ習《ならひ》、乗《のり》モ習ヘ。義経ガ馬ノ立様《たてやう》ヲ本ニセヨ」トテ、真逆《まつさかさま》ニ引向《ひきむけ》、「ツヾケ〳〵」ト下知シツヽ、馬ノ[三四]尻足引敷《ひきしか》セテ、[三五]流落《ながしおとし》ニ下シタリ。三千余騎ノ兵《つはもの》共、大

母については種々の説がある。→補注二一。
一七 巻四二「継信孝養」で、義経が藤原秀衡から贈られた馬で義経が五位の尉になった時に乗ったので「大夫」と呼んだと語られる。→二二五頁三行。
一八 恐ろしい崖。
一九 「踉蹡　タメラフ」（類聚名義抄）。
二〇 義経。
二一 源平のいずれが勝ち、いずれが負けるかの占い。「占形」は占であらわれた形、現象。「Vracata. ウラカタ（占形）」（日葡）。
二二 白い毛に黒色・濃褐色などの毛のまじる馬。黒葦毛・赤葦毛・連銭葦毛などがある。馬を落としてみることについては延慶本の記述に詳しい。→補注二二。
二三 銀で縁取りした鞍。銀覆輪。
二四 金で縁取りした鞍。金覆輪。
二五 ㋙まろふ　㋭ころふ。
二六 平盛俊。生年未詳。寿永三年（一一八四）二月七日没。桓武平氏、盛国の男。→三五頁注二九。
二七 底本「蚑」。「はひ」と訓むのは「蚑」字。
二八 見つめて。
二九 「嘶　イバユ、イナヽク」（類聚名義抄）。㋙いはひ　㋭いなき。
三〇 義経。
三一 負ける徴候があるのであろうの意か。
三二 注意して。用心して。
三三 「磯」は坂、磯道などの意。㋙㋭とも「かけ」。
三四 後足。
三五 ㋙㋭とも「なかしおとし」。

将軍ニツヾケトテ、白旗三十流城ノ内ヘ指覆《さしおほひ》、轡《くつばみ》並テ手綱カイクリ、同様ニ尻足シカセテ、ザト落シテ壇ノ上ニゾ落留ル。夫《それ》ヨリ底ヲ指《さし》ノゾヒテ見レバ、石巌[27]峙《そばだち》テ苔ムセリ。刀ノハニ草覆ヘル様ナレバ、イトイブセキ上、十、[一]二十丈モヤ有ラント見エ渡ル。下ヘ落スベキ様モナシ、上ヘ上ルベキ便[28]モナシ。互ニ堅唾《かたづ》[二]ヲ呑テ思煩ヘル処ニ、[三]三浦党ニ[四]佐原十郎義連、進出テ、「我等甲斐・信濃ヘ越テ狩シ、鷹[五]仕《つか》フ時ハ、兎一ツ起《おこ》イテモ鳥一ツ立《たて》テモ、傍輩ニ見落サレジト思ニハ、是ニ劣ル所ヤアル。義連先陣仕ラン」トテ、手綱掻《かい》クリ鐙踏張《ふんばり》、只一騎、真先蒐《かけ》テ落ス。御曹司是《これ》ヲ見給テ、「義連討スナ。ツヾケ者共〳〵」ト下知シテ、我身モツヾキテ落サレケリ。

[六]畠山ハ赤威[29]ノ冑ニ、[七]護田鳥毛《ちうすべう》ノ矢負《おひ》、三日月ト云[八]栗毛馬ノ、太逞《ふとくたくましき》ニ乗タリケリ。此馬、[九]鞭打《むちうち》ニ、三日ノ月程ナル月影ノ有ケレバ名ヲ得タリ。壇ノ上ニテ馬ヨリ下リ、指《さし》ノゾヒテ申ケルハ、「爰ハ大事ノ悪所、馬コロバシテ悪《あし》カルベシ。親[一〇]ニカヽル時、子ニ懸折《かかるをり》ト云《いふ》事アリ。今日ハ馬ヲ労ラン」トテ、手綱・腹帯ヨリ合セテ、七寸[一一]ニ余テ大《おほき》ニ太キ馬ヲ十文字ニ引カラゲテ、鎧ノ上ニ掻負《かきおひ》テ、椎ノ木ノスダチ[一二]一本ネヂ切《きり》杖ニツキ、岩ノ迫[30][一三]ヲシヅ〳〵トコソ下ケレ。東[一四]八箇国ニ大力トハ云ケレ共、只今カヽル振舞、人

一　十丈、いや二十丈もあるだろうかと見渡される。一丈は一〇尺。約三メートル。
二　成り行きを案じて、思わず唾を呑み込んで。　三　三浦氏。桓武平氏。坂東八平氏の一つ。　四　佐原義連。生没年未詳。一説に、天治二年(一一二五)—建仁三年(一二〇三)、七九歳。桓武平氏、三浦介義明の男。左衛門尉となった。↓補注二三。　五　鷹を放って狩をする。　六　畠山重忠。長寛二年(一一六四)—元久二年(一二〇五)六月二二日、四二歳。桓武平氏、秩父氏の一族、畠山庄司重能の嫡男。母は三浦義明女。武蔵国男衾郡畠山庄(現、埼玉県深谷市畠山)を本拠とした。初めは小坪合戦、衣笠合戦など、平家方として戦ったが、治承四年(一一八〇)一〇月四日武蔵国長井渡で頼朝の軍勢に加わった。↓補注二四。
七　薄黒い斑点のある尾白鷲の尾羽。
八　地肌は赤黒く、尾とたてがみが赤茶色の毛の馬。　九　馬の体で鞭の当たる所。
一〇　子が親に養ってもらう時もあれば、親が子を頼みにする時もあるの意。
一一　馬の背丈を表わす単位。四尺が標準なので、肩までが四尺七寸あって背が高くたくましい馬の意。↓図三三三頁。
一二　枝もなく真直に生えた若木。直立《すだち》。
一三　あるいは「はざま」と読んだか。
一四　関東の八か国、相模・武蔵・安房・上総・下総・常陸・上野・下野の総称。関八州。
一五　驚嘆した。
一六　龍樹の論(教義要綱書)の注釈。龍樹は南インドのバラモン出身の僧。西暦一五〇—二五〇年頃の人。部派仏教から大乗仏教に転じ、空の思想を説いた。中観派の祖、また八宗の祖といわれる。『中論』『十二門論』『大智度論』な

倫ニハ非ズ、誠ニ鬼神ノ所為トゾ上下舌[一五]ヲ振ケル。

倩《つらつら》[一六]龍樹論疏ヲ考《かんがふる》ニ、馬ハ是《これ》[一七]十二神将ノ封体[31][一八]ノ中也トモ云《いひ》、又ハ南[一九]方栴檀香仏ノ変化身共《ともいふ》云。馬郁経[二〇]ニハ、観自在菩薩[二一]、為レ成二大功徳力重事一、成レ馬来償二人役一、人ノ以二六歩一為二馬一歩広一、天上ニハ馬為レ龍、人中ニハ龍為レ馬。又或経[二二]ニハ、父ハ成二吉馬一為レ子被レ乗、母ハ為二吉魚一為レ子被レ食、[32][二三]々旁以テ不[二四]レ疎《おろそかならず》。此心ヲ得タリケルニヤ。

畠山ハ、「此岩石ニ馬損ジテハ不便《ふびん》也。日比《ひごろ》ハ汝ヲ孚[33]マン」ト云ケル、情深シト覚タリ。其後三千余騎、手綱カイクリ鐙踏《ふん》張《ばり》、手ヲニギリ目ヲ塞ギ、馬ニ任セ人ニ随テ、劣ラジ〳〵ト落シケルニ、然ベキ八幡大菩薩ノ御計《おんはからひ》ニヤト申ナガラ、馬モ人モ損ゼザリケルコソ不思議ナレ。落シモハテズ、白旗三十流ザト捧《ささげ》、三千余騎同時ニ時[二五]ヲ造《つくる》。山彦答テ夥シ。平家ノ城郭ニ乱入テ、竪《たてさ》マ横《よこさ》マ蜘蛛[二六]手十文字ニ馳廻リ、ヲメキ叫テ戦ケレバ、城中ニハ東西ノ城戸口バカリコソ防ケレ、サシモ恐シキ厳石ヨリ敵ヨスベシ共《とも》思ハザリケレバ、[二七]打延《うちのべ》テ、左右ノ木戸口ノ弱ラン時軍《いくさ》セントテ、鎧・物具脱置テ、小具足[二八]バカリニテ居タル処へ、バト寄セ、ドツト時ヲ造タレバ、弓矢ヲ取《とり》馬ニノル隙《ひま》ヲ失ヒ、周章迷《あはてまどひ》、御方ノ兵モ皆

どを著した。伝説に竜宮から『華厳経』を持ち帰ったといわれる。

馬因縁

一七　薬師如来の名号を受持し、衆生を守護する十二の夜叉大将。宮毘《くびら》羅大将・伐折《ばさら》羅大将・迷《め》企《き》羅《ら》大将・安底《あてら》羅大将・頞儞《あじら》羅大将・珊底《さんてら》羅大将・因陀《いんだら》羅大将・波夷《はいら》羅大将・摩虎《まこら》羅大将・真《しん》達《だ》羅《ら》大将・招杜《しょうとら》羅大将・毘羯《びから》羅大将で、それぞれ本地があり、また十二支に配される。

一八　「封体」は、「秘法をもってある物体に神仏の神霊を封じこめたもの」（仏教語大辞典）。

一九　「十住毘婆沙論巻五易行品に出づる南方歓喜世界に住める仏の名」（大辞典）。　二〇　未詳。

二一　「観自在菩薩」は観音のこと。試みに訓み下す。「親自在菩薩、大功徳力の重事を成さむ為に、馬となりて来たりて人役を償ひ、人の六歩を以て馬の一歩の広さと為す。天上には馬、龍となり、人中には龍、馬となる」。

二二　「或経」は未詳。以下、訓み下す。「父は吉き馬となりて子のために乗られ、母は吉き魚となりて子のために食せらる」。

二三　「旁以テ」で、どちらにしてもの意。

二四　いいかげんなことではない。

二五　鬨の声をあげる。

二六　四方八方に走りまわり、切りまわるさまをいう。「くもで・かくなは・十文字・とゞばうかへり・水車、八方すかさずきッたりけり」（覚一本巻四・橋合戦）。

二七　油断して、の意か。

二八　鎧・腹巻などと共に着装する、籠手《こて》・頬当・喉輪・臑《すねあて》当・脛楯《はいだて》などの小道具。

敵ニ見エケレバ、適《たまたま》馬ニノリ弓矢ヲ番《つがひ》ケル者モ、[一]御方討《みかたうち》ニ討殺シ切殺《ころさ》レテ、上ニ成《なり》下ニ成テ、肝《きも》モ心モ身ニ添ハズ、失レ度騒フタメキケル有様ハ、[二]小魚ノタマリ水ニ集リ、[三]宿鳥ノ枝ヲ諍《あらそふ》ニ異ナラズ。御曹司下知シ給ケルハ、「城郭広博也。賊徒数ヲ不レ知。多ク[四]官軍ヲ亡サン事最不便《いとふびん》也。火ヲ放テ」ト宣ヘバ、[五]武蔵房弁慶、屋形ニ打入、仮屋ニ火ヲサス。折節《をりふし》西ノ風ハゲシクシテ、猛火城ノ上へ吹覆《ふきおほひ》、平家ノ軍兵煙ニ咽ビ火ニ被レ責《せめられ》テ、今ハ敵ヲ防《ふせく》ニ及バズ、取《とる》物モ取敢ズ、浜ノ汀ニ逃出ツヽ、海ノ藻塩ニ馳入テ、舟ニノラントゾ迷ケル。助舟モ多《おほく》有ケレ共、ソモ[六]然ベキ人々ヲコソ乗セケレ、[七]次々ノ者共ヲバ乗セザリケレバ、乗ラン、ノセジトスル程ニ、多ク海ニゾ沈ケル。猛火ノ煙、[八]蹴立《けたて》ノ灰、逃去《にげさる》道モ見エザリケレバ、皆敵ニゾ討レケル。サレバ助カルハ希《まれ》ニ、亡ルハ多シ。無慙ト云《いふ》モ疎ナリ。

能登守教経ハ、室山、水島、[九]淡路島、[一〇]高縄、[一一]苑部、[一二]今木城、所々ノ合戦ニ高名シ給ヘリト聞エシカ共、大勢傾立ヌレバ力及ザル事ニテ、[一三]薄墨ト云《いふ》馬ニノリ、[一四]須磨ノ関屋ヲ指《さし》テ落《おち》、夫《それ》ヨリ船ニ乗移リ、[一五]淡路ノ岩屋ニ渡給フ。

越中前司盛俊ハ、迚非二可レ遁身一《とてものがるべきみにあらず》、カク傾ヌル上ハトテ思切、只一人残留テ、馳合《はせあひ》々々戦ケルガ、[一六]猪俣近平六則綱ニ馳並テ、引組デドウト落《おつ》。盛俊

一　同士討ち。
二　小さな魚が僅かのたまり水に集まってひしめきあい。
三　ねぐらにつこうとする鳥がねぐらとなる枝を求めて争う。
四　味方の軍、源氏の軍勢をさしていう。
五　生年未詳。文治五年（一一八九）閏四月三〇日没。伝承では熊野別当の子。→補注二五。
六　身分の高い人々。
七　「然ベキ人々」に比べて、それ以下の者たち。
八　騎馬が蹴立てることで舞いあがる灰。
九　これより先、淡路国の住人が淡路冠者・掃部冠者の下知に随っていると聞いた平通盛・教経が「淡路国へ推渡、一日一夜攻戦ケル程ニ、淡路冠者、掃部冠者、共ニ討レヌ」（巻三六・能登守所々高名）と語られる。
一〇　伊予国。現、愛媛県北端の高縄半島に河野氏の代々が拠った高縄山がある。
一一　「苑部」は紀伊国名草郡薗部庄（現、和歌山市内）。その住人園部兵衛重茂が源氏に心を寄せていたので、「能登守紀伊路へ押渡、園部館へ攻入テ、散々ニ追払、卅六人が首ヲ切、姓名注シテ福原へ進スル」（巻三六・能登守所々高名）と語られる。
一二　教経が備前国邑久郡向山町（現、岡山県邑久郡）の今木城に籠もる河野四郎・維方三郎等を攻め、「一日一夜戦、今木城ヲ追落ス」（巻三六・能登守所々高名）とあった。
一三　延慶本は「平三武者ガ薄雲ト云馬」という。長門本も同じ。
一四　摂津国→二八頁注七。
一五　淡路国。現、兵庫県淡路市岩屋。
一六　猪俣則綱。生没年未詳。資綱男。武蔵七党の一つ猪俣党の一族。→補注二六。

ハ聞エタル大力ノ大ノ男、徐《よそ》ニハ二十人ガ力ト云ケレ共、内々ハ六十人シテ上下《あげおろ》ス大船ヲ、一人シテ[一七]アツカヒケル者也ケレバ、七、八十人ガ力モヤ有ケン。近平六モ普通ニハ[34]力勝タル人ト云ケレ共、盛俊ニ遇ヌレバ数ナラズ、取テ押付ラレテ[一八]不レ働《はたらかず》。既ニ甲《かぶと》ノ手変《てへん》ヲ攫上《つかみあげ》、刀ヲ頸ニサシアテヽ掻落サントシケルニ、近平六ハ刀ヲ抜《ぬく》ニモ及バズ、刎落スニモ力ナシ。去共《されども》ハカリ事賢キ甲《かうの》者ニテ、少シモ不レ騒申ケルハ、「抑《そもそも》[一九]御辺ハ誰人ゾ。敵ヲバ[35]慥ニ名ヲ聞テ後、首ヲ取テコソ勲功ノ賞ニモ預レ、誰トモ知ヌ頸取テハ何ニカハスベキ。[二〇]我身ハ東国ニハ[二一]恥アル侍、誰カ不レ知。サレドモ平家ノ公達ニモ、侍ノ[二二]殿原ニモ被二見知《みしられ》一タル事ナケレバ、是ハ誰ガ頸トモ[36]見人アルマジ。唯[37][二三]犬鳥ノ頸ノ定《ちやう》ヤ。名乗セテ切テ[二四]実検ニ合セ給ヘ」ト云《いふ》。盛俊、サモト思テ、ヲサヘナガラ、「サテ[二五]和君ハ誰《たそ》」ト問《とふ》。「是ハ武蔵国住人ニ猪俣近平六則綱トテ、東国ニハ名誉ノ者也。兵衛佐殿御内ニハ、一、二ノ者ニ数ヘラレタリ。抑《そもそも》又御辺ハタレゾ」ト返テ問《とふ》。「是ハ平家ノ侍ニ、[二六]京童部マデモ数ヘラルヽ越中前司盛俊ト云者ゾ」ト答タリ。近平六、「[二七]アヽサテハ聞エ給フ人ニコソ。弓矢取テモ並《ならぶ》者ナク、情モ類少シト伝承《つたへうけたまはる》。則綱、只今御辺ニ切《きら》レンズレ共、ヨキ敵ニ組テケリ。同《おなじく》ハ死ヌトモ雑人ノ為

一七　操作した者。
一八　動けない。
一九　あなた。
二〇　私。
二一　名誉や体面を重んずる侍。
二二　殿たち。
二三　犬や鳥（烏）の首の程度の扱いをされるでしょう。
二四　首実検の意。
二五　君は誰だ。
二六　京都市中の若者たち。
二七　ああ、それなら有名な方ですね。

ニ切《きら》レンヨリハ然べキ事ニヤ。但《ただし》、殿原ハ今ハ落人ゾカシ。サレバ則綱一人ヲ討タリトテモ、平家世[一]ニオハセン事有マジ。主世ニオハセズハ、縦《たとひ》則綱ガ首ヲ捕タリ共、神妙[二]トテ勧賞勲功[三]ニ預リ給ハン事、イサ不ㇾ知[四]。只則[五]綱ガ命ヲ生《いけ》ラレヨカシ。鎌倉殿[六]ニ申テ、和殿[七]幷ニ親シキ人々ヲモ宥申[38][八]サン」ト云ケレバ、盛俊、嬉ク思テ、猶抑《おさへ》ナガラ、「実《まこと》ニ助給ベキカ。猪俣殿」ト問《とふ》。「子細[九]ニヤ及ベキ。我ヲ助給タラン人ヲバ、争《いかで》カ我モ助奉ラデ有ベキ。怪[一〇]《あやし》ノ鳥獣ダニモ恩ヲバ不ㇾ忘トコソ申セ。況《いはんや》人トシテ非ㇾ可ㇾ忘。タメシ[一一]外《ほか》ニナシ、池ノ尼[一二]御前ノ兵衛佐殿ヲタスケサセ給タレバ、同《おなじき》平家ノ御一門ナガラ、池殿[一三]ノ公達ヲバタスケ進《まゐら》スベシトゾ承リ候へ」ト云ケレバ、盛俊、実ニト思テ、ヲメ〳〵[一四]ト引起シテ、前ハ畠、後ハ水田ナル所ノ中ニ畔ノアルニ、二人尻打懸テ、心静《しづか》ニ物語ヲ始ム。越中前司申ケルハ、「ヤヽ猪俣殿、盛俊ハ男女ノ子共二十余人持テ候ゾヨ。我一人ニ侍ナラバイカデモ候ベシ、彼等ガ行[一五]《ゆく》エノ悲サニ、御辺ノ命ヲ助奉《たすけたてまつる》也。同《おなじく》御恩アルベクハ、何《いづれ》ヲモ相構[一六]テ申宥[39]給へ」ト云《いふ》。近平六ハ、「宗人[一七]《むねと》ノ御辺ヲ助奉ンニ、末々ノ事ハサコソ候ハンズレ。中々[一八]仰《おほせ》ニヤ及ベキ」ト云処《いふところ》ニ、塩[一九]谷五郎惟広ト云者、五騎ニテ浜ノ方ヨリ馳来ル。哀《あはれ》、ヨキ敵ニ行合テ分捕[二〇]

一　平家が時めかれるようなこと。
二　称讃に値するとして。
三　「勧賞」は功労を賞して土地や物などを下賜されること。「勲功」も手柄・功績に対する恩賞。
四　さあ、わかりません。
五　私の命をお助け下さい。
六　源頼朝→一一頁注七。
七　あなた。
八　宥免するよう申し上げましょう。
九　言うまでもありません。
一〇　わけのわからない鳥や獣でさえも。
一一　実例は他でもない。
一二　池禅尼。生没年未詳。藤原氏北家道隆流、修理権大夫宗兼の女宗子。平忠盛の後妻として、家盛・頼盛を産んだ。→補注二七。
一三　平頼盛。長承元年（一一三二）―文治二年（一一八六）六月二日、五五歳。桓武平氏、忠盛の五男。母は藤原宗子（池禅尼）。権大納言正二位に至った。巻三一「頼盛落留」で、平家一門の都落ちの際、池殿に火をかけて鳥羽の南まで落ちたが、これより都へ引返し、八条院の山荘に入ったことが語られる。→補注二八。
一四　気おくれして、仮名遣いは「おめおめと」が正しい。
一五　今後の有様。将来。　一六　必ず。きっと。
一七　中心人物。
一八　かえっておっしゃるには及びません。
一九　塩谷惟広。生年未詳。文治五年（一一八九）没。家遠の男。武蔵七党の一つ児玉党の武士。→補注二九。
二〇　戦場で敵の首や武器・武具などを奪い取ること。

セバヤト思タル景気[二一]也。盛俊是《これ》ヲ見テ、ヨニ怪ゲニ思テ、「源氏ノ軍兵近付《ちかづき》候。降[二二]人也トアヒシラヒ給へ、猪俣殿」ト云《いふ》。近平六立上リ、是ヲ見テ、「イヤ〳〵事[二三]カクマジ。塩谷五郎惟広也。窨《おぼつかな》[二四]ク思給フベカラズ」トイヘ共、猶《なほ》惟広ニ目ヲ懸タリ。則綱思ケルハ、惟広ヲ待付テ盛俊ヲ討タラバ、二人シテ討タリト人ノイハンモ本意ナシ、和[二五]与シテ命ハ生キタレ共、トテモ遁ルマジキ盛俊也、塩谷ニ取レテ云甲斐ナシ、後ノ世ヲコソ弔ハメト思ヒ、「則綱角《かく》テ候へバ、心[二六]苦《ぐるしく》思給フベカラズ」トテ、本《もと》ノ所ニ居直[二七]ル様ニテ、左右ノ手ニ力ヲ加ヘテ、真逆《まつさかさま》ニ後《うしろ》ノ深田ニ突倒ス。盛俊、頭《かしら》ハ水ノ底ニ足ハ岸ノ耳《はた》ニ、起《おき》ン〳〵トシケルヲ、則綱、上[二八]ニノラヘテ頸ヲ搔《かき》、太刀ノ鋒《きつさき》ニ貫テ高《たかく》捧テ馬ニノリ、大音声揚テ、「敵モ御方モ是ヲ見ヨ。平家ノ侍、今日近来《このごろ》鬼神ト聞エツル越中前司盛俊ガ頸、猪[二九]俣近平六則綱分捕ニシタリ」ト叫ケリ。誠ニユヽシクゾ聞エケル。彼《かの》刀ハ薩摩国住、浪平[三〇]造ノ一[三一]物《いちもつ》ナリケリ。

一谷ヲ中ニ挟《はさみ》、大手五万余騎ハ東ノ城戸口ヨリ攻寄ケル上ニ、熊谷・平山、一陣・二陣ニ蒐入《かけいり》ヌ。今ハ防《ふせく》者ナシ。搦手ハ一万余騎ノ内、七千余騎ハ三草山ノ山口、西ノ木戸口へ廻テ責ム。三千余騎ハ鵯越ヨリ落シ合セ

二一　そぶり。様子。
二二　この私は降参した者だと応対して下さい。
二三　別に問題はないでしょう。
二四　気懸りにお思いになることはありません。
二五　和解して。和睦して。
二六　気懸りにお思いになることはありません。
二七　坐り直す。
二八　上に乗り続けて。「ノラヘ」は「乗る」に継続の意の接尾語「ふ」のついた「乗らふ」の連用形。「ヒタノリニ乗カヽリテ」(延慶本)。
二九　この猪俣則綱が奪い取ったぞ。『吾妻鏡』寿永三年二月一五日条では、飛脚が鎌倉に献じた合戦記録で、敦盛・知章・業盛・盛俊の四人について、「已上四人。義経討㆓取之㆒」と報告している。
三〇　薩摩国谿山郡谷山郷波平の刀工が製作した刀。とくに行安の製作した刀をいう。延慶本「彼刀ハ、薩摩国世代ノ住人、浪ノ平五ガ打タリケル、フタシトロト云刀ニ、ツカニハ桑ニ竹ヲ合タリケル刀トゾ聞ヘシ」、長門本「かの刀は浪ノ平が作也、つかにはくはに竹を合はせたるとぞ聞えし」。
三一　逸物。とくにすぐれたもの。→補注三〇。

テ攻ム。東、生田杜ヲバ三千余騎ニテ固タレ共、屋形々々ハ猛火燃《もえ》ヒロガリテ夥シ。東西ヨリ火ニ責ラレ人ニ被レ責テ、皆舟ニノラント渚ニ向テ落行ケルモ、海ヘノミコソ馳入ケレ。助舟アリケレ共、余《あまり》ニ多クコミ乗ケレバ、大船三艘ハ目ノ前ニ乗沈《のりしづめ》ケル。然ベキ人々ヲバ乗スレドモ、[一]次様ノ者ヲバ不レ可レ乗《のすべからず》ト[二]詈《ののしり》ケレ共、暫シノ命モ惜ケレバ、若《もし》ヤ〳〵トテ、船ニノラント取付ケルヲ、太刀、長刀ニテ薙ケレバ、手打落サレ足切折《きりをら》レテ、皆海ニゾ沈ケル。角《かく》ハセラレテ死ケレドモ、敵ニ組テ死スル者ハナシ。多《おほく》ハ御方討《みかたうち》ニゾ亡ニケル。

[三]先帝ヲ始進《はじめまゐらせ》テ、[四]女院、[五]北政所、[六]二位殿、[七]三位殿已下ノ女房達、[八]大臣殿父子已下ノ人々ハ、兼テヨリ御船ニメシテ、海上ニ出浮《いでうかび》テコレヲ被二御覧一《ごらんぜらる》。イカバカリノ事ヲカ思召ケント哀ナリ。

[九]本三位中将重衡ハ、国々ノ[一〇]駆武者取集テ、三千余騎ニテ生田杜ヲ固給タリケルガ、城中乱ツヽ、火炎屋形々々ニ充満テ黒煙空ニ覆《おほひ》、軍兵散々ニ蒐《かけ》阻《へだて》ラレテ東西ニ落失ヌ。恥ヲモ知タル者ハ敵ニ組テ討レヌ。[一一]走付《はしりつき》ノ奴原ハ、海ニ入《いり》山ニ籠ケレ共、生《いくる》ハ少ク死《しぬる》ハ多ク、敵ハ雲霞ノ如シ。御方ノ勢ナカリケレバ、重衡卿、今ハ叶ハジトテ、浜路ニ懸リ渚ニ打副《うちそひ》テ、西ヲ指《さし》

一　「次々ノ者」（三二頁注七）に同じ。
二　大声で叫んだが。
三　安徳天皇。治承二年（一一七八）一一月一二日—元暦二年（一一八五）三月二四日、八歳。第八一代の天皇。高倉天皇の第一皇子。母は平徳子（建礼門院）。諱は言仁。→補注三一。
四　建礼門院。久寿二年（一一五五）生か。没年には諸説ある。平清盛の二女。母は平時子。高倉天皇の中宮。安徳天皇の母。→補注三二。
五　藤原基通室。生没年未詳。平清盛の五女で、名は完子。→補注三三。
六　平時子。大治元年（一一二六）—元暦二年（一一八五）三月二四日、六〇歳。桓武平氏、兵部権大輔時信の女。母は二条大宮（白河院皇女令子内親王）の半物《はしたもの》（吉記・治承五年五月二八日条）。平清盛室、宗盛らの母。→補注三四。

重衡卿虜

七　平時忠室帥典侍か。彼女は安徳天皇の乳母。生没年未詳。→補注三五。
八　平宗盛・清宗の父子。宗盛→一六頁注八。清宗は宗盛の嫡男。母は平時信女で祖母時子の妹、すなわち大叔母に当たる女性。→補注三六。　九　平重衡→二四頁注一一。
一〇　駆り出されて集められた武者。
一一　徒歩で付き従う身分の低い者。

テ落給フ。其日ノ装束ハ、[一二]褐衣ニ白糸ヲ以テ群千鳥ヲ縫タル直垂ニ、[一三]紫スソゴノ冑《よろひ》ヲゾ著給ヘル。馬ハ[一四]童子鹿毛トテ究竟ノ逸物、[一五]早走《はやはしり》也。大臣殿ノ御馬ヲ預給テゾ乗給ヘル。[一六]庄三郎家長ガ、ヨキ大将軍ト見テ、父子、乗替ノ童、三騎ニテ追テ懸《かかる》。三位中将ハ[一七]蓮ノ池ヲモ打過、[一八]小馬《こま》ノ林ヲ南ニ見ナシ、[一九]板宿、須磨ニゾ懸《かかり》給フ。庄三郎目ニ懸《かけ》テ、鞭ニ鐙ヲ合セテ追ケレ共、逸物ニハ乗給ヘリ、只延《のび》ニノビ給ケル間、今ハ叶ハジト思、[二〇]十四束取テ番《つがひ》テ、追様《おつさま》ニ馬ヲ志テ遠矢ニ射《いる》。其《その》矢、馬ノ[二一]草頭《さうづ》ニ射籠タリ。其後ハ[二二]障泥《あふれ》ドモ打共《うてども》、疵ヲ痛《いたみ》テ働カズ。三位中将ノ侍ニ、[二三]後藤兵衛尉守長トテ、少《をさな》クヨリ召仕給テ、イカナル事有《あり》トモ一所ニテ死ナント深ク契給ヒテ被㆓召具㆒タリ。三位中将ノ[二四]秘蔵セラレタリケル[二五]夜目ナシ鴾毛《つきげ》ト云《いふ》馬ニゾノセラレタル。是ハ、童子鹿毛若《もし》ノ事アラバ乗カヘントノ約束也。馬モ秘蔵ノ馬也、主ハ深ク憑給ヘル侍也ケレ共、童子鹿毛ニ矢立ヌト見テ、守長ハ我《わが》馬召レナバ我《われ》イカヾセント思テ、主ヲ打捨奉リ、射向《いむけ》ノ袖ノ赤注《あかじるし》カナグリ棄テ、西ヲ指《さし》テ落行ケリ。三位中将ハ、「イカニ守長、其馬進《まゐら》セヨ〳〵」ト役《おほせ》ケレ共、[二六]空《そら》聞ズシテ馳行ケリ。「穴《あな》心ウヤ、年来《としごろ》ハ角《かく》ヤハ契シ。重衡ヲ見棄テ、イカニ守長、イヅクヘ行ゾ。留レ守長、其馬進セヨ」ト宣ヘド

一二　濃い紺色の衣。
一三　紫色で上を薄く下になるほど濃く染めたもの。
一四　鹿毛は馬の毛色。鹿の毛のように茶褐色で、たてがみ・尾・四脚の下部が黒いもの。
一五　走ることが早い馬。
一六　覚一本では庄四郎高家という。庄高家は武蔵七党の一つ児玉党の武士。家弘の四男。生没年未詳。覚一本によれば、一谷合戦では兄三郎忠家と共に範頼に従って戦った。
一七　現、神戸市長田区に蓮池町の地名がある。
一八　現、神戸市長田区に駒ヶ林町の地名がある。
一九　現、神戸市須磨区に板宿町の地名がある。
二〇　「束」は矢の長さを測る単位。親指を除いた四本の指の幅。一握り分の長さ。
二一　馬の背の百会《ひやくえ》のうしろ、尻の方の骨が盛り上がって高くなった所。三頭《さんづ》。→図三三三頁。
二二　「あふる」は、あぶみで馬の腹を蹴って進ませること。「打つ」は馬の尻に鞭を当てて走らせること。
二三　後藤盛長。生没年未詳。
二四　大切にしておられた。「Fisǒ. ヒサゥ（秘蔵）大切にすること」（日葡）。
二五　鴾毛は月毛とも書く。馬の毛色、葦毛（白い毛に黒・濃褐色の差し毛のあるもの）でやや赤みを帯びたもの。鴾《つき》（朱鷺《とき》の古名）の羽色を連想させるのでいう。
二六　聞かないふりをして。

モ、耳ニモ不㆓聞入㆒、見モカヘラズ、渚ニ添テ馳行ケリ。三位中将今ハ力及バズシテ、相構テ馬ヲ海ヘゾ打入レントシ給フ。ソコシモ遠浅也ケル上、馬モ弱テ進《すすま》ザリケレバ、汀ニ下立《おりたち》、刀ヲ抜《ぬき》、冑ノ[一]引合《ひきあはせ》ヲ切、自害シ給ハンズルニヤ、又海ヘ入給ハンズルカト見エケレバ、[二]家長手シゲク責《せめ》ヨリ、馬ヨリ飛下《とびおり》、[三]乗替ニ持《もた》セタル[四]小長刀ヲ取、[五]十文字ニ持テ開キ、スルスルト歩《あゆみ》ヨリ、「[六]君ノ御渡《わたり》ト見進《みまゐら》セテ家長参テ候。イカニ[七]正《まさ》ナク御自害有ベカラズ。イヅクマデモ御伴仕《つかまつる》ベキ」トテ、畏テ有ケレバ、三位中将、自害ヲモシ給ハズ、遠浅ナレバ海ニモ入給ハズ、立煩《たちわづらひ》給タリケルヲ、家長ツト寄《より》、我《わが》馬ニ奉㆓掻乗《かきのせ》㆒、[八]指縄《さしなは》ニテ鞍ノ[九]シヅハニシメ付テ、我身ハ乗替ニ乗テゾ帰《かへり》ニケル。其《その》勲功ノ賞ニハ、[一〇]陸奥国シツシト云《いふ》所ヲ給ケリ。

多《おほく》ノ人ノ中ニ重衡卿一人、被㆑虜《いけどられ》給ヘル事、[一一]大仏焼失ノ報ニヤ。重衡ハ[一二]只恪《をしみ》㆓七歩之命㆒、纔《わづか》ニ遁㆓一旦之死㆒、曝㆓顔於都鄙㆒、辱㆓名於遠近㆒シケリ。[41] 去比《さんぬるころ》、[一三]東大寺大仏上人ノ夢ニ、「我《わが》右ノ手イソギ鋳成《いなす》ベシ。敵ヲ討センガ為也」ト示シ給《たまふ》ト見テケレバ、急ギ奉㆑鋳テケリ。[一四]去《さんぬる》七日、右ノ御手成《なり》給ケルニ、彼《かの》卿虜《いけどら》レケル事、[一五]測知《はかりしん》ヌ、大仏ノ御方便也ト云《いふ》事ヲ。末代也トイヘ共、[一六]霊験マコトニイチシルクゾ覚ケル。サテモ後藤兵衛尉守長ハ、

一　鎧の胴の前と後とを引き締め合わせる所。
二　家長は激しく攻撃して迫り寄り。以下、家長が重衡を生捕ったと語るが、延慶本・長門本では童子鹿毛を射たのも、重衡を生捕ったのも梶原景時であるとする。覚一本では梶原景季と庄四郎高家の二人が重衡を追っ駆け、景季が童子鹿毛を射たが、高家が景季に先んじて重衡を生捕ったと語る。
三　乗替の馬を預かって乗っている従者。
四　「小長刀ヲ取テ、十文字ニ持テ畏テ申ケルハ」（延慶本）、「長刀をひらめてかしこまて申けるは」（長門本）。
五　長刀の使い方の一種。
六　あなた様のおいで。
七　不都合にも。とんでもないことに。
八　馬の口につけて、引いたり繋いだりする縄。
九　「シヅハ」は「後輪《しづわ》」。鞍橋《くらぼね》の後方の高くなった部分。
一〇　未詳。
一一　治承四年（一一八〇）一二月二八日、南都焼討ちの際、東大寺の大仏を焼失させた（巻二四・仏法破滅に詳しい）報い。
一二　訓読文は「只七歩の命を恪しみ、纔に一旦の死を遁れ、顔を都鄙に曝して、名を遠近に辱かしめけり」。兄の曹丕（魏の文帝）に、七歩歩く間に詩を作れ、作れなければ

守長捨主

極刑に処すと言われた曹植（東阿王）が、兄弟が争うことを諷した豆と萁《まめがら》の詩を直ちに作ったという「七歩の才」の故事（劉義慶の『世説新語』文学第四）をもじって、僅かの距離を逃げきれずに生捕りにされたことを「七歩之命」と言った。
一三　重源。保安二年（一一二一）―建永元年（一二〇六）六月五日、八六歳。滝口左馬允紀季重の男。俗名は重定。房号は俊乗房。南無阿弥陀仏と号した。治承四年一二月、平重衡が南都

逸物ニ乗タリケル甲斐アリテ、命バカリハ生《いき》ニケリ。後ニハ熊野法師ニ[一七]尾張法橋ト云ケル者ノ後家ノ尼ニ、後見シテゾ在《あり》ケル。彼《かの》尼[一八]訴詔有テ、[一九]後白川法皇ノ御時、[二〇]伝奏シ給フ人ノ許ヘ参ジタリケルニ、人是《これ》ヲ見テ、「三位中将ノサバカリ[二一]糸惜《いとほしく》シ給シニ、一所ニテ[二二]イカニモ成ベキ者ガサモナクテ、指《さし》モノ名人ノ[二三]不㆓思懸㆒、尼公ノ[二四]尻舞《しりまひ》シテ、晴ノ振舞コソ人ナラネ」ト、悪《にく》マヌ者コソナカリケレ。又人ノ云ケルハ、「[二五]甲臆モ賢愚モ、世ヲ治《をさむ》ルハカリコト、命ヲ助《たすく》ル有様、トリぐ〳〵ノ心バセ、争《いかで》カ是非ヲ[二六]弁《わきまふ》ベシ。弓矢ヲ取《とる》身ガ前ニハ、不覚トモ云ベケレ共、命ヲ[二七]惜《をしむ》時ハ、臂ヲ折シ[二八]様《ためし》モ有ゾカシ。サレ共此《この》守長ハ、歌ノ道ニハ[二九]ヤサシキ者ニテ、帝マデモ知召《しろしめし》タル事也。

一年《ひととせ》一院後白川院[三〇]鳥羽ノ御所ニ有㆓御幸㆒テ有㆓[三二]御遊㆒キ。比《ころ》ハ五月ノ廿日余ノ事也。[三一]卿相雲客列参アリ。重衡卿モ出仕セントテ出立給ケルガ、卯花ニ郭公ヲ書タル[三三]扇紙ヲ取出テ、『キト張テ進《まゐらせ》ヨ』トテ守長ニタブ。守長仰《おほせ》[三四]奉《うけたまはり》テ、急《いそぎ》張ケル程ニ、[三五]分廻《ぶんまはし》ヲアシ様《ざま》ニ充《あて》テ、郭公ノ中ヲ切、僅ニ尾ト羽《は》サキ計《ばかり》ヲ残シタリ。悞《あやまち》シヌト思ヘ共、可㆓取替《とりかふべき》㆒扇モナケレバ、[三六]サナガラ是ヲ進ル。重衡卿、角《かく》トモ知ズ出仕シ給テ、御前ニテ[三七]披《ひらき》テ仕《つかひ》給ケルヲ、一院叡覧アリテ、重衡ノ扇ヲ被㆑召ケリ。三位中将始テ是《これ》ヲ見給ツヽ、畏テ

を攻撃した際に焼亡した東大寺復興のための大勧進職とされ、大仏・大仏殿の復興をなしとげた。『南無阿弥陀仏作善集』の著者。
一四　寿永三年二月七日。　一五　推測できた。
一六　「霊験」の「験」、底本は「騒」とする。誤植とみて改めた。　一七　熊野三山の僧とするが未詳。「尾中法橋」（延慶本）、「雄中法橋」（長門本）。　一八　「訴訟」の当て字。
一九　後白河院。大治二年（一一二七）九月一一日—建久三年（一一九二）三月一三日、六六歳。第七七代の天皇。鳥羽天皇の第四皇子。母は待賢門院（藤原璋子）。諱は雅仁。二条天皇・高倉天皇・以仁王・守覚法親王・式子内親王らの父。異母弟近衛天皇の夭折により、久寿二年（一一五五）七月二四日帝位についた。鳥羽法皇崩後、保元元年（一一五六）七月保元の乱で同母兄の崇徳上皇と戦って勝ち、上皇を讃岐国に流した。同三年八月一一日守仁親王（二条天皇）への譲位後は平治の乱に遭い、治承三年（一一七九）一一月には清盛によって鳥羽離宮に幽閉された。平家都落ちの際は比叡山に逃れ、高倉院の四宮後鳥羽天皇を践祚させた。→補注三七。

同人郭公歌

二〇　奏請を天皇または上皇に取り次ぎ言上する役。　二一　おかわいがりなさったのに。
二二　「いかにもなる」は「死ぬ」の意を婉曲に言う言い方。当然死ぬはずの者が。　二三　有名人。
二四　尻馬に乗って。　二五　甲臆→一四頁注九。
二六　「弁へキ」とあるべきところか。
二七　『白氏文集』巻三「新豊折臂翁」に「皆云前後征㆑蛮者　千万人行無㆓一廻㆒　是年翁年二十四　兵部牒中有㆓名字㆒　夜深不㆔敢使㆓人知㆒　偸将㆓大石㆒鎚㆑折臂㆒……臂折来来六十年　一肢雖㆑廃一身全」というのに拠る。

ゾ候ハレケル。[一]御定再三ニ成ケレバ、御前ニ是ヲ[二]闍《さしおか》レタリ。一院ヒラキ御覧ジテ、『無念ニモ[三]名鳥ニ疵ヲバ被レ付タル者哉。何者ガ所為ニテ有ゾ』トテ打[四]咲《うちわら》ハセ給ケレバ、[五]当座ノ公卿達モ、誠ニオカシキ事ニ思合レタリ。三位中将モ、苦々シク恥恐給ヘル体《てい》也。退出ノ後、守長ヲ召テ、[六]深ク勘当シ給ヘリ。守長、大ニ歎恐テ一首ヲ[42]書進ス。

[七]五月ヤミクラハシ山ノ杜鵑《ほととぎす》姿ヲ人ニミスルモノカハ

ト。三位中将、此歌ヲ捧テ御前ニ参、シカ〴〵ト奏聞シ給タリケレバ、君、『サテハ守長ガ此歌ヨマントテ、態《わざ》トノ所為ニヤ』ト有二叡感一。

タメシナキニ非ズ。[八]能因入道ガ、

[九]都ヲバ霞ト共ニ出《いで》シカド秋風ゾ吹《ふく》シラ川ノセキ

ト読タリケルヲ、[一〇]我《わが》身ハ都ニ有ナガラ、イカヾ無念ニ此歌ヲ出サントテ、吾妻ノ修行ニ出ヌト披露シテ、人ニ知ラレズ籠居テ、照《てる》日ニ身ヲ任セツヽ、色ヲ黒ク[一一]アブリナシテ後ニ、『陸奥国ノ方ノ修行ノ次《つい》デニ、白川関ニテ読タリ』トゾ云《いひ》ヒロメケル。

[一二]又待賢門院ノ女房ニ、[一三]加賀ト云《いふ》歌ヨミ有ケリ。是《これ》モ、[一四]兼テヨリ思シ事ヲフシ柴ノコルバカリナル歎《なげき》セントハ

一八 「様　タメシ」(類聚名義抄)。
一九 優雅なふるまいをする人間。
二〇 鳥羽殿。　二一 詩歌管絃の宴。
二二 公卿殿上人。　二三 扇の地紙。
二四 「奉　ウケタマハル」(類聚名義抄)。
二五 円を描くのに用いる、コンパスのような道具。　二六 そのまま。
二七 「披　ヒラク」(類聚名義抄)。

一 ご命令。仰せ。御諚《ごちやう》。
二 「闍　サシオク」(類聚名義抄)。
三 ほととぎすのこと。
四 「咲　ワラフ」(類聚名義抄)。
五 その座に連なっていた公卿達。
六 具体的にはきびしく譴責して、閉門などを命じたか。
七 五月闇で暗い倉橋山のほととぎすは、その姿を人に見せはしない。「クラハシ山」は大和国の歌枕。奈良県桜井市倉橋の南、多武峰あたりの山。「暗し」を響かせる。「杜鵑」は、ほととぎす。名歌とされる「五月闇倉橋山のほととぎすおぼつかなくも鳴きわたるかな」(拾遺集・夏・一二四・藤原実方)をもじった歌か。

白川関附子柴歌

八 歌僧の能因。永延二年(九八八)生、没年未詳。初め文章生で橘永愷といった。旅の歌人として知られ、家集『能因集』、歌学書『能因歌枕』がある。私撰集『玄々集』の撰者。『後拾遺集』初出。
九 『後拾遺集』羇旅・五一八の能因法師の歌。詞書は「陸奥国にまかり下りけるに、白河の関にてよみ侍りける」、第三句「立ちしかど」。一首の意は、都を春霞と一緒に出立したが、はるばるやって来た白川の関には秋風が吹いてい

ト云歌ヲ読テ年比持《としごろもち》タリケルヲ、同《おなじく》ハ去《さる》ベキ人ニ云昵《いひむつび》[一五]テ、忘ラレタラン時ニヨミタラバ、勅選[一六]ナンドニ入タラン、面[43]モ優ナルベシト思ケリ。サテイカヾシタリケン、花園大臣[一七]ニ申ソメテ程ヘツヽ、カレ〴〵[一八]ニ成《なり》ニケリ。加賀、思ノ如クニヤ有ケン、此歌ヲ進《まゐら》セタリケレバ、大臣イミジク哀ニオボシケリ。世ノ人、[一九]『附《ふ》子《し》柴《しば》ノ加賀』トゾ云ケル。サテ思ノ如ク千載集[二〇]ニ入ニケリ。守長モ角《かく》シモヤ有ラント覚束《おぼつか》ナシ。秀歌也ケレバ、鳥羽御所[二一]ノ御念珠堂ノ杉障子ニ彫付ラレテ今ニアリ。サレバ賢《かしこき》モ賤《いやしき》モ、讃《ほむる》モ毀《そしる》モ、トリ〴〵ナルベシ」トゾ申ケル。

[二二]薩摩守忠度ハ生年四十一、色白クシテ髭黒ク生《おひ》給ヘリ。赤地錦直垂ニ、黒糸威冑《よろひ》ニ、甲《かぶと》ヲバ著給ハズ、立烏帽子[二三]計《ばかり》ニテ、白鴾毛《しろつきげ》[二四]ノ馬ニ、遠鴈[二五]ノ文《もん》ヲ打タル鞍置テゾ乗タリケル。カルモ河[二六]、須磨、板宿ヲ打過ツヽ、渚ニ付テゾ落給フ。武蔵国住人岡部[二七]六弥太忠澄、十余騎ノ勢ニテ鞭ヲ打テ追懸テ、「爰ニ西ヲ指《さし》テ過給《すぎたまふ》ハ、敵カ御方《みかた》カ。名乗レ」ト云《いふ》。「是《これ》ハ源氏ノ軍兵ゾ」ト答テ、イトヾ駒ヲ早メテ落給フ。御方ニハ、立烏帽子ニ金付《かねつけ》[二八]タル人ハナキ者ヲ、是ハ一定[二九]平家ノ大将軍ニコソト思テ、追テ懸《かか》ル処ニ、源次[三〇]、源三、百兵衛ト云《いふ》侍共、中ヲ塞テ防ケリ。彼等三人ヲバ郎等ニ打預テナヲ

る。「シラ川ノセキ」は陸奥の歌枕。福島県白河市旗宿。一〇 能因の和歌説話→補注三八。
一二 わざと日焼けしたのちに。
一三 藤原璋子。康和三年(一一〇一)—久安元年(一一四五)八月二二日、四五歳。権大納言公実の女。鳥羽天皇の中宮。崇徳・後白河両天皇、覚性法親王・上西門院の生母。→補注三九。
一三 生没年未詳。斎院新肥前の女。
一四 『千載集』恋三・七九九の待賢門院加賀の歌。詞書「花園左大臣につかはしける」、第二句「思ひしことぞ」。一首の意は、前からわかっていたことなのに、柴を薪として樵るではないが、懲りるほどの失恋の嘆きをするであろうことは。「コル」は「樵る」と「懲る」の掛詞。「歎」に「フシ柴」「樵る」の縁語「木」を響かせる。「歎き」と「投木」は掛詞。投木は薪のこと。
一五 言い寄って親しくなって。

平家公達亡

一六 勅撰和歌集。「勅選」、底本のまま。
一七 源有仁。康和五年(一一〇三)—久安三年(一一四七)二月一三日、四五歳。後三条天皇の皇子輔仁親王の男。母は源師忠女。白河院の猶子として元服、後に源姓を賜った。従一位左大臣に至る。
一八 うとうとしい間柄になってしまった。
一九 附子柴ノ加賀→補注四〇。
二〇 『千載和歌集』。七番目の勅撰集。後白河法皇の院宣により、文治三年(一一八七)藤原俊成が撰進した。実際の奏覧は文治四年四月。二〇巻から成り、一二八八首を収める。
二一 山城国。現、京都市伏見区中島に宮跡のある鳥羽離宮。鳥羽殿。応徳三年(一〇八六)譲位直前の白河天皇が後院として造営したのに始

進ケリ。[一]熊王ト云《いふ》童、主ヲ延サント命ヲ棄テ戦ケリ。熊王ハ敵一人切殺シテ、我身モ爰ニテ討レニケリ。源次、源三、百兵衛モ、太刀ノ切鋒《きつさき》打ソロヘテ散々ニ振舞ケルガ、敵二人討取テ、アマタニ手負《おほ》セ、三人一所ニ亡ニケリ。今ハ忠度一人ニ成給タリケルヲ、忠澄馳並テ引組デ落《おつ》。六弥太上ニ成《なる》。忠度ハ[二]赤木ノ管ニ銀ノ[三]筒金《どうがね》巻タル刀ヲ[四]抜儲テオハシケレバ、六弥太ヲ三刀マデゾ突給フ。馬ノ上ニテ一刀、落《おち》ザマニ一刀、落付テ一刀、隙《ひま》アリ共《とも》見エズ。一、二ノ刀ハ冑《よろひ》ノ上ヲ突給ヘバ[五]手モ負ズ、三ノ刀ニ[六]胸板ヲ突ハシラカシ、[七]頷《おとがひ》ノ下、[八]片頬加ヘニ、ツト突貫《つきつらぬく》。忠澄既《すでに》ト見エケレバ、郎等落合テ、薩摩守ヲ[九]ミシト切《きる》。[一〇]射鞲ヲ以テ合セ給タリケレバ、[一一]妻手ノ腕、射鞲加《くはへ》ニ打落サル。忠度、今ハ叶ハジト思召ケレバ、上ナル六弥太ヲ持興《もちおこ》シテ[一二]片手ニ提、「[一三]コヽノケ。念仏申テ死ナン」トテ抛《なげ》給ヘバ、[一四]弓長《ゆんだけ》二長バカリ抛ラレテ、忠澄トヽ走テ安堵セズ。其《その》間ニ忠度ハ鎧ノ上帯切《きり》、物具脱捨テ、端座シテ西ニ向ヒ、念仏高声ニ唱ヘ給フ。其後、忠澄太刀ヲ抜、寄《より》ケレバ、「今ハ汝ガ手ニ懸テ討レン事[一五]子細ナシ。暫相《あひ》待テ。最後ノ念仏申サン」ト宣ヘバ、忠澄畏《かしこまつ》テ、「抑《そもそも》君ハ誰ニテ渡ラセ給候ゾ」ト問ケレバ、薩摩守、「[一六]己《おのれ》ハ不覚仁ヤ、『何者ゾ、名乗《なのれ》』トイハヾ名乗ベキカ。景

まる。二二　平忠度。天養元年（一一四四）生か。寿永三年（一一八四）二月七日没、四一歳か。桓武平氏。忠盛の六男。母は鳥羽院に仕えた女房と伝えられる。→補注四一。二三　頂辺の峰を高く立てたままで折らない烏帽子。二四　白みの強い月毛（白の強い、うす赤みを帯びた毛色）。二五　空遠く飛ぶ雁の姿をかたどった文様。二六　苅藻川。摂津国。現、神戸市長田区を南流し、新湊川に合流、同区苅藻島町の西側で大阪湾に注ぐ。二七　岡部忠澄。生没年未詳。武蔵国猪俣党の庶流の武士。→補注四二。二八　鉄漿。お歯黒。二九　間違いなく。きっと。三〇　三人とも伝未詳。延慶・長門両本では忠度の落ちるさまを「武者一騎落行ケリ」（延慶本）のごとく描くので、源次ら三人やすぐあとに登場する「熊王ト云童」は全く登場しない。覚一本では「百騎ばかりが中に」囲まれて落ちようとしたと語るが、その兵達は「国々のかり武者」なので忠度を救おうともせず落ちて行ったとし、やはりこの三人や童は登場しない。

一　伝未詳。

二　「赤木」は、花櫚・紫檀など、材質の赤い木。「管」は束（柄）のこと。㋙つか　㋭管《クハン》。『色葉字類抄』にツカと読む。本来は筆の柄をいう。

三　刀の柄・鞘の合わせの割れるのを防ぐためにはめた、幅広の鐶。

四　前もって抜いていらっしゃったので。

五　（六弥太は）手傷も負わない。

六　「胸板」は鎧の胴の前面最上部。胸板を突いて刀を走らせ。

七　㋙㋭おとかひ。「頷　ヲトガヒ」（類聚名義抄）。

気ヲ以テ見モ知レカシ。己ニ会テ名乗マジ。去《さり》ナガラ最後ノ暇《いとま》エサセタルニ、己ハヨキ敵取ツル者ゾ。同ジ勲功ト云ナガラ、必《かならず》ヨキ勧賞ニ預ナン」トテ、最後ノ[一七]十念高声ニ唱ツヽ、「ハヤ、トク」ト宣ケレバ、六弥大進《すすみより》寄テ頸ヲ取《とる》。脱捨給ヘル物具トラセケルニ、[一八]一巻ノ巻物アリ。取具《とりぐ》シテ、頸ヲバ太刀ノ切鋒《きつさき》ニ貫テ指上《さしあげ》ツヽ、陣ニ帰テ、是ハ誰人ノ頸ナラン、名乗《なのれ》ト云《いひ》ツレ共シカ〳〵トテ名乗ザリツレバ、[一九]何《いか》ナル人トモ見シラザリケルニ、巻物ヲ披《ひらき》見レバ、歌共多ク有ケル中ニ、旅宿花ト云《いふ》題ニテ一首アリ。

[二〇]行暮テ木下陰ヲ宿トセバ花ヤ今夜ノアルジナラマシ　忠度

ト書《かか》レタリケルニコソ薩摩守トハ知タリケレ。此人ハ[二一]入道ノ弟、公達ノ中ニハ、心モ甲《かう》ニ身モ健《すくよか》ニ御座ケレ共、[二二]運ノ極《きはめ》ニ成ヌレバ、六弥太ニモ討レニケリ。勧賞ノ時ハ、「六弥太[二三]神妙也」トテ、[二四]薩摩守ノ知行ノ庄園五箇所ヲ給テ、勲功ニ誇ケリ。

[二五]越前三位通盛ハ、紫地錦直垂ニ、[二六]萌黄ニ沢瀉威《おもだかをどし》タル鎧ニ、[二七]連銭葦毛ノ馬ニ乗テ、[二八]湊河ノ耳《はた》ヲ下《くだり》ニ落給フ。[二九]団扇ノ旗指《さし》テ、児玉党七騎ニテ追懸奉ル。三位、[三〇]幾程命ヲ生《いき》ントテ、鞭ヲアテヽゾ落給フ。然ベキ運ノ極ニヤ、馬ヲ逆《さかさま》ニ倒《たふし》テ[三一]頸ヘ抜テゾ落給フ。児玉党イマダ不㆓追付㆒ケルニ、近江

八　「ホウヲツキツラヌキテ、六矢田ガ後ヘ刀三寸計ゾ出タリケル」（延慶本）、「頰をつき貫きたり」（長門本）。　九　力いっぱい。
一〇　籠手。弓を射る時、左手の肘にかける革製の道具。弓籠手《ゆこて》・手纏《たまき》ともいう。㋙㋭こて。十巻本『和名抄』に「小手」と訓む。
一一　「馬手」に同じ。右手。覚一本も「右のかいな」とする。延慶・長門両本では、「弓手ノ小ガヒナ」（延）、「弓手のかいな」（長）とする。
一二　前文からの続きで、左手で引っさげたことになるが、延慶・長門両本では、「メテノカヒナニテ」（延）、「馬手のかひなに」（長）とする。
一三　この言葉を含め、忠度が最後に念仏を唱えることは延慶・長門両本にない。覚一本には存する。　一四　弓一張りの長さ。
一五　問題ない。　一六　お前は不覚な者だなあ。
一七　念仏を一〇回唱えること。
一八　延慶本は巻物や「行暮テ木下陰ヲ」の歌に関する叙述を欠く。覚一本は巻物ではなく、「ゑびらにむすびつけられたるふみ」とする。
一九　延慶本では六弥太が「是ハタガ頸ゾ」と言って人に見せると「アレコソ太政入道ノ末弟、薩摩守忠度ト云シ歌人ノ御首ヨ」と教えたのでわかったと述べる。
二〇　道行く途中で日が暮れて木の下陰を宿としたなら、桜の花が今宵の宿の亭主であろうか。
二一　平清盛。永久六年（一一一八）―治承五年（一一八一）閏二月四日、六四歳。桓武平氏、忠盛の一男。母は白河院の女房。→補注四三。
二二　運のはて。
二三　殊勝である。称賛に価する。「Xinbeô　シンベゥ（神妙）」（日葡）。
二四　忠度が領地として支配していた荘園。
二五　平通盛。生年未詳。寿永三年（一一八四）

国佐々木庄住人、[一]木村源三成綱ト云《いふ》者、落合テ組テケリ。[二]両鼠木ノ根ヲ嚼《かむ》、其木タヲレバ、毒龍底ニ在《あり》テ害ヲ成《なさ》ントスル喩《たとへ》アリ。児玉党追懸タリ、佐々木待得タリ、実《まこと》ニ遁《のがれ》ガタクゾ見エ給フ。三位上ニ成給フ。源三駻《はね》返《かへさむ》々々トシケレ共、三位力増《まさり》也ケレバ、抑ヘテ更ニ働カサズ。刀ヲ抜《ぬき》、源三ガ頸ヲ掻《かけ》共《ども》々々落ズ、持上《もちあげ》是ヲ見給ヘバ、鞘ナガラ脱《ぬけ》タレバ不レ切ケリ。源三成綱ハ、[三]紀中将成高ノ四代ノ孫、[四]木村権頭ガ子息也。[五]佐々木庄ニ居住シタリケルガ、本《もと》ハ[六]小松大臣ニ奉公セシ程ニ、ヲクレ奉テ後ハ[七]新中納言殿ニ奉レ付《つきたてまつり》ケレバ、平家ノ人々ニハ見馴奉タリケリ。源平ノ合戦ニ、[八]佐々木源三秀能ガ子息等、皆関東へ下ケル間、源三成綱モ近ク鎌倉へ下《くだり》タリケリ。軍兵ニ被レ催《もよほされ》[九]テ上《のぼり》タレバ、越前三位トモ奉レ組《くみたてまつる》。成綱叶ハジト思ケレバ、下ニ臥ナガラ、「誰ヤラント奉レ思候へバ、君ニテ渡ラセ給ケリ。知進《しりまゐらせ》テ候ハンニハ、争《いかで》カ近ク可ニ参寄一《まゐりよるべき》。[一〇]年比《としごろ》平家ニ奉公ノ身ナレバ、御方へコソ参ベキニテ侍ツルニ、心ナラズ親《したしき》者共ニ詐《すか》[一一]シ下サレテ、今戦場ニ被ニ駆向一《かりむけられ》タリ。何《いづれ》ノ御方モ疎《おろそか》ノ御事ハ候ハネ共、殊ニ見ナレ進《まゐらせ》テ奉ニ御昵思一《おんむつましくおもひ》。只今角組《かくくま》レ進《まゐら》セヌル事ヨ。同《おなじく》ハ人手ニ懸《かかり》ナンヨリ嬉クコソ」ト申《まうす》。三位ハ「誰モサコソハ思へ。年比日比《としごろひごろ》見ナレシ者ナレバ、不《ふ》

二月七日没。桓武平氏、教盛の嫡男。母は皇后宮大進藤原資憲女。→補注四四。二六　底本「澤寫威タル」、「寫」は「瀉」の誤植とみて改めた。「沢瀉威」は「沢瀉糸威」。色違いの威毛で上を狭く、下を広く、草の沢瀉の葉に似せた三角形に威したもの。ここは萌黄地沢瀉か。延慶本は通盛が着用していたのは「モヘギニヲヒノ鎧」、覚一本は「唐綾おどしの鎧」とする。二七　葦毛に銭を並べたような灰白色の斑模様のある馬の毛色。二八　六甲山地西部に発する天王谷川と再度山から南流する石井川が合流し、神戸市街地中央を流れて大阪湾に注ぐ川。二九　軍配団扇の紋章を描いた旗（旗頭に団扇をつけたとする説もある）。児玉党は武蔵七党の一つ。三〇　「幾程……生ントテカ」「幾程……生ントヤラム」などとあるべきところ。三一　馬の首の方へ跳び下りて逃走した。延慶本では児玉党は登場せず、佐々木源三盛綱の郎等が通盛の甲に熊手を懸けて引き、盛綱と通盛が馬を「押並テ引組テドウド落ツ」という。

一　佐々木成綱。生没年未詳。宇多源氏、資経男か（尊卑分脈）。平氏が勢力のあった時は頼朝に敵対していたという。→補注四五。
二　『賓頭盧説法経』にもとづくという「月の鼠」の喩え話。「虎に追はれて逃ぐるに、大きなる穴に落ち入りぬ。穴の中ほどに草の僅かにあるに落ちかかりて、取り縋りて見れば、底に鰐といふ物の待ち受けて、落ちば食らはむとするあひだに、この草の根を白き鼠・黒き鼠、かはるがはる食み切り、登らむとすれば、又追ひつる虎穴の口にあるなり。底なる鰐は地獄なり。追ひつる虎はこの世にて造れる業障なり。白き鼠は日なり。黒き鼠は月なり。月日のゆくこ

便《びん》ニモ思ヘ共、軍《いくさ》ノ道ハカナシ。今加様《かやう》ニ申《まうす》ヲ聞《きけ》バ、実《まこと》ニサコソ思ラメ」トテ踉蹡《ためらひ》給ケル程ニ、[一二]佐々木五郎義清、主従五騎ニテ浪打ギハヲ歩マセ来ル。成綱是《これ》ヲ見テ、五郎ハヨモ見放タジ者ヲト思テ、三位ノ案ジ煩《わづらひ》タル処ニ、太刀ノ管《つか》ト[一三]箕《えびら》トニカセイデ、甲《かぶと》ノ透間《すきま》ノ有ケルヨリ、源三、刀ヲヌキ、三位ヲ二刀サス。指《ささ》レテ弱リ給ケルヲ、力ヲ入テ騁《はね》返シ、起シモ立《たて》ズ[一四]ヤガテ三位ノ首ヲ取。[45]此世ニ源三ガ郎等二人、三位ノ侍三騎、互ニ主ヲ[一五]育《はぐくみ》テ、爰ニテ五人亡ニケリ。源三、三位ノ首ヲ取、郎等ニ「[一六]項《うなじ》ノ重キハイカニ」ト問《とふ》。「疵ヲ負《おひ》給ヘリ」ト云《いふ》。三位ノ刀ヲ取テ見レバ、鞘ナガラ掻《かかれ》タレバ、鞘尻二寸バカリ砕テ、刀ノ鋒《きつさき》二寸入《いり》テ、其《その》疵ニテゾ在ケル。源三成綱ハ左ノ手ニテ頷《おとがひ》サヽヘ、右ノ手ニ首ヲ捧テ陣ニ帰《かへる》。ユヽシクゾ見エタリケル。

[一七]蔵人大夫業盛ハ、今年十七ニ成給フ。[一八]長絹ノ直垂ニ、所々[一九]菊閉《きくとぢ》シテ、緋威冑《よろひ》ニ、連銭芦毛ノ馬ニ乗給ヘリ。御方ニハ離レヌ、イヅチヘイカニ行ベキ共《とも》知給ハザリケレバ、渚ニ立テ御座ケルヲ、常陸国住人[二〇]泥《ひぢ》屋四郎吉安ト組テ落、上ニナリ下ニ成《なり》コロビケル程ニ、古井ノ中ヘコロビ入テ、泥屋ハ下ニナル。兄ヲ討セジトテ、[二一]泥屋五郎落重《おちかさなり》テ、大夫ノ甲《かぶと》ノ[二二]シコロニ取付

と、かの鼠の、頼める草を食み切るがごとくにほどなき由なり」(奥義抄・中)。三 未詳。四 源資経のことをいうか。ただし木村権頭と称したことは確認できない。五 近江国蒲原郡。現、滋賀県近江八幡市安土町付近。六 平重盛。保延四年(一一三八)—治承三年(一一七九)七月二九日、四二歳。桓武平氏、清盛の一男。母は高階基章女。→補注四六。七 平知盛→二四頁注一〇。八 佐々木秀義。天永三年(一一一二)—元暦元年(一一八四)七月一九日、七三歳。宇多源氏、季定の男。源為義の猶子。盛綱・高綱らの父。この後、巻四一「平田入道謀叛三日平氏」(一六九—一七〇頁)でその討死が語られる。→補注四七。九 召集されて。一〇 永年。一一 言いくるめられ、だまされて。一二 佐々木義清。生没年未詳。宇多源氏。秀義の五男。母は渋谷重国女。左衛門尉、隠岐守となった。→補注四八。一三 ㋙「ゑひら」。「箙」が正しい。「箕」は別字で、大きな箱の意。一四 ただちに。一五 かばって。一六 「項 ウナシ」(類聚名義抄)。一七 平業盛。生年未詳。寿永三年(一一八四)二月七日没。桓武平氏、教盛の男。蔵人となり、従五位下に至った。→補注四九。一八 長尺に織り出した絹布。堅くて光沢がある。一九 直垂などの縫い目にほころびを防ぐために綴じ付けた飾紐。二〇 生没年、系譜とも未詳。「泥屋」は本により「土屋」「土谷」「臂屋」とも書く。現、茨城県下妻市肘谷に地縁のある武士か。二一 覚一本では土屋五郎重行という。生没年、系譜とも未詳。二二 錏。兜の鉢から左右や後に垂れて首を覆う部分。皮または鉄の板を縅したもの。

テ、ヒカン〳〵トシケレバ、大夫頭《かしら》ヲ強ク振給フニ、甲ノ緒ヲ振切《ふりきる》。五郎、甲ヲ持ナガラ、二尋《ひろ》[一]バカリゾ被レ抛《なげられ》タル。去共《されども》不二手負一《ておはざり》ケレバ、起上テ業盛ノ頸ヲ取《とる》。兄ヲバ井ヨリ引立タリ。十七歳ノ心ニ、ヨク力ノ強クオハシケルニヤト、人皆是《これ》ヲ惜《をしみ》ケリ。

一　「尋」は長さの単位。一尋は五尺（約一・五メートル）または六尺（約一・八メートル）。

源平盛衰記　巻第三十八

知盛遁二戦場一乗レ船

経俊敦盛経正師盛已下頸共懸二一谷一

熊谷送二敦盛頸一

小宰相局慎夫人

平家頸懸二獄門一

惟盛北方被レ見レ頸

重衡京入・定長問答

重国花方西国下向・上洛

源平盛衰記幾巻三十八

[一]新中納言知盛卿ハ、浜へ向テ落給ケルヲ、[二]武蔵国司ニテ[三]御座ニヨリ、奉二見知一タリケルニヤ、[四]児玉党、団扇旌指《はたさし》テ、三騎ヲメキテ奉二追懸一。「爰ニ落給《たまふ》ハ大将軍トコソ見進《まゐらせ》候へ。[五]イカニマサナク後ヲバ見セ給フゾ」トテ、無下《むげ》ニ近付寄ケレバ、中納言ノ侍ニ[六]監物太郎頼賢ハ、究竟ノ弓ノ上手、能《よつ》引放《ひきはなつ》矢ニ、[七]旗指、頸ノ骨ヲ射サセテ馬ヨリ落《おつ》。二騎ノ者共シコロヲ傾テ打テ懸ル。中納言危ク見エ給ケレバ、御子[八]武蔵守知章、中ニ阻《へだたつ》テ、引組デ落テ、取テ押《おさへ》テ頸ヲ掻《かく》。敵ノ童《わらは》落重テ武蔵守ヲバ討テケリ。監物太郎頼賢、弓矢ヲバカラト棄テ落合《おちあひ》、童ガ首ヲ取《とる》。頼賢ハ主ノ首ト童ガ頸ト取具シテ、馬ニノラントシケルガ、膝ノ[九]節ヲ射サセ、今ハ最後ト思ケレバ、人手ニカヽラジトテ、腹掻切テ死《しに》ニケリ。其紛《そのまぎれ》ニ新中納言ハ、[一〇]井上ト云《いふ》究竟ノ馬ニ乗給タリケレバ、海上三町計《ばかり》游セテ、船ニ乗移テ助リ給ニケリ。[一一]知章ハ忽獲二勇兵之首一、専顕二壮士之名一、遂救二父之死一、永亡二己之命一。船ニハ馬立《たつ》ベキ所ナカリケレバ、舟ノ[一二]セガヒヨリ馬ノ頭ヲ礒へ引向テ一鞭アテ

知盛遁戦場乗船

一　平知盛→二四頁注一〇。
二　『公卿補任』治承元年（一一七七）の知盛の尻付に「永暦元二廿八武蔵守」とある。永暦元年（一一六〇）、知盛は九歳。
三　㋙おはします　㋭おはせし。「御座」は㋙は「おはします」、㋭は「おはす」「まします」の訓みが多い。以下、この語についてはふりがなは略し、校異には挙げない。
四　児玉党→四三頁注二九。
五　どうして見苦しくお逃げなさるのですか。
六　監物頼方。生年未詳。寿永三年（一一八四）二月七日没。藤原氏北家藤成流、武藤景頼の男。
七　馬に乗り、大将の旗を持つ侍。旗持ち。
八　平知章→二四頁注一〇。
九　関節。
一〇　延慶・長門両本では、「井上」の名は献上した人の名にもとづくという。→補注一。
一一　以下、訓み下す。「知章はたちまちに勇兵の首を獲り、専ら壮士の名を顕はし、遂に父の死を救ひ、永く己れの命を亡ぼす」。
一二　船枻。船の両舷（両側の側面）に渡した板。

タレバ、馬ハ游返《およぎかへり》ケリ。[一]阿波民部大夫成良ガ、「アノ御馬射殺給ヘ。敵ノ物ニ成ナン」ト申ケレ共、中納言ハ、「敵ノ馬ニ成《なる》トテモ、イカヾ我《わが》命ヲ助タラン馬ヲバ殺ベキ」トテ、遺惜《をし》[1]ゲニゾオハシケル。馬ハ渚ニ游上リ、[二]塩々《しほしほ》トヌレテ、年来《としごろ》[三]ノ好《よしみ》ヲ慕ヒツヽ、舟ノ方ヲ見返《みかへり》テ三度嘶[2]タリケルコソ、畜類ナレ共《ども》哀ナレ。此馬ハ中納言ノ武蔵国司ニテオハシケル時、当国[四]河越ヨリ進《まゐらせ》タリケレバ、名ヲバ河越ノ黒トゾ申ケル。余ニ秘蔵[五]シ給テ、馬ノ為ニ月ニ一度太山府君[六]ノ祭ヲゾセラレケル。其験《そのしるし》ニヤ、馬ノ命モ四[七]十ニ成ケリ。我《わが》御身モ今度被レ助《たすけられ》給ヌ。九郎御曹司、此馬ヲ院御所[八]ヘ被《られ》レ進《まゐらせ》タリケレバ、聞ユル名馬也トテ、御厩ニゾ立ラレケル。

[九]修理大夫経盛ノ子ニ若狭守経俊[一〇]ハ、兵庫ノ浦[一一]マデ落延《おちのび》給タリケルヲ、那[一二]和大郎ニ組テ討レ給フ。

同《おなじく》経盛末子ニ無官大夫敦盛[一三]ハ、紺地錦直垂ニ、萌黄匂ノ鎧ニ、白星ノ甲《かぶと》著テ、滋藤弓ニ十八指《さし》タル護田鳥尾《うすべを》[一四]ノ矢、鴾毛《つきげ》ノ馬ニ乗給、只一騎、新中納言ノ乗給ヌル舟ヲ志テ、一町計《ばかり》游セテ、浮ヌ沈ヌ漂[一五]給フ。武蔵国住人熊谷次郎直実[一六]ハ、哀《あはれ》、ヨキ敵ニ組バヤト、渚ニ立テ東西伺居タル処ニ、是ヲ見付テ馬ヲ海ニザブト打入、「大将軍トコソ奉レ見《みたてまつれ》。マサナクモ海ヘハ

一　田口重能→二三頁注二五。
二　しっとりと海水に濡れての意に、しょんぼりとしての意を含めていう。
三　永年飼われて親しみなついてきた間柄。
四　武蔵国川越。現、埼玉県川越市。
五　非常に大切にして。「Fisǒ. ヒサゥ（秘蔵）」（日葡）。
六　陰陽道の祭祀。延命・除魔・栄達などを祈る。
七　馬の平均寿命は二十五歳くらい。四十歳は人間なら百二十歳を超えるという。
八　後白河法皇の御所。
九　平経盛。天治元年（一一二四）―元暦二年（一一八五）三月二四日。六二歳。桓武平氏、忠盛の三男。母は皇后宮亮源信雅女。→補注二。

経俊敦盛経正師盛已下頸共懸一谷

一〇　平経俊。生年未詳。寿永三年（一一八四）二月七日没。桓武平氏、経盛の四男。従五位下若狭守に至る。→補注三。
一一　摂津国。湊川以西和田岬以東の海岸を言った。
一二　生没年未詳。藤原氏秀郷流。上野国那波郡を本拠とする武士。『吾妻鏡』建久六年（一一九五）三月一〇日条、頼朝が東大寺に赴いた随兵の中に「那波太郎」の名がある。
一三　平敦盛。嘉応元年（一一六九）生か。寿永三年（一一八四）二月七日没。一六歳か。桓武平氏、経盛の男。延慶本や長門本では「武者一人」、覚一本では「武者一騎」というのみで、

入セ給者哉。返《かへし》給ヘヤ〳〵。角申《かくまうす》ハ日本第一ノ剛者《かうのもの》、熊谷次郎直実」ト云ケレバ、敦盛何トカ思ハレケン、馬ノ鼻ヲ引返シ、渚へ向テゾ游セタル。馬ノ足立《たつ》程ニ成ケレバ、弓矢ヲバ抛捨テ、太刀ヲ抜《ぬき》、額ニアテ、ヲメキテ上《あがり》給ケルヲ、熊谷待受テ、[一七]上《あげ》モタテズ、[一八]水鞠ザトケサセツヽ、馬ト〳〵ヲ馳並《はせならべ》テ取組、浪打際ニドウト落《おつ》。上ニ成下《なり》ニナリ、二度三度ハコロビタリケレ共、大夫ハ[一九]幼若也、熊谷ハ[二〇]古兵《ふるつはもの》也ケレバ、遂ニ上ニ成《なる》。左右ノ膝ヲ以テ冑《よろひ》ノ袖ヲムズト押《おさへ》タレバ、大夫少シモ[二一]ハタラキ給ハズ。熊谷ハ腰ノ刀ヲ抜出シ、既ニ頸ヲカヽントテ内甲《うちかぶと》ヲ見ケレバ、十五、六バカリノ若上臈、薄気《うすげ》壮《しやう》ニ[二二]金黒《かねぐろ》也。ニコト笑テ見エ給フ。熊谷ハ、穴無慙《あなむざん》ヤ、弓矢取《とる》身ハ何ヤラン、是程《これほど》若ク厳《うつくし》キ上臈ニ、イヅコニ刀ヲ立《たつ》ベキゾト心弱《よはく》ゾ思ケル。「抑《そもそも》誰ノ御子ニテ渡ラセ給フゾ」ト問ケレバ、「只トク切《きれ》」トゾ宣ケル。「奉レ斬《きりたてまつり》テ雑人ノ中ニ棄置進《まゐら》センモ無レ便《びんなく》侍リ。[二三]ウキフシモ知ヌ[二四]東国ノ夷《えびす》下臈ニ逢テ、名乗マジト被二思召一《おぼしめさるる》カ。ソレモ理《ことわり》ニ侍レ共、[二五]存ズル旨アリテ申也」ト云《いふ》。大夫思ハレケルハ、名乗タリ共《とも》不二名乗一《なのらず》トモ非レ可レ遁《のがるべきにあらず》、但存ズル旨トハ勲功ノ賞ヲ申サン為ニコソ有《ある》ラメ、組《くむ》モ切ルヽモ[二六]先世ノ契、讐《あた》ヲバ恩デ報《むくふ》也、[二七]サアラバ名乗ント思ツヽ、「存《ぞんず》ル旨ノ有ナレバ聞ス

敦盛を直ちに彼とはわからない形で登場させている。延慶・長門両本は忠度の場合でも同様の登場のさせ方をしていた。→巻三七補注四一。→補注四。

一四　薄黒い斑点のある尾白鷲の尾羽で作った矢羽。→図三三四頁。

一五　浮いたり沈んだり。

一六　「直実」、底本「真実」。誤りとみて訂した。

一七　渚に上がらせず。

一八　鞠ほどの大きさの水玉。

一九　幼いこと。幼弱。

二〇　戦闘に馴れた老巧な武者。

二一　動くことがお出来にならない。

二二　鉄漿《かね》で歯を黒く染めること。これ以前、忠度も鉄漿を付けていた。→四一頁注二八。延慶本ではこのあとに「鮮（嬋）娟タル両髪（鬢）ハ秋ノ蟬ノ羽ヲ並べ、宛転タル双峨（蛾）ハ遠山ノ色ニマガヘリナムド云モ、カクヤト覚テ哀也」という敦盛の美貌の描写が続く。『和漢朗詠集』下・妓女に載る白楽天の新楽府「井底引二銀瓶一」の二句にもとづく。同じ句は『海道記』の富士山伝説を述べた部分の赫奕姫《かぐや》の描写に引用されている。

二三　「ウキフシ」は「憂き節」、憂くつらいこと。「ウキフシモ知《しら》ヌ」は、もののあわれも解さないの意。

二四　一六頁一行の「邪見ノ夷」と同じく、直実の自己認識のうかがわれる言い方。

二五　考えることがあって申すのです。→補注五。

二六　前世の因縁。

二七　覚一本では、敦盛は名乗らない。→補注六。

ルゾ。是ハ[一]故太政入道ノ弟ニ、修理大夫経盛ト云《いふ》人ノ末ノ子、イマダ無官ナレバ無官大夫敦盛トテ、生年十六ニ成也《なる》」ト宣ケリ。熊谷、涙ヲハラ〳〵ト流シケリ。穴《あな》心ウノ御事ヤ、偖《さて》ハ小次郎ト同年ニヤ、実《まこと》ニサ程《ほど》ゾ御座《おはす》ラン、[二]岩木ヲワケヌ心ニモ、[三]子ノ悲《かなしき》ハ類《たぐひ》ナシ、況ヤ是《これ》程ワリナク厳《うつくし》キ人ヲ奉レ失《うしなひたてまつり》テ、父母ノモダエコガレ給ハン事ノ哀サヨ、中ニモ小次郎ト同年ニ成給ナル糸惜《いとほし》サヨ、奉レ助《たすけたてまつら》バヤ、又御心モ猛《たけき》人ニテオハシケリ、日本第一ノ剛《かうのもの》者ト名乗《なのる》ニ、落武者ノ身トシテ、此《この》年ノ若《わかき》ニ[四]返合《かへしあは》セ給ヘルモ、大将軍ト覚タリ、[五]是ハ公軍也、[六]穴惜《あなをし》ヤイカヾセント思煩テ、暫押《おさへ》テ案ジケルニ、前ニモ後ニモ組デ落、思々ニ[七]分捕シケル間ニ、熊谷コソ一谷ニテ現《げ》ニ組タリシ敵ヲ逃シテ、人ニトラレタリトイハレン事、子孫ニ伝《つたへ》テ[八]弓矢ノ名ヲ折ベシト思返テ申ケルハ、「ヨニモ助進《たすけまゐらせ》バヤト存《ぞんじ》侍レ共、源氏陸ニ充満《みちみち》タリ。迚《とて》モ遁《のがれ》給ベキ御身ナラズ。御菩提ヲバ直実能々《よくよく》訪《とぶらひ》奉ベシ。草ノ陰ニテ御覧ゼヨ。疎略努々《ゆめゆめ》候マジ」トテ、目ヲ塞ギ[九]歯ヲクヒアハセテ涙ヲ流シ、其《その》頸ヲ掻落ス。無慙《むざん》ト云《いふ》モ愚《おろか》也。[一〇]敦盛不レ恐レ死不レ降レ心、雖レ為二幼齢之人一、頗《すこぶる》非二凡庸之類《たぐひ》一ケリ。平家ノ人々ハ、今被レ討給《うたれたまふ》マデモ[一一]情ヲバ不二捨給《すてたまはず》一。此《この》殿、軍ノ陣ニテモ、隙《ひま》ニハ吹ントオ[一二]ボシケルニコ

一　平清盛→四三頁注二一。

二　岩と木を区別できない心、あるいは岩や木とさして変わらないとの意でいうか。人情を解さない心。

三　わが子がどうしようもなくいとしいことは。

四　引き返して自分に向かってこられたのも。

五　朝廷の命によって戦ういくさ。「私軍」に対していう。

六　諸本では、直実が敦盛を討たざるをえなかったのは、土肥などの味方が現れたためであると語る。→補注七。

七　戦場で敵の首や甲冑・武具などを奪い取ること。

八　武士の名誉をそこなうであろう。

九　歯を食いしばって。つらいことをこらえているさまをいう。

一〇　以下、訓み下す。「敦盛は死を恐れず心降らず、幼齢の人たりといへども、すこぶる凡庸の類にあらざりけり」。

一一　お思いになったのであろう。

一二　風雅の情。文末「あらめ」などが略された形。

一三　中国渡来の笛。延慶本・長門本では、笛ではなく篳篥とし、さらに敦盛は巻物を所持していたと語る。→補注八。

一四　鎧の胴の前と後とを締めて合わせる所。

一五　一五頁一一行（櫓ノ上ニ伎楽ヲ調べ……）

ソ、色ナツカシキ漢竹[一三]ノ笛ヲ、香モムツマシキ錦ノ袋ニ入テ、鎧[一四]ノ引合《ひきあはせ》ニ指《ささ》レタリ。熊谷是《これ》ヲ見奉リ、糸惜《いとほし》ヤ此《この》程モ城ノ中ニ、此暁[一五]モ物ノ音ノ聞エツルハ此人ニテ御座《おはし》ケリ、源氏ノ軍兵ハ東国ヨリ数万騎上《のぼり》タレ共、笛吹《ふく》者ハ一人モナシ、イカナレバ平家ノ公達ハ、加様《かやう》ニ優ニハ御座ラントテ、涙ヲ流シテ立タリケリ。彼《かの》笛ト申ハ、父経盛、笛ノ上手ニテ御座ケルガ、砂[一六]金百両宋朝[一七]ニ被レ渡テ、ヨキ漢竹ヲ一枝取寄《とりよせ》、コトニヨキ両節間[4]ヲ一[一八]ヨ取《とり》、[5-9]天台座主前《さきの》明雲僧正ニ被レ仰《おほせられ》テ、秘密瑜伽壇[二〇]ニ立テ、七日加持シテ、秘蔵シテ被レ彫《ゑられ》タリシ笛也。子息達ノ中ニハ、敦盛器量[二一]ノ仁也トテ、七歳ノ時ヨリ伝テ持レタリケリ。夜深《ふく》ル儘[二二]ニサエケレバ、サヱダト名付ラレケル也。熊谷ハ笛ト頸トヲ手ニ捧《ささげ》、子息ノ小次郎ガ許ニ行《ゆき》、「是ヲ見ヨ。修理大夫殿ノ御子ニ無官大夫敦盛トテ、生年十六ト名乗給ツルヲ、奉レ助バヤト思ツレ共、汝等ガ弓矢[二三]ノ末ヲ顧テ、角憂目《かくうき》ヲ見ル悲サヨ。縦《たとひ》直実世[6]ニナキ者ト成タリトモ、穴賢《あなかしこ》[二四]、奉二後世弔一《ごせとぶらひたてまつれ》」ト云含《いひふくめ》、其《それ》ヨリシテゾ熊谷ハ弥《いよいよ》発心ノ思出来《おもひいでき》ツヽ、後[二五]ハ軍《いくさ》ハセザリケリ。

[二六]但馬守経正ハ大夫敦盛ノ兄也。赤地錦直垂ニ、鎧ハ態《わざ》ト不レ着ケリ。身ヲ軽クシテ落給ハン料ニヤ、小具足[二七]計《ばかり》、長覆輪《ながぶくりん》[二八]ノ太刀ヲハキ、黄駱《きかはらげの》[二九]馬ニ

〜一六頁四行の記述に照応する。
一六 両は重さの単位で、中世から近世末までは、一両は大体四匁乃至五匁であったという。一匁は約三・七五グラム。金の一両は室町時代までに四匁五分とされたという。すると百両は約一キロ六八八グラムとなる。
一七 経盛の生まれた頃の宋朝は北宋だが、その後まもなく南宋となる。　一八 一節。
一九 明雲。永久三年（一一一五）—寿永二年（一一八三）一一月一九日。六九歳。第五五代・五七代天台座主。俗姓村上源氏、権大納言顕通男。第四九代座主最雲の弟子。安元三年（一一七七）五月座主を解却され、伊豆配流とされたが、比叡山の大衆が粟津で奪い、六月召喚された。治承三年（一一七九）一一月、座主に還任。寿永二年の法住寺合戦の際に横死した。→補注九。
二〇 秘密瑜伽の法（心の統一修行によって修行者の身口意が仏のそれと合致すると説く真言の法）を修する壇場。
二一 （笛の）才能が優れている人物。
二二 音色が冴えたので。
二三 武士としての将来。
二四 必ず。決して忘れずに。
二五 一谷の合戦では戦闘に参加しなかったの意か。
二六 平経正。生年未詳。寿永三年（一一八四）二月七日没。桓武平氏、経盛の男。→補注一〇。
二七 鎧・腹巻などと共につける小道具。籠手《こて》・臑当《すねあて》・佩盾《はいたて》・面具《めんぐ》などの総称。
二八 太刀の隅から隅まで覆輪をかけること。
二九 「黄駱」は「黄川原毛」。黄を帯びた川原毛（たてがみが黒い白馬）の馬。

乗、侍一人モ具シ給ハズ、大蔵谷[一]ヘ向テ落給フ。「是ハ[7]武蔵国住城[二]四郎高家ト云《いふ》者也。此《ここ》ニ落給フハ平家ノ公達ト奉レ見。返合テ組給ヘヤ〳〵」ト中懸《かけ》テ追テ行。経正キット見返シテ、「逃《にぐる》ニハ非《あらず》、[三]己ヲ嫌《きらふ》也」トテ馬ヲ早ム。高家腹ヲ立テ、「マサナキ殿ノ詞《ことば》哉。軍ノ習ハ不レ[四]嫌《きらはず》二上下一、向フ敵ニ組《くむ》ハ法也。其《その》義ナラバ虜《いけどり》ニシテ恥ヲ見セヨ。打《うて》ヤ者共〳〵」トテ、主従三騎、鞭ヲアテヽ追テ懸ル。今ハ叶ハジト思給ケレバ、馬ヨリ飛下《とびおり》、腹掻切テ臥《ふし》給《たまひ》ニケリ。高家落合《おちあひ》、首ヲ捕テ見レバ、[五]タブサニ物ヲ結付《ゆひつけ》タリ。軍終《いくさはて》テ人ニ是ヲ問ケレバ、梵字ノ[六]光明真言也。其《その》真言ノ奥ニ、「縦《たとひ》朝敵ト成テ頸[七]ヲバ被レ渡トモ、此《この》真言ヲバ必《かならず》タブサニ可レ被二結付一」トゾ被レ書タル。哀ニゾ覚ケル。頸ヲ被レ渡ケル時聞エケルハ、此《この》経正ハ[八]仁和寺ノ[九]守覚法親王ノ年比《としごろ》ノ御弟子ニテ、都ヲ落シ時、彼《かの》宮ニ参テ御暇ヲ申ケルニ、宮、哀ト思召《おぼしめし》、御自筆ニアソバシテ給タリケル真言也。哀也トテ結付タリケル[一〇]定ニシテ、頸ヲバ渡サレケル也。獄門[一一]ノ木ニ被レ懸テ後、御室[一二]ヨリ被レ申テ、[8]骨ヲバテ高野[一三]ニ送ラレテ、様々御追善有ケル也。土沙加治[一四]ノ功徳、ナヲ無[一五]間ノ苦ヲ免[9]トイヘリ。況《いはんや》[一六]即身ニ受持《うけたも》テランニ於《おいてを》[10]ヤ。師資[一七]ノ契ハ多劫[一八]ノ因縁トイヘリ。誠ナルカナ、コノ事ヲヤ。

一　播磨国。現、兵庫県明石市大蔵谷。
二　『参考源平盛衰記』は庄四郎高家で「城」は「庄」の転訛かとする。庄高家については→三七頁注一六。
三　お前を嫌うのだ。
四　自分の高い低いは問題としない。
五　髻。もとどり。
六　真言密教で唱える真言。唵《おん》・阿謨伽《あぼきや》・尾盧左曩《べいろしやのう》・摩訶母捺羅《まかぼだら》・麼尼《まに》・鉢曇摩《はんどま》・忸婆羅《じんばら》・波羅《はら》波利多耶《ばりたや》・吽《うん》。これを唱えると一切の罪業が除かれるという。
七　首をさらし物にして大路を巡行させられる。
八　現、京都市右京区御室大内。真言宗御室派総本山。山号は大内山。光孝天皇の勅願で、仁和四年（八八八）宇多天皇が創建、その出家後入寺、御室と呼ばれる門跡寺となった。
九　久安六年（一一五〇）―建仁二年（一二〇二）八月二六日。五三歳。後白河院の第二皇子。母は権大納言藤原季成女成子（高倉三位）。→補注一一。
一〇　結び付けたままにして。
一一　斬刑に処された罪人の首をさらす木。
一二　守覚法親王のこと。
一三　現、和歌山県伊都郡高野町の金剛峯寺。高野山真言宗の総本山。山号は高野山。弘仁七年（八一六）空海が嵯峨天皇から高野山の地を道場建立の地として下賜され、承和二年（八三五）定額寺とされた。
一四　「加治」は加持の当て字。㋭「土沙加持《ドシヤカヂ》」。光明真言を誦して加持した土砂を死骸や墓の上に撒くと、亡者が菩提を得るとする密教の修法。
一五　無間地獄の苦しみ。

[一九]備中守師盛ハ、軍場《いくさば》ヲバ遁出《のがれいで》テ、小船ニ乗テ渚ヲ漕セテ、助舟ニ移ントオボシケル程ニ、武者一人高岸ニ立テ云《いはく》、「アレハ備中守殿ノ御舟ト見進《まゐら》ス。是ハ薩摩守殿ノ御内ニ、[二〇]豊島九郎実治ト申《まうす》者ニ侍リ。助サセ給ヘヤ」ト云テ招ケレバ、「只一人也。ソレ乗《のせ》ヨ」ト宣フ。[二一]水手等、「御舟狭ク候、イカヾ」ト申ケレ共、「只寄《よせ》テ乗セヨ」ト被役《おほせられ》ケレバ、漕寄タリ。実治ハ大ノ男、而《しか》モ鎧著《き》ナガラ高岸ヨリ力ヲソヘテ飛乗。舟バタニ飛懸《とびかかり》テ、舟ヲ踏傾タルヲ、ノリ直《なほさ》ン〳〵トシケル程ニ、踏返テ皆海ニ沈ニケリ。師盛ハ浮上タリケルヲ、[二二]伊勢三郎義盛、熊手ニ懸《かけ》テ引上、首ヲ取テケリ。

異本ニハ、[二三]大臣御乳人子ニ、[二四]清九郎馬允ト名乗テ船ヲ覆《くつがへす》ト云々。

一谷ニテ被討残《うちのこされ》タル平家ノ人々、舟ニコミ乗《のり》、波ニユラレテ、浮ヌ沈ヌ、有歟無歟《あるかなきか》ニ漂ヒケリ。

[二五]新中納言、大臣殿ニ被申《まうされ》ケルハ、「[二六]武蔵守ニモ後《おく》[二七]レヌ、[二八]頼賢モ討レヌ。[二九]家長、[三〇]有国ナドモヨモ生《いき》侍ラジ。心細《ほそく》コソ候ヘ。唯一人持タル子ガ、父ヲ助《たすけ》ントテ敵ニ組《くむ》ヲ見ナガラ、親ノ身ニテ子ヲ育《はぐくむ》心ナク落延《おちのび》タルコソ、命ハヨク惜者哉《をしきものかな》ト、身ナガラモウタテク覚候ヘ。人々ノ思召《おぼしめす》ランモ恥《はづかし》クコソ」トテ、サメ〴〵ト泣給フ。大臣殿ハ、「武蔵守ハ心モ甲《かう》ニ手モキヽ、

一六　身体にそのまま。「受持テ」、下二段動詞か。
一七　師弟の関係。
一八　極めて長い年月。永劫。
一九　平師盛。生年未詳。寿永三年（一一八四）二月七日没。桓武平氏、重盛の男。母は藤原家成女経子。有盛と同母の兄弟。→補注一二。
二〇　未詳。延慶本では「真治」、長門本では「直治」とする。覚一本では知盛の侍の「清衛門公長といふ者」という。
二一　船頭。また、船乗りをもいう。「Suixu. スイシュ（水手）水夫、あるいは、船人」（日葡）。
二二　伊勢義盛。生年未詳。文治二年（一一八六）没。源義経の郎等。ただし、延慶・長門両本では師盛の首を取った人物を川越重頼の郎等十郎大夫とし、覚一本では畠山重忠の郎等本田次郎近常とする。→補注一三。
二三　平宗盛→一六頁注八。
二四　未詳。
二五　平知盛→二四頁注一〇。
二六　平知章→二四頁注一〇。
二七　死におくれた。
二八　監物頼方→四九頁注六。
二九　平家長。生没年未詳。→補注一四。
三〇　武蔵有国。生没年、系譜とも未詳。平家の侍大将。盛衰記では、これ以前巻三〇「平氏侍共亡」で「腹搔切テ失ニケリ」と語り、これ以後巻四二「屋島合戦」で伊勢三郎と言葉戦をし（二〇八頁注八）、巻四三「平家亡虜」で「有国・家長已下侍八人、同枕ニ自害シテ伏ヌ」というなど、矛盾した記述となっている。

能《よき》大将軍ニテオハセシ者ヲ、穴惜《あなをし》ヤ」トテ御子ノ[一]衛門督ヲ打見給《うちみたまひ》、「今年ハ同年ニテ十七ゾカシ」トテ涙グミ給ケレバ、人々モ皆袖ヲゾ絞ケル。家長トハ伊賀平内左衛門、有国トハ武蔵三郎左衛門也。此等ハ新中納言ノ一、二ノ者ニテ、命ニモ替《かはり》、一所ニテ[二]イカニモナラント契深カリケレバ、中納言モ子息ノ武蔵守ト同《おなじく》惜ミ給ケル侍共也。

九郎義経ハ、一谷ニ棹結渡《ゆひわた》シテ、[三]宗人《むねと》ノ頸共取懸《とりかけ》タリ。千二百人トゾ注《しる》シタル。大将軍ニハ、[四]越前三位通盛門脇子、[五]蔵人大夫業盛同子、[六]薩摩守忠度入道弟、武蔵守知章新中納言子、備中守師盛小松殿子、若狭守経俊、但馬守経正、無官大夫敦盛已上三人ハ修理大夫子、侍ニハ[七]越中前司盛俊、伊賀平内左衛門尉家長、武蔵三郎左衛門尉有国已下、京都・[八]辺土ノ輩、四国・西国ノ者共也。其外《そのほか》ハサノミ名ヲ注《しるす》ニ及バズ。

箭《や》ニアタリ剣《つるぎ》ニ触テ巷ニ臥族《ふすやから》、一谷ノ城郭ノ内、東西ノ城戸ノ辺、死人ノ多《おほき》事、[九]麻ヲ散セルガ如ク也。水ニ溺、山ニ隠《かくれ》シ者ハ幾千万ト云《いふ》事ヲ知ズ。[一〇]主上、[一一]女院、[一二]二位殿、[一三]内大臣、[一四]平大納言已下、幷ニ人々ノ北方、[一五]御船ニ召テマノアタリ是ヲ被㆓御覧《ごらんぜらる》㆒。イカバカリノ御事思召ケント、被㆓推量《おしはかられて》㆒哀也。[一六]翠帳紅閨、万事ノ礼法引替テ、船中波上、一生ノ悲、喩ヘン方コソ

一　平清宗→三六頁注八。
二　どうにでもなろう。死のう。
三　おもだった人々。
四　平通盛→四三頁注二五。
五　平業盛→四五頁注一七。
六　平忠度→四一頁注二二。
七　平盛俊→二九頁注二六。
八　片田舎。
九　散乱している状態の形容。
一〇　安徳天皇→三六頁注三。
一一　建礼門院→三六頁注四。
一二　平時子→三六頁注六。
一三　平宗盛→一六頁注八。
一四　平時忠。大治五年（一一三〇）―文治五年（一一八九）二月二四日、六〇歳。桓武平氏、兵部権大輔時信の一男。母は二条大宮（白河院皇女令子内親王）の端者（はしたもの）。清盛室時子の同母弟。→補注一五。
一五　以下の叙述は三六頁一〇行（兼テヨリ御船ニメシテ……）以下とほとんど同じ。
一六　「翠帳紅閨　万事之礼法雖㆑異　舟中浪上一生之歓会是同」（和漢朗詠集・下・遊女・七二〇・大江以言）を引く。
一七　惜しんだ。㋙たはひたる　㋭たはいぬる。「たばふ」はかばう、助ける意。
一八　僅かの水に棲む魚の意で、死が目前に迫っていることの喩え。「出曜経云、此日已過、命即減少、如㆓小水魚㆒、斯有㆓何楽㆒」（往生要集・大文第一）。
一九　「客舎」は旅客の泊まる宿。この世を一時的

無《なか》リケレ。親ハ波ノ上ニ漂《ただよひ》、子ハ陸ノ砂ニ倒レ、妻ハ舟ノ中ニ焦《こがれ》テ、夫ハ渚ノ側ニ亡ヌ。友ヲ忘《わすれ》主ヲ忘テモ、片時ノ命ヲ惜ミ、[12]兄ヲ棄テ弟ヲ棄《すてて》モ、シバシノ身ヲゾ[一七]畜《たばひ》タル。[一八]小水ノ魚ノ沫《あわ》ニ[13]喣ガ如ク、[一九]客舎ノ羊ノ屠所ニ歩《あゆむ》ニ似タリ。イツマデ命ヲ生《いき》ントテ、各《おのおの》身ヲゾ惜ケル。被㆓討漏《うちもらされ》㆒タル人々ハ、水手・[二〇]梶取、八重ノ塩路ニ棹指《さし》テ、浪ニゾユラレ給ケル。或《あるいは》生田沖ヲ漕過テ、[二一]雀松原、[二二]混湯ノ松、[二三]南宮ノ沖ヲ[二四]沖懸《おきがかり》ニ、紀伊ノ地ヘ移ル舟モアリ。或《あるいは》[二五]葦屋沖ニ懸テ、[二六]九国ヘト急《いそぐ》舟モアリ。[二七]鳴戸沖ヲ漕過テ、[二八]屋島ヘ渡ル舟モアリ。[二九]明石浦ノ波間ヨリ、[三〇]淡路ノ狭迫《せと》ヲコギ過テ、[三一]島隠行《がくれゆく》舟モアリ。未《いまだ》一谷ノ沖ニ漂テ、波ニユラルヽ船モアリ。[三二]霜枯ノ小竹《をざさ》ガ上ノ青翠、紫野ニ染返シ、[三三]細谷川ノ水ノ色、薄紅ニテ流タリ。[三四]汀ノ浪、湊ノ水、錦ヲ濯《あら》フニ似タリケリ。

熊谷次郎直実ハ、敦盛ノ頸ヲバ取タレ共、嬉キ事ヲバ忘レテ、只悲《かなしみ》ノ涙ヲ流シ、冑《よろひ》ノ袖ヲ濡《ぬらし》ケリ。倩《つらつら》事ノ有様ヲ案ズルニ、愚ナル禽獣鳥類マデモ、子ヲ思《おもふ》道ハ志深シ。[三五]炎ノ中ニ身ヲ亡シ、矢サキニ当《あたり》テ命ヲ失《うしなふ》事モ、子ヲ思《おもふ》情ニ有、人倫争《いかで》憐マザラン。弓矢取《とる》身トテナニヤラン、[三六]子孫ノ後ヲ思ツヽ、他人ノ命ヲ奪ラン。[三七]蜻蛉ノ有カ無カノ身ヲ以テ、ナニ思ベ

に宿る所と見なしていうか。「客舎ノ羊ノ屠所ニ歩」は「屠所ノ羊」という成句に同じく、死が目前であることの喩え。「譬如㆘旃陀羅駈㆑羊至㆓屠所㆒、歩歩㆗近死地㆖、人命亦如㆑是」(摩訶摩耶経・上)　二〇　船を漕ぐ人。

二一　摂津国。現、神戸市東灘区魚崎西町・魚崎南町の海岸一帯に比定される。　二二　「昆陽の松」か。「混湯」は「昆陽」の当て字。摂津国。現、兵庫県伊丹市に昆陽・昆陽池などの地名がある。　二三　「南宮」は広田神社の別宮。　二四　沖合に停泊して。　二五　摂津国。現、兵庫県芦屋市の海。　二六　九州。　二七　阿波国。現、徳島県鳴門市の海。　二八　讃岐国。現、香川県高松市。→二〇一頁注二九。　二九　播磨国。現、兵庫県明石市の海岸。　三〇　明石海峡。　三一　「ほのぼのと明石の浦の朝霧に島隠れゆく舟をしぞ思ふ」(古今集・羇旅・四〇九・読人しらず、左注柿本人麻呂)を引く。　三二　緑の笹が血で染まったことをいう。→補注一六。　三三　谷川の水が血で染まったことをいう。「細谷川」は歌語。

熊谷送敦盛頸

三四　海岸に寄せる波も血に染まったことをいう。→補注一七。　三五　親が子を救おうとして火の中に飛び込んで焼け死をし。「焼野の雉子《きぎす》」という成句などを念頭に置いて言うか。　三六　子孫が後に繁栄することを思って。　三七　「世の中といひつるものかかげろふのあるかなきかのほどにぞありける」(後撰集・雑四・一二六四・読人しらず)

キ世ノ末ヲ、是程ニ少《をさな》ク厳《うつく》シキ上臈ヲ失《うしなひ》、歎給フラン父母ノ心ノ中コソ糸惜《いとほし》ケレ、縦《たとひ》勲功之賞ニハ不レ預《あづからず》共、此《この》頸・[一]遺物《ゆいもつ》返送《かへしおくり》、今一度替レル貌[14]ヲモ奉レ見《みせたてまつら》バヤト思ケレバ、実検ニモ合セ、[二]懸頸《かけくび》ニモシタリケレ共、大将軍ニ申請《まうしうけ》テ、馬、鞍、冑、甲、弓矢、漢竹ノ笛、一モ取落サズ、一紙ノ消息状ニ相具シテ、[三]敦盛ノ首ヲバ、父修理大夫ヘゾ送リケル。[四]其状ニ云、

直実謹言上。不レ慮奉レ参二会此君一之間、挿下[五]呉王得二[六]勾践一、[七]秦皇遇二[八]燕丹一之嘉上、直欲レ決二勝負一之刻、依レ拝二容儀一、俄忘二怨敵之思一、忽抛二武威之勇一。剰加二守護一、奉二供奉一之処、大勢襲来之間、始雖下辞二源氏一参中平家上、彼多勢也、此無勢也、[九]樊会之威還縮、[一〇]養由之芸速約。爰直実適稟二生於弓馬家一、幸眩二武勇於日域一。廻レ謀落レ城、靡レ旗虐レ敵、雖二天下無双之得一レ名、如二[一一]蟷蜋合一レ力而覆レ車、[一二]螻蟻一レ心而穿レ岸。慭挽レ弓放レ箭、空被レ奪二愚命於同軍之戟塵一、覃二于憂名於傍輩之後代一、自他背二身之本望一、非二家之面目一。然間奉レ仰二此君[一三]御素意一之処、早賜二御命一、可レ訪二菩提一之由、依レ被二仰下一、乍レ抑二落涙一、不レ謀而賜二御頸一畢。恨哉、此君与二直実一奉レ結二縁於悪世一。悲哉、宿運久萌至レ今、成二怨酬之害一。雖レ然翻二此[一四]逆縁一者、争互截二[一五]生死之紲一、不レ成二[一六]一蓮之実一哉。然則偏卜二閑居之地形一、懇

一 「Yuimot. ユイモッ（遺物）」（日葡）。
二 さらし首。延慶本巻九―29「平家ノ人々ノ頸共取懸ル事」では「但敦盛ノ頸ハナカリケリ」という。
三 延慶・長門両本は、直実が経盛の許に音信した時の有様を詳述する。→補注一八。
四 →訓読文（二二九頁）。
五 夫差。中国古代、春秋時代の呉の王。生年未詳。紀元前四七三年没。
六 句践とも。春秋時代の越の王。生年未詳。紀元前四六五年没。多年にわたる呉王夫差との戦は『史記』越王句践世家第一一に詳しく、盛衰記巻一七「始皇燕丹勾践夫差」でも語られる。
七 中国古代、戦国時代の大国、秦の始皇帝。紀元前二五九年―二一〇年。
八 戦国時代の燕の太子丹。丹が秦王政（始皇帝）を恨み、刺客の荊軻に秦王を殺させようとしたが失敗したことは、『史記』刺客列伝第二六に述べられ、盛衰記巻一七「始皇燕丹・勾践夫差」にも詳しく語る。
九 樊噲。生年未詳。紀元前一八九年没。漢の高祖の功臣。『史記』項羽本紀第八に述べられ、盛衰記巻一「五節夜闇討」でも語られる鴻門の会での手柄が有名。「樊噲排闥」（蒙求）。
一〇 養由基とも。春秋時代の楚の大夫で弓の名人。「養由号猨」（蒙求）。盛衰記巻一六「三位入道芸等」に「大国ノ養由」「大聖文殊ノ化身」として典拠未詳の説話を語る。
一一 「蟷蜋」は「蟷螂」に同じで、かまきり。弱い者が身のほどをわきまえず、強い者に向かうことの比喩。
一二 「螻蟻」は「螻蛄」に同じで、昆虫のけら（おけら）。「螻蛄……和名介良」（和名抄）。つまらない者が力の及ばないことをすることの比

可レ奉レ祈ニ御菩提一。直実所レ申真偽、定後聞無ニ其隠一候歟。以ニ此趣一、可レ有レ洩ニ御披露一候。恐惶謹言。

二月十三日　　直実状

進上　一七平左衛門尉殿

トゾ書タリケル。一八修理大夫経盛ハ、此《この》頸・遺物ヲ送得テ、夢《ゆめ》歟《か》現《うつつ》歟《か》分兼《わきかね》テ、物モ覚エズ泣給フ。公達アマタ御座ケレ共、此《この》殿ハ末ノ子ニテ、殊ニ憐給ツヽ、前ニテ生立テ[15]、ミメモ心モ世ニ一九有難《ありがたき》人ニテ、分方《わくかた》ナク思ハレシニ、軍場《いくさば》ニ出テ其後《そののち》、敵ニヤ取ラレケン深海ニヤ沈ケン[16]、遁《のがれ》テ徐《よそ》ニヤ有《ある》ラント、其《その》行末ヲ知給ハネバ、忍《しのび》ノ涙ヲ拭《のごひ》テ、神ニ祈《いのり》仏ニ誓テ、存命セル歟死セル歟知《しら》バヤト被レ思ケルニ、今ハ不審ハ晴レタレ共、見テハ歎ゾ増《まさり》ケル。二〇生《なま》シキ首ヲ膝ノ上ニ舁載《かきのせ》テ、「イカニヤ〳〵敦盛ヨ。懸《かかる》[17]貌ヲミスル事コソ悲ケレ」トテ、流ルヽ涙ハ雨ノ如シ。前ニ候ケル女房モ兵モ、只《ただ》夢ノ如クニ思ツヽ、袖ヲノミコソ絞ケレ。使ノ待《まつ》モ心元《こころもと》ナシトテ、泣々返事セラレケリ。二一其《その》状ニ云《いはく》、

敦盛幷遺物等給候畢。此事自下出ニ花洛之古郷一、漂中西海之波上上以降、兼所レ存也、今非レ可レ驚。故望ニ戦場一之上者、何有ニ再帰之思一哉。二二盛者必衰

喩。

一三 かねてからの御意志。

一四 悪事の縁。

一五 「生死の絆」というのに同じ。

一六 一蓮托生（極楽浄土で同じ蓮華の上に生まれること）を実現させること。

一七 延慶本は「平内左衛門尉殿」、長門本は「伊賀平内左衛門尉殿」とする。

一八 延慶本は以下の叙述を欠き、直ちに「修理大夫殿返状云」として、返状を引く。長門本は叙述するものの、やや短い。→補注一九。

一九 めったにいない人。

二〇 なまなましい。

二一 →訓読文（二二九頁）。

二二 この二句、長門本巻一六は「会者定離者憂世之習」という。

者、無常之理也、[一]老少前後者、穢土之習也。然而為レ親為レ子、先世之契不レ浅。[二]釈尊愛二羅睺之存一、[三]楽天悲二一子之別一。[四]応身権化猶以如レ此、況凡夫争不レ歎哉。而去七日、自下討二立于戦場一之朝上迄二于後旅船之暮一、其面影未レ放レ身。[五]来燕之声幽、[六]帰鴈之翅空。死生無二告者一、而迷二行方一、存亡聞二音信一、而知二由緒一、仰レ天伏レ地訴レ之、砕レ心焦レ肝祈レ之。偏仰二神明之納受一、併待二仏陀之感応一之処、於二七日之内一今見二此之貌一、仏神之効験有レ誠而不レ虚。内哀傷徹レ骨、外感涙洒レ袖。生而不レ劣二再来一、蘇而相二同重見一。抑非二貴辺芳恩一者、争今得二相見一哉、[七]一門風塵猶捨退、況於二軍徒怨敵人一乎。訪二和漢両国之儀一、顧二古今数代之法一、未レ聞二其例一。此恩深厚、[八]須弥頗下、蒼海還浅。進酬自過去遠々、退難レ報未来永々者歟。[九]万端雖レ多難レ尽二筆紙一。謹言。

二月十四日　　[一〇]左衛門尉平公朝

熊谷次郎殿　御返事

トゾ被レ書タル。直実ハ此《この》返事ヲ給テ、イトヾ涙ヲ流シツヽ、為方《せんかた》ナクゾ思ケル。穢土ノ習ヲ悲テ、遁《のがれ》バヤト思ケルガ、西国ノ軍《いくさ》鎮《しづまり》テ、[一一]黒谷ノ[一二]法然房ニ参ツヽ、髻ヲ切、[一三]蓮生ト名ヲ付《つき》テ、終《つひ》ニ世ヲコソ背《そむき》ケレ。

一 「老少不定」に同じ。この二句、延慶本巻九―25は「会者定離ハ、穢土之習ヒ」、長門本巻一六は「生者必滅者穢土之悲」という。
二 釈尊は生きている出家前の子、羅睺羅を愛した。
三 白楽天は一人の子に死別したことを悲しんだ。→補注二〇。
四 「応身」は、仏が衆生を救うためにその機根に応じた種々の姿をとって現われた身。仏の三身の一つ。「権化」は、仏菩薩が衆生を救うために仮に人間の姿となってこの世に現われること。
五 南から飛来する燕。
六 春、北に帰ってゆく雁。
七 平氏一門にとっての世の乱れ。
八 「須弥」は須弥山。仏教で、大海の中にあり、世界の中心に聳えるという高山。
九 さまざまなこと。
一〇 延慶本は「左衛門尉平奉　家長」、長門本は「修理大夫経盛」とする。
一一 現、京都市左京区黒谷町。紫雲山金戒光明寺がある。
一二 法然。長承二年（一一三三）―建暦二年（一二一二）一月二五日。八〇歳。美作国の人。押領使漆間時国の男。母は秦氏。法諱は源空。法然は房号。久安元年（一一四五）比叡山に入り皇円に学び、同六年黒谷の叡空に学んだ。安元元年（一一七五）頃から専修念仏を説き、浄土宗の開祖となる。旧仏教側の攻撃を避けるために、元久元年（一二〇四）一一月「七箇条制誡」を定めて門人達を戒めたが、建永二年（一二〇七）二月一八日専修念仏は停止され、法然は、土佐に流された。建暦元年帰京を許された。→補注二一。
一三 延慶本は「法名蓮性トゾ申ケル」という。→巻三七補注一。

偖《さて》モ今度討レ給ヘル人々ノ北方、ミナ髪ヲ下《おろ》シテ姿ヲ替ヘ、流ル丶涙ニ袖朽《くち》テ、身ヲ墨染ニ窄《やつし》ツ丶、念仏申テ後世弔合レケルコソ哀ナレ。其《その》中ニ[一四]本三位中将重衡卿ノ北方モ、既ニ御髪下サントシ給ケルヲ、「[一五]内《うちの》御乳母也。イカヾハ猿《さる》御事侍ベキ」ト、大臣殿アナガチニ被《せいしまうされ》㆓制申㆒ケレバ、力及バズシテ尼ニハ成給ハザリケリ。越前三位通盛ハ、大臣殿ノ御婿ニテオハシケレ共、[一六]女房未小《いまだをさな》クマシ〱ケレバ、近付給《ちかづきたまふ》事ハナシ。[一七]小宰相局ト申《まうす》女房ヲゾ相具《あひぐ》シ給タリケル。彼《かの》局ト申《まうす》ハ、故[一八]刑部卿憲方ノ娘、[一九]上西門院ノ女房也。心ニ情深ク、形《かたち》人ニ勝《すぐれ》給タリト聞エシカバ、心ヲ懸ヌ人ハナシ。上西門院四方ノ花ヲ御覧ノ為ニ、[二〇]北野ノ御幸有ケルニ、小宰相局ヲモ召具セサセ給ヘリ。越前三位ノ左衛門佐ニテオハシケルヲモ御伴ニサ丶レテ参ケリ。[二一]万里ヲ飛《とび》シ梅ノ花、[二二]一夜ニ生《おふ》ル松枝、[二三]現神《あらひとがみ》人ノ効験モ、今更貴ク思《おぼし》召《めす》。漸《やうやく》社壇モ近付《ちかづけ》バ、[二四]大内山ノ霞ハ木隠《こがくれ》テノミ見エ渡ル。女院、御車ヨリ下サセ給ヘバ、小宰相局モ下《おり》給ケリ。通盛夙《ほの》見給テ、宿所ニ帰テ忘ントスレ共忘《わすら》レズ、イカヾセントゾ思ハレケル。又[二五]萌出ル春ノ草、主ナキ宿ノ埋火《うづみび》ハ、下ニノミコソ焦レケレ。[二六]乳人ノ女房ヲ招テ、「イカヾハセン」ト此《この》物語アリケレバ、「不㆓思寄㆒《おもひよらざる》御事也。当時女院ノ御方ニ候ハセ給テ、片時

小宰相局慎夫人

一四　大納言佐。生没年未詳。権大納言藤原邦綱の三女輔子。典侍、従三位。安徳天皇の乳母。→補注二二。　一五　「内」は安徳天皇→三六頁注三。　一六　通盛室となった平宗盛女。延慶本巻九―30に「御年十二ニゾ成給ケル。八条女院養進テ、通盛聟ニ取セ給タリケレドモ、未ダ少クオワシケレバ、近付給事モナカリケリ」という。「小　ヲサナシ」(類聚名義抄)。
一七　小宰相→補注二三。
一八　藤原憲方。生年未詳。永暦元年（一一六〇）没か。北家高藤流、為隆の男。刑部卿正四位下に至る。
一九　統子内親王。大治元年（一一二六）―文治五年（一一八九）七月二〇日、六四歳。鳥羽天皇の皇女。母は待賢門院。→補注二四。
二〇　北野天満宮。現、京都市上京区御前通今出川上ル馬喰町。主祭神は菅原道真。天暦元年(九四七)巫女多治比文子や僧最珍等が祠を建てたのに始まると伝える。
二一　菅原道真が九州に流される時、自邸の梅に対して、「東風《こち》吹かばにほひおこせよ梅の花　主《あるじ》なしとて春を忘るな」（拾遺集・雑春・一〇〇六）と詠んだのに感じた梅が、太宰府に飛んでいってそこに生えたという飛梅伝説によっていう。巻三二「平家著太宰府」参照。
二二　一夜松の伝説をいう。→補注二五。
二三　北野天満宮の祭神菅原道真をさしていう。
二四　あるいは道真の「君が住む…」の歌を念頭に置いた表現か。→補注二六。
二五　春の草は雪の下で芽ぐみ。埋み火は灰の下で消えずにあるので、心の内で恋いこがれている通盛の有様の形容としていう。
二六　延慶本に「六条ノ局ト云乳母」という。

モ御前ヲ立離サセ給ハヌモノヲ」ト申ケレバ、「一筆ノ文マデモ叶マジキ歟」ト問給ヘバ、「ソレハ何カ苦《くるし》ク侍ルベキ」ト申《まうす》。「サラバ」トテ御文アリ。

[一]吹送《ふきおくる》風ノタヨリニ見テシヨリ雲間ノ月ニ物思《おもふ》カナ

ト書テ奉ル。小宰相ハ、「人ヤ見ツラン[二]浅間《あさま》シヤ、不㆓思懸㆒《おもひかけず》」トテ返事ナシ。此《これ》ヲ便トシテ三年ガ程、[18]書尽ヌ[三]水茎ノ数積《つも》レ共、終《つひ》ニ返事ナカリケリ。通盛、御所ノ[四]小舎人ヲ語ヒテ、御文ヲ書テ、「是ヲ持テ小宰相局ニ奉テ、[五]散ヌ所ニ打置《うちおけ》」トテ給テケリ。舎人、御文ヲ給《たまはり》テ隙《ひま》ヲ伺ケルニ、局、女院御所ヘ参給ケリ。折節《をりふし》御所近ク成テ、[六]車ノ物見ヨリ投入テ、使ハヽヤ失《うせ》ニケリ。小宰相局、車ノ内ニテ忍騒給《しのびさわぎたまふ》。「是ハイカナル人ノ[19]伝ヘゾヤ」ト宣ヘ共、御伴ノ者モ「知ズ」ト申ケレバ、大路ニ捨ンモサスガ也、車ニ置ンモツヽマシク、思煩《おもひわづらひ》、イカニスベキ様《やう》モナクテ、[七]袴ノ腰ニ[20]挟テ御前ヘ参ラセ給ヌ。隙《ひま》ナキ[八]御遊ニ打紛テ御座ケル程ニ、女院ノ御前ニ[九]シモ此文ヲ落給《おとしたまひ》ニケリ。女院、御衣ノ御袂ニ引隠《ひきかく》サセ御座シテ、御遊ノ後、女房達ノ中ニテ、「懸《かかる》文ヲ求タリ。主《ぬし》誰ナラン」ト仰ケレバ、我モ〳〵「不㆑知《しらず》」ト申サセ給ケルニ、小宰相局、[一〇]ユヽシク浅増気《あさましげ》ナル有様ニテ、アキレテゾ

一　吹き送る風がきっかけで雲の絶え間からちらりと見た月（あなた）のために物思いをしています。延慶・長門両本、覚一本はこの歌を欠く。
二　驚きあきれたことよ。
三　手紙。
四　貴人の家で雑役に使われた者。
五　なくなってしまわない所。
六　牛車の車箱（主要部分）の左右の立板にある窓。
七　袴の背後の腰に当たる部分。
八　詩歌管絃の御遊。
九　底本「シモニ」とあるのを訂した。
一〇　ひどく驚きあきれた様子で。
一一　妓女が香をたく爐。「濃香芬郁　妓鑪之烟譲㆑薫」（和漢朗詠集・春・紅梅・九七・橘正通）の句によっていう。
一二　筆づかい。
一三　私の恋は細い谷川にかかる丸木橋を踏み外して川に落ちるように、文を返されて涙に濡れる袖よ。「フミ」は「踏み」と「文」の掛詞。長門本はこの歌を欠く。
一四　踏み外す谷の浮橋のように、恋しい人が文を返す憂き世（つらい恋）だと思うと、涙に濡れる袖よ。初句・二句は三句の序詞。

見エ給フ。女院、此《この》文ヲ取出サセ給ヘバ、[一一]妓爐ノ煙ニ薫[21]ツヽ、香モナツカシキ匂アリ。手跡モナベテナラズ厳《うつくし》ク、[一二]筆ノ立所《たてど》モメヅラカナリ。

「[一三]我《わが》恋ハ細谷川ノ丸木橋フミ返サレテヌルヽ袖カナ

[一四]踏カヘス谷ノウキ橋浮世ゾト思シヨリモヌルヽ袖カナ

難面《つれなき》御心モ、[一五]今ハ中々嬉シクテ」ナンド書タリ。「是ハ逢《あは》ヌヲ恨タル文也。何ト思ナルベキ人ヤラン。左衛門佐ノ申《まうす》トハ聞召《きこしめし》シカドモ、細カニハ不二知召一。アマリニ人ノ心ヅヨキモ讐《あた》トナル者ヲヤ。此《この》世ニハマノアタリ青[一六]鬼ト成テ身ヲ徒《いたづら》ニナシ、又後世ノ障《さはり》トモナル。[一七]今ノ世ニハ又独行《ひとりゆく》道ニシモ合《あひ》テ、情ナキ事ヲ宛[22]トモ申伝侍《はべり》。人ヲモ身ヲモ鬼ニナシテ何ニカセン、[一八]繋念無量劫トカヤモ罪深シ。[一九]中比《なかごろ》[二〇]小野小町ト云ケルハ、容顔人ニ勝《すぐれ》、情ノ色モ深カリケレバ、見《みる》人モ聞《きく》人モ、肝《きも》ヲ働[23]シ心ヲ傷《いたま》シメヌハナカリケリ。去共其《されどもその》道ニハ心ヅヨキ名ヲ取タリケルニヤ、人ノ思ノ積ツヽ、[二一]ハテハ風ヲ禦便《ふせくたより》モナク、雨ヲ漏サヌ態《わざ》モナシ。空ニ陰《くも》ラヌ月星ヲ涙ニヤドシ、人ノ惜《をしむ》物ヲ強《しひ》テ乞ヒ、野辺ノ若菜ヲ摘テ命ヲ継《つぎ》ケルニハ、青鬼《あをき》コソ床[24]ヲバ並《ならべ》ケル。一夜ノ契、何カサホド苦シカルベキ」トテ、女院御自《みづから》御硯引寄《ひきよせ》[25]御座シテ、

一五　（自分の恋が叶わない）今となってはかえって嬉しくて。長門本・延慶本では出家を決意しているので、善知識となって、の意。

一六　『宝物集』巻二に「染殿の后は清和の御時の国母にて、一天をなびかし給ひけるに、紺青鬼といふ御物の怪にとりこめられて、世中の人にさがなくいはれ給ふ事侍りけり」として、「南山」の「貴き上人」が「紺青の色したる鬼と成りて現れて、后を犯し奉る」ことを語る。類話の『今昔物語集』巻二〇「染殿后為天宮被嬈乱語第七」では、金剛山の聖人は断食して、死後鬼となったが、「膚ノ黒キ事漆ヲ塗レルガ如シ」とあり、青き鬼とはいっていない。

一七　今生ではまた死出の旅の途上に会って、無情だと罰を当てる、などの意か。長門本巻一六「この世には、親《まのあた》りあをきをにとなりて、身をいたつらになし、ひとりなさけなき事にあたり、のちの世までもさはりとなりて、世々に身をはなれぬとこそきけ」。延慶本巻九―30「ヒトリ行ミチニ行合テ情ナキ事ヲカタリ、後ノ世マデノサワリトナリテ、世々ニ身ヲハナレヌトコソキケ」。盛衰記は脱文あるか。

一八　もし執念を起こす時は、測り知れない歳月にわたってその苦果を受けること。

一九　あまり遠くない昔。

二〇　小野小町。生没年未詳。平安初期の歌人。『古今集』初出。六歌仙・三十六歌仙の一人。作者未詳だが、空海作と伝えられた『玉造小町子壮衰書』に描かれる老女が晩年の小町と見なされ、小町伝説が成長した。

二一　『玉造小町子壮衰書』に「家屋自懐　風霜暗堕」とあり、またその初めの方に「左臂懸二破筐一……筐入二何物一　野青蕨薇」という。

[一]タゞ憑メ細谷川ノ丸木橋フミ返シテハ落ル習ゾ
[二]谷水ノ下ニ流テ丸木橋踏見テ後ゾクヤシカリケル

トアソバシテ、女院御媒[26]ニテ渡ラセ給ヘバ、力及バデ終《つひ》ニ靡キ給ニケリ。[三]仙宮ノ玉妃、天地ヲ兼テ契ケン、深キ志モ床敷《ゆかしく》テ、雲上ノ御遊ニモ、今ハ[四]スヽマシカラヌ程ノナカラヒ也。角《かく》テ馴《なれ》ソメ給テ日比《ひごろ》ヘケルニ、通盛、或女房ニ心ヲ移シテカレ〴〵ニ成ケレバ、小宰相局、角《かく》ゾ怨《うらみ》ヤリ給ヒケル。

[五]呉竹ノ本《もと》ハ逢《あふ》夜モ近カリキ末コソ節《ふし》ハ遠ザカリケレ

本ヨリ悪《にく》カラザリケル中ナレバ、通盛此《この》文ニメデ給、互ニ志浅カラズシテ、年比《としごろ》ニモナリ給ヒケレバ、是マデモ具シ下リ給ケリ。

昔、[六]漢文帝、[七]上林園ニ御幸アリ。[八]慎夫人トイヘル女御、坐ヲ並《ならべ》テ御《おはし》座《ます》。[九]爰盎ト云《いふ》臣下、夫人ノ座ヲ退《しりぞ》ク。帝《みかど》御気色カハリ、夫人嗔《いか》レル色アリ。爰盎畏テ申《まうす》、「公《きみ》ニ后《きさき》御座、又妾御座。妾ハ座ヲ不レ並《ならべされ》ドモ、后ハ席ヲ一ニス。夫人ハ妾ニシテ后ニ非ズ。何ゾ公ト床ヲ一ニセン[27]。昔[一〇]ノ人彘《じんてい》ガタメシヲ思知《おもひしり》給ヘ」ト云ケレバ、夫人此言《このことば》ヲ悟リ得テ、爰盎ガ賢《かしこき》心ヲ歎給《ほめたまひ》、金五十斤ヲ給《たまふ》トイヘリ。[一一]迎タルヲ云レ妻《つまといひ》、走レルヲ云レ妾《せうといふ》本文アリ。

一　ただ期待しなさい。細い谷川の丸木橋を踏み外したら落ちるように、文を返してもいつかは靡くのがこの世の習いですよ。「フミ」は「踏み」と「文」の掛詞。「恐ろしや木曽の懸路《かけぢ》の丸木橋ふみ見るたびに落ちぬべきかな」（千載集・雑下・誹諧歌・一一九五・空仁）などに拠るか。長門本はこの歌を欠く。

二　谷川の水が下に流れて、丸木橋を踏んでみたあと、後悔されます（お手紙を拝見したあと、泣けてしまって後悔しています）。「流レテ」に「泣かれて」を響かせる。

三　『長恨歌』により、楊貴妃が玄宗と「在レ天願作二比翼鳥一　在レ地願為二連理枝一」と誓ったことをいう。　四　気が進まない。

五　以前はお逢いする夜もしばしばでした。近頃はあなたと共臥することから遠ざかっています。「呉竹ノ」は「本」にかかる枕詞のようにいう。「夜」に「節《よ》」、「節」に「臥し」を掛け、「節《よ》」と「節《ふし》」はともに「竹」の縁語。「本」と「末」は対。

六　前漢の第五代の皇帝。紀元前二〇二年—一五七年。

七　上林苑。長安の西にあった御苑。秦の始皇帝が初めて作り、漢の武帝が増設した。周囲約一五〇キロメートル。多くの殿舎があり、珍しい動物や花が集められていた。

八　夫人は古代中国で、天子の妃のこと。

九　袁盎とも書く。漢の文帝・景帝に仕えたが、しばしば直諫して地方に転出させられ、景帝の弟の梁王が向けた刺客に殺された。ここで語られていることは『漢書』爰盎伝に見え、『蒙求』で「袁盎卻坐《きゃくざ》」という故事とする。→補注二七。

越前三位通盛モ、此事ヲ思知給ケルニヤ、大臣殿ノ御娘ハ妻室也、夫婦ノ契ニオハシケレバ、小宰相局ハ仮染《かりそめ》ノ昵《むつび》也、妾ニテゾマシ〳〵ケル。一ツ御舟ニハ住給ハデ、別ノ船ニ宿シ置《おきたてまつり》奉、三年ノ程波ノ上ニ漂《ただよひ》、時々事ヲ問給ヘリ。[一三]中々情ゾ深カリケル。軍《いくさ》ヨリ先ニ三草山ノ仮屋ヘ奉レ呼給ケリ。旅ネノ空ノ草枕ヲ、今コソ最後ト知給ヘ。三位ノ侍ニ[一四]宮太滝口時員ト云《いふ》者アリ。一谷ノ合戦ニ被二討漏一《うちもらされ》タリケルガ、舟ノ中ニ参テ申ケルハ、「[一五]三位殿ハ湊川ノ下《しも》ニテ、近江国住人、佐々木ノ一党[一六]木村源三成綱ト云者ガ手ニカヽリテ討レサセ給ヌ」ト泣々語《かたり》申ケレバ、北方ハ[一七]露《つゆ》物モ仰ラレズ、兼テ思ハヌ外[28]ノ事ノ様《やう》ニ引カヅキ臥《ふし》給テ後ハ、枕モ床モ浮《うき》ヌ計《ばかり》ゾ泣給フ。今度討レ給ヘル人々ノ北方、イヅレモ歎悲《なげきかなしみ》給ヘル有様、疎也共《おろそかなりとも》見エザリケレ共、是ハ理《ことわり》ニモ過給ヘリ。乳母子也ケル女房ノ只一人奉レ付《つきたてまつり》タリケルモ、同枕ニ臥沈《ふししづみ》タリケルガ、涙ヲ押ヘテ申ケルハ、「今ハイカニ思召共《おぼしめすとも》甲斐アルマジ。[一八]御身々《みみ》トナラセ給テ後、[一九]御サマヲモ替《かへ》、後世ヲモ弔進《とぶらひまゐら》セサセ給ヘ。懸《かか》ル浮世ノ習ナレバ、始テ驚《おどろき》思召ベカラズ。御身一《ひとつ》ノ事也共《なりとも》イカヾハセン、人々ノ北ノ御方モ皆角《かく》コソ」ナド慰申ケレ共、只泣《なく》ヨリ外ノ事ナシ、返事ヲダニモシ給ハズ。[二〇]一定討レヌトハ聞給ケレ

一〇　豚のような人の意。漢の呂后が高祖なき後、その愛姫戚夫人の手足を切り、眼をえぐり、薬を飲ませて聾唖として厠中に置き、人彘と呼んだ故事（史記・呂后本紀第九に見える）をいう。→補注二七。

一一　斤は重量の単位で、中粒の黍一〇〇粒の重さを一銖《しゅ》、二四銖を一両、一六両を一斤とした。

一二　「聘則為レ妻。奔則為レ妾」（礼記・内則第十二）。

一三　かえって。

一四　伝未詳。長門本「宮太滝口時貞」、覚一本「くんだたきぐち時員」。延慶本では巻九―27「越前三位通盛被討給事」で、通盛の軍兵は大勢いたが、一谷の戦で駆け隔てられて散々になり、宮太滝口時員は通盛の跡を追ったが追い付かず、ようやく首を取られた通盛の遺骸を見つけたので、その鎧の引合せにあった秘蔵の笛と通盛の馬を取り、泣く泣く馳せ帰ったと語られる。

一五　三位殿ハ……↓四三頁一三行（越前三位通盛ハ……）以下。

一六　佐々木成綱↓四四頁注一。

一七　少しも。

一八　お子様を御出産なさって。

一九　御出家をもなさり。

二〇　確かに。

共、若《もし》ヤ生テ帰《かへる》ト待給ケルニ、日数ヘテ四、五日ニモ成ヌ。一谷ハ七日ニ落サレタリケルニ、十三日マデゾ臥沈給ヘル。明日十四日ニ屋島ノ礒ヘ付《つく》ベシト聞エケル其《その》夜、[一]人定《しづまり》テ乳母子ノ女房ニ宣ケルハ、「三位ハ討レタリト人毎《ごと》ニ云ツレ共、余《よ》ノ人々モカナタコナタニ落散給ヌト聞《きけ》バ、[二]サモヤ有ラント思テ誠トモ思ハザリツルガ、此《この》暁ヨリハゲニモ[三]サモ有《ある》ラント思定《おもひさだめ》タル也。其《その》故ハ、アス打出ントテノ夜ハ、終夜《よもすがら》イツヨリモ心細《ほそき》事ドモヲ云継《いひつづけ》テ涙ヲ流ツヽ、『イカニモ我ハ明日ノ軍《いくさ》ニ討レンズルト覚ユルゾ。去《され》バ後ニイカナル有様ニテカ、世ニモオハセンズラント思《おもふ》コソ心苦《ぐるし》ケレ。世ノ習ナレバ、[四]サテハヨモオハセジナ。何《いか》ナル人ニカ見エ給ハンズラン、ソモ心憂《うし》』ナド云シカバ、イカニ角《かく》ハ宣ヤラント、心騒《さわぎ》シテ覚エシカドモ、必シモ懸《かかる》[五]ベシトハ思ハザリシニ、ゲニ限ニテ有ケル事ノ悲サヨ。[六]是《これ》マデ付下《つきくだり》テ、一生《いき》テ物ヲ思フモ苦シケレバ、水ノ底ニモ入《いり》ナント思也。人残居テ思ハン事コソ糸惜《いとほし》ケレ。故郷ニ[七]待聞《まちきき》テ歎給ハンモ罪深ケレドモ、此《この》世ニナガラヘテ有ナラバ、心ノ外ノ事モ有ゾカシ。[八]ナキ人ノ魂、草ノ陰ニテ見ンモウタテカルベシ。[九]何《いか》ナル男ナレバ、蓬ガ杣ニモ後《おく》レジトハ契ケルゾ。何《いか》ナル女ナレバ、ツレナク残居テ歎ベキゾ。[一〇]タヾナラズ成タル事ヲ、

一　人が寝静まって。「定　シツム」（類聚名義抄）。
二　そのように（他の人々と同様に）どこかに落ちていったのであろうと。
三　やはり討たれたのであろうと。
四　まさかそのまま独り身ではいらっしゃらないだろうな。どのような人と再婚なさるのだろうか。それもつらくていやだなあ。
五　このようなことになるであろうとは思わなかったのに、本当にこれが最後の別れであった。
六　主語は「乳母子ノ女房」。
七　私の帰りを待っていて、私の死をお嘆きになるであろうことも。父母などの肉親についていう。
八　通盛の魂。
九　「通盛は私にとってかけがえのない男性だから、もしも先立たれたらそのあとを追って私も死ぬと約束したのだ。他の女性はともかく私は平然と生き永らえて嘆いたりしないのだ」という意味のことを強調するために「何ナル男ナレバ」「何ナル女ナレバ」とあえて疑問形で言ったか。「蓬ガ杣」は、杣木のように高く茂った蓬。死んで臥す場所の形容としていう。曾禰好忠の「鳴けや鳴け蓬が杣のきりぎりす過ぎゆく秋はげにぞかなしき」（後拾遺集・秋上・二七三）の歌から出た歌語。「行通《ゆきかよふ》人モ無レバ浅茅ガ原、蓬ガ杣ト荒ハテヽ」（巻一七「実定上洛」）。
一〇　懐妊したこと。

其《その》夜始テ知セタリシカバ、不レ斜《なのめならず》悦テ、『我《われ》三十ニ成ヌレドモ未《いまだ》子ノナカリツルニ、始テ見ン事ハ嬉ケレドモ、角《かく》[一一]イツトナキ船ノ中、波ノ上ノ住居ナレバ、身々《みみ》[一二]トナラン時モ、通盛イカヾハセンズル』ト、只今[一三]アランズル事ノ様《やう》ニ歎シゾヤ。ハカナカリケル兼言《かねごと》[一四]哉。中々[一五]何《なに》シニ知セケン」トテ、涙[一六]モ関敢《せきあへ》ズ泣給ケレバ、乳母子ノ女房思ケルハ、日比《ひごろ》ハ泣給《なきたまふ》ヨリ外ノ事ナクテ、墓々敷《はかばかしく》物モ宣ハザリツルニ、角細《かくこま》ヤカニ、来方《こしかた》[一七]行末ノ事マデ口説給《くどきたまふ》コソ怪ケレ、ゲニモ千尋ノ底マデモ思入給ハンズルヤラント、胸打騒《うちさわぎ》申ケルハ、「水ノ底ニ入ラセ給タリトテモ、恋シキ人ヲ非レ可レ奉レ見《みたてまつるべきにあらず》。今ハ云《いふ》ニ甲斐ナキ御事也。其《それ》ヨリハ只平《たひら》カニ身々《みみ》トナラセ給テ後、ヲサナキ人ヲモ奉二生立一《おほしたてたてまつり》[29]、[一八]御形見共《とも》御覧ジ、又[一九]故郷ニオハシマス人々ニモ奉レ見《みえたてまつり》御座シ候ベシ。御身ヲナキ者ニナシ給テハ、[二〇]何ノ詮カハ侍《はべる》ベキ。我《わが》身モ故郷ニ老タル親ヲモ棄テ、是《これ》マデ下侍《くだりはべり》シ事ハ、イカナラン野ノ末、山ノ奥マデモ奉レ離《はなれたてまつ》ラジトコソ思シカ。サレバ無《なき》人ノ御事ハ、今ハカナキ御事ニテ侍リ。[二一]童《わらは》モ知ヌ旅ノ空、習ハヌ舟ノ中ニ住居《すまゐ》シテ、夜昼心ヲ砕《くだき》、憂《うき》目ヲ見候事モ、[二二]御故ニコソ堪ヘ忍テモ過シ侍《はべる》志ヲ忘サセ給テ、誰ヲ憑《たのみ》何ニ慰《なぐさめ》トテ左様《さやう》ノ事思召立ラン悲サヨ。責《せめ》テハ御貌[30]ヲ替サセ給テ、墨染ノ袖

一一　いつおわるかわからない船中、海上での生活。「船ノ中、波ノ上」は大江以言の「翠帳紅閨　万事之礼法雖レ異　舟中浪上　一生之歓会是同」（和漢朗詠集・下・遊女・七二〇）によるか。

一二　身二つとなるであろう時。出産の時。

一三　出産がたった今であることのように。

一四　前もって言う言葉。

一五　なまなかどうして懐妊のことを知らせたのだろうか。

一六　涙も抑えきれないほど。

一七　これまでのことやこれから先のことまで。

一八　通盛の忘れ形見。

一九　小宰相の肉親をさしていう。

二〇　何の甲斐がございますでしょうか。

二一　私も。

二二　あなた様のためにこそ。

ニ身ヲ窄《やつ》シ、苔ムス庵ニ籠《こもり》居《ゐ》テ、[一]闕伽ヲ結《むすび》花ヲ採[31]、御菩提ヲコソ訪《とぶらひ》御座ベキニ、悲ノ余《あまり》ニ海ニ入セ給タランハ、中々罪深《ふかき》御事ニテコソ候ハメ」ナド、[32]細々ニ慰《なぐさめ》制シケル程ニ、夜モヤウ〳〵深《ふけ》ニケレバ、乳母子ノ女房モマドロミヌ。船中モハヤ定《しづまり》タリケルニ、小宰相局、忍テ船耳《ふなばた》ニ立出給ツヽ、念仏百返《ぺん》バカリ申テ後、[二]「南無西方極楽世界、大慈大悲阿弥陀如来、[三]本願悞《あやまち》給ハズ、別《わかれ》ニシ三位通盛ト、[四]一仏浄土ノ蓮葉ニ導給ヘ」ト、[33]忍音ニ祈ツヽ、[五]漫々タル海上ナレバ、イヅクヲ西トハワカネ共《ども》、[六]月ノ入《いる》サノ山ノ端ヲ、ソナタト計《ばかり》伏拝《ふしをがみ》、海ヘゾ飛入給ケル。三位ハ此《この》女房ノ十五ト申ケルヨリ見初《みそめ》給テ、今年ハ十九ニ成《なり》給フ。束ノ間モ難《はなれがたく》レ離思ハレケレ共、大臣殿ノ御婿ニテ御座ケレバ、[七]其方様《そのかたさま》ノ人ニハ知セジトテ、官兵共ノ舟ニ奉《やどしおきたてまつり》二宿置一テ、時々見参セラレケリ。屋島ヘ漕返《こぎかへる》夜半計《ばかり》ノ事ナレバ、船人モ皆ヨリ臥《ふし》タリケルニ、梶取共《ども》ハ是《これ》ヲ見テ、[八]「コハイカニ、女房ノ海ヘ入給ヌルゾヤ」ト[九]訇《ののしり》ケレバ、乳母子ノ女房打驚キ[34]心迷シテ、[35]傍ヲ探ルニ人モナシ。「穴《あな》心ウヤ、アレヤ〳〵」ト叫ケレバ、各《おのおの》海ニ飛入テ、取上奉ラントシケレ共、折シモ月サヘ朧ニテ、[一〇]阿波ノ鳴戸ノ癖ナレバ、満《みつ》塩引《ひく》塩諍《あらそひ》テ、[36]潜共々々見エザリケリ。[一一]相構テ取上タリケレバ、此《この》世ニモハヤ無《なき》

一　仏前に供える水を汲み、花を取り。
二　「南無」は仏などに帰依信順する意。「大慈大悲」は広の慈悲が広大無辺であること。阿弥陀如来は西方極楽浄土の教主なので、阿弥陀仏に帰依しますという心で、以下のように唱える。
三　阿弥陀仏が一切衆生を救済しようと、法蔵比丘として修行中に立てた誓願。
四　阿弥陀仏の西方極楽浄土の蓮の上に生まれるようお導き下さい。「一仏浄土」は阿弥陀仏の極楽浄土のこと。「必ず一仏浄土にむまれあひたてまつりて」(高倉院升遐記)。
五　広くはてしない海上なので。白楽天の新楽府「海漫漫」に「海漫漫　風浩浩」とあることなどから、大海の広大さというのに「漫々たり」ということが多い。
六　月の沈む入佐山の。「入サノ山」は但馬国の歌枕の入佐山。現、兵庫県出石郡出石町宮内の比隅山かという。「里分かぬ影をば見れどゆく月の入佐の山を誰か尋ぬる」(源氏物語・末摘花・源氏)、「ほととぎす鳴きて入佐の山の端は月ゆゑよりも恨めしきかな」(新古今集・夏・二一一・藤原頼実)などを意識した表現か。
七　宗盛の関係者。
八　これはどうしたことか。
九　大声で騒いだので。
一〇　鳴門の瀬戸。四国と淡路島の間の鳴門海峡。四国側の大毛《おおげ》島と淡路島の門崎《とざき》の間の大鳴門は潮流が急で潮の干満につれて大小の渦潮が生じる。その現象を「満塩引塩諍テ」といった。
一一　骨を折って。

人ニ成給《なりたまひ》ニケリ。白袴ニ練貫[二二]ノ二衣《ふたつぎぬ》引纏《ひきまとひ》テ、髪ヨリ始テシホレツヽ、僅ニ息バカリ通《かよひ》給ケレドモ、目モ見開[37]給ハズ、寝入タル様《やう》ニゾオハシケル。乳母子ノ女房、ヲメキ叫テ近クヨリ、手ヲ取組テ、「イカニ角《かく》心ウキ目ヲバ見セ給フゾヤ。[38]多人ノ中ニ相具《あひぐ》セント候シカバ、老タル親ニモ別レ[39]小《をさな》キ子ヲモ振捨《ふりすて》テ、是マデ付進《つきまゐらせ》テ下《くだり》タル志ヲモ思召忘サセ給《たまひ》、我《わが》身一人ヲ残置《のこしおき》、カク成給ヌル事ノ口惜サヨ。水ノ底ヘモ引具シテコソ入給ハメ、片時離レ奉ラントモ思ハザリツル者ヲヤ。長世《ながき》ノ恨《うらみ》[二三]イカニセヨトテ。責《せめ》テハ今一度モノ被レ役《おほせられ》テ聞《きか》サセ給ヘ。サシモ終夜此《この》事ヲコソ申侍シニ、マドロムヲ待給ケル悲サヨ」トテ、手ニ手ヲ取《とり》、顔ニ顔ヲ並テ口説《くどき》ケレドモ、一言ノ返事モシ給ハズ。船ノ中ノ上下是ヲ見テ、皆涙ヲゾ流ケル。夜モ既ニ明ナントシテ、程モヘニケレバ可レ叶《かなふべく》モ見エズ。タマ〳〵通《かよひ》ケル息モ止[40]テ、事切《ことぎれ》ハテニケリ。[一四]サテシモ有ベキニ非《あらず》トテ、三位ノ著長《きせなが》[一五]ノ残タリケルニ、[一六]浮ビモゾ上《あが》ルトテ押巻《おしまき》、又海ヘ入奉《いれたてまつる》。乳母子ノ女房モ後《おく》レジト連《つづき》テ海ヘ入ケルヲ、人々取留《とりとどめ》タリケレバ、船中ニ伏[41]倒、ヲメキ叫ケリ。理《ことわり》ニ過テ無慙《むざん》也。余《あまり》ノ悲サニ自《みづから》髪ヲハサミ下《おろ》シタリケレバ、[一七]中納言律師忠快、尼ニナシ、戒ヲ授給フ。[一八]門脇中納言モ、憑《たのみ》給ヘル嫡子越前三位ト、最

二二 「練貫」は生糸を経糸《たて》、練糸を緯糸《ぬき》として織った絹布。「二衣」は衵《あこめ》を二枚重ねて着ること。

二三 「イカニセヨトテ」の下に、たとえば「先立ち給ひけるぞ」など、何か言葉のあるべきところ。

一四 そのままにしてもおけないというので。

一五 大将などの着る正式の大鎧。

一六 浮かび上ったらいけない。

一七 忠快。平治元年（一一五九）―嘉禄三年（一二二七）三月一六日、六九歳。桓武平氏、教盛の男。→補注二八。

一八 平教盛。大治三年（一一二八）―元暦二年（一一八五）三月二四日、五八歳。桓武平氏、忠盛の四男。母は大宮権大夫藤原家隆女。→補注二九。

愛ノ[一]乙子《おとご》[二]蔵人大夫業盛トテ今年十七ニ成給ヘリシ二人ノ御子達ヲ討レツヽ、旁《かたがたなげき》歎深カリケルニ、三位ノ形見トテ、此《この》小宰相局ヲコソ見奉ラントオボシケルニ、角《かく》成給ヌル哀サヨ。兎《と》ニモ角《かく》ニモ涙関敢《せきあへ》給ハズ、心ノ中タヾ可二推量一《おしはかるべし》。

薩摩守忠度、但馬守経正、此《この》人々ノ北方モオハシ合《あは》レケレ共、涙ニ沈ナガラサテコソオハシケレ。昔モ今モ夫ニ後《おく》レテ、様《さま》ナドカユルハ尋常《よのつね》ノ習也。忽ニ身ヲ投ル事ハタメシ少クゾ有《ある》ラン。昔、[三]天竺ノ金地国ノ后ハ、王ノ遺《なごり》ヲ惜テ、王ト一所ニ生レントテ、葬火ノ中ニ飛入テ亡ニケリ。今、日本ノ通盛ノ北方ハ、三位ノ別《わかれ》ヲ悲テ、海ニ沈テ消《きえ》ニケリ。火ニ飛入、水ニ入《いる》志、トリぐ\ニコソ哀ナレ。[四]権亮三位中将維盛ハ、此《この》有様ヲ見給テ打《うち》涙グミ、「賢《かしこく》ゾ[五]コノ人共ヲ心ヅヨク留置《とどめおき》テケル。我モ具シタリセバ、懸《かかる》事ニコソアランズラメ」ト宣ケルコソ糸惜《いとほし》ケレ。

源氏ハ、七日[六]卯時ニ一谷ノ矢合《やあはせ》シテ、巳時ニ平家ヲ追落シ、二千余人ガ頸共切懸《きりかけ》、其内棟人《むねと》ノ人々十人ガ首取持《とりもた》セテ、同十日上洛ト披露アリ。平家ノユカリノ人々、[七]サスガ多ク京ニ残留タリケレバ、是ヲ聞《きき》、誰々ナルラント肝心《きもこころ》ヲ消ス。其中ニ[八]権亮三位中将ノ北方ハ、[九]遍照寺ノ奥、[一〇]小倉山ノ

一　末っ子。
二　平業盛→四五頁注一七。
三　古代インドの国。現在のミャンマー（旧ビルマ）の地に当たるという。アショーカ王の第三回仏典結集の後、鬱多羅・須那迦の二僧が仏教を伝えた地。
四　平維盛。平治元年（一一五九）―寿永三年（一一八四）三月二八日、二六歳。桓武平氏、重盛の一男。母は官女という。→補注三〇。
五　北の方や子供達。
六　現在の午前五時から七時まで。巳時は四時間後。七　京からよそに身を隠したとはいうものの、それでもやはり。
八　平維盛室。生没年未詳。藤原成親女。→補注三一。

平家頸懸獄門

九　山城国。洛西、広沢池（現、京都市右京区嵯峨広沢）の北西の朝原山の麓にあった真言宗の古刹。永祚元年（九八九）寛朝の開創。
一〇　山城国。現、京都市右京区嵯峨小倉山町。保津川北岸の小丘。南岸の嵐山に対する。

麓、[一一]大覚寺ト云《いふ》所ニ忍テ住給ケルモ、[一二]隙《ひま》ナキ襟《ものおもひ》ニテゾオハシケル。風ノ吹《ふく》日ハ、今日モヤ[一三]此《この》人ノ舟ニ乗給フラント[一四]肝ヲ消シ、軍《いくさ》ト聞ユル折節ハ、今日ヤ此人ノ討レ給ヌラント[一五]閑心《しづごころ》ナク覚シケルニ、首共ノ多《おほく》上ルナレバ、此中ニハヨモ[一六]ハヅレ給ハジト思ハレケルコソ糸惜《いとほし》ケレ。三位中将ト云《いふ》人ノ、虜《いけどり》ニセラレテ上《のぼる》ト聞エケレバ、「『小《をさな》キ者共ノ恋シサモ難レ忍、イカニシテ此世ニテ今一度相見ンズル』ト返々《かへすがへす》云シカバ、都ニ有ナラバ、若見《もしみる》事モヤナド思テ、此人ノ生《いき》ナガラ取《とら》レテ上《のぼり》タルヤラン。縦《たとひ》[一七]見《み》々エン事ハ嬉ケレ共、京・鎌倉、恥ヲサラサン事ハ、其《その》身ノ為心ウカルベシ」ナド口説《くどき》ツヾケ給テ、伏沈《ふししづみ》テゾオハシケル。サテモ三位中将トハ、重衡卿ノ事也ト聞テ後モ、「今度ハヅレ給タリトモ、終《つひ》ニハイカヾ聞エンズラント、慰《なぐさむ》心モナキゾヨ」トテ袖ヲ絞《しぼり》給フコソ、[一八]セメテノ事ト哀ナレ。

[一九]同《おなじき》七日夜半ニ、西海ノ追討使源九郎義経、[二〇]飛脚ヲ奉テ申ケルハ、「[二一]逆徒自《より》二去五日一摂津国一谷ニ、上ニハ構《かまへ》二城郭一軍陣ヲ張《はり》、下ニハ砂浜ヲ堀テ逆木ヲ立《たて》、大将軍[二二]前内大臣已下ハ、兵船ニ乗テ浮二海上一、其勢十万余騎也。南浜ノ撃手《うつて》ハ[二三]範頼、北ノ山ノ搦手ハ義経、今日[二四]辰刻ニ両方ヨリ撃襲《うちおそふ》。賊徒之軍、忽ニ敗レ、平三位通盛卿、前但馬守経正、前薩摩守忠度、前若狭守経

一一　山城国。現、京都市右京区嵯峨大沢町。真言宗大覚寺派の大本山。
一二　心休まる間もない心配事。「襟　物オモフ」(類聚名義抄)。㋙ものおもひ　㋭襟《モノヲモヒ》。
一三　夫の維盛。
一四　心を痛め。
一五　落ち着いた心もなく。
一六　入っていらっしゃらないことはあるまい。
一七　互いにあいまみえること。
一八　よくよく思いつめてのこと。
一九　以下、一谷の合戦の次第の報告。→補注三二。
二〇　急使。
二一　逆賊。反逆者。平家方をさしていう。
二二　平宗盛→一六頁注八。
二三　源範頼→二一頁注一九。
二四　現在の午前七時から九時まで。

俊、[一]前備前守国盛、前備中守師盛、前武蔵守知章、散位業盛、敦盛、郎従前越中守盛俊等、討捕畢《うつとりをはんぬ》。此外斬レ首者三百八十人。前左三位中将重衡卿ハ、甲冑ヲ脱棄テ上ノ山ヘ遁入《のがれいる》トイヘ共、延《のび》ヤラズシテ、即《すなはち》虜《いけどら》レ畢。前内大臣、前平中納言教盛以下ハ、乗レ船逃去畢[42]」トゾ申タリケル。

十三日ニ[二]大夫判官仲頼、[三]六条川原ニテ、九郎義経ノ手ヨリ平氏ノ頸共請《うけ》取《とり》テ、[四]東洞院ノ大路ヲ北ヘ渡シテ、[五]左ノ獄門ノ樗《あふちの》木《き》ニ懸ラル。通盛、忠度、知章、経俊、師盛、経正、業盛已上大将軍、盛俊、[六]家貞侍、[七]此人々《このひとびとの》首ナリ。抑《そもそも》此頸ドモ、大路ヲ渡シ獄門ニ可レ被レ懸之《かけらるべき》由、範頼・義経兄弟両人奏《そうし》申ケレバ、[八]法皇、思召煩ハセ給テ、[九]蔵人右衛門権佐定長ヲ御使ニテ、[一〇]太政大臣、[一一]左右大臣、[一二]内大臣、[一三]堀川大納言ニ有二御尋一《おたづねあり》。五人公卿[一四]一同ニ被レ申《まうされ》ケルハ、「此輩《このともがら》ハ[一五]先帝ノ御時、[一六]戚里ノ臣トシテ久《ひさしく》[一七]朝家ニ奉レ仕《つかへたてまつる》。就レ中[一八]卿相ノ頸、大路ヲ渡シ獄門ニ懸ラルヽ事、未其例《いまだその》ナシ。範頼・義経ガ申状、[一九]アナガチニ不レ可レ有二御許容一」ト被レ申ケレバ、渡サルマジキニテ有ケルヲ、九郎義経重テ奏シ申ケルハ、「[二〇]父義朝ハ、[二一]保元ノ逆乱ニ御方《みかた》ニ参テ、[二二]凶徒ヲ退ケ、雖レ抽二合戦之忠一《いへどもぬきんずと》、[二三]平治ニ[二四]悪衛門督信頼卿ノ語《かたら》ヒニヨリ、不レ意《こころならず》蒙二勅勘一間、其頸大路ヲ渡サレテ、[二五]曝二骸於獄門一《かばねをごくもんにさらす》。カレヲ以テ

一　存疑の人物。→補注三三。
二　源仲頼。生没年未詳。文徳源氏、資遠男。または弟。→補注三四。
三　都を流れる鴨川の六条と五条の間の河原。
四　都（左京）を南北に貫く大路。高倉小路と烏丸小路の間。
五　「左ノ獄門」は左京の獄舎の門。「東の獄門」ともいう。「樗木」はセンダン科の落葉高木の棟《おうち》（樗）。斬刑に処された罪人の首を懸ける獄門の木として用いられた。
六　平家貞。生年未詳。仁安二年（一一八七）五月二八日没。桓武平氏、範季男。筑後守。ただし、時代が合わない。男貞能を誤ったか。
七　首渡しについて→補注三五。
八　後白河法皇→三九頁注一九。
九　藤原定長。久安五年（一一四九）—建久六年（一一九五）一一月一一日、四七歳。北家高藤流、光房の五男。母は藤原為忠女。養和元年（一一八一）蔵人、翌寿永元年右衛門権佐。左大弁正三位に至る。
一〇　この時太政大臣は空席で前太政大臣は藤原忠雅。忠雅は天治元年（一一二四）—建久四年（一一九三）八月二六日。七〇歳。北家師実流、忠宗の男。母は藤原家保女。仁安三年（一一六八）八月一〇日から嘉応二年（一一七〇）六月六日まで太政大臣。
一一　左大臣は藤原経宗。元永二年（一一一九）—文治五年（一一八九）二月二八日。七一歳。北家師実流、経実男。母は藤原公実女。永暦元年（一一六〇）二月、後白河院の怒りを買って阿波国に流されたが、応保二年（一一八二）召還され、長寛二年（一一六四）権大納言に還任、さらに右大臣とされ、仁安元年（一一六六）一一月一一日任左大臣、以後出家するまで在任した。右大臣は藤原兼実。久安五年（一一四九）

案《これをあんずるに》レ之、平家昨日マデハ朝家之重臣トシテ雖レ列ニ卿相一、今日ハ国家之逆臣トシテ已ニ蒙ニ二七勅勘一、就レ中軽レ命捨レ身合戦ヲ仕《つかまつる》事、且ハ奉《おもんじたてまつり》レ重ニ二六朝威一、且ハ為《きよめんため》レ雪ニ父之恥一也。舎兄鎌倉ノ頼朝、深此旨《ふかくこのむね》ヲ存ズ。而《しかる》ヲ且《かつうは》取得処《とりうるところの》ノ平家ノ首、任ニ申請一《まうしうくるにまかせて》大路ヲ渡サレズハ、二八向後《きやうこう》何ノ二九勇《いさみ》アテカ朝敵ヲ可ニ誅戮一」ト殊ニ憤《いきどほり》申ケレバ、力及バセ給ハデ、終《つひ》ニ大路ヲ渡シ獄門ニ懸ラレケリ。昔ハ列ニ三〇北闕之群臣一、43足《あしに》雲上之台ヲ踏シカ共、今ハ成ニ西海之凶賊一、首ヲ獄門之枝ニ懸ラレタリ。京中ノ貴賤多ク是ヲ見ル。老タルモ若《わかき》モ、涙ヲ流シ袖ヲ不《しぼらず》レ絞ト云《いふ》事ナシ。

権亮三位中将ノ北方ハ、此《この》事伝聞《つたへきき》給テ、彼《かの》首ノ内ニハ我《わが》人ヨモ遁《のがれ》給ハジトオボシケレバ、三一斉藤五・斉藤六ヲ召テ、「己等《おのれら》ハ無官ノ者トテ、出仕ノ伴ヲモセザリシカバ痛ク三二人ニ知《しら》レズ。此二、三年ノ程入籠《いりこもり》テ色モ白《しろく》ナリ、三三老替リタル様《やう》ナレバ、知タル者モ今ハ見忘タルラント覚ルゾ。渡サルヽ首ノ中ニ、此人ヤオハスラン、見テ参レ」ト被レ仰《おほせられ》ケレバ、兄弟様《さま》ヲ窄《やつ》シ姿ヲ替ヘテ、大路ニ出テ是ヲ見《みる》ニ、維盛ノ御頸ハナカリケレ共、三四一門ノ人々ノ頸共ナレバ目三五モアテラレズ。哀ニ悲ク覚テ、ツヽム袂ノ下ヨリ余《あまり》テ涙ゾコボレケル。44片辺ノ者ドモ怪《あやし》ゲニ見ケレバ、サスガ空《そら》恐シク覚

―建永二年（一二〇七）四月五日。五九歳。北家摂家相続流、忠通の三男。母は藤原仲光女。仁安元年（一一六六）一一月一一日任右大臣、文治二年（一一八六）三月一二日摂政となるまで、その職にあった。

二二　藤原実定。保延五年（一一三九）―建久二年（一一九一）閏一二月一六日。五三歳。北家公季流、公能の男。母は藤原俊忠女。正二位左大臣に至った。寿永二年（一一八三）四月五日任内大臣、同年一一月二一日これを停められるが、翌年一月二二日還任、文治二年（一一八六）一〇月二九日右大臣に転ずるまで内大臣だった。『千載集』初出の歌人。家集『林下集』。

二三　源定房。大治五年（一一三〇）―文治四年（一一八八）七月一七日。五九歳。村上源氏、雅兼の四男。母は源能俊女。雅定の養子。仁安三年（一一六八）八月一〇日任大納言、文治四年六月出家するまで在任。正二位に至る。

惟盛北方被見頸

一四　揃って。一五　安徳天皇→三六八頁注三。

一六　天子の外戚及びその親族である臣下。

一七　皇室。一八　公卿。

一九　必ずしも。下に打消しを伴って用いる。

二〇　源義朝。保安四年（一一二三）―平治二年（一一六〇）一月四日、三八歳。清和源氏、為義の嫡男。母は藤原忠清女。左馬頭従四位下。平治の乱に敗れ、逃れた尾張国野間の内海で、郎等で乳母子の鎌田政清と共に、長田忠致（政清の舅）に謀殺された。

二一　保元元年（一一五六）七月の保元の乱。

二二　謀叛人。

二三　平治元年（一一五九）一二月の平治の乱。

二四　藤原信頼。長承二年（一一三三）―平治元年（一一五九）一二月二七日。二七歳。北家道

エツヽ、急ギ大覚寺ニ帰テ申ケルハ、「[一]小松殿ノ公達ニハ、[二]備中守殿ノ御頸バカリゾ御座候ツル。其外ハ誰々」ト語《かたり》申ケレバ、北方ハ、「心ウヤ。人ノ上共《とも》覚エズ」トテ泣給ケルゾ、誠ニト覚テ糸惜《いとほし》キ。斉藤五ガ申ケルハ、「見物ノ者ノ中ニ、[三]雑色カトオボシキガ、ユヽシク案内[四]知《しり》タリゲニ候ツルガ四、五人立テ、互ニ物語申侍ツルハ、『小松殿ノ公達ハ、今度ハ[五]三草山ノ大将軍ニテ、[六]新三位中将殿、[七]少将殿、備中殿、三所向ハセ給タリケルガ、[八]陣ヲ破ラレテ、二所《ふたところ》ハ御舟ニ召テ讃岐ノ地へ著給《つきたまひ》ニケリト聞《きく》ニ、[九]此《この》備中殿ハ、イカニシテ兄弟ノ御中ヲ離レテ、討レ給ケルヤラン』ト申ツルニ、『[一〇]偖《さて》三位中将殿ハイカニ』ト尋進《たづねまゐらせ》候ツレバ、『其《その》殿ハ[一一]御所労ニテ今度ハ打《うつ》立《たち》給ハズ、船ニノリ給テ淡路へ渡ラセ給ケル[一二]』トゾ、語《かたり》候ツル」ト申ケレバ、北方「穴痛《あないたは》シヤ。故郷ニ[45]残留《のこしとどめ》給ヘル身々《みみ》ノ事ノ悲サニ、思歎《おもひなげき》ノ積《つもり》ツヽ、病ト成《なり》ニケルニコソ。世ニモ又《また》[一三]心強キ人カナ。所労大事ナラバ、角《かく》コソ有テ軍《いくさ》ニモアハズ、淡路へ渡リヌルト、ナドヤ音信《おとづれ》給ハザルラン。[一四]人ハ加様《かやう》ニ心強キニコソ」トテ、又雨々《さめざめ》ト泣給ヘバ、ゲニ理《ことわり》ト覚ツヽ、ヨソノ袂モ[46]絞《しほれ》ニケリ。「[一五]サテモ都ヲ出《いで》給シヨリ後ハ、我《わが》身ノ侘シキ事ヲバ一言モ宣ハズ、『少《をさな》キ者共ハワブルカ。終《つひ》ニハ[一六]一所ニテコソスマンズレ』

隆流、忠隆の三男。母は藤原顕頼女。後白河天皇に寵せられ、権中納言右衛門督とされたが、信西と対立して平治の乱を起こして敗れ、刑死した。二五『百練抄』平治二年一月九日条に「前左馬頭義朝弁郎従正清等首。廷尉請取。懸東獄門前樹二」とあり、学習院本や古活字本の『平治物語』にもこのことを詳述し、「下野《しもつけ》はきのかみにこそなりにけれよしとも見えぬあげつかさかな」という落書をも引く。底本は「曝」に「瀑」字を用いているが改めた。以下、一々注しない。二六 朝廷の威光。二七「雪　キヨム」(類聚名義抄)。二八 今後。二九 はりあい。はげみ。三〇「北闕」は宮城の北門。宮廷に参仕する群臣。三一 平維盛に仕える兄弟の武士。「斉藤五宗貞、斉藤六宗光トテ兄弟アリケル侍」(延慶本)。長門本ではここにこの兄弟は登場しない。巻三一「維盛惜妻子遺」で「北国ニテ討レシ斉藤別当真盛ガ子ニ、斉藤五、斉藤六トテ兄弟アリ。斉藤五八十九、斉藤六八十七ニゾ成ケル」という。三二「痛ク」は「甚ク」の当て字。
三三「生替リタル」の当て字。生まれ替った。
三四 底本「門一」とあるのを、訂した。
三五 正視できない。

一 平重盛→四四頁注六。
二 平師盛→五五頁注一九。
三 走り使いをする男。四 事情。
五 播磨国。現、兵庫県加東市社。以下の叙述→巻三六「源氏勢汰」。
六 平資盛。応保元年(一一六一)—元暦二年(一一八五)三月二四日、二五歳。桓武平氏、重盛の二男。母は下野守藤原親方女少輔掌侍。→補注三六。
七 平有盛。生年未詳。元暦二年(一一八五)

トノミ時々音信給《おとづれたまふ》バカリ也。ソレモ憑《たのも》シクモ覚エズ。皆[一七]人モ具スレバコソ具スラメ、野ノ末、山ノ奥ニモ、一所ニアラバ互ニ悲キ事ヲモ慰《なぐさむ》ベキニ、所々ニ住《すめ》バコソ折ニ触テ角《かく》ノミ心ヲモ砕キ、又人モ労《いたはり》給ラメ。イカヾシテ人ヲ下《くだ》シテ、何事ノ御労ゾト慥《たしか》ノ事ヲモ聞《きく》ベキ」ト、怨ミ口説《くどき》給ケレバ、[一八]六代殿、「ナド、[一九]ヤヲレ斉藤五、其《それ》程ニ細々[二〇]ト物語スル程ノ者ニ、『何ノ御労ゾ』トハ問《とは》ザリケルゾ。穴《あな》不覚ノ者ヤ」ト宣[二一]ケレバ、斉藤五ハ未少《いまだをさな》キ御心ニ、是《これ》マデ思召寄《おぼしめしより》ケル事ヨト、イトド涙ヲ催シケリ。

三位中将モ通《かよふ》心ノ中ナレバ、被《わたさるる》レ渡頸ノ中ニ我《わが》頸ナクハ、水ノ底ニモ入《いり》ニケルヤラント、イカニ窨《おぼつかなく》思ラントテ、疎《うと》カラヌ者ヲ使ニゾ被《のぼせられ》レ上ケル。「今日マデハ露[二二]ノ命モ消《きえ》ヤラデコソ侍レ。[47]打棄テ下リシ後ハ、イカニシテ世ニモ立[48]廻給ラント心苦シ。少《をさな》キ者共ノ方ニ何事カ」ナド細ヤカニ書給ヘリ。心ノ中ニ思立給《おもひたちたまふ》コト有ケレバ、是ヲ限《かぎり》トオボシケルニ、涙ニクレテ書《かき》モヤリ給ハズ。若君・姫君ノ御許ヘモ御文アリ。「旅ノ空ニ憂《うき》事モヤトテ留置タリシカ共、中々心苦《ぐるし》ケレバ、必《かならず》迎取、互ニ相見ンズル也。若《もし》又世ニナキ者ト聞《きき》ナシ給ハヾ、是ヲ形見ニモ御覧ゼヨ」ト書給タレ共、是ガ最後ノ筆ノスサミ共争《ともいかで》カ思召ベキ、只イツカ無《なき》人ト聞《きき》ナサンズラン

三月二四日没。桓武平氏、重盛の四男。母は右衛門督藤原家成女。侍従・右少将・従四位下に至る。師盛と同母の兄弟。→補注三七。
八 巻三六「義経向三草山」に、義経勢に夜討ちをかけられて「大将軍新三位中将資盛ハ、大勢ニ追散レテ、一矢ヲ射マデハ不二思寄一。匍々落テ遁給タリケルガ、面目ナシトテ福原ヘハ入給ハズ。舟ニ取乗、讃岐屋島城ヘ渡給」という。
九 注八で引いた叙述に続き、備中守師盛と副将軍の平内兵衛清家が、福原にいたと思われる宗盛に三草山合戦に敗れたことを報告する。
一〇 維盛。 一一 御病気で。 一二 各人各人。
一三 情にほだされない。
一四 維盛をさしていう。あのお方。
一五 それにしても。 一六 同じ所で住もう。
一七 他の人々も皆妻子を伴っているから、戦場へも伴ったのであろうに、の意か。「具スラメ」は、延慶本「具シタルラメ」、長門本も「ぐしたるらめ」とする。
一八 承安四年（一一七四）生か、建久九年（一一九八）没か。桓武平氏、維盛の嫡男。母は藤原成親女。→補注三八。
一九 疑問を表わす「など」が、目下に呼びかける「やおれ」の前に出た形。どうして、お前。
二〇 「雑色カトオボシキガ、ユヽシク案内知タリゲニ候ツルガ四五人」をさしていう。
二一 六代は幼いので、斎藤五が雑色ふうの者達に維盛のことを詳しく聞くのが危険な行為であることや、彼等が詳しい病状まで知っているとは考えられないことがわからないので、こういった。
二二 露のようにはかない命も死なないでいます。「消」は「露」の縁語。

ト、兼テオボスゾ悲シキ。

本三位中将重衡卿ハ、庄[一]三郎家長ニ虜《いけどら》レテ、再《ふたたび》都ヘ帰上《かへりのぼり》給フ。懸《かけ》ラルヽ頸共モサル事ナレ共、生《いき》ナガラ故郷ニ恥ヲ曝シ給コソ無慙《むざん》ナレ。六条ヲ東ヘ渡サレケリ。貴賤男女、市ノ如クニ集リ是《これ》ヲ見ル。口々ニ申ケルハ、「アマタノ殿原ノ中ニ、[二]入道殿ニモ[三]二位殿ニモ、[四]覚エノ御子ニテ御座シカバ、一家ノ人々モ重《おもき》事ニ思給タリキ。[五]院・内ヘ参給シカバ、老タルモ若《わかき》モ[六]所ヲ置《おき》、[49][七]餓シ奉ラセ給キ。時々ハ[八]口ヲカシキ事ナンドヲモ云置《いひおき》テ、人ニ[九]忍《しのば》レ給シ者ヲ。何《いか》ナル罪ノ酬《むくひ》ニテ、角《かく》ハ成《なり》給ヌルヤラン」トイヘバ、或《ある》人ノ申ケルハ、「争可レ不レ報《いかでかむくはざるべき》。親《まのあた》リ[一〇]南都東大寺ヨリ始テ、仏像・経巻ヤキ亡《ほろぼ》シヽ報《むくひ》ナレバ、懸憂《かかるうき》目ヲ見給《たまふ》ニヤ。去共《されども》、哀《あはれ》、事ニ触テ人ニ情ヲ懸《かけ》、万《よろづ》ニ[一一]甲斐〳〵敷《しく》ハナヤカナリシ人々ゾカシ。親ノイトオシミモ[一二]去《さる》事ニテ、ヨソノ人迄モ憑《たのも》シキ事ニ思申シヽゾカシ」ナンド、上下口々ニ憐ケリ。[一三]院・宮ノ女房達ノ中ニモ、馴近付《なれちかづき》給タル人々モ多ク御座ケレバ、是ヲ聞見《ききみ》テハ、只《ただ》夢ノ心地シテゾオボシアハレケル。

[一四]十四日、蔵人右衛門権佐定長、依《より》二[一五]法皇之仰《おほせに》一[一六]故中御門中納言家成卿ノ八[一七]条堀川御堂ニテ、本三位中将ヲ可レ被二[一八]召問《めしとはるべし》一トテ、[一九]土肥次郎実平ニ同車シテ

一　庄三郎家長→三七頁注一六。
二　重衡の父清盛。
重衡京入・定長問答
三　重衡の母時子。
四　お気に入りのお子さん。
五　院の御所や内裏。
六　遠慮して。
七　㋙もてなし　㋭かしつき。ちやほやし申し上げなさった、の意。
八　冗談なども言って。
九　なつかしく思われなさったものなのに。
一〇　奈良の東大寺。
一一　いかにも頼りになりそうで。
一二　それはそうだとして。
一三　後白河院の御所や内裏の女房達。
一四　寿永三年（一一八四）二月一四日。
一五　後白河法皇→三九頁注一九。
一六　藤原家成。嘉承二年（一一〇七）—仁平四年（一一五四）五月二九日。四八歳。北家末茂流、家保の二男。母は藤原経平女。保延四年（一一三八）一一月任権中納言、久安五年（一一四九）七月二八日中納言に転じ、出家するまで在任。正二位に至る。
一七　「八条」は都の東西を通る八条大路、「堀川」は都の南北を通る堀川小路。「八条堀川御堂」は現在の京都市南区西九条池ノ内町あたりにあった。
一八　召喚して尋問なさることにきまって。
一九　土肥実平。生年未詳。建久二年（一一九一）没か。桓武平氏、中村宗平男。→補注三九。
二〇　淡い紺の地色だが、部分的に濃い紺色でまだらに染めたもの。「村紺」は「斑濃」の当て字。「今日、三位中将重衡入京、着二褐直垂小袴一云々、即禁二固土肥二郎実平（頼朝郎従、為レ宗

来給ヘリ。重衡卿ハ、[二〇]紺村紺《こんむらご》ノ直垂ニ練貫ノ[二一]二《ふたつ》小袖ヲ着ラレタリ。[二二]折烏帽子ヲ引立《ひったて》給ヘリ。土肥次郎ハ、[二三]木蘭地ノ直垂ニ膚《はだ》ニ腹巻ヲ著タリ。郎等三十人ヲ相具シテ、皆《みな》甲冑ヲ著《ちゃく》ス。蔵人右衛門権佐ハ、[二四]赤衣《しゃくえ》ニ剣・笏ヲ帯セリ。昔ハ[二五]人ノ数共《とも》オボサヾリシニ、今ハ生《いき》ナガラ[二六]冥官ニ[二七]値《あひ》給ヘル心地シテ、恐シクゾ被レ思《おもはれ》ケル。定長、院宣ノ趣、条々委《くはし》ク重衡卿ニ被二仰含一ケル中ニ、「[二八]三種神器ヲ都ヘ返入《かへしいれ》奉ラバ、頼朝ニ仰ラレテ死罪ヲモ被レ宥《なだめられ》、西国ヘモ可レ被二返遣一《かへしつかはさるべし》」トゾ役《おほせ》ケル。重衡卿、院宣ノ御返事被レ申《まうされ》ケルハ、「[二九]先祖平将軍貞盛ガ時ヨリ、故入道相国ニ至《いたる》マデ、代々朝家ノ御守トシテ一天ノ御固《かため》タリキ。而《しかる》ヲ入道薨去之後、子孫、[三〇]君ニ棄ラレ進《まゐらせ》テ西海ノ浪ニ漂フ。通盛已下ノ一門、多《おほく》一谷ニシテ被レ誅《ちうせられ》、其《その》首獄門ニ懸ラレヌ。重衡又懸《かかる》身ニ成ヌレバ、一人西国ニ帰下テ候共、負《まく》ベキ軍《いくさ》ニ勝《かつ》事侍《はべる》マジ。不レ被二返下一《かへしくだされず》共《とも》、勝《かつ》ベキ軍《いくさ》ニ負《まくる》事候マジ。宿運忽《たちまち》ニ尽テ、一門ノ中ニ重衡一人虜《いけどら》レテ、故郷ニ帰《かへり》上リ恥ヲサラス。サレバ親《したし》キ者ニ面《おもて》ヲ合《あはす》ベシ共不レ覚《おぼえず》。今一度見ント思フ者ハヨモ候ハジ。若《もし》母ノ二位ノ尼ナドヤ、恩愛ノ慈悲ニテ無慙《むざん》トモ思候ハン、其外《そのほか》ハ哀ヲ懸《かく》ベシ共[三一]不レ存《ぞんぜず》。就レ中[三二]主上ノ帰入《かへりいら》セ給ハザランニハ、三種神器計《ばかり》ヲ奉レ入《いれたてまつる》事ハ難レ有《ありがたく》コソ存《ぞんじ》候ヘ。

者也）許二云々（玉葉・寿永三年二月九日条）。
二一 小袖を二枚重ねて着たもの。
二二 頂を折り伏せた烏帽子。
二三 赤みのある黄を帯びた茶色の地色。
二四 緋色の袍《ほう》。五位の人が着る朝服。
二五 人の数に入るともお思いにならなかったのに。
二六 地獄の閻魔王庁所属の役人。
二七 「値　アフ」（類聚名義抄）。
二八 皇位のしるしとして歴代の天皇が伝承する三つの宝。八咫《やた》鏡・草薙剣（天叢雲剣）・八坂《やさか》瓊《にの》曲玉。「Sanjuno Iingui. サンジュノジンギ（三種の神器）」（日葡）。盛衰記では八咫鏡は神鏡・内侍所、草薙剣は宝剣、八坂瓊曲玉は神璽《しんじ》と呼ばれる。この先巻四三「二位禅尼入海」で、壇浦の戦の際、平時子が宝剣を腰に差し、神璽を脇挟んで入海したが、神璽は海上に浮かんで回収されたこと、巻四四「神鏡神璽都入」で神鏡と神璽が都に戻ったこと、同「老松若松尋剣」で宝剣の由来、同「三種宝剣」で宝剣を探索した海女が、本来これは竜宮城の重宝でそこに戻ったのであると報告したこと、同「内侍所効験」で天徳四年（九六〇）の内裏焼亡の際の神鏡の霊験談が語られる。
二九 平貞盛。生没年未詳。桓武平氏、国香の男。天慶三年（九四〇）、藤原秀郷と共に平将門を討ち、鎮守府将軍、陸奥守従四位下に至る。
三〇 後白河法皇をさしていう。
三一 安徳天皇→三六頁注三。
三二 むずかしいと存じます。

然而《しかるに》　忝《かたじけなく》　蒙《かうぶる》㆓院宣㆒上ハ、若《もし》ヤト　私《わたくしの》　使ニテ申《まうし》　試《こころみ》　侍《はべる》ベシ」トテ、[一]平左衛門尉重国ト云《いふ》侍ヲ可㆓下《くだし》　遣《つかはすべき》㆒由被㆑申《まうされ》ケリ。此《この》重国ト云ハ、重衡卿ノオサナクヨリ不便《ふびん》ノ者ニ思ハレテ、自《みづから》烏帽子ヲキセ給《たまひ》、[二]片名ヲタビテ重国ト呼レケリ。三位中将、加様《かやう》ニ甲斐々々敷《しく》御返事ヲモ被㆑申ケレドモ、心憂《うき》事ニオボサレツヽ、打ウツブキテ只《ただ》涙ヲノミゾ流シ給フ。御使定長モ、[三]岩木ヲムスバヌ身也ケレバ、落《おつる》涙ニ袖ヌレテ、赤衣ノ袖ヲ絞リケリ。

十五日ニ、重衡ノ使《つかひ》平左衛門尉重国、院宣ヲ帯シテ西国ヘ下向。院ヨリハ、[四]御壺召次ニ[五]花方ト云《いふ》者ヲ、被㆓副下《そへくだされ》㆒ケリ。[六]彼《かの》院宣ニ云《いはく》、

[七]一人聖帝出㆓北闕九重之台㆒、而幸㆓于九州㆒、[八]三種神器移㆓南海四国之境㆒、而経㆓数年㆒、尤朝家之御歎、亡国之為㆑基也。彼重衡卿者、東大寺焼失之逆臣也。任㆓頼朝申請之旨㆒雖㆑須㆑被㆑行㆓死罪㆒、独別㆓親類㆒已為㆓生虜㆒、[九]籠鳥恋㆑雲之思、遙浮㆓千里之南海㆒、[一〇]帰鴈失㆑友之情、定通㆓九重之中途㆒歟。然則於㆑奉㆑返㆓入三種神器㆒者、速可㆑被㆑寛㆓宥彼卿㆒也。者院宣如㆑此、仍[一一]執達如㆑件。

[一二]元暦元年二月十四

[一三]太膳大夫業忠奉

[一四]平大納言殿

一　平重国。生没年、系譜とも未詳。延慶・長門両本とも、重衡の重代相伝の家人とするが、元服や名についての記述はない。長門本は「前の右衛門の尉重国」という。→補注四〇。

二　二字から成る名の一方の字。偏諱。

三　非情な岩や木を結んで作ったのではない身体の人間だから。

四　「御壺」は、御所の中庭。「召次」は、院の庁・東宮・摂関家などで雑事を務める下級官人。「Mexitcugui. メシツギ（召次）」（日葡）。

五　花方。生没年未詳。延慶・長門両本での花方に関する記述は、平家滅亡後平大納言時忠が流罪された記事の中に見出される。

重国花方西国下向・上洛

六　→訓読文（二三〇頁）。

七　安徳天皇をさす。

八　「三種」の「三」は、上文の「一人」「九重」「九州」、下文の「四国」「数年」などと相俟って、一種の修辞的な効果を生じている。

九　籠の中の鳥が大空を恋い慕うように、囚われの身から、自由になりたいという思い、「唯有㆓籠鳥恋㆑雲之思㆒、未㆑免㆓轍魚近㆑肆之悲㆒」（本朝文粋・巻六・平兼盛・申㆓勘解由次官図書頭㆒状）。

一〇　北国に帰ってゆく雁が友にはぐれた心。

一一　以上が院の御意向である。

一二　底本「日」脱。㋙㋭とも二月十四日。延慶・長門両本とも「元暦元年二月十四日」とする。覚一本は「寿永三年二月十四日」とする。

一三　「太膳大夫」は「大膳大夫」の当て字。「大膳大夫大江業忠奉」（延慶本）、「大膳大夫江業忠奉」（長門本）。覚一本は「大膳大夫成忠がうけ給はり」とする。業忠は平業忠。永暦元年（一一六〇）―建暦二年（一二一二）八月一六日、五三歳。桓武平氏、信業の男。

トゾ被《かかれ》レ書タル。三位中将モ、内大臣幷平大納言ノ許へ、院宣ノ趣委《くはし》ク被二申下一ケリ。母一五二位殿ヘモ、御文細《こま》ヤカニ書テ、「今一度重衡ヲ御覧ゼント思召《おぼしめさ》バ、一六内侍所ヲ都ヘ返入進《かへしいれまゐら》スル様ニ、ヨク〳〵大臣殿ニ申サセ給へ」トゾ書下《かきくだ》シ給ケル。一七北方大納言佐殿ヘモ御文進《まゐらせ》タクオボシケレ共、私ノ文ハユルサヾリケレバ、一八詞《ことば》ニテ、「旅ノ空ニモ人ハ一九我ニ慰《なぐさみ》、我ハ人ニコソ奉レ慰《なぐさみたてまつり》シニ、此六日ハ必《かならず》限リ共知《ともしら》ズ、申置度事《まうしおきたき》モ多ク有シ者ヲ。憑《たのも》シキ人モナキニ明《あか》シ晩《くら》シ給覧《たまふらむ》ト想像《おもひやる》コソ心苦《ぐるし》ケレ。又、身ノ有様モ心ノ中モ只推量《おしはかり》給へ。憂《うか》リシ二〇船ノ中、波ノ上モ、今ハ思出テ恋《こひしく》コソ」ト宣《のたまひ》モアヘズ泣給ヘバ、重国モ涙ヲ流《ながし》ケリ。預守《あづかりまも》ル武士モ、鎧ノ袖ヲゾ絞合《しぼりあひ》ケル。

二一十六日ニハ、重《かさね》テ重衡卿ヲ召問《めしとは》レケリ。平家ハ都ヲ出テ西国ニ落下《おちくだり》給タリケレ共、只《ただ》波ノ上、舟ノ中ニノミ漂テ、安堵シ給ハザリケル上ニ、一門多《おほく》一谷ニテ亡《ほろび》ニケレバ、イトヾ為方《せむかた》ナクゾオボサレケル。被二討漏《うちもらされ》一タル人々モ、二二春ノ尾上ノ残《のこり》ノ雪、二三日影ニ解《とくる》風情シテ、消《きえ》ナン事ヲ歎ケリ。

十八日ニハ、在々所々ニ武士ノ狼藉ヲ止《とどむ》ベキ由、蔵人右衛門権佐定長、依二二四院宣一、二五頭左中弁光雅朝臣ニ仰《おほ》ス。

一四 「平大納言殿へ」（延慶本）、「平大納言どのへ」（長門本）とする。覚一本は「進上平大納言殿へ」とする。
一五 事実は重衡は宗盛に書状を送ったか。→補注四一。
一六 ここでは、三種神器のうちの神鏡の意でいう。
一七 大納言佐→六一頁注一四。
一八 口頭で。
一九 あなたは。
二〇 船ノ中、波ノ上→六七頁注一一。
二一 重衡訊問について→補注四二。
二二 山の峰。
二三 日の光。
二四 この院宣について→補注四三。
二五 藤原光雅。久安五年（一一四九）―正治二年（一二〇〇）三月九日。五二歳。藤原氏北家葉室流、光頼の男。権中納言従二位に至る。

二十二日ニハ、諸国ノ[一]兵乱米ノ貢[51]ヲ可レ止之由、定長、依二院宣一光雅朝臣ニ仰ス。

二十七日ニハ、西国へ被[52]二下遣一重衡卿ノ使重国、召次花方、両人帰洛シテ、右衛門権佐定長ノ宿所ニ行向テ、前内大臣宗盛ノ被レ申タル奉二院宣御返事一。定長則《すなはち》院参シテ是ヲ奏聞ス。[二]彼《かの》状ニ云《いはく》、

右今月十四日院宣、同二十四日、讃岐国屋島浦到来、謹所レ承如レ件。就レ之案レ之、通盛已下当家数輩、於二摂津国一谷一、已被レ誅畢、何重衡一人可レ悦二寛宥之院宣一哉。抑我[三]君者、受二故[四]高倉院之御譲一、御在位已ニ四箇年、雖レ無二其御恙一、[五]東夷結レ党責上、[六]北狄成レ群乱入之間、且任二[七]幼帝母后之御歎尤深一、且依二[八]外戚外舅之愚志不一レ浅、固二辞北闕之花台一、遷二幸西海之藪屋一。但再於レ無二旧都之還御一者、三種神器争可レ被レ放二玉体一哉。夫[九]臣者以レ君為レ体、君者以レ臣為レ体。君安則臣不レ苦、君憂則臣不レ楽。謹思二臣等之先祖一、[一〇]平将軍貞盛、追二討相馬小次郎将門一、而自レ鎮二東[一一]八箇国一以降、伝二子々孫々一、誅二戮朝敵之[一二]謀臣一、及二代々世世一、奉レ守二[一三]禁闕之朝家一。就レ中[一四]亡父太政大臣、保元平治両度合戦之時、重二勅威一、軽二愚命一、是偏奉レ為レ君、非レ為レ身。而彼[一五]頼朝者、父左馬頭義朝謀叛之時、頻可二誅

一 「兵乱米」は兵粮米。兵粮（将兵に給する食糧）にあてる米。中世、兵乱に際して、武士に与えるために諸国に割り当てて徴発した。「貢」は貢進の意。
二 →訓読文（二三〇頁）。宗盛の返状→補注四四。使者帰洛の日付二十七日には諸本とも月を記さない。　三 安徳天皇のこと。
四 高倉院。永暦二年（一一六一）九月三日―治承五年（一一八一）一月一四日。二一歳。第八〇代の天皇。後白河天皇の第四皇子。母は建春門院（平滋子）。諱は憲仁《のりひと》。→補注四五。
五 源頼朝を中心とする源氏をいう。
六 源義仲を中心とする源氏をいう。
七 安徳天皇と建礼門院。
八 「外戚」は母方の親類。「外舅」は妻の父。
九 則天武后撰『臣軌』同体章に「故知臣以レ君為レ心、君以レ臣為レ体」とある。
一〇 平将門。生年未詳。天慶三年（九四〇）二月一四日没。桓武平氏、良将の男。叔父の国香を殺し、承平七年（九三七）承平・天慶の乱となり、関東諸国を征圧して新皇と称したが、平貞盛・藤原秀郷の兵に敗死した。
一一 関東の相模・武蔵・安房・上総・下総・常陸・上野・下野の八カ国。関八州。
一二 陰謀を企てる臣下。　一三 皇居の門。
一四 平清盛。　一五 源頼朝。　一六 親切な心づかい。　一七 神の加護のある兵。また、神の遣した兵。　一八 子孫が絶えることをいうか。
一九 「天地不下為二一物一枉中其時上、日月不下為二一物一晦中其明上、明王不下為二一人一枉中其法上」（古文孝経・三才章第八・孔伝）。盛衰記本文の「何以二一情一不レ覚二大徳一」の部分の出所は不明。盛衰記での引用相当部分、延慶本巻一〇―3では、「日月未レ堕レ地照二天下一其明。明王者為二一

罰一之由、雖レ被レ仰三下于故入道大相国一、慈悲之余所レ申三宥流罪一也。爰頼朝已忘二昔之高恩一、今不レ顧二[一六]芳志一、忽以二流人之身一、濫列二凶徒之類一。愚意之至思慮之讐也、尤招二[一七]神兵天罰一、速期二[一八]廃跡沈滅一者歟。[一九]日月為二一物一不レ暗二其明一、明王為二一人一不レ枉二其法一、何以二一情一不レ覚二大徳一[二〇]文。但[二一]君不三思一召二忘亡父数度之奉公一者、早可レ有レ御三幸于西国一歟。于レ時臣等奉二院宣一、忽出二蓬屋之新館一、再帰二花亭之旧都一。然者四国九国、如レ雲集靡二[二二]異賊一、西海南海、如レ霞随誅二[二三]逆夷一。其時主上帯二三種神器一、幸二九重之[二四]鳳闕一。[二五]若不レ雪二会稽之恥一者、相二当于[二六]人王八十一代之御宇一、我朝之御宝、引レ波随レ風、赴二[二七]新羅・[二八]高麗・[二九]百済・[三〇]契丹一、雖レ成二異朝之財一、終無二[三一]帰雒之期一歟。以二此旨一可レ然之様、可下令レ洩二[三二]奏聞一給上。宗盛頓首謹言。

[三三]元暦元年二月廿八日　　　[三四]内大臣宗盛請文

トゾ被レ書《かかれ》タリケル。

御壺ノ召次花方ハ、平左衛門尉重国ニ具シテ、院宣ノ副使《そへづかひ》ニ西国ヘ下[53]タリケレバ、平大納言時忠卿、花方ヲ捕《とらへ》テ、以[54]二[三五]金焼一頬《つら》ニ波方トゾ焼付タル。其後《そののち》[三六]本鳥《もとどり》ヲ切《きり》鼻ヲ[三七]鎩《そぎ》テ、「是ハ[三八]己《おのれ》ヲスルニハ非ズ」トテ追放《おひはなち》ケリ。無益ノ

人二不レ枉二其法一、以二一旦情一不レ蔽二其徳一矣」、長門本巻一七では「日月未堕地照天下、其明王者為二一人一不レ枉二其法一、以二一失一猜不蔽二其徳一」。あることを示す文字。
二〇 典拠となりうる漢籍などからの引用本文であることを示す文字。
二一 後白河法皇をさす。
二二 異国（ここでは東国）の賊。
二三 反逆する賊。 二四 皇居の門、また、宮城。
二五 もしも敗戦の恥辱をそそがなければ。
二六 この時代の数え方により、安徳天皇の代。
二七 古代朝鮮で三国の一つ。朝鮮南東部を領土とし、七世紀に唐と結んで百済・高句麗を滅ぼしたが、西暦九三五年高麗に滅ぼされた。
二八 同じく、三国の一つ高句麗の意でいうか。朝鮮北部を領有し、新羅・百済と共に朝鮮半島を三分したが、西暦六六八年唐に滅ぼされた。ただし、元暦元年時点での朝鮮半島の統一国家は高麗（西暦九一八年建国、九三六年統一）である。 二九 同じく、三国の一つ。朝鮮西南部の国。西暦六六〇年唐・新羅の連合軍に滅ぼされた。 三〇 古代中国大陸の遼。西暦九一六年建国、蒙古・中国東北部を支配した契丹族の国。西暦一一二五年に金（女真族の国）に滅ぼされた。 三一 「雒」は「洛」に同じ。帰洛。
三二 底本「奏門」とあるが、訂した。
三三 覚一本は「寿永三年」とする。改元は四月。
三四 延慶・長門両本は「前内大臣平宗盛請文」（延）、「前内大臣宗盛」（長）、覚一本は「従一位平朝臣宗盛が請文」とする。「請文」は命令などの文書に対する答申の文言を記した文書。
三五 鉄の焼印。 三六 髻。
三七 「鎩《ソク ソガル》」（類聚名義抄）。
三八 お前をこうするのではない。お前の主人をこうするのだの意を暗示する。

院宣御使勤テ、身[一]ノカタワヲゾ付《つき》ニケル。サテコソ花方[二]ヲバ、異名ニハ波方トモ呼ケレ。「時忠卿ノ『己ヲスルニ非《あらず》』ト宣ケルハ、サレバ法皇ノ御事ヲ申ケルニヤ。畏《おそろし》々《おそろし》」トゾ人皆《みな》[三]舌ヲ振《ふり》ケル。偖《さて》重国申ケルニハ、『依[四]二東国之逆乱一、西国ニ臨幸アリ。主上無二還御一、三種神器輒難レ被レ奉二返入一。倩慮二夷[五]狄之俗一、已同二虎[六]狼之性一。只殉レ利不レ殉レ名、偏忘二廉[七]譲之思一、深淫二色欲之心一。然忽被レ賞二異[八]類之賊一、永被レ棄二一[九]族之輩一。或称二勲功一、或振二威猛一、云二国[一〇]衙一、云二庄園一、無レ立[一一]レ針之土地一、虜[一二]二掠之一、無二片[一三]粒之官物一、劫[一四]二略之一。世之衰乱逐[一五]レ日弥甚、国之残滅積レ年益滅歟。臣若被レ献二国家安全之諫言一、君何不レ廻二天下和平之叡慮一哉』前内大臣被レ申」之由ヲゾ奏シケル。

一　身体的な一部の障害。延慶・長門両本では時忠が花方の頬に「浪方（浪形）」の「火印」を捺したことは述べるが（延慶本巻一二―7「平大納言時忠事」、長門本巻一九）、「本鳥ヲ切鼻ヲ鎩テ」に相当する記述はない。覚一本では巻一〇「請文」で焼印のことを語るが、やはりそれ以外のことは述べていない。　二　覚一本では花方の頬の焼印を見た後白河法皇が「よし〳〵ちからおよばず。浪方ともめせかし」と笑ったと語る。　三　恐れおののくさま。驚嘆するさま。　四　→訓読文（二三一頁）。延慶・長門両本や覚一本には重国のこの奏上の文言はない。　五　東国北国の野蛮な習俗。　六　虎や狼のように残忍な性。　七　清廉で謙譲なこと。　八　人間でないような賊。　九　平氏一族の仲間。　一〇　「国衛領」の意で、国司の統治下にある土地。　一一　僅かの土地。　一二　人を虜にし、物を掠奪すること。　一三　ほんの僅かな官の所有物。　一四　おびやかして強奪すること。　一五　「逐日」、底本「遂日」を訂した。㋭遂《ヲッテ》レ日ヲ　㋙日ををつて。

源平盛衰記　巻第三十九

友時参二重衡許一

重衡迎二内裏女房一

同人請二法然房一

同人関東下向事

頼朝重衡対面

重衡酒盛

維盛出二八島一

同人於二粉河寺一謁二法然坊一

[1]同人高野参詣

横笛

源平盛衰記遊巻第三十九

本[一]三位中将ノ侍ニ木工馬允[二]友時ト云《いふ》者ハ、八[三]条院ニ兼参[四]シケル者也。平家都ヲ落《おつ》ト聞エシカバ、友時モ定テ重衡ニ具シテ下覧《くだらむ》ズラントテ、八条院ヨリ、[五]友時ヲ召テ人ニ預置レタリケレバ、力及バデ西国ヘモ不レ下《くだらず》シテ有ケルガ、三位中将虜《いけどら》レテ都ニ上《のぼり》給タリト聞テ、預《あづかり》ノ武士ノ許ニ行向テ、「是ハ八条院ニ木工馬允友時ト申[2]ニテ侍《はべる》ガ、是《これ》ニ御渡《わたり》候ケル三位中将殿ハ、年来《としごろ》ノ主君ニテ御座シカバ、御一門ニ相具シテ西国下向ノ時、御伴申《まうす》ベカリシヲ、[六]折節《をりふし》身ニ相労《あひいたはる》事アテ、心ナラズ罷留《まかりとどまり》タリシカバ、イカヾ成給ヌラント、月比《つきごろ》日比《ひごろ》御向後《ゆくへ》ノ奉二奢思一《おぼつかなくおもひたてまつり》ツルニ、御上《のぼり》[七]ト承レバ、今一度余リニ見進《まゐら》セ度《たく》テ推参仕《つかまつ》レリ。可レ然《しかるべく》ハ蒙二御免一《おゆるしをかうむり》ナンヤ」ト申ケレ共、武士不レ免レ之《これをゆるさず》。友時、腰ノ刀ヲ抜テ武士ノ中ヘ抛入《なげいれ》テ、腕頸[八]ヲ取《とり》腰ヲカヾメ、「僻事《ひがこと》更ニ候マジ。只年比《としごろ》ノ御情奉三難レ忘思二《わすれがたくおもひたてまつり》、一目見エモシ奉リ見モ進《まゐらせ》バヤノ志バカリノ事也」ト泣々歎申《なげきまうせ》バ、土肥次郎、世ニモ哀ニ思ケレバ、何カハ苦シカルラントテ免入《ゆるしいれ》ケリ。三位中将ハ友時

友時参重衡許

一　平重衡。

二　延慶本（巻一〇―4）は「信時」、長門本（巻一七）は「朝時」、覚一本は「知時」。生没年未詳。延慶本では自身の口から「サセル弓矢取ル者ニテモ候ワネバ……只ハキノゴウ事計リ仕リ候キ」という。長門本も同じ。

三　暲子内親王。保延三年（一一三七）―建暦元年（一二一一）六月二六日。七五歳。鳥羽天皇の第三皇女。母は美福門院。↓補注一。

四　一人で二家に出仕を兼ねていること。

五　八条院が、重衡と行動を一にすることを許さなかったことになる。延慶本にはこれに相当する記述はない。

六　丁度その時病気をしていて。八条院に拘束されて西国に下れなかったことをいわない。延慶本は「兼テモ知候ハデ」、長門本は「上つ方にはかねて知し召されて候ける間、召し置れて候しかば」という。

七　延慶・長門両本や覚一本では、大路を渡される重衡を見て悲しかったので、もう一度会いたいと訴える。

八　追従して。「腕頸を取る」は「腕頸を握る」ともいう。「我争カ相伝ノ主ヲ捨奉テ、今更平家ニウデクビヲニギラン」（巻一四・三位入道入寺）。延慶・長門両本や覚一本では、信時（朝時、知時）が最初から腰刀を預ける意志を示し、土肥次郎はあっさりと面会を許している。

重衡迎内裏女房

一　延慶本では、重衡は内裏女房のことを言い出す前に、西国への院宣に平氏一門が応じて自身が助命されることを頼みにしていたが、それも空しくなったので斬刑を覚悟しているが、最後の妄念となりそうなことがあると言う。→補注二。

二　延慶本に「汝シテ時々文遣シ人」という。長門本や覚一本もほぼ同じ。

三　晴れない思い。長門本は具体的に「物をもいひ置ざりしかば、年頃契りしことは、皆偽にてありけりと思ふらんこそはづかしけれ」、覚一本も「いひおく事だになかりしを、世々の契はみないつはりにてありけりとおもふらんこそはづかしけれ」という。

四　白楽天の「人非二木石一皆有情」（白氏文集・巻四・李夫人）による。

ヲ見付給《みつけたまひ》、傍近ク呼寄《よびよせ》テ、「アレハイカニシテ参タルゾ。珍シクコソ」ト宣《のたまひ》モ敢ズ、袖ヲ顔ニ押当テ、御涙関敢《せきあへ》給ハザリケレバ、友時モ共ニ袂ヲ絞ケリ。

良久《ややひさしく》アテ、互ニ昔今ノ物語シ給ケル中ニ、中将[一]宣ケルハ、「偖《さて》モ内裏[二]ニ、年来不レ疎《としごろうとからず》申馴《なれ》タル女房アリ。都ヲ落シ時モ取敢《とりあへ》ヌ事也シカバ、云《いひ》タキ事モ有シカ共空《むなし》ク止《やみ》ヌ。年月ノ重ヌルニ付テモイブセサ[三]ノミ積レバ、文ヲヤリテ返事ヲモ見《みる》ナラバ、懸憂《かかるうき》身ノ慰ニモトハ思ヘ共、誰シテヤルベシ共《とも》ナカリツルニ、友時持《もち》テ行ナンヤ」ト宣ヘバ、「安キ程ノ御事ニコソ」ト申《まうす》。三位中将悦テ、土肥次郎ニ被レ仰《おほせられ》ケルハ、「年比相知《としごろあひしり》タル女房ノ許へ、文ヲヤラバヤト思《おもふ》ハ叶ハジヤ」ト問給ケレバ、猛キ夷《えびす》ナレ共《ども》サスガ岩木[四]ナラネバ、哀トヤ思ケン、「何カ苦《くるし》ク候ベキ」トテ奉レ免《ゆるしたてまつる》。「乍レ去《さりながら》御文ヲバ見進《まゐら》セン」ト申ケレバ、被レ見《みせられ》ケリ。土肥次郎、是ヲ披《ひらき》見レバ、誠ニ女房ノ許ヘノ御文也。歌モアリ。実平、哀ニゾ思ケル。友時御文ヲ給テ内裏へ参ケルガ、未明《いまだあかかり》ケレバ、其辺近《そのあたりちかき》小家ニ立入テ、晩《くるる》程ニ彼《かの》女房ノ局近クタヽズミテ思様《おもふやう》、ソモ三位中将殿ハ角《かく》思召共、女房ハ御心替《こころがはり》モヤ有ラン、左様《さやう》ナランニハイミジカラヌ御身ニ、中々イカヾ有《ある》ベカルラント思ツヽ、良久《ややひさしく》立聞《たちきけ》バ、彼《かの》女房ノ音《こゑ》シテ、[五]カタヘノ女房ニ語《かたる》ト覚シクテ、「人ニモ勝《すぐれ》テ[六]世ノ覚《おぼえ》モ有キ。又心様《こころざま》モ類《たぐひ》ナカリシカバ、情ヲ懸《かけ》ヌ者モナカリキ。我《わが》身モ馴ソメテ年比《としごろ》ニモ成シカバ、何事ニ付テモ阻《へだて》ナク、憑《たのも》シキ事ニコソ云シカ。都ヲ落《おち》ナントセシニモ、[七]不㆓取《とり》敢《あへぬ》㆒事也シカバ、ハカ〳〵シク心静《しづか》ナル事モナカリシニ、云シ事ハ、『我ハ西国ヘ落行《おちゆき》ナンズ。別テ後ノ恋サヲ兼テ思《おもふ》コソ悲ケレ。[八]人ハ同《おなじ》心ナラズモヤ有ラン。[九]我《わが》心ヨリコラヌ事ナレ共、[一〇]日本第一ノ大伽藍ヲヤキ亡シタレバ、[一一]末ノ露本《もと》ノシヅクニ帰ツヽ、人ニ勝《すぐれ》テ罪深クコソアランズレ。終《つひ》[一二]ニイカヾ聞ナシ給ハンズラン』ト物語セシカ共、ソモサル[一三]ベキカハト思シニ、人シモコソ多《おほき》ニ、生《いき》ナガラ捕[3]レテ、京・田舎、恥ヲ[一四]曝《さらす》事ノ心ウサヨ。三位都ヲ出ニシ後ニハ、堪忍《たへしのぶ》ベシ共《とも》思ハザリシカバ、[一五]雲ノ上ノマジハリモ倦《ものう》ケレドモ、独隙《ひとりひま》ナク歎カンモ罪深ケレバ、[一六]時ノ間《ま》モ慰《なぐさみ》忘ルヽ事モヤトコソ思シニ、露命《つゆのいのち》ト云ナガラ、消《きえ》モウセナデ又憂《うき》事ヲ聞《きく》悲サヨ」トテ、忍モアヘズ泣悲給フコエシケリ。友時、サテハ此《この》女房モ忘レズ歎給ケリト哀《あはれ》ニ覚テ、立寄《たちより》、戸ヲ打《うち》扣《たたき》、「[一七]モノ申サン」トイヘバ、内ヨリ童指出《さしいで》テ、「[一八]イドコヨリ」ト問《とふ》。[4]忍音ニ「三位中将殿ヨリ」ト申セバ、サキ〳〵ハ人ニモ[一九]見エ給ハヌ女房ノ、余

五　朋輩。六　世間での声望。
七　突然のことだったので。
八　あなたは。相手に対して「人」という。
九　延慶本は「我心ニモ発ラズ、焼ケトモ云ザリシカドモ、多勢ナリシカバ、心ナラズ火ヲ出シタレバ」。長門本もほぼ同じ。覚一本（巻一〇）は「わが心におこッてはやかねども、悪党おほかりしかば、手々に火をはなッて」という。
一〇　東大寺。大和国。現、奈良市雑司町。華厳宗の大本山。本尊は銅造盧舎那仏坐像（大仏）。聖武天皇発願の寺院で、天平勝宝四年（七五二）四月の大仏開眼供養には天皇が行幸した。治承四年（一一八〇）一二月二八日、重衡の南都攻撃の際に焼亡、俊乗房重源が復興のための大勧進職とされて、文治元年（一一八五）八月二八日後白河法皇が御幸して大仏開眼供養が、建久六年（一一九五）三月一二日には後鳥羽天皇が行幸、頼朝も参列して落慶供養が行われた。↓三八頁注一一・一三。
一一　遍昭の「末の露本の雫や世の中の遅れ先立つためしなるらむ」（新古今集・哀傷・七五七）を引き、露のようなはかない命の主である自身に責任は帰して、の意。
一二　自身の運命を予測するような重衡の言葉。
一三　そのようなことがある筈はない。
一四　底本「瀑」。活字の流用とみて訂した。以下、一々断らない。
一五　宮中への出仕や人々との交際。
一六　少しの間。一七　御免ください。
一八　どちらからおいでですか。「いどこ」は「いづこ」に同じ。
一九　お会いにならなかった女房が、「見ユ」は、他から見られるの意。人に見られるのを恥ずかしがっていたのである。

リノ有難サニヤ、人目モ恥モ忘ツヽ、端近ク出給ヒ、「イカニヤ〳〵」ト問給ヘバ、「御文候《ざうらふ》」トテサシ上《あげ》タリ。ヒラキ見給ヘバ、「[一]イカナラン野ノ末、山ノ奥ニモ、[二]カヒナキ命アラバ、申《まうす》事モ有ナントコソ思シニ、ソモ叶ハデ生《いき》ナガラ捕レテ、恥ヲサラス事ノ心ウサ。是モ可レ然《しかるべき》先ノ世ノ報《むくひ》ニコソト思ヘバ、我《わが》身ノ咎ト覚テ、人ヲ怨《うらむ》事ナシ。倩《さて》モ此《この》世ニ候ハン事今明《けふあす》ニコソ。争《いかで》今一度可レ奉二相見一《あひみたてまつるべき》」ナンド、哀ニ心細キ事ドモ細々書継《かきつづけ》テ、奥ニ一首ゾ有ケル。

[三]涙川浮《うき》名ヲ流ス身ナレドモ今一シホノ逢《あふ》セトモガナ

女房、此《この》文ヲ見給《たまふ》ニ、イトヾ為方《せむかた》ナクテ倒臥シ、[四]引カヅキテゾ泣給。友時モ奉レ見レ之《これをみたてまつり》、[五]ヨシナカリケル御使哉トゾモダヘケル。良久《ややひさしく》アリテ起アガリ、使ノ待《まつ》ランモ[六]心ツキナントテ、細《こまか》ニ返事書給ツヽ被レ帰《かへされ》ケリ。三位中将返事ヲ待エテ限ナク悦《よろこび》、披《ひらき》見給ヘバ、「イヅクノ浦ニモマシマサバ、自申《みづからまうす》事コソ難《かた》ク共、露《つゆの》命ノアラン限ハ、風ノ便《たより》ニハトコソ思侍ツルニ、倩《さて》ハ[七]近ク限ニオハスラン事コソ悲ケレ。誠ニ[八]人ノサモオハセンニハ、我《わが》身トテモ日来《ひごろ》ノ歎ニ打副《うちそへ》テ、ナガラヘン事モ有難シ。誠ニイカニモシテカ今一度見奉ルベキ」ト書給テ、

一　延慶・長門両本は「何ナラム野山ノ末、海河ノ底マデモ」（延）。「野ノ末、山ノ奥」という表現は、七五頁二行にも維盛北の方の言葉にあった。

二　生きている甲斐のない命でも生き永らえていたならば、あなたにお便りすることもあるだろう。

三　涙川（おびただしい涙）に憂き名を流すこの私ではあるが、もう一度逢う機会があってほしいなあ。「浮名」の「浮」「流ス」「逢セ」の「セ」（瀬）は「涙川」の縁語。

四　衣裳を引きかぶって。

五　しない方がよかったお使いだったなあとひどく悩み苦しんだ。

六　「心ヅキナシ」「心ヅキナク思フラン」などとあるべきところ。㋭「心つきなし」。延慶本は「使ノイツトナゲニ、ツク〴〵ト待居タルモ心ナケレバ」。長門本もほぼ同じ。

七　近いうちにおなくなりになるであろうこと。

八　あなたがそのようにおなりになった時には。

九　あなたのせいで私も憂き名を流したならば、一緒に涙川の底の水屑となりたいです。「浮」「流シ」「ミクヅ」は縁語。第三句「流セドモ」（延慶本・長門本）、「ながすとも」（覚一

君故[九]《ゆゑ》ニ我モ浮《うき》名ヲ流シナバ底ノミクヅト共ニ成《なら》バヤ

中将ハ此《この》文ヲ見給テハ、物モ覚エズ只《ただ》泣給フ計《ばかり》也。コノ女房ト申《まうす》ハ、故[一〇]少納言入道信西ノ孫、[一一]桜町中納言成範卿ノ娘、[一二]中納言局トゾ申ケル。今年ハ二十一ニゾ成給フ。琴・琵琶ノ上手ニテ、絵書《かき》、[一三]花結《むすび》、歌読《よみ》、[7][一四]手厳書給ケル上、貌《かたち》細ヤカニ情深キ人ニテオハシケレバ、三位中将コトニ[一五]ワリナキ事ニ思入給テ、替《かは》ル心ナク[8]申通シ給ケル御中也。御子一人オハシマシケレ共、[一六]北方大納言佐殿ニ憚《はばかり》給テ、世ニハ角《かく》トモ披露ナシ。西海ノ旅マデモ、引ツレ奉タク覚《おぼ》シケルガ、大納言佐殿、[一七]先帝ノ御乳母トテ下ラセ給ヘバ、ソモ叶ハデ都ニ残シ置給ケル也。

三位中将返事披見給《ひらきみたまひ》、悲キ中ニモ不《なのめならず》ㇾ斜悦《よろこび》、又土肥次郎ニ宣ケルハ、「此《この》文ノ主《ぬし》ノ女房ヲ呼テ、最後ノ見参シテ申度《まうしたき》事ノ侍ルハ免《ゆる》シ給テンヤ。懸《かかる》身ニ成ヌル上ハ、何事ヲカト覚スラメ共、尽《つき》ヌ思《おもひ》ノ晴難《はれがた》ケレバ、今一度逢ミバヤト思《おもふ》也、如何アルベキ」ト問給ヘバ、「実《まこと》ノ女房ニテ御座侍ランニハ、ナドカ苦シカルベキ」トテ奉《ゆるしたてまつる》ㇾ免。中将悦テ、友時シテ[一八]乗物尋出シテ内裏ヘ遣ス。女房、[一九]世モツヽマシク思召ケレ共、[二〇]セメテノ余《あまり》ニ御車ニ召《めし》、出給ケルガ、涙ニクレテ行《ゆく》サキモ見エ給ハズ。彼《かの》宿所ニオハ

本)。第五句「ともになりなん」(長・覚)。
一〇 信西。嘉承元年(一一〇六)—平治元年(一一五九)一二月一三日。五四歳。俗名は藤原通憲。南家貞嗣流、実兼の男。母は源有房女、一説に源有家女。父の死後、高階経敏の養子となり、高階姓を名乗ったが、後に藤原姓に復した。博学を以て知られ、正五位下日向守、少納言に至るも出家、少納言入道と呼ばれる。後白河院に重用されたが藤原信頼と対立、平治の乱の際、信楽近くの田原に逃れたが自殺した。↓一六三頁注一二。
一一 藤原成範。保延元年(一一三五)—文治三年(一一八七)三月一七日。五三歳。南家貞嗣流、信西の三男。母は後白河院乳母の従二位藤原朝子(紀伊二位)。中納言正二位に至る。自邸に多くの桜を植えて愛したので、桜町中納言と呼ばれたという(巻二・清盛息女)。↓一六三頁注一〇。
一二 『尊卑分脈』では、成範の女子としては小督を掲げるのみ。↓補注三。
一三 美しい形に紐を結ぶ、女性の手芸の一種。「六八…歌ヨミ連歌シ、絵書、花結ビ、アクマデ御心ニ情御座ス人也」(巻二・清盛息女)。「花結とは物の緒を総角《あげまき》・蜷結《あはび》、其外色々様々花やかなる結び方を習ひ覚えたるをいふ也」(貞丈雑記・巻一六)。
一四 いつくしく。字を美しくお書きになった。
一五 どうしようもないほどいとしいと深くお思いになって。
一六 大納言佐→六一頁注一四。
一七 安徳天皇→三六頁注三。
一八 具体的には、牛車を借用させたのである。
一九 世間の眼をはばかって。
二〇 よくよくの思いの余りに。

シ付《つき》テ、車サシヨセテヲリントシ給ケレバ、中将急[9]立出テ、「[一]武士ノミンモ見苦ク侍《はべる》ニ」トテ、我《わが》身ハ縁ニ乍立《たちながら》、[二]車ノ簾[10]ウチ纏、手ニ手ヲ取組《とりくみ》、互ノ涙セキ兼《かね》給ヘリ。中将ヤヽ有テ宣ケルハ、「都ヲ落下《おちくだり》シ時、友時ガ他行[11]シテ侍シ程ニ、何事モ不申置《まうしおかず》、文ヲモ奉ラズシテ下《くだり》タリシカバ、年比《としころ》日《ひ》比《ごろ》申シヽ事ハ皆偽言《いつはりごと》ニテ有ケルヨト思召ナン恥《はづかし》サヨト思シカバ、軍《いくさ》ニ出《いづ》ル日ハ、今日ハ矢ニ中《あたり》テ死ナバ、又申サデモヤハテナント思ハレ、舟ニノル時ハ、今日ヤ水ニ沈テ、[三]晴《はる》ル事ナクテ止《やま》ント悲カリシニ、今度生《いき》ナガラトラレテ、故郷ノ大路ヲ渡サレケルハ、[四]人ヲ可奉再見《ふたたびみたてまつるべき》契ノ朽ザリケルニヤ」トテ泣給ヘバ、女房ハ詞《ことば》モ出サレズ、只泣《なく》ヨリ外ノ事ナシ。深《ふけ》行《ゆく》儘ニ終夜《よもすがら》御物語シ給ケル。中ニモ女房ハ、三位中将ノ事ハ今ハ[五]猿《さる》事ニテイカヾハセン、[六]御子ノ事ヲゾ歎カレケル。「西海ニ落下給テ後ハ、東国ノモノヽフ家々ニ充満《みちみち》テ、[七]ウツヽナキ世中《よのなか》ナレバ、イカナル憂事《うき》ヲカ見聞《みきか》ンズラント、明テモ暮テモ肝心《きもこころ》ヲ迷《まよはせ》バ、[八]爰ニ隠レ彼《かしこ》ニ忍ナンドスルモ、[九]牆壁《かきかべ》モイブセケレバ、[12]便ニ伝テ[一〇]下シ奉ラバヤト、責《せめて》ノ事ニハ思シカ共、人ニコソ生《いき》ナガラ奉別《わかれたてまつ》ラメ、[一一]行末遠少《とほきをさなき》人ヲサヘ、旅ノ空ニ打棄ン事ヨト悲ケレバ、[一二]サテコソ過シ侍シカ。西海ノ波ノ上ニ、偖《さて》モ御座シ程ハ、

一　延慶・長門両本ではこの前に、「ナオリサセ給ソ」（延慶本）と、内裏女房の下車を制止する言葉がある。覚一本でも、下車を止めている。
二　牛車の後部の簾を引きかぶり、半身を車内に入れて。
三　心の晴れることなくて死ぬのだろう。
四　あなたを。
五　そういう有様で、どうしようもない。
六　延慶・長門両本、覚一本には、重衡と内裏女房との間の子についての記述はない。
七　現実とも思われない世の中。
八　㋙こゝにかくれかしこにしのび　㋭こゝにかしこに忍ふる。
九　垣や壁も、人がのぞいていないか、人が聞いていないかと気がかりなので。
一〇　子を西国へお下ししたいと。
一一　遠い将来がある幼い子をさえも。
一二　そのままに過ごしてきました。
一三　あなたの御最期。
一四　以前に申した、こうありたいという希望。具体的には女房やその子と一緒に住みたいとい

再《ふたたび》昔ニ還《かへる》事モヤト[13]愚《おろか》ニ被レ思《おもはれ》ツルニ、今ハ角《かく》成給ヌレバ憑《たのむ》甲斐ナシ。サテハ何ト成《なる》ベキ世中《よのなか》ゾヤ。[一三]御身ノハテイカヾ聞《きき》ナシ奉ベキ」ト[14]忍音ニテ泣給ケリ。三位中将ハ、「我《われ》罪深キ者トテ懸《かかる》身ニ成ヌル上ハ[一四]申置《まうしおき》シアラマシモ夢ノ中ノ物語也。罪深キ者ノ子ナレバ、[一五]枝葉マデモ末憑《たのも》シクハナケレ共、イカニモシテ助隠シテ、片《かた》山寺ニ下置《くだしおき》、僧ニナシテ我《わが》苦ヲ弔給ヘ」ト被レ仰《おほせられ》テ、[一六]袖ノシガラミ関兼《せきかね》給ヘリ。昔今ノ物語、夜ヲ重ネ日ヲ重ヌ共[15]難レ尽オボシケルニ、[一七]暁カケテ打響ク[一八]野寺ノ鐘ノ声、[一九]孀烏《やもめがらす》ノ一声、今夜《こよひ》モ明ヌト告渡《つげわたる》。尾上ニ廻《めぐる》白雲、西山ニ傾ク暁ノ月、互ニ遺《なご》リハ惜ケレドモ、[二〇]サテ有ベキ事ナラネバ、「疾々《とくとく》」トテ返サレケル。女房別《わかれ》ヲ悲テ、車ノ内ニ倒伏《たふれふし》、物モ覚エズ泣給フ。既ニ車ヲ遣出《やりいだ》サントシ給ヘバ、三位中将、飽《あか》ヌ遺《なごり》ノ悲サニ、女房ノ袂ヲ引《ひか》ヘツヽ、「命アラバ又モ奉レ見《みたてまつらむ》。嬉《うれしく》コソ。世ニナキ者ト聞給ハヾ、必《かならず》後世弔《とぶらひ》給ヘ」ト宣テ、

[二一]アフ事モ露ノ命モヽロ共《とも》ニコヨヒバカリヤ限ナルラン

女房泣々《なくなく》、

[二二]限トテタチ別《わかれ》ナバ露ノ身ノ君ヨリサキニ消《きえ》ヌベキカナ

トテ出《いで》給ケルガ、「此《ここ》ニ御座サン程ハ常ニヨ」ト計《ばかり》ニテ、又《また》物モ宣ハズ、

う願い。
一五 縁に連なる者。
一六 溢れる涙を袖で堰き止めかねていらっしゃった。「袖のしがらみ」は歌語。「涙川落つる水上早ければ塞きぞかねつる袖のしがらみ」（拾遺集・恋四・八七六・紀貫之）。「関」は「塞き」「堰き」の当て字。 一七 暁に先がけて。
一八 野中の寺で打つ晨朝の鐘。「野寺の鐘」は歌語的表現。「有明の月のゆくへをながめてぞ野寺の鐘は聞くべかりける」（新古今集・雑上・一五二一・慈円）。
一九 連れ添う相手のいない一羽だけの烏。歌語的表現。「孀」は夫に死別した女の意。『新撰朗詠集』では遊仙窟を出典とする「可憎病鵲半夜驚レ人 薄媚狂鶏三更唱レ暁」（雑・恋・七三二・張文成）の「病鵲」を「やもめがらす」と訓読、藤原隆房が『朗詠百首』でこの句を「一人寝《ぬ》るやもめがらすはあな憎やまだ夜深きに目を覚ましつる」（八二）と詠んでいる。→補注四。
二〇 そうしていつまでもいられるわけではないから。
二一 二人が逢うことも露のようにはかない私の命も、ともに今宵だけでおしまいなのだろうか。下句「今夜ばかりと思ふかなしさ」（長門本）。
二二 これが最後と言ってお別れしたならば、露のようにはかないあなたの命より先に私が消えて（死んで）しまうでしょう。「消ヌ」は「露」の縁語。第二句「たちわかるれば」（覚一本）。

車ヲ遣出《やりいだ》シ給ケリ。後ニコソ是ヲ最後トハオボシケン。ナガキ別《わかれ》ノ心《こころの》中《うち》、帰《かへる》モ[16]止ルモ被推量《おしはかられて》アハレ也。女房、内裏ニ帰給タリケレ共、打臥給テ衣[17]引纏テ、只泣《なく》ヨリ外ノ事ゾナキ。傍《かたはら》ノ女房達モ、共ニ袖ヲノミゾ絞ケル。其《その》後ハ、中将[一]仰《おほせ》ラレケレ共、武士奉《ゆるしたてまつる》免事ナカリケレバ、時々消息計《ばかり》コソ友時シテ通《かよひ》ケレ。女房ハ、内裏ニモ角《かく》テオハセン事[二]ツヽマシク覚《おぼ》シケレバ、[三]里ニノミコソ住給ヘ。責《せめ》テノ事ト哀也。

三位中将ハ九郎義経ノ許ヘ、「出家ヲセバヤト思《おもふ》ハ、免シ給テンヤ」ト宣ケレバ、「義経ガ計《はからひ》ニハ難《かなひがたし》叶。[四]御所ヘ申入テ可依其御左右《そのごさうによるべし》」トテ奏聞アリ。頼朝ニ不仰合《おほせあはせず》シテ出家ノ暇《いとま》ヲ免サン事、[五]難治之由被仰下《おほせくだされ》ケレバ、御気色角《かく》トテ不及力給《ちからおよびたまはず》。中将重《かさね》テ、「出家ハ御免ナケレバ今ハ申《まうす》ニ及バズ。サアラバ年来相知《としごろあひしり》テ侍《はべる》上人ヲ請ジテ、後世ノ事ヲモ尋聞《たづねきか》バヤ」ト有ケレバ、「上人ハ誰ニテ御座スゾ」ト問奉《とひたてまつる》。「[六]黒谷法然房」ト被申《まうされ》タリ。兼テ貴キ上人ト聞《きき》給ケレバ、後世ノ情ニト思ツヽ是ヲ奉《ゆるしたてまつる》免。三位中将不斜《なのめならず》悦テ、ヤガテ友時ヲ使ニテ、黒谷ノ庵室ヘ申サレタリケレバ、法然上人来《きたり》給ヘリ。中将泣々言[18]、「重衡ガ身ノ[七]身ニテ侍シ時ハ、誇栄花《えいぐわにほこり》[八]驕楽憍慢ノ心ハ在《あり》シカ共、[九]当来ノ[一〇]昇沈カヘリ見《みる》事侍ラズ。運尽《つき》世乱テ後

一　また女房に逢いたいとおっしゃったけれども。

二　憚られるとお思いになったので。

三　実家。

同人請法然房

四　後白河法皇→三九頁注一九。

五　むずかしい。

六　法然→六〇頁注一二。

七　人並な身の上でございました時は。

八　「驕楽」も「憍慢」もともに、おごり高ぶること。

九　来たるべき世。未来。

一〇　極楽に往生することと、地獄に堕ちること。

ハ、此《ここ》ニテ軍《いくさ》、彼《かしこ》ニテ戦ト申テ、[一一]人ヲ失《うしなひ》、身ヲ助ント励[19]悪念ハ[一二]無間ニ遮テ、一分ノ善心且《かつ》テ起ラズ。就㆑中南都炎上ノ事、[20]公ニ仕リ世ニ随フ習ニテ、[一三]王命ト申《まうし》、[一四]父命ト申、衆徒之悪行ヲ鎮《しづめ》ン為ニ罷向処《まかりむかふところ》ニ、[一五]不㆑測《はからざる》ニ伽藍ノ滅亡ニ及シ事、不㆑及㆑力《ちからおよばざる》次第也トイヘ共、大将軍ヲ勤メシ上ハ、重衡ガ罪業ト罷成候《まかりなりさうらひ》ヌラン。其報《そのむくひ》ニヤ、多キ一門ノ中ニ我《わが》身一人虜《いけどら》レテ、京・田舎、恥ヲ曝《さらす》ニ付《つけ》テモ、一生ノ所行ハカナク拙キ事、今思合《おもひあは》スルニ罪業ハ[一六]須弥ヨリモ高ク、善業ハ[一七]微塵計《ばかり》モタクハヘ侍ラズ。サテモ空終《むなしくをはり》ナバ、[一八]火穴刀ノ[一九]苦果且《かつ》テ疑ナシ。出家ノ暇《いとま》ヲ申侍共《まうしはべれども》、責《せめて》ノ罪ノ深サニ御免《ゆるし》ナケレバ、[21]頂ニ髪剃ヲ宛《あて》テ出家ニ准《なぞら》ヘ、奉㆑受㆑戒候《さうらは》バヤ。又懸《かかる》罪人ノ一業ヲモ、マヌカルベキ事侍ラバ一句示《しめし》給ヘ。年来ノ見参、[二〇]其詮《そのせん》今ニアリ」ト宣ケレバ、上人哀《あはれ》ニ聞給テ、「誠ニ御一門ノ御栄花ハ、云㆓官職㆒《くわんしよくといひ》、[二一]俸禄ト申《まうし》、[二二]傍若無人ニコソ見エ御座シカ。今カク成給ヘバ、[二三]盛者必衰ノ理《ことわり》、[二四]夢幻ノ如ク也。サレバ善ニ付悪ニ付、[22]怨《うらみ》ヲ起シ悦《よろこび》ヲナス事有ベカラズ。[二五]電光朝露ノ無益ノ所、[二六]兎《と》テモ角《かく》テモ有ヌベシ。[二七]永《ながき》世ノ苦《くるし》ミコソ恐《おそれ》テモ恐アルベキ事ニテ侍レ。[二八]難㆑受《うけがたき》人界ノ生也、難㆑値《あひがたき》如来ノ教《をしへ》也。而今《しかるにいま》悪逆ヲ犯シテ悪心ヲ翻シ、善根無《なく》シテ善心ニ住シテ御座サバ、[二九]三

一一 他人を殺し、わが身が助かろうと努める悪心。
一二 ひっきりなしに善意を遮って。「Muqen. ムケン(無間)」(日葡)。
一三 朝廷の命により、官軍として攻撃したという。延慶本は「云王宣」(王宣と云ひ)という。
一四 父清盛の命令。
一五 「不測」の「測」、底本は「側」。誤植または活字の流用とみて訂した。
一六 須弥山。仏教で、宇宙の中心である巨大な山。大海の中、金輪の上にあり、水上の高さは八万由旬。頂上に帝釈天の住む宮殿があり、山腹には四天王の住居がある。
一七 少しの分量も。「微塵」は仏語で、きわめて微細なものの意。
一八 火血刀。火塗《かず》・血塗《けつず》・刀塗《とうず》の三途《さんず》。「途《ず》」(塗)は道の意。これを地獄・畜生・餓鬼の三悪道に配する。
一九 悪業の報いとして心身が受ける苦しみ。
二〇 その効果。
二一 「俸禄」、底本は「俸録」。当て字とみて訂した。
二二 かたわらに人がいないように自由にふるまっているとお見えでした。
二三 勢いの盛んな者は必ず衰えるという道理。
二四 夢も幻もともにはかないものの比喩とされる。
二五 この世ははかない、生きていても無益な場所。「電光」「朝露」とも、はかないものの比喩としていう。
二六 「世の中はとてもかくてもありぬべし宮も藁屋もはてしなければ」(俊頼髄脳。古本説話集・蟬丸事)を念頭に置くか。
二七 来世。
二八 「人身難㆑受。仏法難㆑値」(源信・二十五三昧式)。
二九 前世・現世・来世。

世ノ諸仏争《いかでか》随喜シ給ハザラン。先非ヲ悔テ後世ヲ恐ルヽ、是ヲ[一]懺悔滅罪ノ功徳ト[二]名《なづく》。抑《そもそも》[三]浄土十方ニ構《かまへ》、諸仏三世ニ出給ヘ共、罪悪不善ノ凡夫入《いる》事、実《まこと》ニ難《かた》シ。[四]弥陀ノ本願、念仏ノ一行バカリコソ貴《たうとく》侍レ。[五]土ヲ九品ニ分テ、破戒[六]闡提嫌レ之《これをきらふ》事ナク、行ヲ[七]六字ニツヾメテ、愚痴暗鈍モ[23]唱ルヽニ便《たより》アリ。[八]一念十念モ[九]正業トナリ、[一〇]十悪五逆モ[一一]廻心スレバ往生ト見エタリ。[一二]念々称名常懺悔ト宣《のたまひ》テ、念々ゴトニ[24]御名称スレバ、[一三]無始ノ罪障悉ク懺悔セラレ、[一四]一声称念罪皆除ト釈シテ、一声モ弥陀ヲ唱レバ、[一五]過現ノ罪皆《みな》ノゾカル。故ニ南無阿弥陀仏ト申《まうす》一念ノ間ニ、ヨク[一六]八十億劫之生死ノ罪ヲ滅ス。憑《たのみ》テモ憑《たのむ》ベキハ[一七]五劫思惟ノ本願、念ジテモ念ズベキハ此《この》弥陀ノ名号也。行住坐臥ヲ嫌ハネバ、[一八]四儀ノ称念ニ煩《わづらひ》ナク、時所諸縁ヲ論ゼネバ、[一九]散乱ノ衆生ニ[25]拠アリ。下品下生ノ五逆ノ人ト称シテ已ニ遂二往生一《わうじやうをとぐ》。末代末世ノ重罪ノ輩《ともがら》モ、唱ヘバ必可レ預二[二〇]来迎一《かならずらいがうにあづかるべし》。是ヲ[二一]他力ノ本願ト名《なづけ》、又ハ[二二]頓教一乗ノ教ト云《いふ》。浄土ノ法門、弥陀願[二三]巧、肝要如レ此《かくのごとし》」トゾ[二四]善知識セラレタリケル。其後《そののち》上人剃刀ヲトリ、三位中将ノ頂[26]ニ三度宛給《あてたまふ》。初ニハ[二五]三帰戒ヲ授《さづけ》、後ニハ[二六]十重禁ヲゾ説給《ときたまふ》。御布施ト覚シクテ、[二七]口置《くちおき》金蒔《まき》タル[二八]双紙箱一合、差《さし》ヲキ給ヘリ。此《この》箱ハ中将ノ秘蔵シオボシケルヲ、侍ノモトニ預置給

一　「Sangue. サンゲ（懺悔）」（日葡）。
二　「名　ナツク」（類聚名義抄）。
三　「十方」は東・西・南・北の四方と東南・西南・東北・西北の四維と上・下の、十の方角。十方に無辺無量に存する諸仏の浄土を「十方浄土」という。
四　阿弥陀如来が、衆生を極楽浄土に迎えようと、法蔵菩薩として修行中に立てた誓願。
五　「土」は浄土。「九品《くほん》」は、浄土を上品《じようぼんじよう》上生《しよう》・上品中生・上品下生から中品・下品を同様に三生に分け、計九段階に分けた浄土での生。
六　仏法をそしり、成仏する因を持たない者。
七　「南無阿弥陀仏」の六字。
八　一度の念仏でも十度の念仏でも。
九　浄土教で、浄土の往生を決定する行為、阿弥陀仏の名号を唱えること。正定業。
一〇　「十悪」は十善戒を犯す罪悪。十善戒は単に十善ともいい、不殺生・不偸盗《ふちゆうとう》・不邪淫・不妄語・不綺語《ふきご》・不悪口《ふあつく》・不両舌・不貪欲・不瞋《ふしん》恚《い》・不邪見の一〇の善業。「五逆」は、父・母・阿羅漢（聖者）を殺すこと、僧団の和合を壊すこと、仏身を傷つけることの五種の罪悪。
一一　読みは「ゑしん」。仏の教えによって悪心を悔い改め、正しい道に入ること。
一二　瞬時も休むことなく阿弥陀仏の名号を唱えること。「念々」は、一刹那一刹那の意。
一三　遠い前世からの罪の障り。
一四　阿弥陀仏を信じて、一声念仏を唱える功徳ですべての罪業が除かれること。
一五　過去と現在。前世と現世。
一六　久しくさまよって輪廻転生すること。「劫」は古代インドで、最も長い時間の単位。
一七　阿弥陀如来が一切の衆生を済度するために

タリケルガ、都落ノ時取忘給《とりわすれたまひ》タリケルヲ思出給テ、友時ヲ以テ召寄給《めしよせ》ヒタリケル也。偖《さて》モ三位中将ハ、「今ノ知識授戒ノ縁ヲ以《もつて》、必《かならず》来世ノ得脱[二九]ヲ助給ヘ」ト宣《のたまひ》モアヘズ泣給ヘバ、上人ハ衣ノ袖ニ双紙箱ヲ裹《つつみ》、何ト云《いふ》言ヲバ出シ給ハズ、涙ニ咽テ出給ヘバ、武士モ皆袂《たもと》ヲ絞ケリ。

此《この》法然上人ト申《まうす》ハ、本[三〇]《もと》美作国、久米南条稲岡庄ノ人也。父ハ押領使[三一]染[27]氏、母ハ秦氏、一子ナキ事ヲ歎テ仏神ニ祈《いのる》。母、髪剃ヲ呑《のむ》ト夢ニ見、妊《はらみ》タリケレバ、父「汝ガ産《うめ》ラン子、必《かならず》男子トシテ一朝[三二]ノ戒師タルベシ」ト合《あはせ》[三三]タリケリ。生レテ有《いさうあり》二異相[三四]一、抜粋[三五]ニシテ聡敏也。童形ヨリ比叡山[三六]ニ登、出家得度シテ、博[28]八宗[三七]ノ奥賾[三八]ヲ極《きはめ》テ、専《もつぱら》[三九]円頓ノ大戒ヲ相承セリ。世挙《こぞり》テ[四〇]智恵第一ノ法然房ト云《いふ》。依《これにより》レ之王后卿相モ戒香[四一]ノ誉《ほまれ》ヲ貴《たつとみ》、道俗緇素[四二]、智徳ノ秀《ひいで》タル事ヲ仰《あふぎ》ケレバ、重衡卿モ最後ノ知識[四三]トオボシ、戒ヲモ持《たもち》[四四]給ケリ。

[四五]三月二日、三位中将重衡卿ヲバ、土肥次郎実平ガ手ヨリ、梶原平三景時[四六]奉《うけとりたてまつり》二請取一、宿所ニヲキ奉ル。

五日、主馬入道盛国[四七]父子五人、九郎義経召取テ誡《いまし》メ置《おく》。

七日、板垣三郎兼信[四八]、土肥次郎実平両人、平家追討ノ為ニ西国ヘ発向ス。

発願し、五劫の間思惟したこと。
一八 行・住・坐・臥の作法。日常の起居動作。
一九 煩悩のために心が不安定なこと。
二〇 念仏行者の臨終に阿弥陀仏や諸菩薩が西方極楽浄土に迎えに来ること。
二一 自己の修行の功徳によって悟るのではなく、阿弥陀仏の本願によって救済されること。
二二 「頓教」は、長い修行を積まず、すぐ成仏できると説く教え。「頓教一乗の教」は、頓教が仏の唯一の教えであるということ。
二三 「願行」(誓願と修行)の意か。
二四 仏道に導く機縁を作られた。
二五 仏・法・僧の三宝に帰依すること。
二六 仏道修行で菩薩の守るべき一〇の重要な戒律。顕教では『梵網経』に説く、殺・盗・婬・妄語・酤酒・説四衆過・自讃毀他・慳惜加毀・瞋心不受悔・謗三宝の十戒。
二七 物のふちに装飾として付けられた金属。
二八 草紙や料紙などを入れる箱。
二九 生死の迷いを脱して悟りを得ること。
三〇 現、岡山県久米郡久米南町里方。
三一 「父は久米の押領使漆《うるま》の時国」(法然上人行状絵図・第一)。押領使は反乱を鎮圧する官。
三二 朝廷で戒を授ける法師。 三三 夢占いをした。 三四 普通とは異なっている人相や姿。
三五 大勢の中から特にぬきんでて。
三六 天台宗の総本山延暦寺。

同人関東下向事

三七 倶舎《くしや》・成実《じようじつ》・律・法相《ほつそう》・三論・華厳《けごん》の南都六宗と天台・真言の二宗。
三八 「賾」、底本「蹟」。奥賾《おうさく》は奥深いこと、深密のさま。
三九 「円満頓足」の意で、一切を欠けるところなく備え、たちどころに悟りに至ること。

十日、本三位中将重衡卿ハ、兵衛佐依レ被二[一]申請一《まうしうけらるるにより》、梶原平三景時ニ相具《あひぐ》シテ関東ヘ下向。昨日ハ西海ノ船ノ中ニシテ浮《うき》ヌ沈《しづみ》ヌ漕レシニ、今日ハ初《はじめ》テ東路ニ駒ヲハヤメテ明晩《あかしくら》サム事、サレバ是《これ》ハイカナリケル宿報ノ拙《つたな》サゾトオボスゾ悲《かなし》キ。[二]御子ノ一人モオハシマサヌ事ヲ恨給シカバ、母二位殿モ本意ナキ事ニオボシ、北方大納言佐殿モ不レ斜《なのめならず》歎給テ、神ニ祈《いのり》、仏ニ申給シニ、「賢クゾ子ノナカリケル。子アラマシカバ、イカバカリ心苦シカラマシ」ト宣《のたまふ》ゾ、責《せめて》ノ事ト覚テ哀ナル。既ニ都ヲ出給《いでたまひ》、[三]三条ヲ東ヘ、[四]賀茂川、[五]白河打越テ、[六]粟田口、[七]松坂、[八]四宮川原ヲ通《とほる》ニハ、[九]延喜第四ノ皇子[一〇]蟬丸ノ、[一一]藁屋ノ床ニ捨ラレテ、琵琶ノ[一二]秘曲ヲ弾ジ給シニ、[一三]博雅三位、三年マデヨナ〱ゴトニ通《かよひ》ツヽ、秘曲ヲ伝タリケンモ、思《おもひ》ゾ出給ケル。東路ヤ[一四]袖クラベ、[一五]行《ゆく》モ帰《かへる》モ別《わかれ》テヤ、知《しる》モ知《しら》ヌモ[一六]会坂《あふさか》ノ、今日ハ関ヲゾ通ラレケル。[一七]大津浦、[一八]打出宿、[一九]粟津原ヲ通ルニ、[二〇]心スゴクゾオボサレケル。左ハ[二一]湖水、波《な》ミ浄《きよ》クシテ一葉ノ船ヲ浮ベ、右ハ長山、遙ニ連《つらな》リテ影《かげ》緑ノ色ヲ含メリ。三月十日余《あまり》ノ事ナレバ、春モ既ニ暮ナントス。遠山ノ[29]花色、残《のこりの》雪カト疑《うたがは》レ、[二二]越路ニ帰ル雁金《かりがね》、雲井ニ[30][二三]名ノ音スゴシ。[二四]サラヌダニ習《ならひ》ニ霞《かすむ》春ノ空、落《おつる》涙ニ掻暗《かきくく》レテ、行《ゆく》サキモ不レ見《みえざり》ケリ。駒ニ任テ鞭ヲ打《うつ》道スガラ、

四〇「上人智恵第一の誉れ巷に満ち、多聞広学の聞え世にあまねし」（法然上人行状絵図・第五）。四一　戒を保つ人の徳を芳香に譬える。四二「緇」は黒衣、「素」は白衣で、出家者と在俗者、僧と俗人。四三　仏道に導く人。善知識。四四「持　タモツ」（類聚名義抄）。
四五　寿永三年三月二日（吾妻鏡）。
四六　梶原景時↓二二頁注二。延慶・長門両本では、義経の要求により彼の宿所に渡されたと記し、重衡と義経の対面の有様を詳述する。
四七　平盛国。永久元年（一一一三）―文治二年（一一八六）七月二五日、七四歳。桓武平氏、季衡男。左衛門尉となった。↓補注五。
四八　板垣兼信。生没年未詳。清和源氏、信義の男。↓補注六。

一　重衡の引渡しを申請されたので。重衡の関東下向↓補注七。
二　巻四七「髑髏尼御前」末尾とは矛盾する。
三　都を東西に貫く三条大路。これより重衡の海道下りの道行文が始まる。↓補注八。
四　山城国。鴨川、桟敷ヶ岳に発して南流、京都市東部を貫流、下鳥羽付近で桂川に注ぐ川。
五　山城国。現、京都市左京区を流れる。
六　山城国。現、京都市東山区の北東部と左京区の南にかけての地名。
七　山城国。現、京都市山科区。日ノ岡峠の西側。八　山城国。現、京都市山科区四ノ宮。
九「延喜」は醍醐天皇。第六〇代。仁和元年（八八五）―延長八年（九三〇）九月二九日、四六歳。宇多天皇の第一皇子。諱は敦仁。
一〇　平安前期の伝説的な歌人。『後撰集』初出。『江談抄』第三・六三には「会坂の目暗」というのみで、名を記さない。

一一　蟬丸の歌と伝えられる「世の中はとてもかくてもおなじこと宮も藁屋もはてしなければ」（新古今集・雑下・一八五一）などによる表現。
一二　延慶本は「三曲」。琵琶の秘曲は流泉・啄木・楊真操の三曲。
一三　源博雅。延喜一八年（九一八）―天元三年（九八〇）九月二八日（一説、一八日）。六三歳。醍醐源氏、克明親王の男。母は藤原時平女。皇后宮権大夫従三位に至る。『新撰楽譜』の著者。「琵琶名匠」（尊卑分脈）。
一四　注七の松坂に同じか。『雍州府志』に「松坂…或謂二袖角《ソデクラベ》一」という。
一五　蟬丸の「これやこの行くも帰るも別れつつ知るも知らぬも逢坂の関」（後撰集・雑一・一〇八九）を引く。
一六　逢坂の関。近江国。現、滋賀県大津市大谷町。
一七　近江国。
一八　近江国。現、大津市。打出浜の町名がある。
一九　近江国。現、大津市。粟津町・松原町などの町名がある。
二〇　ものさびしく。
二一　琵琶湖。
二二　北陸の方面。
二三　「名ノ」は「名ノル」か。㋙㋝㋭名のるこゑ。
二四　そうでなくてさえ、春の習いとして。
二五　すべてが思い残りの種となる。
二六　底本「冲」。「沖」は高く飛び上がる意。
二七　近江国。現、大津市。琵琶湖の南端から流れ出る瀬田川に架かる橋。
二八　近江国。現、滋賀県草津市。
二九　近江国。現、滋賀県野洲市。
三〇　日野川の支流成橋《なるはし》川（現、光善寺川）の橋か。
三一　近江国。現、野洲市と蒲生郡竜王町との境にある山。高さ三八五メートル。
三二　近江国。現、滋賀県近江八幡市馬淵町。
三三　近江国。現、近江八幡市長光寺町。山号は補陀落山。現在は高野山真言宗。本尊は千手子安観世音菩薩。聖徳太子建立四九寺の一つと伝

[二五]思残ザル事ゾナキ。帰雁歌《かすみにうたひ》レ霞、遊魚戯《なみにたはむれ》レ浪、雲雀沖《のにあがり》レ[31][二六]野、林鶯囀《まがきにさへづり》レ籬、禽獣猶春楽《なほはるのたのしみ》ニ遇《あへ》レドモ、我身《わが》独《ひとり》ハ秋ノ愁ニ沈メリト、目ニ見、耳ニフル丶事、哀ヲ催シ、思ヲ傷《いたま》シメズト云《いふ》事ナシ。サコソハ歎《なげき》モ深カリケメ。[二七]勢多唐橋、[二八]野路宿、[二九]篠原堤、[三〇]鳴橋、霞ニ陰《くも》ル[三一]鏡山、麓ノ宿ニ着給フ。明ヌレバ[三二]馬淵ノ里ヲ打過テ、[三三]長光寺ニ参リテ、本尊ノ御前ニ暫《しばらく》念誦シ給ヘリ。此《この》寺ハ[三四]武川綱ガ草創、[三五]上宮王ノ建立也。[三六]千手大悲者ノ常住ノ精舎、[三七][三八]二十八部衆擁護ノ寺院トシテ、[三九]法華転読ノ声幽《かすか》ニ、[四〇]瑜伽振鈴ノ音澄《すめ》リ。中将、寺僧ニ硯ヲ召寄《めしよせ》テ、柱ニ[四一]名籍ヲ書給フ。[四二]「正三位行左近衛権中将平朝臣重衡」トゾ被《しるされ》レ注タル。今ノ世マデモ其《その》銘幽《かすか》ニ残レリ。後世ヲ祈給ヒケルヤラン、覚束《おぼつか》ナシ。

抑《そもそも》長光寺ト云《いふ》ハ[四三]武作寺ノ事也。昔《むかし》聖徳太子、[四四]近江国蒲生郡、[四五]老蘇杜ニ御座ケルニ、太子ノ后[四六]高橋ノ妃、御産ノ気アリテ十余日マデ難産シ給ケレバ、太子、妃ニ語テ曰《いはく》、「汝偏《ひとへ》ニ神道ヲノミ信ジテ未《いまだ》仏法ヲ不《あふがず》レ仰。胎内ノ小児ハ必《かならず》聖人ナルベシ。汝ガ身ハ不浄也。早ク精進潔斎シ、清浄ノ衣《ころも》ヲ著シテ仏力ヲ憑マバ、自《おのづから》平産セン」トノベ給フ。妃曰《いはく》、「妾、君ヲ仰グ事、日月星宿ニ相同ジ。不レ可レ違二正命一。[32]我[四七]産賀シテ如在《じよさい》[四八]ナラバ、君ト仏法

ニ合力シテ、伽藍ヲ興隆シ群生[一]ヲ可済度《さいどすべし》。但《ただし》仏法真《まこと》アラバ、威力ヲ示シ給ヘ」ト誓給フ時、老蘇宮ノ西南ノ方ヨリ、金色ノ光照シ来テ、后ノ口中ニ入ケレバ、王子平産アリ。異香殿中ニ匂テ、梅[二]檀沈[三]水ノ如《ごとく》也。妃、瑞相ニ驚《おどろき》、武川綱ニ仰《おほせ》テ光ノ源ヲミセラル。命ヲ承テ尋行テ是ヲ見レバ、西南ニ去《さる》事三十余町ヲ阻《へだて》テ、一ノ山ノ麓ニ方三尺ノ石アリ。青[四]黄赤白紫ノ五色ニテ、眼《まなこ》ヲ合スルニ目[五]マギレセリ。傍《かたはら》ニ八尺余ノ香薫ノ木アリ、匂《にほひ》[六]人間ニ類《たぐひ》ナシ。此由《このよし》妃ニ奏スレバ、妃又太子ニ奏セラル。太子宣テ曰《いはく》、「石ハ補[七]陀落山ニシテハ宝石ト名《なづけ》、或ハ金[八]剛石ト云《いふ》。大[九]唐ニハ瑪[一〇]瑙ト名タリ。木ハ是《これ》[一一]白檀ナリ。天[一二]竺ニハ梅[一三]檀ト云、海中ニ入テハ沈[一四]香トモ号セリ。何《いづれ》モ人物ニ不可用《もちゆべからず》。早ク以白檀《びやくだんをもつて》[一六]仏ヲ造テ、彼《かの》石ノ上ニ安置セヨ。彼《かの》所ハ転[一五]妙法輪ノ跡、仏法長久ノ砌《みぎり》也」ト。妃大《おほき》ニ随喜シテ、武ニ仰《おほせ》テ彼《かの》木石ノ上ニシテ、仮初《かりそめ》ニ三間ノ堂ヲ造リ覆《おほひ》給ケリ。武ガ作レル寺ナレバ、武作寺ト云ケルヲ、法[一七]興元世二十一年壬子二月十八日、太[一八]子ト妃ト相共《あひとも》ニ彼《かの》寺ニ御幸シテ、手自《てづから》地ヲ引《ひき》柱ヲ列ネ、金[一九]堂、法[二〇]堂、鐘楼、僧堂ヲ建闊《たてひろげ》[二一]、太子自《みづから》彼以白檀、后高橋妃ノ等身ニ千[二二]手ノ像ヲ造テ宝石ノ上ニ安置シ、法[二三]華、維[二四]摩、勝[二五]鬘等ノ三[二六]部ノ大乗ヲ籠《こめ》ラレツヽ、武作寺ヲ改テ長光寺ト定ラ

える。准四国八十八カ所霊場。三四　未詳。
三五　聖徳太子。敏達天皇三年（五七四）―推古天皇三〇年（六二二）二月二二日。四九歳。用明天皇の皇子。母は穴穂部間人皇女。廐戸豊聡耳皇子と呼ばれた。女帝推古天皇の即位後皇太子とされ、摂政となった。三六　千手千眼観音菩薩。千手は救済力のすぐれていることを表す。中国唐代の千手信仰の影響で、平安時代にはその造像が盛んに行われた。三七　寺院。
三八　千手観音の眷属で真言陀羅尼を誦持する者を守護する二八の善神の総称。三九　『法華経』を読誦すること。四〇　瑜伽三密（行者の身・口・意の三密が仏菩薩の三密と相応し、融合すること）の行法を修する時、前鈴・後鈴の二回、鈴を鳴らすこと。四一　官位・姓名・年齢などを書き記したもの。四二　官と位とが相当しない場合は、位を上にして、官が高ければ間に「行《ぎよう》」の字を加える。近衛中将は従四位下に相当する官。四三　武作寺→注三三。
四四　現、滋賀県近江八幡市安土町東老蘇。
四五　奥石《おいそ》神社の森。奥石神社は現、近江八幡市安土町東老蘇。祭神は天児屋根命。延喜式・神名下に、「奥石神社《ヲイソノ》」とある。四六　高橋ノ妃↓補注八。四七　「我産賀シテ」、あるいは「わが産めでたくして」か。㋙われさんがして　㋝㋭我産賀《サンカ》して。
四八　無事ならばの意か。

一　多くの衆生。すべての生きもの。
二　梅檀の木から作った香。
三　沈香。四　普通は紫ではなくて黒をあげ、青・黄・赤・白・黒を五色とする。
五　目がちらちらして、はっきり見分けがつか

ル。異光[二七]遠《とほく》ヨリ照来テ[33]、妃ノ口中ニ入シカバ是ヲ寺号トシ給ヘリ。来詣参入之類《たぐひ》、花[二八]散合掌之輩《ともがら》、普《あまねく》現[二九]ニハ千幸[三〇]万福ニ楽《たのしみ》テ、当[三一]ニハ補陀落山ニ生《むまれ》ント誓ヒ給ヘル寺也ケリ。

上宮建立ノ聖跡、千手大悲ノ霊像ニ御座セバ、重衡モ武士ニ暇《いとま》ヲ乞給《こひたまひ》、[34]暫[三二]念珠セラレケリ。其後《そののち》寺ヲ出給ヒ、平[三三]ノ小森ヲ見給フニモ、杉ノ木立ノ翠ノ色、羨クゾ覚シケル。鶚啼《なく》[三四]ナル真野[三五]ノ入江ヲ左ニナシ、マダ消ヤラヌ残《のこり》ノ雪、比良[三六]ノ高峰ヲ北ニシテ、伊吹[三七]ガスソヲ打過ツヽ、心ヲ留メントニハ無《なけ》レ共、荒[三八]テ中々ヤサシキハ、不破[三九]ノ関屋ノ板庇、イカニ鳴海[四〇]ノ塩ヒガタ、涙ニ袖ゾ絞ケル。在原業平[四一]ガ、[35][四二]キツヽ馴ツヽト詠[36]ケル参川国八橋[四三]ニモ著《つき》シカバ、蜘手《くもで》[四四]ニ物ヲヤ思ラン。浜名[四五]ノ橋ヲ過行《すぎゆけ》バ、又越《こゆ》[四六]ベシト思ハネド、[四七]小夜中山モ打過、宇津山[四八]辺ノ蔦ノ道、清見関[四九]ヲ過ヌレバ、富士[五〇]ノスソ野ニモ著ニケリ。左ニハ松山[五一]峨々ト聳テ、松吹《ふく》風[五二]蕭々タリ。右ニハ海上[五三]漫々ト遙ニシテ、岸打《うつ》[五四]浪瀝々タリ。浮島原[五五]ヲ過給ヘバ、是《これ》ヤ此《この》、恋[五六]セバ瘦《やせ》ヌベシト歌給シ足柄関[五七]ヲバ徐《よそ》ニ見テ、同《おなじき》二十三日ニハ、伊豆国府[五八]ニゾ著給フ。

兵衛佐殿、折節《をりふし》[五九]伊豆ノ奥野ノ焼狩[六〇]トテ、狩場ニオハシケリ。此由《このよし》カクト申タリケレバ、北条[六一]ヘ奉《いれたてまつれ》レ入ト也。翌《つぎ》ノ日ハ北条ヘ奉《ぐしたてまつり》レ具、其《その》日ハ浄衣

なかった。六 人間界。七 南海にあるという、観世音菩薩が住む山。八 仏教で、壊れないもの、また固いものを摧くものを「金剛」という。九 中国。「Taitŏ. タイタゥ（大唐）シナの国」（日葡）。一〇 縞状を呈する玉髄。一一 ビャクダン科の常緑高木。材は黄白色で芳香があり、古くから香木、また仏像の彫刻材とされる。一二 インド。一三 ここは白檀の別名。一四 植物としてはジンチョウゲ科の常緑香木。その樹脂は水に沈むのが良質とされ、それから採取した香料をもいう。伽羅《きやら》は沈香の優良品。一五 仏が教えを説いて一切衆生を悟りに導くこと。転法輪。一六 境界。場所。一七 「法興」は私年号。「法興元世二十一年」は「壬子」とあるから、崇峻天皇五年（五九二）か。一八 「太子」の当て字。一九 本尊を安置する堂。二〇 経典を講ずる講堂。二一 「建潤」、㋙こんくわつし ㋝㋭たてひろけ。二二 千手千眼観世音菩薩。二三 『法華経』。二四 『維摩経』。二五 『勝鬘経』。二六 上記の三部の大乗教典。二七 不思議な光。二八 花を散らし、掌を合わせて仏を信仰する者たち。二九 現世には。三〇 たくさんの幸福。三一 「当」は「当来」（来世）の意。三二 「念誦」の当て字。㋝㋭も底本に同。三三 未詳。滋賀県大津市の北部、花折峠の手前に平《だいら》の地名があるという。あるいはそこの森を遙かに望んだと語るか。三四 源俊頼の「鶉鳴く真野の入江の浜風に尾花波よる秋の夕暮」（金葉集・秋・二三九）を引く。三五 近江国。現、滋賀県大津市真野。

頼朝重衡対面

三六 比良山。近江国。高さ一二一四メートル。三七 伊吹山。近江・美濃、滋賀・岐阜両県の境

ヲキセ奉テ、以[37]二白帯一左右ノ手ヲ[一]シタヽカニ奉レ誡《いましめたてまつる》。中将ウチ涙グミ、罪深キ罪人ノ冥途ヘ趣クニコソ、白キ物ヲ著テ炎魔庁ヘハ望ト聞《きけ》、ソレニ少《すこし》モ違ハヌ重衡ガ有様哉ト、心細《ほそく》ゾ思ハレケル。北条ヘ入給タリケレバ、[二]一法房ヲ使ニテ、「是マデ御下向、返々難レ有《かへすがへすありがたく》覚ヘ侍リ。此間[三]焼山狩仕《つかまつり》テ、狩場ノ灰ナド懸リテ見苦ク候ヘバ、静《しづか》ニ可レ入二見参一《げんざんにいるべし》」ト宣《のたまひ》棄《すて》テ、鎌倉ヘ入給ケリ。二十五日ニ梶原平三、三位中将奉二相具一《あひぐしたてまつり》、[四]同二十六日ニ鎌倉ヘゾ入ニケル。

二十七日ニ、兵衛佐ト三位中将ト対面有ベキノ由披露アリ。大名・小名[五]門前成レ市《いちをなす》。其《その》日ニ成ケレバ、三位中将相具シ奉テ、兵衛佐ノ宿所ヘ参《まゐる》。佐殿ノ屋形新《あたらし》ク造テ、未《いまだ》門ヲバ不レ被レ立《たてられず》。四方ニ築地ツキ、三方ハ覆《おほひ》シタリケレ共、今一方セザリケリ。[六]寝殿ニ引ツヾキテ、[七]内侍ニ九間、[八]外侍七間、十六間ニシツラハレタリ。内侍ノ上[38]十二間ヲコシラヘ、中ニ障子ヲ立《たて》切《きり》テ、六間ヅヽニシツラヒ、上[39]ノ六間ニ[九]高麗縁《かうらいべり》ノ畳ヲ敷《しき》、三位中将ヲ奉レ居《すゑたてまつり》、内ニハ国々ノ[一〇]長《おとな》大名並居《なみゐ》タリ。外侍ニハ若侍其数来《そのかずきたり》集レリ。内外ノ侍ヲ見給ヘバ、古《いにし》ヘ平家ニ仕ヘテ重恩深キ者モ多《おほく》アリ、[一一]歴々トシタル所ニ[一二]只一人ゾオハシケル。良久《ややひさしく》有テ白キ直垂著タル法師来《きたり》、三位中将

をなす山。高さ一三七七メートル。

三八　藤原良経の「人住まぬ不破の関屋の板庇荒れにしのちはただ秋の風」（新古今集・雑中・一六〇一）を引く。

三九　不破の関は美濃国。現、岐阜県不破郡関ヶ原町。四〇　尾張国。現、名古屋市緑区鳴海町。

四一　天長二年（八二五）―元慶四年（八八〇）五月二八日、五六歳。平城天皇の皇子阿保親王の男。母は桓武天皇の皇女伊都内親王。

四二　業平の「唐衣着つつなれにしつましあればはるばる来ぬる旅をしぞ思ふ」（古今集・羇旅・四一〇）を引く。

四三　現、愛知県知立市八橋町。八橋山無量寿寺付近が旧跡と伝えられる。

四四　『伊勢物語』の、「そこを八橋といひけるは、水ゆく川の蜘蛛手なれば橋を八《やつ》渡せるによりてなむ、八橋といひける」（九段）、「八橋の蜘蛛手にものを思ふかな袖は涙の淵となしつつ」（曾禰好忠集・四二三）などによる表現。

四五　遠江国。現、静岡県浜名郡新居町。浜名湖から遠州灘に流出する浜名川に架かっていた橋。四六　西行の「年たけてまた越ゆべしと思ひきや命なりけり小夜の中山」（新古今集・羇旅・九八七）を引く。

四七　遠江国。現、静岡県掛川市と榛原郡金谷町の間の坂。

四八　『伊勢物語』の「宇津の山に至りて、わが入らむとする道はいと暗う細きに、蔦楓は茂り」（九段）による表現。

四九　駿河国。現、静岡県静岡市清水区興津清見寺町の清見寺がその跡と伝える。

五〇　富士山の裾野。現在の静岡市東部から富士市にかけての、駿河湾ぞいの地、浮島ヶ原と呼ばれた地などを漠然と言った。富士山は駿河・

甲斐にまたがるが、歌枕としては駿河国の歌枕とされるのが普通、高さ三七七六メートル。
五一　山などが高く聳えているさま。
五二　風の音などのさびしいさま。
五三　海の上は遠くひろびろとして。「海漫漫直下無レ底傍無レ辺」（白氏文集・巻三・海漫漫）。
五四　波や風が音をたてるさま。
五五　駿河国。現、静岡県富士市吉原の東部から沼津市にかけての低湿地。
五六　「恋せばやせぬべし。恋せずもありけり」（覚一本平家物語・巻一〇・海道下）として伝わる今様。『梁塵秘抄口伝集』に「恋せばと申す足柄」（巻一〇）。足柄明神が歌ったという。
五七　駿河国と相模国の境の足柄山に設けた関。
五八　現、静岡県三島市北西部、伊豆国分寺付近。
五九　現、静岡県伊東市鎌田・桜が丘・南町・宮川町一帯という。『曽我物語』に河津三郎が工藤祐経の郎等八幡三郎に射られて「奥野の露ときへにけり」（巻一）と語られる狩場。
六〇　山野の草木に火をつけて、逃げ出る鳥獣を捕える狩。
六一　伊豆国。現、静岡県伊豆の国市四日町・寺家付近という。

一　堅くお縛り申し上げる。
二　昌寛。生没年未詳。高階氏か。↓補注九。
三　「焼狩」に同じ。
四　寿永三年（一一八四）三月二六日。
五　門前に多くの人や車馬が群がり集まった。ここでは頼朝の威勢の盛んなさまをいう。「軒騎群集シテ門前成市」（巻二・清盛息女）。
六　母屋。主殿。
七　よみは「うちさぶらひ」。主殿の東西の板敷きの場所で、警護の武士の詰所。

ノ向テオハスル御簾ヲ半《なかば》ニ揚《あげ》、錦ノ縁《へり》[一三]刺タル畳押直シテ返《かへり》ニケリ。一法昌寛是《これ》也。良《やや》アリテ兵衛佐、渋[一四]塗ノ立烏帽子ニ白直垂著《ちやく》シテ、寝殿ニ出テ著《つく》レ座《ざに》。空色ノ扇披《ひら》キ仕《つかひ》テ、梶原平[一五]三景時ヲ使ニテ、三位中将殿ニ被《まうされ》レ申ケルハ、「『頼朝ハ、故[一六]入道殿ノ御恩、山ヨリモ高《たかく》、海ヨリモ深ク罷蒙テ候へ[40]バ、御一門ノ事ツユ疎ナラネ共[41]、朝敵トテ追討ノ院宣ヲ下サルヽ上ハ、私ナラネバ力及バズ。加様《かやう》ニ思ヨラヌ世ノ習ニテ候ヘバ、何様《いかさま》ニモ八[一七]島ノ大臣殿ノ見[一八]参ニモ入《いり》ヌトコソ覚テ[42]。加様ニ申《まうせ》バトテ御[一九]意趣有ベキニ非ズ候へ。[二〇]ナヲ〱是マデノ御下向、不《おもひよらず》二思寄一難《ありがたく》レ有、悦《よろこびいり》入テ候』ト申《まうす》ベキ」ト宣フ。梶原、三位中将ノ前ニ踞テ[43]申サントシケレバ、[二一]何条《なんでう》申継《まうしつぐ》トヤ思ハレケン、「一門運尽テ都ヲ落《おち》シ上ハ、西国ニテイカニモ成ベキ身ノ、是マデ下向、思《おもひ》ヨラザリキ。実《まこと》ニ故入道ノ芳恩思忘《おもひわすれ》給ハズハ、今一両日ノ内ニ兵ニ仰《おほせ》テ、被《かうべをはねられむこと》レ刎レ頭事イト安《やすき》事ニ侍《はべり》。但《ただし》事ノ心ヲ案ズルニ、殷[二二]紂ハ夏[二三]台ニ囚《とらは》レ、文[二四]王ハ羑[二五]里ニ囚《とらは》ルト云《いふ》[二六]文アリ。上[二七]古猶如《なほかくのごとし》レ此、況《いはんや》末代ヲヤ。王者又難《のがれがたし》レ遁、況《いはんや》凡夫ヲヤ。就レ中我朝ニハ、源平両家昔ヨリ牛角《ごかく》[二八]ノ将軍トシテ、奉《ていゐをしゆごしたてまつり》レ守二護帝位一、互ニ狼藉ヲ誡《いましめ》キ。而《しかるに》重衡一谷ニシテ、討ニモ非[44]ズ遁ルヽニモ非ズ、誤テ虜《いけどら》レテ再《ふたたび》故郷ニ還テ憂名《うきなを》流シ、今此《この》恥ヲ蒙ル。

昨[一]日ハ人ノ上、今日ハ我ニ懸レリ。雖レ似二身恥一《みのはぢににたりといへども》、弓矢取《ゆみやとり》[二]ノ敵ニ虜ル[45]ヽ事非レ無二先例一《せんれいなきにあらず》。コレ先世[三]ノ宿業也。又怨憎[四]ノ果[46]ヌ処也。只御芳恩ニハ急《いそぎ》頸ヲ可レ召《めすべし》」ト宣ケレバ、大名・小名、皆涙ヲゾ流シケル。景時、又《また》佐殿ニ申サントシケレバ、佐殿「ヨシヤ[五]皆聞《きき》ツルゾ。昌寛参レ」ト被レ召《めされ》タリ。一法来リ畏ル。「宗茂[六]召テ参レ」ト宣ケレバ、狩野介召《めさ》レテ参ル。四十計《ばかり》ナル男ノ小髭ナルガ、浅黄[七]ノ直垂着テ前ニ進ム。「ヤ、宗茂、三位中将殿奉レ入《いれたてまつり》、ヨク〳〵餓[47]進[八]《まゐら》セヨ。疎[48]ニアタリ奉テ頼朝恨《うらむ》ナ。南都[九]ノ衆徒モ中将申旨有《まうすむねあり》」トテ入給ヌ。宗茂、武具[49]シタル者五十人バカリ具シ来《きたり》テ、中将ヲ中ニ取籠《とりこめ》、我ガ屋形ヘ入《いれ》奉テ守護シケリ。重衡卿、一谷ニテハ庄四郎[一〇]ニ虜《いけどら》レ、都ヘ上《のぼる》ニハ九郎義経ニ被レ具《ぐせられ》、京中ニテハ土肥次郎ニ被二守護一《しゆごせられ》、関東下向ノ時ハ梶原ニ被レ渡《わたされ》、今ハ狩[50]野介預ラル。縦《たとへ》バ娑[一一]婆世界ノ罪人ノ冥途中[一二]有ノ旅ニシテ、七日々々ニ十[一三]王ノ手ニ渡サルランモ角《かく》ヤト思知《おもひしら》レタリ。

晦日比《つごもりごろ》ニ成テ、狩野介湯殿[一四]尋常ニコシラヘテ、「御[一五]湯ヒキ給ヘ」ト申ス。中将、嬉《うれしき》事カナ、道ノ程疲《つかれ》テ見苦カリツルニ、身浄メン事ノ嬉《うれし》サヨ、但《ただし》今日ハ身ヲ浄《きよく》シテ、明日ハキランズルニヤト心細《ほそく》ゾ被レ思《おもはれ》ケル。一日

八　よみは「そとさぶらひ」「とさぶらひ」。主殿から離れた中門の脇などに設けられた番士の詰める番所。「外侍内侍共二十六門」（巻三三・康定関東下向）。
九　白地の綾に雲形・菊花などの模様を黒く織り出した畳縁。「寝殿ニ高麗縁ノタヽミ一帖シキテ、兵衛佐被座タリ」（巻三三・康定関東下向）。
一〇　主だった大名。　一一　威儀を正している。
一二　主語は重衡。　一三　縫い付けた畳。
一四　柿渋を塗った立烏帽子。
一五　延慶本は「比企ノ藤四郎能員ヲ御使ニテ被レ申ケルハ」とある。いずれにせよ、頼朝は重衡に直接話しかけてはいない。長門本は「中将をつく〴〵とまぼりて、良久しくありて、兵衛佐のたまひけるは」、覚一本は「兵衛佐いそぎ見参して、申されけるは」。
一六　平清盛。　一七　平宗盛。
一八　お目にかかるであろうと。
一九　お恨みなさってはいけません。
二〇　何といってもやはり。
二一　何で取り次ぎするのかとお思いになったのだろうか。主語は重衡。
二二　殷王朝最後の王。
二三　夏（中国最古の王朝とされる）王朝の牢獄。
二四　周王朝を創建した王。西伯。
二五　よみは「いうり」。殷代の地名で、文王が一時幽閉された場所から、牢獄の意。

重衡酒盛

二六　よみは「もん」。典拠となるような、権威ある文章や文句。「本文」ともいう。
二七　大昔。「Xǒco.　シャウコ（上古）」（日葡）。
二八　互いに優劣のないこと。牛の角が左右ともに長短・大小の差がないことからいう。「仏法王

法牛角ニシテ、山上山下安泰ナリ」（巻五・一行流罪）。互角。

一 「昨日は人の身、今日は我が身」というのに近い言い方。　二 武士。
三 前世に作った業（の報い）。
四 怨み憎しみ。「我執怨憎ハ邪見放逸ノ剣ヲ鋭」（巻四五・虜人々流罪）。
五 まあいい。よしよし。
六 狩野宗茂。生没年未詳。→補注一〇。
七 薄藍色。　八 ㋙なくさめ　㋝㋭もてなし。
九 奈良の東大寺や興福寺の僧兵。「申旨有」とは、重衡の身柄引渡しを要求していることをおぼめかしていう。覚一本では、宗茂への言として、「南都をほろぼしたる伽藍のかたきなれば、大衆さだめて申旨あらんずらん」という。
一〇 巻三七「重衡卿虜」では、庄三郎家長が生捕りしたとあった。→三七頁注一六。
一一 人間が住む世界で罪を犯した人。
一二 衆生が死んで次の生を受けるまでの間。中陰。
一三 『十王経』に説く、冥府で死者を裁く一〇人の裁判官。十仏事に対応する。たとえば五七日は閻羅（閻魔）王、七七日は太山王（太山府君）が裁判官であるという。『吾妻鏡』が記す頼朝と重衡の対面→補注一一。
一四 立派にしつらえて。
一五 お湯をお浴びください。入浴することを「湯をひく」という。
一六 回の字のような形を散らし、または並べて染めた絞り染め。鹿子《かのこ》染め。
一七 裏地をつけない衣服。
一八 女性が腰から下にまとう衣服。
一九 すぐには内へ入ることもしない。「無左右」

湯ヒキ給フ程ニ、昼程ニ及テ、廿計《ばかり》カト見ユル女ノ、目結《めゆひ》[一六]ノ帷《かたびら》[一七]ニ白キ裳《も》[一八]著タリケルガ、湯殿ノ戸ヲ少シ開テ、無二左右一《さうなく》[一九]内ヘモ不レ入《いらず》。中将、「イカナル人ゾ」ト問給フ。「兵衛佐殿ヨリ、『御垢ニ参レ』[二〇]ト仰ツル也」[51]ト聞シ[二一]ハ、「有ベクモ侍ラズ」[二二]ト被レ仰《おほせられ》ケルニ、狩野介、湯ノ奉行[二三]シテ候ケルガ、「兎角《とかく》[二四]ノ事ナ申サレソ。ハヤ参《まゐり》給ヘ」ト聞エケレバ、女、湯殿ノ内ニ入《いり》、湯トリ水取《とり》ナドシテヒカセ奉《たてまつる》。[52]晩程ニ十四、五計《ばかり》ナル美女ノ、地白《ちしろ》[二五]ノ帷ニ染付[二六]ノ裳著タリケルガ、金物打タル[53]棙[二七]ニ、新《あたらし》キ櫛取具《とりぐ》シテ、髪ニ水懸《かけ》、洗梳《あらひけづり》ナンドシテ上《あげ》奉ル。休所ニ入《いれ》奉テ、暫ク有テ此《この》女、「何事モ思召サン事ヲバ無二御憚一《おんはばかりなく》承ベシ」トイヘバ、中将宣ケルハ、「指《さし》テ可レ申《まうすべき》事ナシ。[二八]只此《この》髪ノソリ度計《たきばかり》也」ト。彼女《かのをんな》、佐殿ニ角《かく》ト申ケレバ、「私ノ宿意計《ばかり》ナラバ安《やすき》事ナレ共、朝敵トテ下向シ給タル人ヲ、私ニ出家ヲ赦ス事難レ叶《かなひがたし》。南[二九]都ノ大衆モ申旨《まうすむね》ノアル者ヲ」ト宣ヘバ、女、此由《このよし》カクト申セバ、中将打《うち》頷《うなづき》許テ、又モ物宣ハズ。

其《その》夜ニ入テ、佐殿、狩野介ヲ召テ、「三位中将ハ無双[54]ノ能者[三〇]ニテオハス也。和君《わぎみ》ガ私[三一]ナル様《やう》ニテ琵琶弾《ひか》セ奉レ。頼朝モ汝ガ後園[三二]ニタヽズミテ聞《きく》ベシ」ト宣ケリ。宗茂、宿所ニ帰テ、時[三三]ノ景物尋テ、奉二酒勧一《さけすすめたてまつらむ》ト支度シタリ。酌取ニハ昼ノ女ヲ出シテ、狩野介瓶子《へいじ》一懐《いだ》キ、家子二・侍、肴・盃面々ニ持テ参タリ。中将、酒三度ウケテ、最無レ興《いとけうなげ》三ニ思ハレタリ。狩野介、女ニ向テ、「トテモ角《かく》テモ御前御四徒《つれづれ》ヲ慰《なぐさめまゐら》進セン料也。五一声挙《あげ》テ今一度申サセ給ヘ」ト云ケレバ、女兼《かね》テ心得タル事ナレバ、六酌サシヲキテ、

七羅綺之為二重衣一妬レ無レ情於機婦一

管絃之在二長曲一怒レ不レ関於伶人一

ト云《いふ》八朗詠ヲ二、三返《べん》シタリケルガ、節《ふし》モ音《こゑ》モ調テ、大方《おほかた》優ニゾ聞エケル。中将宣ケルハ、「折節《をりふし》ノ朗詠コソ思合セテ痛《いたは》シケレ。此《この》句ハ九北野天神ノ、一〇春嫩無二気力一ト云《いふ》事ヲ、一一内宴序ニアソバセリ。一二タトヘバ春嫩トハミメヨキ女也。無二気力一トハ力ノ弱キ也。上句ニ羅綺トテ、薄ク厳《うつくし》キ衣ヲ著シテ、美女ノ舞フ時ニハ軽キ衣モ重ク覚《おぼえ》、コレハ機婦ニ妬《ねたむ》トテ、機《はた》織ケン女モウラメシク覚ヘ、下句ニ管絃ヲサシモ面白ケレ共、舞姫ノ舞弱リテ力ナケレバ、速《すみやかにいら》入バヤト思ヘ共、長曲ヲ弾ズル時、伶人ニ怒ルトテ、管絃スル55一三人モ悪覚ユト云《いふ》心也。サレバ一四永日《ながき》ナガラ湯ヒカセ、夜サヘ又長々ト酒勧《すすむ》ル事ヨト覚シテ此《この》朗詠ヲバシ給フカ。誠ニ一五心元《こころもと》ナクコソ覚《おぼゆ》レ。湯モ酒モ一六我《わが》心ヨリヲコラネ共、折カラ優ニ聞ユル者哉。但《ただし》天神、此《この》句ヲアソバシテ、

は、ためらわない、無造作であるの意の形容詞「左右無し」の連用形。
二〇 お垢をお流ししにまいれ。
二一 ㋙ときこえしかは ㋝㋭といふ。
二二 とんでもありません。辞退して言う。
二三 入湯の世話。
二四 長門本では「何事をか事ながく申さる〻ぞ。とく〳〵御あかに参れよ」という。
二五 「地白」は白地。白無垢。「帷」、底本「惟」。当て字か。㋙たかびら ㋭かたひら。
二六 藍色の模様を染め付けた衣類や布地。覚一本では「そめつけのゆまきして」という。
二七 半挿《はんぞう》。湯や水を注ぐ容器。「Fanzǒ. ハンザゥ（楾）」（日葡）。
二八 覚一本で「たゞおもふ事とては出家ぞしたき」というのがわかりやすい。延慶本では「明日頸被レ切事モヤ有ラムズラン」という。
二九 南部ノ大衆→一〇二頁注九。
三〇 芸能など物事に堪能な人。「Nǒja. ノゥジャ（能者）」（日葡）。
三一 個人的な要望のように装って。
三二 裏庭。 三三 季節にあった酒肴の意か。

一 酒を入れて注ぐ器。徳利。「Feiji. ヘイジ（瓶子）」（日葡）。「瓶子ヲ直垂ノ袖ニ懸テ、頸ヲゾ打折テケル」（巻四・鹿谷酒宴）。
二 一門の惣領と主従関係にある庶子家の家長。「Iyeno co. イエノコ（家の子）」（日葡）。
三 おもしろみもないようにお思いになった。㋙けうなげ ㋝㋭けうなく。
四 無聊。手持ち不沙汰。
五 ㋙㋭ひとこゑ ㋝一こゑ。能楽などでいう「いっせい」に当たるかとも考えられる。
六 お酌を中断して。

[一七]『我ナガライミジクモ作タリ。此句ヲ詠ゼン所ニハ、必《かならず》我《わが》魂行望《ゆきのぞみ》テ、其《その》人ヲ守ラン』ト[一八]御誓《ちかひ》アリケリ。重衡ハ[一九]逆罪ノ身ニテ、神明ニモ仏陀ニモ奉レ被レ《はなたれたてまつり》放タレバ、其《その》[二〇]助音仕《つかまつる》ニ憚アリ。仏道成《なる》ベキ事アラバ、[二一]サモ有ナン」ト宣ケレバ、女承リテ、

[二二]十方仏土中以二西方一為レ望、九品蓮台間雖二下品一応レ足、
[二三]雖二十悪一兮猶引接、甚レ於三疾風之披二雲霧一
雖二一念一兮必感応、喩三之巨海之納二涓露一

ト云《いふ》朗詠シテ、

[二四]極楽欣《ねが》ハン人ハ皆、弥陀ノ名号唱《となふ》ベシ、阿弥陀仏〳〵、南無阿弥陀仏、阿弥陀仏〳〵、大悲阿弥陀仏

ト云《いふ》[二五]今様四、五反《へん》ウタヒケルニゾ、中将助音シ給ケル。其後《そののち》三度ウケテ女ニ賜《たぶ》。女給《たまはり》テ宗茂ニ譲《ゆづる》。親《したし》キ者共五、六人[二六]取渡シテ止《やみ》ヌ。[二七]纐纈ノ袋ニ入《いり》タル琵琶一面、錦ノ袋ニ入タル琴一挺、女ノ前ニ置タリ。中将、琵琶ヲ取寄《とりよせ》見給フ。女、[二八]柱立《ぢうたて》テ弾タリケリ。中将宣ケルハ、「只今アソバス楽ヲバ[二九]五章楽トコソ申習《まうしならは》シテ侍レドモ、重衡ガ耳ニハ後生楽トコソ聞侍レ。[三〇]往生ノ急ツケン」トテ、[三一]テンジユネヂツヽ、[三二]妙音院殿ノ口伝《くでん》ノ御弟子ニテ御

七 『和漢朗詠集』下・管絃・四六六・菅原道真。「羅綺《らき》の重衣《ちょうい》たる、情無きことを機婦に妬む、管絃の長曲に在る、闋《を》へざることを伶人に怒る」。「羅綺」は薄絹と綾絹。「機婦」は機織りの女。「伶人」は楽人。この句の出典は『菅家文草』巻二・早春内宴「侍二仁寿殿一、同賦春娃無二気力一、応レ製一首、并レ序」。
八 漢詩文の一節や和歌を朗々と吟ずる芸能の意。 九 菅原道真。承和一二年（八四五）―延喜三年（九〇三）二月二五日。五九歳。是善の男。母は伴氏。文章博士、讃岐守、蔵人頭等を経て、右大臣従二位に至ったが、左大臣藤原時平に讒せられ、大宰権帥に左遷され、筑紫の配所で没した。正暦四年（九九三）贈正一位太政大臣。 一〇 「春娃無二気力一」が正しい。「娃」には美女の意、「嫩」にはみめよいの意がある。
一一 「内宴」は、平安時代、天皇が正月二一日頃、仁寿殿に公卿以下文人らを召して、題を与え、漢詩文を詠ませて講じ、管絃や女楽を奏する、内々の宴。「序」は詩序（漢詩文の端書）。その書き手を序者という。 一二 詳しくいえば。
一三 憎らしく思われる。
一四 旧暦の三月末だから「永日」という。
一五 いらだたしく思われる。
一六 自身から、欲してのことではないが。
一七 われながらみごとに作った。
一八 御誓願をお立てになった。
一九 人倫や仏道にそむく重罪人の身。東大寺を焼討ちした行為が、「五逆罪」のうちの「殺阿羅漢」「出仏身血」「破和合僧」などに相当するという自覚でいうか。 二〇 よみは「じょいん」。
二一 助音もするであろう。
二二 『和漢朗詠集』下・仏事・五九〇・慶滋保

胤。ただし「十方仏土之中……九品蓮台之間……」。「十方仏土の中には、西方を以て望みとす、九品《くほん》蓮台の間には、下品《げほん》と雖《いへど》も足《た》んぬべし」。「十方」は東・西・南・北・東南・西南・東北・西北・上・下の一〇をいう。九品→九四頁注五。

三三　『和漢朗詠集』下・仏事・五九一・具平親王。ただし「引接」は「引摂」、「疾風之」「巨海之」の「之」はなし。「十悪と雖も猶引摂《いんぜふ》す、疾風の雲霧《うんぶ》を披くよりも甚し、一念と雖も必ず感応す、之《これ》を巨海の涓露《けんろ》を納るるに喩ふ」。十悪、一念→九四頁注一〇・八。「涓露」はほんの少しの水。

三四　出典未詳。発想や表現の類似する今様や和讃は、「弥陀大悲の誓願を　ふかく信ぜんひとはみな　ねてもさめてもへだてなく　南無阿弥《なもあみ》陀仏《だぶち》をとなふべし」（正像末浄土和讃）など、少なくない。

三五　平安後期、一一世紀後半から約二〇〇年間歌われた新しい歌謡。法文歌・神歌などの種類がある。中心的な歌い手は傀儡女や遊女・白拍子などだが、貴族の間でも歌われた。

三六　盃を取り、順々に渡して、終わりになった。

三七　布を糸でくくって浸染をする文様染め。

三八　琵琶の胴の上に立てて弦を支えるもの。

三九　「五常楽」の当て字。雅楽の曲名、平調の曲で、舞人は四人。唐の太宗の作という。

三〇　五常楽を「後生楽」と聞いて、「後生」から「往生」、さらに雅楽の「皇麞」を連想し、急いで往生したいという心で、雅楽でいう序破急に掛けていう。

三一　「テンジユ」は、弦楽器で棹の頭部に横から座セバ、皇麞[一]ノ急、撥音《ばちお》ト気高ク弾セラル[56]。楽二、三反《べん》弾給テ、「同《おなじく》ハ一声」ト勧《すすめ》給ヘバ、女承テ、「一[二]樹ノ陰ニ宿《やどり》、一河ノ流ヲ汲《くむ》人モ、先世ノ宿縁也」ト云フ契[三]ノ白拍子ヲ、一[四]時《とき》カズヘ澄シタリケルガ、夜ハ深更ニナリヌ、人ハ鳴《なり》ヲ静《しづめ》タリケレバ、徐《よそ》マデモ耳目ヲ驚シ、袂ヲ絞《しぼるばかり》計也。懸《かかり》ケレバ、人々是ヲ見奉ラントテ、障子ヲ細目ニアケタル間《ひま》ヨリ、風吹入テ前ノ燈消《きえ》ニケリ。狩野介、「[57][五]星燈進《まゐらせ》ヨ」ト申ケルニ、中将爪[六]調《つましらべ》シテ、

[七]燈暗数行虞氏涙　夜深四面楚歌声

ト云《いふ》朗詠ヲ二、三反《べん》シ給ケリ。夜[八]明《あけ》ニケレバ、女暇《いとまたまはり》給テ帰ヌ。中将、人ヲ召テ、「[九]夜部《よべ》ノ女ハイカナル者ゾ」ト尋《たづね》給ケレバ、「[一〇]白河宿《しゆく》長者ノ娘、[一一]千手ノ前トテ、今年廿ニ罷成《まかりなる》。当時ハ鎌倉殿ノキリ[一二]人ニテ、御気色《けしき》ヨキ女房也」トゾ申ケル。「サテ召具《めしぐし》タリツル美女ハイカニ」ト問給ヘバ、「[一三]猶子ニテ侍」トゾ答ケル。

兵衛佐殿ハ、斉[一四]院次官親義ヲ招テ、「中将ノ朗詠ニ、『燈暗シテハ数行虞氏涙』ト云《いひ》ツルハ、イカナル心ゾ」ト問給《とひたまふ》。親義申ケルハ、「此《これ》ハ史[一五]記項羽本紀ノ文也。項[一六]羽ト云シ人ハ天下ニ並《ならび》ナキ兵《つはもの》、身ノ長《たけ》八尺、力、鼎《かなへ》ヲ挙ケリ。漢[一七]《かんの》高祖ト天下ヲ諍《あらそふ》事九箇年、相戦《あひたたかふ》事七十一度、毎度項羽勝ケ

ルニ、漢ノ大将軍ニ韓信[一八]ト云《いふ》者ノ、謀《はかりこと》ヲ以テ項羽ヲ囲テ既ニ難レ遁《のがれがた》カリケレバ、楚国[一九]ノ軍《いくさ》敗《やぶれ》テ落去《おちさり》ケレバ、漢ノ兵、楚ノ陣ニ入テ、漢ノ旗ヲ立テ、楚国ノ歌ヲウタヒケレバ、『我《わが》兵モ皆《みな》敵ニ随《したがひ》ニケリ』ト悲ミテ、騅[二〇]ト云《いふ》第一ノ馬ニ乗テ出《いで》ントスルニ、馬、身ヲ振テ出ズ[58]。駅ト云《いふ》第二ノ馬ニ乗テ出ケルニ、項羽ガ妻ノ虞氏[二一]、夫ノ別《わかれ》ヲ惜テ泣ケレバ、項羽歌テ云《いはく》、『[59][二二]力抜レ山、威ハ覆レ天、天不レ福《さいはひせず》騅何《いかん》、天不レ福虞氏何《いか》ン』ト歌テ、終《つひ》ニ別テ失《うせ》ニケリ。燈ノ暗下《くらきもと》ニシテ、虞氏別《わかれ》ヲ惜テ数行ノ涙ヲ流《ながし》シカバ、『燈暗数行虞氏涙』トハ申《まうす》也。大国[二三]ノ法ニハ、軍《いくさ》ニ勝ヌレバ必《かならず》悦ノ歌ヲウタフ、縦《たとへ》バ我《わが》朝ニ、軍ニ勝テ悦ノ時ヲ造ル定《ちやう》也。項羽、軍ニ負《まけ》テ、夜深《よぶかく》[二四]耳ヲ側《そばだて》テ聞ケバ、敵打入テ四方ニ楚ノ歌ヲウタヒテ心細カリケレバ、『夜深四面楚歌声』トハ申テ侍《はべり》。其様《そのやう》ニ暁カケテ燈消《きえ》、千手ノ前モ帰ランズレバ、サスガ遺《なごり》ノ惜ク覚スニコソ。虞氏ハ夫ノ別ヲ悲《かなしみ》、中将ハ女ノ好《よしみ》[60]ヲ慕《したふ》カト覚タリ。偖《さて》朗詠シ歌ヲ謡《うたふ》モ、敵ノ中ヨリ慰ル音《こゑ》ナレバ、心細《ほそく》思ハレツヽ、燈ノ消タル折節ニ、此《この》朗詠ヲ思出シ給《たまふ》ニコソ」トゾ釈シケル。「偖《さて》楽ハイカニ」ト問給ヘバ、親義申ケルハ、「廻骨[二五]ト云《いふ》楽ニテ候、文字ニハ骨ヲ廻《めぐら》スト書ケリ。大国[二六]ニハ死人ヲ野外ヘ葬送スルニハ、必《かならず》斯《この》楽ヲ弾[61]ト

さしこんで弦を巻きつけておく棒。転軫《てんじん》。転手。底本「ツケントテ、ンジユ」となっているが、読点を入れ、オドリ字を「テ」に改めた。

三 藤原師長。保延四年（一一三八）―建久三年（一一九二）七月一九日。五五歳。北家摂家相続流、左大臣頼長の二男。母は源信雅女。保元の乱後、解官され、土佐国に流されたが、長寛二年（一一六四）召還され、従一位太政大臣に昇るも、治承三年（一一七九）一一月、平清盛のクーデターにより解官され、配所尾張国で出家した。「和漢才人、管絃郢曲雅律長」（尊卑分脈）と称される。

一 よみは「わうじやう」。雅楽の曲名。唐楽の平調の曲。

二 知らぬ人同士が同じ木陰に雨宿りし、また同じ川の水を汲んで一緒に飲むのも、前世からの因縁だ、の意の諺。

三 契ノ白拍子→補注一二。

四 しばらく拍子を刻んで心を澄ませて歌ったので。白拍子歌謡を拍子をつけて歌うことを「数ふ」という。

五 『新定源平盛衰記』は「しやうとう」と読む。あるいは「掌灯」（手に携える明かり。手燭）の意か。

六 弦楽器を奏する前に、弦の調子・音色などを調整するために爪弾きすること。

七 『和漢朗詠集』下・詠史・六九四・橘広相の詩句。「燈《ともしび》暗うしては数行《すかう》虞氏の涙、夜深《ふ》けては四面楚歌の声」。

八 延慶・長門両本の叙述にやや詳しい。→補注一三。 九 昨夜の女。

一〇 陸奥の白河の宿。現、福島県白河市旗宿。

一一 千手前の出自について、延慶本は「手越ノ

承ル。朗詠ノ様、楽ノ弾様、遂ニ我《わが》死セン事ヲ思《おもひ》、兼《かね》テ此《この》楽ヲヒキ給フニト哀《あはれ》ニ候」トテ、涙ヲ流シケレバ、佐殿モ、中将ノ琵琶ヲヒキ、朗詠シ、千手ガ琴ヲ弾、歌ヲ[62]謡《うたひ》タリシヨリモ、親義一々ニ釈シ申タリケレバ、哀ニ思給テ同《おなじく》袖ヲ絞給《しぼりたまふ》。

ヤヽ有テ兵衛佐ハ千手ニ向テ、「サテモ頼朝ガ[63]媒コソシスマシテ覚ユレ」ト被レ仰《おほせられ》ケレバ、女、顔打赤《うちあか》メテ、「全ク[二]情ヲ懸給《かけたまふ》事侍《はべら》ズ」ト申《まうす》。「年来《としごろ》只千手ヲバ正直ノ者ゾト思タレバ、[64]真ナラヌ時モ有ケルヤ」。「争《いかで》カ御前ニテ可二偽申一《いつはりまうすべき》」、「サテ汝《なむぢ》[三]誓言シテンヤ」ト宣ヘバ、「御赦シ候ハヾ[四]安ク候」ト申。其時《そのとき》佐殿、[五]顔ケシキ悪《あし》ザマニ成テ、「[六]是マデハ仰セラルマジケレ共、汝ヲヤルハ中将ヲ慰メンタメ也。中将争《いかで》カ汝ニ情ヲ懸ザラン。[65]争《あらそふ》ガ悪《にく》キニ、サラバ誓言仕《つかまつれ》」ト仰ス。女、涙ヲ流ツヽ、「若《もし》中将ニ召サレナガラ、御前ニテ偽リ言申《まうし》侍ラバ、近クハ[七]江柄、[八]足柄、[九]伊豆、[一〇]箱根ヨリ奉レ始《はじめたてまつり》、[一一]日ノ下《もと》ニ住シ給諸《もろもろ》ノ[一二]神ノニクマレヲ蒙ラン」トゾ申タル。佐殿、[一三]手ヲハタト打テ、「頼朝ガ心ニハ、[一四]並《ならび》ハ有《あり》トモ[66]勝ハアラジト思タル千手ヲ、中将ニ嫌レタルコソ無念ナレ。吾《わが》内ニ女ノナキニ似タリ」トテ、[一五]平六兵衛ガ姪女《めい》ニ[一六]伊王前トテ、歳廿ニ成ケルガ、[一七]ミメ形[67]タラヒ、[一八]遊者《あそびもの》ナラネバ

宿ノ長者ガ娘」という。覚一本も同じ。長門本は「白河の関の君が娘」というので、盛衰記にほぼ同じ。『吾妻鏡』では「官女」「御台所御方女房」という。→一一〇頁注五。
一二　主人の気に入られて勢いのある人。
一三　「猶子」には、姪、また仮に結んだ親子関係の意がある。「侍」は、㋙さふらふ、㋭のルビ「ハンヘル」、㋝侍。
一四　中原親能。康治二年（一一四三）―承元二年（一二〇八）一二月一八日、六六歳。明法博士広季男。→補注一四。「斉院」の「斉」は「斎」の当て字。
一五　『史記』は計一三〇巻の史書。前漢の司馬遷撰。一六　紀元前二三二年―二〇二年、古代中国の楚の王。一七　紀元前二四七年―一九五年。古代中国の前漢の初代の王、劉邦。
一八　生年未詳。紀元前一九六年没。高祖の功臣。楚王に封じられたが、淮陰侯に貶され、のち謀叛の罪で殺された。『史記』淮陰侯列伝第三二に詳しい。一九　古代中国の戦国七雄の一つに数えられる国。二〇　「駿馬、名騅、常騎レ之」（史記・項羽本紀第七）。二一　「有二美人一、名虞、常幸従」（史記・項羽本紀第七）。二二　『史記』項羽本紀第七の原文は「力抜レ山兮気蓋レ世。時不レ利兮騅不レ逝。騅不レ逝兮可レ奈レ何。虞兮虞兮奈二若何一」。二三　中国のしきたり。
二四　耳を澄ませて聞くと。「側　ソハタツ」（類聚名義抄）。二五　廻忽。雅楽で、唐楽に属する平調《ひょうじょう》の曲。舞を伴わない。
二六　『教訓抄』第六に、「大国」の大臣貴養成がこの楽を作って亡き父の墓で演奏したら、父の「死骨息生廻レ墓三匝之失了」ということがあったので、廻骨と名づけたと説き、「伴曲葬礼云々。其時用二古楽一」と注する。兼好は「廻忽

今様・朗詠コソセザレ共、琵琶・琴ノ上手ニテ、歌[一九]・連歌ヨロヅ情アリケル女也。ハナヤカニ出立《いでたち》テ、結四手《ゆふしで》[二〇]ト云《いふ》美女相具《あひぐ》シテ、中将へ被レ進《まゐらせらる》。敵ナガラモ頼朝ハ、都ナレテヤサシキ女ヲアマタ持タリケリ、又情深クモ振舞タリト覚シケレバ、終夜《よもすがら》優ニオカシキ御物語ハ有ケレ共、是ニモ心ハ移サレズ。夜モ明《あけ》ニケレバ、女、暇《いとま》申テ帰ケリ。兵衛佐殿待得《まちえ》テ、ヨニモ[二一]心元《こころもと》ナク覚シテ、「何《いか》ニ伊王」ト尋給フ。是モ「奉レ被レ嫌《きらはれたてまつり》タリ」ト申セバ、「偽カ」ト被レ仰《おほせらる》。「誠ニ」ト申ケレバ、佐殿、「是《これ》キケ人共。中将ハ院[二二]・内ノ御気色モ人ニ勝《すぐ》レ、父母ニモ覚[二三]エノ子、上下万人ニ重ク思ハレケルハ理《ことわり》也。三十ノ内外《うちと》ノ人ノ、千手ト伊王トヲ見テ、争《いかで》カ打解《うちとく》ル心ナカルベキ。去共《されども》只今敵ノ前ニ思入タル気色ナク、其《その》[二四]道アラジト思ケル、武《たけ》クモヤサシクモオハシケリ。サレバトテ寂《さび》[二五]シメ奉ベカラズ。二人毎レ夜《よごと》ニ参《まゐる》ベケレ共、出立モ煩《わづらひ》アリ、是《これ》ニオハセン程ハ、夜[二六]マゼニ参リテ宮仕《みやづかへ》[二七]セヨ。ユメ[二八]〳〵疎[68]ニ仕[69]ベカラズ」ト仰セラレケレバ、千手ハ榊葉[二九]ト云《いふ》美女ヲ具シ、伊王ハ結四手[三二]ト云《いふ》美女ヲ共《とも》ニテ、今年[三〇]ノ卯月ノ一日ヨリ、明《あく》[三一]ル年ノ六月上旬マデ、打替《うちかへ》々々参ツヽ、御宮仕ゾ申ケル。偖《さて》[三三]中将南都ニ被レ渡《わたされ》テ斬ラレ給ニシカバ、二人[三四]ノ者共サシツドヒテ臥沈テゾ歎キケル。「由《よし》[三五]ナキ人ニ奉レ馴《なれたてまつり》、

は、廻鶻国とて夷の強き国あり。その夷、漢に伏して後、来たりておのれが国の楽を奏せしなり」（徒然草・二一四段）という。

一　恋の仲立ちをうまくしたと思うぞ。
二　重衡様が私にお情けをおかけになったことはございません。
三　㋙せいごん　㋭ちかごと　㋝誓こと。神仏の名にかけて、偽りないと誓うこと。
四　お許しがあれば誓いを立てるのは簡単でございます。　五　表情が険悪になって。
六　「仰セラル」の主語は頼朝か。こんなことは言わずもがなだが、の意。
七　荘柄天神。相模国。現、神奈川県鎌倉市二階堂。祭神は菅原道真。社伝では起源は長治元年（一一〇四）に遡るとされる。
八　足柄明神。相模国。現、神奈川県南足柄市苅野の足柄神社。古くは足柄峠に鎮座していた。祭神は日本武尊と瓊瓊杵尊。
九　伊豆権現。伊豆国。現、静岡県熱海市伊豆山の伊豆山神社。走湯権現とも。祭神は伊豆山神というが、伊弉諾尊・伊弉冉尊その他諸説がある。
一〇　箱根権現。相模国。現、神奈川県足柄下郡箱根町元箱根の箱根神社。祭神は瓊瓊杵尊・木花咲耶姫・彦火火出見尊。
一一　日本国。　一二　神罰を受けるでしょう。
一三　何か気づいたり、悟ったりした時の動作。
一四　並ぶ美女はあっても、凌駕する美女はあるまいと思っていた千手を。
一五　北条時定。久安元年（一一四五）―建久四年（一一九三）二月二五日、四九歳。桓武平氏、時兼男（北条系図）。　一六　伝未詳。
一七　顔形がすべて美人としての条件が備わり。

憂《うき》目ヲ見聞《みきく》悲サヨ。中将[一]岩木ヲ結バヌ身ナレバ、ナドカ[二]我等ニ靡ク心モナカルベキナレ共、加様《かやう》ニ成給ベキ身ニテ、人ニモ思《おもひ》ヲツケジ、我モ物ヲ思ハジト、心強《づよく》御座ケル事ノ糸惜《いとほし》サヨ」トテ、共ニ袖ヲゾ絞ケル。「何事モ先ノ世ノ事ト聞《きけ》バ、思残スベキ事ハナケレドモ、[三]後世弔ベキ一人ノ子ノナキ事コソ悲ケレト被レ仰《おほせられ》シ者ヲ」トテ、二人相共《あひとも》ニ佐殿ニ参テ、「故三位中将殿ニ去年ヨリ奉二相馴《あひなれたてまつり》一、其《その》面影忘レ奉ラズ。後世ヲ助《たすく》ベキ者ナシト歎キ仰《おほせ》候キ。見参ニ入侍ケルモ可レ然《しかるべき》事ニコソ候ナレバ、暇《いとま》ヲ給《たまは》リ[四]様《さま》ヲ替《かへ》テ、菩提ヲ助奉ラン」ト申ケレドモ、其赦《そのゆる》シナケレバ、尼ニハナラザリケレ共、戒ヲ持《たも》チ念仏唱《となへ》テ、常ハ奉レ弔《とぶらひたてまつり》ケリ。[五]中将第三年ノ遠忌ニ当リケルニハ、強《しひ》テ暇ヲ申ツヽ、千手二十三、伊王二十二、[六]緑ノ髪ヲ落シ、[七]墨ノ衣ニ裁替《たちかへ》テ、一所ニ庵室ヲ結ビ、[八]九品ニ往生ヲ祈ケリ。

中将ハ狩野介ニ被レ具《ぐせられ》テ、且《しばら》ク伊豆ニオハシケリ。

権亮三位中将維盛ハ、[九]故郷ハ雲井ノ徐《よそ》ニ成ハテヽ、思《おもひ》ヲ妻子ニ残シツヽ、人ナミ〳〵ニ西国ヘ落下《おちくだり》給タリケレドモ、晴ヌ歎ニムスボオレ、其《その》身ハ屋島ニ在《あり》ナガラ、心ハ都ヘ通《かよひ》ケリ。[一〇]三月十五日ニ、[一一]与三兵衛尉重景、[一二]石童丸ト云《いふ》童、[一三]舟ニ心得タル者トテ[一四]武里ト申《まうす》舎人、此《この》三人ヲ具シ給《たまひ》、忍

一八　遊芸・遊興にたずさわる女。
一九　和歌や連歌。「連歌」は、底本「連奇」。「奇」は「哥」の活字流用とみて、改めた。
二〇　未詳。　二一　ひどく気がかりにお思いになって。　二二　「院」は後白河法皇。「内」は高倉院をさすか。　二三　お気に入りの子。
二四　男女の恋の道。
二五　寂しい思いをおさせ申してはならない。
二六　一晩おきに。
二七　身のまわりのお世話をせよ。
二八　決していいかげんにしてはならない。
二九　未詳。　三〇　寿永三年（一一八四）の四月一日。　三一　元暦二年（一一八五）。
三二　入れ替り入れ替り。重衡が厚遇されたことについて。→補注一五。
三三　重衡の斬刑→巻四五「重衡向南都被斬」。
三四　千手と伊王の二人は寄り集まって。
三五　親しく思ってもそのかいもない人。

一　岩や木で作った身体ではないからとは、情愛を解する人だからの意。「岩木ならず」とも。白楽天の新楽府「李夫人」の「人非二木石一皆有レ情」の句などから言う。
二　私達の思いを受け入れる心もないわけはないでしょうに。「などか…なかるべき。されども」というところを続けてこういうのは、中世にしばしば見られる表現。

維盛出八島

三　重衡に子のないこと→九六頁四行。
四　出家して。
五　重衡の三回忌は文治三年（一一八七）六月二三日。『吾妻鏡』文治四年四月二五日条に「千手前卒去。年廿四」とあるので、以下の記述で重衡の「第三年ノ遠忌」の年に「千手二十三」と

ツヽ屋島ノ館ヲ出テ、一五阿波国由木浦ニゾ着給フ。心ウキ浪路ノ旅ト云ナガラ、今マデモ一門ノ人々ニ相具シテ明晩《あかしくらし》ツルニ、今日ヲ最後ト思召ケレバ、御余波《なごり》惜クテ、一六蜑ノ蓬屋ノ柱ニ、

一七折々ハシラヌ浦路ノモシホ草書置《かきおく》跡ヲカタミ共《とも》ミヨ

重景、御返事申ケリ。

一八我《わが》恋ハ空吹《ふく》風ニサモニタリ傾ク月ニ移《うつる》ト思ヘバ

石童丸、大臣殿御事ヲ思出シ給ラント思奉リテ、

一九玉鉾ヤ旅行《ゆく》道ノユカレヌハウシロニカミノ留《とどむ》ト思ヘバ

サテモ御舟ニ乗移給、二〇音ニ聞《きく》阿波ノ鳴戸ノ沖ヲ漕渡リ、二一紀伊ノ路ヲサシテ楫ヲ取《とる》。比《ころ》ハ三月十日余ノ事ナレバ、尾上ニ懸ル白雲ハ、残《のこり》ノ雪カト疑レ、礒吹《ふく》風ニ立《たつ》波ハ、旅ノ袖ヲゾ濡《ぬら》シケル。二二キヤウケイノウカレ声、二三ヲシアケ方ニ成シカバ、八重立《たつ》霞ノヒマヨリ、御船汀《みぎは》ニ押寄タリ。「二四爰ハイドコナルラン」ト尋給ヘバ、「二五名ニシオフ二六紀伊国和歌浦」トゾ聞給《ききたまふ》。夫《それ》ヨリ二七吹上ノ浦ヲ過給ケルニ、一門ヲ離《はなれ》、兄弟ニモ知《しら》レネバ、一ハ恨ニヽタレ共、カヽラザラマシカバ、係《かかる》名所ヲバ争可《いかでみるべき》レ見ト聊慰《いささかなぐさみ》給ケリ。彼《かの》和歌浦ト申《まうす》ハ、二八衣通《そとほり》姫ノ卜レ居《きよをしめ》、山ノ岩松、礒ウツ浪、沖ノ釣船、月ノ影、二九シラヽ

いうのは正しいことになるが、出家はせず、出仕を続けていたと考えられる。→補注一六。
六 美しいつやのある黒髪。
七 墨染の衣。法衣。「墨」は上の「緑」と対をなす。
八 九品往生を祈った。「九品」は上の「一所」と対をなす。
九 京の都。 一〇 寿永三年(一一八四)。
一一 藤原重景。保元三年生か。寿永三年(一一八四)三月二八日没。景康男。幼名松王。
一二 生年未詳。寿永三年三月二八日没。伝未詳。 一三 船を漕ぐ技術を持っている者。
一四 武里は生没年未詳。「舎人」は貴人に従い、牛車の牛飼、馬の口取りなどをする男。
一五 現、徳島県海部郡由岐町。
一六 漁師の苫屋(苫=薦で屋根を葺いたそまつな小屋)。「蓬屋」は「篷屋」の当て字。
一七 知らない浦を行く道で時々藻塩を焼く海藻(この海人の小屋の柱)に書き置く筆の跡を私の形見と見ておくれ。「書」に「モシホ草」の縁語「掻き」を掛ける。
一八 私の恋は空を吹く風にいかにも似ているよ。西の方に傾く月に心が移ると思うと。
一九 旅してゆく道をなかなか行けないのは、うしろで神が引きとめている(うしろ髪を引かれる)と思うからだ。 二〇 噂に高い阿波の鳴戸。「阿波ノ鳴戸」は四国と淡路島の間の鳴門海峡。潮の干満に伴って生ずる渦潮で知られる。
二一 維盛主従は阿波国から海路で紀伊国へ向かったという。→補注一七。
二二 「キヤウケイ」は「狂鶏」。『新撰朗詠集』で「薄媚狂鶏三更唱レ暁」(雑・恋・七三二・張文成)の句を、穂久邇文庫本では「ハクビトナサケナキクヤウケイノウカレドリノ、マダアケザ

ノ浜ノ真砂ニ、[一]吹上ノ浦ノ浜千鳥、[二]日前国懸ノ古木ノ森、面白カリケル名所哉。サレバ衣通姫、[三]玉津島姫明神ト彰《あらはれ》テ此《この》所ニ住給ヘリ、理《ことわり》也トゾ思召《おぼしめす》。[四]由良ノ湊ト云《いふ》所ニ舟ヲツケ、是ヨリ下《おり》給ヘリ。山伝《づたひ》ニ都ヘ上《のぼり》テ、恋シキ人共ヲモ今一度見バヤト覚シケルガ、御様《さま》ヲ窄《やつし》給ヘ共、猶尋常《よのつね》ノ人ニハマガウベクモナシ。本三位中将ノ虜《いけどら》レテ、京・田舎恥ヲ曝スダニ心憂《うき》ニ、我サヘ憂《うき》名ヲ流サンモ口惜《くちをしく》思ハレケレバ、千度《ちたび》心ハ進《すすみ》ケレ共、[五]心ニ心ヲカラカヒテ、泣々[六]高野ヘ参給フ。

思召出《おぼしめしいづる》事アリケレバ、此次《このついで》ニ[七]粉河寺ヘゾ被《まゐられ》レ参ケル。此寺ハ[八]大伴小手ト云シ人、我《わが》朝ノ[九]補陀落是《これ》也トテ、甍ヲ結ベル所也。去《さんぬる》[一〇]治承ノ比《ころ》、[一一]小松殿熊野参詣ノ次《ついで》ニ、彼《かの》寺ニ参給タリケルニ、書置《かきおき》給ヘル[一二]打札《うちふだ》アリ。今一度父ノ手跡ヲ見給ハント思出給《おもひいだしたまひ》ケリ。彼《かの》札ヲ御覧ズレバ、落《おつる》涙ニ墨消テ、文字ノ貌[70]ハ見エネ共、「重盛」ト云《いふ》字計《ばかり》[71]ハ彫テ墨ヲ入タレバ、有《あり》シナガラニ替《かはら》ネバ、泣々是《これ》ヲゾ見給ケル。[一三]手跡ハ千代ノ形見也ト云置《いひおき》ケルコトノハモ、ゲニ哀ニゾ思召《おぼしめす》。御堂ニ入《いり》、観音ノ御前ニ念誦シテ御座ケルニ、僧一人来《きたり》テ共ニ念誦シテ有ケルガ、アヤシゲニ見奉テ、「是ハ[一四]イドコヨリ御《お》参《まゐり》ゾ」ト問《とふ》。「京ノ方ヨリ」ト答給ヘバ、「[一五]法然上人ノ入給ヘルヲ聞召《きこしめし》テ

ルニ暁ヲ唱フ」と訓んでいる。→九一頁注一九。
二三「ヲシ（押し）」は接頭語で、「明け方」に同じ。二四「いづこ」に同じ。→八七頁注一八。
二五 有名な。二六 紀伊国。現、和歌山市和歌浦中のあたりの海岸。二七 紀伊国。平安時代は現、和歌山市磯の浦のあたりから雑賀山にかけて、東南に延びる海岸一帯をいった。
二八 玉津島神社の祭神。『日本書紀』では允恭天皇の皇后忍坂大中姫命《おしさかのおおなかつひめのみこと》の妹弟《おと》姫の別名。『古事記』では皇后所生の皇女軽大郎女《かるのおおいらつめ》の別名。美しさが衣を通して光り輝いたのでこう呼ばれたという。記紀では「衣通」を「そとほし」と訓む。『日本書紀』では天皇を恋しく思って、「我が夫子《せこ》が来べき宵なりささがねの蜘蛛の行ひ今宵しるしも」と詠んだと伝える。

同人於粉河寺謁法然坊

二九 紀伊国。現、和歌山県西牟婁郡白浜町海岸。

一 祐子内親王家紀伊の「浦風に吹上の浜の浜千鳥波立ちくらし夜はに鳴くなり」（新古今集・冬・六四六）などにより、浜千鳥は吹上の浦の景物とされる。
二 日前国懸《ひのくまくにかかす》神宮。紀伊国。現、和歌山市秋月。同境内に日前神宮（主な祭神は日前大宮）、国懸神宮（主に祭神は国懸大神）を祀る。紀伊国の一宮。
三 現、和歌山市和歌浦中。祭神は稚日女尊・息長足姫尊・衣通姫尊・明光浦霊。
四 紀伊国。現、和歌山県日高郡由良町。歌枕。
五 自身の心の中で葛藤をくり返して。
六 高野山。

御参カ」ト云《いふ》。三位中将ハ、「其《その》事兼《かね》テ不レ知《しらず》、何事ニ入寺シ給ヘルゾ」ト返シ問《とひ》給ヘバ、「此間《このあひだ》[一六]念仏法門ノ談義也」ト申テ、細《こまか》ニ問答シテ立ヌ。中将ハ与三兵衛ヲ招テ、「態《わざと》[一七]モ都ニ上《のぼり》、法然房ニ奉レ逢《あひたてまつり》、後世ノ事ヲモ尋《たづね》聞《きく》ベキニコソアレ共、道狭《せばき》[一八]身ナレバカナシ。上人タマ〳〵此寺ニオハス[一九]也。憚《はばかり》アレ共、見参シ奉ラン事イカヾ有ベキ」ト宣ヘバ、重景畏《かしこまり》テ、「何ノ御[72]慎カ候ベキ。上人ヲバ生身ノ仏ト[二〇]承《うけたまはる》。然《しかる》ベキ善知識ニコソ。[二一]後世菩提ノ御為ニ御聴聞アラン折節、[二二]タトヒ災害ニアハセ給フトテモ、痛《いたみ》思召ベカラズ。闘諍合戦ノ場《には》ニシテ、身ヲ失テ[二三]修羅ノ悪所ニモ生《むまれ》[二四]候ナルゾカシ。況《いはんや》[二五]聞法随喜ノ窓ニシテ、命ヲ亡ス事アラバ、[二六]弥陀ノ浄刹ニ往生ト可レ被二思召一《おぼしめさるべし》」ナド[73][二七]小賢《こざかしく》申ケレバ、「可レ然」トテ、夜ニ入テ重景ヲ御使ニテ、法然上人ヘ申サレケルハ、「維盛、高野参詣之志有テ、屋島ヲ忍出テ是マデ罷《まかりつたひ》伝テ侍《はべる》ガ、折節可レ然《しかるべき》事ト存《ぞんじ》候。[二八]出離ノ法門一句承ラバヤ」ト仰ラレケリ。上人哀《あはれ》ニ覚シテ、[二九]ヤガテ三位中将ヲ奉二請入一《しやうじいれたてまつり》、見参シ給テ、「[三〇]イカニヤ〳〵、難レ有《ありがたく》コソ思奉レ。都ヲ出給テ後、人々此彼《ここかしこ》ニテ亡給フト承ルニ付テハ、御身イカヾ成給ヌラント心苦《ぐるし》ク思奉ツルニ、奉レ入《ふたたびげん》二再見参《ざんにいりたてまつる》一御事、哀ニ悦《よろこびいり》入侍リ。偖《さて》モサシモノ世ノ乱ノ中ニ、遥々ト高

七　施音寺の通称。山号は補陀落山、また風猛山。紀伊国。現、和歌山県紀の川市粉河町。粉河観音山の総本山。本尊は千手千眼観音。宝亀元年（七七〇）大伴孔子古《くじこ》の創建と伝える。西国三十三所第三番札所。→補注一八。

八　大伴孔子古のことか。

九　補陀落山。観世音菩薩が住むとされる山。

一〇　治承三年（一一七九）三月のこと。巻一一「小松殿夢」に熊野詣では五月のこととして述べる。→巻一一「小松殿夢熊野詣」。

一一　平重盛。　一二　立て札。

一三　筆跡はいつまでも残る亡き人の形見だ。

一四　どちらから。→八七頁注一八。

一五　法然→六〇頁注一二。

一六　浄土宗の教えについての説法。

一七　わざわざでも。　一八　人目を忍ぶ身。

一九　おいでになるということだ。「也」は伝聞の助動詞。　二〇　生き仏。

二一　後世の冥福を願うために。

二二　源氏の関係者などに見つけられて身の危険が生ずることなどを考えていうか。

二三　修羅道。

二四　「ナル」は伝聞の助動詞「なり」の連体形。

二五　仏法を聴聞して心に大きな喜びを感じること。「聞法歓喜」ともいう。

二六　阿弥陀如来のお住みになられる浄土。「Iǒxet. ジャウセッ（浄刹）」（日葡）。　二七　小利口に。

二八　煩悩の束縛から離れることができる教え。

二九　直ちに。

三〇　何とまあ。これはまあ。「いかにやいかに」とも。

野参詣ノ御志、目出《めでた》クモ思召立ケル御事哉」トテ泣給フ。中将宣ケルハ、「家門ノ栄花既ニ身ニ極《きはまり》テ、[一]先帝ヲ始《はじめまゐらせ》進テ、一族悉ク西海ニ落下リシ上ハ、人ナミ〳〵ニ[二]アクガレ出テ候ヌ。憂《うき》事モ多カリシ中ニ、[三]難波潟一谷ニテ[四]卿相雲客数亡ヌ[74]。適《たまたま》被二討残《うちのこされ》一タル者モ[五]アル空モ侍ラズ。夜ハ終夜《よもすがら》今ヤ水底ニ沈ムト歎《なげき》、昼ハ終日ニ[75][六]今ヤ敵ニ失ハル丶ト悲ム。兎《と》ニモ角《かく》ニモ[七]閑《しづ》心《こころ》ナシ。サレバ遂ニ[八]遁《のがる》マジキモノ故《ゆゑ》ニ、貴キ[九]結戒ノ地ト承レバ、高野ニ参テ出家ヲモシテ、其後《そののち》[一〇]イカニモナラバヤト思《おもふ》事侍テ、屋島ヲ出テ是《これ》マデ伝ツ丶、奉レ見《みたてまつる》コソ嬉ケレ」トテ、其《その》夜ハ庵室ニ留給《とどまりたまひ》、[一一]泣クドキ物語シ給ケルガ、暁方ニ、「維盛小《をさなく》ヨリ身ヲ放タズ、[一二]日所作ニ奉レ読《よみたてまつる》御経御座ス。水ノ底ニモ沈マン時ハ、同《おなじく》沈メ奉ラン事罪深ク覚《おぼえ》候。モシ世ニナキ身ト聞給ハン時ハ、思出テ後世弔給ヘ」ト宣テ奉二是渡一《これをわたしたてまつる》。上人請取《うけとり》給テ、「縦《たとひ》是ナシトモ争《いかで》カ可レ奉レ忘《わすれたてまつるべき》ナレ共、カク思召入テ承レバ、披《ひら》キ見ン折々ハ可レ奉二必《かならず》弔一」トテ拝奉レバ、[一三]四半ノ小双紙ニ、金泥ニ書タル小字ノ法華経也。イト哀ニゾ覚シケル。三位中将ハ、「今日ハ留リテ遺《なごり》ヲモ惜度《をしみたく》侍レ共、維盛ヲバ平家ノ[一四]嫡々トテ、頼朝コトニ可二相尋一《あひたづぬべし》ト[一五]披露アリ。人ノ口モ恐ロシ。戒ヲ持《たもち》、暇申《いとまうさ》バヤ」ト宣ヘバ、上人ハ「[一六]此間説戒ノ程、

一　安徳天皇をさしていう。京都の朝廷や源氏側の言い方。　二　（都を）さまよい出ました。
三　「難波潟」の「潟」は、底本「瀉」。活字の流用とみて訂した。
四　公卿殿上人が大勢死んだ。平家の公達の討死をいう。「亡ヌ」は「ほろびぬ」と読ませるか。
五　生きている心地もありません。
六　今にも敵に殺されるか。
七　落ち着いた心がない。気が気でない。
八　（非業の死を）遁れられないであろうから。「モノ故ニ」は、順接の接続助詞のような用法。
九　修行の妨げとなる者の入ることを許さない地域。結戒地。
一〇　「死にたい」の意を遠まわしに言った。
一一　泣きながら心中を切々と訴え。
一二　毎日の勤行。「Nixxosa.　ニッショサ（日所作）」（日葡）。
一三　大形の料紙を縦に半分にし、それを横に二つ折りにした紙の大きさや形を「四半（よつはん）」といい、この形をした冊子本を四半本という。もとの紙の大きさにより、大四半・中四半・小四半などと呼ぶ。　一四　嫡流。　一五　世間に発表されている。　一六　戒律を説き聞かせる間。
一七　「円頓《ゑんどん》」は、一切を欠けることなく備え、直ちに悟りに至ること。「無作《むさ》」は、受戒によって長く働き続ける戒体のこと。「大戒」は大乗戒の意。
一八　「梵網」は『梵網経』。「十重禁」は『梵網経』に説く十戒。→九四頁注二六。
一九　結論づける。　二〇　「塔」は仏塔の意。
二一　究極の悟りの境位。修行段階の最高位。
二二　地獄・餓鬼・畜生・阿修羅・人間・天上（以上が六道）・声聞・縁覚・菩薩・仏（以上が四聖）の一〇の境地。

御聴聞モアレカシト存《ぞんず》レ共、御急《いそぎ》ト承レバ可《かいをさづけたてまつるべし》レ奉《》二戒授《》一」トテ、円頓[一七]無作ノ大戒、梵網[一八]ノ十重禁ヲゾ説《とき》給フ。上人結《けつ》[一九]シテ曰《いはく》、「塔中[二〇]ノ釈迦ハ此《この》法ヲ説テ、仏位[二一]ヲ十界[二二]ノ衆生ニ授《さづけ》、台上[二三]ノ舎那[二四]ハ此《この》戒ヲ受テ、正覚[二五]ヲ花蔵[二六]世界ニ唱フ。法華[二七]一実ノ妙戒ハ、能持[二八]ノ一言ニ戒珠[二九]ヲ胸ノ間ニ研[三〇]、合掌ノ十指ニ十界ヲ実際ニ安《あんず》。衆生正覚ノ直道《じきだう》、即身成仏ノ要路也。是則《これすなはち》[三一]薄地底下ノ凡夫ノ、一毫[三二]ノ善ナキ者ノ、罪悪生死ノ衆生ノ、出離ノ期ナキ輩、修行覚道ニ不《いらざれ》レ入ドモ、速ニ仏果ヲ成スル計《はかりこ》ト、此戒ニ如《し》クハナシ。依《これに》レ之《より》[三三]梵網経ニ曰《いはく》、『一切有心者、皆応摂仏戒、衆生受仏戒、即入諸仏位、位[三四]同大覚已、真是諸仏子、一度受此戒者、入諸仏位同大覚位』ト説給ヘバ、誠難《ありがたき》レ有功徳也。戒師ノ戒ヲ授《さづく》ルハ、授戒灌頂[三五]トテ、仏前ノ智水[三六]ヲ後仏[三七]ニ授ル意ナレバ、此戒ヲ受《うく》ルハ即身ニ正覚ヲ唱《となふ》ル也。故ニ此戒ヲバ、一得永不失ノ戒トテ、一タビ受テ後、永《ながく》[76]失事ナシ」トゾ宣ケル。中将モ聴衆モ、皆《みな》随喜ノ涙ヲ流ケリ。其後《そののち》念仏ノ法門、弥陀[三八]ノ本願コマ〴〵ト説給《ときたまひ》、様々被《けうけせられ》二教化一ケレバ、維盛、然べキ善知識ト嬉《うれしく》テ、泣々庵室ヲ出給ケルガ、「契アラバ後生ニハ必《かならず》[77]参会」ト宣テ、夫《それ》ヨリ高野へ参給フ。上人モ哀ニ思給《おもひたまひ》、遙ニ見送リ奉リ、衣ノ袖ヲ濡《ぬら》シ給ヘバ、見ル人袂《たもと》ヲ絞ケリ。

二三　「台」は高楼の意。
二四　毘盧遮那仏。宇宙の根源の仏。
二五　すべての迷いを断ち切った正しい悟り。等《とう》正覚《しょうがく》。
二六　蓮華蔵世界。阿弥陀仏の浄土。極楽を意味する。　二七　『法華経』は唯一の真理であること。
二八　戒をよく保持すること。
二九　戒を珠に譬えていう。
三〇　「研　クタク」(類聚名義抄)。㋙㋝㋭とも訓みは「くたき」。「みがき」とあるべきか。
三一　凡夫の境界の一つ。無知・凡庸なこと。
三二　ほんの僅かの。
三三　大乗菩薩戒の聖典。偽経とされる。「有心者」は心有る者、下文の「衆生」に同じ。「仏戒」は仏の定めた戒律。「仏位」は悟りを得た仏の位。「大覚位」は大いなる悟りの境地で、仏位と同じ。「諸仏子」は一切の衆生。一切の衆生は仏戒を受けよ、そうすれば諸仏の仏位に達すると説く。
三四　底本「位同」の「位」はオドリ字だが、読点を入れたので改めた。「大覚已」の「已」は、底本「巳」。訂した。
三五　授戒の際に戒を受ける者の頭頂に水を灌《そそ》ぎかける儀式。「Quangiǒ. クヮンヂャウ（灌頂）」(日葡)。
三六　如来の智慧を煩悩の垢を洗う清澄な水に譬えていう。
三七　弥勒菩薩。釈尊入滅後五十六億七千万年後に、兜率天からこの世に下生《げしょう》して衆生を済度するので、釈尊を「前仏」というのに対して「後仏」という。また「慈尊」ともいう。
三八　弥陀ノ本願→九四頁注四。

同人高野参詣・横笛
一　斎藤以頼。保延元年（一一三五）―建永二年（一二〇七）九月一〇日、七三歳。北家時長流、以成の男。左衛門尉。
二　斎藤時頼。長寛二年（一一六四）生。没年未詳。以頼の男。母は平時忠室帥典侍の乳母。もと滝口の武士であったが、養和元年（一一八一）出家した。「滝口藤原時頼於二法輪寺一出家、（年十八、帥典侍乳母子也）依二道心一云云、当時滝口遁世、定無二其例一歟」（吉記・養和元年一一月二〇日条）
三　建礼門院（平徳子）は承安二年（一一七二）二月一〇日中宮となり、養和元年（一一八一）一一月二五日院号を蒙った。
四　召使いの女。年齢的に中途半端な女性とも、身分的に中途半端なのだともいう。
五　延慶本では「曹仕」（「雑仕」の意）、長門本では「美女」（「便女」の当て字か）という。覚一本は「建礼門院の雑仕」とする。長門本では母を「神崎の君の長者侍従」という。
六　延慶本では「借裳」と呼ぶ。覚一本では横笛以外の女は登場しない。
七　平盛俊↓二九頁注二六。
八　摂津国。現、兵庫県尼崎市の神崎川と猪名川の合流する付近に神崎町の名が残る。「到二摂津国一、有二神崎蟹島等地一、比レ門連レ戸、人家無レ絶、倡女成レ群、棹二扁舟一着二旅舶一、以薦二枕席一」（大江匡房・遊女記）
九　遊女。一〇　並ぶ者のない芸能の達者な人。
一一　その場所の。神崎の地をさしていうか。↓一〇三頁一四行。
一二　清盛が福原に下った時。
一三　一時的な関係。
一四　松の木にさるおがせ（蘿）や蔓草がからみ

三位中将ハ高野山ニ参ツヽ、人々ヲゾ尋給ケル。

[一]三条ノ斉藤左衛門大夫茂頼ガ子ニ、[二]斉藤滝口時頼入道ト云《いふ》者也。彼《かの》時頼ハ小松大臣殿ニ候ケルガ、高倉院御位ノ時、[三]建礼門院ノ后宮ニテ渡ラセ給ケルニ、二人ノ[四]半物有《はしたものあり》。[五]横笛、[六]刈萱トゾ云ケル。共ニミメ形類《たぐひ》ナク、心ノ色モ情アリ。刈萱ヲバ[七]越中前司盛俊相具《あひぐ》シケリ。横笛ト云《いふ》ハ、本《もと》ハ[八]神崎ノ[九]遊君、長者ノ女《むすめ》也。大方モ[一〇]無双ノ能者、今様・朗詠ハ、[一一]所ノ風俗ナレバ云《いふ》ニ及バズ、琴・琵琶ノ上手、歌道ノ方ニモ勝《すぐ》レタリ。[一二]太政入道、福原下向之時召具《めしぐし》タリケルヲ、女院未《いまだ》中宮ニテ渡ラセ給ケルトキ被《まゐらせられ》レ進タリ。小松内府イカヾ覚シケン、横笛ト名ヲ付ラレタリ。時頼、[78]人シレヌ見参シテ、[一三]白地《あからさま》ト思ケレ共、[一四]松蘿ノ契《ちぎり》色深《ふかく》、[一五]蘭菊ノ情匂《にほひこまやか》細ニシテ、志《こころざ》シ切《せつ》ニシテ思ケル。父、此事ヲ聞テ滝口ヲ呼ツヽ、「横笛ハ[一六]当時殿上ノ官女也。此事若達《もししやうぶんにたつせば》二上聞一、[一七]珍事出来ナン。加様《かやう》ニ[一八]尾籠《びろう》ナランヲ、其《その》親トシテ不二教訓一《けうくんせざる》之条奇怪也ト被二仰下一《おほせくだされ》バ、身ニ取テ一期ノ大事、可レ失二面目一《めんぼくをうしなふべし》。[一九]其上《そのうへ》憑シキ人ノ婿ニ成《なり》テ世ニ立ベキ振舞モ有ベシ、加様《かやう》ノ[二〇]独人《ひとりびと》ヲ相憑《あひたのみ》テハ、ツヰニイカナルベキゾ。由ナキ事也」ト様々云ケレ共、可レ然《しかるべき》先世ノ契ニヤ、ツユ難レ忘《わすれがた》カリケ

レバ、父母ノ諫《いさめ》ニモカヽハラズ、イトヾ志浅カラズ通《かよひ》ケレバ、父茂頼、重《かさね》テ時頼ヲ呼向《よびむか》ヘテ様々教訓シテ、「所詮[二一]不レ随二親《おやのめいに》命一《したがはず》者《は》[二二]不孝也」ト云ケレバ、「仰《おほせ》畏《かしこまり》テ承候ヌ」ト申テ父ガ前ヲ立《たち》、常ニ住ケル所ニ立入テ、[二三]安然トシテ思ケルハ、穴《あな》[二四]アヂキナノ事共ヤ、程[二五]ナキ此《この》世ニ住ヒツヽ、心ニ任セヌ悲サヨ、縦《たとひ》長命ヲ保《たもつ》トモ、七、八十ニハヨモ過ジ、若《もし》又栄花ニ誇《ほこる》トモ、二十年ヲバ不レ可レ出《いづべからず》、夢幻ノ世ノ中ニ、楽《たのし》[二六]ケレバトテ悪[79][二七]カラン女ニ相具《あひぐ》セン事心ウシ、同僚傍官[二八]ガ慾ニフケルト笑ハン事モイト恥《はづか》シ、但《ただし》是程ノ父ノ教訓シ給《たまふ》事ヲ不レ用《もちゐざる》ハ逆罪[二九]也、[三〇]不孝父母当堕悪道ト云[80]故ニ、サテモ終リナバ地獄ニ入ベシ、親ノ命ニ随テ女ノ心ヲ違《たが》ヘバ永世ノ恨アリ、繋[三一]念無量劫ト云[81]故ニ、トニモ角《かく》ニモ世ニアラバ悪縁也、不孝也、[82]不レ如《しかじ》棄恩入[三二]無為ハ、真実報恩ノ者トイヘリ、然《しかる》ベキ善知識ニコソト思《おもひ》キリ、生年十八ノ歳、[三三]菩提心ヲ発《おこ》シツヽ、[三四]嵯峨奥ノ法輪寺ニシテ出家シ、法名阿浄ト名ヲ付《つき》テ、行ヒ澄《すまし》テ居タリケリ。深ク契シ中ナレ共、時頼角《かく》トモイハザレバ、横笛ツユモ知ザリケリ。日比月比《ひごろつきごろ》[三五]経ケレ共、夫モ見エズ、音信《おとづれ》モナシ。只仮初《かりそめ》ノ契カヤ、移レバ替《かは》ル心カト、独思《ひとりおもひ》ニ焦《こが》レケリ。縦我許《たとひわがもと》ヘコソ不レ通《かよはず》トモ、本所[三六]ノ衆ニテ侍ルニ、出仕[83]ノ止ルベキ事ハナシト、昼ハ終日ニ

つくように、愛情の深いこと。
一五 日葡辞書に「Ranguicu. ランギク（蘭菊）……この名で呼ばれる匂いのよい草」という。美女の愛情を喩えていう。 一六 現在。
一七 不祥事件。 一八 見苦しいであろうこと。
一九 頼みになれる人。 二〇 身寄りのないもの。
二一 結局。つまるところ。
二二 日葡辞書には「Fucǒ フカゥ（不孝）」、「Fuqeô フケゥ（不孝・不興）」の、両様のよみが見出される。ここは、勘当する意。
二三 「安然」は「晏然」とも書く。「晏如」に同じ。安らかなさま。あるいは、心がふさぐさまの意の、「暗然」の当て字か。
二四 ああ、おもしろくないことだなあ。
二五 短い現世。 二六 富裕だからといって。
二七 醜いであろう女。「悪カラン」、㋙あしからん㋭㋝にくからす。 二八 傍輩。同役の人。
二九 極重の悪罪。中世では、特に主人や親にそむく罪。 三〇 訓読「父母に不孝ならば、当に悪道に堕つべし」。
三一 執念を起こすと測り知れない歳月に亘ってその苦果を受けること。
三二 『出家略作法』に「流転三界中、恩愛不能断、棄恩入無為、真実報恩者」という。「棄恩」は底本「奇恩」。当て字とみて改めた。
三三 悟りを求め、世の人を救おうとする心。
三四 山号は智福山。山城国。現、京都市西京区嵐山虚空蔵山町。真言宗五智教団の寺。和銅六年（七一三）行基の開基と伝えられる。本尊は虚空蔵菩薩。
三五 幾日も幾月も経ったけれども。
三六 蔵人所に属して雑事を務める職員。五位・六位の侍から選ばれる。所の衆。

思クラシ、夜ハ[一]八声ノ鳥ト鳴明《なきあか》ス。心ハ日々ニ[二]駿河ナル不尽《ふじ》ノ高峰《たかね》ト焦ルレドモ、[三]煙タヽネバ人トハズ。サリトテ人ニ知《しら》レネバ、語テ慰ム方モナシ。[四]呉竹ノ夜ゴトニ物ガ思ハレテ、[五]音《ね》ノミ泣レテ琴ノ音ノ、[六]伊勢国鈴鹿ノ山ノ心シテ、[七]何ト成《なる》ベキ我身《わが》ヤラント、朝夕歎ケルコソ哀ナレ。[八]適《たまたま》アリト聞エツヽ、我故様《われゆゑさま》ヲ替《かへ》ケン事ノ無慙《むざん》サヨ、背レ世《よをそむき》深キ山ニ籠《こもる》共《とも》、ナドカハ角《かく》ト知セザル、[九]夜ガレ日枯《ひがれ》ヲダニモ歎《なげき》シニ、絶ヌル中コソ悲ケレ、[一〇]人コソ心ツヨク共《とも》、尋テ恨《うらみ》ント思ケレバ、忍テ内裏ヲ紛レ出テ、法輪寺ヘゾ尋行《たづねゆく》。暮行《くれゆく》秋ノ習トテ、道芝ノ露深ケレバ、夜寒ニ成ヌ旅衣、[一一]重《かさね》シ妻コソ恋シケレ。[一二]十市ノ里ノ砧ノ音、[一三]ヨハリ終《はて》ヌル虫ノ声、一方《ひとかた》ナラヌ哀サモ、誰ユヘニトゾ悲ミケル。都ヲバ月ト共ニ出タレドモ、マダ踏ナレヌ道ナレバ、涙ニ曇《くもる》夜ノ空、此彼《ここかしこ》ニゾ迷ケル。[一四]ツヾキノ里モヲトモセズ、[一五]人ヲ咎ムル里ノ犬、声澄《すむ》程ニ成《なり》テコソ、法輪寺ニハ入ニケレ。此《この》寺トハ聞タレドモ、住《すむ》ラン坊ハ不レ知《しらざり》ケリ。女、其《その》夜ハ御堂ニ詣[84]、仏ノ御前ニ[一六]通夜シツヽ、[一七]南無帰命頂礼大聖虚空蔵菩薩、アカデ別レシ滝口ニ、今一度ト心ノ中ニ祈念シテ、礼拝ヲゾ奉ケル。[一八]人ノ心ヲ尽シツヽ、我モ思《おもひ》ニ焦《こがるる》トゾ、思合《おもひあはせ》テ悲ミケル。[一九]五更ノ鐘モ鳴ケレバ、サスガ人目モ[二〇]イブセクテ、空《むなし》ク帰ケル程ニ、責《せめ》

一　暁に何度も鳴く鶏のように泣いて夜を明かす。「八声ノ鳥」は歌語的表現。
二　駿河国の富士の高嶺が噴煙をあげるように恋い焦がれるが。「人知れぬ思ひを常にするがなる富士の山こそわが身なりけれ」（古今集・恋一・五三四・読人不知）などを念頭におくか。
三　恋心を表面に現さないから他人は「どうしたのか」と尋ねない。「不尽ノ高峰」の縁で「煙タヽネバ」という。
四　竹には「節《よ》」があることから、「呉竹ノ」は「節」と同音の「夜」にかかる枕詞。
五　声を出してつい泣いてしまって。「音」は「竹」の連想で「根」を響かせ、下に「琴ノ音ノ」、「鈴鹿」と続ける。
六　伊勢国の鈴鹿山。三重県と滋賀県の県境をなす山脈。最高峰は御在所山で一二一〇メートル。南部（伊勢国側）に鈴鹿関があった。
七　西行の「鈴鹿山憂き世をよそに振り捨てていかになりゆくわが身なるらむ」（新古今集・雑中・一六一三）を若干変えて引く。
八　偶然、（時頼が）生きていると判って。
九　「夜離《が》れ日離れ」の意で、夜、また昼に、男が女のもとに通ってくるのがとだえること。
一〇　あの人。時頼を指す。
一一　上の「旅衣」から「衣を重ぬ」（男女が共寝する）の連想で「重シ妻」と続ける。「妻」は伴侶の意で、ここでは夫の時頼をさす。「衣」の縁語「褄」を響かせる。
一二　「十市ノ里」は大和国。現、奈良県橿原市十市町。式子内親王の「ふけにけり山の端近く月さえて十市の里に衣打つ声」（新古今集・秋下・四八五）を引く。
一三　藤原俊成の「さりともと思ふ心も虫の音《ね》もよわりはてぬる秋の暮かな」（千載集・秋下・

テハ其《その》庵室共《とも》知バヤトテ、此彼《ここかしこ》[二一]ヤスラヒケリ。住荒シタル僧坊ノ、サスガヨシアル門ノ中ニ、[二二]法華経ノ提婆品ヲヨム声シケリ。イト奇《あやしく》立聞《たちきけ》バ、[二三]「若有善男子善女人、聞妙法花経提婆達多品、浄心信敬不生疑、或者不堕地獄餓鬼畜生、生十方仏前、所生之処、常聞此経、若生人天中、受勝妙楽、若在仏前、蓮華化生」ト読[85]止テ声ヲ揚テ、[二四]「戯呼三界唯一心、心外無別法、心仏及衆生、是三無差別」ト云《いふ》[二五]華厳経ノ文ヲ、クリ返シ〳〵二、三返《べん》ヲゾ唱《となへ》タル。聞《きけ》バ尋ヌル滝口入道ガ声也ケリ。[86]思ガ[二六]呼《よぶ》声ハキコユナルタメシモ誠ナル心地シテ、暫《しばらく》是ヲ立聞《たちきけ》バ、滝口入道申ケルハ、「我《わが》親世ニ有シカバ、ナニ不足トモ思ハザリシカ共、横笛ガコトニ心ニ叶ハヌ浮世ノ中モ思知《しら》レテ、様ヲカヘ角行《かくおこなひ》テ候ヘバ、[二七]悲キ女ハ還《かへり》テ菩提ノ善知識ト覚タリ。人ハ心弱テハ仏道ハ遂《とぐ》マジキニテ有ケルゾ。後生ハサリ共助《ともたすか》リナンモノヲ」ナンドゾクドキタル。横笛、慥《たしか》ニ是ヲ聞得《ききえ》ツヽ、軒近ク立寄テ、竹ノ編戸ヲ扣《たたき》ケリ。内ヨリ「誰[87]」ト問ケレバ「横笛」トゾ答ケル。滝口入道是ヲ聞《きき》、誠ナラヌ事哉ト胸打騒《うちさわぎ》、障子ノ間《ひま》[88]ヨリ是ヲ見レバ、ゲニ横笛ニゾ有ケル。[二八]色々ノ小袖ニ薄衣《うすぎぬ》[89]引纏ヒ、[90][二九]ソヤウノ耳踏《ふみ》キリテ、袖ハ涙、スソハ露ニゾシホレタル。通夜《よもすがら》尋侘《たづねわび》タルケシキハ、[三〇]堅固ノ道心者モ心弱クゾ覚ケル。無《む》

三三三）を引く。
一四 続くと綴喜の里（山城国）を掛ける。
一五 「誰となく人を咎むる里の犬の声澄むほどに夜は更けにけり」（寂蓮法師集・二九八）を引くか。 一六 参籠し、一晩中祈願して。
一七 「南無帰命頂礼」で、敬意の念で頭を地につけて仏の足を礼拝すること。「大悲」は、仏の衆生に対するいつくしみ。「虚空蔵菩薩」は、虚空のごとく無量の智慧や功徳を蔵する菩薩。
一八 恋人（滝口）の心をひどく苦しめ、私も彼への恋情に悩み苦しむ。
一九 「五更」は、一夜を五分した最後の時刻。現在の時刻で、秋は午前二時半すぎから五時頃まで。寅の刻に相当する。戊夜《ぼや》。「五更の鐘」は、暁の鐘。 二〇 うっとうしくて。
二一 足を止めた。佇んだ。
二二 『妙法蓮華経』巻第五・提婆達多品第十二。
二三 仏が諸比丘に告げる文句。→補注一九。
二四 「戯呼」は感動詞で、「ああ」という嘆声の表記として見られることが多いが、ここでは「夫《それ》」の意で用いたか。「夫三界唯一心……是三無差別」は源信の『自行略記』（大日本仏教全書・天台霞標第一所収）に見える句。「すべての存在はただ心によってのみ存在している。心の外に別に独立した実体は存在しない。凡夫の心と清浄円満の仏と一切衆生の三つは等しくて異なることがない」の意。「三界唯一心」は『八十華厳』・大地品の「三界所有唯是一心」にもとづき、「心仏及衆生、是三無差別」は『六十華厳』・夜摩天宮菩薩説偈品の偈文の句。底本「三界唯一心々外無別法」とあるが、「心々」の間に読点を入れたので、オドリ字を「心」に改めた。
二五 正しくは『大方広仏華厳経』。六〇巻本（六十華厳）と八〇巻本（八十華厳）がある。

慙《ざん》ヤナ、誰コレニトハ教ケン、何トテ是マデ来《きたり》ケン、出テ物語ヲモセバヤ、見[一]エテ心ヲモ慰メバヤト思ケレ共、主[二]ノ見《みる》モ恥カシク、云《いひ》ツル言《ことば》モ験《しるし》ナク、サテハ仏道成《なり》ナンヤト思切《おもひきり》、人[三]ヲ出シテ、「是ニハ猿《さる》事候ハズ。人違《たがへ》ニテオハスルカ、滝口トハ誰人ゾ」ト、事外《ことのほか》ニ云ケレバ、横笛シヰテ申様《まうすやう》、「ゲニ入道ノ声ノシ給ツル者ヲヤ。様《さま》ヲコソ替《かへ》給ハンカラニ、心サヘ強面《つれなく》ナリ給ケルウラメシサヨ。サセル妨《さまたげ》ニ成マジ。我故《われゆゑ》ニ貌《かたち》ヲヤツシ給ヘルト承《うけたまはれ》バ、今一度墨染ノ姿ヲモ奉レ見《みたてまつり》、又便《たより》アラバ自《みづから》モ苔[四]ノ袂ニ裁替《たちかへ》テ、花ヲ求メ香ヲ焼《たき》、共ニ後生ヲ助《たすか》ラント思テコソ遥々尋参《たづねまゐり》タレ。其《それ》マデ誠ニ不レ叶《かなはず》ハ、只出給テ今一度見エ給ヘ」ト云ケレバ、入道、千度百度出《いで》バヤト思ヘ共、云ツル事モ恥シク、出テ由ナキ事モヤト思ツヽ、遂ニ隠テ不レ逢《あはざり》ケリ。比《ころ》ハ[五]十月中ノ六日ノ事ナレバ、嵐ニ伴フ暁ノ鐘、今夜《こよひ》モ明ヌト打響《うちひびき》、月ニ耀《かかやく》紅葉《もみぢ》々《ば》モ、幾重軒端ニ積《つもる》ラン。落《おつ》ル涙ニ時雨《しぐれ》ツヽ、横笛袖ヲゾ絞ケル。適有《たまたまあり》ト聞得ツヽ、声ヲタヨリニ尋ヌレバ、主[六]ノ僧ハヽ[七]シタナク、「ナシ」ト答テ出サネバ、憂《うき》身ノ程モアラハレテ、今ハ人ヲ恨《うらむる》ニ及バズ。サスガ明行《あけゆく》空ナレバ、人ノタメ、ツヽマシト思ツヽ、

[八]山フカミ思ヒ入ヌル柴《しばの》戸ノ真《まこと》ノ道ニ我ヲミチビケ

二六　思ふ者が呼ぶ声は聞こえるという例。
二七　愛する女。二八　色とりどりの小袖。
二九　「ソヤウノ耳」、㋣㋭に「ひりやうのみゝ」とあり。「ひりやう」は『時代別国語大辞典室町編』によれば、着物のほころび、破れた端をいう。
三〇　意志の堅い。「Qengo.　ケンゴ（堅固）」（日葡）。

一　逢って。二　身を寄せている僧坊の主。
三　同宿の僧などか。長門本では時頼は「一言葉の返事もせざりければ」という。延慶本では初めは返事をしないが、しまいには今生の対面は決してしないと答えている。
四　法衣。墨染めの衣。歌語的表現。

五　ここから「……積ラン」まで、長門本と重なる表現が多い。ただし、「十月中ノ六日」は同本では「神無月六日」、「今夜モ明ヌト」は同本では「けふも暮ぬと」などの違いがある。
六　下に「出サネバ」というので、注二と同じ「主」ということになるが、これ以前に坊の主に声を掛けた記述はない。
七　無愛想に。
八　山が深いので世を背く思いを深くして入った柴の編み戸の庵の主《あるじ》よ、真実の悟りの道に私を導いて下さい。

ト読棄テ、「此《この》世ノ見参ハ不レ叶《かなはず》共《とも》、朽セヌ契ニテ、後世ニハ必《かならず》ト。サラバ暇《いとま》申テ、入道殿」トテ、女ソコヨリ帰《かへり》ニケリ。時頼入道モ、心強《づよく》ハ出ネ共、悪《にく》カラヌ中ナレバ、庵室ノ隙《ひま》ヨリ後姿ヲ見送テ、忍《しのび》ノ袖ヲゾ絞ケル。横笛ハ泣々都へ帰ケルガ、ツク〴〵物ヲ案ジツヽ、何《いか》ナル滝口ハ、悲キ中ヲ思切《おもひきり》、カク心ヅヨク世ヲ背《そむく》ゾ、如何《いか》ナル吾ナレバ、[九]蚫《あはび》ノ螺《かひ》ノ風情シテ、難面《つれなく》ナガラヘテ、由ナキ物ヲ思《おもふ》ベキゾト思ケレバ、[一〇]桂川ノ水上、[一一]大井川ノ早瀬、[一二]御幸ノ橋ノ本ニ行《ゆき》、[一三]潜《かづき》タリケル[一四]朽葉色ノ衣ヲバ柳ノ朶《えだ》ニヌギ懸《かけ》、思フ事共《ども》書付テ同ジ枝ニ結置《むすびおき》、[一五]歳十七ト申《まうす》ニ河ノミクヅト成《なり》ニケリ。法輪近キ所ニテ、入道此《この》事ヲ聞《きき》、川端ニ趣《おもむき》、[一六]水練ヲ語《かたらひ》テ淵ニ入《いれ》、女ノ死骸ヲ潜上《かづきあげ》、火葬シテ骨ヲバ拾ヒ頸ニ懸ケ、山々寺々修行シテ、[一七]此彼《ここかしこ》ニゾ納ケル。イカニモ都近ケレバコソ懸《かか》ル憂《うき》事ヲモ見聞《みきけ》トテ、高野山ニノボリツヽ、[一八]奥院ニ[一九]卒都婆ヲ立テ、女ノ骨ヲ埋《うづ》ミツヽ、吾《わが》身ハ[二〇]宝幢院ノ梨坊ニゾ住シケル。

異本ニハ、[二一]蓮華谷、小松大臣ノ建立ト云々。

九 片思いの比喩。「伊勢の海に朝な夕なに海人のゐて、採り上ぐなる、あはびの貝の片思ひなる」（梁塵秘抄・巻二・四六二）。
一〇 丹波高地の大悲山付近に発し、亀岡・京都の両盆地を経て、淀川に注ぐ川。
一一 山城国。現在は大堰川と書く。桂川の上流域の呼び名。亀岡付近では保津川という。
一二 大堰川にかかる渡月橋。
一三 「被キタリケル」の当て字。
一四 赤みを帯びた黄色。
一五 長門本も「生年十七と申に、底のみくづとなりにけり」という。
一六 水泳の名手。
一七 分骨して埋葬したか。すると後の記述と矛盾する。
一八 高野山の奥院。
一九 供養のために墓の上に立てる塔。
二〇 延慶本には「蓮花谷梨子坊」という。→補注二〇。
二一 高野山の十谷の一つ。金剛峯寺の東方。

源平盛衰記　巻第四十

法輪寺・高野山

観賢拝㆓大師㆒

弘法大師入唐

維盛出家

唐皮抜丸

三位入道熊野詣

熊野大峰

中将入道入水

源平盛衰記目巻第四十

抑《そもそも》法輪寺ハ道[一]昌僧都ノ建立、勝[二]験無双ノ霊地也。彼《かの》小僧都法眼和尚位道昌ハ、讃[三]岐国香川郡ノ人、弘法大師ノ御弟子也。俗姓ハ秦[四]氏、秦始皇六代孫、融[五]通王ノ苗裔也。淳[六]和帝御宇、天[七]長五年ニ就二弘法大師一、登二灌頂壇一、真言ノ大法ヲ伝受セリ、三十歳。其後《そののち》、虚[八]空蔵求聞持法ヲ修セントテ、勝[九]地ヲ尋求《たづねもとめ》ケルニ、大師教テ云《いはく》、「於二葛[一〇]井寺今法輪寺一、可レ修レ之《これをしゆすべし》。彼山《かのやま》霊瑞至多《いたりておほく》、勝験相応ノ地也」ト。仍《よつて》同六年ニ此《この》寺ニ参籠シテ、一百ケ日求[一一]聞持ノ法ヲ修シ賜フ。五[一二]月ノ比《ころ》、皓[一三]月隠二西山一、明星出二東天一時、奉レ拝二明星一、汲二閼[一四]伽水一之処、光炎頓耀[2]テ、宛[3]如二電光一。怪《あやしみ》テ是ヲ見《みるに》、明[一五]星天子[4]来影虚[一六]空蔵菩薩現レ袖、非レ画非レ造、如レ縫如レ鋳、雖レ経二数日一、其体不レ滅、尊相厳然トシテ異[一七]香芬馥セリ。是則《これすなはち》[5]生身御体トシテ、奇特ノ霊像也、誰不レ致二帰[一八]敬之誠一。爰《ここに》道昌造二虚空蔵形像一、其《その》木像ノ御身ニ件《くだん》ノ影像ヲ奉レ納、於二神[一九]護寺一、弘法大師是ヲ奉二供養一。彼《かの》像ノ前ニシテ不断ノ行法ヲ修シケルニ、利生誠《まこと》ニ新《あらた》也。貞[二〇]観十六年ニ、引二山腹一埋二幽谷一、建二仏

法輪寺・高野山

一　延暦一七年（七九八）—貞観一七年（八七五）二月九日、七八歳。俗姓秦氏。真言宗の僧。
二　霊験があらたかなことで並ぶ所がない。
三　現、香川県のほぼ中央部にあたる。木簡により秦氏が居住していたと知られる。
四　秦の始皇帝の後裔の弓月君を祖とすると伝える、古代の渡来系氏族。
五　弓月王に同じ。『新撰姓氏録』第三帙・左京諸蕃上の大秦《ウツマサ》公宿禰に「秦始皇帝［十イ］世孫孝武王之後也。男功満王。仲哀八年来朝。男融通王〈一云二弓月王一〉応神天皇十四年来朝。率二［百イ］廿七県百姓一帰化。献二金銀玉帛等物一。仁徳天皇御世。以二百廿七県秦氏［民イ］一分二置諸郡一即使二養レ蚕織レ絹貢一レ之。……」、秦造《ミヤツコ》に「始皇帝五世孫融通王之後也」とあり、山城国諸蕃の秦忌寸の説明にも弓月王のことが述べられている。
六　淳和天皇。延暦五年（七八六）—承和七年（八四〇）五月八日。在位弘仁一四（八二三）—天長一〇（八三三）年。第五三代。桓武天皇の第三皇子。諱は大伴。　七　西暦八二八年。
八　真言密教で、虚空蔵菩薩を本尊として修する、記憶力を増大するための修法。
九　すぐれた土地。　一〇　法輪寺の前名。
一一　求聞持ノ法→注八。
一三　以下、「妄想之夢必覚」まで→訓読文（一二三

閣一、安‐置件霊像一、改二葛井寺一名二法輪寺一。鎮[一]守ハ本地虚空蔵、号二法童法護大菩薩一。阿弥陀堂[二]ト申《まうす》ハ、当山最初ノ旧寺ノ跡也。天[三]平年中ニコレヲ勧進建立シテ葛井寺ト云ケリ。天[四]慶年中ニ空[五]也上人参籠之時、貴賤上下ヲ勧進シテ、旧寺ヲ修造シテ常[六]行堂トスルトカヤ。詠月遊興之輩ハ、明[七]神忽《たちまち》ニ与二巨[6]益一、往詣参籠之人ハ、本尊必《かならずみて》満二願望一給フ。月照レ窓之夜ハ、煩悩之雲正《まさ》ニ晴《はれ》、嵐吹レ松之時ハ、妄想之夢必《かならずさむ》覚。懸《かかる》目出《めでた》キ寺ナレバ、滝[八]口モ閉籠《とぢこもりおこなひすま》行澄シテ居タリケリ。妹[九]背ノ情ニ引《ひか》レツヽ、尋行《たづねゆき》ケル横笛モ、菩[一〇]薩ノ善巧方便ニテ、善知識トゾ覚エケル。

異説云《いはく》、比《ころ》ハ二月半ノ事ナレバ、梅[一一]津里ノ春風ハ、徐《よそ》マデ匂フ垣根哉。[一二]桂里ノ月影ハ、朧ニ照ス折ナレヤ。亀[一三]山ヤ、スソヨリ出《いづ》ル大[一四]井川、コト更《さら》心細《ほそく》シテ、久[一五]方ノソコ共知《ともしら》ズ尋[7]行、此《この》坊彼《かの》坊尋《たづぬ》レド、上人ガ行末ハ不レ知ケリト。

又異説ニハ、横笛ハ法輪ヨリ帰テ髪ヲオロシ、双[一六]林寺ニ有ケルニ、入道ノ許ヨリ、

[一七]シラマ弓ソルヲ恨ト思ナヨ真ノ道ニイレル我身ゾ

[8]ト云タリケレバ、女、返事ニ、

二頁)。一三 明るく照り輝く月。白月。
一四 仏前に供える水。
一五 明星は虚空蔵菩薩の化身とされる。
一六 「虚空蔵」は、虚空がすべてを蔵するように、無量の智慧と福徳を備えているの意。人々にこれらを与え、願いを叶える菩薩。
一七 普通ではないよい香りが高くかおる。
一八 心から信仰し、尊敬すること。帰依敬礼。
一九 山号は高雄山。山城国。現、京都市右京区梅ヶ畑高雄町。高野山真言宗の別格本山。延暦年間、和気清麻呂が河内国に建立した神願寺が天長元年(八二四)この地に移された。
二〇 西暦八七四年。

一 鎮守の神。
二 阿弥陀如来を本尊として安置する堂。
三 天平は西暦七二九年八月五日—七四九年四月一三日。
四 天慶は西暦九三八年五月二二日—九四七年四月二二日。
五 普通「クウヤ」と呼ばれるが、「弘也」とも書き、「コウヤ」が正しいという。延喜三年(九〇三)—天禄三年(九七二年)九月一一日。享年七〇歳。皇胤説もあり、出自未詳。天台宗の僧。延昌から受戒、六波羅密寺を創建した。人々に念仏を勧め、市聖と崇敬された。
六 常行三昧を修する堂。常行三昧は摩訶止観の四種三昧の一つ。
七 注一「鎮守」に同じ。
八 滝口入道→一一六頁注二。
九 夫婦の情愛。
一〇 菩薩が衆生を救うに際して相手に応じて用いる巧みな手段。
一一 山城国。現、京都市右京区。梅の縁で「春

[一八]白真弓ソルヲ恨ト思シニマコトノ道ニ入《いる》ゾウレシキ

其後《そののち》横笛尼、[一九]天野ニ行テ入道ガ袈裟・衣スヽグ共《とも》イヘリ。[二〇]異説マチ〳〵也。イヅレモ哀ニコソ。

滝口入道ハ法輪寺ヲ出テ高野ニ籠《こもり》、五、六年ニゾ成ケル。然《しかる》ベキ人々ハ滝口入道ト云ケルヲ、[二一]一家ノ者共ハ、高野ノ上人トゾ云ケル。時頼入道ハ幼少ヨリ小松殿ニ候ケルガ、出仕ノ時ハ、絵書《かき》、花付《つけ》タル狩衣ニ立烏帽子、私ノ行《ありき》ニハ、直垂ニ折烏帽子、[二二]衣文ヲ立《たて》テ、鬢ヲ撫《なで》、サシモ花ヤカナリシ有様ニ、今ハ黒キ衣ニ同色ノ袈裟ニ[二三]窄ニケリト哀也。三十ニタラヌ若《わか》入道ノ、イツシカ老僧姿ニ成《なり》ハテヽ、剃タル髪ハサカリ過テ生延《おひのび》、麻ノ衣ノ香ノ煙ニシミカホリ、思入《おもひいれ》タル道心者、羨《うらやまし》クゾ見給ケル。入道ハ[二四]三位中将ヲ見奉テ、夢カ現《うつつ》カトアキレ迷タルサマナリ。泣涙《なく》ニ咽《むせび》テ物モエ申サズ。三位中将モ袖ヲ絞テ宣フ事モナシ。入道、良久《ややひさしく》アリテ申ケルハ、「屋島ニ御渡《わたり》ト承侍シカバ、世中ノ今ハ昔ニ替《かは》リ行《ゆく》有様、御一門ノ人々思《おぼし》召《めさ》ルラン御心中モ推量《おしはか》リ候ヘバ、罷下《まかりくだり》テ憂《うき》世ノ有様ヲモ承リ、又歎《なげき》申入バヤト折節《をりふしごと》毎ニ思出侍リツレ共、憖《なまじひ》ニ出家入道シテ、加様《かやう》ニ引籠テ、身ハ松ノ煙ニ[二五]フスボリ、形ハ[二六]藤ノ衣ニ窄《やつれ》テ、御前ニ参リ可レ懸《かかるべき》二御目一有様ニモ

風」「匂フ」と続ける。
一二 山城国。現、京都市西京区。「月の桂」の連想で「月影」と続ける。
一三 山城国。現、京都市右京区。
一四 大堰川。丹波高原の大悲山付近に発する桂川の上流をいう。→一二一頁注一〇・一一。
一五 「久方ノ」は月の枕詞なので、「月の光がおぼろなので、どこであるかもわからず」の意で、こう続けたか。
一六 山号は金玉山。山城国。現、京都市東山区鷲尾町。天台宗。延暦二四年（八〇五）最澄を開山として桓武天皇が創建した。
一七 剃髪したことを恨みと思うなよ。私は真実の道に入ったのだ。「シラマ弓」は「白真弓」で「ソル」の枕詞。「剃る」と「反る」を掛け、「反る」は弓の縁語。「イレル」は「入れる」に「弓」の縁語「射れる」を掛ける。
一八 あなたが剃髪したことを恨めしいと思いましたが、真実の道におはいりになったのは嬉しいことです。→補注一。
一九 紀伊国。現、和歌山県伊都郡高野山の西谷、野上川の水源地。
二〇 横笛についての異説→補注二。
二一 斎藤の一族。延慶本は「一門ノ人」、長門本は「一門の者ども」という。
二二 衣服の襟元を整えるなど、きちんと衣服を身につけ。覚一本では同じ箇所で「衣文をつくろひ」（巻一〇・横笛）という。
二三 みすぼらしい様子になった。
二四 平維盛→七〇頁注四。
二五 くすぶり。
二六 粗末な衣。ここでは僧衣の意。

アラネバ、中々ニト身ニ憚テ罷過侍《まかりすぎ》リキ。イカニシテ是マデハ伝《つたひ》御座ケルヤラン、更ニウツヽ共覚エ候ハズ。故殿[一]常《つね》ノ仰《おほせ》ニハ、『賢人ハ不レ誇二栄花一、ト[二]二居於草庵一』仰《おほせ》シ物ヲ、只今思合《おもひあはせ》ラレ候ゾヤ」ト申テ、墨染ノ袖ヲ顔ニアテヽ泣《なき》ケリ。中将宣《のたまひ》ケルハ、「都ニテ[三]何《いか》ニモ成《なる》ベカリシニ、人ナミ〳〵ニ西国ヘ落下リタリツレ共、[四]肝心《きもこころ》モ身ニソハズ。留置《とどめおき》シ者共モ、理《ことわり》ニ過テ恋シク窨《おぼつかな》ケレバ、何事ニ付テモ、世中《よのなか》アヂキナケレバ、[五]思《おもひ》ホレテ年月ヲ経ル程ニ、是ヲバ角《かく》トモ知給ハデ、[六]大臣殿モ、[七]池大納言ノ様ニ[八]二心アル者ト覚シテ打解《うちとけ》給ハネバ、イトヾ心モ止《とどま》ラデ、[九]アクガレ出《いで》テ是マデ来レリ。イカニモシテ故郷ニ伝《つたひ》、替《かはら》ヌ貌《かたち》ヲ今一度見[一〇]エバヤト思ツレ共、[一一]本三位中将ノ生《いき》ナガラ捕レテ、[一二]父ノ骸《かばね》ニ血ヲアヤス事モウタテケレバ、是ニテ髪ヲ下《おろ》シテ、水ノ底ニモ入《いり》ナント思《おもふ》也。但《ただし》熊野ヘ詣《まうでむ》トノ志アリ」ト宣《のたまひ》モアヘズ泣給ヘバ、上人、「誠ニ[一三]夢幻ノ[一四]世中ハ、トテモ角《かく》テモ有ナン。[一五]長キ世ノ闇コソ苦シカルベケレ。目出《めでたく》モ思召立ケル御事也」ト申《まうす》。

夜明《あけ》ニケレバ、三位中将ハ入道ヲ[一六]先達トシテ、先《まづ》[一七]本寺ヨリ始テ院[11]々堂ニ巡礼アリ。[一八]彼《かの》高野山ハ、帝城ヲ去テ二百里、郷里ヲ離レテ[一九]無人声、晴嵐梢

一　平重盛。
二　よい土地を求めて質素な庵を定める。
三　類似表現→三九頁注二二。
四　心（魂）も身体に落ち着いていない。
五　物思いでぼんやりして。
六　平宗盛→一六頁注八。
七　平頼盛→三四頁注一三。
八　敵に通じている者とお思いになって。
九　さまよい出て。
一〇　（妻子）に見られたい（見せたい）と思ったが。　一一　平重衡が生捕りにされて。
一二　父の遺骸に血を注ぎかけることから、亡き父の名をはずかしめるの意。
一三　夢や幻のようにひどくはかない。
一四　蝉丸の「世の中はとてもかくてもありぬべし宮も藁屋もはてしなければ」（俊頼髄脳。新古今集・雑下・一八五一、第三句「おなじこと」）を引くか。→九三頁注二六。
一五　死後に往生できず、煩悩のためにいつまでも迷っていること。　一六　案内者。　一七　本山。
一八　ここから「夕日ノ影モ閑也」まで、平家物語諸本ほとんど一致した表現。→補注三。
一九　人の声が聞こえない。人けがない。『法華経』法師品の偈、「独在空閑処　寂寞無人声　読誦此経典」より出た句か。
二〇　高野山を胎蔵界曼荼羅の中核をなす中台八葉院になぞらえた表現か。
二一　心の統一修行によって修行者の身口意が仏のそれと一致すると説く、真言の法。
二二　地獄（火途）・畜生（血途）・餓鬼（刀途）の三悪道の苦しみ。
二三　胎蔵界曼荼羅を組織する一三の院。「十三大院」ともいう。　二四　金剛界曼荼羅の内、成身会の三七体の諸尊の総称。

ヲ鳴シテ夕日ノ影モ閑《しづか》也。[二〇]金剛八葉峰ノ上、[二一]秘密瑜伽ノ道場也。一度参詣ノ輩ハ、永《ながく》[二二]三途ノ苦ヲ離ル。[二三]十三大会ノ聖衆ニハ、肩ヲ並テ阻《へだて》ナシ。[二四]三十七尊ノ聖容ハ、心ノ中《うち》ニゾ坐シ給フ。[二五]八ノ尾八ノ谷ニ、[二六]衆生本覚ノ心蓮華ヲ像《かたど》リ、或《あるいはのぼり》上或《あるいはくだ》下ル。[二七]行願証義菩提心ヲ顕《あらは》セリ。金堂ト申《まうす》ハ[二八]嵯峨天皇ノ御願也。或《あるいは》[二九]釈尊涅槃ノ像ヲ写セル道場モアリ、在世ノ昔ヲ慕《したふ》カト哀也。[三〇]弥陀来迎ノ粧《よそほひ》ヲ画《ゑがける》霊場モアリ、終焉ノ夕ヲ待《まつ》カト覚タリ。若《もし》ハ説法衆生ノ庭、坐禅入定ノ窓モアリ。若《もし》ハ秘密修行ノ室、念仏三昧ノ砌《みぎり》モアリ。[12][三一]顕教・密教掻交、[三二]聖道・浄土各《おのおの》也。峨々トシテ高山、[三三]渺々トシテ遠峰、霖霧ノ底ニ花綻《ほころび》、[三四]尾上ノ霜ニ鐘響《ひびき》、嵐ニ紛《まが》フ鈴ノ音、雲井ニ[13]上《のぼる》香ノ煙、取々《とりどり》ニコソ貴ケレ。夫《それ》ヨリ檜原・杉原百八十町分過《わけすぎ》テ、奥院ニ参給《まゐりたまふ》。[三五]大師ノ御廟ヲ拝給ヘバ、[三六]瓦ニ松生《おひ》テ、墻《かき》ニ蔦ハヘリ。庭ニ苔深《ふかく》シテ、軒ニシノブ茂タリ。是ヤ此《この》[三七]仁明天皇御宇、[三八]承和二年三月二十一日ノ[三九]寅ノ一点ニ入定シ給ヘル石室ナルラント、過ニシ方ヲ数《かぞへ》ケレバ、三百余歳モ越《こえ》ニケリ。

[四〇]延喜ノ聖主、有㆓御夢想告《つげ》㆒トテ、[四一]檜皮色ノ御装束ヲ被㆓進奉《まゐらせたてまつらる》㆒。勅使ニ[四二]般若寺ノ[四三]観賢僧正ニ仰《おほせ》タリケレバ、御弟子ニ[四四]石山ノ内供奉[四五]俊祐ト

二五　覚一本でも「八葉の嶺八の谷、まことに心もすみぬべし」という。高野山は八峰九谷から成り、これを胎蔵界曼陀羅の八葉九尊になぞらえるという。「八谷」というのは不審。ただし、「十谷」と数えることもあるという（冨倉徳次郎『平家物語全注釈』下巻㈠）。
二六　「本覚」は、一切の衆生が本来的に具有する悟り（覚）の智慧。「心蓮華」は、人間の本来の心は清らかであることを蓮華に喩えていう。
二七　「行願」は、身の行ないと心の誓願。
二八　第五二代。延暦五年（七八六）—承和九年（八四二）七月一五日。五七歳。桓武天皇の第二皇子。諱は神野。三筆の一人。
二九　釈迦が娑羅双樹の間で入滅する姿を表した像。　三〇　阿弥陀如来が聖衆と共に念仏者の臨終に際し、迎えに来ること。
三一　顕わにわかりやすく説き示した教えと密教と。　三二　浄土教以外の諸宗もとりどりである。
三三　遠く遥かなさま。
三四　峰に置く霜に感応して鐘がおのずと鳴り響き。「豊山……有㆓九鍾㆒焉、是知㆑霜鳴」（山海経・第五中山経）の故事による。
三五　弘法大師が入定留身するとされる廟。
三六　白楽天の新楽府「驪宮高」の「牆有㆑衣兮瓦有㆑松」（白氏文集・巻四）を引く。
三七　第五四代。弘仁元年（八一〇）—嘉祥三年（八五〇）三月二一日。四一歳。嵯峨天皇の皇子。諱は正良。
三八　西暦八三五年。「三月二十一日」は空海の入滅した日。

観賢拝大師

三九　「寅」は現在の午前四時頃の前後二時間。「一点」は、漏刻（水時計）で一時（現在の二時間）を四等分した最初の区切り。

相共《あひとも》ニ、奥院ニ詣《まうで》ツヽ、[一]御帳ヲ押開《おしひらき》テ宣命ヲ奉《つたへたてまつり》レ伝、御装束ヲ進《まゐら》セ替《かへ》ントシ給シニ、雲霧忽《たちまち》ニ立隔ツル心地シテ、大師ノ御体ヲ不《をがみ》レ奉《たてまつらず》レ拝。観賢涙ヲ流シツヽ、「我《われ》一生ノ間未《いまだきんかいををかさず》二禁戒犯一、有二何罪《なにのつみありて》一カハ見エ給ハザル」トテ、[二]五体ヲ地ニ投テ[三]発露啼泣シ給ヘバ、速《すみやか》ニ雲晴テ日ノ出《いづ》ルガ如《ごとく》ニ、大師ノ御体顕《あらはれ》御座ケリ。観賢又随喜ノ涙ニ[四]香染ノ衣ノ袖ヲ絞ツヽ、御肩ノ廻リマデ黒々ト生延《おひのび》サセ給ケル御グシヲ奉レ剃《そりたてまつり》、御装束ヲ進替《まゐらせかへ》サセ給ツヽ、内供奉ニ、「此《この》御有様ヲバ奉《をがみたて》レ拝哉《まつるや》」ト問給ケレバ、俊祐、[14]霞ニ籠タル心地シテ、「不レ奉レ見《みたてまつらず》」ト答ケレバ、僧正自《みづから》内供奉ガ手ヲ取テ、大師ノ御膝ニ引宛《ひきあて》テ、「是コソ御膝ヨ」ト宣ヘバ、俊祐三度マデ撫進《なでまゐらせ》ケリ。其《その》御移香失《うせ》ズシテ、石山ノ[五]聖教ニ移《うつり》、何《いづれ》ノ箱トカヤニ残留テ、今ノ世マデモ有《あり》トカヤ。目出《めでたく》貴キ事共《ども》也。其後《そののち》僧正、御廟ノ御戸ヲ立《たて》テ帰給ハントシ給フニ、大師、帝ヘノ御返事ニ、

[六]我昔遇二[七]薩埵一　親悉伝二[八]印明一　発二無比誓願一　陪[15]二辺地異域一
昼夜愍二万民一　住二[九]普賢悲願一　肉身証二[一〇]三昧一　待二[一一]慈氏下生一

トゾ仰《おほせ》ケル。

四〇　醍醐天皇→九六頁注九。
四一　蘇芳色の黒みがかった染色。
四二　大和国。現、奈良市般若寺町。
四三　仁寿三年（八五三）―延長三年（九二五）六月一一日。七三歳。秦氏、伴氏とも。讃岐の人。真言宗の僧。聖宝の弟子。→補注四。
四四　石山寺。近江国。現、滋賀県大津市石山寺。
四五　淳祐。寛平二年（八九〇）―天暦七年（九五三）七月二日。六四歳。真言宗の僧。菅原淳茂の男。道真の孫。観賢の弟子。

一　「御帳」の「帳」は、底本「帳」。当て字とみて訂した。以下、一々注記しない。
二　「五体」は全身の意。いわゆる「五体投地」の礼拝をして。
三　罪を嘆いてお泣きになると。
四　丁子《ちやうじ》を濃く煎じて、その汁で染めたもので、黄地に赤みを帯びている。
五　釈尊の教えを記した経典。
六　以下、訓読する。「我、昔薩埵に遇ひ、まのあたり悉《ことごと》く印明を伝ふ。無比の誓願を発《おこ》し、辺地異域にはべりて、昼夜に万民を愍《あはれ》み、普賢の悲願に住す。肉身に三昧を証して、慈氏の下生を待つ。」
七　「菩提薩埵」の略で、菩薩のこと。
八　「印契《いんけい》」（印相）と「明」（真言）の意。手に印を結ぶことと口に真言を唱えること。
九　普賢菩薩の十大願。
一〇　雑念を離れて心を一つの対象に集中し、散乱しない状態。
一一　弥勒菩薩がこの世に下生して衆生を救うこと。→一一五頁注三七。

其後、[一二]後朱雀院御宇、[一三]長暦三年己卯三月ノ比《ころ》、当山ニ貴僧在《あり》テ、観賢僧正ノ例ヲ尋テ、奉レ拝二御形《かたち》一ラント云《いふ》願ヲ発《おこ》シテ宣旨ヲ申《まうし》、御廟ノ御前ニテ致《いたし》二祈誓一、御帳ヲ開タリケルニ、御体隠《かくれ》ナク拝《をがま》レサセ給。御髪ノ生延《おひのび》サセ給タリケレバ、彼《かの》僧正ノ如ク奉《これをそりたてまつり》レ剃レ之ケルニ、御膚《はだへ》ヲ見ントテ、以二剃《かみそりを》刀《もつて》一御頭《ぐし》ヲ少《すこし》切タリケレバ、血ノサト[一四]アヘサセ給タリケルニ、目クレテ雲霧ニ向ヘル心地シテ、則急出《すなはちいそぎいで》ニケリ。其《その》時内ヨリ帳ヲ打付《うちつけ》ラレテ、其後《そののち》ハ開ラレズトゾ承ル。昔ハ宣旨ト申ヌレバ、仏神モコレヲ背《そむき》給ハザリケリ。末世ニナレバニヤ、当世ハ云カヒナキ人民ニ至マデ、勅命ヲ軽《かろん》ズルコソ悲ケレ。彼《かの》[一五]迦葉尊者ノ[一六]鶏足洞ニ入、弘法大師ノ高野ノ石室ニ籠《こもり》給シヨリ以来《このかた》、五十六億七千万歳ノ春秋ヲ隔テヽ、[一七]慈尊三会ノ暁ヲ待給フコソ遙《はるか》ナレ。

三位中将ハ御廟前ニ良久《ややひさしく》念誦シテ、「又モト思フ参詣モ心ニ任セヌ我《わが》身也、遠《とほく》シテ又遙《はるか》也。維盛、進テハ釈迦ノ出世ニアハズ、退《しりぞき》テハ慈氏ノ下生難《ごしがたし》レ期、恨ラクハ其《その》中間ニ留《とどまり》テ、空《むなし》ク三途ニ帰ラン事ヲ。今暮雲ノコヽロ難《つなぎがたく》レ繫、既ニ朝露ノ命消《きえ》ナントス。願《ねがひ》ノ妄執ヲ[一八]廟松ノ風ニ払テ、永ク煩悩ヲ[一九]法水ノ波ニ洗《あらひ》、[二〇]三界ノ火宅ヲ出テ、無苦ノ[二一]宝刹ニ生レン」トゾ

一二　第六九代。寛弘六年（一〇〇九）―寛徳二年（一〇四五）一月一八日。三七歳。在位は長元九年（一〇三六）―寛徳二年（一〇四五）。一条天皇の第三皇子。母は藤原彰子（上東門院）。諱は敦良《あつなが》。「後朱雀院」は底本「ゝ朱雀院」。読点を入れたので、オドリ字を改めた。

一三　西暦一〇三九年。

一四　「アヘ」は、血や汗・乳などがしたたる意の自動詞「あゆ」の連用形で、歴史的仮名遣いならば「あえ」と書くべきところ。「サセ給」は大師への尊敬表現。

一五　釈迦の十大弟子の一人。頭陀（修行）第一と称される。摩訶迦葉《まかかしょう》。大迦葉。王舎城の第一回仏典結集で中心的な役割を果たした。

一六　古代インドの伽耶城の東南にある鶏足山の洞。摩訶迦葉が入定した場所。↓補注五。

一七　この世に現れた弥勒菩薩が華林園の竜華樹の下で説法する三回の法会。竜華会。

一八　廟所にある松の木。

一九　仏の教えを、衆生の煩悩を洗い清める水に譬えていう。

二〇　「三界」は欲界・色界・無色界の総称。「火宅」は燃える家。迷いと苦しみの三界を、燃えさかる家に喩えていう。『法華経』譬喩品に「三界火宅」の句があり、火宅の譬が説かれる。

二一　浄土。

被レ奉レ拝《をがみたてまつられ》ケル。「サテモ維盛ガ身ハ、[一]雪山ノ鳥ノ今日不[16]レ知レ死ト啼《なく》ラン様ニ、今日歟明日歟ト思《おもふ》者ヲ」ト宣テ、左右ノ袖ヲ顔ニアテ、雨々《さめざめ》ト泣給ヘバ、[二]阿浄モ重景モ、共《ともに》袂ヲ絞ケリ。

其後《そののち》時頼入道ガ庵室ニ帰、持仏堂ニサシ入テ拝廻《をがみまは》シ給ヘバ、本尊カタ〴〵ニ奉二安置一、閼伽ヲシナ〴〵奉レ備《そなへたてまつる》有様、[三]浄名居士ノ[四]方丈ニ、三万二千ノ床ヲ立テ、三世十方ノ諸仏ヲ崇《あがめ》奉タリケンモ、カクヤト覚テイト貴シ。行儀ノ作法ヲ見給フニモ、昔ハ世俗奉公ノ袖ヲ掻《かき》オサメシニ、[五]至極甚深ノ床ノ上ニハ、[六]心地ノ玉ヲ瑩《みがく》ラント覚タリ。[七]後夜晨朝ノ鐘ノ声ニハ、[八]生死ノ睡《ねむり》ヲ覚《さます》ラント聞エケリ。尾上ノ嵐ハゲシクテ、[九]檐《のき》ノシノブニ露乱《みだれ》、雲井ノ月サヤケクテ、苔ムス庭モ静《しづか》也。[一〇]晋ノ七賢ノ籠《こもり》ケン[一一]竹林寺ノ庵ノ中、[一二]漢四皓ノ住ヒケン[一三]商山洞ノ窓ノ前、カクヤト思知《おもひしら》レタリ。遁《のが》レヌベクハ、角《かく》テコソアラマホシクハ覚《おぼ》シケレ。其《その》夜ハ来方向末《こしかたゆくすゑ》ノ物語シテ、互ニ泣《なく》ヨリ外ノ事ナシ。夜モ已《すで》ニ明《あけ》ニケレバ、三位中将、時頼入道ニ仰《おほせ》ケルハ、「故郷ニ留置《とどめおき》シ少《をさな》キ者共ノ、[一四]サシモワリナカリシヲモ、其《その》母ガ強《あながち》ニ慕《したふ》ヲモ、今一度見モシミエバヤトコソ思テ、屋島ヲバ忍出《しのびいで》シカ共、ソモ今ハ叶ハズ、サラバ出家シテ熊野ヘ参《まゐら》バヤト思《おもふ》也」ト語給ヘバ、入道涙

一　寒苦鳥。ヒマラヤ（雪山）にすむと考えられていた想像上の鳥。夜寒を嘆いて、夜が明けたら巣を作ろうと鳴くが、明けると朝日が暖かいので巣作りを怠るという鳥。

二　滝口入道の法名。↓一一七頁一二行。

弘法大師入唐

三　維摩詰。釈迦の時代の富豪で学識に富んだ在家の信者で『維摩経』の主人公。

四　「方丈」は一丈四方の居室。以下の記述は、『維摩詰所説経』に説くことをやや変えて語る『今昔物語集』巻三「天竺毘舎離城浄名居士語第一」の第一段に近い。

五　意味のはなはだ深遠なこと。

六　菩薩の修行階位における心。

七　一昼夜を六分した六時のうち、「後夜」は夜半から朝までの間、「晨朝」は夜明けの頃。それぞれ鐘を打って告げる。

八　生死流転する境界に気づかない迷い。

九　軒に生えている忍草。

一〇　竹林の七賢。中国魏・晋の代の文人、阮籍・嵆康・山濤・向秀《しょうしゅう》・劉伶・阮咸《げんかん》・王戎《おうじゅう》の七人。

一一　中国、山西省北東部の五台山にあった寺。

一二　商山四皓。中国の秦の末、漢の初めに乱を避けて商山に隠れた東園公《とうおんこう》・綺里季《きりき》・夏黄公《かこうこう》・角里《ろくり》先生の四人の隠士。いずれも鬚や眉が白かったので、四皓という。

一三　商山は中国、陝西省商県の東南にある山。

一四　あんなに見捨て難かったのをも。

グミテ、「此世《この》ハ夢幻ノ所、憂《うき》事モ悲《かなしき》事モ、始テ驚《おどろき》思召ベキニ非ズ。都ニ留置セ給《たまふ》公達・北方ノ御事、尤《もつとも》思召切《きら》セ給ベシ。[一五]分段輪廻ノ境ニ生《むまれ》タル者、誰カ死滅ノ恨ヲマヌカレタル。[一六]妄想如幻ノ家ニ会《あふ》輩《ともがら》、終《つひ》ニ別離ノ悲ミアリ。彼《かの》[一七]沙羅林ノ春ノ空ヲ尋《たづぬ》レバ、[一八]万徳ノ花萎《しほれ》テ、[一九]一化ノ緑永ク尽ヌ。[二〇]観喜園ノ秋ノ風ヲ聞ケバ、[二一]五衰ノ露消テ、[二二]巨億ノ楽《たのし》ミ早ク空《むなし》。況《いはんや》下界泡沫ノ質[17]ニ於テヲヤ、不定短命ノ州《くに》ニ於テヲヤ。依《これにより》レ之老タルモ去《さり》、若《わかき》モ去テ、大小ノ前後定《さだめ》ナシ。貴《たつとき》モ逝《ゆき》、賤《いやしき》モ逝テ、上下ノ昇沈難《しりがたし》レ知。[二三]三界二十五有ノ栖《すみか》、何者歟此《この》苦ヲ脱《のが》レン、[二四]五虫千八百ノ類《たぐひ》、争《いかで》カ其愁ヲ離《はなる》ベキ。可《いとふべき》レ厭ハ憂《うき》世也、可《かなしむべき》レ悲ハ此《この》身也。君御一門ノ余執ニ引レテ、西海ノ旅ニ趣《おもむき》給ヘル上ハ、敵ノ為ニ捕《とらは》レ御座歟、水底ニ沈《しづみ》給ベキカ。大師入定ノ霊地也、[二五]両部結戒ノ道場也、此《この》峰ニシテ忽ニ俗服脱《ぬぎ》、法衣ヲ著シ御座サン事、即身ニ安養ノ[二六]浄刹ニ詣[18]シ給ヘリト思召作《なす》ベシ。イカニト申《まうす》ニ、日本一州仏法流布ノ所広《ひろく》、大師先徳弘法利生ノ人多シ。就レ中此《この》寺ハ是《これ》真言上[二七]乗弘通ノ砌《みぎり》、[二八]秘密教興隆ノ境也。[二九]高祖大師ハ大権化現也。[三〇]讃岐国多度郡人、俗姓ハ[三一]佐伯氏、母ノ夢ニ、[三二]天竺ヨリ聖人来《きたり》テ、我懐《わがふところ》ニ入ト見テ妊[19]テ生子也。生産《しやうさん》ノ後、[三三]四天大王、蓋[20]ヲ取テ随従シ給ヘリ。[三四]石淵勤操僧正ニ

一五 分段生死（寿命や姿形に差別・限界がある凡夫の生死）の身として、六道に輪廻すること。
一六 妄想ばかりで幻のような家。娑婆世界のこと。
一七 釈尊の入滅した娑羅の林。
一八 多くの徳行。
一九 仏・菩薩の一代にわたっての教化。
二〇 正しくは「歓喜園」。忉利天（六欲天の第二。須弥山の頂上にある）の帝釈天の居城のまわりにある四の園のうち、北方にある園。ここに入るとおのずと歓喜の心が生ずるという。
二一 天人が死ぬ前に現われる五種の衰相。
二二 莫大な数の楽しみ。
二三 衆生が輪廻する、欲界・色界・無色界の三界を二五種に分けたもの。
二四 羽虫・毛虫・甲虫・鱗虫・裸虫の五種類の虫。『孔子家語』に、それぞれ三六〇種あるというので、五種類では一八〇〇種あることになる。 二五 密教二代法門、金剛界と胎蔵界。
二六 極楽世界の清浄な地。
二七 大乗に同じ。小乗を下乗というのと対。
二八 真言密教の意。
二九 弘法大師、すなわち空海。→補注六。
三〇 「讃岐ノ国、多度ノ郡、屛風ノ浦ノ人也」（今昔物語集・巻一一・第九）。現、香川県仲多度郡多度津町西白方。
三一 「父佐伯直氏。其源出二天尊一。（中略）母阿刀氏」（日本高僧伝要文抄・第一）。 三二 インド。
三三 持国天・広目天・増長天・多聞天の四天王。
三四 天平勝宝六年（七五四）―天長四年（八二七）五月八日。七四歳。大和国の人。俗姓は秦氏。大安寺で三論を学んだ。大僧都、贈僧正。石淵寺、西寺に住し、石淵僧正と称される。

師トシ事《つか》[一]ヘテ、初《はじめ》ニハ虚空蔵求聞持ノ法[二]ヲ学シ、終ニ廿ノ歳出家シテ沙弥[三]ノ十戒ヲ受《うけ》、名ヲ教海ト云《いふ》。其後改《あらため》テ如空ト称ス。具足戒[四]ノ時、又改テ空海ト号ス。延暦[五]二十三年甲申五月ニ、遣唐使正三位藤原朝臣賀能[六]ガ船ニ乗テ入唐シテ、青龍寺[七]ノ恵果和尚[八]ニ謁スル日、和尚笑《ゑみ》ヲ含テ云《いはく》、『我《われ》兼テ汝ガ来《きたる》事ヲ知レリ。相待《あひまつ》コト日久シ、今始テ相見《あひみるに》[21]、大《おほき》ニ好《よし》々々。汝ハコレ非二凡従一《ぼんじゆうにあらず》、第三地ノ菩薩[九]也。内ニ大乗ノ心ヲ具シ、外ニ小国[一〇]ノ僧ヲ示ス。為二密教之器一《たり》、悉《ことごとく》可二授与一』トテ、五部灌頂[一一]誓水[一二]ヲ灑《そそき》、三密[一三]持念ノ印明ヲ授テ、両部ノ曼荼羅[一四]、金剛乗教[一五]二百余巻、三蔵[一六]付法ノ道具等与《あたへをはり》畢テ云《いはく》、『我此土《われこのど》ノ縁尽タリ、不レ能二久住一《あたはず》。汝速《すみやか》ニ本国ニ帰テ天下ニ流布セヨ』ト。空海和尚行年三十四、平城天皇[一七]御宇、大同二年[一八]丁亥八月ニ、帰朝ノ舟ヲ泛《うかぶ》ル日、発願祈誓シテ曰《いはく》、『所学ノ教法秘密撰所感応ノ地アラバ、此《この》三鈷[一九]到《いたり》点ゼヨ』トテ、日本ニ向テ抛上給《なげあげたまふ》ニ、遙《はるか》ニ雲中ニ飛入テ、東ヲ指《さし》テ去《さり》ニケリ。和尚行年三十三[二〇]、嵯峨天皇ノ弘仁七年丙申高野山ニ登給フ。道ニアヤシキ老人アリ、和尚ニ語テ云《いはく》、『我ハ是《これ》[二一]丹生明神、此《この》山ノ山神也。恒《つね》ニ厭二業垢一《ごうくをいとひ》、久《ひさしく》得道ヲ願《ねがふ》。今方《まさ》ニ菩薩到来シ給ヘリ、妾《せう》[二二]ガ幸《さいはひ》也』ト云テ、山ノ中心ニ登テ、御宿所ヲ示シテ芰掃所[22][二三]ニ、海上ニシテ抛処《なぐるところ》ノ三鈷、光

一 「事　ツカフ」（類聚名義抄）
二 虚空蔵求聞持ノ法→一二五頁注八。
三 不殺生・不偸盗・不淫・不妄語・不飲酒・不塗飾香鬘・不歌舞観聴・不坐高広牀・不非時食・不蓄金銀宝の、沙弥・沙弥尼の守るべき一〇の規律。単に沙弥戒、十戒ともいう。
四 比丘・比丘尼が受持する戒律。比丘は二五〇戒、比丘尼は三四八戒とされる。
五 西暦八〇四年。
六 藤原葛野麿。天平勝宝七年（七五五）―弘仁九年（八一八）一一月一〇日。六四歳。北家、小黒麿の男。刑部卿・式部卿等を経て、中納言正三位に至る。
七 唐の長安の寺。隋の文帝が建立した霊感寺が、唐代の景雲二年（七一一）改名された。
八 唐の僧。天宝五年（七四六）―永貞元年（八〇五）。六〇歳。不空三蔵の弟子。大阿闍梨。↓補注七。
九 十地（菩薩が修行すべき五二の段階のうち、四一位から五〇位まで）の第三、発光地。
一〇 日本国。
一一 密教で、灌頂の時、五瓶《こびよう》（五仏五智を表すもので、これを「五部」という）の智水を弟子の頂に灌《そそ》ぐ儀式。
一三 「三密」は身密・口密・意密。 一二 誓いの水。金剛水。
一四 『金剛頂経』に基づく金剛界曼荼羅と、『大日経』に基づく胎蔵界曼荼羅の両方。両界曼荼羅。真言密教の宗教観を図示した根本曼荼羅。
一五 真言密教の教えをいう。
一六 恵果が師の不空三蔵から伝えられた道具。
一七 第五一代。宝亀五年（七七四）―天長元年（八二四）。在位大同元年（八〇六）―四年（八〇九）。桓武天皇の第一皇子。諱は安殿《あて》。

ヲ放《はなち》テ爰《ここ》ニ在《あり》。秘法興隆ノ地ト云《いふ》事明《あきらか》也。依《これにより》レ之和尚、慈尊三会ノ暁ニ至《いたる》マデ、密蔵[二四]ノ炬[23]ヲ挑《かかげ》ンタメニ、一十六丈ノ多宝[二五]ノ塔婆ヲ建立シテ、過[二六]去七仏ノ所持ノ宝剣ヲ安置シ給ヘリ。事奇特《きどく》也、法ノ効験也。女人影[二七]ヲ隔テヽ、五障[二八]ノ雲永クオサマリ、僧俗心ヲ研《みがき》テ、三明[二九]ノ月高《たかく》晴タリ。誠ニ穢土ニシテ浄土ヲ兼《かね》、凡夫ニシテ仏陀ニ融ス、難《ありがたき》レ有聖跡也。賢クゾ女房・君達ヲ留置給《とどめおきたまひ》ケル、引具《ひきぐ》シ給タリセバ、争《いかで》カ此《この》霊場ヘモ御参《まゐり》有ベキ。御心強カリケル御事ハ、然《しかる》ベキ御得脱[三〇]ノ期ノ至《いたり》御座、永離[三一]三悪ノ峰ニ登《のぼり》、[三二]生仏不二ノ覚《さとり》ヲ開給《ひらきたまふ》ベキニコソ」ト細々《こまごま》ト申ケレバ、三位中将涙ヲ流《ながし》、打頷《うちうなづき》許給テ、「誠ニ都ヲ出《いで》シ日ヨリ、敵ノ為ニ亡サレテ、骸《かばね》ヲ山野ノ道ノ辺ニ曝テ、名ヲ西海ノ波ノ底ニ沈ベシトコソ思シニ、懸ルベシトハ懸《かけ》テモ思《おもひ》寄《よら》ザリキ。是モ善業ノ催ス処《ところ》ト云ナガラ、イカニモ故郷ノ少《をさなき》者共ノ事ノミ思出ツレ共、其《その》事思棄《おもひすて》テ参詣セシ程ニ、粉河ニテ法然上人ニ対面シテ、念仏往生ノ法門ヲ聴聞シ、大乗無作ノ大戒ヲ授ラレ、剰《あまつさ》ヘ上乗[三三]瑜伽ノ霊峰ニ登《のぼり》、大師草創ノ仏閣ヲ拝《をがみ》、堂々巡礼シテ、六道輪廻ノ業ヲ滅スラント存《ぞんずるうへ》上、加様《かやう》ニ目出《めでた》ク貴《たつとき》事共《ども》承レバ、昔ハ家門主従ノ礼儀タリシカ共、今ハ菩提ノ大善知識トコソ思召《おぼしめす》。サラバ急《いそぎ》出家ヲ」ト宣《のたまふ》ヲ見奉ルニ、

一八 西暦八〇七年。 一九 密教の修法に用いる仏具。両端が三またに分かれている。

二〇 下に弘仁七年（八一六）というのだから、「四十三」とあるべきところ。「卌」を「卅」に誤ったか。 二一 丹生都比売神→補注八。

二二 女性が謙遜していう自称。丹生明神が女神なのでいうか。

二三 ㋙おちはをはらふ ㋭かりはらふ。

二四 密教の聖典。

二五 多宝如来を安置した塔。多宝塔。

二六 毘婆尸《びばし》仏・尸棄《しき》仏・毘舎浮《びしやぶ》尸仏・拘留孫《くるそん》仏・倶那含牟尼《くなごんむに》仏・迦葉《かしよう》仏（以上は釈迦以前の仏）・釈迦牟尼仏。

維盛出家

＊もともと慶長古活字版は、本文中に章段名を記しておらず、章段はここで分かれてはいない。㋙㋭も同じ。内容から判断して分けた。

二七 高野山は女人禁制であることをいう。

二八 梵天・帝釈・魔王・転輪聖王・仏になれないという、女性の持つ障害。「五障の雲こそ厚くとも、如来月輪隠されじ」（梁塵秘抄・巻二・二〇八）。

二九 「三明」は、仏・阿羅漢が備えている、宿命明・生死明・漏尽明の三種の「明」（智慧）。この徳が円満で一切をあまねく照らすことを月に譬えていう。

三〇 生死の迷いを脱して、悟りを得ること。

三一 「三悪」は地獄道・餓鬼道・畜生道の三悪道。永久に三悪道から離れる山の意。

三二 衆生に本来的に備わっている理性と仏の法身とは平等で差別がないこと。生仏一如。

三三 「上乗」は大乗の意。「瑜伽」は密教で修行者の身・口・意と仏のそれが合致すること。

一　高野山南谷の寺。
二　心蓮上人。長門本では「智覚上人と申しける上人」という。→補注九。
三　人目を忍ぶ者。→一一三頁注一八。
四　「己等」の「己」、底本「巳」。活字の流用とみて訂す。以下、一々注記しない。
五　私の最期。
六　各自が身体をかばい。
七　藤原景康。生年未詳、平治元年（一一五九）一二月没。→補注一〇。
八　平治元年（一一五九）一二月の平治の乱。
九　二条大路と堀川小路の交わるあたり。
一〇　源義朝。平治の乱に敗れ、東国に逃れようとして、尾張国野間で長田忠致、景致父子に謀殺された。→七二頁注二〇。
一一　鎌田政清。保安四年（一一二三）―平治二年（一一六〇）一月四日。三八歳。政家とも。藤原氏北家秀郷流、通清の二男。義朝の乳母子。左兵衛尉。義朝と共に舅の長田忠致に謀殺された。
一二　源義平。永治元年（一一四一）―永暦元年（一一六〇）一月一九日。二〇歳。清和源氏、義朝の嫡男。母は諸説ある。左衛門少尉とされた。
一三　全くの。
一四　維盛をさしていう。
一五　直ちに元服させて頂いて。「本鳥」は髻の当て字。
一六　「盛」の字は五代目の維盛にお付けするというので。「御代」は「五代」の誤りか。正盛―忠盛―清盛―重盛―維盛で、五代目。

潮風ニ黒ミ、尽セヌ御襟《ものおもひ》ニ痩《やせ》衰ヘ給テ、其《その》人共《とも》見エズ成《なり》給タレドモ、猶《なほ》人ニハ勝《すぐれ》テ紛《まが》フベクモナシ。ラウタクウツクシクゾ御座ケル。イカナル讐敵《あたかたき》ナリ共哀《あはれ》ト思ヌベシ。御戒ノ師ニハ、[一]東禅院ニ理覚坊ノ[二]心蓮上人ト申《まうす》僧ヲ請ジ奉《たてまつり》、時頼入道出家ノ御具足取調《とりととのへ》タリケルニ、三位中将ハ、与三兵衛・石童丸二人ヲ近ク召テ宣ケルハ、「我《わが》身コソ懸《かか》ル[三]道セバキ者ト成テ様《さま》ヲ替《かふ》トモ、[四]己等ハイカナル有様ヲストモ、ナジカハナガラヘザルベキ。[五]イカニモナラン様《やう》ヲ見終《みはて》ナバ、都ヘ上《のぼり》、[六]身々《みみ》ヲモ助《たすけ》、少者《をさなき》共ノ便《たより》トモナルベシ」ト宣ヘバ、二人共ニハラ〳〵ト泣テ、暫《しばし》ハ物モ不レ申《まうさず》。良《やや》アリテ与三兵衛申ケル。「重景ガ父与三[七]左衛門尉景康ハ、[八]平治ノ合戦ノ時、故殿ノ御伴ニ候ケルガ、[九]二条堀川ニテ、[一〇]左馬頭義朝ガ郎等、[一一]鎌田兵衛正清ニ組テ、[一二]悪源太義平ニ被レ討《うたれ》ケリ。其《その》時ハ重景二歳ニテ候ケリ。母ニハ七歳ニテ後《おく》レヌ、[一三]堅固ノ孤子《みなしご》ニ成果《なりはて》テ、哀《あはれ》、糸惜《いとほし》ト申《まうす》親《したしき》者モナカリケルヲ、『景康ハ我《わが》命ニ代《かはり》シ者也。其《その》子ナレバ殊ニ不便《ふびん》ノ者也』トテ、御前ヨリ生立《そだて》御座テ、九ト申シヽ年、[一四]君ノ御元服ノ次《つい》デニ、忝《かたじけな》ク[一五]モヤガテ本鳥《もとどり》ヲ取上ラレ進《まゐらせ》テ、[一六]盛ノ字ヲバ御代[24]ニ奉レ付トテ君ツカセ給ヌ。『重ノ字ヲバ松王ニ給』トテ、重景トハ付サセ給ケリ。童名ヲ松王ト呼《よば》レケルモ、二歳ノ時母ガ懐《いだき》テ参タリケレバ、『此《この》家ヲバ小松トイヘバ付《つく》ル也』トテ、松王トハ被レ召《めされ》ケリ。君ノ御元服ノ年ヨリ、取分《とりわき》テ御方ニ仕《つかへ》テ、今年ハ十七年ニ罷《まかり》成《なる》。[25][一七]表裏トモナク被二召具一《めしぐせられ》シカバ、遊戯《あそびたはぶれ》進《まゐら》セ、一日片時《へんし》立離《たちはなれ》進《まゐら》セズ、小松殿隠レサセ給シ時ハ、此《この》世ノ事[一八]ツユ思召棄《すて》サセ給テ、一言ヲモ仰置《おほせおか》セ給ハザリシカ共、御イトオシミアレカシノ御志ニテ、サシモ多キ侍ノ中ニ、『重景、ヨクヽヽ少将ニ奉公シテ御心ニ違《たがふ》ナ』ト計《ばかり》コソ最後ノ御詞《ことば》ニテ候シカ。サレバ君、[一九]神ニモ仏ニモナラセ給ヒナン後ハ、イカナル楽《たのしみ》栄《さかへ》侍《はべる》トモ、世ニ有《ある》ベシトコソ存ジ候ハネ。[二〇]東方朔・[二一]西王母ガ一万歳ノ命、皆昔語《むかしがたり》ニ名ヲ伝ヘ、[二二]欲色二界ノ[二三]快楽ノ天、限《かぎり》アレバ[二四]衰没ノ悲《かなしみ》アリト承ル。[二五]生死ノ友ニハ会テ別《わかれ》ヤスク、輪廻ノ門ニハ別《わかれ》テアヒ難シ。同《おなじく》ハ菩提ノ種ヲ植《うゑ》テ、一ツ蓮《はちす》ニ座ヲ並《ならべ》候ベシ」トテ、腰ノ刀ヲ脱出《ぬきいだ》シ、本鳥《もとどり》ヲ切《きり》、三位中将ヨリサキニ、時頼入道ニ剃《そら》セテケリ。法名戒実ト云《いふ》。石童丸モ八歳ヨリツキ奉リ、[二六]跡懐《あとふところ》ヨリ[26]生立テ、今年ハ十一年ニゾ成《なり》ケル。志深ク御糸惜《いとほし》クシ給ケレバ、重景ニモヲトラズ思奉ケリ。「多《おほく》ノ人ノ中ニ、屋島ヨリ打解《うちとけ》、是マデ召具《めしぐ》セラレ奉テ、真《まこと》ノ道ニ非レ可レ奉レ被レ捨《すてられたてまつるべきにあらず》」ト申テ、本結際《もとゆひぎは》ヨリ押切テ、同《おなじく》入道ニ剃セケリ。法名戒円ト云《いふ》。此等《これら》ガ先立《さきだち》テ剃《そる》

一七　表裏の区別なく。
一八　「ツユ」は、少しも……しないの意の副詞だから、「ツユ思召サズ」とあるべきところ。「仰置セ給ハザリシカ共」にかかるか。
一九　お亡くなりになるの意を遠まわしに言った。
二〇　中国、前漢の文人。武帝に仕えた。伝説では方士で、西王母の桃を盗み食いして長生したとされる。
二一　中国西方の崑崙山に住むと伝える神女。不死の薬を持つ仙女とされる。
二二　三界のうち、欲界と色界。欲界は色欲・食欲の二欲の強い有情の住む境界で、六欲天から八大地獄まで。色界は欲界の上に位置し、欲望からは離れているが、なお物質的存在（色）からは解放されていない境界。色界の上に、五蘊《ごうん》のうち受・想・行・識の四蘊だけで構成される無色界があるとされる。
二三　六欲天の第五、楽変化天のこと。
二四　衰え滅びること。
二五　生涯の友にはめぐり逢えてもすぐに別れてしまうことが多く、輪廻転生する衆生界では一旦別れると再び逢うことは難しい。
二六　足元に寝かせ懐に抱いて。養い親に大切に育てられて成長したこと。

ヲ御覧ジ給《たまふ》ニモ、御涙関敢《せきあへ》給ハズ。時頼入道ハ、本尊ノ御前ニ香ヲ焼《たき》、花ヲ供《くう》ジ儲《まうけ》タリ。三位中将ハ本鳥《もとどり》ヲ左右ニ結分《ゆひわけ》テ、一四恩師僧ヲ拝シ給フ。心蓮上人、髪剃ヲ取《とり》、泣々御後《うしろ》ニ立寄ツヽ、「二流転三界中、恩愛不能断、棄恩入無為、真実報恩者」ト、三反《べん》唱テ剃給ケルニモ、北方ニ今一度カハラヌ貌《かたち》ヲ見セテ角《かく》モナラバ、思《おもふ》事ナカラマシト覚《おぼ》スゾ、愛執煩悩罪深シト云《いひ》ナガラ、誠ニト覚ヱテ糸惜《いとほし》キ。奉二御髪剃落《みぐしそりおとしたてまつり》一ケレバ、御衣ヲ召替《めしかへ》テ、心蓮上人、「三大哉解脱服、無相福田衣、被服如戒行、広度諸衆生」ト唱テ、奉《さつけたてまつる》レ授二御袈裟一。四法名戒法房トゾ申ケル。

或説云《いはく》、「父小松内府出家シテ五浄蓮ト申ケレバ、我《わが》身ヲバ心蓮トイハン」ト仰《おほせ》ケリト云々、[27]可レ尋レ之。

三位中将モ与三兵衛モ、同年ニテ廿七、石童丸ハ十八也。三人共《とも》ニ盛《さかり》ヲダニモ過給ハヌ人々ノ、カク剃《そり》給ツヽ[28]居並タルヲ見渡シテ、心蓮上人モ時頼入道モ、墨染ノ袖ヲ絞ケリ。中将入道、舎人武里ヲ召テ宣ケルハ、「六吾《われ》兎《と》モ角《かく》モ成《なり》ナバ都ヘハ七向フベカラズ。後《のち》ノ形見ニ今一度、日比恋《ひごろこひし》カリツル事ヲモ云《いひ》、又様《さま》ヲ替《かふる》身ノナルハテヲ書《かき》ヤラバヤトハ思ヘ共、ハヤ世ニナキ者ト八聞ナラバ、思歎《おもひなげき》ニ堪《たへ》ズ、髪ヲ落シ貌《かたち》ヲ窄《やつさ》ンモ不便《ふびん》也。九ソレハ責《せめ》テ

一　『心地観経』では、父母の恩・国王の恩・衆生の恩・三宝の恩の四種の恩。

二　出家剃髪の際に誦する偈。→一一七頁注三二。

三　「解脱衣《え》」は袈裟の別称。「無相福田衣《え》」も袈裟の美称。「広度」は教化の意。

四　『尊卑分脈』には「静円」という法名を記す。『桓武平氏系図』では「浄円」とする。

五　『尊卑分脈』では重盛の法名を「静蓮」、『皇帝紀抄』では「証空」とする。

六　「兎モ角モ成ル」は、死ぬことの婉曲な言い方。

七　向かってはならない。

八　主語は維盛の北方。

九　北方が出家することはよくよくのことであるが、それもどうしようもない。

モイカヾハセン。[一〇]淵河ニ身ヲモ沈メテ、少《をさな》キ者共ガ便[29]ナク、父ニハ生《いき》テ別レヌ、母ニハ死テ後《おく》[30]レヌト、[一一]小賢ク歎悲マンモ糸惜《いとほし》カルベシ。終《つひ》ニハ隠《かくれ》有マジケレ共、[一二]イツシカ知ラセジト思《おもふ》也。急迎《いそぎむかへ》トラント誘《こしら》[一三]ヘ置シ事モ空《むなしく》成ヌ。イカバカリカハツラク思ラン。都ニ留《とどまり》テ歎思ランヨリモ、旅ノ空ニアクガレテ為方《せむかた》ナク悲《かなし》キ心ヲバ知《しら》ズ、恨《うらむる》[31]事モイト痛《いたは》シ」トテ、御涙関《せき》アヘズ。「只是《これ》ヨリ屋島ニ行テ、[一四]新三位中将、[一五]左中将達ニ有《あり》ノ儘ニ申セ。侍共イカニ覚《おぼつかな》ク思ラン。誠ニ角《かく》トモ知セネバ、誰々モサコソ恨《うらみ》給ラメ。抑《そもそも》[一六]唐皮ト云《いふ》鎧、[一七]小烏ト云《いふ》太刀ハ、当家代々ノ重宝トシテ、我マデ嫡々ニ相伝レリ。[一八]肥後守貞能ガ許ニ預置《あづけお》ケリ。其《それ》ヲバ取テ三位中将ニ奉レ、『モシ不思議ニテ世モ[一九]立《たち》ナヲラバ、後ニハ必《かならず》[二〇]六代ニ譲給ヘ』ト可㆑申《まうすべし》」トテ、雨々《さめざめ》トゾ泣給フ。

「彼《かの》唐皮ト云《いふ》ハ非㆓凡夫之製㆒[32]、仏ノ作給ヘル鎧也。[二一]桓武天皇ノ御伯父ニ慶[二二]円トテ、真言ノ奥義ヲ極メ給ヘル貴キ上人御座キ。綸言ヲ給テ、[二三]紫宸殿ノ御前ニ壇ヲコシラヘ、[二四]胎蔵界ノ不動ノ前ニ[二五]智印ヲ結《むすび》[33]、意ヲ安平ニ准ヘテ、彼《かの》法ヲ加持[34]セラレル七日ト云《いふ》[二六]未刻ニ、紫雲起《おこり》テウズマキ下《くだ》リ、其《その》中ヨリアラヘカニ壇上ニ落《おつる》物アリ。雲消《きえ》壇晴《はれ》テ是ヲ見レバ、一両ノ鎧アリ。[二七]櫨《はじ》ノ

一〇 主語はやはり北方。
一一 幼いながらも知恵がついて。
一二 すぐには知らせまい。
一三 なだめておいたことも無駄になった。
一四 平資盛→七四頁注六。
一五 平清経。長寛元年(一一六三)―寿永二年(一一八三)、二一歳。桓武平氏、重盛の三男。母は藤原家成女。左中将正四位下に至る。→補注一一。
一六 本来は、虎の皮の意。
一七 現在、宮内庁蔵の同名の刀があるという(平家物語大事典)。
一八 平貞能。生没年未詳。桓武平氏、家貞の二男。平家重代の家人で左衛門少尉従五位、筑前守となったが、一門滅亡後も生存していた。→補注一二。
一九 世の中も平家が勢いを回復したならば。
二〇 六代→七五頁注一八。
二一 第五〇代。天平九年(七三七)―延暦二五年(八〇六)三月一七日。七〇歳。光仁天皇の皇子。諱は山部。延暦一三年平安京に奠都した。「桓武」は、底本「垣武」。当て字とみて訂した。
二二 未詳。

唐皮抜丸

二三 平安京の内裏の正殿。
二四 万物を包容し、含蔵する界。
二五 仏や菩薩が内に備えている智慧を象徴する三昧耶形。
二六 現在の午後一時から三時まで。
二七 「櫨」は黄櫨《はじ》色。黄櫨(山漆)の樹皮の煎汁で染めた、赤みのさした黄色。「櫨ノ匂」は、黄櫨色を次第に薄くして末が白くなるまでぼかした鎧の縅しの色目。

匂ニ白黄ナル両蝶ヲスソ金物《がなもの》[一]ニ打テ、糸威ニハ非《あらず》シテ皮威也[二]。裏ヲ返シテ見《みる》ニ、実《さね》[三]ノアヒ〱ニ虎毛アリ、図知《はかりしん》ヌ虎ノ皮ニテ威《をど》シタリト。故《ゆゑ》ニ其《その》名ヲバ唐皮トゾ申ケル。帝《みかど》御尋《たづね》有ケレバ、慶円申サセ給ケルハ、『是ハコレ本朝[四]ノ固《かため》也。是《これ》[五]不動降伏ノ冑《よろひ》也。彼《かの》明王ハ、外ニ降魔[六]ノ相ヲ現ズトイヘ共、内ニ慈悲哀愍ヲ具足セリ。火炎ヲ身ニ現ズレバ、女我ノ相[七]ヲ顕ス。女我ノ相トハ、大日胎蔵[八]ノ身ヲ現ズル也。大日胎蔵ノ身ト云《いふ》ハ、大歳[35][九]ノ腹[一〇]体ヲ墻析《れう》也、彼垣冑《かのかきよろひ》ニシカズ。サレバ不動ニ七領ノ鎧アリ。兵頭[一一]、兵体、兵足、兵腹、兵背、兵指、兵面也。皆是《これ》[一二]五天、五国[一三]、五花[一四]、相承相対セリ、人《ひとの》五体ヲ囲ハン料也。然者《しかれば》[一五]州中ノ守リ不レ如《しかず》二甲冑一。此《この》鎧ハ七領ガ中ノ兵面ト云《いふ》鎧也、本朝ノ守《まもり》ニハ何物カ是ニ増ルベキ。人甲冑ヲ著セシ時ハ、専《もはら》[一六]国ノ家壁ト思テ、我《わが》物ノ想ヲナサジ。国ヲ囲ハン時ハ、偏《ひとへ》ニ州頭ノ壁[一七]トノミ思ハザレ。皇[36]ノ御衣ト思フベキ也』ト被《せられ》二奏聞一ケリ。サレバ此《この》鎧ハ、真言秘教ノ中ヨリ不動明王ノ化現シ給ヘル処《ところ》也。国家ノ守トシテ、六代マデハ大内ノ御宝也ケリ。其後《そののち》武道ニ遣《つかは》シテ将軍ニモタスベキ由、日記[一八]ニ留《とどめ》給タリケルヲ、高望王[一九]ノ御孫、平将軍貞盛[二〇]ニ被[37]二下預《くだしあづけられし》一ヨリ以来《このかた》、維盛マデハ嫡々[二一]九代ニ伝ハレリ。今ノ唐皮ト云《いふ》ハ是ナリ。

一　鎧の裾板に打った装飾の金物。
二　革緒で鎧の札（さね）を威す（綴る）こと。「威し」は「緒通し」の意。
三　札（さね）の間間《あいだ》に。
四　日本国を守護するもの。
五　不動明王が悪魔を降伏させる時の鎧。
六　悪魔を降伏させる時のような忿怒の形相。
七　未詳。
八　胎蔵界の中尊としての大日如来の身の意か。大日如来は如来でありながら王者の姿をし、胎蔵大日如来像は禅定印を結ぶ。京都広隆寺には胎蔵大日如来像が存する。
九　あるいは陰陽道でいう八将神の一つ、太歳神の意か。
一〇　身体の腹部の意か。校異35参照。
一一　兵士の身体の各部分をいうか。
一二　あるいは古代インドを五つに分けた際の総称である、五天竺の意か。
一三　未詳。
一四　未詳。
一五　「州」は南閻浮州をいうか。
一六　国家の防壁の意か。
一七　国内の一州の防壁の意か。
一八　記録。
一九　生没年未詳。桓武天皇の孫高見王の男。従五位下上総介。「叙爵之後賜二平朝臣一」（尊卑分脈）。
二〇　平貞盛。生年不詳。一説に、永祚元年（九八九）没。桓武平氏、国香の男。父を殺した従兄弟の平将門を藤原秀郷と共に討ち、鎮守府将軍、陸奥守とされ、従四位下に至る。
二一　嫡流九代。貞盛―維衡―正度―正衡―正盛―忠盛―清盛―重盛―維盛の九代。

又小鳥ト云《いふ》太刀ハ、彼《かの》唐皮出来《いでき》テ後《のち》七日ト申《まうす》未ノ刻ニ、主上南殿[二二]ニ御座テ東天ヲ御拝有ケル折節ニ、八尺霊烏[二三]飛来《とびきたり》テ大床[二四]ニ侍リ。主上以二御笏一被二招召《まねきめされ》一ケリ。烏依《よりて》二勅命一躍上《おどりあがり》、御座ノ御縁ニ觜ヲ懸《かけ》テ奏《そうし》申サク、『我ハ是《これ》太神宮[二五]ヨリ剣ノ使者ニ参レリ』トテ、羽刷《はづくろひ》[二六]シテ罷立《まかりたち》ケルガ、其懐《そのふところ》ヨリ一ノ大刀ヲ御前ニ落シ留《とどめ》ケリ。主上御自《みづから》此剣ヲ被レ召《めされ》テ、八尺ノ大霊鳥ノ中ヨリ出タル物ナレバトテ、小鳥トゾ名付《なづけ》サセ給ケル。唐皮ト共ニ宝物ニ執シ思召《おぼしめす》。サレバ太刀モ冑モ同《おなじく》仏神ノ御製作也、本朝守護ノ兵具也。仍《よりて》代々ハ内裏ニ伝リケルヲ、貞盛[二七]ガ世ニ下預《くだしあづかり》テ、コノ家ニ伝テ希代ノ重宝ナリ。又平家ニ抜丸[二八]ト云《いふ》剣アリ。池大納言頼盛卿ニアリ。中古[38]伊勢国鈴鹿山[二九]ノ辺ニ、賤貧《いやしくまづしき》男アリ。身ノ乏《ともしき》事ヲ歎テ、常ニ精進潔斎シテ太神宮ニ詣《まうで》テ、世[三〇]ニアラン事ヲ祈申《いのりまうす》。年比《としごろ》日来《ひごろ》ヲコタル事ナカリケレバ、神明其《その》志ヲ憐テ、『汝《なむぢ》深山ニ遊猟シテ獣ヲ得テ妻子ヲ養ヘ』ト示現[三一]シ給ケレバ、御託宣[三二]ヲ憑《たのみ》、鈴鹿ノ山ヲ家トシテ、夜昼猟シテ獣ヲトル。得タル時ハ妻子ヲ養ヒ、得ザル時ハ口ヲ空《むなし》クス。是ヲ以テ一期活命[三三]ノ便《たより》ト成《なる》ベシ共《とも》覚ザリケレバ、我年来《としごろ》参詣ノ功ニ依テ霊夢ヲ感ズ、任二神慮一深山ニ遊猟スレ共、身ヲ助ルハカリコト成《なる》ベシ共覚ズ、大神宮イカニト御計《はから》ヒ

二二 紫宸殿。
二三 八咫烏。 二四 建物の縁。
二五 伊勢神宮。 二六 くちばしで羽を整えて。
二七 平貞盛→七七頁注二九。長門本は巻一で唐皮・小烏の由来を語る。『平家剣巻』では、多田満仲の代に作られた鬚切・膝丸の二振りの剣は、鬚切→鬼丸→獅子の子、膝丸→蜘切→吠丸と改名を重ねて、源氏嫡流に伝えられたが、吠丸は為義の聟熊野別当教真を経て熊野権現に奉納された。為義は獅子の子と一具にするため、これを手本として新たに一振りの剣を作らせたが、その目貫に烏を作って入れたので小烏と命名した。この二振りは義朝に伝えられたが、平治の乱後義朝を謀殺した長田忠宗がその首と共に小烏を平家に献じたので、小烏は「平家ノ宝トハ成ケル」と語る。一方、獅子の子に二分ほど長かった小烏を切って同じ長さとした奇瑞によって友切と改名されたが、平治の乱の際に頼朝に与えられ、義朝が蒙った八幡大菩薩の示現によって鬚切の旧名に復し、彼の身を護ったという。
二八 『平治物語』に平治の乱の際、平頼盛がこの剣によって危機を脱したこと、その命名の由来を語る。延慶本は巻七―26に異伝を語る。
二九 伊勢・近江両国の境に連なる山脈。最高峰は一二一〇メートルの御在所山。
三〇 この世で栄えること。
三一 夢の中に現れてお告げになったので。
三二 「託宣」、底本「詫宣」。当て字とみて訂す。
三三 一生涯命を養う手段。

有ヤラント、愚《おろか》ニモ冥慮[一]ヲ奉二恨思《うらみおもひたてまつり》一ケル折節、三子塚[二]ト云《いふ》所ニテ奇《あやしき》大刀ヲ求得タリ。此《この》太刀儲《まうけ》テ後ハ、聊《いささか》モ目ニ懸《かく》ル禽獣鳥類遁《のがす》事ナシ。然《しかる》ベキ宝也ケリ、我聞《われきく》、漢朝[三]ノ高祖ハ、三尺ノ剣ヲ以テ座《ゐ》ナガラ諸国ノ王ヲ従《したがへ》タリ、日本ノ愚猟、一振《ふり》ノ剣ヲ求テ帯《はき》ナガラ山中ノ獣ヲ得タリ、是《これ》[四]天照大神ノ冥恩[五]也ト思ケレバ、昼夜ニ身ヲ放《はなた》ズ。或夜《あるよ》鹿ヲ待テ大ナル木ノ下ニ宿ス。大刀ヲ大木ニ寄立《よせたて》テ其《その》夜ヲ明《あか》ス。朝《あした》ニ此《この》木ヲ見レバ、古木ノ如クシテ、枝葉ミナ枯タリ。猟師不思議ニゾ思ケル。月比《つきごろ》日比《ひごろ》モ此木《このき》[六]ノ下ヲ栖《すみか》トセシカ共、[七]サテコソ有シニ、[八]夜部《よべ》マデハ翠《みどり》ノ梢盛《さかり》ニコソ有シニ、今夜《こよひ》此《この》太刀ヲ寄懸《よせかけ》タル故ニヤ、一夜ガ内ニ枯ヌルコソ奇《あやし》ケレ、是《これ》定テ神剣ナラントテ、木枯トゾ名付《なづけ》タル。其比《そのころ》、[九]刑部卿忠盛、伊勢守ニテ御座ケルガ[一〇]風聞《ほのきき》テ、件《くだん》ノ猟師ヲ召《めし》、此《この》大刀ヲ見給フニ、『異国ハソモ不レ知《しらず》、我朝ニハ難レ有《ありがたき》剣也』トテ、ヨニ欲《ほしく》思ハレケレバ、栗真庄[一一]ノ年貢三千石ニ替テ取《とら》レケリ。サテコソ猟師家富身《とみ》ユタカニシテ、弥《いよいよ》大神宮ノ御利生[一二]共思知《ともおもひしり》ケリ。忠盛都ニ帰上《かへりのぼり》、六波羅[一三]ノ池殿[一四]ノ山庄ニテ、昼寝[一五]シテ前後モ知《しら》ズオハシケルガ、此《この》木枯ノ太刀ヲ枕ニ立《たて》テ置タリ。大蛇池ヨリ出テ口ヲ張《はり》、游《およぎ》近付キ忠盛ヲ呑《のま》ントス。木枯鞘ヨリサト抜《ぬけ》テ、[39][一六]ガハトマロブ。倒《たふるる》音ニ驚テ、

一　神の霊妙な配慮。「Miǒrio. ミヤウリョ（冥慮）」（日葡）。
二　伊勢国。現、三重県亀山市関町坂下の北方に三子山《みつこやま》があり、その南峰の麓を旧東海道が通る。その付近にあった塚か。
三　『後漢書』の「漢高三尺之剣　坐制二諸侯一」（和漢朗詠集・下・帝王・六五三）の句による表現。「漢高」は漢の高祖。→一〇六頁注一七。
四　伊勢神宮の祭神としていう。よみは「てんせうだいじん」。「Tenxôdaijin」（日葡「Ama-no yuato」の項）。
五　目に見えない神仏の恵み。
六　花山院の「木《こ》のもとをすみかとすればおのづから花見る人となりぬべきかな」（詞花集・雑上・二七六）の歌による表現か。
七　そのままであったが。何でもなかったがの意。
八　昨晩までは。
九　平忠盛。永長元年（一〇九六）―仁平三年（一一五三）一月一五日、五八歳。桓武平氏、讃岐守正盛の男。清盛・頼盛・経盛・忠度らの父。正四位下刑部卿に至る。歌人としても知られ、家集に『忠盛集』がある。『金葉集』初出。
一〇　めずらしい剣だと噂に聞いて。
一一　伊勢国の荘園。現、三重県津市に「栗真」の地名がある。
一二　御利益。
一三　山城国愛宕郡。現、京都市東山区。
一四　忠盛の正室藤原宗子（池禅尼。頼盛母）の家。六波羅の南にあった。音羽川の水を引き入れた池があったのでこう呼ばれた。
一五　以下の話は『平治物語』に語るところとほぼ同じ。
一六　突然の激しい動きを表わす副詞。「Gafa-

忠盛起直《おきなほり》テ見給フニ、剣ハ抜テ鍔ヲ蛇ニ向タリ。蛇ハ剣ニ恐レテ水底ニ沈《しづみ》ニケリ。大刀ノガハト倒《たふるる》ハ主ヲ驚[一七]サンガタメ、鞘ヨリ抜《ぬく》ルハ主ヲ守テ、大蛇ヲ切《きら》ンガタメ也ケリ。其《それ》ヨリシテ木枯ノ名ヲ改テ抜丸トゾ呼《よば》レケル。平治[一八]ノ合戦ニ、頼盛参川守ニテ、熊手[一九]ニ懸ラレテ討ルベカリケルニモ、此《この》大刀ニテ鎖金ヲ打切テ遁《のがれ》給ケリ。懸《かか》ル目出《めでた》キ剣ナレバ、嫡々ニ伝ルベカリケルヲ、頼盛当腹[二〇]ニテ相伝アリケレバ、清盛[二一]・頼盛、兄弟ナレ共《ども》、シバシハ中悪《あしく》御座ケリト聞エキ」ナンド、細《こまか》ニ物語シ給テ、「唐皮・小烏ハ、重代ノ重宝、家門ノ守《まもり》也。世立直ラバ必《かならず》六代[二二]ニ伝ヘ給ヘ」ト、ヨク〱仰含《おほせふくめ》ケリ。

此《これ》ヨリ熊野参詣ノ志アリトテ、修行者ノ様《やう》ニ出立《いでたち》給ケレバ、イカニモ成《なり》給ハン様ヲ見奉ラントテ、時頼入道モ御伴申テ参ケリ。紀伊国三藤[二三]ト云《いふ》所ヘ出給ヒ、藤代[二四]ノ王子ニ参《まゐり》、暫ク法施[二五]ヲ奉給フ。所願成就ト祈誓シテ、峠ニ上リ給ヘバ、眺望殊ニ勝《すぐ》レタリ。霞籠《こめ》タル春ノ空、日数《ひかず》ハ雲井ヲ阻《へだつ》レド、妻子ノ事ヲ思出《おもひいで》テ、故郷ノ方ヲ見渡シテ、涙ノコリ[二六]ヲゾカキ給《たまふ》。和歌浦、玉津島明神ヲ伏拝《ふしをがみ》給フニモ、昔、遠明日香天皇[二七]ノ后《きさき》、衣通姫[二八]ト申《まうし》シガ、帝ヲ恋奉リ、行幸ノナレルヲシラズシテ、

to. ガハト（がはと）」（日葡）。
一七 目を覚まさせようとしたため。
一八 「三河、……右の手にては抜丸と云太刀をぬき、熊手の柄をぞきりてゝげる」（陽明本平治物語・上）。
一九 鉄の爪を棒の先につけた長柄の道具で、舟の備品や武器として用いられた。熊の手を思わせるのでこの名がある。
二〇 現在の本妻から生まれた子。
二一 「清盛、嫡子なれば、さだめてゆづりえんと思けるに、頼盛、当腹の愛子たるによって、此太刀をゆづり得たり。これによって兄弟の中、不快とぞきこえし」（陽明本平治物語・上）。
二二 六代→七五頁注一八。

三位入道熊野詣

二三 「三藤」は延慶・長門・覚一各諸本とも「山東」。紀伊国。山東荘があった。現、和歌山市に山東中の地名が残る。
二四 紀伊国。現、和歌山県海南市藤白の藤白神社。熊野九十九王子のうち、五体王子の第一。
二五 仏に対して経を誦し、法文を唱えること。
二六 「コリ」は垢離。涙を水代りに垢離の行ができるほど、沢山の涙をお流しになった。
二七 允恭天皇。第一九代。仁徳天皇の皇子。母は磐之媛。『日本書紀』では雄朝津間稚子宿祢天皇と呼ぶ。
二八 允恭天皇の皇后忍坂大中姫の妹弟姫。「弟姫容姿絶妙無レ比。其艶色徹レ衣而晃之。是以、時人号曰二衣通姫一也」（日本書紀・巻一三）。→一一一頁注二八。

[一]我《わが》セコガクベキ宵也サヽガニノクモノ振舞兼《かね》テ知《しる》シモ

ト詠ジ給タリケルヲ、帝立聞《たちぎき》給テ、叡感ノ御情イトヾ深クゾ覚《おぼ》シケル。彼《かれ》ヲ思出《おもひいづ》ルニモ、古郷人《ふるさとびと》ノ悲サニ、絞《しぼり》カネタル袂也。衣通姫、此所《この》ヲ目出《めでたく》オボシケレバ[二]垂レ跡《あとをたれ》給ヘリ。吹上ノ浜、[三]与田浦、[四]日前国懸ノ古木ノ森、沖ノ釣舟、礒ウツ浪、哀《あはれ》ハ何《いづれ》モ取々《とりどり》也。[五]蕪坂ヲ打下《うちくだり》、[六]鹿瀬ノ山ヲ越過テ、[七]高家王子ヲ伏拝、日数漸《やうや》ク経ル程ニ、[八]千里ノ浜モ近付《ちかづき》ケリ。[九]岩代ノ王子ヲ通《とほり》給フ。其《その》辺ニテ狩装束シタル者、七、八騎バカリ会タリケリ。敵ノ来《きた》リ搦捕《からめとら》ンズルニヤト、肝心《きもこころ》ヲ迷《まどは》シテ、各《おのおの》腰ノ刀ニ手ヲ懸《かけ》テ自害セントシケル程ニ、ハラ〳〵ト馬ヨリ下《おり》、深ク[一〇]平ミテ通《とほり》ニケリ。見知タル者ニコソ、誰ナラント浅増《あさまし》クイブセク思給ケレバ、イトヾ足バヤニゾ[一一]指《さし》給フ。当国住人ニ[一二]湯浅権頭入道宗重ガ子息、[一三]湯浅兵衛尉宗光ト云《いふ》者也。郎等共モ奇《あやし》ゲニ思テ、「此《この》道者ハ誰人ニテ御座候ゾ」ト問ケレバ、宗光、「アレコソ平家ノ故小松大臣ノ御子ニ、権亮三位中将殿ヨ。一門ノ人々ニ落連《おちつれ》テ西国ニトコソ奉レ聞《ききたてまつり》シニ、イカニシテ屋島ヨリ是マデ伝《つたひ》給ケルヤラン。小松殿ノ御時ハ、常ニ奉公申テ御恩ヲモ蒙《かうぶり》、此《この》殿ヲモ奉二見《み》馴《なれ》一タレバ、近ク参テ見参ニモト思ツレ共、道セバキ御身ト成テ、憚《はばかり》思召《おぼしめす》御気色アラハ也ツレバサ

一　『古今集』墨滅歌・一一一〇。詞書「衣通姫のひとりゐて、みかどを恋ひ奉りて」。原歌は『日本書紀』六五。第三句以下「ささがねの蜘蛛の行ひ今宵しるしも」。「知シモ」は「著シモ」の当て字。

二　玉津島明神として垂迹された。衣通姫は玉津島神社に祭られたので、玉津島姫とも呼ばれた。

三　未詳。

四　日前国懸神宮《ひのくまくにかかす》。紀伊国。現、和歌山市秋月。→一一二頁注二。

五　蕪坂峠。紀伊国。現、和歌山県海草郡、熊野街道が長峰山脈を越える峠。

六　鹿瀬山《ししがせ》。紀伊国。現、和歌山県有田郡と日高郡の郡境をなす山。標高四〇八メートル。

七　『明月記』建仁元年（一二〇一）一〇月一〇日条（熊野御幸の記事）に「過二シヽノセ一、……次出二此木原一、又過レ野、……此辺高家云々」とある。

八　千里浜《せんり》。紀伊国。現、和歌山県日高郡南部町山内。

九　紀伊国。熊野九十九王子の一つ。跡地は現、和歌山県日高郡南部町西岩代、野添。

一〇　ひれ伏して。

一一　「さす」は移動する、進む意。

一二　生没年未詳。紀伊国湯浅を本拠とする豪族。平治の乱の際、熊野詣での途上にあった平清盛一行に加勢した（愚管抄・巻五）。

一三　生没年未詳。宗重の七男。

テ過ヌ。穴痛《あないたは》シノ御有様ヤ、替代《かはるよ》ノ習《ならひ》ト云ナガラ、心ウカリケル事哉」トテ、馬ヲ留《とどめ》テハラ〳〵ト泣ケレバ、郎等共モ皆《みな》袖ヲゾ絞ケル。

三位中将入道ハ、日数経レバ[一四]岩田河ニ着給テ、[一五]一瀬ノコリヲカキ給《たまふ》。「我《われ》都ニ留《とどめ》置シ妻子ノ事、ツユ思忘ル丶隙《ひま》ナケレバ、サコソ罪フカ丶ルラメドモ、一度《ひとたび》此《この》川ヲ渡《わたる》者、[一六]無始ノ罪業悉ク滅スナレバ、今ハ愛執煩悩ノ垢モス丶ギヌラン」ト、憑《たのも》シゲニ仰《おほせ》ラレテ、

[一七]岩田川誓ヒノ船ニサホサシテシヅム吾身《わが》モ浮《うかび》ヌル哉

ト詠ジ給テモ、[一八]父小松大臣ノ御熊野詣ノ悦《よろこび》ノ道ニ、兄弟此川《このかはに》水アミ戯テ上《あがり》タリシニ、「権現ニ祈《いのりまうす》申事アリ。浄衣脱替《ぬぎかふ》ベカラズ。御感応アリ」トテ、是ヨリ重《かさね》テ奉幣有シ事、思出給テモ、脆《もろき》ハ落《おつる》涙也。其《その》日ハ[一九]滝尻ニ著《つき》給《たまふ》。[二〇]王子ノ御前ニ通夜シ給《たまひ》、後世ヲゾ被㆓祈申《いのりまうされ》㆒ケル。彼《かの》王子ト申《まうす》ハ、本地ハ[二一]不空羂索、為㆓衆生利益㆒トテ、垂㆑跡㆓此砌㆒、[二二]当来慈尊ノ暁ヲ待給《まちたまふ》コソ貴ケレ。明ヌレバ峻シキ岩間ヲ攀[41]登、[二三]下品下生ノ鳥居ノ銘、御覧ズルコソ嬉《うれし》ケレ。

[二四]十方仏土中以㆓西方㆒為㆑望
九品蓮台間雖㆓下品㆒可㆑足

一四　紀伊国。和歌山県中南部の果無《はてなし》山脈の安堵山付近に発して、西牟婁郡白浜町で太平洋に注ぐ富田《とんだ》川の中流の呼名。熊野街道の中辺路《なかへじ》が河岸に添っている。

一五　「一瀬」は紀伊国。現、和歌山県西牟婁郡上富田町市ノ瀬。一ノ瀬（市瀬）王子の跡がある。付近の川瀬は熊野詣の垢離場として知られていた。「渡㆓石田河㆒、先参㆓一ノ瀬王子㆒、渡㆑之」（熊野御幸記・建仁元年一〇月一三日条）。「コリ」は垢離のこと。

一六　無限の過去より永久に続く罪業。

一七　岩田川を、人々を救うという誓願を立てられた船に棹さして（熊野権現におすがりして）、苦しみに沈むこの身も浮かぶ（救われる）ことができたよ。

一八　以下のことは巻一一「小松殿夢」「熊野詣」に語られている。

一九　紀伊国。現、和歌山県田辺市中辺路町栗栖川。古く滝尻王子と呼ばれた滝尻王子宮十郷神社がある。滝尻王子の本地は不空羂索菩薩。「次昇㆓崔嵬嶮岨㆒、入㆓滝尻宿所㆒」（熊野御幸記・建仁元年一〇月一三日条）。

二〇　滝尻王子。紀伊国。熊野九十九王子のうち、五体王子の一つ。

二一　不空羂索観音。大慈大悲の羂索により、生死に苦しむ衆生の救済を本願とする変化観音。形像は多くは一面三目八臂に表され、手に羂索を持ち、肩に鹿皮を着る。六観音の一つ。

二二　「当来」は未来に出現するの意。「慈尊」は弥勒菩薩。→一一五頁注三七。

二三　九品往生（→九四頁注五）のうち最低の段階。鳥居に次の句が書かれていたか。

二四　『和漢朗詠集』の句。→一〇五頁注二二。ただし最後の句は「雖下品応足」。

注《しる》シ置タル諷[一]誦ノ文、憑《たのも》シクコソ覚《おぼ》シケレ。高原ノ峰吹《ふく》嵐ニ身ヲ任セ、三[二]超ノ巌ヲ越《こゆる》ニハ、忉[三]利ノ雲モ遠カラズ、発[四]心門ニ著給《つきたまふ》。上[五]品上生ノ鳥居額《とりゐのがく》ヲ拝給テハ、流転生死ノ家ヲ出《いで》テ、即[六]悟無生ノ室ニ入《いる》トゾ思召《おぼしめす》。夫《それ》ヨリ本[七]宮ニ著《つき》給テハ、寂[八]静坊阿闍梨ガ庵室ニ入給フ。此《この》坊ハ故小松内府ノ師ナレバ也。阿闍梨、中将入道ヲ奉レ見《みたてまつり》、夢ノ心地シテ哀《あはれ》ニモナツカシクモ覚ケレバ、御前ニ参テ、「七旬ノ余算ヲ持《たもち》テ、奉レ拝二再《ふたたび》御顔一事ノ嬉サヨ、故大臣ノ御参詣、只今ノ様ニ覚テコソ」トテ、老ノ袂ヲ絞リケリ。

三位中将モ、今更昔《むかし》ニ立カヘル御心地シテ、父ノ大臣ノ御事、ゲニ昨日今日ノ様ニ思出ラレ給《たまふ》ニモ、尽セヌ御襟《ものおもひ》ニ打副《うちそへ》テ、阿闍梨ガ袖ヲ絞《しぼる》ヲ見給ニゾ、今一際《きは》ノ悲《かなしみ》モ増《まさり》ケル。サテモ中将入道殿ハ、参社セントテ坊ヲ出給ツヽ、此《この》御山ヲ見給《たまふ》ニ、大[九]悲利物ノ霞ハ、熊[一〇]野山ニ聳《たなびき》、和[一一]光同塵ノ垂跡ハ、音[一二]無川ニ住給フ。常[一三]楽我浄ノ春風ニ、妄想ノ氷解《とけ》、仏[一四]性真如ノ月影ニ、生死ノ闇モ晴ヌラント、信心肝《きも》ニ銘ジツヽ、証[一五]誠殿ノ御前ニ、再拝念誦シ給ケリ。常住ノ禅徒、客[一六]僧ノ山伏、参集《まゐりあつまり》テ懺[一七]法ヲゾ読ケル。一心敬礼ノ音澄《こゑすめ》バ、三世ノ諸仏随喜ヲ垂《たれ》、第二第三ノ礼毎《ごと》ニ、無[一八]始ノ罪障滅《ほろぶ》ラント、イト貴ク思召ケレバ、賢《かしこく》ゾ思立ケル、父[一九]ノ大臣ノ、「命ヲ召テ後世ヲ助給

一　死者の追善のため、施物やその趣旨などを記した文。法会の導師が読み上げる。慶滋保胤のこの句は「極楽寺建立願文」を出典とするという。二　未詳。三　忉利天。帝釈天の住む所。四　発心門王子。紀伊国。熊野九十九王子のうち、五体王子の一つ。跡地は和歌山県東牟婁郡本宮町三越・上久保。発心門は熊野の聖域の入口に建てられた門。五　九品往生の最高の段階。六　極楽に往生すると直ちに生滅変化することがないと悟ること。

七　熊野本宮大社。熊野坐《くまのにます》神社。熊野三社の中心。紀伊国。現、和歌山県東牟婁郡本宮町。主神は家都美御子《けつみみこ》大神。八　未詳。

九　仏菩薩が大慈悲によって一切の衆生に利益を授けること。一〇　熊野山→補注一二。

一一　仏菩薩が衆生を救うため、本来の威光を和らげて、仮の姿を俗世に現わすこと。

一二　紀伊国。要害森山北方三越峠付近に発し、東流して一本松を経て、熊野本宮大社前で熊野川に注ぐ川。

一三　涅槃に備わる常住永遠、楽しみ、我は自在無碍であること、清浄、の四つの徳。

一四　仏としての本性、仏となる可能性としての因子（仏性）と、一切存在の真実の姿（真如）。

一五　紀伊国。熊野本宮大社の神殿。阿弥陀仏を本地とする証誠《しょうじょう》大菩薩を祀る。

一六　国々を行脚して歩く僧。

一七　罪過を懺悔する儀式作法で読誦する経文や偈文。一八　始まりを知りえない限りない過去からの罪障。一九　巻一一「小松殿夢」「熊野詣」に語られたこと。「賢ゾ」から「被レ申ケル事」は、維盛の心中思惟。二〇　熊野権現。

二一　「仏生国」は、釈迦の生まれた国、天竺（イ

へ」ト被《まうされ》レ申ケル事思出《おもひいで》テ、懸《かかる》ベキ事ヲ兼テサトリ給ケルト覚テ哀《あはれ》也。
此《この》[二〇]権現ト申《まうす》ハ仏[二一]生国ノ大王、[二二]善財太子ト相共《あひとも》ニ、[二三]女ノ心ヲ悪《にく》ミテ遙《はるか》ニ飛来《とびきたり》ツヽ、此砌《このみぎり》ニゾ住給《すみたまふ》。[二四]斗藪ノ行者ヲ孚《はごくみ》、修験ノ人ヲ憐《あはれむ》。[二五]大峰ト申《まうす》ハ、金剛・胎蔵両部曼陀羅ノ霊地也。此《この》山ニ入《いる》人ハ、此《この》社壇ヨリ出立《いでたち》、[二六]役優婆塞ハ、三十三度ノ修行者、[二七]龍樹菩薩ニ値《あひ》奉リテ、[二八]五智三密ノ法水ヲ伝ヘ、[二九]伊駒嵩ニ昇テ、二人ノ鬼ヲ搦《からめ》テ末代行者ノ使者トセリ。弘法・智[三〇]証ノ両大師、行者ノ跡ヲ尋テ大峰ニゾ入給フ。[三一]山王院大師、熊野権現ノ在所ヲ尋テ参詣シ給シニ、雲霞峰ヲ隔テ、荊棘道ヲ埋《うづみ》テ東西ヲ失《うしなひ》、滝尻ニ留《とどまり》、七日祈誓シ給ヘバ、[三二]八尺ノ霊鳥飛来テ、木ノ枝ヲ食折《くひをり》テ其《その》路ヲ示セバ、跡ヲ趁[42]テ上《のぼり》ツヽ、社壇ニ詣給《まうでたまひ》キ。[三三]八尺ノ長頭巾コノ表示[43]トゾ聞ユル。[三四]花山法皇ノ那智籠《ごもり》、[三五]寛平法皇ノ御参詣、[三六]後白川院ノ卒都婆ノ銘、忝《かたじけなく》ゾ覚ユル。[三七]善宰相ハ、[三八]浄蔵貴所ノ祈禱ニヨリ炎魔宮ヨリカヘサレ、[三九]通仁親王ハ、[四〇]行尊僧正ノ加持ニヨリ冥途ノ旅ヨリ蘇[44]息セリ。皆是《これ》大峰修行ノ効験、権現[四一]掲焉《けちゑん》ノ利生也。凡彼《およそかの》山ノ為体《ていたらく》、[四二]三重ノ滝ニ望《のぞめ》バ、[四三]百丈ノ浪六根ノ垢ヲ洗《あらひ》、[四四]千草ノ岳ニ上レバ、四季ノ花一時ニ開テ盛《さかり》也。[四五]フキウノ峰ニハ寒嵐衣《ころも》ヲ徹《とほ》シ、[四六]古家ノ宿ニハ時雨《しぐ》レ袖ヲ濡《うるほ》ス。彼《かの》[四七]馳児宿、[四八]龍ノムナサキ、

ンド)の称。「大王」は『熊野の御本地の草子』にいう、摩訶陀国の善財王。

熊野大峰

二二 『熊野の御本地の草子』によれば、五衰殿の女御が生んだ善財王の王子。

二三 「女ノ心ヲ悪ミテ」→補注一四。

二四 衣食住に対する執着を捨てて乞食修行すること。

二五 大峰山脈。主峰は標高一七一九メートルの山上ヶ岳で、大峯山寺がある。大和国。現、奈良県吉野郡。この山脈を縦走する修行を修験道で大峯奥駈けという。

二六 役小角。役行者とも呼ばれる。生没年未詳。七世紀後半、大和国葛城の人。修験道の開祖とされる。→補注一五。以下、『七天狗絵』第五と共通する表現が多いが、盛衰記は熊野と大峰を交互に述べ、両権現の利生を称える。

二七 南インドのバラモン出身の僧。一五〇年頃—二五〇年頃の人。大乗仏教に転じ、空の思想を説いた。中観派の祖。『中論』『十二門論』『大智度論』などを著した。

二八 「五智」は大日如来が備え持つ五種の智慧。「三密」は秘密の身・口・意の三業。

二九 生駒山。大和と河内の境の山地。主峰生駒山は六四二メートル。「二人ノ鬼」→補注一五。

三〇 円珍。弘仁五年(八一四)—寛平三年(八九一)一〇月二九日。七八歳。俗名は和気広成。宅成の男。母は佐伯氏の女。空海の姪。天台宗。→補注一六。 三一 円珍の異称。

三二 『元亨釈書』にいう「大鳥」のことか。

三三 修験者の頭巾で、長尺の白布を頭の後で結ぶという。

三四 花山天皇。第六五代。安和元年(九六八)—寛和五年(一〇〇八)二月八日、四一歳。冷

泉天皇の第一皇子。母は藤原伊尹女懐子。諱は師貞《もろさだ》。↓補注一七。三五　宇多天皇。第五九代。貞観九年（八六七）―承平元年（九三一）七月一九日、六五歳。光孝天皇の皇子。母は班子女王。諱は定省《さだみ》。↓補注一八。三六　後白河法皇↓三九頁注一九。「卒都姿ノ銘」↓補注一九。三七　三善清行。承和一四年（八四七）―延喜一八年（九一八）一二月七日。七二歳。氏吉の三男。文章博士、大学頭となった。↓補注二〇。三八　寛平三年（八九一）―康保元年（九六四）一一月二一日。七四歳。天台宗の僧。三善清行の八男。法験著しいことで知られた。三九　天治元年（一一二四）六月二八日―大治四年（一一二九）閏七月一〇日、六歳。鳥羽天皇の第二皇子。母は待賢門院。↓補注二一。四〇　天喜三年（一〇五五）―長承四年（一一三五）二月五日。八一歳。俗姓は三条源氏。源基平の男。天台宗寺門の僧で、第四四世天台座主。大僧正に至った。修験の徳、また歌人としても知られた。四一　顕著な利益《りやく》。四二　大和国。現、奈良県吉野郡下北山村大字前鬼。大峯七五靡二八番の行場。但し、一四九頁五行目では、那智の滝に「三重百尺ノ」という表現を用いている。↓補注二二。四三　「六根」は、眼・耳・鼻・舌・身・意の六つ。「垢」は罪障のこと。四四　大和国。現、奈良県吉野郡。大峯七五靡第三〇番の行場。↓補注二三。四五　未詳。『七天狗絵』には「吹腰ノ峯」。四六　古屋の宿。大和国。現、奈良県吉野郡。大峯七五靡第一二番の行場。↓補注二四。四七　大和国。現、奈良県吉野郡。大峯七五靡第六〇番の行場稚児泊。↓補注二五。四八　未詳。

大禅師[一]、小禅師[二]、屏風[三]ノソバ道、釈迦岳[四]、負釣[五]、行者帰[六]、何《いづ》レモ得通[七]ノ人ニアラズハ争《いかで》カ爰《ここ》ヲ通《とほら》ン。然而《しかるに》権現・金剛童子ノ加護ニテ、無《つつがなき》レ恙コソ貴ケレ。或《あるい》ハ高山ニ登テ薪ヲ採《とり》、或ハ深谷ニ下《くだり》テ水ヲ汲《くむ》。大王[八]ノ阿私仙[九]ニ従テ、千歳ノ給仕ニ相似タリ。太子[一〇]ノ檀特山[一一]ニ入テ、六年ノ苦行ニ不《ことならず》レ異。一見ノ新客ハ初僧祇[一二]ノ功徳ヲ得、三度ノ古衆ハ三祇劫ノ万行ヲ満《みて》タリ。誠《まことなる》哉、一陀羅尼[一三]ノ行者ハ智者ノ頭《かしら》ヲ歩トイヘリ。是皆《これみな》垂跡権現ノ善巧[一四]方便ノ利益也。証誠殿[一五]ト申《まうす》ハ、本地ハ阿弥陀如来、誓願ヲ饒王[一六]ノ往昔ニ発《おこ》シテ、大悲[一七]ヲ釈迦ノ在世ニ弘メ、正覚ヲ十小劫ニ成シテ、済度ヲ極十歳ニ留《とどむ》。一念十念ヲモ不《きらはず》レ嫌、五逆十悪猶《なほ》助給ヘリ。一座[一八]無為ノ実体ハ、遙《はるか》ノ西ニマシマセド、随縁化物[一九]ノ権跡ハ、此砌《このみぎり》ニゾ住給フ。前ニ大河流タリ、水功徳池[二〇]ノ波ヲ添《そへ》、後《うしろ》ニ長山連《つらな》レリ、風宝林樹[二一]ノ枝ニ通《かよふ》ラシ。「本地ノ悲願ヲ仰《あふぎ》テ、本願誤《あやまり》給ハズ、必《かならず》西方浄土ニ引導給ヘ」ト申給ケル。中ニモ「古里ニ留《とどめ》置シ妻子安穏ニ」ト祈給ケルコソ、憂世《うき》ヲ遁《のがれ》、実《まこと》ノ道ニ入テモ、妄執ハ猶《なほ》尽ザリケリト悲ケレ。明ヌレバ寂静坊ニ暇《いとま》ヲ乞《こふ》トテ、「和光同塵ハ区《まちまち》ニマシマセ共《ども》、利益衆生ハ一ナリ。両度参詣ノ契ヲ以テ、一仏浄土ニ必《かならず》」トテ、本宮ヲ出給ヒ、備崎[二二]ヨリ舟ニノリ、時々ニ苔路ヲサシ、新宮[二三]ニ詣給フ。一夜通夜シ給テ、祈誓ハ本宮ニ同事《おなじ》。翌日ハ明日香神[二四]蔵ニ、暫《しばらく》念誦シ給テ、那智[二五]ヘゾ参給ケル。佐野[二六]ノ浜路ニ着給ヘバ、北ハ緑ノ松原影滋《しげく》、南ハ海上遥《はるか》ニ際《きは》モナシ。日数《ひかず》ノ移ルニ付《つけ》テモ、[46]アタ命ノ促《つづま》[二七]ルホド、屠所[二八]ノ羊ノ足早ク、心細《ぼそく》ゾ覚シケル。那智御山ハ穴貴《あなたつ》ト飛滝権現[二九][47]御座。本地ハ千手観音ノ化現也。三重百尺ノ滝水、修禅ノ峰ヨリ流出《ながれいで》テ、衆生ノ塵垢ヲ洗《あらひ》キ。千手如意ノ本誓ハ、弘誓[三〇]ノ船ニ棹サシテ、沈淪[三一]ノ生類ヲ渡シ給フモ憑《たのも》シヤ。法花読誦ノ音声ハ、霞ノ底ニ幽《かすか》也。如来ノ説法シ給シ霊山浄土ニ相似タリ。観音薩埵ノ霊像ハ、岩ノ上ニゾ座シ給フ。大悲ノ生ヲ利益スル補陀落山[三二]トモ謂《いひ》ツベシ。去《いん》ジ寛和[三三]ノ比《ころ》、花山法皇[三四]ノ行《おこなひ》給ケル所トテ、時頼入道奉《をしへたてまつり》レ教ケレバ、滝本ヘ下《おり》給テ其《その》旧跡ヲ拝スレバ、今ハ御庵室モ霧ニ朽テ其《その》跡ナシ。庭上ニ若草繁《しげり》テ墻根《かきね》ニ蔦マトヘリ。昔ノ遺《なごり》ヲ忍ベトヤ、千代ノ形見ニ引植サセ給ケル老木ノ桜計《ばかり》コソ、折知《をりしり》ガホニ咲ニケレ。加様《かやう》ノ事共《ども》御覧ジケルニ、彼《かれ》ハ明哲聖主[三五]ノ君、猶《なほ》浮世ヲバ厭《いとひ》給ケリ、我ハ愚昧凡人ノ臣、何《いづれ》ニカ執ヲ留《とどむ》ベキト思召ケルニコソ、無始ノ罪障露消《つゆきえ》ヌ共《とも》オボシケメ。

偖《さて》モ社頭ニ念誦シ給タリケルニ、社参ノ客僧ノ中ニ、五十有余ト覚《おぼ》シキ

二二　大峯七五靡第四八番の行場「禅師の宿」（吉野郡上北山村）の近くの地か。 二三　大和国。現、奈良県吉野郡。「行者帰」（↓補注六）周辺の懸崖、「屛風立」のことか。↓補注二五。

二四　大和国。現、奈良県吉野郡下北山村と十津川村の境にある。一七九九・六メートル。大峯七五靡第四〇番の宿。↓補注二六。 二五　未詳。

二六　行者還岳。大和国。現、奈良県吉野郡天川村。一五四六・二メートル。大峯七五靡第五八番の行場。↓補注二五。 二七　通力を得た人。

二八　釈迦の過去世における姿であった国王で、『法華経』を求めて阿私仙に奉仕した。↓補注二七。

二九　仏典に登場するインドの仙人。阿私陀。

三〇　悉達太子。釈迦の出家以前の呼び名。

三一　パキスタン北部のガンダーラにある山。

三二　菩薩が仏道を修して仏果に至るまでの、五〇位の修行に要する極めて長い期間である三阿僧祇劫のうちの、第一の阿僧祇劫。下の「三祇」は、三阿僧劫のこと。

三三　一度真言の呪文（陀羅尼）を唱える行者。

三四　衆生を教え導く巧みな手段。

三五　証誠殿↓一四六頁注一五。

三六　世自在王仏。阿弥陀仏が法蔵比丘として過去世で出家し、四十八願を立てた時の師仏。

三七　衆生の苦しみを救う仏の広大な慈悲。

三八　阿弥陀如来のこと。

三九　縁に従って慈悲心を以て衆生を教え導く権現。

四〇　極楽浄土にある、功徳水を湛えている池。八功徳池。

四一　極楽浄土にある、七宝で飾られた木を七重

山伏ノ雨々《さめざめ》トナクアリ。カタヘノ僧、「[一]ケシカラズ、何事ニカク泣給《なきたまふ》ゾ」ト問ケレバ、此《この》僧答テ曰《いはく》、「余《あまり》ニ哀ナル事有テ、ソヾロニカク泣《なか》ルヽ也。各《おのおの》知給ハズヤ。只今御前ニ参給ヘル[二]道者ヲバ誰トカ見給フ。アレコソ平家ノ嫡々、故小松大臣ノ一男、権亮三位中将維盛ヲ。一門ニ落具《おちぐ》シテ屋島ニト聞《きき》シガ、イカニシテ是マデハ伝《つたひ》給タルヤラン。出家シ給タルニコソ。御髪《ぐし》ノ剃様《そりやう》近キ程ト見エタリ。イト哀ナル事哉。右ノ方ニ少シ指出《さしいで》テ居タルハ、[三]ヤガテ父小松大臣ノ侍ニ、[四]三条斎藤左衛門大夫望頼ガ子、[五]斎藤滝口時頼ヲ。アレモ[六]建礼門院ノ雑司ニ、[七]横笛ト云《いふ》女ニ心ヲ移《うつし》テ通《かよひ》シヲ、父ガ勘当ヲ得テ、ワリナク思シ妻ニ別レ、親ニモシラレズシテ、十八ト申《まうし》シニ偸《ひそか》ニ出家シテ、高野ニ登テ行澄《おこなひすま》シテ有《あり》ト聞シガ、先達シテ参タルニコソ。善知識ノ料ト覚タリ。左ノ方ニ少シ指退《さしのき》テ居タルハ、平治ノ時、[八]悪源太ニ討レシ[九]与三左衛門尉景康ガ子、[一〇]与三兵衛重景ヲ。其後《そのうしろ》ナル小入道ハ、此《この》殿ノ召使《めしつかひ》シ[一一]石童丸ト見エタリ。皆出家シテケルヤ。懸《かか》ル世中ニ是マデ参給ヘルハ、後世ノ事ヲ祈念シテ、水ノ底ニモ入《いり》ナント思召《おぼしめす》ヤラン。父ノ大臣モ此《この》御前ニ参給テ後世ノ事ヲ祈給《いのりたまひ》、下向シテ程ナク失《う》セ給ヒニシカバ、其《その》事思出《おもひいで》給フト覚ユルゾ哀ナル。[一二]安元二年ノ春ノ比《ころ》、[一三]法皇、[一四]法住寺殿

宝樹、また単に宝樹という。「七重宝樹ツラナリテ、常楽我浄ノカゼスズシ、八功徳水キヨクシテ、苦空無我ノナミトナフ」（浄業和讃・極楽讃本）。

二一　紀伊国。現、和歌山県東牟婁郡本宮町。

二二　熊野速玉《はやたま》大社。熊野三社の一つ。紀伊国。現、和歌山県新宮市上本町。主神は速玉之男命。

二四　阿須賀神社。紀伊国。現、和歌山県新宮市阿須賀。蓬萊山の南麓。もと、新宮の摂社。

二五　熊野那智大社。熊野三社の一つ。紀伊国。現、和歌山県東牟婁郡那智勝浦町。主神は熊野夫須美《ふすみ》大神。

二六　紀伊国。現、和歌山県新宮市佐野。

二七　「促　ツヽマル」（類聚名義抄）。

二八　刻々と死に近づくことの譬え。→五七頁注一九。

二九　那智の滝を神格化してこう呼んだ。

三〇　菩薩が衆生を涅槃の彼岸に送ることの譬え。

三一　現世の罪に深く沈んでいる生き物。

三二　観世音菩薩が住むとされる山。

三三　寛和は西暦九八五年四月二七日―九八七年四月四日。花山天皇の代から一条天皇の代にかけての年号。→補注二八。

三四　花山法皇が修行された場所。→補注二九。

三五　聡明で事理に通じていること。

一　常軌を逸している。

二　仏法修行者。僧。

三　とりも直さず、ほかならぬ。

四　斎藤以頼→一一六頁注一。

五　斎藤時頼→一一六頁注二。

六　建礼門院→一一六頁注三。

七　横笛→一一六頁注五。

八　源義平→一三六頁注一二。

九　藤原景康→一三六頁注七。

一〇　藤原重景→一一〇頁注一一。

一一　石童丸→一一〇頁注一二。

ニテ五十ノ御賀ノ有《あり》シニ、[一五]時ノ鈷《きら》ニ付《つき》テ、[一六]青海波ノ曲ヲ舞給シニ、前ニハ月卿玉ノ冠ヲ研《みがき》テ十二人、後ニハ雲客花ノ袂ヲ連《つらね》テ十五人、其《その》中ニ父[一七]大臣ハ内大臣ノ左大将、叔父宗盛ハ中納言右大将、知盛ハ三位中将、重衡ハ蔵人頭中宮亮、已下一門ノ月卿雲客、今日ヲ晴トキラメキテ、皆花ヤカナル[48]貌《かたち》ニテ、舞台ノ[一八]垣代《かいしろ》ニ立給タリシ時ハ、指《さし》モウツクシクコソオハセシカ。中ニモ此《この》時ハ、[一九]四位少将ニテ舞給タリシカバ、[二〇]嵐ニ類《たぐふ》花ノ色、匂ヲ招ク舞ノ袖、天ヲ照シ地モ耀ク程ニ見ヱシカバ、簾中簾外皆[二一]サヽメキ立テ、[二二]桜梅ノ少将トコソ申シヽカ。『哀ニウツクシク見エ給フ人カナ、今三、四年ガ程ニ、大臣ノ大将ハ疑《うたがひ》アラジモノヲ』ト、諸人ニ謂《いは》レ給シゾカシ。去《さり》共《とも》[二三]龍樹菩薩ノ釈ニ曰《いはく》、『[二四]世間如二車輪一、時変似二輪転一』文。ゲニ只今ノ有様ニ引替《ひきかへ》テ御座スルヲ見レバ、[二五]朝ノ紅顔夕ノ白骨、理《ことわり》也ト思合セテ泣ルヽ也」ト語ケレバ、皆人々、[二六]柿ノ衣ノ袖ヲゾ絞ケル。

中将入道、[二七]三ノ山ノ参詣事《こと》ユヘナク被レ遂《とげられ》ケレバ、[二八]浜宮ノ王子ノ御前ヨリ、一葉ノ舟ニ棹サシテ、万里ノ浪ニゾ浮《うかび》給フ。遙《はるか》ノ沖ニ小島アリ、[二九]金島トゾ申ケル。彼《かの》島ニ上リテ松ノ木ヲ削ツヽ、自《みづから》[三〇]名籍ヲ書給ヒケリ。

平家嫡々正統小松内大臣重盛公之子息、権亮三位中将維盛入道、讃岐屋

一二　西暦一一七六年。「五十ノ御賀」は三月四日から六日まで三日にわたって行われた。→補注三〇。　一三　後白河法皇。
一四　現、京都市東山区。現在、京都国立博物館や三十三間堂のある、南北一・一キロ、東西〇・六キロの地（高橋昌明『京都〈千年の都〉の歴史』）。　一五　当時の盛んな威勢。
一六　雅楽の曲名。唐楽。盤渉調で舞人は二人。
一七　安元二年春、重盛は大納言兼右大将、宗盛は権中納言兼左衛門督、知盛は正四位下左中将、重衡は正四位下中宮亮。重盛が左大将、宗盛が右大将になって、兄弟が近衛大将として並んだのは翌年春のこと。知盛が従三位に叙せられたのも同じ。重衡が蔵人頭とされたのは治承四年（一一八〇）一月。延慶・長門両本にもほぼ同じ叙述があるが、両本では知盛のかわりに通盛をあげる。
一八　青海波の舞楽の時、庭に舞人を垣のように囲んで吹奏する楽人達。
一九　維盛はこの時従四位下右近少将。
二〇　激しい山風にともなって散る桜の花の色。
二一　ざわざわとして。がやがやと声を出して。
二二　覚一本に「内裏の女房達のなかには、深山木のなかの桜梅とこそおぼゆれなゞどいはれ給し人ぞかし」（巻一〇「熊野参詣」）という。
二三　龍樹菩薩→一四七頁注二七。

中将入道入水

二四　「世間は車輪の如し、時に変じて輪転に似たり」。「輪転」は、輪のようにまわることから、輪廻の意で、「輪転生死」「輪転相」などという。
二五　藤原義孝の「朝有二紅顔一誇二世路一　暮為二白骨一朽二郊原一」（和漢朗詠集・下・無常・七九四）を引く。
二六　山伏などの着る柿色（赤茶色）の法衣。

島之戦場ヲ出テ、三所権現之順礼ヲ遂《とげ》、那智ノ浦ニテ入水畢《をはん》ヌ。

[一]元暦元年三月二十八日生年二十七

ト書給ヒ、奥ニ一首ヲ被レ遺《のこされ》ケリ。

[二]生レテハ終《つひ》ニシヌテフ事ノミゾ定《さだめ》ナキ世ニ定アリケル

其後又《そののちまた》島ヨリ舟ニ移《うつり》乗リ、遙《はるか》ノ沖ニ漕出給ヌ。思切《おもひきり》タル道ナレド、今ヲ[三]限ノ浪ノ上、サコソ心細カリケメ。三月ノ末ノ事ナレバ、春モ既ニ晩《くれ》ヌ。海上遙《はるか》ニ霞籠《こめ》、浦路ノ山モ幽《かすか》也。沖ノ釣舟ノ波ノ底ニ[四]浮沈《うきしづむ》ヲ見給フニモ、我《わが》身ノ上トゾ被レ思《おもはれ》ケル。[五]帰鴈ノ雲井ノ徐《よそ》ニ一声二声音信《おとづるる》ヲ聞給テモ、[六]故郷ヘ言伝《ことづて》セマホシク覚《おぼ》シケリ。西ニ向ヒ掌《たなごころ》ヲ合《あはせ》、念仏高ク唱《となへ》ツヽ、心ヲ澄シ給ヘリ。既ニ水ニ入給《いりたまふ》カト見エケルガ、念仏ヲトヾメテ宣ケルハ、「噫呼《ああ》、今ヲ限トハ争《いかで》カ都ニ知《しる》ベキナレバ、風ノ便《たより》ノ言伝《ことづて》ハ、折節毎《ごと》ニ[七]アヒマタンズラン。終《つひ》ニ隠レアルマジケレバ、世ニナキ者ト聞テイカ計《ばかり》カ歎悲《なげきかなし》マンズラン、思連《おもひつづけ》ラルゾヤ。縦《たとひ》水ノ底ニ沈共《しづむとも》、ナドヤ今ハ限ノ文一《ひとつ》ナカラント、恨《うらみ》ン事モ糸惜《いとほし》カルベシ。サレバ後ノ世ノ形見ニモナレカシト思ヘバ、最後ノ文ヲカヽバヤト思《おもふ》也」トテ、[八]ヤガテ書給ヘリ。「サテモ都ヲ出テ西国ニ落留《とどまり》タラバ、迎《むかへ》奉ラントコソ思申《おもひまうし》シ

二七　本宮・新宮・那智の熊野三山。
二八　紀伊国。現、和歌山県東牟婁郡那智勝浦町浜ノ宮。
二九　「金島」は延慶・長門・覚一各諸本、「山成（山なりの）嶋」とする。紀伊国。現、和歌山県東牟婁郡那智勝浦町勝浦の綱切島に比定する説（熊野巡覧記）がある。三〇　名籍↓九七頁注四一。ここで「権亮三位中将」というのは、治承四年二月安徳天皇の受禅により、春宮権亮は止められたのだからおかしい。都落ちによる解官以前の維盛は従三位右近権中将兼伊予権守。「平家嫡々正統」というのも疑問が残る。維盛を直ちに嫡子と見ることは問題があるという（高橋昌明『平家の群像』）。延慶・長門両本にはこの語はなく、延慶本は「重盛ノ嫡男」、長門本は「重盛には嫡子」とある。覚一本にはこれに類する表現はなく、祖父清盛・父重盛に続いて「三位中将維盛、法名浄円」とのみ記す。

一　西暦一一八四年。京都の朝廷では寿永三年が代始によって、四月一六日「元暦」と改元したのだから、維盛がこのように書くことはありえない。しかし延慶・長門両本とも同じく「元暦元年」とする。覚一本は「寿永三年」とする。
二　この世に生まれてついには死ぬということだけが、不定のこの世にもきまりであったのだなあ。延慶・長門の両本、覚一本とも、この歌なし。　三　底本「根の」。㋙㋭とも「限の」。誤植とみて改めた。　四　浮いたり沈んだりするように見えることをいう。
五　北国へ帰ってゆく雁。
六　蘇武の雁信の故事を連想。「蘇武ガ胡国ノ恨マデ、思残セルクマモナシ」（延慶本巻一〇―19、長門本巻一七もほぼ同じ）。

ニ、敵ニ攻ラレテ此《ここ》ニモ彼《かしこ》ニモ安堵セネバソモ不《かなはず》レ叶。トテモ遁《のがる》マジキ身也。年月ヲ重《かさね》テ積ル思モ晴《はれ》ガタケレバ、忍ツヽ山伝《づたひ》シテ、今一度見《み》モ[九]シミエ奉テ、[一〇]イカニモナランハ力ナシト思立《おもひたち》テ、屋島ヲバア[一一]クガレ出タレ共、浦々島々ニ敵ミチ〳〵タリト聞《きけ》バ、平《たひらか》ニ上付《のぼりつき》テ、[一二]人々ヲ見奉ラン事モカタシ。[一三]甲斐ナキ者共ニ虜《いけどら》レテ、重衡卿ノヤウニ恥ヲサラサン事モ、身ノ為人《ため》[一四]ノタメ、[一五]日比《ひごろ》ノ思《おもひ》ニ打ソヘテ、由ナク思侍《はべり》ツレバ、[一六]道ヨリ思《おもひ》返シテ、高野ニ昇《のぼり》髪ヲ落シ、戒ヲ持《たもち》テ、貴キ所々拝廻《をがみめぐ》リ、熊野ニ参《まゐり》、後世ヲ祈《いのり》、那智ノ海ニテ空《むなし》ク成侍《なり》リヌ。角《かく》ト聞給テノ御歎、兼《かね》テ思置《おもひおき》奉《たてまつる》コソ労《いた》ハシケレ。御身ト云少《いひをさな》キ者ト申《まうし》、後《のち》イカナラント[一七]思残事侍ラズ。心中タヾ推量《おしはかり》給ベシ。船中ヨリ申セバ、筆ノ立所《たてど》モサダカナラズ。朽セヌ契ナラバ、後世ニハ[一八]必《かならず》」トテ、奥ニ、

[一九]故郷《ふるさと》ニイカニ松風恨《うらむ》ラン沈ム我《わが》身ノ行エシラズハ

トアソバシテ、武里ニタビテ後宣《のち》ケルハ、「ヤヽ入道殿、哀《あはれ》、人ノ身ニ妻子ハ持《もつ》マジキ者也ケリ。此《この》世ニテ物ヲ思《おもふ》ノミニ非ズ、後世菩提マデノ妨《さまたげ》ト成《なる》事ノ心ウサヨ。親《したし》キ人ニモ知セデ屋島ヲイデシモ、若《もし》ヤ都ヘ忍著《しのびつき》テ、今一度相見《あひみる》事モヤト思立《おもひたち》タリシカ共、其《その》事叶《かなふ》ベクモナシ。本三位中将ノ

七 主語は維盛の妻。
八 すぐに。延慶・長門両本や覚一本には北方に手紙を書くことはない。
九 あなたに見られ申し上げて。つまり、お会いして。一〇 死んでもしかたがないと。
一一 心そぞろにさまよい出たが。
一二 あなた方（妻や子供達）。
一三 取るに足りない者ども。
一四 あなた（北方）の意。
一五 平生の思い悩み。
一六 途中から。
一七 迷いのない人間ならば思い残すことがないであろうが。ここでの維盛にはふさわしくない言い方。「思残サヌ事侍ラズ」とあるべきところか。㋭「思ひ残す事侍るなり」。
一八 「必ず一つ蓮《はちす》の上に生まれむ」などというのを略した。
一九 故郷では松風が恨めしいような音を立てて吹き、妻は私を待ってどんなに恨んでいることだろうか。入水する私の行きつく先を知らないのならば。「松風」の「松」に「待つ」を響かせる。

虜《いけどら》レテ、京都・鎌倉恥ヲサラスダニモ心憂《うき》ニ、我サヘトラヘ搦《からめ》ラレテ、[一]父ノ頭《かうべ》ニ血ヲアヤサン事モウタテケレバ、思切テ髪ヲ剃シ上ハ、今更妄念有ベシ共覚《ともおぼえ》ザリシニ、本宮証誠殿ノ御前ニテ、終夜《よもすがら》後世ノ事ヲ祈申《いのりまうし》シニ、少《をさな》キ者共ノ事思出テ、我身《わが》コソ角成《かくなり》ヌ共、故郷ノ妻子平安ニ守給ヘト申サレキ。又[二]未来ノ昇沈ハ、最後ノ一念ニヨルト聞《きけ》バ、一心ニ念仏申テ、九品ノ蓮台ニ生レント、今ヲ最後ノ正念ト思ヘバ、又思出《おもひいづる》ゾヤ。誠ヤ、思《おもふ》事ヲ心中ニ残スハ、妄念トテ罪深《ふかし》ト聞《きけ》バ懺悔スル也」ト語給ヘバ、時頼入道、涙ヲ押拭《おしのごひ》テ、「尊《たふとき》モ卑《いやしき》モ、恩愛ノ道ハ繋《つな》ゲルクサリノ如《ごとし》ト、力及《およば》ザル事ニ侍リ。サレバ迷《まよひ》ヲ捨《すて》テ悟《さとり》ヲトル釈迦如来、菩提ノ道ニ入ラントテ、十九ニシテ城ヲ出《いで》給シニ、[三]耶輪陀羅女ニ遺《なごり》ヲ惜《をしみ》テ出兼《いでかね》給ケリ。仏猶如レ斯《なほかくのごとし》、況《いはんや》凡夫ヲヤ。尤《もつとも》悲ムベシ、争《いかで》カ不レ痛《いたはしからざらむ》。中ニモ夫妻ハ一夜ノ契ヲ結ブ、既ニ[四]五百生ノ宿縁ト申セバ、此世《この》一《ひとつ》ノ御事ニアラズ。角思召《かくおぼしめす》、尤理《もつとももことわり》ナレ共《ども》、生者必滅、会者定離ハ憂《うき》世ノ習ナレバ、縦《たとひ》遅速コソ有《あり》トモ、後《おく》レ先立《さきだつ》御別《わかれ》、終《つひ》ニナクテヤ侍ルベキ。イツモ同《おなじ》事ト可レ被二思召《おぼしめさるべし》一。但《ただし》[五]第六天ノ魔王ト云《いふ》[六]外道ハ、[七]欲界人天ヲ我《わが》[八]奴婢ト領ジテ、此《この》中ノ衆生ノ、仏道ヲ行ジ、生死ヲ離ルヽ事ヲ惜ミ憤《いきどほり》テ、様々ノ[九]方便ヲ

一　類似表現→一二八頁注一二。

二　死後極楽に往生することと地獄に堕ちることとは。

三　釈迦の従妹で、出家以前の釈迦が、悉達太子と呼ばれていた時の妃。太子との間に羅睺羅《らごら》をもうけた。　四　五百生。

五　欲界六天の最高第六位の天（他化自在天）に住む魔王。「第六天の魔王は、一切衆生の仏になることをさへんがために、さいしといふきづなをつけおき、しゆつりのみちをさまたぐといへり」（静嘉堂本西行物語）。　六　悪魔。

七　「欲界」は三界の一つで、欲望にとらわれた生物が住む境域。六道に相当する。「人天」は六道のうちの人間界と天界。「Nindē　ニンデン（人天）」（日葡）。

八　召使いの男（奴）や女（婢）。「NVbi.　ヌビ（奴婢）」（日葡）。　九　手段。

廻《めぐら》シ、是ヲ妨内《さまたぐるうち》、或《あるい》ハ子ト成テ菩提[一〇]ノ大道ヲ塞《ふさぎ》、或ハ妻ト成テ愛執ノ牢獄ヲ不《いださ》レ出《ず》。[49]去共《されども》三世ノ諸仏者《は》、一切衆生ヲ悉《ことごとく》ニ我《わが》御子ノ様《やう》ニ思召テ、浄土不退[一一]ノ地ニ勧入《すすめい》レントシ給フニ、妻子ト云《いふ》者、生死ヲ繫紲《つなぐきづな》[一二]ナルガ故ニ、仏ノ重ク誡《いましめ》給フハ即是《すなはちこれ》也。御心ヨハク不二思召一[50][一三]。伊予入道頼[一四]義ハ、東国ノ俘囚[51][一五]貞任[一六]・宗任[一七]ヲ亡サントテ、十五年[一八]ノ間、人ノ首ヲ切《きる》事[一九]一万五千人、山野ノ獣《けだもの》、江河ノ鱗《うろくづ》ニ至《いたる》マデ、其《その》命ヲ断《たつ》事幾千万ト云《いふ》数ヲ知ラズ。去共《されども》一念菩提心ヲ発《おこし》シニ依テ、往生スル事ヲ得タリ。御先祖平[二〇]将軍ハ、相馬小次郎将門[二一]ヲ討テ、東八箇国[二二]ヲ鎮給《しづめたまひ》シヨリ以来《このかた》、相継《あひつづきて》朝家ノ御守《まもり》ニテ、嫡々九代ニ成給《なり》ヘバ、君コソ今ハ日本国ノ大将軍ニテ御座スベケレ共《ども》、故小松大臣世ヲ早《はやく》セサセ給シカバ、御身ニ積ル御罪業アルベシ共《とも》覚エズ。況《いはん》ヤ出家ノ功徳ハ莫太[二三]《ばくたい》ナレバ、先世ノ罪障悉《ことごとく》ニ亡給ラン。謹テ諸経ノ説ヲ案ズルニ、百千歳ガ間百羅漢[二四]ヲ供養スルモ、一日出家ノ功徳ニハ及バズ、縦《たとひ》人アリテ七宝ノ塔ヲタテン事、高サ三十三天[二五]ニ至《いたる》トモ、一日出家ノ功徳ニハ猶《なほ》及ビ難シトイヘリ。又一子出家[二六]スレバ、七世[二七]ノ父母《ぶも》ミナ得脱ス共明《ともあか》セリ。七世猶如《なほかくのごとし》レ此、況我《いはんやわが》身ニ於テヲヤ。サシモ罪深キ伊予入道、心強《つよき》ガ故ニ往生ヲ遂《とぐ》。サセル罪業オハシマサヾランニ、

一〇　悟りに到達する正しい道。
一一　浄土に生まれて修行が退歩しない境地。
一二　「紲　キヅナ」（類聚名義抄）。
一三　「不可思召」とあるべきか。
一四　源頼義。永延二年（九八八）？—承保二年（一〇七五）七月一三日。八八歳か。清和源氏、頼信の嫡男。正四位で伊予守に至る。→補注三一。
一五　朝廷の支配下に入った蝦夷の人々。
一六　安倍貞任。寛仁三年（一〇一九）—康平五年（一〇六二）九月一七日。四三歳。頼時の二男。前九年の役の末期、厨川の合戦で敗死した。
一七　安倍宗任。生没年未詳。貞任の弟。兄の敗死後、源頼義に降伏、太宰府に流された。松浦党には宗任の後裔を名乗る安倍氏が含まれる。
一八　頼義が陸奥守に任ぜられて争乱を鎮守するために陸奥に遣されたのは永承六年（一〇五一）、安倍氏を追討して陸奥より帰京したのは康平七年（一〇六四）三月。
一九　「頼義朝臣斬二人首一事一万五千人也。各取二置其片耳一、納二一堂一建二立仏閣一、号二耳納寺一」（尊卑分脈）。
二〇　平貞盛→一四〇頁注二〇。
二一　平将門→八〇頁注一〇。
二二　東八箇国→八〇頁注一一。
二三　「Bacutai. バクタイ（莫太）」（日葡）。
二四　「羅漢」は阿羅漢の略。尊敬される聖者、修行者。
二五　忉利天に同じ。
二六　「一子出家すれば九族天に生ず」ともいう。
二七　七代の父母。「Bumo. ブモ（父母）」（日葡）。

ナドカ極楽へ参《まゐり》給ハザルベキ。中ニモ弥陀如来ハ、十悪五逆ヲモ嫌ハズ、一念十念ヲモ導給ハント云《いふ》悲願御座[52]。彼《かの》願力ヲ憑マン人疑《うたがひ》ヤハ有ベキ。[一]二十五ノ菩薩ヲ引具《ひきぐし》給テ、伎楽歌詠シ、只今極楽ノ東門ヲ出来給《いできたりたまふ》ベシ。観音捧《ささげ》二蓮台一、[二]勢至合《たなごころをあはせてむかへ》レ掌迎給ハンズレバ、今コソ滄海ノ底ニ沈《しづむ》ト思召《おぼしめす》トモ、則《すなはち》紫雲ノ上ニコソ昇給ハンズレ。成仏得脱シテ、[三]神通身ニ備《そなはり》給ヒナバ、[四]娑婆ノ故郷ニ還《かへり》テ恋シキ人ヲモ御覧ジ、[五]悲シキ人ヲモ導給ハン事、イト安《やすか》ルベシ」ト申ケレバ、中将入道、然《しかる》ベキ善知識ニコソト嬉《うれしく》テ、忽《たちまち》ニ[六]妄心ヲ翻《ひるがへし》テ[七]正念ニ住シ、又念仏高ク唱《となへ》給ヒ、「[八]光明遍照十方世界、念仏衆生摂取不捨」ト誦シ給ツヽ、海ニゾ入給《いりたまひ》ニケル。与三兵衛入道、石童丸モ、同《おなじくつづき》連テ入ニケリ。舎人武里是《これ》ヲ見テ、余《あまり》ノ悲《かなし》サニ海ヘイラントシケルヲ、「イカニウタテク[九]御遺言ヲバ違《たがふ》ルゾ。下﨟コソ口惜《くちをし》ケレ」トテ、時頼入道イダキ留《とどめ》タリケレバ、船ノ中ニ伏《ふし》マロビ、ヲメキ叫《さけぶ》事不《なのめならず》レ斜。[一〇]悉達太子ノ十九ニテ[一一]檀特山ニ入給シ時、[一二]舎匿舎人ガ被レ棄テ悶焦《もだえこがれ》ケンモ、是ニハ過《すぎ》ジトゾ見エシ。時頼入道モサスガ哀《あはれ》ニ悲《かなし》クテ、墨染ノ袖絞《しぼりあへ》敢ズ。[一三]若《もし》浮ビモゾ上リ給《たまふ》トテ暫シ見ケレ共、三人ナガラ深ク沈テ見エザリケリ。日モ既《すでに》暮ケレバ、名残ハ惜《をしく》思ヘト[一四]共、空《むなし》キ舟

一　阿弥陀仏を念じて極楽往生を願う人の臨終の時に来迎する、観音・勢至をはじめとする二五の菩薩。
二　勢至菩薩。観世音菩薩と共に阿弥陀如来の脇侍。
三　神通力。
四　現世。
五　いとしい人。
六　迷いの心。
七　心から仏を信じ、一心に念仏を唱えること。
八　『観無量寿経』の句。仏は阿難と韋提希《いだいけ》に無量寿仏の身相と光明を観よと告げ、「無量寿仏、有二八万四千相一。一一相、各有二八万四千随形好一。一一好、復有二八万四千光明一。一一光明、偏照二十方世界一、念レ仏衆生摂取不レ捨」と説く。「一一光明偏照十方世界、念仏衆生摂取不捨」の句は、阿弥陀仏の救済の徳をたたえるものとして、塔婆の銘文に書かれたりする（中村元・早島鏡正・紀野一義訳注岩波文庫『浄土三部経下』）。　九　なさけなく。
一〇　釈迦の出家前の呼名。悉達多。
一一　檀持山→一四八頁注一一。
一二　「舎匿」は「車匿」とも書く。
一三　もしかして浮かび上がったりなさらないかと危ぶんで。「もぞ」は危惧・懸念を表わす助詞。
一四　「ト共」、「ト」衍か。㋙おもへとも　㋭思へとも。

ヲ漕《こぎ》モドス。[一五]楫《かい》ノシヅク、落《おつ》ル涙、何《いづ》レモワキテ見エザリケリ。礒近成《ちかくなる》儘ニ、渚ノ方ヲ見レバ、蜑《あま》ドモ多ク集テ奥《おき》ノ方ヘ指ヲサシ、何トヤラン云ケレバ、奇《あや》シク覚《おぼえ》テ舟ヲ指寄《さしよせ》テ問《とふ》。老人申ケルハ、「沖ノ方ニ例ナラズ音楽ノ声シツレバ、各《おのおの》奇《あや》シク聞侍《ききはべり》ツル程ニ、又先々《さきざき》モナキ紫色ノ雲一ムラ、カシコノ程ニ出来テ侍ツルガ、程ナク見エズ成《なり》ヌ。既ニ八十ニ罷成《まかりなり》ヌレ共、未《いまだ》アレ様《やう》ノ雲モ見侍ズ」ト語《かたり》ケリ。サテハ此《この》人々ノ[一六]往生ノ瑞相顕《あらは》レヌ、如来ノ来迎ニ預《あづかり》テ、[一七]紫金ノ台《うてな》ニ乗給《のりたまひ》ニケリト思ケレバ、別離ノ涙、随喜ノ袂トリ〴〵也。

或説云《いはく》、三山ノ被レ遂《とげられ》二参詣一[一八]ニケレバ、高野ヘ下向アリケルガ、サテシモ遁《のが》レハツベキ身ナラネバトテ、都ヘ上《のぼり》、[一九]院御所ヘ参テ、身、[二〇]謀首ニモ侍ラネバ、罪深カルベキニモ非ズ、命ヲバ助《たすけ》ラルベキ由ヲゾ申入ケル。事ノ体《てい》不便《ふびん》ニ思召レテ、関東ヘ被二仰遣一《おほせつかはされ》ケリ。頼朝御返事ニ、「彼《かの》卿ヲ下《くだし》給テ、[二一]体《てい》ニ随《したがひ》テ可二申入一《まうしいるべし》」ト申タリケレバ、可二罷下一《まかりくだるべき》由《よし》法皇ヨリ被二仰下一ケル後ハ、飲食ヲ断《たち》タリケルガ、廿一日ト云ケルニ、関東ヘモ下著《くだりつか》ズ、[二二]相模国湯下宿ニテ入滅トモイヘリ。[53][二三]禅中記ニ見エタリ。

一五　舟を漕ぐ楫から滴る雫とこぼれる涙とは、どちらがどちらとも区別できなかった。

一六　『発心集』第三「或女房参天王寺入海事」でも、「西ニ向テ念仏スル事シバシアリテ、海ニヅブト落入ヌ。……アサマシト、アキレサハグ程ニ、空ニ雲一村出来テ、舟ニウチヲホヒテ、カウバシキ匂アリ。……浜ニ人ノヲホク集リテ、物ヲ見会タルヲ、知ヌ様ニテ問ケレバ、ヲキノ方ニ、紫ノ雲立タリツルナンド云ケル」と語る。

一七　紫色を帯びた純粋の黄金。紫磨金。

一八　底本は「ニケケレハ」。衍字とみて「ケ」を削除した。

一九　後白河法皇の御所。

二〇　「謀主」とも書く。首謀者。

二一　様子を見て判断してこちらの考えを言上致しましょう。

二二　現、神奈川県足柄下郡箱根町湯本。

二三　藤原長方の日記。断簡や抄出、部類記への引用などで伝わるが、ここにいうような記事は現存部分には見られない。

或説ニハ、那智ノ客僧等是ヲ憐《あはれみ》テ、滝奥ノ山中ニ庵室ヲ造《つくり》テ隠シ置タリ。其《その》所今ハ広キ畑ト成テ、彼《かの》人ノ子孫繁昌シテオハス。毎年ニ香ヲ一荷、那智ヘ備《そなふ》ル外ハ別ノ[一]公事ナシ、故ニ爰《ここ》ヲ[二]香曝《かうはた》ト云《いふ》ト。入海ハ偽事《いつはりごと》ト云々。

時頼入道ハ高野ヘ上《のぼり》ニケリ。武里ハ讃岐屋島ニ下《くだり》ニケリ。御弟ノ[三]新三位中将ニ奉レ逢《あひたてまつり》、[四]三位中将入道殿宣《のたまひ》ケル事共《ども》、有ノ儘ニ語《かたりまう》申セバ、「穴《あな》心ウヤ、如何ナル事也共《なりとも》、ナドヤ資盛ニハ知《しら》セ給ハザリケル。サアラバ御伴申《まうし》テ同《おなじ》水底ニモ入《いり》ナマシ物ヲ。我憑《わがたのみ》奉ル程ハ思《おもひ》給ハザリケルウラメシサヨ。[五]一所ニテイカニモナラントコソ申シヽカ」トテ、涙ヲ関《せき》アヘズ泣《なか》レケルコソ[六]無慙《むざん》ナレ。「三位中将ヲバ、[七]池大納言ノ如クニ、頼朝ニ心ヲ通《かよ》ハシテ京ヘ上リニケリト、[八]大臣殿モ心得給テ、資盛ニモ打解《うちとけ》給ハザリツルニ、サテハ身ヲ投《なげ》給ケル事ノ悲サヨ。云置《いひおきたまふ》給事ハナシヤ」ト問給ヘバ、武里泣々申ケルハ、「『京ヘハ[九]穴賢《あなかしこ》、上ルベカラズ。屋島ヘ参テ有ツル事共委《くはしく》申セ。一所ニテイカニモナラントコソ思侍リシカ共、都ニ留《とどめ》置シ少《をさな》キ者共ノ余リニ覚《おぼつかな》クテ、[一〇]有《ある》ソラモナカリシカバ、若《もし》ヤ伝上《つたひのぼり》テ今一度見ルト思テ、アクガレ出タリシカ共、叶《かなふ》ベキ様ナケレバ、角罷成《かくまかりなり》ヌ。[一一]備中

一　租・庸・調・課役などの税。
二　『新定源平盛衰記』に「那智山の奥、大雲取山との間、いま色川という地」という。『和歌山県の地名』（日本歴史地名大系）の「色川郷」に和歌山県東牟婁郡那智勝浦町とし、「建武文書に色川左兵衛尉といふ人あり。……平ノ維盛の裔にて世々此地を領し南朝に奉仕せり」という『続風土記』の記事を引く。
三　平資盛→七四頁注六。
四　平維盛→七〇頁注四。
五　共に死のう。死ぬ時は一緒に。
六　気の毒である。
七　平頼盛→三四頁注一三。
八　平宗盛→一六頁注八。
九　決して上京してはいけない。「あなかしこ」は制止する言葉。
一〇　生きている心地もなかったので。
一一　平師盛→五五頁注一九。

守モ討レヌ、維盛モカク成ヌレバ、イカニモ便《びん》ナク思召ラント心苦《ぐるしく》コソ侍レ。』」又唐皮・小烏マデノ事、細々《こまごま》ト申タリケルヲ聞給テ、「今ハ資盛トテモ非レ可レ叶《かなふべきにあらず》」ト、宣《のたま》ヒモ敢《あへ》ズ御涙ヲ流シ給フ。故[一二]三位中将ニユヽシク似タレバ、武里モ見奉テハ、共ニ袖ヲゾ絞リケル。

一二　資盛が亡き維盛にひどく似ているので。「ユヽシク」とは、この場合、恐ろしいほど、縁起が悪いほどという感じに近い。

源平盛衰記　巻第四十一

源平盛衰記弥巻第四十一

[一]元暦元年三月二十八日ノ除目ニ、兵衛佐頼朝、正四位下ニ叙ス。尻付《しづけ》[二]ニハ追二討義仲一賞トゾ有ケル。[三]元《もと》従五位下ナレバ、已《すで》ニ五階[四]ノ賞ニ預ル。勲功ノ越階[五]、其《その》例アルニ依テナリ。

同《おなじき》四月十五日子《ねの》時ニ、崇徳院遷宮[六]アリ。春日ガ末[七]、北河原ノ東也。此《この》所ハ大炊殿[八]ノ跡、先年[九]ノ戦場也。去《いん》ジ正月ノ比《ころ》ヨリ、民部卿成範卿[一〇]・式部権少輔範季[一一]両人、奉行トシテ被《せられ》二造営一ケルガ、成範卿ハ故小納言入道信西[一二]ガ子息也。信西、保元ノ軍《いくさ》ノ時、御方ニテ専《もはら》事行[2]シ、新院ヲ傾ケ奉リタ[一三]ル者ノ息男也。造営ノ奉行神慮ハヾカリ有《あり》トテ、成範ヲ改ラレテ、権大納[一四]言兼雅卿奉行セラレケリ。法皇[一五]御宸筆ノ告文[一六]アリ、参議式部大輔俊経卿[一七]ゾ草シケル。権大納言兼雅卿、紀伊守範光[一八]、勅使ヲツトム。御廟ノ御正体ニハ御鏡ヲ被《もちゐられ》レ用ケリ。彼《かの》御鏡ハ、先日御遺物ヲ兵衛佐局[一九]ニ御尋《たづね》アリケルニ、取出テ奉タリケル八角ノ大鏡也。元ヨリ金銅普賢[二〇]ノ像ヲ鋳付《いつけ》奉タリケリ。今度平文[二一]ノ箱ニ被《をさめたてまつられ》レ奉レ納タリ。又故宇治左大臣[二二]ノ廟、同《おなじ》ク東ノ方ニ

頼朝叙正四位下

一　西暦一一八四年。京都の朝廷が寿永三年を「元暦」と改元したのは四月一六日。頼朝の叙正四位下→補注一。　二　除目・叙位の際、新任者の名の下に叙位の理由を記したもの。「しりづけ」とも読む。　三　頼朝が初めて登場する『公卿補任』文治元年の条の尻付。→補注一。

崇徳院遷宮

四　従五位上・正五位下・正五位上・従四位下・従四位上の五階を飛び越えての賞。　五　段階を飛び越えて昇進すること。　六　崇徳院遷宮→補注二。　七　春日小路。京の東西に通じる小路。現在の京都市の丸太町通にほぼ該当する。　八　白河北殿。　九　保元元年（一一五六）七月の保元の乱。　一〇　藤原成範。保延元年（一一三五）―文治三年（一一八七）三月一七日。五三歳。南家貞嗣流、信西の三男。母は後白河院乳母従二位藤原朝子（紀伊二位）。→補注三。　一一　藤原範季。大治五年（一一三〇）―元久二年（一二〇五）五月一〇日。七六歳。南家貞嗣流、範兼の男。実父は能兼。母は高階為賢女。→補注四。　一二　「小納言」は「少納言」の当て字。信西は俗名藤原通憲。嘉承元年（一一〇六）―平治元年（一一五九）一二月一三日。五四歳。南家貞嗣流、文章生実兼の男。母については諸説がある。→補注五。　一三　滅ぼし申し上げた者の息子である。　一四　藤原兼雅。久安四年（一一四八）―正治二年（一二〇〇）七月

アリ。権大納言、拝殿ニ着シテ、再拝畢《をはり》テ告文ヲ披《ひら》カレテ、又再拝アリテ、[一]俗別当神祇大副卜部兼友朝臣ニ下《くだし》給フ。兼友[3]祝《のつと》申テ前庭ニシテ焼《やき》レ之《これを》ケリ。[二]玄長ヲ以テ別当トス[三]故教長卿子。[四]慶縁ヲ以テ権別当トス[五]故西行法師子。遷宮ノ有様、事ニ於テ厳重也キ。

同《おなじき》二十六日ニ、[六]甲斐ノ一条次郎忠頼被レ誅ケリ。酒礼ヲ儲《まうけ》テ[4]謀《たばかり》テ、[七]宮藤次資経、[5][八]被官滝口朝次等是《これ》[6]ヲ抱タリケリ。忠頼為方《せむかた》ナクテ亡ニケリ。郎等アマタ太刀ヲ抜テ縁ノ上ニ走昇リ、打テ懸《かかり》ケルヲ搦捕ラントシケル程ニ、疵ヲ蒙ル者多カリケリ。忽ニ三人ハ伏誅セラレ、其《その》外ハ皆生捕《いけどら》レヌ。忠頼ガ父、[九]武田太郎信義ヲ追討スベキ由、頼朝ノ下知ニ依テ、[一〇]安田三郎義貞ハ甲斐国ヘ発向ス。義貞ガ為ニハ信義ハ兄也、忠頼ハ甥ナガラ婿也ケリ。世ニ随フ習トテ、[7]兄誅罰ニ下リケルコソ無慙《むざん》ナレ。

同五月十五日、[一一]前大納言頼盛卿上洛シ給ヘリ。関東ニテ被《せられ》二[一二]賞翫一給ケル事、心モ詞《ことば》モ及ガタシ。此《この》人鎌倉ヘ下リ給ケル事ハ、平家都ヲ落給シニ、共ニ打具シテ下《くだり》給シ程ニ、兵衛佐ノ兼テノ状ヲ憑《たのみ》テ、道ヨリ返《かへり》給ヘリ。彼《かの》状ニハ「難《のがれがたき》レ遁命ヲ寛《ゆる》シテ生《いけ》ラレ奉リシ事、偏《ひとへ》ニ[一三]池尼御前ノ芳恩ニ侍リ。其《その》御志[一四]生々《しやうじやう》ニ忘難シ。頼朝世ニ[一五]経廻セバ、御方《みかた》ニ奉公仕《つかまつり》テ、彼《かの》御

一八日。五三歳。北家師実流、忠雅の一男。母は藤原家成女。→補注六。　一五　後白河法皇。
一六　神に申し上げる言葉を書き記した文書。
一七　藤原俊経。永久二年（一一一四）—建久二年（一一九一）一月二二日。七八歳。北家内麿流、顕業の二男。母は大江有経女。→補注七。
一八　藤原範光。久寿元年（一一五四）—建暦三年（一二一三）四月五日。六〇歳。南家貞嗣流、範兼の男。母は源俊重女。→補注八。

忠頼被討

一九　崇徳院の女房。生没年未詳。法性寺執行法印信縁の女。大蔵卿源行宗の養女。崇徳院に愛され、重仁親王の母となる。
二〇　普賢菩薩。
二一　「平文《ひやうもん》」は漆の文様で、金銀の薄板または貝を文様として切り、漆の面に貼って漆を塗ったのち、研ぎ出す技法のもの。
二二　藤原頼長。保安元年（一一二〇）五月—保元元年（一一五六）七月一四日、三七歳。北家摂家相続流、忠実の二男。母は藤原盛実女。左大臣従一位に至る。→補注九。

一　生没年未詳。卜部兼時男。正四位下、神祇大副、平野社預。→補注一〇。

頼盛関東下向

二　『尊卑分脈』に藤原教長の子として記載される。母は未詳。比叡山の僧。
三　「故教長卿」は藤原教長。天仁二年（一一〇九）生、没年未詳だが、治承四年（一一八〇）一〇月以前没。→補注一一。
四　『尊卑分脈』佐藤義清（西行）の子に不見。
五　西行は俗名は佐藤義清《のりきよ》。法名は円位と自署する。元永元年（一一一八）—文治六年（一一

恩ニ可レ奉レ報。コノ条矯[一六]飾ノ作リ言ニ非ズ、且《かつ》ハ二所[一七]八幡ノ御知見ヲ仰グ」ト、度々被二申上[一八]一タリケレバ、深《ふかく》其状ヲ憑《たのみ》テ落残リ給タレ共、頼朝コソ角《かく》ハ思フ共、木曾冠者[一九]・十郎蔵人[二〇]、我ニ情ヲ置《おく》ベキニ非ズ、イカヾ成《なり》行《ゆか》ンズラン、波[二一]ニモ付《つか》ズ、礒ニモ付《つか》ヌ風情シテ、肝心《きもこころ》ヲ砕テ過給ケル程ニ、行家ハ木曾ニ恐レテ都ノ外ニ落ヌ、義仲ハ九郎冠者[二二]ニ討レケレバ、聊《いささか》安堵シ給ヘルニ、兵衛佐ヨリ重《かさね》テ状ヲ上《のぼ》セ給ヘリ。「企二上洛一可二参申《まゐりまうすべき》一之処《ところ》、其《その》条当時難治[二三]ニ侍リ。急ギ御下向アラバ畏《かしこまり》存ズベシ。且ハ故尼御前ヲ見奉《たてまつる》ト思《おもひ》侍《はべる》ベシ。宗清[二四]左衛門尉、同《おなじく》可レ被二召具《めしぐせらるべし》一」ト被レ申《まうされ》タリケルニ依テ下向シ給ケリ。弥平左衛門尉宗清ト云《いふ》ハ、本《もと》ハ平家ノ一門也ケリ。当時《たうじは》侍《さぶらひ》[二五]振舞《ふるまひ》ニテ、池殿[二六]ニハ相伝専一[二七]ノ者也。頼朝ノ命ニ任テ可二召具《めしぐすべき》一由被レ仰《おほせられ》ケルニ、宗清辞《じし》申ケリ。大納言「イカニ」ト問給ヘバ、「君ハ角《かく》テ御渡《わたり》アレ共、御一門ノ公達、西海ニ漂テ安キ御心ナシ、思《おもひ》遣《やり》奉ルニ心ウク覚《おぼえ》テ、安堵ノ心侍ラズ。今度ノ御伴《とも》ヲバ暇《いとまたまはり》給テ、逐《おつ》テ可二下向仕《げかうつかまつるべし》一」ト申也[8]。大納言苦々《にがにが》シク恥《はづかしく》思給テ、「一門ヲ引別《ひきわかれ》テ落留《おちとどま》ル事、我《わが》身ナガラモイミジトハ存《ぞんぜ》ネ共、妻子モアレバ世モ難レ捨《すてがたく》テ、甲斐ナキ命モ惜ケレバ慭《なまじひ》ニ留リキ。此《この》上ハ留ルベキニ非ズ、下ラント思《おもふ》也。

九〇）二月一六日、七三歳。藤原氏北家藤成流、左衛門尉康清の男。母は監物源清経女。→補注一二。

六　一条忠頼。清和源氏、信義の男。生年未詳。→補注一三。

七　工藤祐経。→補注一四。

八　未詳。「被官」は隷属関係の深い従者の意。

九　武田信義。生没年未詳。清和源氏、清光の男。母は手越の遊女。→補注一五。

一〇　安田義定。長承三年（一一三四）―建久五年（一一九四）八月一九日。六一歳。清和源氏、清光の男、信義の弟。→補注一六。

一一　平頼盛→三四頁注一三。

一二　厚遇をお受けになったこと。「Xǒquan. シャウクワン（賞翫）非常に手厚いもてなしをすること」（日葡）。

一三　池禅尼。生没年未詳。→三四頁注一二。

一四　いつまでも。

一五　世に生き永らえて年月を送るとしたならば、お味方として忠実にお仕え申し上げて、あの亡き池禅尼の御恩にお報い申し上げましょう。

一六　うわべを偽り飾った言葉。

一七　「二所」は「二所権現」の略で、伊豆権現と箱根権現。「八幡」は鶴岡八幡宮。

一八　「申上」、㋙㋭とも「申あけ」。「まうしのぼせ」か。

一九　源義仲。久寿元年（一一五四）―寿永三年（一一八四）一月二〇日。三一歳。清和源氏、義賢の男。母は遊女という。→補注一七。

二〇　源行家。生年未詳。文治二年（一一八六）五月一二日没。清和源氏、為義の十男。母は未詳。初名、義盛。→補注一八。

二一　中途半端な状態であることを比喩的にいう。西行の『聞書集』に「折につけたる歌よみけるに」として「泊りなきこの頃の世は船なれや波にも付かず磯も離れぬ」（二三九）とある。

二二　源義経。

二三　現在むずかしいのです。

二四　平宗清。生没年未詳。桓武平氏、季宗の男。母は未詳。→補注一九。

二五 侍としての行動。二六 頼盛の家。
二七 代々伝えられて、不可欠の家来。

一 大事も小事も。
二 賛成できないと。
三 平治の乱の時。
四 私（宗清）が頼朝の身柄を預り。→補注二〇。
五 現、滋賀県野洲郡野洲町の西部。
六 このことは忘れない（主語は頼朝）。
七 かえっていかにも訳ありげでありましょう。
八 養生すること。病中。
九 残念でした。
一〇 わだかまり。
一一 所領をあてがう文書。
一二 「結構」の当て字。用意。支度。

[一]大小事汝ニコソ被仰合《おほせあはせられ》シカ、落留リシ事不受思《うけずおもひ》ハヾ、其時《そのとき》ナドヤ所存ヲ申サヾリケルゾ」ト宣ヘバ、宗清、「人ノ身ニ命ニ過《すぎ》テ惜《をし》キ物ヤハ候ベキ。身アレバ又世ハ捨ラレヌ事ナレバ、御トマリヲ悪シトニハ非《あら》ズ。兵衛佐モ命ヲ被生進《いけられまゐら》セテコソ懸《かか》ル幸ニモ合《あひ》給へ。平治之時[三]預リ置《おき》[四]、情アル体《てい》ニテ相当リシ事、又故尼御前ノ仰《おほせ》ニテ、[五]近江国篠原ノ宿マデ送奉シ事、[六]忘レヌト承レバ、御共《とも》申テ下《くだり》タラバ、定《さだめ》テ所領・引出物ナンド給ハンズラン。其《それ》ニ付《つけ》テモ西海ニ御坐ス公達・侍共ノ待聞《まちきか》ン事恥《はづかし》ク侍レバ、今度ハ暫ク罷《まかり》留《とどまる》ベシ。君ハ落留《おちとどまり》御坐上《うへ》ハ、御下向ナカランモ[七]中々様《やう》ガマシカルベシ。兵衛佐尋《たづね》申サレバ、折節労《をりふしいたは》[八]ル事アリト申《まうし》タクコソ侍レ」トテ下ラザリケレバ、聞《きく》人、ゲニモト感ジ申ケリ。大納言、鎌倉ニ下著シ給タリケレバ、兵衛佐急《いそぎ》見参シ給ケルニ、先《まづ》「宗清左衛門ハ御伴《とも》歟」ト被尋申《たづねまうさる》。「労《いたはる》事アリテ下向ナシ」ト宣ケレバ、世ニモ本意ナゲニテ、「頼朝召人《めしうど》ニテ宗清ガモトニ預置《あづけおか》レタリシニ、事ニフレテ情深《ふかく》アタリ申《まうし》シカバ、忘難ク恋シクモ覚テ、必《かならず》可被召具《めしぐせらるべき》由兼テ申上《まうしのぼ》セテ侍レバ、御伴ニハ定テ下リ候ラント相存ジテ候ヘバ、返々《かへすがへす》[九]遺恨ニ候キ。平家都ヲ落ヌ、今更頼朝ニ面《おもて》ヲ合セン事ヨナド云《いふ》[一〇]意趣モ残《のこり》侍ルニヤ」トマデ宣テ、誠ニ本意ナ

一三　鞍を置いた馬。「鞍被」、Ⓒ㋭とも「くらをき」。
一四　鞍を置かない馬。
一五　宿直のための衣服や夜具。
一六　身分不相応なことをしてはならない。
一七　天子の乗る車を引く六頭の馬を意味する六《りく》馬《ば》（六竜《りくりよう》）のことか。
一八　馬の性質が荒くて、はねまわることをいうが、この場合は勇ましい馬の意か。
一九　主語は都に残してきた妻子か。
二〇　「前権大納言正二位　平頼盛五十三　五月日自二関東一入洛。六月五日還任。十二月廿日辞退。以二男侍従光盛一申二任左少将一。廿九日本座」（公卿補任・元暦元年　散位）。
二一　内密に天皇に奏上して願うこと。
二二　知行国や荘園。知行国は、特定の公卿などがある国の国務を執り行い、その国の収益を得る制度。荘園は貴族や寺社の私有地。
二三　上位機関から下位の役所などに出される命令文書。
二四　鷲羽は真鳥羽《まとりば》・真羽《まば》などと呼ばれ、矢羽に用いられた。尾羽を用いるので、「尻」を単位として数える。『台記』仁平三年（一一五三）九月一四日条に、藤原頼長が奥州の藤原基衡に荘園の年貢を増すよう、雑色を使者として交渉した記事の中に、「鷲羽十尻」「鷲羽五尻」などの記述があり、『吾妻鏡』文治五年（一一八九）九月一七日条に「毛越寺事」として、基衡が同寺の本尊造立の功物として仏師雲慶に送った品目の記述にも「鷲羽百尻」とある。
二五　「直　アタヒ」（類聚名義抄）。
二六　利得。財産。
二七　所領→補注二一一。

シト思ヘル気色也。宗清ガ料トテ、所領ノ宛文《あてぶみ》[一一]マデ成儲《なしまうけ》、馬・鞍・絹・染物等、サマ〴〵ノ引出物用意アリ。其上《そのうへ》大名三十人ニ仰セテ、「一人別ノ[一二]結講ニハ、鞍被《おき》[一三]馬・裸馬[一四] 各《おのおの》一疋、長櫃一合、其《その》中ニハ宿物《とのゐもの》[10][一五]一領、小袖十領、直垂五具、絹十疋入《いる》ベシ、此外不レ可二過分一《このほかくわぶんすべからず》[一六]」ト被二下知一《げちせられ》ケレバ、三十人面々ニ我《われ》ヲトラジト、馬ハ六鈴[一七]沛艾[一八]ヲ撰ビ、鞍ハ金銀ヲ鏤《ちりばめ》タリケレ共、下ラザリケレバ、是モ面々ニ本意ナキ事ニゾ思《おもひ》申シケル。大納言殿ヲバ、「暫ク鎌倉ニモ御坐シ候ヘカシ」ト宣ケレ共、京都[一九]ニモ 賓《おぼつかな》ク思ラントテ、急《いそぎ》 被二上洛一《せられ》ケレバ、大納言殿[二〇]ニ可レ奉二成 返一《なしかへしたてまつるべき》之由被レ申二内奏一《まうされ》[二一]ケル上、本《もと》ノ知行[二二]庄園ハ一所モ無二相違一《さうゐなく》、其外《そのほか》所領八箇所ノ下文《くだしぶみ》[二三]等書副《そへ》テ奉ル。鞍置《おき》馬廿疋、裸馬二十疋、長持二十合、中ニハ衣染《きぬそめ》物・砂金・鷲[二四]ノ羽ナド被レ入《いれられ》タリ。其直《そのあたひ》[二五] 十万余貫ニ及ベリト云《いふ》。兵衛佐加様《かやう》ニモテナシ給《たまひ》ケレバ、大名小名、我モ〳〵ト引出物ヲ奉ル。宗清ガ料ノ用意モ皆此《この》殿ニゾ奉ケル。去《され》バ上リ給ケルニハ、馬モ三百疋ニ余《あまり》ケリ。命ヲ生《いけ》給ヘルダニモ難レ有《ありがたきに》、剰《あまつさ》ヘ徳付《つき》[二六]、所知[二七]得給ヘリト披露有ケレバ、人ノ口様々也。或《あるい》ハ「家ノ疵ヲ顧《かへりみ》ズ、一門ヲ引分テ、永ク名望ヲ失《うしなひ》テ、今ニ存命ヲ全《まつたう》スル事不レ可レ然《しかるべからず》」ト謗《そし》ル者モアリ。又「池《いけの》尼公、頼朝ヲ不[11]二宥生一、頼盛争カ虎ノ口[一]ヲ遁《のがれ》テ鳳城[二]ニ還ラン。積[三]善家《しやくぜんの》ニハ有㆓余慶㆒ト云《いふ》、誠ナルカナ」ト、羨嘆《うらやみほむ》ル者モアリ。其《その》口何《いづ》レモ理《ことわり》也。

同《おなじき》六月一日、源九郎義経、[四]不㆑申《まうさず》㆓身之暇《いとま》㆒、ヒソカニ関東ヘ下向ス。梶原平三景時ガ為ニ讒言セラレテ、無㆑誤事《あやまちなき》ヲ謝[12]ントゾ聞エシ。其《その》間ニ土肥次郎実平、西国ヨリ飛脚ヲ立ツ。九国ノ輩《ともがら》大略平家ニ同意之間、官兵不㆑得《えざる》㆑利之由言上シタリケレ共、義経、平家追討ノ事ヲ抛《なげうち》テ下向シタリケレバ、人皆傾《かたぶ》ケ[五]申ケリ。

同三日、前斉院次官[六]親能（前明経博士広季子、頼朝之臣専一者也）[七]、双林寺[八]ニシテ前美濃守義広[九]ヲ搦《からめとる》捕間、両方疵ヲ蒙《かうぶる》者多シ。木曾義仲ニ同意シテ、去《さんぬる》正月合戦之後、跡ヲ晦《くらま》シテナカリケルニ、今在所ヲアナグラレテ[一〇]、遂ニ被㆓搦捕《からめとられ》㆒ケリ。此《この》義広ト云《いふ》ハ、故六条判官為義[一一]ガ末子也。武ヲ以テハ夷賊ヲ平ゲ、文ヲ以テハ政務ヲ糺ストコソ云《いふ》ニ、親能ハ明経博士[一二]也、義広ハ源家ノ勇士也。今重代武勇ノ身ト生レテ、儒家[一三]ノ為ニ虜《いけど》ラレケルコソ口惜ケレト、人皆唇ヲカ[一四]ヘシテ爪ヲ弾《はじ》ク、実《まこ》ト丶覚エタリ。

同六日[一五]、前大納言頼盛卿、大納言ニ還任ス。蒲冠者範頼[一六]参川守ニ任ジ、源広綱[一七]駿河守ニ任ジ、源義延[一八]武蔵守ニ任ジケリ。此等ハ内々頼朝朝臣吹挙

一　非常に危険で難儀なこと。

二　天子の宮殿のある都の意で、ここでは京の都をさす。上の「虎ノ口」と対をなす。

義経関東下向

三　善行を積み重ねた家には、その子孫にまで幸福が訪れるという諺。「積㆑善之家必有㆓余慶㆒、積㆓不善㆒之家必有㆓余殃㆒」（易経・文言伝）にもとづく。　四　個人的な休暇を申請せず。

五　おかしいと首を傾けて批判した。

六　中原親能→一〇六頁注一四。「斉」は「斎」の当て字。　七　中原広季。生没年未詳。広忠の男。掃部頭、明経博士、従四位下。

八　山城国。現、京都市東山区鷲尾町。→一二六頁注一六。

親能搦義広

九　源義広。『尊卑分脈』は「義憲」とする。生年未詳。『吾妻鏡』によれば、元暦元年（一一八四）五月四日、伊勢国で波多野三郎他に討たれた。清和源氏、為義の男。母は六条大夫重俊女。志田三郎先生と号した。→補注二二。

一〇　詮索されて。

一一　源為義。生年未詳。保元元年（一一五六）八月三日没、清和源氏、義親の男。祖父義家の子に擬された。検非違使左衛門大尉、従五位下。　一二　大学寮で明経道（経書を学ぶ課程）を教えた官の最上席。

一三　儒者の家、またその家に生まれた人。

一四　「唇ヲカヘス」は、あざけりそしる意、「爪ヲ弾ク」は、非難・軽蔑・排斥などの心で爪弾きをすること。

一五　公的には元暦元年（一一八四）六月五日のこととされる。→一六七頁注二〇及び補注二三。　一六　源範頼→二一一頁注一九。

申ケルトゾ聞エシ。

同八日、去晦日《さんぬるつごもり》、平氏備前国[一九]ニ責来《せめきた》ル。甲斐源氏ニ板垣冠者兼信[二〇]信義、二男美濃国[二一]ヲ出テ、備後国[二二]ニ行向テ合戦シケリ。平氏ノ船十六艘ヲ討取《うつとる》間、両方命ヲ失フ者其《その》数ヲ不レ知《しらず》。依《これにより》レ之、兼信、美作国[二三]司ニ任ズベキ由、言上シケリ。

伊賀国[二四]山田郡ノ住人、平田四郎貞継[二五]法師ト云《いふ》者アリ。是ハ平家ノ侍《さぶらひ》肥[二六]後守貞能ガ弟也。平家西国ニ落下《おちくだり》テ、安堵シ給《たまは》ズト聞エケレバ、日比《ひごろ》ノ重恩ヲ忘レズ、多年ノ好《よしみ》ヲ思テ、当家ニ志アル輩《ともがら》、伊賀・伊勢両国ノ勇士催シ、平田ノ城[二七]ニ衆会シテ謀叛ヲ起シ、近江国ヲ打従ヘテ、都ヘ責入ベシト聞エケレバ、佐々木源三秀義[二八]驚キ騒ギケリ。我《わが》身ハ老体ナレバ、東国・西国ノ軍《いくさ》ニハ、子息共ヲ指遣《さしつかはし》テ不二下向一《げかうせず》。近キ程ニ敵ノ籠《こもり》タルヲ聞キナガラ、非レ可二黙止一トテ、国中ノ兵ヲ催集《もよほしあつめ》テ、伊賀国ヘ発向シケレバ、甲賀[二九]上下郡ノ輩、馳集《はせあつまり》テ相従《あひしたがひ》ケリ。秀義ハ法勝寺[三〇]領大原庄ニ入《いり》、平家ハ伊賀ノ壬生野[三一]平田ニアリ。行程三里ヲバ不レ過《すぎざり》ケリ。源平互《たがひ》ニ、勝《かつ》ニ乗《のる》ベキカ、敵ノ寄《よす》ルヲ待ベキ歟ト評定シケリ。平家ノ方ニ伊賀国住人壬生野[三二]新源次能盛ト云《いふ》者ノ計《はから》ヒ申ケルハ、「当国ハ分限[三三]セバシ、大勢乱入《みだれいり》ナバ国

一七 生没年未詳。清和源氏、頼政の男。兄仲綱の猶子。駿河守従五位下。太田氏の祖。

平田入道謀叛三日平氏

一八 大内義信。生没年未詳。清和源氏、平賀盛義の男。→補注二四。
一九 現在の岡山県の南東部。
二〇 板垣三郎兼信。底本「桓」は「垣」の当て字。→九五頁注四八。
二一 現在の岐阜県の南部。
二二 現在の広島県の東部。この「合戦」については→補注二五。
二三 美作国は現在の岡山県の北部。
二四 伊賀国東部。現、三重県上野市・阿山郡などの地。二五 平家継。桓武平氏、家貞の男。
二六 平貞能→一三九頁注一八。
二七 現、三重県阿山郡大山田村平田がその跡地とされる。
二八 源（佐々木）秀義→四四頁注八。
二九 「甲賀」は近江国一二郡の一つ。現在の滋賀県南東部。
三〇 法勝寺は承暦元年（一〇七七）白河天皇が洛東白河の地に建てた勅願寺で、六勝寺の一つ。大原庄は近江国。現、滋賀県甲賀市に大原市場・大原中・大原上田などの地名がある。
三一 現、三重県伊賀市山畑・川東・川西が壬生野郷に当たるとされる。現、伊賀市川東に壬生野城跡があるという。
三二 未詳。
三三 範囲。

ノ煩《わづらひ》、人ノ歎《なげき》也。近江国ヘ打出《うちいで》テ、鈴鹿山ヲ後《うしろ》ニ宛《あて》テ軍センニ、敵弱ラバ蒐《かけ》テンズ、敵健《つよ》[一]ラバ山ニ引籠《ひきこもり》、ナドカ[13]一戦セザルベキ」ト云ケレバ、「然《しかる》ベシ」トテ、源次能盛、貞継法師、三百余騎ノ兵ヲ引卒シテ、柘殖卿[二]、与[三]野、道芝打分テ、近江国[四]甲賀郡上野村、櫛窪[五]、篠鼻[六]、田堵野[七]ニ陣ヲ取テ、北ニ向テ引《ひか》ヘタリ。佐々木ハ、大原庄油日《あぶらび》[八]明神ノ列[14]、下野[九]ニ南ヘムケテ陣ヲ取《とる》。源平小河ヲ隔《へだて》テ引《ひか》エタリ。両陣七、八段ニハ過《すぎ》ザリケリ。互ニ名[一〇]対面シテ、散々ニ射《いる》。死ヌル者モアリ、手負《おふ》者モ多シ。平家ハ思切タリケレバ、命モ惜《をしま》ズ戦フ。源氏ノ軍緩[15]ナリケレバ、源三秀義一陣ニ進《すすみ》テ、「平氏ハ宿運既《すで》ニ尽テ西海ニ落給ヌ。残党争《いかで》カ源家ヲ傾クベキ。蒐《かけ》ヨ若党、組《くめ》ヤ者共」ト下知シケル処ニ、壬生野ノ新源次能盛、十三束[一一]三伏ヲヨ[一二]引《つぴき》堅メテ放ツ矢ニ、透間《すきま》ヲ射[一三]サセテ馬ヨリ落《おつ》。秀義ガ郎等、敵ヲモラサジ[一四]ト目ニ懸《かけ》テ、暫シ堅メテ放ツ矢ニ、能盛馬ヨリ下ヘ射落サル。敵ニ頸ヲ取《とら》レジト、乗替[一五]ノ童《わら》ハ馬ヨリ飛下リ、主ノ首ヲ掻落《かきおと》シテ、壬生野ノ館《たち》ニ馳帰《はせ》ル。源氏郎等共モ、今日ノ大将軍源三秀義ヲ誅[16]シテ、五百余騎轡《くつばみ》ヲ並ベテ、河ヲザト渡シテ、揉《もみ》[一六]ニモミテゾ蒐《かけ》タリケル。西国ノ住人等散々《さんざん》ニ蒐立《かけたて》ラレテ、自《おのづからさきだつ》[一七]先立者ハ遁《のがれ》ケレ共、後陣ハ多《おほく》討レニケリ。今ハ返合《かへしあは》スルニ及

一　「健　ツヨシ」（類聚名義抄）。
二　拓殖郷は伊賀国、現在の三重県伊賀市拓殖町。「卿」は「郷」の当て字。
三　現、三重県伊賀市予野。
四　現、滋賀県甲賀市甲賀町上野。
五　㋙は「くしくほ」、㋭は「フシクホ」とルビ。
六　未詳。
七　現、滋賀県甲賀市甲賀町田堵野。
八　油日神社。現、滋賀県甲賀市甲賀町油日。
九　未詳。
一〇　戦場で互いに名乗りあうこと。
一一　「束《そく》」も「伏《ふせ》」も矢の長さを測る単位。「束」は親指を除いた四本の指の幅。「伏」は指一本の幅。
一二　よく引きしぼって、そのままちょっと保って。
一三　射られて。
一四　とり逃がすまいと。
一五　乗り替えるために用意した馬を預って乗る童。「Norigaye. ノリガエ（乗替）控えの馬」（日葡）。
一六　馬を激しく責めて急がせ。
一七　たまたま。まれに。

ズトテ鈴鹿山ニ引籠《ひきこもる》。夫《それ》ヨリチリ〲ニコソ成《なり》ニケレ。平家[一七]重代之家人也、[一八]相伝恩顧ノ好《よしみ》難レ忘《わすれがたく》シテ、思立ケル志ハ哀《あはれ》ナレ共、[17][一九]大気《おほけ》ナシトゾ覚エタル。[二〇]三日平氏ト笑ケルハ此《この》事也。

同《おなじき》十七日、平氏軍兵等船ニ乗リ、摂津国[二一]福原ノ故郷ニ襲来《おそひきた》ル由、梶原平三景時、備前国ヨリ[二二]飛脚ヲ以テ申上タリケレバ、都ノサハギ斜《なのめ》ナラズ。

[二三]権亮三位中将入道ノ北方ハ、[二四]自《おのづから》ノ言伝《ことづて》モ絶《たえ》ハテ、風ノ便《たより》ノ音信《おとづれ》ヲモ聞給ハデ程フレバ、覚束《おぼつか》ナクゾ思召《おぼしめし》ケル。月ニ一度ナドハ必《かならず》文ヲモ待《まち》見給ヘ共、春モ過《すぎ》夏モ闌《たけ》ヌ。イカニト成《なり》給ヌルヤラント思召ケルニ、三位中将ハ屋島ニハ御坐セズト云《いふ》人アリト聞給テ、浅猿《あさまし》サノアマリニ、人ヲ屋島ヘ奉タリケレ共、ソレモ急《いそぎ》返リ上ラズ。早《はや》秋ニモ成ニケレバ、イトヾ為《せむ》方《かた》ナクゾオボサレケル。七月七日、御使返リ上レリ。「イカニ御返事ハ」ト尋給ヘバ、御使涙ヲ流シテ、「『去《いん》ジ三月十五日ニ屋島ヲ出《いで》サセ給テ、高野ヘ参給タリケルガ、[二五]時頼入道ノ庵室ニテ御髪ヲロシ、其《それ》ヨリ[二六]熊野ヘ伝ヒ給ツヽ、三山拝マセ給テ後、[二七]那智ノ沖ニテ御身ヲ抛《なげ》サセ給ケレバ、重景モ石童丸モ出家シ[二八]伝リケルガ、後世マデノ御伴トテ同《おなじく》水ニ入ヌ』ト、熊野マデ御伴《とも》申タリケル舎人武里、タシカニ語リ申[二九]伝リシガ、是ヲ最後ノ御文、

一七　代々仕えてきた侍。
一八　代々恩恵をこうむってきた親しい間柄。
一九　身の程知らずだ。
二〇　三日平氏→補注二六。
二一　旧都の福原。治承四年（一一八〇）六月、平清盛が京の都からの遷都を強行したが、同年一一月には京に還都したので「故郷」という。
二二　朝廷に報告したのである。「飛脚」→七一頁注二〇。

維盛旧室歎夫別

二三　平維盛室。
二四　時たまの伝言。

二五　斎藤時頼→一一六頁注二。維盛の出家は、一三八頁二行以下に述べられていた。
二六　一四五頁三行〜一五一頁一二行が維盛主従の熊野三山巡礼の記事。
二七　維盛の入海投身の叙述→一五六頁七〜九行。
二八　㋙㋭とも「侍り」。底本の誤植か。
二九　㋙㋭とも「侍り」。

言伝《ことづ》ケ申侍ル」トテ進《まゐら》セタレバ、北方取上披《ひら》キ給《たまふ》ニモ及ズ、「[一]サレバコ
ソアヤシカリツル者ヲ」トバカリ宣テ倒レ臥《ふし》、ヲメキ叫《さけび》給事、理《ことわ》リニモ
過給ヘリ。若君・姫君モ声々ニ悶ヱ焦《こが》レ給ヘリ。[二]消《きえ》モ入給ヌト見エケレ
バ、若君ノ乳母ノ女房、泣々慰《なぐさめ》申ケルハ、「今更驚キ思召《おぼしめす》ベキニ非ズ。
是皆《みな》兼テ思召儲《まうけ》シ御事也。[三]本三位中将殿ノ様ニ、生《いき》ナガラ取《とら》レテ御恥ヲ
サラシ、又弓矢ノサキニカヽリ御命ヲ失《うしなひ》給ハヾ、同ジ御別《わかれ》ト申ナガラ、
イカバカリカハ悲《かなしく》侍ベキニ、高野ニテ御髪オロシ御戒持《たもち》テ、熊野ヘ参《まゐり》
御坐テ、[四]故小松殿ノ御様《やう》ニ、後世ノ事ヲ[18]厭シク申サセ給ツヽ、臨終正念ニ
テ沈入《しづみいら》セ給ニケリ。願《ねがひ》テモアラマホシキ御事ナレバ、[五]御心安《やすく》コソ思召《おぼしめす》
ベケレ、痛《いた》ク御歎《なげき》候マジ。今ハ何《いか》ナル山ノ中、岩ノ[19]迫ニテモ、少《をさな》キ人々
ヲ[20]生立、御形見ニモ御覧ゼントコソ思召サメ。無《なき》人ノ御為ニ、心ヲ尽シ身
ヲ苦シメサセ給テモ何ノ詮カハ侍《はべる》ベキ。泣《なき》歎キ御坐ス共、返来《かへりきた》リ給フベ
キニ非ズ。都ヲ落《おち》テ[六]道狭キ御身トナリ御坐シ上ハ、賢クモ御計《はから》ヒ候ケリ
トコソ思召候ハメ」ナド申ケレバ、女房涙ノ隙《ひま》ヨリ御文ヲ披《ひら》キ、見給フニ、

　[七]古郷《ふるさと》ニイカニ松風恨ムラン沈ム我《わが》身ノ行エシラズハ

ト読給テハ、其《その》文ヲ顔ニアテ胸ニ当テ、忍兼《しのびかね》給ヘル有様也。様ヲモ窄《やつ》シ身

一　そうだったのだ、だから変だと思ったのだ。
二　今にも死んでしまわれそうに。
三　平重衡→二四頁注一一。
四　平重盛→四四頁注六。
五　安心なさるのがよろしいのに、ひどくお歎きになるのはよくありません。
六　人目を忍ぶお身とおなりになったからには、賢明な行動をなさいましたのだとお考えなさいませ。
七　「古郷ニ」の歌→一五三頁注一九。

ヲモ投給《なげたまふ》ベキマデニ見給《みえたまふ》ゾ無慙《むざん》ナル。三位中将高野ニ上《のぼ》リ出家シ、那智ノ澳《おき》ニ沈ヌト聞エケレバ、[八]兵衛佐宣ケルハ、「アヽ賢カリシ人ノ子ニテ、賢キ計《はから》ヒシ給ケリ。但シ隔テナク打向《うちむかひ》来タリセバ、命ヲバ宥《なだめ》申テマシ。小松内府ノ事疎《おろか》ナラズ。[九]池《いけの》尼御前ノ御使トシテ、頼朝ヲ流罪ニ申宥《まうしなだめ》ラレシハ、偏《ひとへ》ニ彼《かの》人ノ芳恩タリキ。争《いかで》カ其《その》恩ヲ忘ルベキナレバ、其《その》子息達疎[21]ニ思ハズ。殊ニ入道出家シ給ケン上ハ、子細ニヤ及《およぶ》ベキ。高野ニ籠《こもり》テ心静《しづか》ニ後世ヲバ祈給ハデ。糸惜《いとほし》々々シ」トゾ宣ケル。

平家ハ屋島ニ返リ給テ後、[一〇]又東国ヨリ撃手《うつて》二十万余騎、既ニ都ニ著《つき》テ西国ヘ責下《せめくだる》共《とも》聞ユ。[一一]九国ノ輩《ともがら》[一二]尾形三郎ヲ始トシテ、[一三]臼杵、[一四]戸槻、[一五]松浦党等、二千余艘ニテ四国ヘ渡ルベシトモ聞ユ。此《これ》ヲ聞彼《ききかれ》ヲ聞《きく》ニモ、心ヲ迷シ肝《きも》ヲ砕ク。一門ノ人々ハ一谷ニテ多ク誅《うた》レ給ヌ、憑《たのみ》給ヘル侍共モ又残《のこり》少ク誅《うた》レニキ。今ハ力《ちか》ラ尽ハテヽ、[一六]只阿波民部大夫成良ガ、四国ノ輩《ともがら》ヲ語《かたらひ》タルバカリヲ深ク憑給ヘルゾ危《あやふ》キ。ソモ[一七]東西ヨリ責《せむる》ニハ[一八]ヲダシカラン事有マジト、兼《かね》テオボスゾ悲《かなし》キ。[一九]女院、[二〇]二位殿ヲ始《はじめ》奉テ、女房達サシツドヒツヽ、涙ニノミゾ咽給《むせびたまふ》。

[二一]七月二十五日ニハ、平家去年ノ朝マデハ都ニ在《あり》シ者ヲ、[二二]泡立《あはただ》シク[二三]去年ノ

八　源頼朝。その言葉の内の「賢カリシ人」は重盛をさす。

九　池禅尼→補注二七。

一〇　七月三日、頼朝は平氏追討のために義経を西海に遣わすことを後白河院に奏上している(吾妻鏡・元暦元年七月三日条)。

一一　九州。

一二　緒方惟義。生没年未詳。豊後国大野郡緒方庄(現、大分県豊後大野市緒方町)の荘士。惟用の男。巻三三「尾形三郎責平家」に「彼惟義ト云ハ大蛇ノ末也」として、神婚説話が語られる。

一三　豊後国海部郡臼杵庄(現、大分県臼杵市)を本拠とする豪族。臼杵惟高(維方惟義の兄)に代表される。

一四　豊後国大分郡戸次庄(現、大分市)を本拠とする武士。緒方・臼杵の庶流。

一五　肥前国松浦郡一帯で勢力のあった小豪族の連合。

一六　阿波民部大夫成良→二三頁注二五。

一七　東国と九州から。

一八　穏やかなことはあるまい。

一九　建礼門院→三六頁注四。

二〇　平時子→三六頁注六。

二一　元暦元年(一一八四)。

二二　「慌シク」の当て字。

二三　寿永二年七月二五日。覚一本巻七では「主上都落」に始まって、維盛・忠度・経正などの都落ちを語った後、「福原落」の最後で、「寿永二年七月廿五日に平家都を落はてぬ」と結ぶ。

今日、花[一]ノ栖《すみか》ヲ迷出テ、草[二]ノ枕ニ仮寝シテ、明ヌレバ礒[三]打《うつ》浪ニ袖ヲヌラシ、晩《くれ》テハ藻[四]塩ノ煙ニ肝《きも》ヲ焦《こが》ス。ツ[五]ナガヌ月日ト云《いひ》ナガラ、角《かく》テ程ナク廻《めぐ》リ来ニケリト思召《おぼしめす》ニモ、最[22]都ノ恋サニ、各《おのおの》袂ヲ絞ケリ。

同《おなじき》二十八日ニハ、新[六]帝太[七]政官庁ニテ御即位アリ。大[八]極殿イマダ造《つくら》レネバ、是《ここ》ニシテ被レ行《おこなはる》。治[九]暦四年七月ニ、後[一〇]三条院ノ御即位ノ例トゾ聞エシ。神[一一]武天皇ヨリ以来《このかた》八十二代、神璽宝剣ナクシテ御即位ノ例、今度始《はじめ》トゾ申ス。

八月六日、九郎義経、左衛門尉ニ成テ、即《すなはち》使[一二]ノ宣ヲ蒙テ、九郎判[一三]官ト申ケリ。是《これ》ハ一谷ノ合戦勧賞トゾ聞ヱシ。

同《おなじき》十一日、九郎判官義経ハ、和[一四]泉守平信兼ガ、伊[一五]勢国滝野ト云《いふ》所ニ城郭ヲ構テ、西海ノ平家ニ同意スト聞テ、軍兵ヲ指遣《さしつかはし》テ是ヲ責《せむ》。信兼ニ相《あひ》従《したがふ》郎等百余人、城内ニ籠《こもり》テ、皆《みな》甲冑ヲ脱棄テ大[一六]肩脱《ぬぎ》ニ成《なり》、楯ノ面《おもて》ニ進《すすみ》出《いで》テ散々ニ射ケレバ、義経ガ郎等多《おほく》被二打取一《うつとられ》ケリ。矢種尽《つき》ニケレバ城ニ火ヲ放チ、信兼已下自害シテ、炎ノ中ニ焼死《やけしに》ケリ。誠《まことに》ユヽシクゾ見《みえ》シ。負《おひて》[一七]二蕙苡之謗一、遂ニ亡ケルコソ無慙《むざん》ナレ。

同十五日、屋島ニハ秋モ既ニ半《なかば》ニ成ニケリト哀《あはれ》也。何《いつ》シカ稲[一八]葉ノ露モ

一　都の意でいう。
二　旅の仮寝をして。「草」は上の「花」と対の意識でいう。
三　磯に打ち寄せる波の音を聞いて、わびしさに涙を流し。
四　海人が藻塩を焼く火の煙を見て、敵が火を放ったかと心を痛める。

新帝御即位

五　止められない月日。
六　後鳥羽天皇。治承四年（一一八〇）七月一五日―延応元年（一二三九）二月二二日。六〇歳。第八二代。高倉天皇の第四皇子。母は藤原殖子（七条院）。諱は尊成《たかひら》。→補注二八。
七　太政官の正庁。大内裏の内、朝堂院の東にあった。

義経蒙使宣

八　朝堂院（八省院）の正殿。安元三年（一一七七）四月二八日の都の大火で焼失した→巻四「大極殿焼失」→補注二九。

伊勢滝野軍

九　西暦一〇六八年。七月二一日に即位の儀が行われた。一〇　後三条天皇。第七一代。長元七年（一〇三四）―延久五年（一〇七三）五月七日。後朱雀天皇の第二皇子。母は三条天皇皇女禎子（陽明門院）。一一　人皇第一代とされる。彦波瀲武鸕鷀草葺不合尊《ひこなぎさたけうがやふきあへずのみこと》の第四子。母は玉依《たまより》姫。諱は彦炎出見尊《ひこほほでみ》。一二　検非違使を任命する際の宣旨。一三　判官は令の官制の第三等官。衛門府では衛門尉が第三等官。→補注三〇。一四　平信兼→補注三一。一五　現、三重県飯南郡飯南町有間野の西上山（標高二八六メートル）がその跡地という。

屋島八月十五夜

置増《まさり》ツヽ、[一九]荻吹風《ふく》モ身ニ入《しむ》ニ、[二〇]蜑人ノ燃藻《たく》ノ夕煙、[二一]尾上ノ鹿ノ暁ノ声、哀ヲ催ス便《たより》也。[二二]サラヌダニ秋ノ空ハ物ウキニ、宿定《さだま》ラヌ旅ナレバ、何事ニ付《つけ》テモ心ヲ傷《いたま》シメズト云《いふ》事ナシ。此《この》春ヨリ後ハ、[二三]越前三位ノ北方ノ様《やう》ニ、波ノ底ニ身ヲ沈ムルマデコソナケレ共《ども》、女房達ノ明《あけ》テモ晩《くれ》テモ臥《ふし》沈ミ泣《なき》給《たまふ》モ糸惜《いとほし》。[二四]顧二古郷於万里之雲外一、忍二旧儀於九重之月前一。今夜ハ[二五]名ヲ得タル月ナレバ、人々[二六]隈《くま》ナキ空ヲ詠《ながめ》ケルニ、[二七]左馬頭行盛、カクゾ読給ケル。

　[二八]君スメバコレモ雲井ノ月ナレド猶恋シキハ都也ケリ

ト。是ヲ聞ケル人々、皆《みな》涙ヲ流シケリ。

九月二日、[二九]参川守範頼、平氏追討ノ為ニ[三〇]西海道ニ下向ス。相従《あひしたがふ》輩《ともがら》ニハ、[三一]足利蔵人義兼、[三二]武田兵衛有義、[三三]板垣冠者兼信、[三四]斉院次官親義、[三五]佐々木三郎盛綱、[三六]北条四郎時政、[三七]土肥次郎実平父子、[三八]千葉介経胤、其《その》孫ニ[三九]境平次経秀、[四〇]三浦介義澄、子息[四一]平六能村、[四二]土屋三郎宗遠、[四三]渋谷庄司重国、[四四]長野三郎重清、[四五]稲毛三郎重成、弟ニ[四六]榛谷四郎重朝、[四七]葛西三郎重清、[四八]宇都宮四郎武者所茂家、子息[四九]太郎朝重、[五〇]小山小四郎朝政、[五一]同七郎朝光、[五二]中沼五郎宗正、[五三]比企藤内朝宗、[五四]同藤四郎能員、[五五]大多和次郎義成、[五六]安西三郎秋益、[五七]同小次郎秋景、[五八]公藤一郎祐経、[五九]同三郎秋茂、[六〇]宇佐美三郎祐能、[六一]天野藤内遠景、[六二]大野

一六　射撃のため着物を脱ぎ肩をあらわすこと。
一七　身に覚えのないことで受ける讒言。『後漢書』馬援伝に見える故事によっていう。「薏苡」は数珠玉または鳩麦の漢名。　一八　稲葉に置く露もさらに多く置き。　一九　荻の葉を吹く風も身にしむ上に。「入　シム」(類聚名義抄)。
二〇　夕方立ち昇る、海人が藻塩を焚く煙。「燃　タク」(伊呂波字類抄)。　二一　暁に聞こえる、山の峰で鳴く牡鹿の声。覚一本巻七「福原落」にも福原内裏に火をかけて落ちてゆく平家一門の心情を叙して「海人のたく藻の夕煙、尾上の鹿の暁のこゑ」とあり、『七十一番職人歌合』中・琵琶法師でもこの句を語る姿が描かれている。
二二　そうでなくても秋の空は憂愁の思いを起こさせるのに。　二三　平通盛の北の方(正しくは側室)小宰相。　二四　訓読「古郷を万里の雲の外に顧み、旧儀を九重の月の前に忍ぶ」。

範頼西海道下向

二五　中秋の名月。　二六　曇りのない空。
二七　平行盛。生年未詳。元暦二年(一一八五)三月二四日没。桓武平氏、基盛の嫡男。清盛の孫。左馬頭正五位下に至る。→補注三二。
二八　わが君がお住みになられるのだから、これも昔と同じように、空を、そして宮中を照らす月ではあるが、やはり恋しいのは都(の月)だなあ。　二九　源範頼→二一頁注一九。
三〇　現在の九州地方で、筑前・筑後・豊前・豊後・肥前・肥後・日向・大隈・薩摩の九国と壱岐・対馬の二島。範頼の西海道下向→補注三三。
三一　足利義兼→補注三四。　三二　武田有義→補注三五。　三三　板垣兼信→九五頁注四八。
三四　中原親能→一〇六頁注一四。　三五　佐々木盛綱→補注三六。　三六　北条時政→補注三七。
三七　土肥実平→七六頁注一九。「子」は遠平→補

太郎実秀、[一]小栗十郎重成、[二]伊佐小次郎友政、[三]浅沼四郎弘綱、[四]安田三郎能貞、[五]大河戸太郎弘行、[六]同三郎弘政、[七]中条藤次家長、[八]一法房昌寛、[九]土佐房昌春、[一〇]小野寺禅師太郎通綱等ヲ始《はじめ》トシテ、其《その》勢十万余騎、軍船千余艘ニテ[一一]室泊ニ著《つく》。去共《されども》十二月廿日比《ころ》迄ハ、室・[一二]高砂ニ逗留シテ、[一三]遊君ニ遊宴シテ、国ニハ[一四]正税官物ヲ費シ、所ニハ人民百姓ヲ煩ハシケレ。上下是《これ》ヲ不二甘心一《かんじんせず》、大名モ小名モ、急《いそぎ》四国ニ渡テ敵ヲ責《せめ》ラレヨカシト思ヒケレ共、大将軍ノ下知ニヨル事ナレバ力及バズ。

同《おなじき》十八日ニ[一五]九郎判官義経、叙《じよす》二従五位下一ニ。検非違使如《もとのごとし》レ元。

平家ハ讃岐ノ屋島ニ有ナガラ、[一六]山陽道ヲ打靡《うちなびか》シ、左馬頭行盛ヲ大将軍トシテ、[一七]飛驒守景家以下ノ侍ヲ相具《あひぐ》シテ、二千余艘ニテ[一八]備前国児島ニ著《つく》。参川守範頼モ、室泊ニ有ケルガ、船ヨリ上《あがり》テ、同国[一九]西河尻、[二〇]藤戸ノ渡《わたり》ニ押《おし》寄《よせ》テ陣ヲ取《とる》。源平海ヲ隔テ引《ひか》ヘタリ。海上四、[二一]五町ニハ過《すぎ》ザリケリ。

同二十五日ニ、平家海ヲ隔テ、扇ヲアゲテ源氏ヲ招《まねく》。源氏是《これ》ヲ見テ、「海ヲ渡セト云《いふに》コソ」、船ナクシテ叶《かなふ》ベキナラネバ、是モ以《あふぎをもつて》レ扇招合フ。源平遙《はるか》ニ見渡シテ、其《その》日モ徒《いたづら》ニ晩《くれ》ニケリ。爰《ここ》ニ佐々木三郎盛綱、夜ニ入テ案ジケルハ、渡スベキ便《たより》ノアレバコソ平家モ招《まねく》ラメ、遠サハ遠シ、淵瀬

注三八。　三八　千葉経（常）胤→補注三九。　三九　千葉経（常）秀→補注四〇。　四〇　三浦義澄→補注四一。　四一　三浦能（義）村→補注四二。　四二　土屋宗遠→補注四三。　四三　渋谷重国→補注四四。　四四　長野重清→補注四五。　四五　稲毛重成→補注四六。　四六　榛谷重朝→補注四七。　四七　葛西重清→補注四八。　四八　宇都宮四郎茂家→補注四九。　四九　八田朝（知）重→補注五〇。　五〇　小山朝政→補注五一。　五一　小山朝光→補注五二。　五二　中（長）沼宗政→補注五三。　五三　比企朝宗→補注五四。　五四　比企能員→補注五五。　五五　大多和義成→補注五六。　五六　安西秋益→補注五七。　五七　『吾妻鏡』では安西明景→補注五八。　五八　工藤祐経→一六四頁注七。　五九　『吾妻鏡』では工藤祐茂→補注五九。

義経叙従五位下

六〇　宇佐美祐茂か。　六一　天野遠景→補注六〇。

六二　延慶本では「大胡太郎実秀」→補注六一。

一　小栗重成→補注六二。　二　延慶本は「伊佐小次郎朝正」→補注六三。　三　浅沼弘（広）綱→補注六四。　四　安田能貞（義定）→一六四頁注一〇。　五　『吾妻鏡』では大河戸広行→補注六五。　六　大河戸行元か。→補注六六。　七　中条家長→補注六七。　八　一法房昌寛→一〇〇頁注二。　九　昌春（俊）→補注六八。

盛綱渡海・小島合戦

一〇　小野寺通（道）綱→補注六九。

一一　播磨国。現、兵庫県たつの市御津町室津。『高倉院厳島御幸記』に「室の泊《とまり》に御所造りたり。……この泊のあそびものども、古き塚の狐の夕暮に化けたらんやうに、我もくと御所近くさし寄す」という。

一二　播磨国。現、兵庫県高砂市。『高倉院厳島

ハシラズ、如何《いかが》ハセント思ケルガ、其《その》辺ヲ走《はしり》廻《まはり》テ浦人ヲ一人語ヒ寄《より》テ、[二二]白鞘巻ヲ取《とら》セテ、「ヤ殿、向《むかひ》ノ島へ渡瀬ハ無《なき》カ、教《をしへ》給へ。[二三]悦《よろこび》ハ猶モ申サン」ト云へバ、浦人答テ云《いはく》、「瀬ハ二《ふたつ》候。[二四]月頭《つきがしら》ニハ東ガ瀬ニナリ候、是《これ》ヲバ[二五]大根渡《おほねのわたり》ト申《まうす》。[二六]月尻《つきじり》ニハ西ガ瀬ニ成《なり》候、是ヲバ藤戸ノ渡ト申。[二七]当時ハ西コソ瀬ニテ候へ。東西ノ瀬ノ間ハ二町計《ばかり》、其瀬ノ広サハ二段ハ侍《はべる》ラン。其《その》内一所ハ深《ふかく》候」ト云ケレバ、佐々木重《かさね》テ、「浅サ深サヲバ争《いかで》カ知ベキ」ト問へバ、浦人、[二八]「浅キ所ハ波ノ音高ク侍ル」ト申。「サラバ和殿《わどの》ヲ深ク憑《たのむ》也、盛綱ヲ具シテ瀬踏《せぶみ》シテ見セ給へ」ト懇《ねんごろ》ニ語《かたら》ヒケレバ、彼《かの》男裸ニナリ、先ニ立テ、佐々木ヲ具シテ渡リケリ。膝ニ立《たつ》所モアリ、腰ニ立《たつ》所モアリ、脇ニ立《たつ》所モアリ。深《ふかき》所ト覚《おぼゆる》ハ鬢髭ヲヌラス。誠ニ中二段計《ばかり》ゾ深カリケル。「向《むかひ》ノ島ヘハ浅《あさく》候也」ト申テ、夫《それ》ヨリ返ル。佐々木、陸ニ上《あがり》テ申ケルハ、「ヤ殿、暗サハ暗シ、海ノ中ニテハアリ、明日先陣ヲ懸《かけ》バヤト思《おもふ》ニ、如何《いかが》シテ只今ノトヲリヲバ知《しる》ベキ。然《しかる》ベクハ和殿、人ニ[二九]アヤメラレヌ程ニ、[三〇]澪注《みをじるし》ヲ立《たて》テエサセヨ」トテ、又直垂《ひたたれ》ヲ一具タビタリケレバ、浦人[三一]カヽル幸《さいはひ》ニアハズト悦テ、小竹ヲ切集《きりあつめ》テ、水ノ面《おもて》ヨリチト引入《ひきいれ》テ立テ、帰テ角《かく》ト申。佐々木悦テ明《あく》ルヲ遅シト待《まつ》。平家是《これ》ヲバ争《いかで》カ可㆑知《しるべき》ナレバ、二

御幸記』にも「高砂の泊」として見え、高倉院の厳島御幸では往復ともここで船を停めたと知られる。
一三　遊女を呼んで宴を開いて遊興し。
一四　「正税」は律令制で諸国が備蓄していた田租(官稲)。「官物」は諸国から納められる租税や上納物。　一五　「今夜有㆓除目㆒、(中略)従五位下源義経(使如㆑元)」(山槐記・元暦元年九月一八日条)、「因幡守広元(九月十八日任)申云。去月十八日。源廷尉叙留。今月十五日聴㆓院内昇殿㆒。其儀駕㆓八葉車㆒。扈従衛府三人。共侍廿人。(各騎馬)於㆓庭上㆒舞踏。撥㆓剣笏㆒参㆓殿上㆒云々」(吾妻鏡・元暦元年一〇月二四日条)。「叙留」は位階が昇進して宮職がその位相当でなくなってもその職に留まること。
一六　播磨・備前・備中・美作・備後・安芸・周防・長門の八か国。
一七　藤原景家→補注七〇。
一八　現、岡山県岡山市南区郡付近か。柏谷嘉弘「「児島の泊」攷」(『岡大国文論稿』二〇号、平成四・三)参照。　一九　児島湾に注ぐ旭川の河口。
二〇　備前国。現、岡山県倉敷市藤戸町藤戸。
二一　一町は六〇間。約一一〇メートル。
二二　銀の金具で柄や鞘を飾った鞘巻(鍔のない短刀)。　二三　御礼。　二四　月の初め。
二五　延慶本・長門本では「大根川」という。
二六　月の末。　二七　只今は。
二八　足を踏み入れて瀬の浅深を測ること。
二九　怪しまれない程度に。
三〇　船が通行しやすいように水深を知らせるために立てた杭。
三一　これまでこのような幸運に逢ったことはない。盛綱が浦人を殺したという伝承については→補注七一。

十六日ノ辰刻ニ、平家ノ陣ヨリ又扇ヲ挙《あげ》テゾ招《まねき》タル。佐々木三郎盛綱ハ、黄生衣《きすずし》[一]ノ直垂ニ、緋威ノ冑《よろひ》、白星ノ甲《かぶと》、連銭葦毛ノ馬ニ、金覆輪ノ鞍置テゾ乗タリケル。家子《いへのこ》[二]ニ和比八郎[三]、小林三郎[四]、郎等ニ黒田源太[五]ヲ始《はじめ》トシテ十五騎、轡《くつばみ》ナラベテ海へザト打入テゾ渡《わたし》ケル。参河守[六]、「馬ニテ海ヲ渡ス事ヤハアル、佐々木制セヨ」ト宣ケレバ、土肥[七]、梶原[八]、千葉[九]、畠山[一〇]承リ継《つぎ》テ、「悞《あやまち》シ給ナ。返セ〳〵」ト声々ニ制シケレ共、兼《かね》テ瀬踏《せぶみ》シテ澪注《みをじるし》ヲ立タレバ、耳ニモ聞入《ききいれ》ズ渡シケリ。馬ノ鳥頭《からすがしら》[一一]、草脇[一二]、胸帯尽《むながいづくし》[一三]ニ立《たつ》所モアリ、深所《ふかき》ヲバ手綱[一四]ヲクレ游《およが》セテ、浅クナレバ物具《もののぐ》ノ水ハシラカシ、弓取直《とりなほ》シ、向《むかひ》ノ岸へザト上《あが》ル。鐙踏張《ふんばり》、弓杖ニスガリテ名乗ケルハ、「今日海ヲ渡シ、敵陣ニス丶ム大将軍ヲバ誰トカ見ル。宇多天皇ノ王子一品式部[一五]卿敦実親王ヨリ九代ノ孫、近江国住人佐々木[一六]源三秀能ガ三男ニ、三郎盛綱也。平家ノ方ニ我ト思ハン者ハ、大将モ侍モ落合《おちあひ》テ、組《くめ》ヤ〳〵」トヲメキテ蒐入《かけいり》、散々《さんざん》ニ蒐《かく》。源氏ノ兵《つはもの》是ヲ見テ、「海ハ浅カリケリ。佐々木討スナ、渡セ者共」トテ、土肥、梶原、千葉、畠山、我《われ》先々々ト打入《うちいれ》々々、五千余騎向《むかひ》ノ岸へザト上ル。平家ハ扇ヲ以テ[24]度々ニ招ケレ共、サスガ海ナレバ争《いかで》カ渡スベキト思延《おもひのべ》[一七]テ有ケルニ、角《かく》押寄セ時ヲ造《つくり》ケレバ、互ニ時ヲ

一　生糸を練らずに織った、軽くて薄い黄色の絹布。　二　一門の惣領と主従関係にある庶子の家の家長。　三　後文に「上総国住人」という。延慶本は「上野国住人和見八郎」、長門本は「上野の住人八いろの八郎」とする。　四　後文に「八郎ガ従兄弟ニ小林三郎重隆」という。延慶本は名を「重高」と書く。　五　延慶本・長門本は「岩田源太」という。　六　源範頼。　七　土肥実平。　八　梶原景時。　九　千葉常胤。　一〇　畠山重忠。　一一　馬の後脚の外部に向かった関節。　一二　獣類の胸先。　一三　鞅《むながい》（馬の胸から鞍橋《くらぼね》に掛け渡す緒）が馬の胸につくところ。→図三三三頁。　一四　手綱をゆるめ馬にまかせて。

一五　寛平五年（八九三）—康保四年（九六七）三月二日。七五歳。母は藤原高藤女胤子。

一六　佐々木秀義→一六九頁注二八。

一七　のんびり思って。

合セ、ヲメキ叫テ戦ケリ。遠《とほき》ヲバ弓ニテ射、近《ちかき》ヲバ熊手ニカケテ取《とる》。或《あるいは》射殺サレ切殺サレ、源平互《たがひ》ニ乱合テ、隙《ひま》ヲアラセズ息ヲ継《つが》ズ、討《うつ》モアリ被レ討《うたるる》モアリ、取《とる》モアリ被レ取《とらるる》モ有ケレバ、少時《しばし》ト思《おもふ》時ノ間《ま》ニ、両方八百余騎コソ亡《ほろび》ニケレ。佐々木三郎ノ家子《いへのこ》ニ、上総国住人和比八郎ト、平家ノ侍ニ讃岐国住人加部源次[18]ト組合《くみあひ》テ馬ヨリ落《おち》、上ニナリ下ニ成《なり》、弓手ニコロビ妻手《めて》ニコロビカラカヒ[19]ケルガ、源次ハ遙《はるか》ニ力勝《まさり》ニテ、和比八郎ヲ取テ押ヘテ頸ヲカク。源平目ヲスマシテゾ見タリケル。八郎ガ従兄弟ニ小林三郎重隆ト云《いふ》者、加部源次ニ落合テ引組《ひつくん》デ、是《これ》モ上ニナリ下ニ成《なり》コロビケルガ、海ノ中ヘゾコロビ入《いり》ニケル。郎等ニ黒田源大[20]ツヾキタリケレドモ、共ニ海ヘ入タリケレバ、水ノ底ヘツヾクニ及バズ、汀ニ立《たち》テ、今ヤアガル〱ト待ケレ共、此《この》者共ハナヲ水底ニテ、上ニナリ下ニ成《なり》コロビケレバ、波ノ荒キ所ヘ弓ノホコ[21]ヲ指入《さしいれ》テ、アナタコナタヲ捜《さぐ》リケレバ、敵ノ源次、弓ノ筈ニ取付《とりつき》タリ。引上《ひきあげ》見レバ敵也。主ノ小林モ、源次ガ腰ニイダキ付テ上《あが》リケレバ、敵ノ源次ヲバ頸ヲ切《きり》、主ヲバトリ上《あげ》助テケリ。平家是ヲ見テ、今ハ叶ハジヤト思ケン、船ニトリノリ漕退《こぎしりぞき》、矢鋒《やさき》ヲソロヘテ、指詰《さしつめ》々々散《さん》々《ざん》ニ射《いる》。源氏ハ勝《かつ》ニ乗《のり》、汀ヲマハリテ是モ散々ニ射ケレバ、平家ハ児島ノ

一八 延慶本は「加江ノ源次」、長門本は「かへの源次」とする。
一九 争ったが。
二〇 「源大」の「大」は「太」の当て字。
二一 弓の幹に当たる部分。上下に弭がある。→図三三四頁。

城ヲ落テ[25]、讃岐屋島ヘ漕反《こぎかへ》レバ、源氏ハ馬ヲ游《およが》セテ、藤戸ノ陣[一]ヘ帰《かへり》ニケリ。佐々木四郎高綱[二]ガ宇治川ノ先陣[三]ヲ渡シタリシヲコソ高名ト云タリシニ、同《おなじく》三郎盛綱ガ馬ニテ海ヲ渡ス事ト、漢《こ》家・本朝タメシ無《なし》トゾ源平共《とも》ニ感ジケル。誠ニユヽシクゾ見エタリキ。

或説ニ云《いはく》、平家立《たて》㆓籠《こもりし》備前国児島㆒之時、盛綱遥《はるか》ニ海上ヲ渡シ、先陣ヲ懸《かけ》テ群敵ヲ責落《せめおとしをはんぬ》畢。依《これによりて》㆑之右大将家御自筆之御下文《くだしぶみにいはく》云、「自[四]㆑古渡㆑河雖㆑有㆓先例㆒、未㆑聞㆓遥渡海之例㆒」ト。即《すなはちかのしまをたまはる》賜㆓彼島㆒之上、賜《たまはり》㆓伊与・讃岐両国㆒畢《をはんぬ》。

昔備前国ニ、海佐介[26][五]ト云ケルコソ兵《つはもの》ノ聞《きこえ》有ケレバ、西戎[六]ヲ鎮《しづ》メラレンガ為ニ、官兵ヲ指副《さしそへ》ラレタリケルニ、官軍ハ船ニ乗ケレ共、佐介ハ馬ニ乗ナガラ先陣ニ進《すすみ》テ海上ヲ渡ル。程ナク賊徒ヲ責随《せめしたが》ヘテ、又馬ニ乗ナガラ海ノ面ヲ歩マセテ本国ニ帰ケルガ、備前ノ内海ニテ、海鹿《いるか》[七]ト云《いふ》魚ニ馬ヲ誤《あやま》タレタリケレ共、馬、少《すこし》モヒルマズシテ、佐介ヲ陸地ニ著《つけ》テ後《のち》ニ、馬ハ死《しに》ケリ。其《その》所ニ堂ヲ立《たて》テ孝養シケリ、馬塚[八]トテ今ニ有《あり》。時ノ人云《いはく》、「馬ハ龍也、佐介直《ただ》人ニ非ズ」トゾ申ケル。佐介ハ波《なみの》上ヲ歩セテ西戎ヲ従《したがへ》、盛綱ハ水底ヲ渡シテ平家ヲ落ス。

一　「陣」は「陣」に同じ。

二　宇多源氏、秀義男。→補注七二。

三　巻三五「高綱渡二宇治河一」で語られる。

四　以下、訓読する。「古へより河を渡る先例有りといへども、未だ遙かに渡海の例を聞かず」。盛綱のこの武功についての記録は→補注七三。

海佐介渡海

五　伝未詳。

六　古代中国で西方の異民族を見くだして呼んだ語だが、ここでは中央政権に敵対する西日本の勢力をさして言ったか。

七　㋙㋭とも「いるか」。通例「海鹿」は「海驢」「葦鹿」と同じく、アシカ科のあしかのこと。いるかは「海豚」と書く。巻四三「知盛船掃除」にも「海鹿」とあり、平家物語諸本「イルカ」とする。

八　未詳。

十月十一日、義経拝賀[九]ヲ申《まうす》。拝賀トハ、使ノ宣ヲ蒙《かうぶり》テ、従五位下ニ叙シケル御悦《よろこびまうし》申也。其《その》夜、内ノ昇殿[一〇]ヲユルサル。火長[一一]前《さき》[一二]ヲ追《おふ》ベシヤ否ヤ事《のこと》、内々大蔵卿泰経[一三]卿ニ尋《たづねまうし》申ケレバ、「希代[一四]ノ例ナレバ身ニハ不㆑存《ぞんぜず》」トテ、梅小路中納言長方[一五]卿ニ被㆑[27]向ケレバ、「殿上ノ六位ノ検非違使、前ヲ追ヘリ。五位尉トシテ相並《あひならび》テ雲上[一六]ニ在《あり》、前ヲ不㆑追《おはざるは》、頗《すこぶ》ル光華[一七]無《なき》歟」ト申サレケレバ、前ヲ追ヘリ。惣《そうじ》テ其《その》作法、佐《すけ》[一八]ニタガフ事ナカリケリ。院《ゐんの》[一九]御所ニテハ御前ヘ被㆑召《めされ》ケリ。伴《とも》ニハ布衣[二〇]ノ郎等三人ヲ召具《めしぐ》ス。左衛門尉時成[二一]、右兵衛尉義門[二二]、左馬允[二三]有経也。此外《このほか》武士三百余人、路次ニマジハレリ。用心ノ為ニヤト覚エタリ。

同《おなじき》二十五日ニ大嘗会[二四]ノ御禊アリ。源九郎大夫判官義経、本陣[二五]ニ供奉ス。色白《しろく》シテ長《たけ》短シ、容貌優美ニシテ進退優《いう》ナリ。木曾[二六]ナドガ有様ニハ似ズ、事外《ことのほか》ニ京馴《なれ》テ見エシカ共《ども》、平家ノ中ニエリクヅ[二七]ト云《いひ》シ人ニダニモ及バネバ、心アル者ハ皆、昔ヲ忍テ袖ヲ絞ル。豊[二八]御衣、今年ゾセサセ給ケル。節[二九]下ハ後徳大寺内大臣実定[三〇]公勤《つとめ》給ケル。敷政門[三一]ヲ入テ着陣セラレケル有様、最《いと》ユヘ〳〵シクゾ見[28]ヱ給ケル。「去々[三二]年、先帝[三三]ノ御禊ニハ、節下ハ前内[三四]大臣宗盛勤給キ。作法、進退、優美ニ見エ給シニ、今ハ公庭ニテ再見《ふたたびみ》

義経拝賀御禊供奉

九 任官・叙位に対する感謝のために拝礼すること。

一〇 宮中の清涼殿の殿上の間に昇ることを許されること。 一一 検非違使配下の職。府生の下。

一二 先払いをすべきかどうかということ。

一三 高階泰経。大治五年（一一三〇）—建仁元年（一二〇一）一一月二三日。七二歳。泰重男。母は藤原宗兼女。→補注七四。 一四 非常に珍しいこと。「Qitai. キタイ（希代）」（日葡）。

一五 藤原長方。保延五年（一一三九）—建久二年（一一九一）三月一〇日。五三歳。北家葉室流、顕長の男。母は藤原俊忠女。→補注七五。

一六 宮中に出仕している。「Vnxǒ. ウンシャウ（雲上）」（日葡）。

一七 輝き。 一八 衛門佐の意か。 一九 後白河法皇の御所。 二〇 中級官人が着た麻布製の狩衣。

二一 左衛門尉時成→補注七六。 二二 未詳。

二三 藤原有経か。→補注七七。

二四 大嘗会は新帝即位後、初めての新嘗会。御《ご》禊《けい》は大嘗会の前、十月下旬に天皇が賀茂河原でみそぎをする儀式。→補注七八。

二五 左または右の近衛の陣の座。

二六 木曾義仲。久寿元年（一一五四）—寿永三年（一一八四）一月二〇日、三一歳。清和源氏、帯刀先生義賢の男。母は遊女という。治承四年（一一八〇）九月信濃で挙兵、北陸で平家の軍勢を破り、寿永二年（一一八三）七月二八日入京したが、後白河法皇と対立し、法住寺合戦を起こした。頼朝が上京させた範頼・義経の軍勢に破れ、近江国粟津で敗死した。

二七 「エリクヅ」は、よいものを選んだ後に残ったもの。「昔ヲ忍テ……」は、平家全盛の昔をなつかしがってひどく涙を流したの意。

奉《たてまつる》ベキニ非ズ」ト申出《まうしいで》テ、涙ヲ流ス者多カリケリ。平家一族ノ人々、公事ノ庭ニハ取々《とりどり》ニハナヤカニノミ見ヱ給シニ、今日ハ一人モ見エ給ハズ、移行《うつりゆく》世ノ有様、幾程ヲ経ザレ共、替リ果《はて》ニケリト哀ナリ。

土肥次郎実平ガ許ヨリ飛脚ヲ立《たて》テ、九郎判官ヘ申送《まうしおくり》ケルハ、「前《さきの》[一]平中納言知盛卿、既ニ文字関[二]ニ攻入《せめいり》、安芸[三]・周防已下皆平氏ニ従フ。其《その》勢甚《はなはだ》多シ。兵船ハ百余艘ヲ以テ毎度ニ襲来《おそひきたり》、船中ニハ大楯[四]ヲ組テ其《その》身ヲ顕ハサズ、陸地ヨリ馳《はせ》向フ時ハ、矢間[29][五]ヲ開テ馬ノ腹ヲ射、乗《のる》人馬ヨリ落《おつる》時ハ、歩兵[30]ノ輩《ともがら》数百人、船ヨリ下降テ打取《うちとる》間、度々ノ合戦ニ官兵[六]皆敗畢《やぶれをはんぬ》ヌ。親類ノ者共モ多ク被㆓討捕㆒《うちとられ》畢ヌ。実平、老体ノ上《うへ》重病ヲ受《うく》、当時ノ如《ごとく》ハ敵対ニ叶ハズ、急《いそぎ》軍兵ヲ可㆑被㆓相副㆒《あひそへらるべし》」ト申上《まうしのぼ》セタリ。

平家ハ児島ノ軍《いくさ》ニ打負《うちまけ》テ、屋島ノ館ヘ漕戻《こぎもどる》。屋島ニハ、大臣殿[七]ヲ大将軍トシテ、城郭ヲ構《かまへ》テ待懸《まちかけ》タリ。新中納言知盛ハ、長門国彦島[八]ト云《いふ》所ニ城ヲ構タリ。是ヲバ引島《ひくしま》トモ名付《なづけ》タリ。源氏此《この》事ヲ聞テ、備前、備中、備後、安芸、周防ヲ馳越《はせこえ》テ、長門国ニゾ付《つき》ニケル。当国ノ国府[九]ニハ三《みつの》御所アリ、浜御所[一〇]、黒戸御所[一一]、上箭《うはやの》御所[一二]ト云《いふ》。参川守ハ此《この》御所々々ヲ見《みむ》トテ、今夜《こよひ》ハ爰《ここ》ニ引《ひか》ヘタリ。蒼海[一三]漫々トシテ、礒越《こ》ス波旅ノ眠《ねむり》ヲ驚シ、夜ノ月明々トシ

二八　「豊御会」（豊明節会）の当て字か。
二九　大嘗会の御禊の儀式において、節旗の下で事を執行する大臣。「せちげ」または「せつげ」と読む。三〇　藤原実定。保延五年（一一三九）―建久二年（一一九一）閏一二月一六日。五三歳。北家公季流、公能の男。母は藤原俊忠女豪子。→補注七九。

実平自西海飛脚

三一　内裏の宣陽門の北にあった門。
三二　寿永元年（一一八二）。大嘗会御禊の行われたのは一〇月二一日。→補注八〇。
三三　安徳天皇→三六頁注三。
三四　平宗盛→一六頁注八。

一　平知盛→二四頁注一〇。
二　門司の関。豊前国。現、福岡県北九州市門司区。
三　安芸は現、広島県の西部。周防は現、山口県の東部。「已下」、底本「巳下」。活字の流用とみて、以下一々注しない。
四　大形の楯。
五　矢を射るためにあけた小窓。矢狭間《やざま》。
六　官軍の兵。源氏の軍をいう。
七　平宗盛。
八　長門国は、現、山口県の西部・北部。彦島は現、山口県下関市、関門海峡の西口にある陸繋島。→補注八一。
九　現、山口県下関市の南東部、長府が国府の置かれた地であるとされる。
一〇　未詳。
一一　未詳。
一二　未詳。
一三　青い海がはてしなく広くて。→九九頁注五三。

テ、水ニ移《うつる》影鎧ノ袖ヲ照《てらし》ケリ。同《おなじく》[一四]征馬ノ旅ナレ共《ども》、殊ニ興アリテゾ覚ヱケル。明《あくれ》バ引島ノ城ヲ責《せむ》ベシト議定有ケルニ、[一五]文字、赤間ノ案内知ラデハ叶ハジトテ、[一六]豊後ノ地ヘ渡リ、[一七]尾形三郎ヲ先トシテ責ベシトテ、先《まづ》使ヲ維能ガ許ヘ遣《つかは》シケリ。維能、五百余艘ノ兵船ソロヘテ参川守ヲ迎ヘ奉ケレバ、範頼是《これ》ニ乗テ豊後ノ地ヘ渡《わたり》ニケリ。

去程《さるほど》ニ十月ノ末ニモ成シカバ、屋島ニハ浦吹《ふく》風モ烈《はげ》シク、礒越《こす》波モ高ケレバ、船ノ行通《ゆきかよふ》モ希《まれ》ナリ。空掻陰《かきくもり》ウチ時雨《しぐれ》ツヽ、日数経《ふる》儘ニハ、都ノミ思出デヽ恋シカリケレバ、新中納言知盛、

　[一八]住《すみ》ナレシ都ノ方ハヨソナガラ袖ニ浪コス礒ノ松風

トロズサミ給テ、脆《もろき》ハタヾ涙ナリ。参川守範頼、追討使トシテ既ニ発向スト聞エケレバ、イトヾ心ヲ迷[31]シアヘリ。

[一九]十一月十八日ニハ、大嘗会被遂行《とげおこなはれ》ケリ。[二〇]大極殿焼失《ぜうしつ》シニケレバ、去々年ハ[二一]紫宸殿ニシテ被行《おこなはれ》タリケルガ、[二二]先帝西国ヘ落下《おちくだ》ラセ給タレバ、今度不吉ノ例[32]ヲ去レンガ為ニ、[二三]治暦ノ嘉例ニ任セテ、[二四]太政官ノ庁ニシテ被行ケリ。

　去《さんぬる》[二五]治承四年ヨリ以来《このかた》、諸国[二六]七道ノ人民百姓、或《あるい》ハ平家ノ為ニ被[二七]追補《ついぶせられ》、

一四 戦いに向かう旅。
一五 「文字」は門司関。「赤間」は赤間関。長門国。現、山口県下関市の南部。
一六 豊後国。現在の大分県。
一七 緒方惟義→一七三頁注一二。
一八 住み慣れた都は他の方角だが、磯の松風に吹かれて立つ浪（涙）が袖を越すよ。
一九 「此日、践祚大嘗祭也、先有童女御覧事」（玉葉・元暦元年一一月一八日条）、「今日右大将童女有御覧、（中略）今夕行幸大嘗宮」（吉記・元暦元年一一月一八日条）。
二〇 大内裏の朝堂院の北部中央にあった正殿。安元三年（一一七七）四月二八日の都の大火で焼失したことは、巻四「京中焼失」「大極殿焼失」で語られる。
二一 平安京内裏の正殿。

被行大嘗会

二二 安徳天皇。
二三 治暦四年（一〇六八）一〇月二八日、後三条天皇の大嘗会御禊が行われためでたい例。
二四 太政官ノ庁→一七四頁注七。
二五 西暦一一八〇年。
二六 東海道・東山道・北陸道・山陰道・山陽道・南海道・西海道。
二七 「追補」は「追捕」の当て字。㋙㋭ついふ。

或《あるい》ハ源氏ノ為ニ被却略《こうりやくせられ》[一]ケレバ、家烟[二]ヲ捨テヽ山林ニ交《まじは》リ、妻子ニ別レテ道路ニ吟《さまよひ》[三]テ、春ハ東作[四]ノ企《くはたて》ヲ忘《わすれ》、秋ハ西収[五]ノ営《いとなみ》ヲ棄テケレバ、国衙[六]モ庄園モ、正税官物[七]ノ所済ナケレバ、如何《いか》ニシテカ加様《かやう》ノ大礼モ被行《おこなはる》べキナレ共、サテ又黙止スベキ事ニ非ザレバ、形《かた》[八]ノ如ク被遂行ケリ。

平家ハ西海ノ波ニ漂ヒテ、死生イマダ定ラズ。東国・北国ハ鎮《しづま》リタレ共、花洛[九]ノ上下、西国ノ人民、是非ニ迷《まどひ》テ不安堵《あんどせず》。依之《これにより》兵衛佐ヨリ条々奏聞アリ。其《その》[一〇]状云《いはく》、

源頼朝謹奏聞条々事

一、朝務以下除目等事

右守先規[一一]、殊可被施徳政[一二]。但諸国受領[一三]等、尤可有計御沙汰候歟。東国北国両道之国々、追討謀叛輩之間、土民不安堵。於于今者、牢人[一四]如元可令帰住旧里候。然者来秋之時、被仰含国司被行吏務[一五]者可宜候。

一、平家追討事

右畿内近国[一六]、号源氏平氏、携弓箭之輩幷住人等、早任義経之下知可引卒之由、可被仰下候。海路雖不幾、殊急可追討之旨、

一　かすめ取られ。→八二頁注一二。
二　自分の家での生活。「烟」は炊煙の意。
三　「吟　サマヨフ」（類聚名義抄）。
四　春の耕作。「東」は春の方角。
五　秋の作物の収穫。「西」は秋の方角。
六　「国衙」は、国司の統治下にある土地。国衙領。「庄園」は荘園で、貴族や寺社の私有地。
七　「正税官物」→一七六頁注一四。「所済」は税の納入の意。

頼朝条々奏聞

八　慣例に従って。形式だけ。
九　花の都（京）の貴族階級や庶民階級。
一〇　→訓読文（二三二頁）。
一一　前例。
一二　人民に恩徳を施す政治。
一三　国守。
一四　戸籍・耕地を持たず、本国を離れて他郷を流浪する人。浪人。
一五　役人としての職務。
一六　帝都付近の地。大和・山城・河内・和泉・摂津の五カ国。五畿内。

可レ被レ仰二付義経一候也。於二勲功之賞一者、逐可二計申上一候。

一、諸社事

我朝者神国也[一七]。往古之神領[一八]不レ可レ有二相違一候。其外今度又始於二諸社神明一、可レ被三新加二所領一候歟。就レ中去比鹿島大明神[一九]御上洛之由、風聞出来之後、賊徒追討、神戮[二〇][34]不レ空者歟[二一]。兼又諸社若有二破壊顛倒之事[二二]一者、随二破損之分限[二三]一、可レ被レ召二付受領之功[二四]一候。其後可レ被二載許[二五]一候。

一、恒例神事[二六]

守二式目[二七]一、無二懈怠一可二勤行一之由、可レ被レ尋二沙汰一候。

一、仏寺事

諸山御領、如二旧例一、勤行不レ可二退転[二八]一。如二近年一者、僧家皆存二武勇一、忘二仏法一之間、堅閉二修学之枢一、併[二九]失二行徳之誉一、尤可レ被二禁制一候。兼又於二濫行[三〇]不信之僧一者、不レ可レ用二公請[三一]一。至二僧家之武具一者、自今以後、為二頼朝之沙汰一任レ法奪取、可レ与二賜朝敵追討之官兵等一之由、所二思給候一也。

以前条々言上如レ件。

元暦[三二]元年十一月　日　　　従四位下　源頼朝

一七　神国思想のあらわれ。巻四五「重衡向南都被斬」にも、若大衆の僉議での言葉として「我大日本国ハ神国也」という。

一八　昔からの神社の領地。「Iinriǒ. ジンリャウ（神領）」（日葡）。

一九　常陸国一の宮の鹿島神宮（現、茨城県鹿嶋市宮中）の祭神、武甕槌命。武神として崇拝された。

二〇　神の力による殺戮。

二一　「歟」の誤植か。(コ)(ホ)とも「か」「欤」。

二二　「Faye. ハエ（破壊）」、「Tendǒ. 1, Tentǒ. テンダゥ。または、テンタゥ（顛倒）」（日葡）。

二三　程度。

二四　国司の私財。

二五　「裁許」の当て字。裁断の意。

二六　底本(コ)(ホ)とも同。「恒例神事事」とあるべきか。「Gǒrei.」ゴゥレイ（恒例）」（日葡）。

二七　成文法。

二八　中絶すること。

二九　そのまま。全く。「Xicaxinagara. シカシナガラ（併ら）」（日葡）。

三〇　不都合な行為。乱行。

三一　朝廷から経典の講義・論義などに召される僧。

三二　頼朝の奏聞条々事→補注八二。

トゾ被レ申《まうされ》タル。[一]大膳大夫成忠卿、此《この》旨ヲ被《せらる》二奏聞一。法皇叡覧アリテ、「頼朝ハ賢人也ケルニヤ」トゾ仰セケル。

[二]元暦二年正月十日、九郎大夫判官義経ハ、平家追討ノタメニ西国へ発向ス。先《まづ》院御所ニ参リ、[三]大蔵卿康経朝臣ヲ以テ奏聞シケルハ、「平家ハ栄花身ニ極《きはま》リ、[四]宿報忽《たちまち》ニ尽テ神明ニモ放《はなた》レ奉リ、君ニモ捨ラレ進《まゐら》セテ西国ニ漂ヒ、此《この》三箇年ガ間、多クノ国々ヲ塞ギ、正税官物ヲ押領シ、人民百姓ヲ悩乱ス、是《これ》[五]西戎ノ賊徒ニアラズヤ。今度罷下《まかりくだり》ナバ、人ヲバ不レ知《しらず》、義経ニ於テハ、彼輩《かのともがら》ヲ悉《ことごとく》不二討捕一《うちとらず》者《は》、王城へハ不レ可二帰上一《かへりのぼるべからず》。[六]鬼界、[七]高麗、[八]新羅、[九]百済マデモ、命ヲ限《かぎり》ニ可レ責《せむべき》」之由ヲ申《まうす》、ユヽシクゾ聞エシ。院御所ヲ出テ西国へ下《くだり》ケルニモ、国々ノ兵共《つはものども》ニ向テ、「[一〇]後足《うしろあし》ヲモ踏《ふみ》、命ヲモ惜《をし》ト思ハン人々ハ、是《これ》ヨリ返《かへり》下リ給へ、打ツレテハ中々源氏ノ[一一]名折《なをれ》也。義経ハ鎌倉殿ノ御代官ナル上《う》へ、忝《かたじけなく》勅宣ヲ[一二]奉《うけたまはり》タレバ、角《かく》ハ申《まうす》也」トゾ宣ケル。

同《おなじき》十三日、九郎大夫判官、[一三]淀ヲ立テ[一四]渡部へ向フ。相従《あひしたがふ》輩《ともがら》ニハ、[一五]佐渡守義定、[一六]大内太郎維義、[一七]田代冠者信綱、[一八]畠山庄司次郎重忠、[一九]佐々木四郎高綱、[二〇]平山武者季重、[二一]三浦十郎能連、[二二]和田小太郎義盛、[二三]同三郎宗実、[二四]同四

一　高階経仲。本名は業仲。「成忠」は宛字。保元二年（一一五七）生。没年未詳。建保四年（一二一六）三月出家。泰経の一男。母は藤原行広女。→補注八三。

義経院参平氏追討

二　西暦一一八五年。「正月十日」は長門本では「正月十六日」。→補注八四。

三　高階泰経→一八一頁注一三。

四　前世の果報。　五　西方の野蛮な賊徒。

六　鬼界が島。ここでは当時の日本の辺境、薩南諸島から琉球に至る島々の総称。安元三年（一一七七）六月、俊寛・平康頼・藤原成経が流された鬼界が島は、大隅諸島の内、現、鹿児島県鹿児島郡三島村硫黄島とされる。同県大島郡喜界町の喜界島は奄美諸島の内。ここにも平家にまつわる伝承がある。

七　高麗→八一頁注二八。　八　新羅→八一頁注二七。　九　百済→八一頁注二九。

一〇　足をうしろに向けて逃げようとし。

一一　不名誉。

一二　「奉　ウケタマワル」（類聚名義抄）

一三　山城国。現、京都市伏見区。

一四　「渡部」は「渡辺」。「渡辺津」ともいった。摂津国。現、大阪市中央区。現在の天満橋を中心に、かつての大阪湾に面した広い地域。→補注八五。　一五　安田義定→一六四頁注一〇。

一六　大内維義→補注八六。　一七　田代信綱→補注八七。　一八　畠山重忠→三〇頁注六。

義経西国発向

一九　佐々木高綱→一八〇頁注二。　二〇　平山季重→一二頁注一二。　二一　三浦（佐原）義連→三〇頁注四。　二二　和田義盛→補注八八。

二三　和田宗実→補注八九。　二四　和田義胤→補注九〇。　二五　多々良義春→補注九一。

郎能胤、[二五]多々良五郎能春、[二六]梶原平三景時、子息[二七]源太景季、同[二八]平次景高、同[二九]三郎景能、[三〇]比良左古太郎為重、[三一]伊勢三郎義盛、[三二]庄太郎家永、同[三三]五郎弘方、[三四]椎名六郎胤平、[三五]横山太郎時兼、[三六]片岡八郎為春、[三七]鎌田藤次光政、[三八]武蔵房弁慶等ヲ始トシテ、其《その》勢十万余騎也。

[三九]同十四日、伊勢・石清水・賀茂三社へ[四〇]奉幣使ヲ被立《たてられ》、平家追討ノ御祈之上、三種神器無事故《ことゆゑなく》可返入給《かへしいれたまふべき》之由、被載《のせられ》[四一]宣命ケリ。[四二]上卿ハ[四三]堀河大納言忠親卿也。又今日ヨリ神祇官人幷諸社司等、本宮・本社ニシテ、追討ノ事可祈申《いのりまうすべき》之由、[四四]院ヨリ被仰下《おほせくだされ》ケリ。又[四五]延暦・園城寺、東寺、仁和寺ニシテ、[四六]七仏薬師・[四七]五壇法、[四八]大元・[四九]延命・[五〇]熾盛光等ノ秘法数《かず》ヲ尽シ、[五一]調伏ノ法モ被行《おこなはれ》ケリ。

屋島ニハ、[五二]隙行《ひまゆく》駒ノ足早ク、留《とま》ラヌ月日明晩《あけくれ》テ、春ハ賤《しづ》ガ軒端ニ匂フ梅、庭ノ桜モ散ヌレバ、夏ニモナリヌ。[五三]垣根ツヾキノ卯花、五月ノ空ノ郭公鳴《ほととぎすなく》カトスレバ程モナク、[五四]秋ノ色ニ移テ、稲葉ニ結《むすぶ》露深ク、野辺ノ虫ノ音ヨハリツヽ、冷《すず》シキ比《ころ》モ過暮《すぎくれ》テ、冬ノ景気ゾ[五五]冷《すさま》ジキ。麓ノ里ニ時雨《しぐれ》シテ、尾上ハ雪モ積《つもり》ケリ。角《かく》テ春ヲ送リ春ヲ迎テ[五六]既《すでに》三年ニモナリヌ。東国ノ兵ノ責《せめ》来《きた》ルト聞エケレバ、[五七]越前三位ノ北方ノ様ニ、身ヲ投《なぐる》マデコソ無《なけ》レ共《ども》、[五八]有空《あるそら》

二六　梶原景時→二二頁注二。二七　梶原景季→二四頁注八。二八　梶原景高→二二頁注三。二九　梶原景能→補注九二。三〇　平佐古為重→補注九三。三一　伊勢義盛→五五頁注二一。三二　庄家長→補注九四。三三　庄広方→補注九五。三四　椎名胤平→補注九六。三五　「大郎」は「太郎」の当て字。横山時兼→補注九七。三六　片岡弘経か→補注九八。三七　鎌田光政→補注九九。三八　武蔵房弁慶→三二頁注五。

三社諸寺祈禱

三九　伊勢神宮と石清水八幡宮は皇室の祖神、賀茂神社は都の鎮守の神で、「三社」として国が特に崇拝した社。一月か二月かは→補注一〇〇。四〇　勅命によって神宮・神社に幣帛を奉献する使者。四一　天皇の命令を記した文書。四二　朝廷で公事を執行する際の首席者。四三　藤原忠親。天承元年（一一三一）→建久六年（一一九五）三月一二日、六五歳。北家師実流、忠宗の二男。母は藤原家保女。→補注一〇一。四四　後白河法皇→三九頁注一九。四五　「延暦」は延暦寺。近江国。現、滋賀県大津市坂本本町。天台宗の総本山。山号は比叡山。延暦七年（七八八）最澄が比叡山寺を造ったのに始まる。正暦四年（九九三）八月円仁（慈覚大師）の門徒と円珍（智証大師）の門徒とが争って比叡山別院だった園城寺が円珍の門徒の拠る所となって以来、延暦寺を山門、園城寺を寺門と呼ぶようになった。園城寺は通称三井寺。近江国。現、滋賀県大津市園城寺町。天台寺門宗の総本山。山号は長等山。大友皇子の子与多王の草創と伝える。円珍（智証大師）が延暦寺別院として再興した。東寺の正称は教王護国寺。山城国。現、京都市南区九条町。東寺真言宗の総本山。山号は八幡山。本尊は薬師如来。延暦

モ覚エネバ、女房達ハサシツドヒツヽ、唯泣《なく》ヨリ外ノ事ゾナキ。

内大臣宣ケルハ、「都ヲ出テ既ニ三年ニナリヌ、浦伝ヒ島伝《づたひ》シテ、明《あか》シ晩《くらす》ハ事ノ数ナラズ。[一]入道ノ世ヲ譲テ福原ヘ下《くだり》給タリシ其《その》跡ニ、[二]高倉宮トリ逃シ奉タリシ程、心憂カリシ事ハナシ」ト被レ仰《おほせられ》ケレバ、新中納言ハ、「都ヲ出《いで》シ日ヨリ、少シモ[三]後《うしろ》足ヲ可レ引《ひくべし》トハ思ハズ。東国・北国ノ奴原《やつばら》モ、随分ニ重恩ヲコソ蒙リタリシカ共、今ハ恩ヲ忘《わすれ》契ヲ変ジテ、悉《ことごとく》ニ頼朝ニ随付《したがひつき》ヌ。西国トテモ憑《たのも》シカラズ。サコソハアランズラント思《おもひ》シカバ、唯《ただ》都ニテ弓・矢・大刀・刀ノ続《つづか》ン程ハ[四]禦戦《ふせきたたかひ》テ、討死・射死ヲモシテ、名ヲ後《のち》ノ世ニ留《とど》メ、家々ニ火ヲモ懸《かけ》テ、塵灰トモ成《なら》ント思シヲ、身一人ノ事ナラネバトテ、[五]人ナミく\ニ都ヲアクガレ出テ、終《つひ》ニ[六]遁《のが》ルマジキ者故《ものゆゑ》ニ、カヽル憂目《うきめ》ヲ見《みる》コソ口惜ケレ」トテ、大臣殿ノ方ヲ[七]拙気《つたなげ》ニ見給テ、涙グミ給ケルゾ哀ナル。

[八]同《おなじき》十五日ニ、源氏ハ西国へ発向ス。[九]日比《ひごろ》渡部・[一〇]神崎両所ニテ[一一]船ゾロヘシケルガ、今日既ニ纜《ともづな》ヲ解《とき》テ、参川守範頼ハ神崎ヲ出《いで》テ、山陽道ヨリ長門国へ赴キ、大夫判官義経ハ、[一二]南海道ヨリ四国へ渡ルベシトテ、[一三]大物ガ浜ニアリ。平家ハ又屋島ヲ以テ城郭トシ、[一四]彦島ヲ以テ軍《いくさ》ノ陣トス。

一五年（七九六）桓武天皇が西寺と共に創建した。仁和寺→五四頁注八。四六　七仏薬師の法。七仏薬師を本尊とする修法。四七　五大明王を勧請して同時に修する密教修法。四八　大元帥の法。大元帥明王を本尊として行なう国家鎮護のための修法。四九　延命法。寿命を延ばし、増益、智慧、敬愛を得ることを祈願する修法。五〇　熾盛光法。熾盛光仏頂如来を本尊として、国家安泰を祈る修法。五一　怒りの相を表わす明王を本尊として、怨敵・悪霊などを調伏するために行なう修法。五二　月日が早く過ぎ去ることをいう成句。『荘子』知北遊にもとづく。五三　底本、「桓根」の「桓」は「垣」の当て字。「いづれをかわきて訪《と》はまし山里の垣根続きに咲ける卯の花」（金葉集・夏・九九・大江匡房）などと歌われ、歌語的表現。五四　秋の気配。以下も歌語的表現が続く。五五　「冷　スヾシ、スサマジ」（類聚名義抄）。五六　平氏の都落ちは寿永二年（一一八三）だから、元暦二年（一一八五）は三年目となる。五七　小宰相局→六一頁注一七。五八　気が気でないので。落ち着いていられなくて。

梶原逆櫓

一　平清盛→四三頁注二一。
二　以仁王。後白河院の皇子。母は大納言藤原季成女成子。治承四年（一一八〇）五月、源頼政に勧められて平家追討の兵を挙げたが、敗死した。盛衰記巻一三〜巻一五に語られる。
三　「後足ヲ踏ム」に同じ。→一八六頁注一〇。
四　「ふせぐ」は南北朝時代頃まで「ふせく」と、清音であったという。五　一門の人々と同様

前中納言知盛卿、九国ノ兵ヲ卒シテ[一五]門字関ヲ固《かため》タリ。

大夫判官ハ大物浦ニテ、[一六]大淀ノ江内忠俊ヲ以テ船ゾロヘシテ、[一七]軍ノ談議アリケルニ、梶原平三景時申《まうし》ケルハ、「船ニ[一八]逆櫓ト申《まうす》物ヲ立《たて》候テ、[一九]軍ノ自在ヲ得様《うるやう》ニシ候《さうらは》バヤ」ト申ケリ。判官、「逆櫓トハ何ト云《いふ》事ゾ」ト問給ヘバ、梶原ハ、「逆櫓トハ[二〇]船ノ舳《へ》ニ[二一]艫《とも》ヘ向《むけ》テ櫓ヲ立《たて》候。其故《そのゆゑ》ハ、陸地ノ軍ハ、[二二]進退逸物ノ馬ニ乗《のり》テ、心ニ任セテ懸《かく》ベキ所ヲバ蒐《かけ》、可《ひくべき》レ引折ハ引《ひく》モ安キ事ニテ侍《はべり》。船軍《ふないくさ》ハ押早《おしはや》メツル後、押戻スハユヽシキ大事ニテ侍《はべる》ベシ。敵[二三]ツヨラバ舳ノ方ノ櫓ヲ以テ押戻シ、敵ヨハラバ元ノ如ク艫ノ櫓ヲ以テ押渡シ侍ラバヤ」ト申タリケレバ、判官、「軍《いくさ》ト云《いふ》ハ、大将軍ガウシロニテ蒐《かけ》ヨ責《せめ》ヨト云《いふ》ダニモ、引退《ひきしりぞく》ハ軍兵ノ習ナリ。況《いはん》ヤ兼テ[二四]逃支度シタランニ、軍ニ勝《かち》ナンヤ」ト宣ヘバ、梶原、「大将軍ノ謀《はかりこと》ノ能《よき》ト申《まうす》ハ、[二五]身ヲ全《まつたく》シテ敵ヲ亡ス。前後ヲカヘリミズ、向フ敵バカリヲ打取《うちとら》ントテ、[36][二六]鐘ヲ知ヌヲバ[二七]猪武者トテ[二八]アブナキ事ニテ候。君ハナヲ[二九]若気ニテ、加様《かやう》ニハ仰《おほせ》ラルヽニコソ」ト申《まうす》。判官少《すこし》[三〇]色損ジテ、[37]「[三一]不知《いさ》トヨ、猪《ゐのしし》・[三二]鹿《かのしし》ハ知《しら》ズ、義経ハ只《ただ》敵ニ打勝《うちかち》タルゾ心地ハヨキ。軍《いくさ》ト云《いふ》ハ、家ヲ出《いで》シ日ヨリ敵ニ組テ死ナントコソ存ズル事ナレ。身ヲ全《まつたく》セン、命ヲ死ナジト思ハンニハ、本《もと》ヨ

に都をさまよい出て。六　遁れられないであろうものの。「者故ニ」は接続助詞とされる。七　いかにも拙劣な判断であったというような様子で。八　同十五日→補注一〇二。九　渡部→一八六頁注一四。一〇　神崎→一一六頁注八。一一　船を集めて出航準備をすること。一二　紀伊・淡路・阿波・讃岐・伊予・土佐の六か国。一三　摂津国。現、兵庫県尼崎市。南東部に大物町の名が残る。一四　彦島→一八二頁注八。一五　文字関→一八二頁注二。この頃の源平双方の動向。→補注一〇三。一六　延慶本（巻一一—3）は「淀江内忠利ト云者ヲ案内者ニテ船ゾロヘシテ」、長門本巻一八は「日比は淀の江忠俊をもて、神崎渡辺両所にて船ぞろへしつるが」という。「大淀」は山城国の淀か。江内忠俊は淀川のみならず、海路に及ぶ水運に深く関わっていた人物か。「江内」は大江姓で内舎人であった人物を略していったか（菱沼一憲『源義経の合戦と戦略』）。一七　軍をどう進めるか、意見を述べ合い相談すること。「此ニテ軍ノ談義アリ」（巻二〇・佐殿大場勢汰）。一八　通常の櫓とは反対の向きに付ける櫓。一九　思いのままに戦える状態。二〇　船の先。二一　船尾。二二　心のままに扱える、特にすぐれている馬。「Xindai. シンダイ（進退）」「Ichimot. イチモッ（逸物）」（日葡）」。二三　強くなったら。二四　逃げる用意。二五　「身を全うして敵を滅ぼすをこそ良将とは申して候へ」（古活字本平治物語・中・六波羅合戦）と同じ考え。二六　「鐘　アタル」（類聚名義抄）。二七　思慮分別なく、ただがむしゃらに敵に向かって突き進む武者。二八　危険なこと。二九　若い人の血気にはやる気持ち。「Vacague. ワカゲ」（日葡）。三〇　顔色を変えて。

リ軍場《いくさば》ニ出《いで》ヌニハ不《しか》レ如《じ》。敵ニ組テ死スルハ武者ノ本ン[38]、命ヲ惜テ逃《にぐる》ハ人ナラズ。去《され》バ[二]和殿ガ大将軍承タラン時ハ、[三]逃儲《にげまうけ》シテ百挺千挺ノ逆櫓ヲモ立《たて》給ヘ、義経ガ船ニハ、[四]イマ〳〵シケレバ逆櫓ト云《いふ》[五]事聞《きく》トモ聞《きか》ジ」ト宣ヘバ、アタリ近《ちかき》兵共是《これ》ヲ聞テ、一度ニドヽ笑フ。梶原、ヨシナキ事申出シテケリト赤面セリ。判官ハ、「抑《そもそも》景時ガ義経ヲ[六]向《むか》フ様《さま》ニ猪ニ喩《たとふ》ル条コソ[七]希恠ナレ。若党ドモ景時取テ引落セ」ト宣ヘバ、伊勢三郎義盛、片岡八郎、武蔵房等、判官ノ前ニ進出《すすみいで》テ、既ニ取テ引張ルベキ気色ナリ。景時是《これ》ヲ見テ、「軍《いくさ》ノ談義ニ兵共ガ所存ヲノブルハ常ノ習。能《よき》義ニハ同《どう》ジ、悪《あし》キヲバ棄《すつ》。イカニモ身ヲ全シテ、平家ヲ亡スベキ謀ヲ申《まうす》景時ニ、恥ヲ与ヘント宣ヘバ、返《かへり》テ殿ハ[八]鎌倉殿ノ御為ニハ不忠ノ人ヤ。但シ[九]年ゴロハ主ハ一人、今日又主ノ出《いで》キケル不思議サヨ」トテ、[一〇]矢サシクハセテ判官ニ向フ。子息景季・景高・景茂等ツヾキテ進ム。判官腹ヲ立《たて》テ喬刀[39]ヲ取《とり》テ向フ処ヲ、[一一]三浦別当能澄、判官ヲ懐止《いだきと》ム。[一二]畠山庄司次郎重忠、梶原ヲ抱《いだき》テ[一三]動《はたらか》サズ。[一四]土肥次郎実平ハ源太ヲ抱ク、[一五]多々良五郎義春ハ平次ヲ懐《いだ》ク。各《おのおの》申ケルハ、「此《この》条互《たがひ》ニ[一六]穏便ナラズ、[40][一七]友諍《あらそひ》其《その》詮ナシ。平家ノ漏聞《もれきか》ンモ[一八]嗚呼《をこ》ガマシヽ、又鎌倉殿ノ被二聞召一《きこしめされむ》モ其憚在《そのはばかりある》ベシ。[一九]当座ノ興言、[二〇]クルシミ有ベカラズ」

三二　さあね。
三三　「Canoxixi. カノシシ（鹿）」（日葡）。

一　手本または本意の意でいうか。
二　そなた。対等以下の相手に用いる対称。
三　逃げる用意。
四　縁起でもないから。
五　たとえ聞いても聞かなかったことにしよう。↓補注一〇四。
六　面と向かいあって。
七　「希恠」は「奇怪」。㋭も同。けしからん。
八　源頼朝のこと。
九　永年。
一〇　矢をつがえて。
一一　三浦義澄→一七五頁注四〇。
一二　畠山重忠→三〇頁注六。
一三　動かさない。
一四　土肥実平→七六頁注一九。
一五　多々良義春→一八七頁注二五。
一六　穏かでない。
一七　味方同士の争いは無益だ。
一八　みっともない。「嗚呼」は底本、「鳴呼」。「鳴」字は「嗚」の流用とみて、改めた。
一九　その場の冗談。
二〇　気にしてはいけないという意か。

ト申ケレバ、判官、誠ニト思テシヅマレバ、梶原モ勝《かつ》[二一]ニ乗《のる》ニ及バズ。此意《この》[二二]趣ヲ結《むすび》テゾ、判官終《つひ》ニ梶原ニハ弥《いよいよ》譏セラレケル。判官ハ、「都ヲ出《いで》シ時モ申シヽ様ニ、少《すこし》モ命惜《をし》ト思ハン人々ハ、是《これ》ヨリ返リ上《のぼ》リ給へ。敵ニ組《くみ》テ死《しな》ント思ハン人々ハ義経ニ付《つけ》」ト宣ヘバ、畠山[二三]庄司次郎重忠、和田[二四]小太郎義盛、熊谷[二五]次郎直実、平山[二六]武者所季重、渋谷[二七]庄司重国、子[二八]息馬允重助、土肥次郎実平、子[二九]息弥太郎遠平、佐[三〇]々木四郎高綱、金[三一]子十郎家忠、伊勢三郎義盛、渡[三二]部源五馬允昵、鎌[三三]田藤次光政、奥州佐[三四]藤三郎兵衛継信、其弟ニ四[三五]郎兵衛忠信、片岡八郎為春、武蔵房弁慶等ハ判官ニ付《つく》。梶原ハ逆櫓ノ事ニ恨《うらみ》ヲ含《ふくみ》、判官ニツキ軍《いくさ》セン事面目ナシト思ケレバ、引分《ひきわか》レテ参川守範頼ニツキ、長門ノ国へ向フ。

二一　勢いに乗ることもできなかった。
二二　遺恨を生じて。→補注一〇五。
二三　底本、以下の名寄せから行替。
二四　和田義盛→一八六頁注二二。
二五　熊谷直実→一一頁注一。
二六　平山季重→一二頁注一二。
二七　渋谷重国→一七五頁注四三。
二八　渋谷重助→補注一〇六。
二九　土肥遠平→一七五頁注三七。
三〇　佐々木高綱→一八〇頁注二。
三一　金子家忠→補注一〇七。
三二　嵯峨源氏、左衛門尉昵か。「シタシ」（尊卑分脈）と読んだか、あるいは「ムツル」。生没年未詳。左兵衛尉名《ナツク》の男。ただし、年代的に疑問がある。
三三　鎌田光政→一八七頁注三七。
三四　佐藤嗣信→二八頁注一六。
三五　佐藤忠信→補注一〇八。

源平盛衰記　巻第四十二

義経解レ纜向二西国一

資盛清経被レ討

勝浦合戦付勝磨

親家屋島尋承

金仙寺観音講

屋島合戦

玉虫立レ扇

与一射レ扇

源平侍共軍

継信孝養

十六日午刻ニ[一]、判官既ニ纜ヲ解テ船ヲ出ス。南風俄ニ吹来《ふききたり》テ、兵船渚々ニ吹上《ふきあげ》テ、七、八十艘打破《うちやぶる》。其《それ》ヲ繕《つくろはむ》トテ今日ハ逗留、今ヤ〳〵ト待ケレ共、風弥《いよいよはげしく》烈シテ、二日二夜ゾフキタリケル。十七日ノ夜ノ寅時ニ[二]、空カキ陰《くもりむらさめ》急雨シテ、南ノ風ハ静《しづまり》テ、北風烈ク吹出タリ。木折《きををり》、砂《いさご》ヲ揚《あぐ》。判官ハ、「風既ニ直レリ、急《いそぎ》舟共出セ」ト宣フ。水手[三]・梶取[四]等申ケルハ、「是《これ》程ノ大風ニハ争《いかで》出シ候ベキ、風少《すこし》弱リ候テコソ」ト申《まうす》。判官大《おほき》ニ嗔《いかり》テ、「向《むかひ》タル風ニ出セトイハヾコソ僻事ナラメ、加様《かやう》ノ順風ハ願処《ねがふところ》也。日並《ひなみ》[五]モヨク海上モ静《しづか》ナラバ、今日コソ源氏ハ渡ラメトテ、平家用心稠《きびしく》[1]シテ、浦々島々ニ大勢指向《さしむけ》々待ン所へ、僅《わづか》ノ勢ガ寄《よせ》タラバ、物ノ用ニヤ可㆑叶《かなふべき》。懸《かかる》大風ナレバ、ヨモ渡ラジ、舟モ通ハジナンド思テ、打解《うちとけ》[2][六]アバケタラン所へ、スルリト[七]渡《わたり》テコソ敵ヲバ誅[3]スレ。トク〳〵此《この》舟共《ども》出セ。不㆑出者《いださぬもの》ナラバ己等《おのれら》コソ朝敵ナレ。射殺セ、斬殺セ」ト下知シケレバ、伊勢三郎、大中指《なかざし》[八]ノ打クハセテ射殺サント馳廻《はせまはり》ケレバ、水手・楫取共、「イカヾハセン、

義経解纜向西国

一　元暦二年（一一八五）二月一六日。このままでは「一月十六日」と解されかねないことは、一八七頁注三九・一八八頁注八に同じ。「午刻」は現在の午前一一時から午後一時まで。九条兼実は二月一六日の日記に「伝聞、大蔵卿泰経卿為㆓御使㆒向㆓渡辺㆒、是為㆑制㆓止義経発向㆒云々、是京中依㆑無㆓武士㆒為㆓御用心㆒也云々、然而敢不㆓承引㆒云々、泰経已為㆓公卿㆒、依㆘如㆑此小事㆖、輙向㆓義経之許㆒、太見苦云々」（玉葉・元暦二年二月一六日条）と記す。

二　「十七日」は二月一七日。「寅時」は現在の午前三時から同五時まで。

三　水夫。役付き以外の船乗り。「Suixu. スイシュ（水手）」（日葡）。

四　舵を操作する人。鎌倉時代には船長を意味した。「Candori. カンドリ（楫取・檝取）」（日葡）。

五　日のよしあし。日柄。

六　油断しているであろう所。

七　動作が速やかで滞らないさまをいう語。「Sururito. スルリト（するりと）副詞。物事を軽やかにてきぱきとするさま」（日葡）。

八　箙《えびら》に差し入れた矢。上差以外をいう。

是《これ》程ノ風ニ舟出シタル事イマダナシ。船ヲ出シヌル者ナラバ、一定《いちぢやう》[一]水ノ底ニ沈マンズ。不レ出[4]箭《や》ニ中《あたり》テ死ナンズ。死[5]ハ何《いづ》レモ同《おなじ》事、サラバ出シテ馳死《はせじに》[二]ニセヨ」トテ、寅卯ノ間[三]ニ判官ノ船ヲ出ス。兵船ハ数千艘有ケレ共、如法[6][四]夥[7]シキ大風ナレバ、舟ヲ出ス者ナカリケルニ、只五艘ヲ出ス。一番判官船、二番畠山[五]ガ船、三番土肥次郎[六]舟、四番和田小太郎[七]船、五番佐々木四郎[八]舟也。五艘ノ舟ニ馬ノセ兵糧米積《つみ》、夫[九]ニ随フ下部《しもべ》・歩走《かちはし》[一〇]リナンド乗ケレバ、一百余騎ニハ過《すぎ》ズ。此等《これら》ハ上下皆一人当千ノ兵《つはもの》也。判官ハ、「義経ガ舟バカリニ篝ヲ炷《ともす》[8]ベシ。其《それ》ヲ本舟[9]トシテ各《おのおの》馳《はせ》ヨ。自余ノ船ニ篝トモスベカラズ。敵ニ舟ノ数ヲ見セジタメ也」ト下知シテ、渡辺島[一一]ヨリ舟ヲ出ス。吹《ふく》風木ノ枝ヲ折《をり》、立浪《たつなみ》[一二]蓬莱ヲ上《あぐ》。水手・カンドリ吹倒サレテ、足ヲ踏立《ふみたつ》ルニ不レ及《およばざり》ケレ共、究竟ノ者共[一三]ニテ、船ヲ乗直シ〳〵テ、帆柱ヲ立テ帆ヲ引《ひく》事不レ高《たかからず》、手打懸《うちかく》ル計《ばかり》也。風弥《いよいよ》ツヨク当《あたり》ケレバ、帆ノスソヲ切テ結分[10]、風ヲ通《とほ》ス。纜三筋十丈バカリニ縿[11][一四]サゲテ、沈石綱《いかり》アマタ下《おろし》テ、脇梶面楫《わいかぢおもかぢ》[一五][一六]ヲ以テ舟ヲチヤウド[一七]挟立《はさみたて》テ、傍風[12][一八]来レバ風面《おもて》[一九]ニ乗懸《のりかかり》、眦[13][二〇]ニナレバ中ニ乗《のり》、隙《ひま》ナク湯ヲ取ラス[二一]。舳ヘ打《うつ》浪摧《くだけ》テ艫ヲ洗《あらひ》、艫ヲ済《わたる》[14]波イカニモ難《かなひがた》レ叶ケレ共、究竟ノ梶取也、波ノ手[二二]・風ノ手[二三]ヲ作テ、大ナル波ヲバツイクヾリ、小波ヲ

一　きっと。
二　戦場に馳せつけて討死すること。
三　「卯」は現在の午前五時から同七時まで。「寅卯の間」は午前三時から同七時までの間。三井文庫蔵の古筆手鑑『高窠帖』に、「判官ノ船ヲ出ス」以下一九七頁三行までの記事にほぼ一致する内容を二二行に記した長門切（読み本系平家物語断簡）が存する。そこでは「用意の兵船百五十艘ありけれども」と記し、また「はちまあまこの浦」に馳せ付いたのは「五艘の船に軍兵わづかに五十余騎、馬五十疋にはすぎざりけり」という（複製『高窠帖』、一九九〇年八月刊、貴重本刊行会）。
四　文字通り。全く。
五　畠山重忠→三〇頁注六。
六　土肥実平→七六頁注一九。
七　和田義盛→一八六頁注二二。
八　佐々木高綱→一八〇頁注二。
九　「夫」は、㋙㋭とも「それ」。あるいは「ぶ」と訓むべきか。
一〇　徒歩で供に従う下級の兵士。
一一　「大物ノ浜ヨリ」（延慶本）、「渡辺富島を押出して」（長門本）。
一二　未詳。蓬莱山を思わせるような大波が立ったことをいうか。
一三　非常に熟練した者たち。「Cuqiǒ. クキヤゥ」（日葡）。
一四　纜を流して、の意か。「縿」には、糸を繰るの意がある。㋭くりさけて。
一五　未詳。「Vaicagi. ワイカヂ（脇楫）」（日葡）。→補注一。
一六　舳《へさき》を右に向ける時に取る梶。また、右舷の意。
一七　しっかりと。完全に。「Chǒdo. チャウド（丁度・丁ど）」（日葡）。
一八　側面から吹きつける風。横風。
一九　風の吹きつける側。
二〇　未詳→校異13。このあたり、強風・荒波の中で船の均衡を保つための工夫をいうか。

バ飛越々々、「馳《はせ》ヨ者ドモ、漕《こげ》ヤ者」トテ、二四曳声《えいごゑ》ヲ出シテ馳ケレバ、[15]押《おし》テ三日ニ漕《こぐ》所ヲ只二五三時《みとき》ニ、二六阿波国ハチマアマコノ浦ニゾ馳付《はせつき》タル。五艘ノ舟一艘モ誤《あやまち》ナク、皆一所ニ漕並《こぎならべ》タリ。汀ヨリ五、六町計上《ばかりのぼり》テ岡ノ上ニ、二七赤旗余多《あまた》立並《たてならべ》テ、敵籠レリト見ユ。判官宣ケルハ、「平家此《この》浦ヲ固《かため》タリ。二八各《おのおの》物具シ給へ。船ニユラレ風ニ吹《ふか》レテ立《たち》スクミタル馬共也。二九左右《さう》ナク下《おろ》シテ誤《あやまち》スナ。沖ヨリ追下《おひおろ》シテ、船ニ付《つけ》テ游《およが》セヨ。馬ノ足三〇トヅカバ、舟ヨリ鞍ヲ置《おく》ベシ。其《その》間ニ鎧・物具取付《もののぐとりつけ》テ、船ヨリ馬ニハ乗移レ。敵寄《よする》ト見《みる》ナラバ、平家ハ汀ニ下立《おりたち》テ、水ヨリ上《あげ》ジト射ズラン。浪ノ上ニテ三一相引《あひびき》シテ、三二脇壺・内甲《うちかぶと》射サスナ。三三射向《いむけ》ノ袖ヲ三四末額《まつかう》ニアテヽ、急《いそぎ》汀ヘ馳寄《はせよせ》ヨ。敵[16]近付《ちかづけ》バトテ騒《さわぐ》事ナカレ。今日ノ矢一《ひとつ》ハ敵百人禦《ふせく》ベシ、三五透間《すきま》ヲカズヘテ弓ヲ引《ひけ》。三六アダ矢射《いる》ナ」トゾ下知シ給フ。軍兵随《したがひ》二軍将之下知一、艤五、六町ヨリ沖ニテ馬ヲ追下シ、船ニ引付《ひきつけ》々々游セタリ。馬ノ足トヾキケレバ、鎧・物具取付テ、舟ヨリ馬ニヒタト三七乗《のり》、一百五十余騎ノ兵共、射向ノ袖ヲ甲《かぶと》ノ末《まつ》額《かう》ニアテ、轡並《くつばみならべ》テ汀ヘザト馳上《はせのぼり》タリ。判官先陣ニ進《すすみ》、「此《この》浦固《かため》タル大将ハ誰人ゾヤ。名乗《なのれ》々々」ト攻ケレ共、答《こたふ》ル者ナシ。此浦ヲバ、三八阿波民部太輔成良ガ伯父、三九桜間ノ外記大夫良連、軍将トシテ、三百余騎ニテ固タ

二一 「湯」は忌み言葉で、船中に浸み入ってたまった水のこと。船湯《ふなゆ》、淦《あか》ともいう。→補注二一。
二二 波の上を行く船をあやつる技量や手法。
二三 風の中を行く船をあやつる技量や手法。
二四 「えいえい」という掛け声。
二五 現在の約六時間。「只二時ニ」（延慶本）、「二時計りに」（長門本）。
二六 「伝聞、九郎去十六日解纜、無為著二阿波国一了云々」（玉葉・元暦二年二月二七日条）、「十八日壬申。廷尉昨日自二渡部一欲レ渡海一之処。暴風俄起。舟船多破損。士卒船等一艘而不レ解レ纜。爰廷尉云。朝敵追討使暫時逗留。可レ有二其恐一。不レ可レ顧二風波之難一云々。仍丑剋。先出二舟五艘一。卯剋着二阿波国椿浦一。（常行程三ケ日也）」（吾妻鏡・元暦二年二月一八日条）。「ハチマアマコノ浦」は「八万余戸浦《はちまあまこ》」（現、徳島市八万町《はちまん》・上八万町の地域に比定される八万《はちま》郷の沿岸部一帯の地名―『徳島県の地名』）。「蜂間尼子ノ浦」（延慶本）、「八間浦、尼子が津」（長門本）。
二七 平家の旗。 二八 武装しなさい。
二九 無造作に船からおろして失敗するな。
三〇 届いたら。「とづく」は「とどく」の古型。
三一 敵に応戦して弓を引いて。
三二 鎧を着用した際の脇下の隙間。
三三 鎧の左袖。 三四 兜の鉢の前面部。
三五 鎧の覆っていない部分を狙って。
三六 むだになる矢。当たらない矢。
三七 すばやく。
三八 阿波民部大輔成良→二二三頁注二五。「太輔」は「大夫」の当て字。
三九 桜間能連。巻三七「平次景高入城」では「成長ガ甥」という。→二二三頁注二六。

リケレ共、何トカ思ケン、不㆓名乗㆒《なのらざり》ケレバ、判官ハ、「此奴原《このやつばら》ハ近国ノ[一]歩兵ニコソ有《ある》メレ。若者共責入《せめいり》テ、一々ニ首切懸《きりかけ》テ[二]軍神《いくさがみ》ニ奉レ」ト下知シケレバ、[三]河越小太郎茂房、[四]堀弥太郎親弘、[五]熊井太郎忠元、[六]江田源三弘基、[七]源八広綱、五騎轡《くつばみ》ヲ並《ならべ》、鞭ヲ打テ蒐入《かけいり》ケリ。城中ヨリハ簇《やじり》ヲソロヘテ散《さん》々ニ射ル。源氏ハ一百余騎後陣ニ[17]支《ささへ》テ、「責《せめ》ヨ蒐《かけ》ヨ。[八]隙《ひま》ナアラセソ」ト[九]ドヾメキケレバ、五騎ノ者共、郎等・乗替相具《あひぐ》シテ三十余騎、[一〇]シコロヲ傾テ攻《せめ》入《いり》ケレバ、三百余騎モ不㆑堪《こらへず》シテ、サト[18]開テ通シケリ。取《とつ》テ返《かへ》シテ竪《たて》サマ横サマ、[一一]オモノ射《い》ニ射ケレバ、木葉ヲ風ノ吹《ふく》ガ如ク、四方ヘサト逃走《にげはしり》ケルヲ駆立《かけたて》ツヽ、[19]強ル者ヲバ頸ヲ切《きり》、[20]弱者ヲバ虜《いけどり》ニス。大将軍外記大夫モ禦《ふせき》兼《かね》、鞭ヲ揚テ逃ケレ共、不㆓延遣《のびやらず》㆒シテ虜《いけどら》レケリ。頸ドモ四、五十切懸《きりかけ》テ奉㆓軍神《いくさがみにたてまつり》㆒、[一二]悦《よろこび》ノ時二度造リ、「西国ノ軍《いくさ》ノ[一三]手合《てあはせ》也、[一四]物能《よし》〳〵」トゾ勇《いさみ》ニケル。

[一五]備前児島城ハ、[一六]去《いん》ジ冬、土肥次郎実平、塩干《しほひ》ニ[21]渡瀬ヲ求テ、[22]暗夜五十余騎ヲ卒シテ責寄《せめよせ》テ、[一七]時ノ声ヲ発《はつし》ケレバ、平氏ノ軍兵不㆑計《はからざり》ケル程ナレバ、防戦《ふせきたたかふ》ニ不㆑及《およばず》シテ、船ニ諍乗《あらそひのり》テ逃《にげ》ケルヲ、或虜《あるいはいけどり》或《あるいは》首ヲ斬ケレバ、其後《そののち》ハ備中・備前之輩《ともがら》、悉ク官軍ニ相従《あひしたがひ》ケル処ニ、[一八]此《この》春又、平氏二百

一　徒歩で戦う兵士。足軽。
二　武運をつかさどる神。
三　河越重房→補注三。
四　覚一本巻一一「能登殿最期」に登場する堀弥太郎親経。あるいは『吾妻鏡』や『玉葉』に登場する堀弥太郎景光と同一人か。→補注四。
五　熊井忠元→補注五。
六　江田弘基→補注六。
七　源弘綱か→補注七。
八　隙を与えるな。
九　そうぞうしく騒いだので。
一〇　兜を斜めに傾けて内兜を射られないようにする姿。慣用句的な表現で、巻一五「宇治合戦」にも筒井浄妙明春の戦闘する姿を「射向ノ袖ヲユリ合セ、シコロヲ傾」と記す。この後二〇〇頁一行目にも見える。
一一　騎馬で逃げる獣や敵を追い回して射る「追物射」に同じ。「平家勝ニ乗、敵ヲ懸背テ、ヲモノ射ニゾ射取ケル」（巻三三・室山合戦）。
一二　勝利を祝って一斉にあげる叫び声。勝鬨。
一三　最初の勝負。　一四　縁起がいい。
一五　備前児島城→一七六頁注一八。
一六　元暦元年（一一八四）の冬。巻四一「盛綱渡海小島合戦」参照。
一七　敵に対して戦闘開始を告げるために発する叫び声。単に「鬨」ともいう。

資盛清経被討

一八　元暦二年の春。
一九　巻四一「実平自㆓西海㆒飛脚」に語られていた。↓一八二頁四行以下。
二〇　僅かの足がかり。壇浦の合戦で悪七兵衛景清が坂東侍は馬上の戦には強くても船軍には弱いと述べて、「必失㆓寸歩㆒、可㆑抛㆓弓箭㆒」（巻四三・源平侍遠矢）と言っている。

余艘ノ兵船ヲ調《そろへ》テ、夜半ニ彼《かの》城ヘ寄《よせ》テ合戦シケル程ニ、[一九]実平軍敗《いくさやぶれ》テ、息男遠平、疵ヲ蒙リ、家人多ク被㆓討捕《うちとられ》㆒ケリ。船軍《ふないくさ》ノ事、西国ノ賊徒ハ自在ヲ得タリ。東国ノ官兵ハ[二〇]寸歩ヲ失《うしなひ》テ、実平毎度ニ被㆑敗《やぶられ》ケリ。懸《かかり》シ程ニ[二一]豊後国住人等、[二二]船ヲ艤《よそひ》テ官兵ヲ迎《むかへ》ケレバ、参川守範頼已下彼《かの》国ヘ入《いり》ニケリ。

又[二三]三位中将資盛入道幷ニ[二四]左中将清経朝臣ヲ、当国ノ輩討捕《うちとり》テ、首ヲ範頼ノ許ヘ送ケリ。清経朝臣ハ不㆑[23]劣心、不㆑顧㆑死、敵ヲ討《うち》、自害シ給タリケルヲ、資盛入道ノ首ト取具《とりぐ》シテ、京都ヘ可㆑[24]献《たてまつるべき》由、其《その》沙汰有ケリ。

[二五]平家ハ源氏ノ討手下《くだ》ルト聞ヱシヨリ、讃岐国屋島ノ浦ニ城郭ヲ構ヘ、軍兵ヲ儲《まうけ》テ相待《あひまち》ケリ。[二六]前内大臣宗盛、[二七]前平中納言教盛、[二八]前権中納言知盛、[二九]前修理大夫経盛、[三〇]前右兵衛督清宗、[三一]小松少将有盛、[三二]能登守教経、[三三]小松新侍従忠房已下、五十余騎トゾ聞エシ。浦々島々サシ塞《ふさぎ》テゾ守護シケル。

判官、虜《いけどり》ノ者ニ問給《とひたまひ》ケルハ、「平家ノ軍兵ハ、屋島ヨリコナタニハ何所《いづく》ニカ在《ある》」ト宣《のたまふ》。「[25]此ヨリ三十余町罷候《まかりさうらひ》テ、[三四]阿波民部大夫ノ弟ニ、[三五]桜間介良遠ト申《まうす》者コソ五十余騎計《ばかり》ニテ陣ヲ取テ候ヘ」ト申。「サテハ小勢ヤ。打《うて》ヤ〳〵」トテ押寄《おしよせ》、時ヲ造ル。城ノ内ニモ時ヲ合《あはせ》タリ。良遠ハ大堀《ほり》々テ水ヲ湛《たたへ》、岸ニ[三六]管植《ひしうゑ》、櫓搔《やぐらかき》テ待受《まちうけ》タリ。輒《たやす》ク難㆓責落《せめおとしがた》㆒カリケルヲ、源氏兵《つはもの》

二一　維方惟義ら→一八三頁三行以下。　二二　出船の準備をして。　二三　平資盛。「入道」とあるのは不審。巻四〇では俗体。→七四頁注六。　二四　平清経。巻三二「清経入海」で、緒方惟義によって鎮西を追い出されたことを嘆いて柳浦で入水したと語るのと矛盾する。→一三九頁注一五。　二五　屋島の平家勢→一八二頁一一行以下。　二六　平宗盛→一六頁注八。
二七　平教盛→六九頁注一八。
二八　平知盛→二四頁注一〇。
二九　平経盛→五〇頁注九。
三〇　平清宗→三六頁注八。
三一　平有盛→七四頁注七。
三二　平教経→一一頁注一七。
三三　平忠房。生年未詳。文治元年（一一八五）一二月（吉記・記事目録）。桓武平氏、内大臣重盛の六男。母は藤原家成女。丹後守・侍従、従五位下に至る。一谷合戦後、一門から離れてひそかに関東に下ったという噂があり（吉記・寿永三年四月二八日条）、『吾妻鏡』文治元年一二月一七日条には後藤基清が忠房の身柄を預ったと記す。盛衰記はこの先巻四六「尋害平家小児」で、同日後藤実基が預っていた忠房を近江国野路のあたりで斬刑に処したと語る。

勝浦合戦付勝磨

三四　阿波民部大輔成良→二三頁注二五。
三五　『吾妻鏡』では「桜庭介良遠」とする。→補注八。
三六　武具の菱。鉄で菱の実の形を作り、先端をとがらせた刺をつけたもの。

其《その》辺ノ小家ヲ壊《こほち》、堀ニ入《いれて》浸シテ、𩊱《しころ》ヲ傾《かたぶけ》、[一]一味同心ニ責入《せめいり》ケレバ、城内乱《みだれ》テ我《われ》先ニト落行《おちゆき》ケリ。良遠ヲ延《のば》[二]サントテ、家子郎等三十余騎残留《のこりとどまり》テ防矢《ふせきや》射ケルガ、一々搦捕《からめとら》レテ、忽ニ被刎首《くびをはねられ》、被祭《まつらる》軍神。両陣ヲ追落シテ後、又浦人ヲ召テ、「此《この》所ヲバ何ト云《いふ》ゾ」ト問《とふ》。「勝浦[三]ト申《まうす》」ト答《こたふ》。「軍ニ勝タレバトテ、色代[四]シテ矯飾[五]ヲ申《まうす》ニコソ。加様《かやう》ノ奴原《やつばら》ガ不思議[六]ノ事ヲバシ出《いだ》スゾ、返忠[七]セサスナ。義盛ハナキ歟。シヤ[八]頸斬《きれ》」ト宣ヘバ、伊勢三郎、太刀ヲヌキ進出《すすみいで》タリ。浦人大《おほき》ニ恐戦《おそれおののき》テ、「其《その》[九]儀ハ候ハズ。此《この》浦ハ[一〇]御室ノ御領五箇庄ニテ、文字ニハ勝浦ト書《かき》テ候ナルヲ、下臈[一一]ハ申安《まうしやすき》ニ付《つき》テカツラト呼侍《よびはべり》キ。上臈ノ御前ニテ侍レバ、文字ノ儘ニ申上候」ト云《いふ》。判官聞是《これをきき》テ、「サテハ神妙[一二]々々、サルタメシアリ。昔、天武[一三]天皇ノイマダ東宮位ニ御座ケル時、大友皇子[一四]ニ天智[一五]子襲《おそはれ》テ、近江国[一六]湖水ニ船ヲ浮《うかべ》テ東ノ浦ニ著給《つきたまふ》。葦ノ下葉ヲ漕分《こぎわけ》テ、船ヲ岸ニ寄《よせ》給フ。田作ル男一人アリ。春宮問テ曰《のたまはく》、『汝何者ゾ。是《ここ》ヲバ何所《いづく》ト云《いふ》ゾ』ト。田夫答テ申サク、『是《ここ》ヲバ勝浦ト云《いひ》、我《わが》身ヲバ月下[一七]ノ勝磨ト申《まうす》也』トテ、賤《しづ》ガ藁屋ニ請ジ入《いれ》奉リ、様々[一八]貢御進《すす》メ進《まゐら》セタリケレバ、春宮大《おほき》ニ御悦アリテ、『朕《ちん》[一九]勝浦ニ著《つき》テ勝磨ニアヘリ。軍《いくさ》ニ勝テ帝位ニツカン事疑《うたがひ》ナシ。御即位ノ後ニ御願寺[二〇]ヲ

一　心を一つにして。
二　遠くへ逃がそう。
三　阿波国。現、徳島県小松島市芝生町・横須町あたりか。旗山は渡海してきた義経が源氏の白旗を立てた山と伝える。→補注九。
四　お世辞を言って。「Xiqidai. シキダイ（色代）」（日葡）。五　うわべを偽り飾ること。
六　けしからぬことを。「シ出ス」はしでかすの意。七　味方を裏切って敵に忠義の行為をすること。八　そいつの頸。「シヤ」は罵る気持を表す接頭語。九　そうではございません。
一〇　仁和寺→五四頁注八。
一一　後には「下郎」と書く。身分の低い者。
一二　立派なこと。感心なこと。「Xinbeǒ. シンベゥ（神妙）」（日葡）。
一三　第四〇代。生年未詳。朱鳥元年（六八六）九月九日没。五六歳、また六五歳とも。舒明天皇の皇子。母は皇極（斉明）天皇。大海人皇子といった。兄天智天皇の皇太子となる。天智天皇一〇年（六七一）一〇月、皇太子を辞し、出家して吉野に入ったが、天智天皇崩御後六七二年六月、その皇子大友皇子と戦い（壬申の乱）、勝利して、都を飛鳥浄御原に移し、天武二年（六七三）二月即位した。万葉集の歌人。
一四　大化四年（六四八）―天武元（六七二）七月二三日、二五歳。天智天皇の皇子。母は采女の伊賀宅子娘《やかこのいらつめ》。天智一〇年（六七一）太政大臣となったが、天皇崩御後叔父大海人皇子と戦って敗れ（壬申の乱）、自殺した。『懐風藻』に漢詩二首を収め、その人物や文才を称える。明治三年（一八七〇）弘文天皇と追諡、第三九代と数える。
一五　天智天皇。第三八代。推古三四年（六二六）―天智一〇年（六七一）一二月三日、四六

可レ被レ立《たてらるべし》』ト御誓《ちかひ》アリケルニ、果シテ帝位ニ即《つき》テ、彼《かの》所ニ寺ヲ被レ立ケリ。[二一]月上寺トテ今ニアリト伝聞《つたへきく》。義経軍ノ門出ニ、ハチマアマコノ浦ニテ軍ニ勝テ、又勝浦ニ着テ敵ヲ亡ス、末憑《すゑたのもし》」トゾ悦ケル。

判官、又《また》浦ノ人ニ問給フ、「此《この》勝浦ヨリ屋島ヘハ、行程イクラ程ゾ」ト。「二日路候《ざうらふ》」ト申《まうす》。「サラバ敵ノ聞《きか》ヌ先ニ打《うて》ヤ〳〵」トテ、鞭・[二二]障泥《あふり》ヲ合《あはせ》テ打処《うつところ》ニ、大将軍ト覚《おぼ》シクテ、黒革威ノ鎧ニ、[26][二三]駒馬ニ乗テ一百余騎ニテ歩セ来《きた》ル。[二四]笠符《かさじるし》モ不レ付《つけず》、旗モ不レ指《ささず》。判官宣《のたまひ》ケルハ、「見来《みえきたる》軍兵、源平イヅレ共《とも》不二見分《みえわかず》一。敵ノ謀《はかりこと》ヤラン、不レ可レ有二心許《こころゆるしあるべからず》一。義盛罷《まかり》向《むかひ》テ子細ヲ尋《たづね》テ将《ゐ》テ参レ」ト下知シケレバ、伊勢三郎仰《おほせ》承テ、十五騎ニテ行向《ゆきむかひ》テ、何トカ云《いひ》タリケン、[二五]安々《やすやす》ト具シテ参ル。判官「汝ハ何者ゾ。源平何《いづ》レ共《とも》不レ見《みえず》」ト問給ヘバ、「是ハ阿波国住人[二六]臼井近藤六親家ト申《まうす》者ニテ侍《はべる》ガ、近年源平ノ乱逆ニ不《せず》二安堵一、[二七]浪ニモ礒ニモ付《つか》ヌ風情也。何《いづれ》ニテモ日本ノ主ト成《なり》給ハン方ヲ主君ト憑《たのみ》奉ラント相待処《あひまつところ》ニ、平家都ヲ落《おち》、源氏軍将ノ蒙レ宣《せんをかうぶりたまふ》給ト承《うけたまはる》間、[二八]白旗ヲ守テ馳《はせ》参ズ」ト申。判官宣ケルハ、「神妙也。平家追討源氏ノ大将軍鎌倉ノ兵衛佐殿ノ弟ニ、九郎大夫判官ト云《いふ》ハ我《われ》也。平家追討ノ蒙《かうぶり》二院宣一、西国ニ発向セリ。親家ヲ西国ノ案内者ニ憑《たのむ》。[二九]屋島ノ[三〇]尋承セ

歳。舒明天皇の皇子。母は皇極（斉明）天皇。葛城皇子・中大兄皇子といった。大化元年（六四五）藤原鎌足と共に蘇我氏を滅ぼし、大化改新を断行し、母斉明天皇崩御後称制、天智六年（六六七）都を近江国大津に移し、翌年一月即位した。万葉集の歌人。

親家屋島尋承

一六　琵琶湖。
一七　未詳。
一八　供御。天子、また貴人の食事。
一九　天子の自称。
二〇　勅願寺。
二一　未詳。
二二　鞍の下から馬の両脇腹に垂らし、泥がはねるのを防ぐ馬具。毛皮または革で作る。鞭で打ち、かつ腹を蹴って馬を急がせたのである。
二三　長門本は「鹿毛なる馬」。→校異26
二四　戦場で敵味方を識別するため、兜につける標識。
二五　延慶本（巻一一―5）は「甲ヲヌガセテ弓ヲハヅサセテ具テ参タリ」という。長門本・覚一本もほぼ同じ。
二六　近藤親家。延慶本・覚一本では「坂西（の）近藤六親家」という。→補注一〇。
二七　類似表現→一六五頁注二一。
二八　源氏の旗。
二九　屋島→補注一一。
三〇　案内せよ。→二八頁注三。

ヨ。但《ただし》[一]所存ヲ知ラン程ハ物具《もののぐ》ヲバ不可免《ゆるすべからず》」トテ、甲冑ヲヌガセテ召具《めしぐ》シケリ。「[二]ヤヲレ親家、屋島ニハ勢幾程《いくほど》トカ聞《きく》」ト。「ヨモ千騎ニハ過《すぎ》候ハジ。凡《およそ》ハ五千余騎トコソ承シカ共、臼杵[三]、戸槻[四]、松浦党[五]、尾形三郎[六]等ガ依背《そむくによりて》、平家彼輩《かのともがら》ヲ被誅《ちうせられむ》トテ、此間《この》ハ軍兵等多《おほく》所々ヘ被分遣《わけつかはさる》。其外《そのほか》阿波・讃岐ノ浦々島々ニ、五十騎、三十騎、百騎、二百騎、指遣《さしつかは》セル間ニ、勢ハ少《すくなし》ト承ル」ト。「偖《さて》屋島ヨリコナタニ敵アリヤ」ト問《とへ》バ、近藤六申[七]ケルハ、「今卅町計《ばかりまかり》罷テ勝宮[八]ト云社《いふやしろ》アリ、彼《かしこ》ニ阿波民部大輔成能ガ子息、伝[九]内左衛門尉成直、三千余騎ニテ陣ヲ取タリツルガ、此間《この》河[一〇]野四郎通信ヲセメントテ、伊[一一]予国ヘ越《こえ》タリト聞ユ。余勢ナドハ少々モ候ラン」ト云ケレバ、判官「急々《いそげ》」トテ、畠[一二]山庄司次郎重忠、和[一三]田小太郎義盛、佐[一四]々木四郎高綱、[一五]平山武者季重、熊[一六]谷次郎直実、奥州佐[一七]藤三郎兵衛継信、同《おなじく》弟四[一八]郎兵衛忠信、鎌[一九]田藤次光政等、一人当千ノ者共ヲ先トシテ、「打《うて》ヤ〳〵」トテ勝社ニ押寄《おしよせ》テ見レバ、伝内左衛門尉ガ兵士ニ置タリケル歩兵等少々在《あり》ケレ共、散々ニ蹴散《けちらし》テ、逃《にぐる》ハタマ〳〵遁《のがれ》ケリ、向フ奴原《やつばら》一々ニ頸切懸《きりかけ》テ打《うつ》程ニ、[二〇]新八幡ノ宝前ヲバ、判官下馬シテ再拝スレバ、郎等モ又如此《かくのごとし》。判官ハ「勝浦ノ勝モ勝[27]ト読、勝宮ノ勝モ勝[28]トヨム。旁《かたがた》ノ軍ニ打勝テ、今大[二一]菩薩ノ御前

一　源氏に就くか、平家に就くかという考え。
二　やい、おのれ。おい、お前。
三　臼杵→一七三頁注一三。
四　戸槻→一七三頁注一四。
五　松浦党→一七三頁注一五。
六　維方惟義→一七三頁注一二。
七　底本「申ケレハ」。「レ」は「ル」の誤植とみて改めた。
八　未詳。
九　延慶本・長門本「田内左衛門成直」、覚一本「田内左衛門教能」。→補注一二。
一〇　河野通信→補注一三。
一一　現在の愛媛県。
一二　畠山重忠→三〇頁注六。
一三　和田義盛→一八六頁注二二。
一四　佐々木高綱→一八〇頁注二。
一五　平山季重→一二一頁注一一。「平山武者」、㋙ひら山のむしやところ　㋭平山《ヒラヤマ》武者《ムシャ》。
一六　熊谷直実→一一頁注一。
一七　佐藤嗣信→二八頁注一六。
一八　佐藤忠信→一九一頁注三五。
一九　鎌田光政→一八七頁注三七。
二〇　未詳。
二一　八幡大菩薩。八幡神の本地を菩薩として呼ぶ称。

ニ参《まゐる》、源氏ノ吉瑞[二二]顕然也、平家ノ滅亡無レ疑《うたがひなし》。八幡[二三]三所遠キ守《まもり》ト守リ幸給《さいはひ》ヘ」トテ、馬ニ打乗《うちのり》、馳《はせ》[二四]ツ蹀[29]ツ〳〵、讃岐屋島ヘ打《うつ》程ニ、中山[二五]ト云《いふ》所ノ、道ノハタヨリ二町計《ばかり》右ニ引入《ひきいり》テ竹ノ林アリ、中ニ古キ寺アリ。栗守[二六]后ノ御願、金仙寺[二七]ト云《いふ》伽藍ナリ。本尊ハ観音、所《ところ》ノ名主[二八]・百姓ガ集《あつまり》テ、[二九]月次ノ講営《いとなむ》トテ、大饗[三〇]盛並《もりならべ》、坏居《すゑ》テ、既ニ行ハントシケルガ、長百姓《おとな》ハ善《よし》ト嘆《ほめ》、若者共ハ悪《あし》トキラウ。善悪《よしあ》シト讃毀《ほめそしる》程ニ、百余人ノ講衆ドヾメキ[三一]ケリ。軍兵是《これ》ヲ聞テ、敵ノ籠《こもり》タルゾト心得テ、弓取直《とりなほ》シ片手矢《かたてや》[三二]ハゲテ、時ヲドヽ、造《つくり》テ押寄《おしよせ》タレバ、講衆ヲ始《はじめ》テ、汁・御菜持運《もちはこび》タル尼公・女童、[三三]下取《おろしとら》ントテ集《あつまり》タル子孫[三四]・童部ニ至《いたる》マデ、取《とる》者[三五]モ取敢《とりあへ》ズ、蜘蛛子《くものこ》ヲ散《ちら》シタルガ様《やう》ニゾ逃迷《にげまどひ》ケル。幼少ノ子・孫ガ尻随《しりにしたがひ》タルヲモ打捨《うちすて》、老耄ノ親・祖父《おほぢ》ガ杖ニ懸《かか》ルヲモ不レ助《たすけず》、我《われ》先々々ト此彼《ここかしこ》ニ隠忍《かくれしのび》テ是《これ》ヲ見《みる》。軍兵、縁ノキハマデ打寄《うちよせ》テ、御堂ノ内ニ下居《おりゐ》テ、我《わが》物ガホニ講ノ座ニ著《ちやく》ス。[三六]五種御菜ニ三升[三七]盛《もり》ヲ、百[30]二卅前計組調《ばかりくみととのへ》タリ。座上ニ杯居《すゑ》、大桶ニ汁入《いれ》、樽二《ふたつ》ニ濁酒[三八]入《いれ》テ座中ニ舁居《かきすゑ》タリ。仏前ニハ花香供《くう》ジ、仏供燈明備《そなへ》タリ。机上ニ巻物一巻アリ、講式[三九]ト覚ユ。判官ハ座上ニ著ス。兵共思々《おもひおもひ》ニ列座セリ。武蔵房弁慶座ヨリ起《たち》テ、判官ノ前ニ五本立[四〇]ニ取並《とりならべ》テ、「戯《あ》呼《あ》、今月

二二 めでたい前兆は明らかだ。
二三 八幡宮に祭られた三神。応神天皇・神功皇后・比売神《ひめがみ》または仲哀天皇。

金仙寺観音講

二四 馬を走らせたり、手綱を引いたりして。「蹀」は「あがかす」。
二五 後文で「阿波ト讃岐ノ境ナル中山」(二〇六頁一三行)という。
二六 「栗守后ノ御願」(延慶本)、「栗守庄御領に」(長門本)。
二七 金泉寺。阿波国。現、徳島県板野郡板野町大寺。山号は亀光山。高野山真言宗。本尊は釈迦如来。西国八十八カ所第三番札所。「金山寺と云堂」(長門本)。→補注一四。
二八 名田を持ち、年貢・夫役を納める農民。「Miǒxu. ミャウシュ(名主)……農民の長」(日葡)。
二九 月例の講(法会)。
三〇 盛大な御馳走。
三一 どよめいた。がやがや騒いだ。
三二 弦に矢をつがえ、左手で弓とともに支え持つ状態。一説に、一本の矢。
三三 おさがり。
三四 ㋙㋭とも「しそん」。「子・孫」か。次行の例は、㋙子まこ ㋭子孫《チムマゴ》。
三五 「者」、「物」の当て字。
三六 五品の菜に飯か。あるいは五種供養(塗香・花・焼香・飲食・灯明)での飲食の御菜の意か。
三七 未詳。山盛りにした飯椀か。
三八 糟をこさないで、白く濁っている酒。
三九 仏・菩薩・高僧などの功徳をたたえ、節をつけて読むもの。
四〇 未詳。膳立の用語か。

ノ講ハ、随分尋常[一]ニ営《いとなみ》出《いだ》シテ覚《おぼえ》候。来頭[二]ハ誰人ゾ。[31]此《この》定候ゾヨ」ト云《いふ》。判官「実《まこと》ニ此《この》講目出《めでた》シ。来頭ハ義経営ミ侍《はべる》ベシ」ト宣ヘバ、兵《つはもの》皆咲壺《ゑつぼの》[三]会《くわい》也。飯酒共ニ行《おこなひ》テ、仏壇ノ中ヨリ老翁ヲ尋出シテ、「是ハ何講ゾ」ト問《とへ》バ、翁フルヒ〳〵、「是ハ月並[四]ノ観音講ニテ候ガ、只今ハ御景気[五]共《ども》ノ恐シサニワナヽク」トゾ云ケル。「講食《くひ》テタヾ有ベキニ非ズ。誰カ可《べし》二式[六]読《しきよむ》一」ト云ケレバ、弁慶、黒皮威ノ鎧ニ矢負《おひ》、太刀帯《はき》ナガラ、礼盤[七]ニ昇テ高声《かうしやう》ニ、[八]観音講式ヲタヾメカシテ[九]ヨム。判官ハ「式ハ観音講、貌《かたち》ハ毘沙門講[一〇]、穴《あな》貴《たつと》、ヲソロシ」ト云ケレバ、兵共《つはものども》皆笑ケリ。[32]「サテモ勇士等西国ノ軍ノ門出ニ、勝浦勝社ニ着《つき》、今マタ講座ニ著《ちやく》ス。事ニ於テ勇《いさみ》アリ。昔、八幡殿[一一]ノ奥州ヲ被《せめられ》レ責ケルニコソ、甲臆[一二]ノ座ヲバ被《わけられ》レ分ケレ。今ノ軍兵一人モ洩《もれ》ズ講[一三]座ニ著《ちやくす》。平家ヲ亡サン事子細ナシ」トゾ詈《ののしり》[一四]ケル。

其《それ》ヨリ屋島へ打《うつ》程ニ、中山路ノ道ノ末ニ、貲《さよみ》[一五]ノ直垂ニ立烏帽子、立文[一六]持《もち》テ足バヤニ行下《ゆくげ》[一七]種《す》男《おとこ》アリ。京家[一八]ノ者ト見ユ。判官、馬ヲ早メテ追付《おひつき》、問ケルハ、「汝ハ何者ゾ。何所《いづく》へ行《ゆく》人ゾ」ト。此《この》男、判官トハ夢ニモ不《しらず》レ知、国《くに》[一九]人《びと》ゾト思テ、「是ハ京ヨリ屋島ノ方へ下《くだる》者也」ト答《こたふ》。「京ヨリハ誰人ノ御モトヨリ、屋島ノ何《いづれの》御方へゾ」ト問ヘバ、「イヤ、只」ト云テ最《いと》[二〇]不二分

一　立派に。
二　会の主賓となり、次の会では主催者となる人のことか。
三　居合わせている人たち全員が笑い興ずる会合。また、満座の参会者が笑い興ずること。
四　月例の、観世音菩薩を讃嘆し、供養する法会。観音信仰では毎月十八日を観音の縁日とし、観音供を行う。
五　方々の御様子。
六　講式。もとは経典を分りやすく説く学習会の式次第。ここでは儀礼の中心となる観音を礼拝賛美する文章。
七　本尊の前にあって、導師が本尊を礼拝し、誦経するために上る座。
八　観世音菩薩を賞め讃える講式。
九　平然として、当たり前のように装って読んだの意か。延慶本（巻一一—6）では「大ナル音ヲ上テ、堂響《ひびく》計《ばかり》高声ニ読タリ」、長門本巻一八では読んだのは伊勢三郎で、「日光そだちの児なれば……よみすましたり」という。
一〇　毘沙門天（弁慶の形相をたとえて言った）を讃嘆し、供養する法会。
一一　八幡太郎と呼ばれた源義家。
一二　勇気ある者と臆病者を座席で分けられた。「甲臆」は「剛臆」で、剛気な者と臆病な者との意。「Cǒuocu. カゥヲク（剛臆）」（日葡）。
一三　「講座」を「剛座」（甲座）と洒落て言った。
一四　大声をあげた。主語は義経。長門本は「判官の給ひけるは、『義経が曽祖父八幡太郎義家は、貞任をせむるとて、十二年が間合戦し給ひけるには、甲の座臆の座を立ちて、甲座につきたるつはものをもてこそ、貞任をば討給ひけれ、殿原今日一人も残らず、甲座に着給ぬれば、平家を亡さんこと疑ひなし』とぞ笑ひ給ひける」

明一。判官、「[二一]ハヤ殿《との》、是ハ阿波国ノ者ニテアルガ、[二二]屋島ノ大臣殿ノ依《おんもよほしに》二御催一参《よりてまゐる》者ゾ。[二三]誠ヤ九郎判官ト云《いふ》者ガ、源氏ノ大将ニテ下《くだる》[二四]ナルガ、淀河尻ニテ船汰《ふなぞろへ》シテ、今日明日ノ程ニ屋島ノ内裏ヘ寄《よす》ベシト聞《きけ》バ、[二五]御辺ハ京ヨリ下《くだり》給ヘバ定《さだめ》テ見給ヌラン。勢幾《いく》ラ程トカ申《まうす》」ナド問テ、昼ノ[二六]破子《わりご》食《くは》セ、能々《よくよく》[二七]心ヲ取テ後、「サテモ御辺ハ誰人ノ御使ゾ」ト問《とふ》。「是ハ[二八]六条摂政殿ノ[二九]北政所ヨリ、大臣ノ御方ヘ申サセ給《たまふ》御文ナリ」ト申。「御文ニハ何事ヲカ被《おほせくださる》二仰下一ラン」ト問ヘバ、「下﨟ハ争《いかで》御文ノ中ヲ奉《しりたてまつる》レ知ベキ、御[三〇]詞《ことば》ニハ『源氏九郎大夫判官、既ニ西国ヘトテ都ヲ立《たち》ヌ。浪風静《しづまり》ナバ一定渡《わたる》ベシ。サシモ鬼神ノ如クニ畏恐《おぢおそれ》シ[三一]木曾モ、九郎上《のぼり》ヌレバ時日ヲ廻《めぐら》サズ亡シヌル[33]恐シ者ニ侍リ。城ヲモヨク構《かまへ》、兵ヲモ催《もよほしあつめ》集テ、可《あるべし》レ有二御用心一』トコソ申サセ給ツレバ、御文モ定《さだめ》テ其《その》御心ニコソ候ラメ。誠ニ淀河尻ニハ軍兵充満《みちみち》テ雲霞ノ如シ。六万余騎ガ二手ニ分《わかれ》テ、[三二]参川守・九郎判官、兄弟シテ、四国・長門ヨリ指挟《さしはさみ》テ下ルベシト披露シキ。波風ヤミナバ今日明日ノ程ニハ軍《いくさ》ハ一定アルベシ。急々《いそぎいそぎ》屋島ヘ可《おまゐりあるべし》レ有二御参一」トテ、[三三]抜々《ぬけぬけ》ト判官ニ相連《あひつれ》テ行《ゆく》。「サテ御辺ハ始テ下ル人歟。先々モ下《くだり》給ヘル人歟」トヘバ、「六条摂政殿ノ北政所ト大臣殿トハ、[三四]御兄弟ノ御中ニテマシマセバ、

と記す。
一五　麻布の名。細い麻糸で織ったものという。
一六　包紙で縦に包み、余った上下をひねった形の書状。
一七　下男。下人。→補注一五。
一八　京に住む公家に仕える者。
一九　その地方の人。
二〇　はっきりしない。言葉を濁している。
二一　「いや」「いやね」といったような感動詞。
二二　屋島においでの内大臣宗盛公の御召集によって。
二三　そうそう。
二四　下るそうだが。「ナル」は伝聞の助動詞。
二五　貴殿。
二六　弁当。
二七　機嫌を取って。
二八　藤原基実。康治二年（一一四三）―永万二年（一一六六）七月二六日、二四歳。北家摂家相続流、法性寺関白忠通の嫡男。母は源国信女。→補注一六。
二九　基実の北政所ならば、清盛の三女平盛子であるが、盛子は治承三年（一一七九）六月一七日、二四歳で没した。延慶本・長門本とも「六条摂政殿の北政所」というが、覚一本は「京より女房のまいらせられ候」というのみで、基実の北政所からの文とはしていない。→補注一七。
三〇　口頭で仰せられたことには。
三一　木曾義仲→一八一頁注二六。
三二　源範頼→二一頁注一九。
三三　いかにも間抜けな様子で。
三四　盛子の母は平時子と考えられるので、宗盛とは同腹の兄妹の間柄。

西国ノ御住居御[一]心苦《ぐるし》ク思召《おぼしめし》、源氏上洛ノ後ハ、都ノ有様、人ノ披露[二]聞召《きこしめす》ニ随《したがひ》テ仰ラルレバ、常ニ下向スル也」ト云《いふ》。「サテハ屋島ノ城ノ有様ハヨク知給《しりたまひ》タルラン。誠ヤ究竟ノ城ニテ、敵モ左右《さう》ナク難㆑寄《よせがたき》所ト聞《きく》ハ実《まこと》カ。哀、サヤウノ城ニテ高名ヲシテ、勲功ニ預《あづから》バヤ」トイヘバ、男ガ云ケルハ、「是ハ敵ニ聞《きか》スベキ事ニハ非ズ、御方《みかた》へ参ラルレバ申《まうす》。源氏ガシラデコソヨキ城トハ申セ、事モ[三]無《なき》所也。アレニ見ユル松原ハ[四]武例《むれ》・高松ト申。彼《かの》松原ノ[五]在家ニ火ヲ懸《かけ》テ、塩干潟[六]ニ付《つき》テ山ノソバニ打ソウテ渡《わたせ》バ、鐙・鞍[七]ヅメノ浸《ひたる》程也。百騎モ二百騎モ塩花[八]蹴立《けたて》テ押寄《おしよせ》バ、『[九]アハ大勢ノ寄《よする》ハ』トテ、平家ハ汀ニ儲置《まうけおき》タル舟ニ乗テ沖へ押出サバ、内裏ヲ城ニシテ戦《たたかふ》ハ無[一〇]念ノ所也」ト、細々《こまごま》ト語《かたり》ケリ。判官コレヲ聞《きき》、「実《まこと》ニ無念ノ所ヤ。可㆑然《しかるべき》八幡大菩薩ノ御計《はからひ》也」トテ、都ノ方ヲ拝ミツヽ、「ヤヲレ男メ、我コソ九郎大夫判官ヨ。其《その》文進《まゐらせ》ヨ」トテ奪取《うばひとり》、海ノ中ニ抛入《なげいれ》テ、男ヲバ中山ノ大木ニ縛[34]上テゾ通《とほり》ケル。其《その》日ハ阿波国坂東西打過《うちすぎ》テ、阿波ト讃岐ノ境ナル中山[一一]ノ山口ノ南ニ陣ヲ取《とる》。翌[35]日ハ引田浦[一二]、入野[一三]、高松郷ヲモ打過テ、屋島ノ城へヨシ寄《よせ》ケリ。

屋島ニハ、[一四]伝内左衛門尉成直ガ伊予国へ越《こえ》、[一五]河野四郎通信ヲ攻ケルガ、

一　お気の毒にお思いになり。主語は六条摂政北政所。
二　報告すること。下の「聞召ニ随テ仰ラルレバ」も同じ。
三　攻めるのにわけもない（たやすい）所だ。
四　「武例」は「牟礼」とも書く。現、香川県高松市牟礼町。「高松」は現、高松市。義経が火をかけたのは、現在の同市高松町の地といわれる。→補注一八。
五　在所の家。民家。
六　「潟」、底本「瀉」。当て字か。以下、一々注しない。
七　鞍の前輪・後輪の下端《しづわ》。
八　白波→補注一九。
九　ああ。驚いた時などに発する感動詞。
一〇　不本意な所。
一一　現、徳島県板野郡板野町大坂と、香川県大川郡引田町坂元を結ぶ道筋で、板野町と鳴門市の境にある大坂峠（標高二七〇メートル）をさすか。大坂越、中山越などと呼ばれた。「十九日癸酉。（中略）廷尉義経。昨日終夜。越㆘阿波国与㆓讃岐㆒之境中山㆖。今日辰剋。到㆓于屋嶋内裏之向浦㆒。焼㆓払牟礼。高松民屋㆒」（吾妻鏡・元暦二年二月一九日条）。→二〇三頁注二五。
一二　讃岐国。現、香川県大川郡引田《ひけた》町。
一三　讃岐国。現、香川県大川郡白鳥町入野山《にゅうのやま》。
一四　伝内左衛門尉成直→二〇二頁注九。
一五　河野通信→二〇二頁注一〇。

屋島合戦

通信ヲバ討遁《うちのが》シテ、其《その》伯父[一六]福良新三郎以下ノ輩《ともがら》、百六十人ガ頸ヲ切《きり》テ、性名注《しる》シテ進《まゐらせ》タリケルヲ、内裏ニテ首実験[一七]カワユシトテ、大臣殿ノ御所ニテ実験アリ。

大臣殿ハ、[一八]小博士ニ[一九]清基ト云《いふ》者ヲ御使ニテ、[二〇]能登殿へ被仰《おほせられ》ケルハ、「源九郎義経、既ニ阿波国[二一]アマコノ浦ニ著《つき》タリト聞ユ。定《さだめ》テ終夜《よもすがら》中山ヲバ越《こえ》候ラン。御用意アルベシ」ト被申《まうさる》。去《さる》程ニ夜モ明《あけ》ヌ。屋島ヨリ塩干潟一《ひとつ》隔《へだて》、武例・高松ト云《いふ》所ニ[二二]焼亡アリ。平家ノ人々、「アレヤ、焼亡々々」ト云ケレバ、[二三]成良申ケルハ、「今ノ焼亡、誤《あやまち》ニアラジ。源氏所々ニ火ヲ懸《かけ》テ焼払《やきはらふ》ト覚タリ。敵ハ六万余騎ノ大勢ト聞《きく》。御方ハ折節《をりふし》無勢也。急《いそぎ》御舟ニ召《めし》、敵ノ勢ニ随《したがひ》テ、船ヲ指寄《さしよせ》々々御軍《いくさ》アルベシ。侍共《さぶらひども》ハ汀ニ船ヲ用意シテ、内裡ヲ守護シテ戦《たたかふ》ベシ」ト計《はからひ》申ケレバ、「可然《しかるべし》」トテ、[二四]先帝ヲ奉始《はじめたてまつり》、[二五]女院、[二六]二位殿已下ノ女房達、公卿殿上人、屋島ノ惣[二七]門ノ渚ヨリ御舟ニメサル。[二八]去年一谷ニテ被討漏《うちもらされ》タル人々也。[二九]前内大臣宗盛、前平中納言教盛、前権中納言知盛、修理大夫経盛、前右衛門督清宗也。小松少将有盛、能登守教経、小松新侍従忠房已下、侍共ハ城中ニ籠《こも》レリ。大臣殿父子ハ一《ひとつ》舟ニ乗給タリケルガ、右衛門督モ鎧着テ打《うつ》タヽントシ給《たまひ》ケルヲ、

一六 延慶本は「福浦新三郎」。覚一本は「家子郎等」というのみ。「性名」は姓名の当て字。
一七 見るに忍びない。
一八 語義未詳。明経博士を大博士といったのに対して、陰陽博士のことをいったか。
一九 未詳。この先、壇浦の合戦の場に、海鹿《いるか》が進む方向で平氏の敗北を占った「安倍晴延ト云小博士」の名が見えるが（巻四三・知盛船掃除）、延慶本ではこの人物をも「小博士清基」という。長門本は単に「小博士」、覚一本は「小博士晴信」という。
二〇 平教経。
二一 アマコノ浦→一九七頁注二六。
二二 火事。「Iomǒ. ジョウマゥ（焼亡）」（日葡）。
二三 屋島の合戦→補注二〇。
二四 阿波民部大輔成良→二三頁注二五。
二五 安徳天皇→三六頁注三。
二六 建礼門院→三六頁注四。
二七 平時子→三六頁注六。
二八 外構えの正門。
二八 この一文は、延慶本（巻一一―8）では「去年ノ春一谷ニテ打漏サレシ人々、平中納言教盛、新中納言知盛……」と、次に列挙する平家の公卿殿上人にかかる。それが穏当である。→補注二一。
二九 以下の人名列挙のおわり、「小松新侍従忠房已下」と「侍共ハ城中ニ籠レリ」との間には脱文があるか。このままでは「大臣殿父子ハ一舟ニ乗給タリケルガ」や、この直前の「公卿殿上人……御舟ニメサル」という叙述と齟齬をきたす。㋙㋭とも底本に同。→補注二一。

大臣殿大《おほき》ニ制シテ、手ヲ引テ例ノ女房達ノ中ヘオハシケルコソ、イツマデ[一]ト無慙《むざん》ナレ。

同《おなじき》[二]廿日卯時ニ、源氏五十余騎ニテ、屋島ノ館《たち》ノ後ヨリ責寄《せめよせ》テ時ノ声ヲ発ス。平家モ声ヲ合《あはせ》テ戦《たたかふ》。判官ハ紺地ノ錦直垂ニ、[三]紫坐滋鎧《むらさきすそこのよろひ》ニ、[四]鍬模《くはがた》打タル白星ノ甲《かぶと》ニ、滋紅《こきくれなゐの》[五]幌懸《かけ》テ、二十四指《さし》タル小中黒[六]征矢《そや》ニ、金作《こがねづくり》ノ太刀ヲ帯《はき》、滋藤[七]ノ弓真中取《まんなかとり》、黒馬《くろき》ノ太逞《ふとくたくましき》ニ白覆輪ノ鞍ヲ置《おき》、先陣ニ進テ、馬ニ白沫《しらあは》カマセ、軍《いくさ》ノ下知シケリ。武蔵[八]三郎左衛門有国、城ノ木戸ノ櫓ニテ大音声ヲ揚《あげ》テ、「今日ノ大将軍ハ誰人ゾ」ト問《とふ》。伊勢三郎義盛歩出[36]シテ、「穴《あな》事モ疎《おろか》ヤ。我《わが》君ハ是《これ》[九]清和帝ノ十代ノ後胤、八幡太郎義家ニ四代ノ孫、鎌倉右兵衛権佐殿御弟、九郎大夫判官殿ゾカシ」ト云《いふ》。有国、是ヲ聞テ大ニ嘲《あざけり》、「故左馬頭義朝ガ妾[37]、九条院[一〇]雑司[一一]常葉ガ腹ノ子ト名乗テ、京都ニ安堵シ難《がた》カリシカバ、金商人[一二]ガ従者シテ、蓑・笠・笓[38]《はたこ》[一三]背負《せおひ》ツヽ、陸奥ヘ下《くだ》リシ者ノ事ニヤ」トイヘバ、伊勢三郎腹ヲ立《たて》テ、「角申《かくまうす》ハ北国砥波[一四]山ノ軍ニ負《まけ》テ山ニ逃入《にげいり》、辛《からき》命生《いき》テ、乞食シテ蚑々《はふはふ》[一五]京ヘ上《のぼり》ケル者也。掛《かけまくも》[一六]忝《かたじけなく》舌ノ和《やはらか》ナル儘ニ角《かく》ナ申シソ。サラヌダニ冥加ハ尽《つき》ヌル者ゾ、『甲斐ナキ命モ惜《をし》ケレバ、助《たすけ》サセ給ヘ』トコソ申サンズラメ」ト云《いふ》。有国ハ「我《わが》

一　いつまでそのような状態でいられるのかと、不憫であるの意か。
二　元暦二年（一一八五）二月二〇日。
三　紫裾濃。紫色で上を薄く下になるほど次第に濃くした縅。
四　兜の眉庇《まびさし》正面に打つ前立物で、先端に開いた角二本を取り付けたもの。「白星ノ甲」→一八頁注六。
五　幌→一四頁注五。
六　「中黒」は鷲の矢羽で、矢羽の斑が、上下は白く、中央が黒いもの。「小中黒」は中央の黒い部分が小さいもの。「征矢」は戦陣に用いる矢。
七　弓の束《つか》の部分にびっしりと籐を巻いた弓。
八　武蔵有国→五五頁注三〇。以下の詞戦について→補注二二。
九　清和天皇。第五六代。嘉祥三年（八五〇）―元慶四年（八八〇）一二月四日、三一歳。文徳天皇の第四皇子。母は藤原良房女明子。諱は惟仁。
一〇　藤原呈子。天承元年（一一三一）―安元二年（一一七六）九月一九日。四六歳。太政大臣藤原伊通女。母は藤原顕隆女。久安六年（一一五〇）六月二二日近衛天皇の中宮とされた。仁安三年（一一六八）三月一四日院号。
一一　「雑司」は「雑仕」。宮中で雑役に奉仕した下級の女官。「常葉」は常盤とも。生没年、出自とも未詳。→補注二三。
一二　砂金などを売買する商人。金売り。『義経記』では京の三条に住む大福長者の吉次信高という。
一三　「はたご」ならば、馬の飼料を入れて持ち運ぶ旅行用の籠。「背負」、底本「脊負」。活字の流用か。
一四　越中国。富山県西部、宝達丘陵の一峰。標

君ノ御恩ニテ、若《わかき》ヨリ衣食ニ不《ともしからず》乏、何トテ可《こつじきすべき》乞食。東国ノ者共ハ、[一七]党モ[一八]高家モ[39][一九]蚑跪コソ有シカ。金商人《こがねあきうど》ト云《いふ》ヲダニ舌ノ和ナル儘ト云《いふ》、況《いはんや》年来ノ重恩ヲ忘《わすれ》、十善帝王ニ向《むかひまゐらせ》進テ悪口吐《はく》舌ハイカヾ有ベキ。就中汝ガ罵立[40][二〇]耳《みみ》ハユシ。伊勢国[二一]鈴鹿関ニテ朝夕[二二]山立《やまだち》シテ、年貢正税[二三]追落《おひおとし》、在々所々ニ打《うち》入《いり》、殺賊強盗シテ妻子ヲ養《やしなふ》トコソ聞《きけ》。其《それ》ハ有《あり》シ事ナレバ諍《あらそ》フ所ナシ」ト云《いふ》。[二四]金子十郎家忠進出《すすみいで》テ申ケルハ、「雑言無益也。合戦ノ法ハ[二五]利口ニ依《よら》ズ、勇心ヲ先トス。一谷ノ戦[41]ニ、武蔵・相模ノ兵ノ勢[42]ハ見給ケン。[43][二六]ソヨリハ只打出《うちいで》テ組《くめ》ヤ〱」ト云処《いふところ》ニ、家忠ガ弟ニ[二七]金子与一、引儲《ひきまうけ》テ、有国ガ頸骨ヲ志《こころざし》テ射タリケルニ、有国甲《かぶと》ヲ[44]合立タリケレバ、[二八]胸板ニシタヽカニ中《あた》ル。[二九]矢風負《おひ》テ後ハ、[三〇]言戦《ことばだたかひ》ハ止《やみ》ニケリ。東国之輩《ともがら》、九郎判官ヲ先トシテ、[三一]土屋小次郎義清、[三二]後藤兵衛尉実基、同《おなじく》[三三]息男基清、[三四]小河小次郎資能、[三五]諸身兵衛能行、[三六]椎名次郎胤平等、我モ〱ト[45]諍蒐《あらそひてかく》。平家ノ方ヨリ[三七]越中次郎兵衛盛嗣、[三八]上総五郎兵衛忠光、[三九]同悪七兵衛景清、[四〇]矢野右馬允家村、同《おなじく》[四一]七郎高村已下ノ輩、櫓ヨリ下合《おりあひ》テ防戦《ふせきたたかひ》ケレバ、時ヲ移シ日ヲ重《かさね》ケリ。能登守教経ハ、打物取《とり》テモ鬼神ノ如シ。弓矢ヲ取テモ[四二]精兵ノ手聞《てきき》也ケレバ、[四三]源氏ノ兵多《おほく》コノ人ニゾ討レケル。判官下知シケルハ、「平家大勢也。御方《みかた》

高一六六メートル。倶利加羅峠がある。「砥波山ノ軍」は巻二九「礪並山合戦」に語られる。
一五　「蚑々」、底本は「蚑〻」。「蚑」はこがね虫の意。「はひ」と訓むのは「蚑」。
一六　言葉に出していうのももったいない。物言いが達者であるのに任せて。　一七　党→二一一頁注一四。　一八　高家→二一一頁注一三。
一九　「蚑跪」の「蚑」は、底本「蚑」。「はひ」と訓む字は「蚑」。　二〇　聞きづらい。
二一　現、三重県鈴鹿市広瀬町付近か。
二二　山賊をして。
二三　追いかけて奪い取り。
二四　金子家忠→一九一頁注三一。
二五　弁舌巧みなこと。　二六　それよりはの意か。→校異43　二七　金子親範（近則）→補注二四。
二八　鎧の胴の前面最上部。
二九　矢の飛ぶ勢いで生ずる風。
三〇　相手をやりこめるために、罵る言葉を応酬する戦い。「Cotoba datacai. コトバダタカイ」（言葉戦ひ）」（日葡）。
三一　土屋義清→補注二五。
三二　後藤実基→補注二六。
三三　後藤基清→補注二七。
三四　小河資能。祐義か。→補注二八。
三五　諸身能行→補注二九。
三六　椎名胤平→一八七頁注三四。
三七　平盛嗣→一一一頁注一五。
三八　藤原忠光→一六頁注一一。
三九　藤原景清→一一一頁注一六。
四〇　矢野家村→補注三〇。
四一　伝未詳。→補注三〇。
四二　射撃の腕前がすぐれている人。名手。
四三　延慶本・長門本・覚一本など、この時教経が佐藤嗣信を討ったと語る。→補注三一。

ノ勢ハイマダ続カズ。敵、内裏ニ引籠《ひきこもり》テ、出合《いであひ》々々戦《たたかは》ンニハ、優々敷《ゆゆしき》大事、其上《そのうへ》兵船海上ニ数ヲ不ㇾ知《しらず》。屋島ノ在家ヲ焼払テ、一方ニ付《つき》テ責《せむ》ベシ」ト云ケレバ、[一]条里ヲ立《たて》テ造並《つくりならべ》タル在家一千五百余家アリケルニ、軍兵家々ニ火ヲ放《はなつ》。折節《をりふし》西風烈《はげし》ク吹《ふき》、[二]猛火内裏ニ覆《おほひ》、一時ガ間ニ焼亡《やけほろび》ヌ。余煙海上ニ浮《うかび》テ、[三]雲ノ波、煙波《けぶりのなみ》ト紛ケリ。[46]城内ノ軍兵ハ[四]儲舟《まうけぶね》ニ諍乗《あらそひのる》。船ノ中ノ男女ハ、遙《はるか》ニコレヲ見給ケリ。遂ニ安堵スマジキ旅ノ宿、是モ哀《あはれ》ヲ催ス。軍陣忽《たちまち》ニ陸ノホトリニ乱《みだれ》テ、兵船頻《しきり》ニ浪ノ上ニ騒《さわぐ》。平家ハ兼《かね》テ海上ニ舟ヲ浮べ、[五]艑《へ》屋形《やかた》ニ[六]垣楯掻《かき》タリケレバ、彼ニ乗移テ、或《あるいは》一艘或《あるいは》二艘、漕寄《こぎよせ》々々散々《さんざん》ニ射《いる》。源氏ノ方ヨリ判官ヲ先トシテ、「[七]畠山庄司次郎重忠」、「[八]熊谷次郎直実」、「[九]平山武者季重」、「[一〇]土肥次郎実平」、「[一一]和田小太郎義盛」、「[一二]佐々木四郎高綱」ト名乗テ、一人当千ノ兵《つはもの》也。東国ニモ誰カハ肩ヲ並《ならぶ》ベキナレ共、「我ト思ハン人々ハ、推並《おしならべ》テ組《くめ》ヤ〳〵」ト訇懸《ののしりかけ》テ、[一三]追物射ニイル。源平何《いつ》レモ勝負ナシ。源氏七騎ノ兵ハ、馬《むまの》足ヲ休《やすめ》、身ノ息ヲモ継《つが》ントテ、渚ニ寄居《よせすゑ》タル舟ノ隠ニ休居タリ。[47]平家モ舟ヲ[一四]奥《おき》ニ漕除《こぎのけ》テ、暫猶予《ためらふ》処《ところ》ニ、[一五]勝浦ニテ軍シケル輩《ともがら》、屋島浦ノ煙ヲ見テ、「軍《いくさ》既ニ始《はじま》レリ。判官殿ハ[一六]無勢ニオハシツルゾ。急々《いそげいそげ》」トテ[一七]追継《おひつぎ》々々ニ馳加《はせくはは》ル。此《この》

一　街を碁盤目状に区画して。
二　「Meŏqua.（猛火）」（日葡）。
三　白楽天の新楽府「海漫漫」に「雲濤煙浪最深処」とあることなどに影響された表現か。
四　準備しておいた船。
五　舳先に設けた、屋根のある家の形をした建造物。
六　垣楯→一九頁注二五。
七　畠山重忠→三〇頁注六。
八　熊谷直実→一一頁注一。
九　平山季重→一二頁注一二。
一〇　土肥実平→七六頁注一九。
一一　和田義盛→一八六頁注二二。
一二　佐々木高綱→一八〇頁注二。
一三　騎馬で獣を追い回して射る射芸。→一九八頁注一一。
一四　漕いでその場から沖へ退いて。
一五　勝浦ニテ軍シケル輩→補注三二。
一六　人数が少ないこと。「Buxei. ブセイ（無数）」（日葡）。
一七　先に行った人々の後を追って続いて。
一八　源義家→二五頁注一六。
一九　藤原則明→補注三三。
二〇　『尊卑分脈』には則明の「三代ノ孫」に相当する人物不見。
二一　頼朝が平家を追討せよとの後白河法皇の院

外《ほか》武者七騎出来《いできた》レリ。判官「何者ゾ」ト問給《とひたまへ》バ、「故[一八]八幡殿御乳母子《めのとご》ニ、[一九]雲上後藤内範明ガ三代ノ孫、[二〇]藤次兵衛尉範忠也。年来《としごろ》ハ、平家世ヲ取テ天下ヲ執行セシカバ、山林ニ隠居《かくれゐ》テ、此《この》二十余年明《あか》シ晩《くら》シ侍リキ。今、[二一]兵衛佐殿院宣ヲ承《うけたまはり》給《たまひ》テ、平家[48]誅戮ト披露之間、余リ嬉《うれし》サニ馳参《はせさん》ズ」ト申《まうす》。判官、昔ノ好《よしみ》ヲ思出《おもひいで》テ、イト哀《あはれ》ニ思ケリ。即《すなはち》[二二]荒手《あらて》ノ兵ヲ指向《さしむけ》テ、入《いれ》替《かへ》々々戦ケリ。

源平互《たがひ》ニ[二三]甲乙ナシ。両方引退《ひきしりぞ》キ、又[49]強健処《ところ》ニ、沖ヨリ[二四]荘《かざり》タル舟一艘、渚《なぎさに》向テ漕寄《こぎよす》。[二五]二月廿日ノ事ナルニ、[二六]柳ノ五重ニ紅ノ袴著《き》テ、[二七]袖笠[50]カヅケ、女房アリ。[二八]皆紅《みなぐれなゐ》ノ扇ニ日出《いだし》タルヲ、[51]杭ニ挟《はさみ》テ、船ノ[二九]舳頭《へがしら》ニ立《たて》テ、「是《これ》ヲ射ヨ」トテ源氏ノ方ヲゾ招タル。此《この》女房ト云《いふ》ハ、[三〇]建礼門院ノ[52]后立ノ御時、千人ノ中ヨリ撰出《ゑらびいだ》セル[三一]雑司ニ、[三二]玉虫前共云《ともいひ》、又ハ舞前共申《ともまうす》。今年十九ニゾ成ケル。雲ノ[53]鬢、霞ノ眉、花ノカホバセ、雪ノ膚《はだへ》、絵ニ書《かく》トモ筆モ及《および》ガタシ。折節《をりふし》夕日ニ[三三]耀テ、イトヾ色コソ増《まさり》ケレ。懸《かかり》ケレバ西国マデモ被召具《めしぐせられ》タリケルヲ[三六]被《いだされ》出テ、此《この》扇ヲ立《たて》タリ。此扇ト云《いふ》ハ、[三四]故高倉院、[三五]厳島ヘ御幸ノ時、三十本切立《きりた》テヽ[三七]明神ニ進奉アリ。皆紅ニ日出タル扇也。平家都ヲ落《おち》給《たまひ》シ時、厳島ヘ参社アリ。[三八]神主佐伯景広、此扇ヲ取出《とりいだし》テ、「是《これ》ハ[三九]一人《いちじん》ノ[四〇]御

宣を賜ったのは、盛衰記では巻一九「平家追討院宣」で語られる。
二二　新手。まだ戦闘に加わっておらず、従って疲労していない兵士。
二三　優劣の差がない。
二四　「荘　カザル」（類聚名義抄）。これより、扇の的を那須与一が射る話が始まる。→補注三四。
二五　元暦二年（一一八五）二月二〇日。長門本では「廿一日」のこととする。→補注三四。
二六　「柳」は襲《かさね》の色目で、表は白、裏は青。「五《いつつ》重《がさね》」は、女房の装束で下着の重ね袿《うちぎ》五《いつつ》領。「五《いつつ》衣《ぎぬ》」。

玉虫立扇

二七　袖を頭上にかざして笠の代りとすること。
二八　全部紅色であること。「Minagurenai. ミナグレナイ（皆紅）」（日葡）。
二九　舳先。
三〇　女御平徳子の立后は承安二年（一一七二）二月一〇日。三一　雑司→二〇八頁注一一。
三二　生没年、系譜未詳。延慶本や覚一本では名を記さない。→補注三五。
三三　一層容色がまさった。
三四　高倉院→八〇頁注四。
三五　治承四年（一一八〇）三月のこと。巻一二「新院厳島鳥羽御幸」に語られる。
三六　新調しての意か。
三七　厳島明神。安芸国の一宮。現、広島県廿日市市宮島町の厳島神社。祭神は市杵島姫命《いちきしまひめのみこと》・田心姫命《たごり》・湍津姫命《たぎつ》。推古天皇元年（五九三）創祀と伝える。
三八　佐伯景弘→補注三六。　三九　帝王。
四〇　御寄進なさった物。

施入、明神ノ御秘蔵也。且《かつ》ハ故院ノ御情、帝業ノ御[一]守《まもり》タルベシ。サレバ此扇ヲ持《もた》セ給タラバ、敵ノ[二]矢モ還《かへり》テ其《その》身ニアタリ候ベシ」[54]ト祝言シテ進《まゐら》セタリケルヲ、此《これ》ヲ源氏射《い》弛《はづし》[三]タラバ当家軍《いくさ》ニ勝《かつ》ベシ、射負《いおほ》セタラバ源氏ガ[55]得利ナルベシトテ、軍《いくさ》ノ占形《うらかた》ニゾ被レ立《たてられ》タル。角《かく》シテ女房ハ入《いり》ニケリ。

源氏ハ遙《はるか》ニ是ヲ見テ、当座ノ[四]景気ノ面白サニ、目ヲ驚《おどろか》シ心ヲ迷《まどは》ス者モアリ、此扇誰《たれ》射ヨト仰セラレント肝膾《きもなます》[五]ヲ作リ堅唾《かたづ》[六]ヲ飲《のめ》ル者モアリ。判官、畠山ヲ召《めす》。重忠ハ木蘭地[七]直垂ニ、[八]樋縄目《ふしなはめ》ノ鎧着テ、大中黒[九]ノ矢負《おひ》、所《ところ》[一〇]藤《どう》ノ弓ノ真中取《まんなかとり》、[56][一一]駮ノ馬ノ太逞《ふとくたくましき》ニ[一二]金覆輪ノ鞍置《おき》、判官ノ弓手ノ脇ニ進《すすみ》出《い》デ、畏《かしこまり》テ候。「義経ハ女ニメヅル者ト平家ニ云《いふ》[一三]ナルガ、角《かく》構ヘタラバ、定《さだめ》テ進出テ輿[一四]ニ入《いら》ン処《ところ》ヲ、ヨキ射手ヲ用意シテ、真中サシ当《あて》[一五]テ射落サント、タバカリ事ト心得タリ。アノ扇被レ射《いられ》ナンヤ」ト宣ヘバ、畠山畏《かしこまり》テ、「君ノ仰《おほせ》、家ノ面目ト存ズル上ハ子細ヲ申《まうす》ニ及バズ。但《ただし》是ハユヽシキ[一六]晴態《はれわざ》也。重忠、打物取《とり》テハ鬼神ト云共《いふとも》更ニ辞退申《まうす》マジ。地体《ちたい》[一七]脚気[一八]ノ者ナル上ニ、此《この》間[一九]馬ニフラレテ気分[二〇]ヲサシ、手アバラ[二一]ニ覚エ侍リ。射損ジテハ私ノ恥ハサル事ニテ、源氏一族ノ御瑕瑾ト存ズ。他人ニ仰《おほせ》ヨ」ト申。畠山角《かく》辞シケル間、諸人色ヲ失ヘリ。判官ハ「偖《さて》誰カ在《ある》ベキ」ト尋給ヘバ、畠

一　天子がその国を治めて行う事業。
二　敵が射る矢もかえって敵の身体に当たるでしょう。「念彼観音力　遺著於本人」（法華経・普門品）の考え方によっていうか。
三　占い。
四　その場の雰囲気。　五　くよくよと心配し。
六　事の成行きを案じて唾を呑みこんだ者。
七　狩衣・直垂などの地で、黒みを帯びた黄赤色のもの。

与一射扇

八　節縄目。白・浅葱・紺の三色に染めた革で波模様に縅した鎧。
九　天羽の上下が白く、真中に大きな黒・斑のあるもの。→図三三四頁。
一〇　所々に籐を巻いた弓。
一一　「駮」は、口先が黒く黄色の馬、また薄黄の馬。
一二　金または金色の金属で縁どりした鞍。黄覆輪ともいう。
一三　言うという噂だが、言っているということであるが。「ナル」は伝聞推定の助動詞「なり」の連体形。
一四　底本「奥」となっているが、誤植とみて「輿」に改めた。㋙おき　㋭奥《ケウ》。
一五　狙いをつけて。
一六　おおやけの場所でする大切な行為。
一七　元来。
一八　脚気の病を持っている者。
一九　馬上で揺られて。
二〇　気分が悪くなるの意か。
二一　大ざっぱになっていると思われます。

山、「当時御方《みかた》ニハ、下野国住人[二二]那須太郎助宗ガ子ニ[二三]十郎兄弟コソ、加様《かやう》ノ小物ハ賢ク仕《つかまつ》リ候へ。彼等ヲ召《めさ》ルベシ。人ハ免《ゆる》シ候ハズ共、強弓、遠矢、打物ナドノ時ハ、可レ蒙レ仰《おほせをかうむるべし》」ト深ク申切《まうしきる》。「サラバ十郎」トテ召《めさ》レタリ。褐ノ直垂ニ、[二四]洗革ノ鎧ニ[二五]片白ノ甲《かぶと》、二十四指《さし》タル白羽ノ矢ニ、[二六]笛藤ノ弓ノ塗籠《ぬりこめ》タル真中取テ、渚ヲ下[57]ニサシクツロゲテゾ参《まゐり》タル。判官「アノ扇仕《つかまつれ》」ト仰《おほ》ス。「御定《ちやう》ノ上ハ子細ヲ申《まうす》ニ及バネ共、一谷ノ巌石ヲ落《おとし》シ時、馬弱《よはく》シテ弓手ノ臂《ひぢ》ヲ沙《いさご》ニツカセテ侍《はべり》シガ、灸治モイマダ愈《いえ》ズ、[二七]小振《ぶるひ》シテ[二八]定《ちやう》ノ矢仕《つかまつり》ヌ共不レ存《ともぞんぜず》。弟ニテ候[二九]与一冠者ハ、小兵《こひやう》ニテ侍レ共、[三〇]懸鳥《かけどり》、的《まと》ナドハ、ヅル、ハ希《まれ》也、定《ちやう》ノ矢仕《つかまつり》ヌベシト存《ぞんず》。可レ被レ仰下《おほせくださるべし》」ト弟ニ譲テ引《ひか》ヘタリ。

「サラバ与一」トテ召《めさ》レタリ。其《その》日ノ装束ハ、[三一]紺村紺ノ直垂ニ緋威ノ鎧、[58][三二]鷹角反甲[三三]居頸《ゐくび》ニ著《き》ナシ、二十四指《さし》タル[三四]小中黒ノ箭負《おひ》、滋藤ノ弓ニ赤銅造《しやくどうづくり》ノ太刀ヲ帯《はき》、[三五]宿赫白馬《さびつきげの》ノ太逞《ふとくたくましき》ニ、洲崎ニ千鳥ノ飛散《とびちり》タル[三六]貝鞍置《おき》テ乗タリケルガ、進出《すすみいで》テ、判官ノ前ニ弓取直《とりなほ》シテ畏《かしこま》レリ。「アノ扇仕《つかまつ》レ。晴《はれ》ノ所作ゾ。不覚スナ」ト宣《のたまふ》。与一仰《おほせ》承リ、子細申サントスル処《ところ》ニ、伊勢三郎義盛、後藤兵衛実基等、与一ヲ判官ノ前ニ引居《ひきすゑ》テ、「[三七]面々ノ故障ニ日

二二 延慶本では資宗、長門本では助高、覚一本では資高、『那須系図』では資隆または資高とする。『那須系図』では藤原鎌足の子孫とし、宗資男とする。
二三 『那須系図』によれば、十郎は為隆。
二四 洗って白くなめした鹿の皮。一説、薄紅のなめし革。
二五 鉢の前方の篠垂《しのだれ》やその下の地板を鍍金銀で装った兜。
二六 重籐《しげどう》の一種で、黒漆地の上に巻いた籐を赤く塗ったもの。
二七 小刻みにふるえること。
二八 必ず当てる矢。
二九 延慶本では資高、長門本では惟宗、覚一本では宗高、『那須系図』では宗隆とする。生没年未詳。→補注三七。
三〇 賭鳥。勝負を賭けて鳥を射ること。
三一 薄紺色の中にところどころ濃い紺色を染め出したもの。
三二 「鷹角」は「高角」とも書き、兜の鍬形で先端を高くとがらせたもの。鹿の角をつけたともいう。「足利は……たか角うッたる甲のをしめ」（覚一本巻四「宮御最期」）。「鷹角反甲」の異同→校異58。
三三 首が猪のように短く見えるようにかぶって。猪首。
三四 矢羽の上下が白く、中に小さな黒い斑のあるもの。→図三三四頁。
三五 赤茶色を帯びた月毛の馬。
三六 螺鈿で模様をちりばめた漆塗りの鞍。
三七 各人がさしさわりがあると申すので。

既暮《すでにくれ》ナントス。兄ノ十郎指申《さしまうす》上ハ子細ヤ有《ある》ベキ。疾々《とくとく》急《いそぎ》給ヘ〱。海上暗成《くらくなり》ナバユヽシキ御方《みかた》ノ大事也。早々《はやはや》」ト云ケレバ、与一誠ニト思《おもひ》、甲《かぶと》ヲバ脱《ぬぎ》、童ニ持《もた》セ、[一]揉烏帽子引立テヽ、薄紅梅ノ鉢巻シテ、手綱搔繰《かいくり》、扇ノ方ヘゾ打向《うちむかひ》ケル。生年十七歳、色白《しろく》、小鬚生《おひ》、弓ノ取様《とりやう》、馬ノ乗貌《のりすがた》、優ナル男ニゾ見エタリケル。浪打際ニ打寄《うちよせ》テ、弓手ノ沖ヲ見渡セバ、[二]主上ヲ奉《はじめたてまつり》始、国母建礼門院、北政所、方々ノ女房達、御舟其数漕並《そのかずこぎならべ》、屋模《やかた》々々ノ前後ニハ、御簾モ[三]机帳モ[四]サヽメケリ。袴、[59][五]温巻ノ坐マデモ、[六]楊梅桃李トカザラレタリ。塩風ニサソウ[七]虚焼《そらだき》ハ、[60]東袖ニゾ通《かよふ》ラシ。妻手《めて》ノ沖ヲ見渡セバ、平家ノ軍将、[八]屋島大臣ヲ奉《はじめたてまつり》始、子息[九]右兵衛門督清宗、平中納言教盛、新中納言知盛、修理大夫経盛、[一〇]新三位中将資盛、左中将清経、新少将有盛、能登守教経、侍従忠房、侍《さぶらひ》ニハ、越中次郎兵衛盛嗣、悪七兵衛景清、[一一]江比田五郎、[一二]民部太輔等、皆《みな》甲冑ヲ帯シテ、数百艘ノ兵船ヲ漕並《こぎならべ》テ是ヲ見《みる》。水手・梶取ニ至ルマデ、今日ヲ晴《はれ》トゾ振舞タル。後《うしろ》ノ陸ヲ顧《かへりみ》レバ、源氏ノ大将軍、[一三]大夫判官ヲ始《はじめ》テ、畠山庄司次郎重忠、土肥次郎実平、平山武者季重、佐原介能澄、子息平六能村、同《おなじく》十郎能連、和田小大郎義盛、同三郎宗実、太田和四郎能範、佐々木四郎高綱、平左近太郎為重、伊勢三郎

一　兜の下にかぶる、柔らかに揉んだ皺のある烏帽子。　二　安徳天皇。　三　「几帳」の当て字。　四　ざわざわと人々の気配がした。
五　「温巻」が「湯巻」のことならば、貴人の入浴に奉仕する女性が衣服の上から腰に巻いた裳の一種。→一〇三頁注二六。『新定源平盛衰記』は近衛本に従って「あげまき」と読む。御簾を巻き上げてとめる紐の結び方に「総角（揚巻）」がある。「御簾の帽額《もかう》、総角などにあげたる鉤《こ》の」（枕草子・心にくき物）。晴がましい場だけでなく、日常的な（晴に対する褻《け》の）場までもの意で「袴、温巻ノ坐マデモ」と解することも可能か。→校異59　六　春の花木の柳・梅・桃・李のように美しく。　七　どこからともなく香りが漂うようにたく香。　八　平宗盛以下、平家の将兵を列挙する。　九　底本「右兵衛門督」の「兵」は衍か。㋙ゑもんのかみ　㋭右衛門督《カミ》。
一〇　資盛・清経の二人を挙げていることは、本巻「資盛清経被討」の記事（一九九頁注二三・二四）と矛盾する。　一一　未詳。　一二　阿波民部大輔。田口重能→二二三頁注二五。　一三　源義経以下、源氏の将兵を列挙する。このうち、「和田小大郎」「横山大郎」「城大郎」の「大郎」は「太郎」の当て字。以下一々注しない。
一四　必ず射当てるとはわからないから。
一五　「手に汗を握る」と同じく、危険なことなどを傍で見ていてはらはらするさまをいう。
一六　鞍の前輪・後輪《しずわ》の下端。　一七　菱縫（鎧の袖・草摺の裾板に、緘と同じ糸で横に二通り×形に綴じつける飾り）をつけた裾板。　一八　勇み立った馬。　一九　何度も手綱を揺り動かして馬をじっと鎮静させようとするけれども。
二〇　杭に止まっていないので、「立タル扇ヒラ

義盛、横山大郎時兼、城大郎家永等、源氏大勢ニテ轡《くつばみ》並《ならべ》テ是ヲ見《みる》。定《ぢやう》[一四]ノ当《あたり》ヲ知《しら》ザレバ、源氏ノ兵、各《おのおの》[一五]手ヲゾ把《にぎ》リケル。サレバ沖モ渚モ押ナベテ、何処《いづく》モ晴ト思ケリ。ソコシモ遠浅也、鞍爪[一六]・鎧ノ菱縫板[一七]ノ浸《ひたる》マデ打入《うちいれ》タレ共、沛艾[一八]ノ馬ナレバ、海ノ中ニテハヤリケリ。手綱[一九]ヲユリスヘ〱鎮《しづむ》レ共、寄《よす》ル小浪ニ物怖《ものおぢ》シテ、足モトヾメズ狂《くるひ》ケリ。扇ノ方ヲ急ギ見《みれ》バ、折《をり》節《ふし》西風吹来《ふききたり》テ、船ハ艫舳モ動《ゆるぎ》ツヽ、扇杭[二〇][61]ニモタマラネバ、クルリ〱ト廻[62]ケリ。何所《いづく》ヲ射ベシ共覚《おぼえ》ズ。与一、運ノ極《きはめ》ト悲《かなし》クテ、眼《まなこ》ヲフサギ心ヲ静《しづ》メテ、「帰命頂礼[二一]八幡大菩薩、日本国中大小神祇、別シテハ下野国日光[二二]宇都宮、氏《うぢの》御神那須大明神[二三]、弓矢ノ冥加アルベクハ、扇ヲ座席[二四]ニ定[63]テ給《た》ベ。源氏ノ運モ極《きはまり》、家ノ果報モ尽《つく》ベクハ、矢ヲ放《はなた》ヌ前《さき》ニ、深ク海中ニ沈《しづめ》給へ」ト祈念シテ、目ヲ開《ひらき》テ見タリケレバ、扇ハ座ニゾ静《しづま》レル。サスガニ[二五]物ノ射ニクキハ、夏山ノ滋[64]緑ノ木間《このま》ヨリ、僅ニ見ユル小鳥ヲ、不レ殺《ころさで》射《いる》コソ大事ナレ、挟《はさみ》テ立《たて》タル扇也、神力既指副《すでにさしそひ》タリ、手ノ下[二六]ナリト思ツヽ、十二束二ツ伏ノ鏑矢ヲ抜出シ、爪《つま》[二七]ヤリツヽ、滋藤ノ弓把太《にぎりぶと》[二八]ナルニ打食《うちくはせ》、能引《よつぴき》暫《しばし》固《かため》タリ。源氏ノ方ヨリ「今少《すこし》打入給へ〱」ト云《いふ》。七段計《ばかり》ヲ阻《へだて》タリ。扇ノ紙ニハ日ヲ出《いだ》シタレバ恐《おそれ》[二九]アリ、蚊目《かなめ》[三〇]ノ程ヲト志テ、兵《ひやう》[三一]ド放《はなつ》。浦

メイテ、座ニモタマラズ」（延慶本）、「扇は風に吹けて座敷にたまらず」（長門本）。
二一　八幡大菩薩に帰依し、頭を地につけて拝礼いたします。仏神を拝する時の唱え文句。
二二　現、栃木県宇都宮市馬場通りの二荒山神社。宇都宮大明神と呼ばれる。下野国の一宮。崇神天皇の代に大和国三輪山の三神を勧請したと伝えられる。祭神は豊城入彦命・大己貴命・事代主命・建御名方命。
二三　下野国。現、栃木県大田原市南金丸の那須神社。通称は金丸八幡。仁徳天皇の時に祀られたのに始まり、文治三年（一一八七）那須与一が社殿を造営したと伝える。主祭神は応神天皇で、別雷神・大己貴命等を配す。
二四　杭の扇を挟んでいる部分をこう言った。この先の「扇ハ座ニゾ静レル」の「座」も同じ。この「座」を延慶本は「座席」、長門本は「座敷」という。
二五　そうはいうものの。射にくいとはいうものの、それほどのことはないという気持ちでいう。幸若舞曲「那須与一」に与一の言葉として、「それ物の面白きは、夏山や青葉まじりの木の下に……射込ふで取るぞ大事なる」という類似表現がある。
二六　たやすいこと。
二七　矢を左手の指先にのせ、右手の指先で繰り回しながら、矢柄や矢羽・鏃《やじり》などの曲直や具合を調べること。つまより。
二八　伊勢貞丈の『五武器談』下・源平盛衰記に「握太なるとはにぎりの所斗ふとくしたるにはあらず。惣躰もふとけれども握る物ゆへにぎり太といひたるなり」という。
二九　恐れ多い。
三〇　扇の要《かなめ》。
三一　矢が弦を離れて勢いよく飛ぶさまの擬音語。「兵ド」は宛て字。「Fiǒdo. 1,Feǒdo. ヒャウド。または、ヘャウド（ひゃうど）副詞。矢が発射される際にぴゅうっと鳴るさま」（日葡）。

響クマデニ鳴渡《なりわたり》、蚊目ヨリ上一寸置《おき》テ、フツト射切《いきり》タリケレバ、蚊目ハ船ニ留《とどまり》テ、扇ハ空ニ上《あが》リツヽ、暫シ中《ちう》ニヒラメキテ、海ヘサトゾ入《いり》ニケル。折節《をりふし》夕日ニ耀テ、波ニ漂《ただよふ》有様ハ、[一]龍田山ノ秋ノ晩《くれ》、河瀬ノ紅葉ニ似タリケリ。[65]鳴箭ハ抜《ぬけ》テ潮《うしほ》ニアリ、[二]澪浮洲《みをのうきす》ト覚ヘタリ。平家ハ舷《ふなばた》ヲ扣《たたき》テ、女房モ[三]男房モ、「ア射タリ〳〵」ト感ジタリ。源氏ハ[四]鞍ノマヘヅワ、[五]蚕簿《えびら》ヲ扣テ、「ア射タリ〳〵」ト誉《ほめ》ケレバ、舟ニモ陸《くが》ニモ[六]トヨミニテゾ在《あり》ケル。紅ノ扇ノ水ニ漂フ面白サニ、玉虫ハ、

[七]時ナラヌ花ヤ紅葉ヲミツル哉《かな》芳野初瀬ノ麓ナラネド

平家侍《へいけのさぶらひ》ニ、[八]伊賀平内左衛門尉ガ弟ニ、[九]十郎兵衛尉家員ト云《いふ》者アリ。余《あまり》ノ面白サニヤ、不二感堪一《かんにたへずして》シテ、黒糸威ノ冑《よろひ》ニ甲《かぶと》ヲバ不レ著《きず》、[一〇]引立烏帽子ニ長刀ヲ以テ、扇ノ散タル所ニテ[一一]水車ヲ廻《まは》シ、一時《いつとき》舞テゾ立タリケル。源氏是《これ》ヲ見テ種々ノ評定アリ、是ヲバ射ベキカ射マジキカト。「イヨ」ト云《いふ》人モアリ、[一二]「ナイソ」ト云《いふ》者モアリ。「是程ニ感ズル者ヲバ、如何無レ情可レ射《いかがなさけなくいべき》。扇ヲダニモイル程ノ弓ノ上手ナレバ、増《まし》テ[一三]人ヲバ可レ弛《はづすべし》トハヨモ思ハジナレバ、ナイソ」ト云《いふ》人モ多シ。「扇ヲバ射タレ共《ども》武者ヲバ[一四]エイズ、サレバ[一五]狐矢ニコソアレトイハンモ本意ナケレバ、只イヨ」ト云《いふ》者モ多シ。思々ノ

一　同一表現→二一一頁注一六。
二　歌語「鳰の浮き巣」を誤ったか。あるいは意識的に鳰の浮き巣からの類推で、鏑を澪（水脈）の浮州と見立てたか。
三　宮中に局を与えられている、蔵人などの男子。また、広く男性の官人をもいう。「女房男房心ヲ澄シ、落涙スル者モ多カリケリ」（巻三四・公朝時成関東下向）。
四　㋙㋭とも「まへわ」。
五　矢をさして背に負う具。→二一六頁注五。
六　大声をあげての騒ぎ。
七　その季節でもない花や紅葉を見たことだなあ、ここは花の名所の吉野山や紅葉の名所の初瀬山の麓ではない、海の上ではあるが……。
八　平家長→五五頁注二九。
九　平家員。家実とも。→補注三八。
一〇　頭の頂を引き立てて形をととのえた烏帽子。出陣の際に兜の下に用いる、揉《もみ》烏帽子の着用法による呼び方。
一一　水車がまわるように武器（ここでは長刀）を勢いよく振りまわし。「Mizzuguruma. ミヅグルマ（水車）」（日葡）。
一二　「な射そ」で、「射るな」の意。
一三　与一が人を射そこなうだろうとは、まさか平家方も思わないだろうから。
一四　射ることができない。
一五　扇を射て当たったのは、まぐれ当たりの矢であろう。
一六　がやがや騒いだが。
一七　一時的なこと。
一八　「イベキ」は「射るべき」の意。上代・中古には上一段動詞連用形に助動詞「べし」が接続

心ナレバ、口々ニドヾメキケルヲ、「情ハ一旦ノ事ゾ。今一人モ敵ヲ取タラ
ンハ大切也」トテ、終《つひ》ニイベキニゾ定《さだまり》ニケル。与一ハ扇射スマシテ、気《き》
色《そく》シテ陸《くが》ヘ上《あがり》ケルヲ、射ベキニ定ケレバ、又手綱引返《ひきかへ》シテ海ニ打入《うちいり》、今度
ハ征矢《そや》ヲ抜出《ぬきいだ》シ、九段計《ばかり》ヲ隔ツヽ、能引固《よつぴきかため》テ兵《ひやう》ド放ツ。十郎兵衛家員ガ
頸ノ骨ヲイサセテ、真逆《まつさかさま》ニ海中ヘゾ入《いり》ニケル。舟ノ中ニハ音モセズ。
「射ヨ」ト云ケル者ハ、「ア、イタリ〱」ト云《いひ》、「ナイソ」ト云ケル人ハ、
「情ナシ」ト云ケレ共、一時ガ内ニ二度ノ高名ユヽシカリケレバ、判官大《おほき》
ニ感ジテ、白驄馬ニ尾花毛馬也黒鞍置《おき》テ与一ニ賜《たぶ》。弓矢取《とる》身ノ面目ヲ、屋島ノ浦
ニ極《きはめ》タリ。近キ代ノ人、

扇ヲバ海ノミクヅトナスノ殿弓ノ上手ハ与一トゾキク

平家不レ安思《やすからずおもひ》、楯突一人、弓取一人、打物《うちもの》一人、已上三人小船ニ乗《のり》、陸
ニ押付《おしつけ》、浜ニ飛下《とびおり》、楯突向《つきむけ》テ、「寄《よせ》ヨ〱」ト源氏ヲ招《まねく》。判官ハ、「若者共、
蒐出《かけいで》テ蹴散《けちらせ》」ト下知シ給ヘバ、武蔵国住人丹生屋十郎、同《おなじく》四郎等ヲメイテ
懸《かく》。十五束ノ塗篦《ぬりの》ニ、鷲ノ羽、鷹羽《たかのは》、鶴ノ本白矯合《もとじろはぎあはせ》タル箭《や》ヲ以テ、先陣
ニ進《すすむ》十郎ガ馬ノ草別《くさわき》ヲ筈際《はずぎは》射コミタレバ、馬ハ屏風ヲカヘスガ如ク倒レ
ケリ。十郎足ヲ越《こし》テ、妻手《めて》ノ方ニ落立処《おちたつところ》ニ、武者一人、長刀ヲ額ニ当《あて》テ飛《とん》

し、後代にもそのような言い方が受け継がれることがあった。
一九　うまく射おおせて。
二〇　様子をつくろって。
二一　実戦用の矢。
二二　矢を射る時、矢を引きしぼって、そのままの状態をしばし保つことを「固む」という。
二三　手柄はすばらしかったから。
二四　驄は葦毛の馬。白葦毛は、白毛の多く混った葦毛（白に少し黒や茶の差し毛があり、遠目には葦の芽生えのような青白い毛色）。
二五　全身が葦毛で、たてがみと四肢が白に薄い黒のまざった尾花のような色をした馬。「尾花葦毛」ともいう。
二六　扇を海の水屑とした那須の殿御が弓の名人であることは、その名も与一というように世一（世の中一番）と聞くよ。「ナス」は「為す」と「那須」の、「与一」は「世一」との掛詞。
二七　戦場で楯を立てる役の者。
二八　弓矢を持つ射手。
二九　刀剣・薙刀・槍などで戦う兵。打物の衆。
三〇　諸本により人名に異同がある。→補注三九。
三一　漆塗りの矢篦《やの》（矢の幹）。「篦」は矢竹の意。底本、「塗篦」の「篦」は「箟」。「箟」の当て字か。
三二　褐色で根元の方が白い、鶴の羽を交ぜ矧《は》ぎにした矢。鳥の羽を矢竹につけて矢を作ることを「矧ぐ」という。
三三　馬の胸先。→図三三三頁。
三四　矢筈（矢の末端の、弦をかける所）の端。
三五　右手の側。
三六　長門本では、以上の叙述を水保屋十郎（覚一本は「みをのやの十郎」）の行動とする。

デカヽル。十郎不レ叶《かなはじ》ト思テ、[一]カイフヒテ逃《にぐ》[68]。逃《にぐる》[二]モ追《おふ》モ電[69][三]ノ如シ。十郎希[四]有ニシテ逃延《にげのび》テ、[五]馬ノ影ニ息突《づき》居《ゐ》タリ。敵、長刀ヲツカヘテ[六]扇ヒラキ仕《つかひ》、「今日此比《このごろ》、童部マデモ沙汰[七]スナル上総悪七兵衛景清、我ト思ハン人々ハ落《おち》[八]合《あへ》ヤ。大将軍ト名乗給《なのりたまふ》判官ハイカニ。三浦、佐々木ハナキカ。熊谷、平山ハ無《なき》歟。打物取テハ鬼神ニモ不レ負《まけじ》ト云《いふ》ナル畠山ハナキカ。組《くめ》ヤ〳〵」トイヘ共《ども》、名ニヤ恐[九]レケン、打テ出ル者ハナシ。平家方ニ、備後国住人鞆六郎[一〇]ト云《いふ》者アリ。六十人ガ力持《もち》タリケル力士[一一]也ケレバ、大臣殿、「判官近付《ちかづき》タラバ組《くみ》テ海ニモ入《いり》、程隔《へだたり》タラバ遠矢ニモ射殺《いころせ》」トテ、船ニ被レ乗《のせられ》タリ。松[一二]浦太郎、艫取《ともとり》[一三]ニテ、屋島浦ヲ漕廻《こぎまは》シ々々、判官ヲ伺《うかがひ》ケレ共便宜《びんぎ》ヲ得ズ。責《せめ》テハ日ノ高名ヲ極《きはめ》タル那須与一ヲナリトモ射殺《いころさ》バヤ、組《くま》バヤト伺《うかがひ》廻《まはり》ケレ共不レ叶《かなはず》。爰《ここ》ニ伊勢三郎義盛ガ郎等ニ、[一四]大胡小橋太ト云《いふ》者アリ。駿河国田子浦[一五]ニテ生立《そだち》、富士河[一六]ニ習テ、究竟ノ水練ノ上手ニテ、水底ニハ半日モ一日モ潜《くぐり》アリキケルガ、兵《つはもの》ノ乗ナガラ而《しか》モ軍《いくさ》モセズシテ漕廻《こぎまはし》々々スルハ、大将軍伺《うかがふ》ヤラン、直者《ただもの》[一七]ニハアラジト危《あやふく》思テ、人ニモ不レ知《しらせず》、焼内裏《やけだいり》ノ芝築地《しばついぢ》[一八]ノ陰ヨリ、裸ニナリテ犢鼻褌《たふさぎ》[一九]ヲ掻《かき》、刀二持《ふたつもち》テ海ヘ入《いる》。敵モ御方《みかた》モ是《これ》ヲ不レ知《しらず》。鞆六郎ガセガイ[二〇]ニ立《たち》テ、己《おのれ》ハ軍《いくさ》モセズ、人ノ船ヲ下知

一　「掻キ伏シテ」のイ音便。姿勢を低くして。
二　底本は「逃々モ」と表記するが、句点を入れたので、オドリ字を改めた。
三　電光のようにすばやい。
四　やっとのことで。かろうじて。
五　馬の陰で苦しそうにあえいでいた。「息突」は「いきづき」と読むか。「Iqizzuqi. u, uita」(日葡)。諸本、この間に、錣引きの挿話（本書では後出二二〇頁）を語る。
六　支えとして。
七　うわさするという。
八　立ち向かって来い。
九　「恐レケン」の「レ」、底本は「ン」とする。誤植とみて訂した。
一〇　未詳。
一一　力の強い人。「Riqiji. リキジ（力士）」Chicarano votoco.（力の士）力のある者。文書語」(日葡)。
一二　松浦太郎→補注四〇。
一三　艪の近くで舵を取る人。「Tomodori. 1, Tomotori. トモドリ。または、トモトリ（艪取）舵の近くで櫓を漕ぐ漕手」（日葡）。
一四　未詳。㋭「小橋《キチ》太」。
一五　現、静岡県富士市田子。
一六　富士川。山梨県内で釜無川と笛吹川が合流、さらに早川を合わせて南流し、静岡県富士市と静岡市清水区蒲原付近で駿河湾に注ぐ。
一七　普通の人間ではあるまい。きっと何かたくらんでいる曲者であろうの意。
一八　芝を植えた土塀。
一九　ふんどしをして。
二〇　舟の両舷に渡した板。

シテ、軍ハ[二一]トコソスレ角《かく》コソスレト云ケル処ニ、ツト浮上《うかびあがり》テ、足ヲ懐《いだき》テ[二二]曳声《えいごえ》ヲ出《いだ》シ、海ヘ[二三]タブト引入《ひきいれ》タリ。陸《くが》ニテコソ六十人ガ力ト云ケレ共、水ニハ不二心得《こころえざり》一ケレバ、深キ所ヘ引《ひき》テ行《ゆき》、六郎ガ頸ヲ取《とり》、本鳥《もとどり》ヲ口ニクハヘテ水ノ底ヲ蚑《はひ》、源氏ノ陣ノ前ニゾ上《あがり》タル。判官見《み》給《たまひ》テ尋聞《たづねきき》給ヘバ、上《かみ》件《くだん》ノ子細ヲ申《まうす》。下﨟ナレ共《ども》思慮賢《かしこ》シトテ、[二四]鷲造《わしづくり》ノ太刀ヲ給《たまは》リ、世静《しづまり》テ後、兵衛佐殿モ、「武芸ノ道神妙《しんべう》々々」トテ、千余石ノ[二五]勧賞《けんじやう》アリ。誠ニユヽシカリケル面目也。平家二百余人、船十艘ニ乗、楯二十枚ツカセテ漕《こぎ》向《むか》ヘテ、鏃《やじり》ヲソロヘテ散々《さんざん》ニイル。源氏三百余騎、轡《くつばみ》並《ならべ》テ波打際ニ歩《あゆま》セ出テ是ヲ射《いる》。矢ノ飛違《とびちがふ》事ハ降《ふる》雨ノ如シ。源平ノ叫音《さけぶこゑ》ハ百千ノ雷《いかづち》ノ響《ひびく》ニ似タリ。平氏ハ浪ニ浮《うかび》タリ、源氏ハ陸ニ引《ひか》ヘタリ。[二六]天帝空ヨリ降《くだり》、[二七]修羅海ヨリ出《いで》テ、互ニ火炎[二八]剣戟ヲ飛《とば》セツヽ、[二九]三世不レ休戦《たたかひ》モ、角《かく》ヤト覚《おぼえ》テ[三〇]無慙《むざん》ナリ。平家[三一]射《い》調《しらまさ》レテ、船共《ども》少々漕返《こぎかへす》。判官勝《かつ》ニ乗《のり》テ、馬ノ[三二]太腹マデ打入《うちいれ》テ戦《たたかひ》ケリ。越中次郎兵衛盛嗣、折ヲ得タリト悦《よろこび》テ、大将軍ニ目ヲ懸テ[三三]熊手ヲ下《おろ》シ、判官ヲ懸《かけ》ン々ト打懸《うちかけ》ケリ。判官輻《しころ》ヲ傾《かたぶけ》テ、懸ラレジ〳〵ト太刀ヲ抜《ぬき》、熊手ヲ打除《うちのけ》々々スル程ニ、[三四]脇ニ挟《はさみ》タル弓ヲ海ニゾ落シケル。判官ハ弓ヲ取《とり》テ上《あが》ラントス。盛嗣ハ判官ヲ懸テ引《ひか》ントス。[三五]如法危《あやふ》ク

二一 ああするものだこうするものだ。
二二 「えい」という掛け声。→一九七頁注二四。
二三 「どぶん」というのに近い擬音語か。
二四 柄頭《つかがしら》に鷲の形の金具を付けたり、蒔絵を施したりした太刀かという（安斎随筆）。
二五 論功行賞。「Qenjǒ. ケンジャウ（勧賞）」（日葡）。
二六 帝釈天。仏法を守護する神。喜見城に住み、阿修羅と戦う。
二七 阿修羅。仏教で大海のほとりに住み、帝釈天の敵対者とされる。「諸阿脩羅等 居在大海辺」（法華経・法師功徳品第十九）。底本「脩羅」と表記する。「脩」は「修」の異体字。
二八 「剣戟」、底本「剣戦」。㋙けんけき ㋭剣《ケン》戟《ゲキ》。誤植とみて訂した。
二九 過去・現在・未来。
三〇 痛ましい。
三一 射られて気勢をくじかれて。
三二 ふくらんだ腹部。多く、馬についていう。「Futobara. I,futofara. フトバラ。または、フトハラ（太腹）馬の腹」（日葡）。
三三 熊手→一四三頁注一九。→補注四一。
三四 以下、弓流しの話となる。
三五 全く。

見エケレバ、源氏ノ軍兵、「[一]アレハイカニ〳〵」、「其《その》弓捨《すて》給ヘ〳〵」ト声々ニ申《まうし》ケレ共、太刀ヲ以テハ熊手ヲアヒシラヒ、左ノ手ニ鞭ヲ取テ掻寄《かきよせ》テコソ取テ上《あがれ》。軍兵等ガ、「縦《たとひ》金銀ヲノベタル弓也共《なりとも》、[二]イカヾ寿《いのち》ニ替《かへ》サセ給ベキ。[三]浅増《あさまし》々々」ト申ケレバ、判官ハ、「軍将ノ弓トテ、[四]三人張《ばり》、五人張ナラバ面目ナルベシ。去共《されども》平家ニ被㆓責付《せめつけられ》㆒テ弓ヲ落シタリトテ、アチ取《とり》コチトリ、強《つよき》ゾ弱《よわき》ゾト披露セン事口惜《くちをし》カルベシ。[五]又兵衛佐ノ漏《もれ》キカンモ云カヒナケレバ、[六]相構《あひかまへ》テ取タリ」ト宣ヘバ、「実《まこと》ノ大将也」ト兵《つはもの》[七]舌ヲ振《ふり》ケリ。

[八]小林神五宗行ト云《いふ》者アリ。越中次郎兵衛盛嗣ガ、[九]熊手ヲ以テ判官ヲ懸テトラントシケルヲ、大将軍ヲ懸《かけ》サセジトテ、続《つづき》テ游《およが》セタリケル程ニ、[一〇]事《こと》由《ゆゑ》ナク上《あがり》給タリケレバ、盛嗣、判官ヲ係弛《かけはづし》テ不㆑安思《やすからずおもひ》、[一一]游艇《はしふね》ニ乗移リ、指《さし》寄《よせ》テ宗行ガ甲《かぶと》ノ[一二]吹返ニ、熊手ヲカラト打係《うちかけ》テ、曳音《えいごゑ》ヲ出シテ引《ひく》。宗行、鞍ノ[一三]前ヅワニ強ク取付《とりつき》テ鞭ヲ打《うつ》。主モ究竟ノ[一四]乗尻《のりじり》也、馬モ実《まこと》ニ[一五]スクヤカ也、水ニ浮《うかべ》ル小船ナレバ、汀ヘ向《むき》、[一六]舳浪《へなみ》ツカセテ、[一七]ザヾメカヒテゾ引上《ひきあげ》タル。宗行、熊手ニ乍㆑被㆑係《かけられながら》馬ヨリ飛下《とびおり》、[一八]貫帯《つらぬきはき》タリケルガ、沙《いさご》ニ足ヲ踏入《ふみいれ》ツヽ、頸ヲ延《のべ》テ曳々トゾ引タリケル。盛嗣モ大力《ちから》、宗行モ健者《すくやかもの》、勝劣何《いづれ》モ不㆑見《みえざり》ケリ。[一九]金剛力士ノ頸引《くびひき》トゾ覚《おぼえ》タル。両方強引《つよくひく》程ニ、[二〇]鉢付ノ板フツ

一　これはどうしたことだ。驚いて発する言葉。
二　どうしてお命と引き替えなさってよいものでしょうか。「寿　イノチ」（類聚名義抄）。
三　あきれたことです。
四　三人がかりでなければ弦を張ることができないほどの強弓。「五人張」はさらに強い弓となる。
五　兄頼朝。
六　無理に努力して。
七　たいそう驚いた。ここでは、驚くとともに感心したのである。
八　未詳。
九　馬を泳がせたが。
一〇　問題もなく。無事に。「所由　ユヘ」（類聚名義抄）。
一一　端舟。本船に付属して、その用事をする小舟。
一二　兜の錣の板の両端で、外部に反り返った所。「Fuqigayexi. フキガエシ（吹き返し）冑の先端・縁」（日葡）。「ふきかえし」とも。
一三　前ヅワ→二一六頁注四。→図三三三頁。
一四　乗馬の名手。
一五　「すこやか」に同じ。頑健である。
一六　舳先に立つ波の意か。あるいは、本来は「辺波」（海辺に寄せる波）の意か。
一七　ざわざわと騒がしく音を立てて。
一八　皮革で作った浅沓。縁に貫緒《ぬきお》を通して、足の甲の上で引き締めて結ぶ。
一九　執金剛神。手に金剛杵を持って仏法を守護する神。仁王尊。
二〇　兜の左右・後部に垂れている錣《しころ》の第一枚目の板。

二一 錣。兜の鉢から左右や後に垂れて、首を保護する。
二二 見つめ。
二三 竜の頭を形どった、兜の前立物（前面に立てる飾り物）。
二四 「名　ナック」（類聚名義抄）。
二五 保元の乱。
二六 源為朝。生没年未詳。清和源氏、為義の八男。母は江口の遊女という。保元の乱で父と共に崇徳院側に付いて奮戦し、敗れて伊豆大島に流されたが、その死については種々の伝承がある。

源平侍共軍

二七 底本「馳」は「弛」の誤植か。ⓒⓗとも「かけはつしぬ」。類聚名義抄「弛　ハヅル」。
二八 はっきりしている。
二九 必ず。
三〇 藤原景経→一六頁注一二。
三一 生没年未詳。北家藤成流、景家の男、景経の弟か。
三二 平盛嗣→一一頁注一五。
三三 藤原忠光→一六頁注一一。
三四 藤原景清→一一頁注一六。
三五 矢野家村→二〇九頁注四〇。
三六 矢野高村→二〇九頁注四一。

ト引切《ひききり》、鉢ハ残《のこり》テ頭ニアリ、[71]鞴《しころ》[二一]ハ熊手ニ留《とどま》リヌ。盛嗣舟《ふね》ヲ漕返セバ、宗行陣ニ帰入《かへりいる》。源平共《とも》ニ目[二二]ヲ澄シ、敵モ御方《みかた》モ感嘆セリ。判官、宗行ヲ召《めし》テ、「只今ノ振舞、凡夫トハ見エズ、鬼神ノ態《わざ》ト覚《おぼえ》タリ」トテ、銀《しろかね》ニテ鍬模打《くはがたうつ》タル龍頭[二三]ノ甲《かぶと》ヲ賜《たまは》ル。此甲《このかぶと》ト云ハ、源氏重代ノ重宝也。銀ニテ龍ヲ前ニ三《みつ》、後《うしろ》ニ三、左右ニ一《ひとつ》ヅヽ打《うち》タレバ、八龍ト名《なづけ》[二四]タリ。保元軍《ほうげんのいくさ》[二五]ニ、鎮西八郎[二六]為朝ノ著タリケル重代ノ宝ナレ共、命ニ替《かはら》ントノ志ヲ感ジ、強力《がうりき》ノ振舞《ふるまひ》神妙也トテ是《これ》ヲ給《たまふ》。宗行、家門ノ面目ト思テ、畏《かしこまり》テゾ立《たち》ニケル。

大臣殿、船中ニテ是《これ》ヲ見給テ、能登殿ヘ被ㇾ仰《おほせられ》ケルハ、「源氏ノ軍将九郎冠者ヲ、度々目ニ懸テ討《うち》ハヅシヌル事、返々《かへすがへす》遺恨也。最前《さいぜん》七騎ニテ寄《よせ》タリシニハ、残党ニ恐《おそれ》テ不㆓討留㆒《うちとどめず》、海上ニ馳入《はせい》ルヽ時ハ、盛嗣熊手ニ懸馳[二七]ヌ。鍬形《くはがた》ノ甲《かぶと》ニ金作《こがねづくり》ノ太刀、掲焉《いちしるき》[二八]装束也。船ヨリ上《あがり》テ軍《いくさ》シ給ヘ。相構《あひかまへ》[二九]テ九郎冠者ヲ目ニカケ給ヘ」ト宣フ。能登守ハ返事ニ、「其《その》条ハ存ズル処ニ候」トテ、飛驒三郎左衛門尉景経[三〇]、同四郎兵衛景俊[三一]、越中次郎兵衛盛嗣[三二]、上総五郎兵衛忠光[三三]、同《おなじく》[三四]七郎兵衛景清、矢野馬允家村[三五]、同《おなじく》[三六]七郎高村已下、究竟ノ輩《ともがら》三十余人、船ヲ漕寄陸《こぎよせくが》ニ上リ、芝築地ヲ前ニアテ後《うしろ》ニアテ、進退《すすみしりぞき》招《まねき》タリ。判官、「日既及《すでにくれにおよぶ》レ晩、夜陰ノ軍《いくさ》ハ有《はばかりあり》レ憚。只今ノ敵ハ[一]名アル者共《ども》ト覚《おぼえ》タリ。列《つづけ》者共、[二]一揉《ひともみもま》々ン」トテ打立《うったち》給ヘバ、[三]土肥次郎実平、「大将軍度々ノ合戦、軽々敷《かるがるしく》候、若者共ニ預《あづけ》給ヘ」トテ、判官ヲバ本陣ニ留置《とどめおき》、実平先陣ニ進《すすみ》ケレバ、子息弥太郎遠平、[四]畠山庄司次郎重忠、[五]和田小太郎義盛、[六]熊谷二郎直実、[七]平山武者季重、[八]佐々木四郎高綱、[九]金子十郎家忠、[一〇]渋谷庄司重国、[一一]子息馬允重助、[一二]渡辺源五馬允昵、[一三]伊勢三郎義盛、[一四]鎌田藤次光政、[一五]佐藤三郎兵衛継信、弟ニ[一六]四郎兵衛忠信、[一七]片岡八郎為春等ヲ始《はじめ》トシテ、一人当千ノ者共五十余騎、轡並《くつばみならべ》テ蒐出《かけい》ヅ。平家ハ歩立《かちだち》ニテ、芝築地ヨリ打出《うちいで》テ、引詰《ひきつめ》々々馬ノ上ヲ射《いる》。源氏ハ馬上ヨリ[一八]指当《さしあて》〳〵[一九]落《おと》シ矢ニ射。寄セツ返《かへし》ツ追《おひ》ツ追ハレツ、入替《いれかへ》々々射合《いあひ》タリ。流ル丶血ハ砂《いさご》ヲ染《そめ》、揚塵《あがるちり》ハ煙ノ如シ。源氏手負《おへ》バ陣ニ舁入《かきいれ》、平家討《うたる》レバ舟ニ運《はこび》ノス。此《ここ》ニシテ、[二〇]常陸国住人[二一]鹿島六郎宗綱、[二二]行方六郎、鎌田藤次光政ヲ始《はじめ》トシテ、十余人ハ討《うた》レニケリ。

能登守ハ心モ甲《かう》ニ力モ強ク、精兵ノ手聞《てきき》ナリ。源氏ガ懸廻《かけまは》シ々々テ、チト[72][二三]跟蹡所ヲ見負《みおほせ》テ、指詰《さしつめ》々々射ケル矢ニ、武蔵国住人[二四]河越三郎宗頼、目ノ前ニ被《いられ》レ射テ引退《ひきしりぞく》。次ニ[二五]片岡兵衛経俊、胸板イラレテ引退ク。次ニ[二六]河村三

一　有名な。名にし負う者たち。
二　一勝負しよう。
三　土肥実平→七六頁注一九。子息遠平→一七五頁注三七。
四　畠山重忠→三〇頁注六。
五　和田義盛→一八六頁注二二。
六　熊谷直実→一一頁注一。
七　平山季重→一二頁注一二。
八　佐々木高綱→一八〇頁注二。
九　金子家忠→一九一頁注三一。
一〇　渋谷重国→一七五頁注四三。
一一　渋谷重助→一九一頁注二八。
一二　渡辺昵→一九一頁注三二。
一三　伊勢義盛→一八七頁注三一。
一四　鎌田光政→一八七頁注三七。
一五　佐藤嗣信→二八頁注一六。
一六　佐藤忠信→一九一頁注三五。
一七　片岡弘経か→一八七頁注三六。
一八　狙いをつけ。
一九　高所から射おろす矢。おろし矢。
二〇　底本「常隆国」。誤植とみて訂した。㋙ひたちのくに ㋭ひたちの国《クニ》。
二一　延慶本にも同様に記す。長門本では討たれたとはいわないが、「鹿島六郎惟明」の名がある。いずれも未詳。
二二　延慶本（巻一一―8）では「行方余一」という。未詳。

継信孝養

二三　ためらうところを見きわめて。跟蹡→二八頁注一九。　二四　河越宗頼→補注四二。
二五　片岡経俊→補注四三。
二六　河村能高→補注四四。

郎能高、内甲《うちかぶと》被レ射落《おち》ニケリ。次《つぎに》[二七]大田四郎重綱、小ガヒナイラレ引退《ひきしりぞく》。次ニ判官乳母子、奥州佐藤三郎兵衛継信ハ、[二八]黒革威鎧ヲ著タリケルガ、頸ノ骨ヲ[73]被二射貫一《いぬかれ》、真逆《まつさかさま》ニ落タリケルヲ、能登守童《わらは》ニ[二九]菊王丸ト云《いふ》者アリ、本《もと》ハ[三〇]通盛ノ下人也《なり》ケルガ、越前三位討《うた》レテ後《のち》、其《その》弟ナレバトテ此《この》人ニ付《つき》タリケルガ、[三一]萌黄糸威腹巻ニ、[三二]左右射韝《こて》サシテ、[三三]三枚甲居頸《かぶとゐくび》ニ着ナシ、太刀ヲ抜テ飛《とん》デカヽリ、継信ガ首ヲトラントスル。四郎兵衛忠信立留《たちとどま》リ、引《ひき》固《かため》テ放《はなつ》矢ニ、菊王丸ガ[三四]腹巻ノ引合《ひきあはせ》ツト[74]被二射貫一テ、一足《ひとあし》モヒカズ[75][三五]覆倒。忠信ガ郎等ニ[三六]八郎為定、小長刀ヲ以テ開《ひらき》テ、童ガ頸ヲトラントカヽル。能登守、童ガ頸トラレジト、太刀ヲ打振《うちふり》、ツトヨリ、童ガ手ヲ取《とり》、引立テ、[三七]曳声《えいごゑ》ヲ出シテ舟ニ抛入《なげいる》。暫《しば》シハ生《いく》ベクヤ有《あり》ケンニ、余強《あまりにつよく》被レ抛《なげられ》テ、[76][三八]後言《のちごと》モセズ死《しに》ニケリ。忠信ハ此《この》間ニ、兄ノ継信ヲ肩ニ引懸《ひつかけ》、泣々《なくなく》陣ノ中ヘ負入《おひいれ》タリ。判官近ク居寄給《ゐよりたまひ》、「イカニ継信ヨ〳〵、義経コヽニ有《あり》。[三九]一所ニテトコソ契リシニ、先立《さきだつ》ル事ノ悲《かなし》サヨ。イカニモ後生ヲバ可レ弔《とぶらふべし》。冥途ノ旅心安思《こころやすくおもふ》ベシ。サテモ何事ヲカ思フ。云置《いひおけ》カシ」ト宣ヘ共《ども》、只涙ヲ流ス計《ばかり》ニテ、是非ノ返事ハナシ。判官重《かさね》テ、「汝、心ガアレバコソ涙ヲバ流《ながす》ラメ。猛兵《たけきつはもの》ノ矢一《ひとつ》ニ中《あたり》テ、生《いき》ナガラ不レ言《ものいはぬ》事ヤハアル。サ程《ほど》ノ[四〇]オクレタ

二七　未詳。
二八　藍を深く染めた黒革を細く裁断して鎧の札《さね》を綴る威。
二九　生年・系譜未詳。覚一本では「生年十八歳にぞなりにける」という。
三〇　平通盛→四三頁注二五。
三一　萌葱《もえぎ》色（やや黄色がかった緑色）の組糸で鎧の札を綴る威。萌黄威、もよぎ威とも。
三二　左右の籠手《こて》をつけ。籠手は甲冑に付属する小具足で、手全体を覆い包むもの。
三三　三枚甲→二〇頁注六。
三四　「腹巻」は徒歩用の軽くて小形の鎧。「引合」は鎧の胴の前と後とを締めて合わせる所。→五三頁注一四。
三五　「覆　ウツフス」（類聚名義抄）。
三六　未詳。「開」は長刀を使う動作をいう。
三七　曳声→一九七頁注二四。
三八　遺言。
三九　死ぬときは一緒に、と約束していたのに。
四〇　臆病者。弱虫。

ル者トハ不レ存者《ぞんぜざりしもの》ヲ。今一度最後ノ言《ことば》聞《きか》セヨ」ト宣ヘバ、継信、息吹出《ふきいだ》シ、ヨニ苦シゲニテ息ノ下《した》ニ、「弓矢取《とる》身ノ習《ならひ》也。敵ノ矢ニ中《あたり》テ主君ノ命《いのち》ニ替《かはる》ハ、兼テ存《ぞんず》ル処《ところ》ナレバ更ニ恨《うらみ》ニ非《あら》ズ。只思《おもふ》事トテハ、老タル母ヲモ捨置《すておき》、親《したし》キ者共ニモ別《わかれ》テ、遙《はるか》ニ奥州ヨリ付奉《つきたてまつり》シ志ハ、平家討亡《うちほろぼ》シテ、日本国ヲ奉行シ給ハンヲ見奉ラントコソ存《ぞんぜ》シニ、先立《さきだち》奉《たてまつる》計《ばかり》コソ心ニ[一]懸リ侍シ。老母ガ歎《なげき》モ労《いたは》シ」ト申ケレバ、サシモ猛武士《たけきもののふ》ナレ共《ども》、判官涙ヲハラ〱トゾ流シ給ケル。「実《まこと》ニ思フモ理《ことわり》也。敵ヲ亡サン事ハ[二]不レ可《ふべからず》レ経二年月一。義経世《よ》ニアラバ、汝兄弟ヲコソ左右《さう》ニ立《たて》ント思《おもひ》ツルニ」ト、手ニ手ヲ取合《とりあひ》テ泣給ヘバ、継信「穴嬉《あなうれし》」ト、其《それ》ヲ最後ノ詞《ことば》ニテ、息絶《たえ》ケルコソ無慙《むざん》ナレ。此《これ》ヲ聞《きき》ケル兵共《つはものども》モ、鎧ノ袖ヲ絞《しぼり》ケリ。日モ西山ニ傾《かたむき》ケル上、判官ニハ多《おほく》ノ郎等ノ中ニ[三]四天王トテ、殊ニ身近《ちかく》憑《たのみ》給ヘル者ハ四人アリ。[四]鎌田兵衛政清ガ子ニ、[五]鎌田藤太盛政、同《おなじく》[六]藤次光政ト、佐藤三郎兵衛継信、弟ニ四郎兵衛忠信也。藤太盛政ハ一谷ニテ討《うた》レヌ。一人闕《かけ》タル事ヲコソ日比歎《ひごろなげき》シニ、今日二人ヲ失《うしなひ》テ、今ハ軍《いくさ》モ無レ為《せむなし》トテ、継信・光政ガ死骸ヲ舁《かき》テ、当国ノ[七]武例・高松ト云《いふ》柴山ニ帰給《かへりたまひ》テ、其《その》辺ヲ相《あひ》尋《たづね》テ[八]僧ヲ請《しやう》ジ、[九]薄墨ト云《いふ》馬ニ、金覆輪ノ鞍置《おき》テ申ケルハ、「心静《しづか》ナラバ

一　「コソ」の結びゆえ「懸リ侍レ」とあるべきところ。誤植か。㋺侍し　㋭侍れ。
二　多くの年月を費やす筈はない、まもなくのことだの意。
三　八部衆を支配して帝釈天に仕え、仏法及び仏法に帰依する人々を守護する、持国天・広目天・増長天・多聞天（または毘沙門天）の四天王になぞらえていう。
四　鎌田政清↓補注四五。
五　未詳。『吾妻鏡』建久五年（一一九四）一〇月二五日条に、頼朝は功臣である鎌田左兵衛尉正清（政清）の遺児を探したが、女子のみで男子はいなかったと記し、『山内首藤系図』にも正清の子としては女子一人を掲げるのみ。↓巻四一補注九九。
六　鎌田光政↓一八七頁注三七。
七　武例・高松↓二〇六頁注四。
八　京都府立総合資料館蔵「長門切」では、「志度のこひじりとて名誉の聖人」を請じたとする。供養の対象も「佐藤三郎兵衛継信」一人である（鶴見大学日本文学会編『国文学叢録―論考と資料』〔二〇一四年三月刊、笠間書院〕所載、平藤幸「新出『平家物語』長門切―紹介と考察」）。なお盛衰記巻三七―四二に該当する長門

懇《ねんごろ》ニコソ申《まうす》ベケレ共、懸折節《かかるをりふし》ナレバ無《なし》レ力、此《この》馬・鞍ヲ以テ、御房、庵室ニテ[一〇]卒兜婆経書《かき》、佐藤三郎兵衛尉継信、鎌田藤次光政ト廻向《ゑかう》シテ、後世ヲ弔《とぶらひ》給へ」トテ、舎人ニ引《ひか》セテ僧ノ庵室ニ被レ送《おくられ》ケリ。此《この》馬ト云《いふ》ハ、[一一]貞任ガ[一二]ヲキ墨ノ末トテ、墨キ馬ノ少シチイサカリケルガ、[一三]早走《はやばしり》ノ逸物也。多《おほく》ノ馬《むまの》中ニ、[一四]秀衡殊ニ秘蔵也《なり》ケレ共、「軍《いくさ》ニハ能《よき》馬コソ武士ノ宝ナレバ、山ヲモ川ヲモコレニ乗《のり》テ敵ヲ責《せめ》給へ」トテ、判官奥州ヲ立《たち》ケル時、進《まゐらせ》タル馬也。[一五]宇治川ヲモ渡シ、[一六]一谷ヲモ落セシ事此《この》馬也。一度モ不覚ナカリケレバ、吉例ト申《まうし》ケルヲ、判官五位ノ尉ニ成《なり》ケルニ、此《この》馬ニ乗《のり》タリケレバ、私ニハ[一七]大夫トモ呼《よび》ケリ。片時モ身ヲ放タジト思給《おもひたまひ》ケレドモ、責《せめて》モ継信・光政ガ悲サニ、[一八]中有ノ路《みち》ニモ乗《のれ》カシトテ被レ引《ひかれ》タリ。[一九]兵共是《これ》ヲ見テ、「此《この》君ノタメニ命ヲ失ハン事不レ惜《をしからず》」トゾイサミケル。

[二〇]源氏ハ武例・高松ニ陣ヲ取《とり》、平家ハ屋島焼内裏ニ陣ヲ取《とる》。源平ノ両陣三十余町ヲ隔《へだて》タリ。[二一]源氏ハ軍ニシ疲《つかれ》テ、箙ヲ解《とき》テ枕トシ、鎧ヲ脱《ぬぎ》テ寄臥《よりふし》タリ。伊勢三郎義盛ゾ終夜《よもすが》ラ「[二二]夜討《ようち》モゾアル。打《うち》トケ寝《ね》給《たまふ》ナヨ〳〵」ト、立《たち》渡《わたり》々々触明《ふれあか》シケル。平家ハ夜討ノ評定アリ。「敵ハ[二三]三百余騎ニハヨモ過《すぎ》ジ。今夜《こよひ》ハ軍ニ疲テ、柴山ニコソ臥タルラメ。御方《みかた》ノ軍兵一千余騎、足軽《あしがる》

切は現在二十八葉が報告されている。

九 巻三六「清章射鹿」に「大夫ト云黒馬」「此馬ハ、今度ノ上洛ニ鎌倉殿ヨリ得給ヘリ。本名ヲバ薄墨トゾ申ケル」というが、それでは二二五頁三行以下で、義経が頼朝の軍勢に参加するため奥州を出る際に藤原秀衡から贈られたと語るのとも、また『吾妻鏡』元暦二年二月一九日条で、もとは「院御厩御馬」で、後白河法皇から下賜されたという（→補注四七）のとも食い違う。

一〇 延慶本や覚一本は「一日経」という。死者の追善供養のため、大勢で一部の経典（法華経など）を一日で書写すること。「卒兜婆経」はそれに同じものか。

一一 安倍貞任→一五五頁注一六。

一二 「ヲキ墨」は馬の名で「末」はその子孫の意か。底本「墨キ」は「黒キ」の誤植、あるいは当て字か。㋙㋭とも「くろき」。

一三 駿足のすぐれた馬。

一四 藤原秀衡。生年未詳。文治三年（一一九二）一〇月二九日没（吾妻鏡）。北家藤成流、基衡の男。母は安倍宗任女。泰衡・忠衡らの父。鎮守府将軍、陸奥守、従五位下。→補注四六。

一五 宇治川の戦→巻三五「高綱渡宇治河」。

一六 一谷の戦→巻三七「義経落鵯越」（二二八頁一四行）。 一七 大夫→二二四頁注九。

一八 冥途に到り着くまでの旅路。

一九 兵士達の感動→補注四七。 二〇 源氏・平家双方の陣→補注四八。

二一 長門本は「一昨日渡辺より阿波国へたゞ三時に走りて、大浪にゆられて又早打して、今日終日戦ひ暮したる者どもにて、皆疲れふして音するものこそなかりけれ」という。

二二 夜襲があったら大変だ。「もぞ」は将来に対する危惧や懸念を表わす複合助詞。

ニ出立《いでたち》テ、高松山ヲ引廻《ひきまは》シ、一人モ不レ漏《もらさず》、ナドカ夜討ニセザルベキ」ト。「此《この》儀可レ然《しかるべし》」トテ、思々《おもひおもひ》ニ出立ケル程ニ、美作国住人江見太郎[一]守方ト越中次郎兵衛盛嗣ト、先陣・後陣ヲ諍《あらそふ》程ニ、其《その》夜モ空《むなし》ク明《あけ》ニケリ。夜討ハ実《まこと》ニ可レ然《しかるべ》カリケレ共《ども》、是《これ》モ平家ノ運ノ尽《つく》ルユヘナリ。

[二]廿日夜モ既ニ暁ニ成《なり》ヌ。[三]野寺ノ鐘モ打響《うちひびき》、[四]孀烏《やもめがらす》ノウカレ声、旅ノ眠《ねむり》ヲ驚《おどろかす》。[五]判官急起直《いそぎおきなほ》リ、「軍ニハヨク疲《つかれ》ニケリ。暫《しば》シト思タレバ早明《はやあけ》ニケリ。イザヤ殿原、ヨセン」トテ、七十余騎ニテ、焼内裏《やけだいり》ノ前、平家ノ陣ヘ押寄《おしよせ》テ時《とき》ノ声ヲ発ス。平家モ期《ご》シタリケレバ声ヲ合《あは》セ、楯ツキ向《むかひ》テ支《ささへ》タリ。平家ニハ次郎兵衛、悪七兵衛、五郎兵衛、三郎左衛門等、三十人バカリ[六]歩立《かちだち》ニ成《なり》テ、熊手、[七]薙鎌《なぎがま》、[八]手鉾、長刀ヲ以テ、馬ヲモ人ヲモキラフ事ナシ。刺《さし》タリ、突《つき》タリ、切タリ、薙《なぎ》タリ、飆《つじかぜ》ノ吹《ふく》ガ如クニ狂廻《くるひまは》ル。面《おもて》ヲ向《むく》ベキ様《やう》モナシ。源氏ニハ熊谷・平山・畠山ト、佐々木・三浦ト、土肥・金子・椎名・横山ト片岡等三十余騎、薙鎌、長刀ニ恐《おそれ》テ、馬《むまの》足一所ニトメズ、弓手《ゆんで》ニ廻シ妻手《めて》ニ馳《はせ》、[九]指詰《さしつめ》々々、[一〇]追物射《おひものい》ニコソ射タリケレ。兵五、六人被二射伏一《いふせられ》テ、平家コラヘズ舟ニ乗《のり》テ漕出《こぎいだ》ス。能登守又二十騎計《ばかり》舟ヨリ下《お》リ、芝築地ヲ木陰トシテ、引取指詰散々《ひきとりさしつめさんざん》ニ射ケレバ、昨日[一一]矢風ハ負《おひ》ヌ、

一　江見盛方。生没年未詳。延慶本は「江見太郎時直」、長門本は「恵美次郎」、覚一本は「海老次郎盛方」とする。
二　元暦二年（一一八五）二月二〇日の夜が明けたので、二一日の暁になったという。
三　類似表現→九一頁注一八。
四　類似表現→九一頁注一九。
五　以下、二一日の戦について述べる。→補注四九。
六　騎馬でなく、徒歩となって。
七　草刈り鎌の形をした武器。
八　片手で持てるくらいの短い鉾。
九　矢を次々につがえて。
一〇　追物射→一九八頁注一一。
一一　放した矢が飛んで行く時に起こる風。昨日散々矢風を浴びたことだし。

進《すすむ》者モナシ。[一二]武蔵房、[一三]常陸房、[一四]旧《ふる》山法師ニテ、究竟ノ長刀ノ上手ニテ、七、八人歩立《かちだち》ニナリ、長刀[一五]十文字ニ採《とり》、帚木ヲ以テ庭ヲ払《はらふ》ガ如ク薙入《なぎいり》ケレバ、平氏ノ軍兵十余人ナギ伏《ふせ》タリ。能登守、無下《むげ》ニ目近《まぢか》ク見エケレバ、打懸《うちかか》ル処《ところ》ニ、[一六]イブセクヤ思ハレケン、又舟ニ乗《のり》テ指出《さしいだ》ス。

去《さる》程ニ、[一七]大風ニ恐《おそれ》テ留《とどまり》タリケル軍兵、[一八]跡目《あとめ》ニ付《つき》テ屋島ノ浦ニ馳来《はせきた》ル也。

一二　武蔵房弁慶→三二頁注五。
一三　常陸房海尊→補注五〇。
一四　以前は比叡山の法師、または叡山に長く住んでいた法師か。ただし『義経記』では「園城寺法師」という。
一五　太刀などの使い方で、縦横に振りまわして激しく戦うさまをいう。
一六　うっとうしくお思いになったのだろうか。
一七　後発軍の到着について→補注五一。
一八　うしろ。あと。しり。

文書類の訓読文

（　）内に本文中の頁を示した。

巻三十八

熊谷直実から平経盛へ送る書状（「熊谷送敦盛頸」五八頁）

直実謹んで言上す。不慮にこの君に参会し奉る間、呉王勾践を得て、秦皇燕丹に遇ふ嘉を插《さしはさ》み、直ちに勝負を決せんとする刻《きざみ》、容儀を拝するに依り、俄に怨敵の思を忘れ、忽に武威の勇を抛《なげう》つ。剰《あまつさ》へ守護を加へ、供奉し奉る処、大勢襲来する間、始めて源氏を辞し平家に参ると雖も、彼は多勢なり、これは無勢なり、樊会の威還りて縮《しじ》まり、養由の芸速かに約《つづ》まる。ここに直実適々《たまたま》生を弓馬の家に稟《う》け、幸に武勇を日域に眩《かかやか》す。謀を廻らして城を落し、旗を靡かして敵を虐げ、天下無双の名を得たりと雖も、蟷螂力を合せて車を覆し、螻蟻心を一にして岸を穿つが如し。憖《なまじひ》に弓を挽き箭を放ちて、空しく愚命を同軍の戟塵に奪はれ、憂名を傍輩の後代に覃《およぼ》さむこと、自他、身の本望に背き、家の面目に非ず。然る間、この君の御素意を仰ぎ奉る処、早く御命を賜りて、菩提を訪ふべき由、仰せ下さるるに依り、落涙を抑へながら、謀らざるに御頸を賜り畢《をは》んぬ。恨めしき哉、この君と直実と縁を悪世に結び奉ること。悲しき哉、宿運久しく萌して今に至り、怨酬の害を成すこと。然りと雖もこの逆縁を翻せば、いかでか互ひに生死の紲《あざなひ》を截《き》り、一蓮の実を成さざらむや。然れば則ち偏へに閑居の地形を卜し、懇《ねんごろ》に御菩提を祈り奉るべし。直実が申す所の真偽、定めて後聞その隠れなく候か。この趣を以て、御披露洩らしあるべく候。恐惶謹言。

二月十三日　直実状

進上　平左衛門尉殿

平経盛から熊谷直実への返状（五九頁）

敦盛幷《なら》びに遺物等給はり候ひ畢んぬ。この事花洛の古郷を出でて、西海の波の上を漂ひしより以降《このかた》、兼ねて存ずる所なり、今驚くべきに非ず。もとより戦場に望みし上は、何ぞ再帰の思ひ有らむや。盛者必衰は、無常の理なり、老少前後は、穢土の習なり。然して親となり子となること、先世の契浅からず。釈尊羅睺の存するを愛し、楽天一子の別れを悲しむ。応身権化なほ以てかくの如し、況んや凡夫いかでか歎かざらむや。而して去んぬる七日、戦場に討立ちし朝より後旅の船の暮に迄《いた》るまで、その面影いまだ身を放れず。来燕の声幽《かすか》にして、帰鴈の翅空し。死生を告ぐる者無ければ、行方に迷ひ、存亡の音信を聞き、由緒を知らむと、天に仰ぎ地に伏してこれを訴へ、心を砕き肝を焦がしてこれを祈る。偏へに神明の納受を仰ぎ、併《しかしなが》ら仏陀の感応を待つ処、七日の内に今この貌を見る、仏神の効験誠有りて虚しからず。内に哀傷骨に徹《とほ》り、外には感涙袖に洒《そそ》く。生きての再来に劣らず、蘇りての重見に相同じ。抑《そもそも》貴辺の芳恩に非ずんば、いかでか今相見ることを得んや、一門の風塵なほ捨てて退く、況んや軍徒怨敵の人においてをや。和漢両国の儀を訪ひ、古今数代の法を顧みるに、未だその例を聞かず。この恩の深厚なること、須弥頗る下《ひき》く、蒼海還つて浅し。進みて酬ひんこと自づから過去遠々たり、退きて報じ難きこと未来永々たるものか。万端多しと雖も筆紙に尽し難し。謹言。

二月十四日　　左衛門尉平公朝

熊谷次郎殿　御返事

屋島院宣（七八頁）

一人聖帝北闕九重の台を出でて、九州に幸《みゆき》し、三種の神器南海四国の境に移りて数年を経、尤も朝家の御歎、亡国の基たるなり。かの重衡卿は、東大寺焼失の逆臣なり。頼朝が申し請くる旨に任せてすべからく死罪に行はるべしと雖も、独り親類に別れてすでに生虜となる、籠鳥雲を恋ふる思ひ、遙かに千里の南海に浮び、帰鴈友を失ふの情、定めて九重の中途に通はむか。然れば則ち三種の神器を返し入れ奉るに於いては、速かにかの卿を寛宥さるべきなり。てへれば院宣かくの如し、よつて執達件《くだん》の如し。

元暦元年二月十四日　　大膳大夫業忠奉

平大納言殿

請文（八〇頁）

右今月十四日の院宣、同じき二十四日、讃岐国屋島の浦に到来、謹んで承ること件の如し。これにつきてこれを案ずるに、通盛已下当家の数輩、摂津国一谷に於いて、すでに誅せられ畢んぬ、何ぞ重衡一人寛宥の院宣を悦ぶべけんや。そもそも我が君は、故高倉院の御譲りを受け、御在位已に四箇年、その御恙なしと雖も、東夷党を結びて責め上り、北狄群を成して乱入するの間、且つは幼帝母后の御歎き尤も深きに任せ、且つは外戚外舅の愚志浅からざるにより、北闕の花台を固辞して、西海の藪屋に遷幸す。但し再び旧都に還御なきに於いては、三種の神器いかでか玉体を放たるべけんや。それ臣は君を以て体と為し、君は臣を以て体と為す。君安ければ則ち臣苦しまず、君憂ふれば則ち臣楽しまず。謹んで臣等の先祖を思ふに、平将軍貞盛、相馬小次郎将門を追討して、東八箇国を鎮めてより以降《このかた》、子々孫々に伝へて、朝敵の謀臣を誅戮し、代々世々に及びて、禁闕の朝家を守り奉る。なかんづく亡父太政大臣、保元平治両度の合戦の時、勅威を重くして、愚命を軽くす、これ偏へに君の為にし奉り、身の為に非ず。しかるにかの頼朝は、父左馬頭義朝謀叛の時、頻りに誅罰すべきの由、故入道大相国に仰せ下さるると雖も、慈悲の余りに流罪に申し宥むる所なり。ここに頼朝すでに昔の高恩を忘れ、今は芳志を顧みず、忽ちに流人の身を以て、濫《みだ》りに凶徒の類に列す。愚意の至り思慮の讐《あた》なり、尤も神兵天罰を招き、速やかに廃跡沈滅を期するものか。日月は一物の為にその明を暗うせず、明王は一人の為にその法を枉《ま》げず、何ぞ一情を以て大徳を覚えざらん（文）。但し君亡父数度の奉公を思し召し忘れずは、早く西国に御幸有るべきか。時に臣等院宣を奉り、忽ちに蓬屋の新館を出でて、再び花亭の旧都に帰らむ。然らば四国九国、雲の如く集まりて異賊を靡かし、西海南海、霞の如く随ひて逆夷を誅せむ。その時主上三種の神器を帯して、九重の鳳闕に幸《みゆき》せむ。もし会稽の恥を雪《すす》がずは、人王八十一代の御宇に相当りて、我朝の御宝、波に引かれ風に随ひ、新羅・高麗・百済・契丹に赴き、異朝の財と成ると雖も、終《つひ》に帰洛の期無からむか。この旨を以て然るべきの様、奏聞を洩らさしめ給ふべし。宗盛頓首謹言。

元暦元年二月二十八日　　内大臣宗盛請文

前内大臣宗盛の伝言（八二頁）

東国の逆乱により、西国に臨幸あり。主上還御無くして、三種の神器輒《たやす》く返し入れ奉らるること難し。つらつら夷狄の俗を慮《おもんぱか》るに、すでに虎狼の性に同じ。ただ利に殉じ名に殉ぜず、偏へに廉譲の思ひを忘れ、深く色欲の心に淫す。然るに忽ち異類の賊を賞せられ、永く一族の輩を棄てらる。或いは勲功と称し、或いは威猛を振ひ、国衙と云ひ、庄園と云ひ、針を立つる土地無く、これを虜掠し、片粒の官物無く、これを劫略す。世の衰乱日を逐ひて弥《いよいよ》甚しく、国の残滅年を積みて益《ますます》滅せむか。臣もし国家安全の諫言を献ぜられば、君何ぞ天下和平の叡慮を廻らさざらむや。

巻四十　（「法輪寺・高野山」一二五頁）

五月の比《ころ》、皓月西山に隠れ、明星東天に出づる時、明星を拝し奉り、閼伽の水を汲むところに、光炎頓《にはか》に耀きて、あたかも電光の如し。怪しみてこれを見るに、明星天子来りて虚空蔵菩薩と影《あらは》れ、袖に現ず、画《ゑが》くにあらず造るにあらず、縫ふがごとく鋳るがごとく、数日を経《ふ》といへども、その体《てい》滅せず、尊相厳然として異香芬馥せり。これすなはち生身の御体として、奇特の霊像なり、誰か帰敬の誠を致さざらむ。ここに道昌、虚空蔵の形像を造り、その木像の御身に件《くだん》の影像を納め奉り、神護寺において、弘法大師これを供養し奉る。かの像の前にして不断の行法を修しけるに、利生誠にあらたなり。貞観十六年に、山腹を引き幽谷を埋め、仏閣を建てて件《くだん》の霊像を安置し、葛井寺を改めて法輪寺と名づく。鎮守は本地虚空蔵、法童法護大菩薩と号す。阿弥陀堂と申すは、当山最初の旧寺の跡なり。天平年中にこれを建立して葛井寺といひけり。天慶年中に空也上人参籠の時、貴賤上下を勧進して、旧寺を修造して常行堂とするとかや。詠月遊興の輩《ともがら》は、明神忽《たちまち》に巨益を与へ、往詣参籠の人は、本尊必ず願望を満て給ふ。月窓を照らす夜は、煩悩の雲まさに晴れ、嵐松を吹く時は、妄想の夢必ず覚《さ》む。

巻四十一　（「頼朝奏聞条々」一八四頁）

源頼朝謹みて奏聞する条々の事

一、朝務以下除目等の事

右、先規を守り、殊に徳政を施さるべし。但し諸国の受領等、尤も御沙汰計らひあるべく候か。東国・北国両道の国々、謀叛の輩を追討の間、土民安堵せず。今に於いては、牢人元の如く旧里に帰住せしむべく候。然れば来秋の時、国司に仰せ含められて吏務を行はるれば宜しかるべく候。

一、平家追討の事

右、畿内近国に源氏・平氏と号し、弓箭に携はる輩幷びに住人等、早く義経の下知に任せ引卒すべきの由、仰せ下さるべく候。海路幾《ちか》からずと雖《いへど》も、殊に急ぎ追討すべきの旨、義経に仰せ付けらるべく候ふなり。勲功の賞に於いては、逐って計らひ申上ぐべく候。
一、諸社の事
我朝は神国なり。往古の神領相違あるべからず候。その外、今度又始めて諸社神明において、新たに所領を加へらるべく候ふか。なかんづく去んぬる比《ころ》鹿島大明神御上洛の由、風聞出来の後、賊徒追討、神戮空しからざるものか。兼ねて又、諸社もし破壊顛倒の事あらば、破損の分限に随ひて、受領の功に召し付けらるべく候。その後載許せらるべく候。
一、恒例の神事の事
式目を守り、懈怠なく勤行すべき由、尋ね沙汰せらるべく候。
一、仏寺の事
諸山の御領、旧例の如く、勤行退転すべからず。近年の如きは、僧家皆武勇を存じ、仏法を忘るるの間、堅く修学の枢《とぼそ》を閉ざし、併《しかしなが》ら行徳の誉れを失ふ、尤も禁制せらるべく候。兼ねて又濫行不信の僧に於いては、公請に用ふべからず。僧家の武具に至りては、自今以後、頼朝の沙汰として法に任せて奪取し、朝敵追討の官兵等に与へ賜ふべき由、思ひ給へ候ふ所なり。

以前の条々言上、件《くだん》のごとし。
元暦元年十一月日　　　従四位下　源頼朝

校異

㋙＝近衛本　㋭＝蓬左本　㋝＝静嘉本（巻三十九の一部のみ現存）

巻三十七

1　㋙かけん　㋭かくる

2　㋙はやく　㋭とく　＊『類聚名義抄』「早」を「トシ」と訓む。

3　㋙くまん〱　㋭くめ〱

4　㋙左衛門かけつね　㋭左衛門景経《サヱモンカケツネ》　＊底本は「衛」脱。

5　㋙へらぬ　㋭しらけぬ　＊『書言字考』に「さらぬてい」の訓あり。

6　㋙ちいさし　㋭おさなし　＊『類聚名義抄』に「小　ヲサナシ」。

7　㋙御めん　㋭御ゆるし

8　㋙しつしやう　㋭さねまさ　＊『日葡辞書』に「Iixxǒ」（ジッショウ）。

9　㋙いれかへて　㋭入かはりて

10　㋭傍書あり。初句に「むかしよりイ」、第二句に「とりイ」。

11　㋙ゐいして　㋭いひちらして

12　㋙たうも　㋭さふらひも

13　㋙ひらき　㋭かこひ

14　㋙さゝげて　㋭さしあけて

15　㋙とひきたれる　㋭とひあつまれる

16　㋭何かせん相くして平家《ヘイケ》の　＊蓬左本は脱字。

17　㋙とういいかてかはげまんみやこしま　㋭あつまゐひすいかてかしきしま

18　㋙さくらはな　㋭梅花《ムメノハナ》

19　㋙せうよう　㋭すこし用

20　㋙かた〱　㋭かたはら

21　㋙じんせうにて　㋭たつねうけ給《タマハリ》て

22　㋙しも《かみ》かみ《しもイ》　㋭おりくたり

23　㋙うへゝ　㋭うへ

24　㋙ふちぶせ　㋭はちふせ

25　㋙こくゝは　㋭紅花

26　㋙見あくるに　㋭見るかみ　＊底本「二」衍か。蓬左本に従う。

27　㋙せきめん　㋭がんぜき

28　㋙やう　㋭たより

29　㋙あかおとし　㋭ひおとし

30　㋙せまり　㋭つゝ

31 ㋙ほうたい ㋭報体
32 ㋙かたく〵 ㋭旁《カタく》 ＊底本は「旁々」の誤植。
33 ㋙はくゝまん ㋭はこくまん
34 ㋙ちからすくれたる人 ㋭力人
35 ㋙たかひに ㋭たしかに
36 ㋙みしる人 ㋭見る人
37 ㋙いぬとり ㋭犬《イヌ》からす
38 ㋙なため ㋭ゆるし
39 ㋙申なため給へ ㋭申ゆるめ給《タマ》へ
40 ㋙いこみ ㋭いこめ
41 ㋙名をゑんきんにはつかしめけり ㋭辱《ハツ》二名《ナヲ》於遠近《エンキンニ》一しけり ＊底本「シ」は不要。
42 ㋙かきまいらす ㋭かきしんす
43 ㋙めいほく ㋭面《オモテ》
44 ㋙さゝけ ㋭さけ
45 ㋙この間に ㋭このあひたに

巻三十八

1 ㋙なこり ㋭のこり
2 ㋙いはへ ㋭いなゝき
3 ㋙しはし ㋭しはらく
4 ㋙りやうせつのあひだを ㋭両節間《フタヨ》を
5 ㋙てん《さき歟》だいざすさきの ㋭天台座主《テンタイザス》前《サキノ》
6 ㋙よになきものとなりたりとも ㋭世になくとも
7 ㋙むさしのくにのちう ㋭武蔵国《ムサシノクニノ》住人《チウニン》 ＊底本「人」脱か。
8 ㋙こつをはかうやに ㋭骨《コツ》をハ高野《カウヤ》に ＊底本「テ」衍字。
9 ㋙のかる ㋭免《マヌカル》
10 ㋙をひてをや ㋭をや
11 ㋙かへ ㋭かはり
12 ㋙あにをわ《ヒ》すれ《ヒ》ておとうとをすつる ㋭兄《アニ》をすて弟《ヲトヽ》をすてゝ ＊底本「奇」を「棄」の略字として使用。
13 ㋙あえく ㋭唿《ムスル》る
14 ㋙かたち ㋭すかた
15 ㋙そたてゝ ㋭生立《ヲイタチ》て ＊「おほしたてて」と訓むべきか。
16 ㋙ふかき ㋭ふかく
17 ㋙かほ ㋭すかた
18 ㋙㋭かきつくす ＊底本「ヌ」は「ス」の誤植か。
19 ㋙つたへ ㋭つて
20 ㋙さしはさみて ㋭はさみて ＊底本「狭」を活字「挟」として流用。
21 ㋙かほりつゝ ㋭くんしつゝ
22 ㋙あた ㋭宛《アツル》
23 ㋙うこかし ㋭はたらかし
24 ㋙とこ ㋭床《ユカ》
25 ㋙おはしまして ㋭ましく〵て
26 ㋙御なかうと ㋭御中人

27 ㋙とこを　㋭座《ザ》を
28 ㋙ほとの　㋭外《ホカ》の
29 ㋙そたてたてまつり　㋭おゝしたて奉《タテマツ》りて
30 ㋙かたち　㋭すかた
31 ㋙つみ　㋭とり
32 ㋙㋭こま〳〵と
33 ㋙しのひね　㋭忍ひこゑ
34 ㋙心まよひ　㋭心まとひ
35 ㋙かたはら　㋭そは
36 ㋙かつけとも　㋭くゝれとも
37 ㋙見ひらき　㋭見あけ
38 ㋙おほき人　㋭おほくの人
39 ㋙ちいさき　㋭おさなき
40 ㋙やみて　㋭とまりて
41 ㋙ふしたふれ　㋭臥ころひ
42 ㋙のかれ《にげイ》さりをはんぬ　㋭にけさり畢《ヲハンヌ》
43 ㋙あしにうんしやうのうてなを　㋭たりし雲上《ウンシヤウ》のうてなを
44 ㋙かたほとり　㋭かたへん
45 ㋙のこりとゝまり給へる　㋭残しとゝめ給へる
46 ㋙ぬれにけり　㋭しほれにけり
47 ㋙うちすてゝ　㋭打すて
48 ㋙たちめくり　㋭たちまはり
49 ㋙もてなし　㋭かしつき
50 ㋙せきい　㋭赤衣《シヤクエ》
51 ㋙こう　㋭責《セメ》
52 ㋙くたしつかはさるゝ　㋭くたしつかはれし　＊蓬左本「つかはされし」の「さ」脱か。
53 ㋙くたりたりければ　㋭下りけれは
54 ㋙かなやきをもて　㋭やきかねをもつて

巻三十九

1 ＊㋙㋭とも維盛の「高野参詣（㋭高《カウ》野詣《ヤマウテ》）」と「横笛」を、巻頭の目次では別項としているが、記事の内容は、巻三十九から四十に亘って、高野参詣記事の中に横笛説話が包含されており、巻四十の目次にも「法輪寺・高野山」としている。それゆえ、本文の見出しとしては「同人高野参詣・横笛」と一まとめにすることにした。元和寛永古活字版以下整版本の目次では巻三十九の尾に「維盛出二屋島一参二詣高野一付粉川寺謁二法然房事／時頼横笛事」という章段を立て、巻四十の頭に「法輪寺付中将相二見瀧口一幷高野山事」という章段を設けている。
2 ㋙申もの　㋭申者《モノ》　＊底本「者」脱か。
3 ㋙とらはれて　㋭とられて
4 ㋙しのびね　㋭忍ひこゑ
5 ㋙とらはれて　㋭とられて

6 ㋙心つきなん　㋭心つきなし　＊「心づきなし」とあるべき。
7 ㋙手うつくしく　㋭手よく
8 ㋙申かよはし　㋭申かはし
9 ㋙いそき　㋭きと
10 ㋙うちまとひ　㋭うちまき
11 ㋙たきやうして　㋭たかひて
12 ㋙たよりにつたひて　㋭たよりつゐて
13 ㋙をろかに　㋭つねに
14 ㋙しのびね　㋭忍ひこゑ
15 ㋙つきかたく　㋭つくしかたく
16 ㋙とゝまる　㋭とまる
17 ㋙ひきまとひて　㋭引かつきて
18 ㋙申さる　㋭いはく
19 ㋙はげむ　㋭はけみし
20 ㋙きみにつかうまつり　㋭君につかへ
21 ㋙いたゝき　㋭かしら
22 ㋙つき　㋭つけ
23 ㋙となふるに　㋭唱《トナ》ゆるに
24 ㋙㋭御名を
25 ㋙たよりあり　㋭拠あり
26 ㋙いたゞき　㋭かしら
27 ㋙そめうぢ　㋭小書「漆氏」　＊「漆氏」とあるべき。
28 ㋙ひろく八宗　㋭博《ハク》八宗《シウ》
29 ㋙花のいろ　㋝花の　㋭「山」と書いて一字アキ
30 ㋙㋝㋭名のるこゑ　＊底本「ル」脱か。
31 ㋙あがり　㋝冲　㋭冲《フカシ》
32 ㋙まさしくめいに　㋝まさに命に　㋭まさに命《メイ》に
33 ㋙かゝやききたりて　㋝照来《テリキタリ》て　㋭てり来りて
34 ㋙しはらく　㋝㋭「暫」ナシ
35 ㋙㋝㋭きつゝなれにし
36 ㋙なかめける　㋝㋭よみける
37 ㋙しろきおびをもつて　㋝白帯《シラヲヒ》をもて　㋭しろき帯《ヲヒ》をもて
38 ㋙かみ　㋝㋭うへ
39 ㋙かみの六けんに　㋝かみの六間に　㋭かみの六てう
40 ㋙まかりかうふりて　㋝㋭かうふりて
41 ㋙をろそか　㋝㋭をろか
42 ㋙おほえて候へ　㋝㋭覚えて候　＊底本は「候」脱か。
43 ㋙ひざまつひて　㋝踞《イナヲリ》て　㋭踞《ヒサマツイ》て
44 ㋙うつにも　㋝㋭うたるゝにも
45 ㋙とらはるゝこと　㋝いけとらるる事　㋭生《イケ》とらるゝ事
46 ㋙はてぬ　㋝㋭はたす
47 ㋙なくさめ　㋝㋭もてなし
48 ㋙をろそか　㋝㋭をろか

49 ㋙ぶぐ ㋝ものゝ具 ㋭物具《モノク》

50 ㋙㋝㋭かのゝすけに

51 ㋙ おほせつるなりときこえしかは ㋝㋭候つるなりといふ

52 ㋙くるゝほと ㋝㋭くれほと

53 ㋙はんざうたらひ ㋝㋭はんさう

54 ㋙ぶさうの ㋝㋭ならひなき

55 ㋙あしく ㋝㋭にくゝ

56 ㋙ひかせらる ㋝㋭たんせらる

57 ㋙くらしともし火 ㋝㋭せうめい

58 ㋙ふるひて ㋝㋭ふりて

59 ㋙ちから山をぬきいきほひてんにおほふてんさいはひすすいいかんてんさいはひずぐしいかん ㋝ちからは抜《ヌキ》レ山《ヤマ》威《イキヲイ》は覆《ヲヽヘリ》レ天々《テンニテン》不《ス》レ福《サイハイセ》雖《シイ》何《イカンソ》天《テン》不《サレハ》レ福《サイハイセ》虞《ク》氏《シ》何《ナン》そ ㋭力は抜《ヤマヲヌク》レ山威《イキヲヒ》は覆《テンニヲ》レ天《ホヒ》々《テン》不《ス》レ福《サイハヒセ》雖《シイ》何《イカンソ》天《テン》福《サイハヒセサレハ》虞《グ》氏何《シナン》そ

60 ㋙よしみ ㋝㋭さいはひ

61 ㋙ひく ㋝㋭弾《タン》す

62 ㋙うたひたりしよりも ㋝㋭うたひたりしも

63 ㋙なかだち ㋝㋭なかうと ＊『類聚名義抄』「媒」をナカタチと訓む。

64 ㋙まめならぬ ㋝㋭まことならぬ ＊『類聚名義抄』「真成」にマメヤカの訓あり。

65 ㋙にくきに ㋝㋭あらそふかにくきに

66 ㋙まさり ㋝勝《マサリタル》 ㋭まさりたる

67 ㋝㋭ならひなき

68 ㋙をろそかに ㋝㋭をろかに

69 ㋙つかうまつる ㋝㋭つかふ

70 ㋙かたちは ㋝㋭すかた

71 ㋙きざみて ㋝彫《エリ》て ㋭彫《エリ》て

72 ㋙御つゝしみ ㋝㋭御はゝかり

73 ㋙こざかしく ㋝㋭かしこく

74 ㋙そのかず ㋝㋭かす ＊『類聚名義抄』に「数 アマタ」の訓あり。

75 ㋙ひねもす ㋝ひめもす ㋭終日《ヒメモス》

76 ㋙うしなふ ㋝失する ㋭失《シツ》する

77 ㋙まいりあはん ㋝参会せん ㋭参会《サンクハイ》せん

78 ㋙人しれぬ ㋝㋭人しれす

79 ㋙あしからん ㋝㋭にくからす

80 ㋙といへりかるがゆへにをはりなば ㋝といふ故におはりなは ㋭といふゆへにおはりなば

81 ㋙といへりかるかゆへに ㋝と云ゆへに ㋭といふゆへに

82 ㋙をんによつて無ゐにいるは ㋝しかし奇恩入無為《キヲンニウムイ》は ㋭しかしきおんにうむゐは

83 ㋙しゆつしのとゝまる ㋝出仕をとむ ㋭出仕《シユツシ》をとむ

84 ㋙まふで ㋝㋭まいり

85 ㋙よみとゝめて ㋝㋭よみとめて

86 ㋙思ふかよふなるためし ㋝㋭思か
よふこゑはきこゆなるためし
87 ㋙たれ ㋝たそ ㋭誰《タレ》
88 ㋙あひだ ㋝㋭ひま
89 ㋙ひきまとひ ㋝引かつき ㋭引《ヒキ》か
つき
90 ㋙そやうのみゝ ㋝㋭ひりやうの
みゝ

巻四十

1 ㋙かつせいじいまほうりんじ ㋭葛《クス》
井寺《イテラニ》今法輪寺《ホウリンシ》 ＊「今法輪寺」は注記
だったものであろう。
2 ㋙しきりに ㋭頓《トン》に
3 ㋙あたり ㋭あたか ＊「あたか
も」とあるべきか。
4 ㋙きたつてこくうざうぼさつとあら
はれ ㋭来影《ライヨウ》を虚空蔵《コクウサウ》ほさつ
5 ㋙しやうじんの御たい ㋭生身《シヤウシン》の
御かたち
6 ㋙こやく ㋭臣益《シンエキ》
7 ㋙たづねゆき ㋭たづねゆく
8 ㋙㋭底本ともここから低書部ではな
く、本文と同じ字高で書く。しかし、
内容からみて、「イヅレモ哀ニコソ」
（二一七頁三行目）までが低書部に当る
と判断して、改めた。
9 ㋙かみ《びんイ》 ㋭ひん
10 ㋙けさにやつれにけり ㋭けさかけ
にけり
11 ㋙ゐん〱だう〱 ㋭院々堂々《ヲンくタウく》
＊底本「ニ」は「々」の誤植か。㋙
㋭とも「ニ」ナシ。
12 ㋙けんげうみつけうかきましはりし
やうだうしやうどをの〱なりがゝと
して ㋭ナシ ＊㋭は脱文か。
13 ㋙㋭あかる
14 ㋙かすみにこもりたる ㋭霞《カスミ》こめ
たる
15 ㋙へんちのいつきに侍り ㋭倍辺地《ヘンチノイキ》
異域《キニマス》
16 ㋙しをしらす ㋭しするをしらす
17 ㋙かたち ㋭み
18 ㋙けいし ㋭詣《マフテ》
19 ㋙はらみてむまるゝ ㋭胎《ハラミ》て生《ウマ》れ
ぬる
20 ㋙かい ㋭ふた ＊「蓋」は傘の意。
21 ㋙あひ見るに ㋭相見《シヤウケン》
22 ㋙おちはをはらふ ㋭かりはらふ
＊『類聚名義抄』に「芟」を「カル
クサカル」と訓む。
23 ㋙ともし火 ㋭けふり ＊『類聚名
義抄』に「炬」を「トモシビ」と訓む。
従うべきか。
24 ㋙五代につけたてまつる ㋭五代付《ツキ》
奉る ＊底本「御」は「五」の誤植か。
25 ㋙うらおもてともなく ㋭うへ下と

もなく
26 ㋙そたてゝ ㋭そたつて
27 ㋙これをたつぬべし ㋭「可尋之」は小書き。
28 ㋙ゐなみたる ㋭ゐならひたる
29 ㋙ひんなく ㋭便《タヨリ》なく
30 ㋙をくれぬとこさかしく ㋭別《ワカレ》ぬとおさなきものかしこくも
31 ㋙うらめしき ㋭恨《ウラムル》
32 ㋙せい ㋭わさ
33 ㋙こころをあんへいに ㋭安平《アンヘイ》に
34 ㋙かぢせられける ㋭加持《チ》せらる
35 ㋙大さいのふくたいをかきこむるれうなり ㋭大歳《サイ》の腹体《フクタイ》をかこむれうなり
36 ㋙すべらぎ ㋭みかと
37 ㋙くだしあづけられし ㋭あつけ下されて
38 ㋙ちうこ ㋭中古《ナカムカシ》
39 ㋭「カハトマロフ」ナシ
40 ㋙つはを ㋭はを
41 ㋙よぢのぼり ㋭あかりのほり
42 ㋙たづねて ㋭とめて
43 ㋙へうじ ㋭おもてをしめす
44 ㋙そそくせり ㋭蘇 *『類聚名義抄』に「蘇」をヨミカヘルと訓む。
45 ㋙あゆむ ㋭ふむ
46 ㋙あたなる ㋭あたの
47 ㋙おはします ㋭まします *「御座」は概ね㋙が「おはします」、㋭は「まします」または「おはす」と訓むことが多い。
48 ㋙かほ ㋭かたち
49 ㋙いですされとも ㋭いたさされとも
50 ㋙おぼしめすべからす ㋭覚しめすへからす *底本「可」脱か。
51 ㋙俘囚《ふしゅ》 ㋭ゑひす
52 ㋙おはします ㋭まします
53 ㋙ぜんちうきに見えたり ㋭この一文、小書。

巻四十一

1 *底本では「義経叙従五位下」「範頼西海道下向」の順になっている。㋙㋭も同。本文の順に従って、改めた。
2 ㋙㋭おこなひし *底本は「ハ」を書き入れて、「行ハレ」と読ませるか。
3 ㋙いはひ ㋭のと
4 ㋙「謀テ」ナシ ㋭たはかりて
5 ㋙ひくはん ㋭被多《ヒ》 *㋭のルビ、不審。ミセケチか。
6 ㋙いたみ ㋭いたき
7 ㋙あにをちうはつに ㋭このかみちうはつに
8 ㋙申なり ㋭申 *「也」、衍か。
9 ㋙あし ㋭わろし

10 ㋙しゆくもつ《とのゐものイ》 ㋭とのゐ物
11 ㋙なだめいかさずは ㋭なため生られすは
12 ㋙しやうせん ㋭謝《シャ》せん
13 ㋙一いくさ ㋭一たゝかひ
14 ㋙つゝきしものに ㋭下野《シモノ》に烈《ツラナリ》
15 ㋙ゆるかせ ㋭ゆる〳〵
16 ㋙うたして ㋭うたれて
17 ㋙おほけなし ㋭そもおほけなし
18 ㋙くはしく ㋭よく〳〵 ＊長門本「よく〳〵」。底本、誤植あるか。
19 ㋙はさま ㋭せまり
20 ㋙そたて ㋭おほしたて
21 ㋙をろかに ㋭をろそかに
22 ㋙いと ㋭いとゝ
23 ㋙あま人 ㋭あま
24 ㋙「度々ニ」ナシ ㋭たひ〳〵
25 ㋙おちて ㋭おとされて
26 ㋙うみきすけ《ぶりイ》 ㋭海佐介《カイサスケ》 ＊㋙は「すけ」に「ぶりイ」と異文表記あり、また「きふり」とも「御ふり」とも記す。
27 ㋙㋭とはれ ＊底本、「向」は「問」の誤植か。
28 ㋭「みえ給ける」以下、次行の「見え給しに」まで、傍書書き入れ。目移りによる誤写を補ったもの。
29 ㋙さまをひらきて ㋭矢さまをあけて
30 ㋙おりくたつて ㋭おりくたして
31 ㋙まよはし ㋭まとはし
32 ㋙きられん ㋭さされん
33 ㋙いへかまど ㋭家畑《イヘハタ》
34 ㋙むなしからさるものか ㋭不《サル》レ空《ムナシカラ》者《モノ》欤《カ》 ＊底本「敵」は「歟」の誤植か。
35 ㋙うちしにいしに ㋭うちしに
36 ㋙うしろ ㋭あたり
37 ㋙「不知トヨ」ナシ ㋭いさとよ
38 ㋙ほんいのちを ㋭ほんい後《ノチ》を
39 ㋙たち ㋭喬刀《ケウタウ》
40 ㋙友あらそひ ㋭友《トモ》にあらそひ

巻四十二

1 ㋙きひしうして ㋭ゆるくして
2 ㋙うちとけあはけたらん ㋭うちとけてあらん ＊「あばく」は、心がゆるむ、油断する意。「あはく」とも。
3 ㋙ちうすれ ㋭うたんずれ
4 ㋙いてすは ㋭出さすは
5 ㋙死ぬるは ㋭死《シ》には
6 ㋙によほう ㋭かくのことく ＊㋭は「かたのことく」の書き誤りか。
7 ㋙はけしき ㋭をひたゝしき
8 ㋙たく ㋭ともす ＊『類聚名義抄』に「炷 トモス」とあり。
9 ㋙ほんふね ㋭もと舟《フネ》

10 ㋙むすひわけ ㋭ゆひわけ
11 ㋙よりさけて ㋭くりさけて
12 ㋙ばうふうきたれは ㋭そはかせくるは
13 ㋙しりゐ ㋭ましり ＊底本「眦」はまなじり・めじりを意味するが、存疑。正面から当たる風をいうか。
14 ㋙わたる ㋭あらふ
15 ㋙おして ㋭「押テ」ナシ
16 ㋙ちかつけはとて ㋭ちかつかはとて
17 ㋙さゝへて ㋭ひかへて
18 ㋙あけて ㋭ひらきて
19 ㋙「つゝかなき」と書いて「ゝかな」にミセケチ、「よ」と傍書。㋭つよき
20 ㋙よはき ㋭よはる
21 ㋙わたる瀬 ㋭渡《ワタリ》せ
22 ㋙やみの夜 ㋭くらきよ
23 ㋙まけしこゝろにしをかへり見す ㋭心をおとらす死《シ》をかへりみす
24 ㋙たてまつるへき ㋭まいらすへき
＊『類聚名義抄』に「献」をタテマツルと訓む。
25 ㋙こゝ ㋭これ
26 ㋙くろのむま ㋭かけなる ＊「騧《か》」は、口先の黒い黄馬、または浅黄色の馬を意味する字。
27 ㋙かつ ㋭すくるゝ
28 ㋙かつ ㋭すくるゝ
29 ㋙ひかけつ ㋭あかかせつ
＊「騠」は馬の歩く様を表わす字。
30 ㋙百二卅せんはかりくみとゝのへたり ㋭百二三十人まへはかりくみとゝのへたり
31 ㋙此ちやう候そよ ㋭このさためまてよ
32 ㋙つはものともみな見けり ㋭兵《ツハモノ》みなわらひけり
33 ㋙おそろしもの ㋭おそろしき者《モノ》
34 ㋙しばりつけてそ ㋭しはりあけてそ
35 ㋙よくしつは ㋭つきの日は
36 ㋙あゆませいたして ㋭はせいたして
37 ㋙せう ㋭おもひ者
38 ㋙とう ㋭はたこ
39 ㋙はひつくはひこそせしか ㋭蚊跪《ブンキ》きこそありしか
40 ㋙そしりたて ㋭のたて
41 ㋙いくさ ㋭たゝかひ
42 ㋙せい ㋭いきをひ
43 ㋙そよりは ㋭「ソヨリハ」ナシ
＊底本は「レ」を書入れて「ソレヨリハ」とする。
44 ㋙あはせてたつたりけるに ㋭つほめたりけれは
45 ㋙あらそひて ㋭あらそひてかくる

46　㋙まきれ　㋭まかひ
47　㋙かけ　㋭かくれ
48　㋙ちうりく　㋭ちうせん
49　㋙たゝかはんとする　㋭ためらふ
50　㋙㋭かつけ　＊底本「ル」を書き入れて「カツケル」とする。
51　㋙くゐ　㋭くし
52　㋙りつこう　㋭后立《コウリウ》　＊「きさきだち」か。
53　㋙ひんつら　㋭みつら
54　㋙いはひことして　㋭のつとして
55　㋙とくり　㋭得《ウル》レ利《リヲ》
56　㋙くろの　㋭かけの
57　㋙したに　㋭くたりに
58　㋙たかすみそるかふと　㋭しらほしのかふと　＊底本は「たかづのそつたるかぶと」か。
59　㋙あけまきのすそまても　㋭ゆまきのさまゝても
60　㋙あつまのそて　㋭あまつ袖《ステ》
61　㋙くゐ　㋭くし
62　㋙めくり　㋭まはり
63　㋙さためて　㋭ためて　＊「しづめて」か。
64　㋙しけみ　㋭しけきみとり
65　㋙なるや　㋭かふらや
66　㋙さめむま　㋭しらあしけの馬《ムマ》
＊「驄」はあしげの馬。青白色の馬。
67　㋙㋭おりたつ
68　㋙にぐにくるも　㋭にくるも
69　㋙いかつち　㋭いなつま
70　㋙三世《せ》不《ふ》休《きう》の　㋭三世不レ休《ヤスマザル》
71　㋙㋭くひ
72　㋙やすらふ　㋭ためらふ
73　㋙いぬかれ　㋭いつなかれて
74　㋙いぬかれて　㋭いつなかれて
75　㋙たふれふす　㋭うつ伏《フシ》にたをる
76　㋙のちこと　㋭後言《コケン》

補注

補　注

巻三十七

一　熊谷直実・直家父子

『熊谷系図』によれば、熊谷氏は桓武平氏、直実は初めて武蔵国大里郡熊谷郷（現、埼玉県熊谷市）を領有して熊谷次郎大夫と号した直貞の二男。ただし、直貞の父盛方が北条時政の祖父時方の兄弟であるとして、熊谷氏の先祖を北条氏の系譜に繋げていることを史実と見るのは危険で、直貞以前の熊谷氏の系譜は不明とするのが穏当であるという（高橋修『熊谷直実―中世武士の生き方』、二〇一四年九月刊、吉川弘文館）。保元元年（一一五六）の保元の乱では源義朝に従って戦った（保元物語半井本・上）。『平治物語』（金刀比羅本）・上では平治元年（一一五九）の平治の乱でも義朝の下で戦ったと語る。その後、武蔵守で知行国主である平知盛の家人となり、治承四年（一一八〇）八月の石橋山の合戦では、「平家被官」として源頼朝を攻めた。しかし同年一一月頼朝が佐竹秀義を攻めた際は頼朝の手勢として、平山武者所季重とともに勲功があり、寿永元年（一一八二）旧領武蔵国熊谷郷（一族に連なる久下権頭直光が押領していた）の地頭職に補任された。建久三年（一一九二）一一月二五日、頼朝の前で久下直光と所領の境界の相論で対決、自身の主張が通らないことを憤って、「西侍」で髻を切り、その場から出奔したという。その後法然に帰依し、法名を蓮生といった。建久六年八月一〇日には、京都から鎌倉に帰ってまもない頼朝に参向、「厭離穢土、欣求浄土旨趣」や「兵法用意、干戈故実」などを談じ、人々を感歎させた。『吾妻鏡』は承元二年（一二〇八）九月一四日、かねて予告した通り、高声に念仏を唱えて往生を遂げたという東重胤の報告を同月二一日条に記す。一方、『法然上人行状絵図』（四十八巻伝）は巻二七に法然の弟子蓮生としての伝を記し、建永二年九月四日往生したと述べる。

直家は、『吾妻鏡』文治五年（一一八九）七月一九日条の頼朝奥州攻めに従った将兵の交名にも「熊谷小次郎直家」と見え、同月二五日条には、直家を誰何した小山政光に対して、頼朝が「一谷已下戦場」で熊谷父子が「相並欲レ弃レ命、及二度々一」ことの故に、直家を「本朝無双勇士」であると言ったことを記す。建久元年（一一九〇）一一月七日条の、頼朝の上洛入京の先陣随兵に加わり、同六年三月一〇日の頼朝の東大寺供養参列の際にも随兵として従った。承元二年（一二〇八）九月三日条には、熊谷小次郎直家が父入道の予告した終焉を見届けるために上洛したことを記す。

二　源頼朝

保元三年（一一五八）二月三日皇后宮権少進、翌平治元年一二月一四日平治の乱のさなかに右兵衛権佐に任じられたが、乱の結果同月二八日解官、永暦元年（一一六〇）三月一一日伊豆国に配流された。寿永二年（一一八三）一〇月九日本位に復し、同三年二七日叙正四位下、元暦二年（一一八五）四月二七日叙従二位、文治五年（一一八九）一月五日正二位、翌建久元年一一月任権大納言、同月二四日右大将を兼任したが、一二月四日両職を辞した。同三年七月一二日征夷大将軍とされた。同一〇年一月一一日病により出家、一三日薨じた。

九条兼実の日記『玉葉』には、治承四年（一一八〇）九月三日条に「伝聞、謀叛賊義朝子、年来在二配所伊豆国一、而近日事二凶悪一、去比凌二礫新司之先使一（時忠卿知行之国也）、凡伊豆、駿河、両国押領了、……彼義朝子大略企二謀叛一歟、宛如二将門一云々」と、謀叛人として登場するのをはじめとして、建久九年（一一九八）一月五日条に「自二西山一被レ送二頼朝卿札一、無二殊事一」（「西山」は慈円をさす）とあるまで、きわめて多くの関係記事が見出される。

『吾妻鏡』は正治元年（＝建久一〇）は二月から一二月までの記事を存するが、一月の記事を欠くので、頼朝の死についての幕府による公式の記録は存在しない。病因については、建暦二年（一二一二）二月二八日条に、稲毛重成が新造した相模川の橋供養に赴いた頼朝が帰路落馬したのちほどなく死去したという。藤原家実の日記『猪隈関白記』正治元年正月に、

○十八日、（中略）前右大将頼朝卿依二飲水重病一、去十一日出家之由世以風聞、

○廿日、（中略）前右大将頼朝去十三日早世云々、

とあり、藤原定家の日記『明月記』建久一〇年正月に、

○十八日、（中略）早旦閭巷説云、前右大将、依二所労獲麟一、去十一日出家之由、以二飛脚一、夜前被レ申レ院、仍以二公澄一為二御使一、夜中可二下向一由被レ仰、父公朝法師、又為二宣陽門院御使一、相共馳下云々、朝家大事何事過レ之哉、怖畏逼迫之世歟、又或説云、已早世云々、

○廿日、（中略）前将軍去十一日出家、十三日入滅大略頓病歟、

と見える。『承久記』（慈光寺本）上では、「建久九年戊午十二月下旬ノ比、相模川ニ橋供養ノ有シ時、聴聞ニ詣玉テ、下向ノ時ヨリ水神ニ領ゼラレテ」発病したとし、『保暦間記』ではやはり相模川の橋供養の帰り、

八的ガ原ト云所ニテ、被レ亡シ源氏義広、義経、行家以下ノ人々現ジテ、頼朝ニ目ヲ見合セケリ。是ヲバ打過給ケルニ、稲村崎ニテ海上ニ十歳計ナル童子ノ現ジ給テ、「汝ヲ此程随分覦《うかが》ヒツルニ、今コソ見付タレ。我ヲバ誰トカ見ル。西海ニ沈シ安徳天皇也」トテ失給ヌ。其後鎌倉ヘ入給テ則病付給ケリ。

と語り、「偏ニ平家ノ怨霊也。多クノ人ヲ失給ヒシ故トゾ申ケル」という。盛衰記は本冊以後の巻々では生捕られて鎌倉に下向した平宗盛と対面したこと、弟義経との不和、朝廷の人事に口入して威を揮ったことなどが語られる。

三　平盛嗣

『吾妻鏡』寿永三年（一一八四）二月七日条に、一谷の合戦で熊谷直実らと戦ったこと、元暦二年（一一八五）二月一九日条に、屋島の合戦で義経の軍兵と戦ったこと、建久三年（一一八七）二月二四日条に、頼朝を狙って捕えられた上総五郎忠光が梟首される以前、推問されて、「更無二同類一。但越中次郎兵衛尉盛継。去年之比隠二居丹波国一。彼同存二会稽之志一歟。於二当時一者難レ知二在所一。曽不レ定二一所一」と答えたこと、同四年三月一六日条に、近国に隠れているとの噂のある「平家与党越中二郎兵衛尉盛継已下」を早く追討せよと、頼朝が後藤基清に命じたことなどを記す。延慶本・長門本・覚一本等では、但馬国に隠れていたが、密告によって捕らえられ、頼朝は助命を考えたけれども、遂に斬られたと語る。

四　藤原景清

『吾妻鏡』は寿永三年（一一八四）二月七日条に、一谷の合戦で熊谷直実らと対戦した平家方の四人の武将の最後に「悪七兵衛尉景清」の名を記すのみ。藤原（中山）忠親の日記『山槐記』治承四年（一一八〇）三月四日条に「藤景清」が平清盛の推挙によって滝口とされたことを記し、同書同年一一月四日条に、挙兵した頼朝の追討に関し、「以二景清一被レ任二信濃守一、可レ為二追討使一歟者」という風聞があったと記す。盛衰記は本冊以後では巻四三「平家亡虜」で、後藤三範綱と組んで船中を転げまわっていた越中次郎兵衛盛嗣を助けようとして、範綱を刺したという。延慶本は第六末（巻一二―30）「上総悪七兵衛景清干死事」で、景清は降人となり、初め和田義盛に、後は八田知家に預けられて常陸国にいたが、飲食を断ち、東大寺供養の行なわれた建久六年（一一九五）三月一三日死んだと語る。長門本もほぼ同じ。四番目物の能「景清」

「大仏供養」、幸若「景清」、古浄瑠璃「かげきよ」、近松門左衛門の浄瑠璃「出世景清」、文耕堂・長谷川千四の浄瑠璃「壇浦兜軍記」等、後代の文芸は、平家滅亡後頼朝暗殺の機会を窺ったがついに果たせなかった勇士として、その生涯を脚色している。

五　平教経

治承三年（一一七九）一一月一九日の除目で能登守に任ぜられた（玉葉・同日条）。

『吾妻鏡』には寿永三年（一一八四）二月七日、一三日、一五日の各条にその名が見え、一谷の合戦で安田義定に討たれ、首は獄門の木に懸けられたとするが、『玉葉』同年二月一九日条には「被レ渡之首中、於二教経一者一定現存云々」と記す。

盛衰記では巻三三「水島軍」で「能登守教経、精兵ノ手聞《てきき》也ケレバ、一トシテ空矢ナシ」と、その弓の技の確かさを称讃する他、巻三六「能登守所々高名」では兄通盛とともに各地で戦い、たとえば淡路国では「百三十二人ガ首ヲ取テ、姓名書副《かきそへ》、福原へ進《まゐら》スル」という活躍ぶりで、宗盛にたいそう賞せられたという。

巻四三「平家亡虜」では、壇浦の決戦で弓の技と大力を発揮して奮戦し、義経を追ったが船に飛び移って逃げられ、安芸太郎時家とその郎等二人のうち一人を海中に蹴込み、二人を両脇に挟んで入海したと、その最期を語り、「異説ニハ自害云云」とも記す。

六　平山季重

文治五年（一一八九）七月から八月にかけての頼朝の奥州攻めにも「平山左衛門尉季重」として加わり、建久六年（一一九五）二月から六月にかけての頼朝の二度めの上洛にも随行している（吾妻鏡・同年三月一〇日条）。

七　平宗盛

『公卿補任』により官歴の概略を辿ると、保元二年（一一五七）一〇月二日叙爵、平治元年（一一五九）一二月二七日遠江守。以後、淡路守・左兵衛佐・左馬頭・美作守・右中将等を経て、仁安二年（一一六七）八月一日、二一歳で任参議、同年一二月一三日従三位に叙された。その後、権中納言・右大将・権大納言等を歴任、寿永元年（一一八二）一〇月三日内大臣に任ぜられた。同二年一月二一日従一位とされた。二月二七日上表している。七月二五日都落ちをして西海に赴いたので、八月六日除名された。『吾妻鏡』は元暦二年（一一八五）三月二四日条に、壇浦の合戦で「前内府宗盛。右衛門督清宗等者。為二伊勢三郎能盛一被二生虜一」と記し、同年四月二六日条にその入洛のさまを後白河法皇が密かに見物したこと、五月一六日宗盛父子が鎌倉に到着したこと、六月九日義経に連れられて上洛の途に就いたこと、六月二一日近江国篠原で宗盛が、野路で清宗が斬られたことを記す。宗盛父子の最期を聞いた西行は、

八島内府鎌倉へ迎へられて、京へ又送られ給ける、武者の、母のことはさることにて、右衛門督のことを思ふにぞとて、泣き給けると聞て

夜の鶴の都うちを出《いで》てあれなこの思ひにはまどはざらまし（西行法師家集・四三五）

と同情した歌を詠んだ。盛衰記では本冊以後、壇浦で入水する直前、宗盛の母時子（二位尼）が、宗盛は実は清水寺の北坂に住む唐笠法橋の男子で、彼女自身が出産した女子と取替えたのであると告白したこと、宗盛父子が生捕られてから斬刑に処されるまでのことが語られる。

『玉葉』には仁安三年（一一六八）一一月一三日条に、大嘗会斎場を歴覧する後白河上皇に検非違使別当時忠と参議右中将宗盛が直衣で扈従したことを記すのをはじめとして、元暦二年六月二三日条で「於二前内府父子一者、及二晩渡二使庁一了、院有二御見物一云々」と記すまで、きわめて多く登場する。『建礼門院右京大夫集』には中納言時代の宗盛と右京大夫との、五節の挿櫛にちなんでの和歌の贈答が存する。なお、高橋昌

明『平家の群像物語から史実へ』（二〇〇九年一〇月刊、岩波新書）参照。

八　藤原忠光

『吾妻鏡』寿永三年（一一八四）二月七日条に、一谷の合戦で熊谷直実らと戦ったこと、元暦二年（一一八五）二月一九日条に、屋島の合戦で義経の軍兵と戦ったこと、建久三年（一一八七）一月二一日条に、永福寺造営の人夫に扮して頼朝を狙っていたのを見顕わされ、捕らえられたこと、同年二月二四日条に、武蔵国六浦（現、神奈川県横浜市金沢区六浦）の海辺で梟首されたことを記す。

九　藤原景経

『吾妻鏡』寿永三年（一一八四）二月七日条に、一谷合戦で熊谷直実らと対戦した平家方の四人の武将の最初に「飛騨三郎左衛門尉景綱」とあるのは、この景経のことであろう。盛衰記では巻四三「平家亡虜」で、宗盛・清宗父子を生捕りにした伊勢三郎義盛に打って懸かったが、堀弥太郎親弘に射られ、その郎等に首を取られたと述べ、「此三郎左衛門ト云ハ、大臣殿（宗盛）ノ乳母子也」と説明している。

一〇　村上康国

『吾妻鏡』文治四年（一一八八）三月一五日条、鶴岳宮大般若経供養に頼朝が参列した際の供、建久元年（一一九〇）一一月七日条、頼朝の入京の際の後陣の随兵、同二年二月四日条、頼朝の二所詣の後陣随兵、同年三月四日条、鎌倉小町大路辺の失火で焼亡した家十宇の内に「村上判官代」の名が見え、建久六年五月二〇日条、頼朝の天王寺参詣の際の先陣随兵に「村上判官代基国」の名がある。

一一　源範頼

『尊卑分脈』は「文治二於二伊豆北条一依二舎兄源二位命一被レ討了」という。現、静岡県伊豆市修善寺にその墓と伝えるものがある。

『吾妻鏡』には、治承五年（一一八一）閏二月二三日条の、源（志田）義広と小山朝政との戦で「蒲冠者範頼」が朝政側に馳せ来たとあるのが初出である。その後頼朝の命により、弟義経と共に木曾義仲を討ち、平家追討使として一谷や長門国などで戦った。元暦元年（一一八四）六月五日には頼朝の推挙で参河守に任じられている。元木泰雄『源義経』（二〇〇七年二月刊、吉川弘文館）では、範頼は東国に所領を有し、東国武士と連携できたので、彼等を統率して長期にわたって平氏追討を担当できたのであると考えている。

建久四年（一一九三）八月二日、叛逆の疑いをかけられた範頼は起請文を書いて忠誠を誓ったが、頼朝はその起請文に「参河守源範頼」と「源」の字を書いていることを「若存二一族之儀一歟。頗過分也」と咎め、その後範頼の家人当麻太郎が頼朝の寝所の下にひそんでいたことなどもあって、同月一七日、配流同様に伊豆国に下向させられたという。

一二　梶原景時

『吾妻鏡』には、頼朝没後鎌倉で起こった景時排斥運動の直接的なきっかけは、景時が結城朝光を頼家に讒訴したことであるように記す。朝光の相談を受けた三浦義村は和田義盛・安達盛長とも議し、中原仲業に訴状を書かせ、同心の者が連署することにした。訴状には六六人が連署し、大江広元に渡されたという（正治元年一〇月二七、二八日条）。景時とその子息が討たれたことは『吾妻鏡』正治二年（一二〇〇）一月二〇―二四日条に詳述されている。なお、補注一九参照。

一三　河原高直

『吾妻鏡』寿永三年（一一八四）二月五日条に、一谷合戦の大手大将軍範頼に従った将兵の中に「河原太郎高直　同次郎忠家」の名がある。

一四　江戸四郎

『吾妻鏡』文治五年（一一八九）七月一九日条の、頼朝の奥州攻めに従った将兵の交名に江戸四郎重通があり、翌建久元年一一月七日条の、入京した頼朝の先陣随兵三五番、また同六年三月一〇日条の、東大寺供養に赴いた頼朝に供奉した随兵中にも江戸四郎の名がある。

一五　阿波民部太輔成良

『吾妻鏡』養和元年（一一八一）九月二七日条に、「民部大夫成良」が「平家使」として伊予国に乱入し、河野四郎らを破ったことを記し、元暦二年（一一八五）四月一一日条に壇浦の合戦での「生虜人々」の一人として、「民部大夫成良」を挙げる。なお、元暦二年二月一八日条では、阿波国に上陸した義経に桂浦で攻められて逐電した桜庭介良遠に「散位成良弟」と注する。

盛衰記では、巻二六「入道非直人」で、承安三年（一一七三）清盛に命ぜられて「阿波民部太輔成良」が経島を築き始めたが、風浪のために破壊したこと、巻三三「同（平家）著屋島」で、「阿波民部成能」が屋島に着いた平氏一門に一千余騎馬で馳せ参じ、かいがいしく仕えたこと、巻四三「成直降人」で「成良ガ嫡子伝内左衛門尉成直」が伊勢三郎義盛に謀られて降参し、父にも降参するよう書状で勧めたので、成良も義経に内通したことなどが語られ、さらに、同巻「成良返忠」では壇浦の合戦で平家を攻撃したこと、宗盛が「成良ハ心替者ナリ。頸ヲ切バヤ」と言っていた知盛の言葉に従わなかったのを後悔したことなどを述べる。

一六　梶原景季の文雅の才

延慶本・長門本が語る、景季の文雅の才の挿話を延慶本により掲げる。

武芸ノ道ニモユ、シキ者ナリケル中ニ、ヤサシキ事ハ、片岡ノ桜ノイマダ青葉ナルヲ一枝折テ、エビラニ差具《さしぐし》テ、敵ノ中ニテシバシ戦テ引ケレバ、桜ガ風ニフカレテサトチリニケリ。敵モ御方モ是ヲ感ジケル所ニ、城中ヨリ齢三十許ナル男ノ、褐衣ノ直垂ニ洗皮ノ鎧キテ、馬ニハノラデ、弓脇ニハサミテス、ミイデ、申ケルハ、「本三位中将殿ノ御使ニテ候。桜カザ、セ給テ候ニ、申セトテ候。

コチナクモミユルモノカハサクラガリ」

ト申ハテネバ、源太馬ヨリ飛下テ、「暫《しばら》ク。御返事申候ワム」トテ、

「イケドリトラムタメトヲモヘバ」

トゾ申タリケル。（巻九―20）

長門本巻一六もほぼ同じであるが、「片岡ノ桜ノイマダ青葉ナル」は「片岡なる梅のまだ盛なる」、「コチナクモ」の句は「こちなくも見ゆるものかな桜狩」とする。→補注一九。

一七　平知盛・知章の父子

『公卿補任』により知盛の官歴を略記する。保元四年（一一五九）一月七日蔵人、同月二一日叙爵、永暦元年（一一六〇）二月二八日武蔵守、その後左兵衛権佐を兼ねた。春宮大進・中務権大輔・左中将等を歴任、安元三年（一一七七）一月二四日従三位に叙された。治承二年（一一七八）一月二八日丹波権守を兼ね、同三年九月五日叙正三位、一〇月九日左兵衛督を兼ねた。同五年三月二六日参議に任ぜられたが、九月二三日には辞した。寿永元年（一一八二）一〇月三日権中納言に任ぜられ、一〇月一三日従二位に叙されたが、同二年七月二五日一門と共に都落ちし、西海に赴いたので、八月六日解官された。

『吾妻鏡』には知盛に関する記述が少なくない。まず治承四年（一一八〇）には、五月二六日条に知盛が維盛らと共に二万騎の官兵を率いて、宇治辺で源三位入道頼政父子や三井寺衆徒と戦い、頼政等を梟首したこと、一〇月一九日条には甲斐源氏の秋山光朝・加々美長清兄弟が京で知盛に仕えていたことを記す。さらに同年一二月一日条には知盛が清盛の意をゆるがせにする近江国の山本義経・柏木義兼兄弟を攻め、兄弟は逃亡したこと、一二月一九日条には知家の家人であった右馬允橘公長父子が平家の運命を見限って鎌倉に参じたことを記す。治承五年二月一二日条には、頼朝追討のために出陣した知盛・清経・行盛らが、知盛の病のため近江国から京に引き返したことを記す。元暦二年（一一八五）二月一六日条には、平家は宗盛が讃岐国屋島、知盛が九州の「官兵」を率いて門司関を固め、彦島にあって源氏を待ち受けるとの情報を記し、四月一一日条には三月二四日の壇浦の戦で入海した平家一門の一人として

「新中納言知盛」を挙げている。その死後も知盛に関連する記述が五箇所に存する。

五番目物の能「船弁慶」（観世信光作とされる）は頼朝に疎まれて大物浦から西国に下ろうとする義経主従を海上で襲う知盛の幽霊（後シテ）として登場する。

知章は『尊卑分脈』に、武蔵守、従五位下とする。『吾妻鏡』には、寿永三年（一一八四）二月七日条に一谷合戦で討たれたこと、二月一三日条にその首が獄門の木に懸けられたこと、二月一五日条に、鎌倉に献じられた合戦記録では知章は義経が討ったと報告されていることを記している。二番目物の能「知章」（作者未詳）は、盛衰記では巻三八「知盛遁戦場乗船」で語られる、一谷の合戦での知章の死をテーマとした修羅能。須磨の浦に来た旅僧に里の男（前シテ）が、僧の質問に応じて井上黒に助けられた知盛のことを語って消え、夜になって知章の霊（後シテ）として現れ、自身と監物太郎の討死と、知章に先立たれた知盛の悲しみを語り、僧の回向を感謝する。

一八　平重衡

応保二年（一一六二）一二月二三日叙従五位下。尾張守・左馬頭・春宮亮・左近権中将・蔵人頭などを歴任した。父清盛の死により治承五年（一一八一）閏二月服解、同年五月二六日左近権中将に還任、同日従三位に叙された。寿永元年（一一八二）三月八日には但馬権守を兼ね、翌二年一月七日正三位に叙されたが、七月二五日一門の都落ちに従って西海に赴いたため、八月六日解官された。『玉葉』には仁安三年（一一六八）一月六日、東宮憲仁親王（高倉天皇）の後白河上皇法住寺殿への朝覲行啓の勧賞で、女御平滋子（建春門院）御給の正五位下に叙されてより、治承四年（一一八〇）一二月二八日南都攻撃の際、平家の軍勢の大将軍として東大寺・興福寺を焼失せしめたこと、寿永三年（一一八四）二月九日一谷の合戦で生捕りされた重衡が入京し、直ちに土肥実平に禁固されたことなど、元暦二年（一一八五）六月二三日条に「伝聞、重衡首於㆓泉木津辺㆒切㆑之、令㆑懸㆓奈良坂㆒云云」と記すまで、彼に関する記述は少なくない。『吾妻鏡』も同様である。

盛衰記では巻一六「三井寺焼失」、巻二四「南都合戦焼失」で大将軍として、三井寺や南都を焼き、とくに東大寺の大仏を焼き滅ぼした罪科により、仏敵として奈良へ送られ、大衆の僉議の末、土肥実平に身柄を引渡され、従容として斬られたこと、及び異説が巻四五「重衡向南都被斬」に語られる。

『建礼門院右京大夫集』には、右京大夫が中宮（建礼門院）に出仕していた頃接した重衡との思い出、重衡が生捕られた頃の思いなどが綴られている。それらの記述から、冗談を好み、他人に心配りの届く性格であったらしいことが推測される。賀茂重保撰『月詣和歌集』に「左近衛中将重衡」として二首入集、勅撰集では『玉葉和歌集』に、

都を住みうかれて後、安楽寺へまゐりてよみ侍りける　前左近中将重衡

住みなれし古き都の恋しさは神も昔に思ひしるらむ（旅・一一七九）

という、動乱の中での一首が載る。

二番目物の能「重衡」（「笠卒都婆」とも）は、大和国奈良坂の重衡の墓標のあたりで、重衡の亡霊（シテ）が旅僧（ワキ）に刑死の時の有様を語り、修羅道の苦しみを見せ、救済を求めて消える修羅物で、複式夢幻能。作者は確証はないが、観世元雅の可能性が高いという。

なお、高橋昌明『平家の群像 物語から史実へ』参照。

一九　梶原一族の文雅の逸話

『吾妻鏡』はしばしば梶原一族が文雅の道に親しんでいたことを物語る逸話を載せている。年次を追ってそれらを掲げれば、次のごとくである。

○文治五年（一一八九）七月
廿九日丁亥。越二白河関一給。関明神御奉幣。此間召二景季一。当時初秋候也。能因法師古風不二思出一哉之由被二仰出一。景季扣レ馬詠二一首一。

　秋風ニ草木ノ露ヲ払セテ君カ越レハ関守モ無シ

○同年八月
廿一日戊申。甚雨暴風。追二泰衡一。令レ向二岩井郡平泉一給。（中略）此外郎従。悉以誅戮。所レ残卅許輩生虜之。爰二品経二松山道一。到二津久毛橋一給。梶原平二景高詠二一首和歌一之由申之。

　陸奥の勢ハ御方ニ津久毛橋渡して懸ン泰衡カ頸

祝言之由。有二御感一云々。（下略）

○同年一二月
廿八日癸丑。平泉内無量光院供僧一人。号二助公一。為二囚人一参着。是慕二泰衡之跡一。欲レ奉レ反二関東一之由。依レ有二風聞一。所レ被二召禁一也。今日。以二景時一被レ推二問子細一之処。伴僧謝申云。師資相承之間。清衡已下四代。帰依続二仏法恵命一也。爰去九月三日。泰衡蒙二誅戮一之後。同十三日夜。天陰。名月不レ明之間。

　昔にも非成夜のしるしには今夜の月し曇ぬる哉

如レ此詠畢。此事更非レ奉レ蔑二如当時儀一。只折節懐旧之所レ催也。無二異心一云々。景時頗褒二美之一。則達二此由二品一。還有二御感一。厚二免其身一。剰被レ加レ賞云々。

○建久元年（一一九〇）一〇月
十八日己亥。於二橋本駅一。遊女等群参。有二繁多贈物一云々。先レ之有二御連歌一。

　はしもとの君にはなにかわたすへき　平景時
　たゝそまかはのくれてすきはや

また、『沙石集』（元応本）巻五末「一　連哥事」に、

鎌倉右大将家御狩の時、狐の走出たるを見給て、

　しらけて見ゆるひるきつねかな

とおほせられて、「梶原つけよ」との給ひければ、

　ちぎりあらばよるこそこんといふべきに

奥入のとき、名取河にて、

　頼朝がけふのいくさに名とり河

との給ひて、「梶原つけよ」とおほせければ、

　君もろともにかちわたりせん

とある。同書同巻にはこれ以前にも次のような和歌説話を収めている。

　人有感哥

鎌倉右大将家の御とき、京よりあやめといふはしたものをめしくだしたりけり。十七八ばかりなりけるが、美人なりけるを人にも見せたまはで、かくしをかれたりけるを、梶原三郎兵衛あながちに所望しければ、おなじきよはひの女房、美女の見もしらぬを、十人おなじ躰《てい》に装束させてならべすへて、「此中にあやめをしりたらば、給はるべし」とおほせけるに、見わきがたかりけるまゝに、

　まこも草あさかのぬまにしげりあひていづれあやめとひきぞわづらふ

かく詠じけるとき、袖をちとかひつくろひて、かほをあかめたりけるを見て、「あれこそあやめ」と申て、やがて給はりてけり。

或時覆盆子《いちご》を人のしんじたりけるを題にて、「哥つかまつれ」とおほせられければ、

　もり山のいちごさかしくなりにけりいかにうばらがうれしかるらん

建仁寺の僧正の談義の座にのぞみて、自業自得果の心を読ける。

　おく山のすぎの村立ともすればをのが身よりぞ火をいだしける

盛衰記が語る「我独ケフノ軍ニ名トリ川／君モロトモニカチワタリセ

ン」の連歌は、『菟玖波集』には次のような詞書を伴って入集している。

秀衡征伐のため〔に〕奥州にむかひ〔侍〕ける時、名取川をわたるとて　前右〔近〕大将頼朝

我ひとりけふの軍に名取川

君もろともにかちわたりせむ　平景時

（巻第十四・雑連歌三・一三六一）

同集はこの他、頼朝と景時の付合を二例収録する。

建久元年上洛の時、はまなの橋の宿につきて、酒たうべてたゝむとしけるに　前右近大将頼朝

はしもとの君にはなにかわたすべき

たゞそま山のくれであらばや　平景時

（巻第十九・雑体連歌　誹諧・一八九七）

狩に出ける道に狐のはしり出たるを見て　前右近大将頼朝

しらけて見ゆるひる狐かなと侍に

契あらばよるこそこうといふべきに　平景時

（同右・一九二〇）

梶原が梅が枝を胡簶に差して戦った話から二番目物の能「箙《えびら》」（作者未詳）が作られている。春、生田川のほとりに来た旅僧（ワキ）が、箙の梅と名づけられた梅の木の由来を里の男（前シテ）から、梶原源太景季が一枝折って箙に差して戦ったこと、合戦の有様などを聞く。男は景季の幽霊であると明かして姿を消し、若武者の姿（後シテ）となって再び現れて修羅道の巷を現じて見せるうちに、旅僧の夢は覚めて夜は明ける。

箙の梅の話は浄瑠璃「ひらかな盛衰記」をも生んだ。そこでの景季は傾城梅ヶ枝を恋人とする優美な色男として造型されている。同じく浄瑠璃「三浦大助紅梅靮《たづな》」三段目の「石切梶原」での父景時と共に、概して敵役とされる梶原一族の中で好意的に扱われているのである。

山本幸司『頼朝の精神史』（一九九八年一一月刊、講談社）は全七章中第五章・第六章において頼朝と梶原一族との関係について詳しく論じている。

二〇　源義経

『吾妻鏡』は治承四年（一一八〇）一〇月二一日条に、駿河国黄瀬川（現、静岡県沼津市大岡）での兄頼朝との対面の場を詳述するが、そこで頼朝は義経を「奥州九郎」と呼んでいる。義経については、

此主者。去平治二年正月。於襁褓之内。逢父喪之後。依継父一条大蔵卿長成之扶持。為出家登山鞍馬。至成人之時。頻催会稽之思。手自加首服。恃秀衡之猛勢。下向于奥州。歴多年也。而今伝聞武衛被遂宿望之由。欲進発之処。秀衡強抑留之間。密々遁出彼舘首途。秀衡失悋惜之術。追而奉付継信忠信兄弟之勇士云々。

と述べる。以後、義経関係の記事は極めて多い。平家追討でしばしば手柄を立てたが、その滅亡後は頼朝に追われ、文治元年（一一八五）一一月三日、源行家と共に都落ちした。逃走中は摂政藤原兼実の男良経と同訓であるため、義行と呼ばれ（吾妻鏡・文治二年閏七月一〇日条）、さらに義顕と改められた（玉葉・同年一一月二四日条）。藤原泰衡に攻められて自殺したことは『吾妻鏡』文治五年閏四月三〇日条に、

卅日己未。今日。於陸奥国。泰衡襲源予州。是且任勅定。且依二品仰也。与州在民部少輔基成朝臣衣河舘。泰衡従兵数百騎。馳至其所合戦。与州家人等雖相防。悉以敗績。予州入持仏堂。先害妻廿二歳。子女子四歳。次自殺云々。

と記し、さらにその官歴等を掲げる。同年六月一三日条に、泰衡の使者が義経の首を腰越浦に持参したことを述べ、「観者皆拭双涙。湿両衫」と記す。

『義経記』が不運な英雄としてその一生を同情的に描き、幸若も判官

物と呼ばれる多くの曲でその生涯のさまざまな事件を語る。御伽草子『御曹司島渡り』、五番目物の能「鞍馬天狗」「烏帽子折」はその幼少時代を描き、二番目物の能「屋島」（世阿弥作）は屋島の合戦での勝利を義経の霊（シテ）が旅僧（ワキ）に物語る、いわゆる勝ち修羅の曲である。近世演劇では浄瑠璃「義経千本桜」「一谷嫩軍記」などで判官贔屓の立場から智勇兼ね備え、情のこまやかな名将として脚色している。

二一　佐藤嗣信

『吾妻鏡』治承四年（一一八〇）一〇月二一日条の、黄瀬川における頼朝・義経の対面について述べた部分に、藤原秀衡が頼朝の許に馳せ参ずる義経に「継信忠信兄弟之勇士」を付き従わせたこと、元暦二年（一一八五）二月一九日条に屋島の戦での討死、文治五年（一一八九）八月八日条に頼朝の奥州攻めの戦で藤原泰衡の郎従信夫佐藤庄司（湯庄司）が討死したが、彼は継信・忠信の父であると注する。

『平治物語』（学習院大学本）下では、兄弟の母を「上野国大窪太郎が娘」とし、「奥州秀衡が妻にならんとて、女夜這にゆくほどに、秀衡が郎等信夫小太夫といふ者、道にてよこさまにとりて、妻にして子共二人儲たゝなり」と語る。

二二　延慶本の馬を落としてみる記述

義経は前九年合戦の際の先例を引いての別府小太郎の進言に従って、老馬を落としてみる。

武蔵房弁慶相構タルコトナレバ、二疋ノ馬ヲ奉ル。一疋ハ葦毛、一疋ハ鹿毛ナリ。鹿毛ハ奥国ノ住人岡八郎ガ進《まゐらせ》タレバ、岡ノ嶋ト申。是ハ三十一歳ニナリニケル馬ナリ。イカケヂノクラニ、キニカヘシタル轡ヲハゲタリ〈コレハ平家ノカサジルシナリ〉。葦毛ハ石橋ノ合戦ニ被ㇾ打シ、岡前ノ悪四郎能実ガ子ニ、サナダノ与一能定ガ乗タル馬也。ヨニ入テイサメバ、ユフガホト名付ク。是ハ二十八歳也。白鞍置テカヾミ轡ヲハゲタリ〈此ハ源氏ノカサジルシナリ〉。二疋ヲ源平両家ノカサジルシトテ鵯越ヨリ落ス。此馬岩ヲ伝テ落ケルニ、坂ノ中ニヲシカノ三《みつ》臥タリケルガ、馬ニ驚テサキニ落シテ行《ゆく》。馬モ鹿モ共ニ落シテ行。夜半ニ上ノ山ヨリ岩ヲクヅシテ落シケリ。（平時忠の館の前に落ちた大鹿三頭を平家の侍が射止める）「心ナラヌカリシタリ」トテ咲《わら》フ所ニ、ツヾキテ馬二疋ゾ落ニケル。カゲハナニトカシタリケム、死テ落タリ。葦毛ハ尻足ヲシキ、前足ヲノベテ、岩ニ伝テ落ケルホドニ、事故《ことゆゑ》ナク城ノ内ヘ落立テ、御方ニ向テタカラカニ二音《ふたこゑ》三音《みこゑ》ゾイナヽキケル。（巻九―20）

二三　佐原義連

『吾妻鏡』治承四年（一一八〇）八月二六日条に、一族と共に衣笠城に籠もって畠山重忠と戦ったこと、同五年四月七日条に、弓箭に達しかつ隔心なき家人一一名の内に選ばれたこと、寿永三年（一一八四）二月五日条に、一谷合戦の搦手の大将軍義経に従う武将の内に名を連ね、同月七日条に鵯越から平氏を攻めたことを記す。建久元年（一一九〇）一一月七日条での頼朝入京の折の随兵、同六年三月一〇日条での頼朝の東大寺供養の折の供の随兵中にもその名が見える。

二四　畠山重忠

頼朝の奥州攻めにも従い、建久元年（一一九〇）と同六年の二度の頼朝の上洛に際しての先陣を勤めるなど、重用された。元久二年六月、平賀朝雅の讒言に動かされた北条氏によって、武蔵国二俣川で討たれた。

二五　武蔵房弁慶

『吾妻鏡』文治元年（一一八五）一一月三日条に、鎌倉の譴責を遁れるために鎮西に落ちてゆく伊予守義経に従った家来の一人として「弁慶法師」を挙げ、一一月六日条には大物浜で義経らが乗船した時、疾風が起こり逆浪が船を覆えそうとしたために渡海を中止して、家来は分散し、義経は武蔵坊弁慶や愛人の静ら僅か四人で天王寺辺で一夜を過ごし、そこから逐電したと記す。

盛衰記では巻三五「義経範頼京入」、巻三六「源氏勢汰」の交名の末尾に「武蔵坊弁慶」の名がある。巻三六「義経向三草山」では義経が三草山を山越えする際、義経の「例ノ大続明、用意セバヤ」との指示に従って、道のほとりの民家に火を放ち、同巻、鷲尾一谷案内では義経に命じられて、鷲尾三郎経春を見出している。そこで「色黒、長高法師」と形容し、自身は三郎の父に「古山法師ノ怖者」と言っている。

後代の文芸作品では『義経記』や能「橋弁慶」「船弁慶」「安宅」、幸若「富樫」「高館」など、近世演劇では浄瑠璃「御所桜堀川夜討」、歌舞伎「勧進帳」「御摂勧進帳」などで、義経との深い忠臣の契りが語られている。

二六　猪俣則綱

『吾妻鏡』寿永三年（一一八四）二月五日条に一谷合戦の搦手の大将軍義経に従う輩の一人として、翌文治元年一〇月二四日条の勝長寿院供養に参列した頼朝の西方の随兵として、建久元年（一一九〇）一一月七日・一一日条の頼朝上京の際の随兵として、同六年三月一〇日条の頼朝東大寺供養参列の際の随兵として、猪俣平六の名が見える。

二七　池禅尼

『愚管抄』巻第五に、

コノ頼盛ガ母ト云ハ修理権大夫宗兼ガ女ナリ。イヒシラヌ程ノ女房ニテアリケルガ、夫ノ忠盛ヲモモタヘタル者ナリケルガ、保元ノ乱ニモ、頼盛ガ母ガ新院ノ一宮ヲヤシナヒマイラセケレバ、新院ノ御方ヘマイルベキ者ニテ有ケルヲ、「コノ事ハ一定新院ノ御方ハマケナンズ。勝ベキヤウモナキ次第ナリ」トテ、「ヒシト兄ノ清盛ニツキテアレ」トオシヘテ有ケル。カヤウノ者ニテ、コノ頼朝ハアサマシクオサナクテ、イトオシキ気シタル者ニテアリケルヲ、「アレガ頸ヲバイカヾハ切ンズル。我ニユルサセ給ヘ」トナク〳〵コヒウケテ、伊豆ニハ流刑ニ行ヒテケルナリ。

という。『平治物語』（古活字本）下では、池禅尼は平治の乱後捕らえられた幼い頼朝が、彼女自身所生の亡き家盛に似ていると聞いて、頼盛と重盛を使者として、清盛に頼朝の助命を懇願し、ついに目的を達したという。

二八　平頼盛

『公卿補任』により官歴を略記する。久安二年（一一四六）四月一一日皇后宮権少進、同三年一〇月一四日従五位下。安芸守・右兵衛佐・中務権大輔・参河守等を歴任、平治元年（一一五九）一二月二七日には勲功により尾張守を兼ねた。その後も右馬頭・修理大夫・大宰大弐等となり、仁安元年（一一六六）八月二七日従三位に叙され、一〇月二一日皇太后宮権大夫を兼ねた。同三年一〇月一八日参議に任ぜられたが、一一月二八日解却された。嘉応元年（一一六九）一二月三〇日還任、安元二年（一一七六）一二月五日任権中納言。治承三年（一一七九）一一月以後恐懼に処されていたが、同四年一月二三日出仕を聴され、四月二一日従二位、六月四日には正二位に叙された。養和二年（一一八二）三月八日陸奥出羽按察使を兼ね、一〇月三日中納言とされた。寿永二年（一一八三）四月五日権大納言に任ぜられ、同月九日按察使を更任されたが、都落ちした平氏一門の一人として八月六日解官された。『公卿補任』に「族雖㆑赴㆓西海㆒独留㆓洛中㆒。十月十九日向㆓関東㆒」という。元暦元年（一一八四）六月五日権大納言に還任、一二月二〇日これを辞し、男侍従光盛を左少将に申任した。同月二九日本座を聴された。

『玉葉』には嘉応二年一月二三日条に「或人云、頼盛卿今夜向㆓福原㆒、是依㆓入道相国命㆒也云々」とあるのをはじめ、文治二年（一一八六）一月七日条に宇佐使の事に関連して「頼盛入道八条宅称㆑穢不㆓借進㆒」と見えているのを最後として、頼盛関係の記事は少なくない。

二九　塩谷惟広

『吾妻鏡』寿永三年（一一八四）二月五日条、一谷に向かう大将軍範頼に従った将兵の交名に見える他、元暦二年（一一八五）五月八日条に、壇浦の戦ののち塩谷五郎以下多くの御家人が鎌倉に帰参したので、今後は西海鎮定のため御家人の帰参を止めることが議されている。

三〇　延慶本には、この後、則綱が討った盛俊の頸を人見四郎が奪うという、次のような話が物語られる（巻九―21）。

　カヽル処ニ人見ノ四郎馳来テ、此頸ヲバイトリテ、勧賞ニ行ワレバヤト思ケレバ、此頸ヲバイケリ。則綱ハ一人ナリ、人見ハ多勢ナリ。無レ力バワレケレバ、片耳ヲカキ、リテ取テケリ。頸ノ実検ノ所ニテ、人見四郎、「盛俊ガ頸」トテ指出《さしいだし》タリケレバ、則綱ス、ミ出テ、「アノ頸ハ則綱ガ取テ候」ト申。「人見ハ眼前ニ頸ヲ持タリ。『則綱取タリ』ト申事、不審也。子細何《いか》ニ」ト御尋アリ。則綱申ケルハ、「アノ頸ニハ、左ノ耳ヨモ候ワジ。其故ハ、則綱ガ取テ候シヲ、人見多勢ニテバイトリ候シ間、則綱ハ一人ニテ候、無レ力被レ取候シ間、左ノ耳ヲ取テ以《もち》テ候」ト申テ、耳ヲ指出シテケリ。実ニ頸ニハ左耳ナカリケリ。則綱ガ指合テミレバ、同《おなじ》耳ニテ有ケリ。サテ則綱取テケリトテ、則綱ガ頸ニゾ定リケル。

さらに、これに続いて、次のような同士討ちのことが語られる。

又猪俣党ニ藤田小三郎大夫深入シテ戦ケルガ、姉ガ子ニテ武蔵国住人、江戸四郎ト云《いふ》十七ニナル若者、藤田ヲ敵ト思テ、ヨク引テ遠矢ニ射タリケレバ、母方ノ伯父ガ振仰ゲテ物見ムトスル頸ノ骨ヲゾ射タリケル。射ラレテ馬ヨリ傾キケル所ヲ、阿波民部大夫成良ガ甥ニ、桜葉外記大夫良遠ガ郎等、落合テ打テケリ。

この同士討ちは長門本でもほぼ同様である。盛衰記ではすでに二三頁で述べられているように、藤田三郎大夫行安は真鍋五郎助光に射殺され、これに続いて戦っていた江戸四郎も射られて弱ったところを桜間外記大夫良連の手勢に討たれたとし、さらに「人見四郎モ此ニシテ討レニケリ」とするので、これら猪俣党の武士達に関する延慶・長門両本と盛衰記の記述は大きく変わっていることになる。

三一　安徳天皇

　誕生の有様は『山槐記』治承二年一一月一二日条に詳しい。誕生後一ヵ月余りの治承二年一二月一五日皇太子とされ、同四年二月二一日践祚、四月二二日紫宸殿において即位の儀が、寿永元年（一一八二）一一月二四日大嘗会が行われた。同二年七月二五日平氏一門の都落ちに伴って西海に赴いた後、八月二〇日後白河法皇の院宣により高倉院の四宮尊成親王（後鳥羽天皇）が新主とされ、践祚して、安徳天皇は先帝と呼ばれるようになる。盛衰記では巻一〇「中宮御産」にその誕生、巻一二「安徳天皇御位」にその践祚、巻二四「大嘗会儀式」、巻二七「大嘗会延引」に大嘗会が延期されたこと、巻三一「平家都落」に平家一門と共に西国に赴いたことが述べられ、巻三二「四宮御位」の後は「先帝」と呼ばれる。本冊以後の巻四三「二位禅尼入海」で平時子に抱かれての入海、同巻「安徳帝不吉祥」で在位中種々の不吉な事柄があったことが語られる。『愚管抄』巻五は「海ニシヅマセ給ヒヌルコトハ、コノ王ヲ平相国イノリ出シマイラスル事ハ、安芸ノイツクシマノ明神ノ利生ナリ、コノイツクシマト云フハ竜王ノムスメナリト申ツタヘタリ、コノ御神ノ、心ザシフカキニコタヘテ、我身ノコノ王トナリテムマレタリケルナリ、サテハテニハ海ヘカヘリヌル也トゾ、コノ子細シリタル人ハ申ケル。コノ事ハ誠ナラントヲボユ」と述べている。

三二　建礼門院

　承安元年（一一七一）一二月二日、後白河法皇の猶子とされ、従三位に叙されて、同月一四日入内、二六日女御、同二年二月一〇日中宮とされた。養和元年（一一八一）一一月二五日建礼門院の院号を蒙った。『吾妻鏡』元暦二年（一一八五）三月二四日、壇浦の合戦で平家が敗れて入海したが渡辺昵に助けられたこと、四月二八日都のほとり吉田に移ったこと、五月一日落飾したこと、文治三年（一一八七）二月一日頼朝が没官領二カ所を献じたことを記す。盛衰記は本冊以後で、入海したが助けられたこと、吉田での落飾、大原の寂光院に入ったこと、後白河法皇の大原行幸、女院の往生を語る。その逝去は、覚一本では建久二年（一一九一）二月中旬、『女院小伝』では建保元年（一二一三）一二月一三日、享年五九、延慶本では貞応二年（一二二三）暮春、享年六八、長門本でも同年春で享年六一、盛衰記は貞応三年春、享年六八とする。『建礼門院右京大夫集』には、右京大夫が出仕していた頃の中宮としての姿、大原に入った後の変わりはてた姿が描き出されている。佐伯真一『建礼門院という悲劇』（二〇〇九年六月刊、角川学芸出版）参照。

三三　藤原基通室

『玉葉』安元三年（一一七七）六月九日条に、基通との間に男子を産んだことが記されている。寿永二年（一一八三）二月二一日安徳天皇が後白河法皇の御所法住寺殿に朝覲行幸した際、賞として従三位に叙された（玉葉・吉記同日条）。平氏一門の都落ちで一門と行動を共にしたので、都に留まった基通とは離別した形になった。盛衰記では本冊以後、巻四三「二位禅尼入海」に「近衛殿ノ北政所モ、海へ飛入セ給ケルヲ、人々取留奉」というが、『吾妻鏡』元暦二年（一一八五）四月一一日の「生虜人々」の「女房」にはこの女性や建礼門院は見えない。あるいは貴女ということで憚って記さなかったか。

三四　平時子

宗盛の誕生が久安三年（一一四七）なので、清盛の妻となったのはそれ以前、先妻高階基章女（重盛母）の没後か。仁安元年（一一六六）一〇月二一日、従二位に叙された。『吾妻鏡』元暦二年一月六日条に引く、頼朝の範頼宛て書状の中で「八嶋に御座す大やけ。并に二位殿女房たちなど。少もあやまちあしざまなる事なくて。向へ取申させ給べし。かくとだにも披露せられば。二位殿などは。大やけ具しまいらせて。向さまにおはする事も有らん」と述べている。しかし三月二四日条によれば、壇浦で「二位禅尼持二宝剣一。按察局奉レ抱二先帝一。春秋八歳。共以没二海底一」という結果となった。盛衰記では本冊以後、巻四三「二位禅尼入海」で時子が「先帝ヲ奉レ懐」入海したと語る。長門本・覚一本も同様だが、延慶本は「先帝ヲ負奉リ」という。『愚管抄』巻五に「主上ヲバムバノ二位宗盛母イダキマイラセテ、神璽・宝剣トリグシテ海に入リニケリ。ユ、シカリケル女房也」という。

三五　帥典侍

藤原氏北家顕隆流、権中納言顕時女。領子といった。『山槐記』治承二年（一一七八）一一月一二日条に「号二洞院局一」と記すが、同四年三月一日条では帥典侍と呼ぶ。『吾妻鏡』元暦二年（一一八五）四月一一日条で壇浦の戦で生捕られた女房の筆頭に「帥典侍先帝御乳母」と記されている。

三六　平清宗

嘉応二年（一一七〇）―元暦二年（一一八五）六月二一日、一六歳。承安二年（一一七〇）一月五日従五位下。同四年一月二三日侍従に任ぜられ、その後備前介を兼ねた。治承四年（一一八〇）五月三〇日叙従三位、養和二年（一一八二）四月九日には正三位に上り、寿永二年（一一八三）一月二二日右衛門督に任ぜられたが、七月二五日一門と共に西海に赴いたので、八月六日解官された。

『吾妻鏡』には、元暦二年（一一八五）三月二四日条に、壇浦の戦で父宗盛と共に一旦は海中に入ったが、伊勢三郎義盛に生捕りにされたことを記すのに始まって、同年五月一六日条に父と共に鎌倉に入ったこと、六月二一日条に、近江国野路口で義経の指示により堀弥太郎景光に斬首されたこと、六月二三日条に父の首と共に獄門の前の木に懸けられたことなどを記録する。斬られる際には大原の本性上人が善知識として教化したという。

三七　後白河院

嘉応元年（一一六九）六月一七日出家、戒師は園城寺の大僧正覚忠、法諱を行真といった。安元二年（一一七六）三月四日、法皇御所法住寺殿に高倉天皇が行幸、法皇の五十の御賀が行われた。承安二年（一一七二）一〇月一一日には覚忠より一身阿闍梨職を受け、文治三年（一一八七）八月二二日、天王寺において権僧正公顕に伝法灌頂を受けた。建久三年三月一三日、六条西洞院宮に崩じた時のことは『玉葉』同日条に詳しい。『愚管抄』巻四で、近衛天皇が夭折した際、鳥羽法皇が四宮と呼ばれていた雅仁親王を「イタクサタゞシク御アソビナドアリトテ、即位ノ御器量ニハアラズトヲボシメシ」たと述べ、自身『梁塵秘抄口伝集』巻十で「そのかみ十余歳の時より今に至るまで、今様を好みて怠る事なし」と書いているように、今様を愛し、傀儡の乙前を師として学び、その歌詞を集めた『梁塵秘抄』と口伝を記した『梁塵秘抄口伝集』（各一〇巻か。一部が残る）を編んだ。また、藤原俊成に『千載和歌集』を撰進させ、勅撰集では同集初出の歌人でもある。盛衰記は本冊以後では、巻四八「法皇大原江入御」、「女院六道」で法皇の大原御幸、建礼門院との対話が語られる。なお、美川圭『後白河天皇―日本第一の大天狗―』（二〇一五年二月刊、ミネルヴァ書房）参照。

三八　能因の和歌説話

「都をば霞とともに」の歌については、『俊頼髄脳』で「右近の大夫国行と申しける歌よみ」が陸奥国に下る際、歌人たちが集まって餞をした時、この能因の歌のような名歌が詠まれた白河の関を越える際には「水鬢かき、うちぎぬなど着てすぎよ」という、歌よみの心得が話題になったことが語られ、藤原清輔の『袋草紙』はそれを受けて、

能因、実には奥州に下向せず。この歌を詠まんが為に窃かに籠居して、奥州に下向の由を風聞すと云々。二度下向の由書けり。一度においては実か。八十島記を書けり。　（上巻・雑談）

という。『十訓抄』第十「可レ庶二幾才能一事」では、能因の雨乞いの歌についての逸話を語った後に、次のようにいう。

能因は至れるすきもの也。

都をば霞と共に立しかど秋かぜぞふく白川の関

とよめりけるを、都に有ながら此哥を出さんこと無念と思ひて、人にもしられずひさしくこもりゐて、色をくろく日にあぶりなして後、みちのくの方へ修行のつゐでによみけるとぞ披露しける。

橘成季編の『古今著聞集』巻第五和歌第六でも、雨乞いの歌の逸話に続いてこの「都をば霞とともに」の歌について語る。その叙述は『十訓抄』に極めて類似している（日本古典文学大系本・一七一話）。

三九　待賢門院

永久五年（一一一七）一二月一日従三位とされ、一三日入内、一七日女御、同六年一月二六日中宮とされた。天治元年（一一二四）一一月二四日待賢門院の院号を蒙る。永治二年（一一四二）二月二六日出家、法名を真如法といった。なお、角田文衛『待賢門院の生涯―椒庭秘鈔』（一九八五年刊、朝日新聞社）参照。

四〇　附子柴ノ加賀

待賢門院加賀の「かねてより思ひしことぞ」の歌の詠まれた事情について語ったものとしては、『今鏡』が早い。すなわち、同書・御子たち第八・伏柴に、源有仁（花園左大臣）について語って、

あるをりは哥よむごたちまうでかよひける中に、ほいなかりけるにや、

かねてより思ひし物をふしゝばのこるばかりなるなげきせんとは

とてたてまつりければ、やがてふししばとつけ給て、をりふしにはをとづれたてまつりければ、「こよひはふしゝばはをとすらんものを」などあるに、すぐさず哥よみてたてまつりなどして、いたき物とて、つねに申かはすものありけり。つち御門の前のいつきのもと

に中将のごとかいひけるものとかや。

と述べている。ここでは歌の作者が土御門前斎院（白河院皇女禎子内親王）の女房中将とされている。藤原信実編とされる『今物語』第二二話、『十訓抄』第十「可レ庶二幾才能一事」、『古今著聞集』巻第五和歌第六では待賢門院加賀の歌として語る。『十訓抄』と『古今著聞集』はともに能因の白河の関の歌の逸話に続けて語る。この三種の説話集での叙述は酷似するが、源平盛衰記での叙述にとくに近いのは『十訓抄』『古今著聞集』であろう。ここでは『十訓抄』を掲げておく。

　待賢門院の女房に加賀といふ哥よみ有けり。
　　兼てより思ひしことよふし柴のこるばかりなる歎せんとは
といふ哥を、年比よみて持たりけるを、おなじくはさるべき人にいひむつれて、わすられたらんによみたらば集などにもいらん、おもても優なるべしと思ひて、いかゞしたりけん花園のおとゞに申初てけり。思のごとくにや有けん、此哥を参らせたりければ、おとゞもいみじくあはれにおぼしけり。さてかひぐ\しく千載集に入にけり。世人ふし柴の賀茂とぞ申ける。能因がふるまひに似たるによりて次に申。

四二　平忠度

　左兵衛佐、薩摩守、正四位下に至った。清盛がクーデターを行った治承三年（一一七九）一一月一八日の除目で伯耆守に任じられたが、翌四年九月五日、源頼朝の追討を命じた宣旨では、「薩摩守同（＝平）忠度朝臣」と呼ばれている（玉葉・同年九月一一日条）。

　『吾妻鏡』治承四年（一一八〇）九月二九日条に薩摩守忠度・参河守知度らが小松少将維盛に従って関東に進発したこと、同年一〇月二〇日条に、富士川西岸に陣を取った維盛・忠度らの平氏が水鳥の羽音に驚き、天曙を待たず帰洛したこと、同五年二月二七日条に、通盛・維盛・忠度らが尾張国に至ったこと、同年三月一〇日条に墨俣川で平氏と源行家の勢とが戦い、行家勢は敗れ、忠度は行家男蔵人次郎を生捕りにしたこと、寿永三年（一一八四）二月七日条に一谷の合戦で討たれたこと、二月一五日条の「合戦記録」で忠度を討ったのは範頼の功とされていることが記されている。また、元暦二年（一一八五）二月一九日条には、熊野別当湛快の娘が忠度に再嫁したことが、彼女が領主である荘園との関係で述べられる。

　盛衰記では、巻二三「朝敵追討例」に「熊野ヨリ生立テ心猛者ト聞ユ」と述べ、巻二四「頼朝廻文」では近江源氏追討の大将軍の一人として挙げられ、その後、巻二六「平家東国発向」、巻二八「燧城源平取陣」にも武将として登場する。その一方、巻三二「落行人々歌」では、都落ちの際、淀の河尻から引返して藤原俊成に詠歌の巻物一巻を托したこと、巻三六「忠度見名所々々」では、源氏が寄せる前に摂津国の名所を見てまわったことが語られる。

　歌人として知られ、治承二年三月一五日賀茂重保が勧進した『別雷社歌合』に「前阿波守従四位上平朝臣忠度」として出詠しているが、それ以前に兄経盛の主催した歌合（散佚）にも加わっていたと考えられる。また、撰歌合である『治承三十六人歌合』の三六人の歌人にも選ばれている。家集『忠度集』は「忠度百首」とも呼ばれ、賀茂重保の勧進に応じて三六人の歌人が自撰した「寿永百首家集」の一つと考えられている。同集中の「為業歌合に、故郷花を　さざなみやしがの都はあれにしをむかしながらの山ざくらかな」（一五）の一首が『千載和歌集』巻第一春歌上・六六番に「読人しらず」として入集したのを初めとして、勅撰集には『新勅撰和歌集』以下に名を顕わして九首入集する。『建礼門院右京大夫集』には、右京大夫との間に懸想めいた歌の贈答をしたことが書かれている。

　延慶本では忠度の討死は次のように語られる（巻九―22）。

　　一谷ノミギワニ西ヘサシテ、武者一騎落行ケリ。齢四十計《ばかり》ナル人ノヒゲ黒也。黒皮威ノ鎧キテ、射残タリトオボシクテ、エビラニ大中黒ノ矢四五残タリ。白葦毛ナル馬ニ遠雁シゲク打タル鞍置テ、小ブサノ鞦カケテゾ乗タリケル。葦屋ヲ指テ下《くだり》ニ落ケルヲ、武蔵国住人、岡部六矢田忠澄ト云者馳ツヾキテ、「コ、ニ只一騎、落行ハ誰人ゾ。敵カ、御方カ。名乗給ヘ」ト云カケ、レバ、「御方ゾ」ト答タリ。忠澄馳並テ、サシウツブヒテ内申ヲミケレバ、ウスカネ付タリ。「源氏ノ大将軍ニハカネ付タル人ハオワセヌ者ヲ。キタナクモ敵ニ後ヲバミセ給物カナ」ト云ケレバ、其時忠度、「御方ト云ハヾ云セヨカシ」トテ、六矢田ニ押並テ組テ、馬二疋ガ間ニ落ニケリ。忠度落サマニ三刀マデ指タリケリ。一ノ刀ニハ手ガヰヲツキ、二ノ刀ニハクケヰヲツキ、三ノ刀ハ甲《かぶと》ノ内ヘツキ入タリケレバ、ホウヲツラヌヰテ、六矢田ガ後ヘ刀三寸計ゾ出タリケル。六矢田ガ郎等落合テ、打刀ヲ以テ忠度ノ弓手ノ小ガヒナヲカケズ切ヲトス。サレドモ忠度スコシモヒルマズ、メテノカヒナニテ六矢田ヲノセテ、三イロバカリ被レ投タリ。忠澄ヲキアガリテ、忠度ニ組《くむ》。ウヘニ乗ヰテ取テ押《おさへ》テ、「誰人ゾ。名乗給ベシ」ト。「己レニ合テ一度モ名乗ルマジキゾ。己ガ見知ラヌコソ人ナラネ。サリナガラモヨキ敵ゾ。定《さだめて》勧賞ニ預ラムズラムゾ」ト云ケレバ、六矢田ガ郎等落重テ、忠度ノ鎧ノクサズリヲ引上テ是ヲサス。忠澄刀ヲ抜テ指《さす》カトミヘケレバ、頸ハ前ニゾ落ニケル。忠澄頸ヲ大刀ノサキニ指貫テ、「名乗レトイヘドモ名乗ラズ。是ハタガ頸ゾ」ト云テ人ニミスレバ、「アレコソ太政入道ノ末弟、薩摩守忠度ト云シ歌人ノ御首ヨ」ト云ケルニコソ、始テサトモ知タリケレ。忠澄、兵衛佐殿ニ見参ニ入テ、勲功ニ薩摩守ノ年来知行ノ所五ヶ所アリケルヲ、忠澄ニ給テケリ。

長門本（巻一六）は、忠度の登場のさせ方から、岡部六弥太忠澄が忠度の首を落とすまではほぼ延慶本に同じだが、討ち取った敵を忠度と知ったことについては、

忠澄首を太刀の先に貫きて、此頸を、名乗れといひつれども名乗らず、誰人やらんと思ひけるに、箙に巻物一巻さ、れたり、是を取出しみけるに、旅宿の花といふ題に

行くれて木の下蔭を宿とせば

花や今宵の主人ならまし

と書きて、奥に薩摩守と書れたりけるほどにこそ、忠度とはしりたりけれ、

と述べる。頼朝から忠度の知行所五ヶ所を与えられたことは同じである。両本ともに、忠度が最後に念仏を唱える場面は語られていないことが注目される。

忠度をシテとする二番目物の能に「忠度」と「俊成忠度」がある。「忠度」は世阿弥作で、「薩摩守」ともいった。もと藤原俊成の従者であった旅僧が春の須磨の浦で老いた木樵り（前シテ）に宿を借りようとして、一谷の合戦で討死した忠度のゆかりの人が植えたという桜の木を教えられる。僧が忠度の回向をすると木樵りは悦び、夢の告げを待つように言って姿を消す。僧が旅寝していると忠度の亡霊（後シテ）が現れて、『千載集』に自身の歌が「読人知らず」として入れられたことを「妄執の第一」と述懐し、討死の有様をも語って、回向を頼む。「俊成忠度」は内藤藤左衛門作。一谷の合戦で忠度を討った岡部六弥太忠澄（ワキ）が矢壺《しこ》にあった「行き暮れて木の下蔭を宿とせば」の短冊を藤原俊成（ツレ）の許に届ける。俊成が忠度の死を悼んでいると、忠度の亡霊（シテ）が現れ、『千載集』に一首入ったことを悦びつつも、「読人知らず」と書かれたことを「心にかかり候」という。俊成と和歌のことを語り合っているうちに、修羅道の苦しみを見せ、しかし「さざ波や志賀の都は荒れにしを昔ながらの山桜かな」の歌が梵天を感動させたので剣の責め苦も免れたとして、夜明けとともに消えてゆく。

四二　岡部忠澄

『小野氏系図猪俣』（続群書類従）によれば小野氏、岡部六郎行忠の男で、六郎野六と称した。同系図に「一ノ谷合戦討取平忠教朝臣」と注記する。武蔵国榛沢郡藤田庄岡部（現、埼玉県深谷市岡部）を本領とした。金刀比羅本『保元物語』上、同『平治物語』上に、保元・平治の二度の乱で源義朝に従った兵士としてその名が見える。平治の乱後、平知盛の家臣となったか。その後頼朝に従い、寿永三年（一一八四）一月の宇治川の合戦では義経の軍に属して戦った（盛衰記巻三六・義経範頼京入）。『吾妻鏡』には文治三年（一一八七）四月二九日の「公卿勅使伊勢国駅家雑事勤否散状事」の「不二勤仕一庄」に、「粥安冨名岡部六野太」と見えるのが初出。文治五年の奥州攻めに加わり、建久元年（一一九〇）の頼朝の上洛、同六年三月一〇日の頼朝の東大寺参詣などに随行している。伝承によれば、建久八年（一一九七）七月没。深谷市岡部の普済寺付近にその墓とされる五輪塔が存する（関幸彦編『武蔵武士団』〔二〇一四年三月刊、吉川弘文館〕、久保田和彦「岡部六弥太忠澄」）。

四三　平清盛

大治四年（一一二九）一月六日従五位下に叙され、兵衛佐・安芸守・大宰大弐などを経て、永暦元年（一一六〇）六月二〇日正三位に叙され、八月一一日参議に任ぜられ、翌応保元年九月一三日権中納言、同二年八月二〇日叙従二位、永万元年（一一六五）八月一七日任権大納言、翌仁安元年一一月一一日任内大臣、同二年二月一一日、五〇歳で太政大臣に任ぜられ、同日従一位に叙された。同年五月一七日太政大臣を辞した。翌仁安三年二月一一日病により出家、法名を清蓮、後に浄海と改めた。

九条兼実は清盛が「周章死ニ失」せた（盛衰記巻二六「平家可亡夢」）翌日の『玉葉』治承五年（一一八一）閏二月五日条で次のように論評している。

准三宮入道前太政大臣清盛、法名、静海者、生二累葉武士之家一、勇名被レ世、平治乱逆以後、天下之権、偏在二彼私門一、長女者始備二妻后一、続而為二国母一、次女両人、共為二執政之家室一、長嫡重盛、次男宗盛、或昇二丞相一、或帯二将軍一、次二子息、昇進恣レ心、凡過分之栄幸、冠二絶古今一者歟、就レ中、去々年以降、強大之威勢、満二於海内一、苛酷之刑罰、普二於天下一、遂衆庶之怨気答レ天、四方之匈奴成レ変、何況、魔二滅天台法相之仏一哉、只非レ堙二滅仏像堂舎一、顕密正教、悉成二灰燼一、……如レ此之逆罪、無レ非二彼之脣吻一、倩案二修因感果之理一、……病席終レ命、誠宿運之貴、非二人意之所一レ測歟、但神罰冥罰之条、新以可レ知、日月不レ堕レ地、爰而有レ憑者歟、此後之天下安否、只奉レ任二伊勢太神宮、春日大明神一耳、

なお、五味文彦『人物叢書　平清盛』（一九九九年一月刊、吉川弘文館）、元木泰雄『平清盛と後白河院』（二〇一二年三月刊、角川学芸出版）参照。

四四　平通盛

永暦元年（一一六〇）一月一六日補蔵人、同年二月一七日叙従五位下。中務権大輔・左兵衛佐・能登守・越前守等を歴任、寿永二年（一一八三）二月二一日従三位に叙されたが、七月二五日一門と共に西海に赴いたので除名された。

『吾妻鏡』では、治承五年（一一八一）には、二月二七日条に、通盛・維盛・忠度等が数千騎を率いて尾張国まで至ったとの安田義定の遠江国からの飛脚が鎌倉に届いたこと、三月一〇日条に、墨俣川で重衡・維盛・通盛・忠度等と対陣していた源行家・義円等が平氏側に急襲されて敗れたこと、八月一六日条に通盛が義仲追討のため北陸道に赴いたこと、九月四日条に義仲の先陣根井太郎が越前国水津で通盛の軍と合戦を始めたこと、一一月二一日条に通盛・行盛が北国から京に戻ったことを記す。寿永三年（一一八四）には、二月七日条に一谷の合戦において、通盛は湊川辺で佐々木俊綱に討たれたこと、二月一三日条に首が獄門の前の木に懸けられたこと、二月一五日条に、鎌倉に献じられた合戦記録

で通盛を討ったのは範頼とされたこと、二月二七日条に、佐々木成綱が鎌倉に参上、子息俊綱が通盛を討ち取った恩賞にあずかりたいと申し出たが、頼朝は佐々木が平氏が都落ちしてから源氏方に就いたことは「真実志」ではないと言ったことを記す。この成綱の愁訴は同年六月二五日条にも見える。成綱は侍従藤原公佐の取りなしでようやく元の知行所の所有を認められたのであった。同年一二月一七日条には、頼朝の命で平氏の余類を捜していた北条時政が「越前三位通盛卿息一人」を捜し出したこと、承元三年（一二〇九）一二月一九日条には、佐々木兵衛太郎入道西仁（佐々木信実）が将軍実朝に通盛の所持した重宝の硯一面を献上し、実朝は「殊有㆓御自愛㆒」ということが記されている。

盛衰記では巻二四「頼朝廻文」、巻二六「平家東国発向」、巻二八「燧城源平取陣」、巻三三「水島軍」に、いずれも大将軍として登場する。

詠歌を嗜み、賀茂重保撰『月詣和歌集』に、

梅の花を折りて女につかはすとて　従三位平通盛

梅の花君がためにと手折れどもにほひは袖に残りぬるかな（正月・三三）

など、三首が入集している。

二番目物の能「通盛」（井阿弥原作、世阿弥改訂）は、通盛の討死と小宰相の入水をテーマとする修羅能。阿波の鳴門の磯辺で夏安居の修行として平家一門を弔っている僧（ワキ）の前に海人船に乗った翁の漁師（前シテ）とその妻の女性が現れ、僧の問いに対して小宰相の入海を語ったかと思うと、二人とも入海してしまう。僧が読経すると、通盛（後シテ）・小宰相（後ツレ）の二人の亡霊が現れて、戦を前にしての二人の別れ、通盛の討死を語り、僧の供養によって成仏得脱する。

四五　佐々木成綱

○『吾妻鏡』寿永三年（一一八四）二月二七日条に

近江国住人佐々木三郎成綱参上。子息俊綱。一谷合戦之時。討㆓取越前三位㆒〈通盛〉訖。可㆑預㆑賞之由申㆑之。於㆓勲功㆒者。尤所㆑感也。但日来者属㆓平氏㆒。殊奉㆑蔑㆓如源家㆒之処。平氏零㆓落都㆒之後始参上。頗非㆓真実志㆒之由被㆑仰云々。

○元暦二年（一一八五）六月二五日条に、

佐々木三郎成綱者。平家在㆑世之程者。奉㆑背㆓源家㆒。於㆑事現㆓不忠㆒。而彼氏族城外之後奉㆓追従㆒。遂㆓去年一谷合戦㆒。子息俊綱討㆓取越前三位通盛㆒訖。仍雖㆑望㆓其賞㆒。令㆑悪㆓先非㆒給之間。敢無㆓御許容㆒之処。属㆓侍従公佐朝臣㆒。頻依㆓愁申㆒之。募㆓子息之功㆒。於㆓本知行所㆒者。可㆑被㆓沙汰付㆒之由。有㆓御契約㆒云々。

○同年一〇月一一日条に、

今日。佐々木三郎成綱〈号㆓本佐々木㆒〉本知行田地如㆑元可㆓領掌㆒之旨。被㆑書㆓下之㆒。但可㆑従㆓佐々木太郎左衛門尉定綱所堪㆒云々。是雖㆑非㆓一族㆒佐々木庄総管領者定綱也。成綱分在㆓其内㆒之故歟。

と見える。頼朝に快く思われていなかった武将である。

四六　平重盛

久安六年（一一五〇）一二月三〇日蔵人とされ、翌七年一月一日従五位下に叙された。中務少輔・左衛門佐・伊予守・左馬頭・右兵衛督などを経て、応保三年（一一六三）一月五日叙従三位、長寛三年（一一六五）五月九日任参議、翌永万二年七月一五日任権中納言、仁安二年（一一六七）一月二八日叙従二位、二月一一日任権大納言、同四年一月五日叙正二位、承安四年（一一七四）七月八日右大将、安元三年（一一七七）一月二四日左大将に遷任、同年三月五日には内大臣に任ぜられた。治承三年（一一七九）三月一一日病により内大臣を辞し、七月二八日出家、法名を静蓮といった。小松内大臣と号した。重盛が病没した後、九条兼実は「去比禁中有㆓落書㆒、白川殿内府等事、西光法師怨霊之由云々、以㆓片仮名㆒書㆑之、七八枚許続テ書㆑之云々」（玉葉・治承三年八月一七日条）という風聞を書き留めている。

『経正集』や『建礼門院右京大夫集』によれば、重盛は自邸で菊合を催したことがあったらしい。右京大夫は重盛の薨後、重盛室に弔歌を贈ってもいる。

四七　佐々木秀義

『吾妻鏡』治承四年（一一八〇）八月九日条に、平治の乱の際に源義朝側について戦い、以後も旧好を忘れず、平家に従わなかったために相伝の佐々木庄（近江国。現、滋賀県近江八幡市安土町）を取り上げられ、子息を伴って藤原秀衡をたよって奥州へ下ろうとしていたが、相模国で渋谷庄司重国に引き留められて滞在、子息の定綱・盛綱らが頼朝に伺候していたこと、大庭三郎景親から、京都での源氏追討に関わる情報を聞かされたことを記し、八月一一日条には息定綱を使者としてこの情報を頼朝に報告し、頼朝は「太以神妙」としたという。『尊卑分脈』に、一三歳の時源為義の猶子とされたとし、その伝を詳記する。

四八　佐々木義清

『吾妻鏡』治承四年（一一八〇）一二月二六日条に、早川の合戦の際舅の渋谷重国に属して頼朝を射た科により、囚人として兄盛綱に召し預けられている。元暦元年（一一八四）八月二日条には、父秀義と共に三日平氏の戦で戦ったことを記す。文治五年（一一八九）七月一九日条に、奥州攻めに出発した頼朝に供奉した将兵の交名に佐々木五郎義清の名がある。翌建久元年一一月七日条、京に入った頼朝の先陣四一番とされ、同六年（一一九五）三月一〇日条、東大寺供養に赴いた頼朝の随兵の交名にも入っている。

四九　平業盛

『吾妻鏡』寿永三年（一一八四）二月七日条に、範頼・義経等の軍中で討ち取られたというが、二月一五日条の「合戦記録」では義経が討ち取ったとする。

第三十八

一　井上ト云究竟ノ馬

延慶本（巻九―24）に、

中納言武蔵国務時、川越ト云所ヨリ信乃ノ井上ノ小二郎ト云者ガ奉リタリケレバ、名ヲバ川越黒トモ付ラレタリ。又井上トモ申ケリ。

という。長門本もほぼ同じ。覚一本（巻九「知章最期」）は、

此馬は信濃国井上だちにてありければ、井上黒とぞ申ける。後には河越がとってまいらせたりければ、河越黒とも申けり。

という。「井上」は地名、「河越」は人名としていっていることになる。

二　平経盛

久安六年（一一五〇）六月二五日叙爵。安芸守・伊賀守・左馬権頭・内蔵頭等を歴任、嘉応二年（一一七〇）一二月三〇日従三位に叙された。安元三年（一一七七）一月二三日正三位に昇り、治承二年（一一七八）一月二八日には大宮権大夫に任じられ、同三年一一月一七日には修理大夫を兼ねた。養和元年（一一八一）一二月四日参議に任じられたが、寿永二年（一一八三）七月二五日一門の都落ちで行動を共にしたので、同年八月六日解官された。『吾妻鏡』元暦二年（一一八五）三月二四日条に壇浦の戦に敗れてのその死を、「前参議経盛。出二戦場一。至二陸地一出家。立還又沈二波底一」と記す。

盛衰記巻三二「福原管絃講」では「修理大夫経盛ハ、詩歌管絃ニ長ジ給ヘル中ニモ、横笛ノ秘曲ヲ伝ル事、上代ニモ類少ク、当世ニモ並人ナカリケリ」として、その技が後白河法皇に賞せられたことが語られ、巻四三「平家亡虜」では、その死を「前修理大夫経盛卿ハ、船ヲ遁去テ入二南山一、自害シテ被二堀埋一ニケリ。去レ難不レ去レ死、骨ヲ埋ドモ不レ埋レ名」と述べる。

歌人として知られ、仁安二年（一一六七）八月、藤原清輔を判者に迎えて『太皇太后宮亮平経盛朝臣家歌合』を主催したが、それ以前にも歌合を催したり、他家の歌合に列なったりしている。以後も嘉応二年（一一七〇）一〇月九日藤原敦頼勧進『住吉社歌合』（正四位下行内蔵頭兼太皇太后宮亮平朝臣経盛）、承安二年（一一七二）一二月道因（俗名藤原敦頼）勧進『広田社歌合』（従三位平朝臣経盛）、治承二年（一一七八）三月一五日賀茂重保勧進『別雷社歌合』（正三位行太皇太后宮権大夫平朝臣経盛）等に括弧内の作者名で出詠している。家集『平経盛集』は奥に漢文の自跋があり、

寿永元年六月十日

参議正三位行太皇太后宮大夫修理大夫備前権守平朝臣経盛

と記し、「寿永百首家集」の一つであると知られる。撰歌合である『治承三十六人歌合』の三六人の歌人の内にも「太皇太后宮権大夫経盛」として入り、そのうちの「恋　いかにせん宮城の原に摘む芹のねにのみなけど知る人ぞなき」（六四）の一首が『千載和歌集』巻第十一恋歌一・六六八番に「読人しらず」として入る他、『新勅撰和歌集』以下の勅撰集に名を顕して一一首採られている。

三　平経俊

『玉葉』治承三年（一一七九）一一月一九日条に「除目……若狭守平経俊」とある。『吾妻鏡』では寿永三年（一一八四）二月七日条に一谷の合戦で討たれたこと、二月一三日条に首が獄門の木に懸けられたこと、一五日条に経俊は通盛・忠度と共に範頼に討たれたと鎌倉に報告されたことを記す。

四　平敦盛

『吾妻鏡』寿永三年（一一八四）二月七日条に一谷の合戦で討たれたこと、二月一三日条に首が獄門の木に懸けられたこと、二月一五日条に鎌倉への合戦記録では義経が討ち取ったとしていることを記す。

能の「敦盛」は世阿弥作の二番目物。出家して蓮生法師となった熊谷直実（ワキ）が一谷を訪れ、笛を吹く草刈男（前シテ）に逢う。男は敦盛の霊であることをほのめかして一旦消え、やがて武者姿の公達（後シテ）として現れ、最期の有様を語って回向を頼む。同じく「生田敦盛」は金春禅鳳作の二番目物。法然上人に育てられた敦盛の遺児（子方）が賀茂明神の霊夢のお告げで上人の従者（ワキ）と共に生田の森に下り、父の幽霊（シテ）に逢う。霊は合戦の有様を語り、修羅道の苦しみを見せて、わが子に回向を頼んで消える。

幸若「敦盛」は、熊谷直実が組み敷いた敦盛を一旦は助けようとしたが、味方に二心あると疑われて討ち、亡骸に書状を付して経盛の許へ送り、返状があったこと、直実は法然の弟子蓮生房となり、大往生を遂げたことを語る。特に延慶本との関係が濃いと考えられている。

浄瑠璃「一谷嫩《ふたば》軍記」では、直実は敦盛を討ったと見せて、実はわが子小次郎を身替りにしたことが、義経による首実検の場で明かになる。宝暦元年（一七五一）、大坂豊竹座初演。作者は並木千柳（宗輔）・浅田一鳥・並木正三他。

五　敦盛と直実の対話

組み伏せた敦盛に「只トク切」と促された直実がいう言葉は、延慶本（巻九―25）では次のように詳しい。

君ヲ雑人ノ中ニ置進《おきまゐらせ》候ワム事ノイタワシサニ、御名ヲ備《つぶさ》ニ承テ、必ズ御孝養申ベシ。其故ハ兵衛佐殿ノ仰《おほせ》ニ、能敵《よきかたき》打テ進タラム者ニハ、千町ノ御恩有ベシト候キ。彼所領即《すなはち》君ヨリ給タリト存ジ候ベシ。是ハ武蔵国住人、熊谷二郎直実ト申者ニテ候。

長門本（巻一六）では、

雑人の中にすて置参らせ候はん事の余りに御いたはしく思参らせ候、御名をつぶさに承て必《かならず》御孝養を申候べし、これは武蔵国住人熊谷次郎直実と申者にて候也

というので、延慶本のように、討った後に孝養をするわけを具体的に述べてはいないが、盛衰記のように「存ズル旨アリテ申也」と、名乗りを求めるわけを朧化してもいない。また、両本とも直実がここで名乗っているのは、組み討ちになる以前に、盛衰記のように名乗ってはいないからである。

六 覚一本の直実・敦盛の対話

覚一本巻九では、敦盛を組み伏せた直実はわが子小次郎ほどの年齢で美しい容貌であるので刀を下しかねて、次のような対話となる。

「抑いかなる人にてまし〳〵候ぞ。なのらせ給へ、たすけまいらせん」と申せば、「汝はたそ」ととひ給ふ。「物そのもので候はね共、武蔵国住人、熊谷次郎直実」と名のり申。「さては、なんぢにあふてはなのるまじゐぞ、なんぢがためにはよい敵ぞ。名のらずとも頸をとッて人にとへ。みしらふずるぞ」とぞの給ひける。

この言葉を聞いた直実は、「あッぱれ大将軍や。此人一人うちたてまッたり共、まくべきいくさに勝べき様もなし。又うちたてまつらず共、勝べきいくさにまくることよもあらじ。小次郎がうす手負たるをだに、直実は心ぐるしうこそおもふに、此殿の父、うたれぬときいて、いかばかりかなげき給はんずらん、あはれ、たすけたてまつらばや」と、敦盛を何とか助けようと思う。

七 直実、敦盛を討つ

直実が敦盛を討つまでの状況は、延慶本（巻九—25）では次のように語る。長門本（巻一六）もほぼこれに同じ。

サルホドニ土肥二郎実平三十騎計《ばかり》ニテ出来タリ。「土肥ガ見ルニ、此殿ヲ助タラバ、熊谷手取ニシタル敵ヲユルシテケリト、兵衛佐殿ニ帰聞レ奉ラム事、口惜カルベシ」ト思ケレバ、「君ヲ只今助進《たすけまゐらせ》テ候トモ、終《つひ》ニノガレ給ベカラズ。御孝養ハ直実ヨク仕候ベシ」トテ、目ヲ塞テ頸ヲカキテケリ。

覚一本では、直実は敦盛を見逃した場合のよそへの聞えを慮ってはいず、首を討つまでの逡巡ぶりをやや克明に語る。

うしろをきッとみければ、土肥・梶原五十騎ばかりでつゞいたり。熊谷涙をおさへて申けるは、「たすけまいらせんとは存候へ共、御方の軍兵雲霞の如く候。よものがれさせ給はじ。人手にかけまいらせんより、同くは直実が手にかけまいらせて、後の御孝養をこそ仕候はめ」と申ければ、「たゞとく〳〵頸をとれ」とぞの給ひける。熊谷あまりにいとおしくて、いづくに刀をたつべしともおぼえず、めもくれ心もきえはてて、前後不覚におぼえけれども、さてしもあるべき事ならねば、泣々頸をぞかいてッげる。（巻九「敦盛最期」）

八 敦盛の遺品

敦盛の遺骸にあった持ち物についての延慶本の叙述は以下の通り。

熊谷泣々此殿ヲ見レバ、漢竹ノ篳篥ノ色ナツカシキヲ、紫檀ノ家（ママ）ニ入テ、錦ノ袋ニ入ナガラ、鎧ノ引合《ひきあはせ》ニ指《ささ》レタリ。此篳篥ヲバ月影トゾ付ラレタリケル。又少《ちひさ》キ巻物ヲ差具《さしぐし》タリ。是ヲ見レバ、「楊梅桃李ノ春ノ朝ニモ成ヌレバ、ツマニ囀ル鶯ノ野辺ニナマメク忍音ヤ。野佳（径）ノ霞アラワレテ、ソトモノ桜イカ計リ重ネサクラムヤヘ桜、九夏三伏ノ夏ノ天ニ成ヌレバ、藤浪イトフ郭公、代々ノ語ヒヲリヲヘテ、忍ル恋ノ心地コソスレ。黄菊芝蘭ノ秋ノクレニモ成ヌレバ、壁ニスダクキリ〴〵ス、尾ノ上ノ鹿、竜田ノ紅葉哀也。玄冬素雪ノ冬ノ暮ニモ成ヌレバ、谷ノ小川ノ通路《かよひぢ》モ、皆白妙ニ見渡ル。名残惜カリシ故京ノ、木々ノ見捨テ出シヤドナレバ、一谷ノ苔ト下ニ埋レム」トゾカヽレタル。「修理大夫経盛ノ末子、大夫敦盛」トゾカヽレタル。（巻九—25）

長門本（巻一六）もほぼ同じだが、篳篥の名についての記述や最後の自署はなく、巻物について、「これを見るに打出て給ひける近日の程に、よまれぬるかと覚しくて、四季の長歌をかゝれたり」という説明がある。

その「長歌」は長門本の方が句も多く、意も通り、やや整っているが、大きな違いはない。

九　明雲

盛衰記では巻四「白山神輿登山」、巻五「座主流罪」で安元三年（一一七七）五月の山門騒動が詳述され、巻三四「明雲八条宮人々被討」でその死が描かれ、生前信西に「我ニ兵杖ノ相アリヤ」と聞き、信西がそう聞くことがその相のある証だと答えた挿話をも伝える。『愚管抄』巻五にもその死を詳記し、「明雲ハ山ニテ座主アラソイテ快修トタ、カイシテ、雪ノ上ニ五仏院ヨリ西塔マデ四十八人コロサセタリシ人ナリ。スベテ積悪ヲ、カル人ナリ」と論評する。信西との兵杖の相の話は『徒然草』一四六段に、「相者」との対話として載る。勅撰集では『千載和歌集』に、

天王寺にまゐりて遺身舎利を礼してよめる　　天台座主明雲

常ならぬ定めは夜はのけぶりにて消えぬなごりを見るぞうれしき

（釈教・一二五四）

の一首が採られている。この歌はそれ以前、賀茂重保撰『月詣和歌集』に載った。

一〇　平経正

左馬権頭、左兵衛佐、但馬守、正四位下に至った。

『吾妻鏡』養和元年（一一八一）八月一五日条に但馬守経正が義仲追討のため北陸道に進発したこと、同年一一月二一日条に通盛や行盛は北国から帰洛したが、経正は若狭国に留まったこと、寿永三年（一一八四）二月七日、一五日条に一谷の合戦で遠江守源義定に討たれたことを記す。

盛衰記では、巻二八「燧城源平取陣」に義仲・頼朝ら追討の大将軍の一人として見え、同巻「経正竹生島詣」に北国発向の途中、竹生島に参詣したこと、巻三一「経正参仁和寺宮」では都落ちの際、守覚法親王に青山の琵琶を返上したことが語られる。

歌人として早くから知られ、嘉応二年（一一七〇）一〇月九日藤原敦頼勧進『住吉社歌合』（正五位下行左馬権頭兼淡路守平朝臣経正）、承安二年（一一七二）一二月道因（俗名藤原敦頼）勧進『広田社歌合』（正五位下行右兵衛佐平朝臣経正）、治承二年（一一七八）三月一五日賀茂重保勧進『別雷社歌合』（従四位上行皇太后宮亮兼丹後守平朝臣経正）等に括弧内の作者名で出詠している他、父経盛主催の歌合（散佚）その他の催しに参加したと考えられる。撰歌合である『治承三十六人歌合』の三六人の歌人にも選ばれている。家集『皇太后宮亮経正朝臣集』は奥に、

寿永元年六月廿六日

正四位下行皇太后宮亮兼但馬守平朝臣経正

と記し、「寿永百首家集」の一つと知られる。同集の一首「照射　山ふかみほくしの松はつきぬれど鹿におもひをなほかくるかな」（二三）が『千載和歌集』巻第三夏歌・一九九番に「読人しらず」として、また『治承三十六人歌合』の「いかなれば上葉を分くる秋風に下折れぬらん野辺のかるかや」（二〇三）の一首がやはり『千載集』巻第四秋歌上・二四六番に同じく「読人しらず」として、ともに入集する他、『新勅撰和歌集』以下の勅撰集に名を顕して七首が採られている。

能「経正」（「経政」とも、作者未詳）は二番目物（修羅能）。仁和寺の行慶僧都（ワキ）が守覚法親王に命ぜられて、青山の琵琶を仏前に供え、管絃講で経正を弔うと、その幽霊（シテ）が現れて青山を弾じて夜遊を楽しむが、そのうち修羅道での瞋恚の心が起こったことを恥じて姿を消す。

一一　守覚法親王

保元元年（一一五六）一一月二七日、七歳で仁和寺南院に入り、永暦元年（一一六〇）二月一七日、覚性法親王を戒師として北院において出

家、初め守性といった。嘉応元年（一一六九）一二月一一日の覚性法親王の入滅後、第六代の御室として寺務を掌り、喜多院（北院）御室と号した。『左記』『右記』『追記』はその著作とされ、『左記』には平家の公達との交情を偲ぶ記述や義経を招いて聞いた合戦の趣を記したなどという記述の存することが注目される。ただし、これらの著作を擬書と考える説もある。経正が都落ちの際守覚法親王に暇乞いしたことは盛衰記では巻三一「経正参仁和寺宮」で詳しく語られる。慈円は『愚管抄』巻五で法住寺合戦について述べた中で、「『院ノ御前ニ御室ノヲハシケル、一番ニ逃給ヒニケリ。口惜キ事也』トゾ人申シ」と書く。和歌を好み、『御室五十首』『御室撰歌合』などの歌会や歌合を催し、俊恵・顕昭・藤原俊成らに家集や歌書を進覧させた。『千載和歌集』初出の歌人で、家集『守覚法親王集』（北院御室集）がある。

一二　平師盛

『吾妻鏡』寿永三年（一一八四）二月五日条に、一谷の合戦で資盛・有盛等と共に七千余騎で源氏と対戦したこと、二月七日、一五日条に、遠江守源義定に討たれたことを記す。

一三　伊勢義盛

『玉葉』文治二年七月二五日条に「能保示送云、九郎義行郎従、伊勢三郎丸梟首了云々」とあるので、義経（『玉葉』にいう「義行」は兼実男良経との同訓を嫌って、義経につけられた呼び名）一行が文治元年京を没落した後、どこかで一行と別れ、討たれたかと想像される。盛衰記では巻四六「義経始終有様」で、義経が都落ちした際、後に馳せ参ずると約して別れ、故郷の伊勢国に下って守護人を討ったが、攻められて鈴鹿山で戦った末に自害したと述べる。出自や行動は明らかでなく、伝説的な部分が多い。『平治物語』（学習院本）下によれば、元は伊勢国の者で、上野国松井田に住んでいた時、治承四年（一一八〇）の頼朝の挙兵以前から平家追討を決意していた義経が泊まって、決起の時には家来にしようと目星をつけていた人物であるという。また『義経記』巻二では、伊勢国二見に住み、源義朝に仕えた伊勢神宮の神主伊勢のかんらひ義連の男で、父が上野国に流されて死んだ後に同国で生まれ、元服して義盛と名乗った、元服後まもない義経が上野国板鼻の義盛の家に泊まった縁で家来となったという。『愚管抄』巻五では、義経が木曾義仲を攻めた時、「大津ノ田中ニヲイハメテ、伊勢三郎ト云ケル郎等、打テケリトキコヘキ」という。

一四　平家長

桓武平氏、家貞の男かとする説がある。内舎人だったので「平内」というか。盛衰記巻四二「与一射扇」で与一に射られた十郎兵衛尉家員（二一六頁注九）は弟であるという。

盛衰記の記述は、巻三八「経俊敦盛経正師盛已下頸共懸一谷」で「伊勢平内左衛門尉家長」の名をも挙げる一方、巻四三「平家亡虜」では壇浦の合戦に敗れて教盛と共に自害した知盛の後を追ったとし、「一説」では知盛・教盛に続いて入海したとする矛盾をおかしている。

一五　平時忠

久安三年（一一四七）一月七日蔵人に補された。同五年四月一日叙爵。兵部大輔・刑部大輔・右衛門権佐などを歴任、右少弁を兼ねたが、永暦二年（一一六一）九月一五日、憲仁親王（高倉天皇）を皇太子に立てようと謀ったとして、平教盛と共に解官、時忠は応保二年（一一六二）六月二三日出雲国に配流された。永万元年（一一六五）九月一四日召返され、左衛門権佐・蔵人頭・右大弁等を経て、仁安二年（一一六七）二月一一日任参議、右兵衛督を兼ね、同年一二月一三日従三位に叙された。同三年七月三日右衛門督、検非違使別当とされ、同年八月四日正三位、八月一〇日には権中納言に任ぜられた。しかし、嘉応元年（一一六九）一二月二八日、奏事不実により解官、再び出雲国に配流された。承安元年（一一七一）四月二一日還任、同二年二月一〇日中宮権大夫、同四年一月一一日従二位に叙された。その後右衛門督・左衛門督を歴任、治承三年（一一七九）一月七日叙正二位、寿永元年（一一八二）一〇月三日中納言、同二年一月二二日権大納言に任ぜられたが、七月二五日一門の都落ちで行動を共にしたので八月一六日解官された。

『吾妻鏡』には時忠に関連する記述が少なくない。まず養和二年（一一八二）一月二三日条には、時忠の息であるが、継母の企みで上総国に配流され、平広常の聟となった伯耆守時家が初めて頼朝の許に参じ、「京洛客」を愛する頼朝が「殊憐愍」したという。元暦二年（一一八五）には、三月二四日条に壇浦の戦のさなか、源氏の武士が賢所を開けようとしたのを制止したこと、四月一一日条に「生虜人々」の一人として「平大納言時忠」の名があること、四月二六日条に宗盛らと共に生虜として入京した有様を後白河法皇が密々に見たこと、五月一六日条に「内侍所無為御帰坐」の功により「死罪一等」を宥免されたこと、六月二日条に五月二〇日下された配流官符の交名目録が鎌倉に届き、時忠は能登、男時実は周防への配流とされたこと、九月二日条に義経が時忠の聟になったよしみで配流官府が下されながら今に至るまで在京しているのを頼朝が憤っていること、九月二三日条に時忠が配所能登国に赴いたこと、文治五年（一一八九）三月五日条に二月二四日時忠が配所で没した由、関東に報じてきたことが記される。文治五年三月五日条には、続いて「依レ有二智臣之誉一。先帝朝。平家在世時。輔佐諸事一。雖二当時一。為二朝廷一可レ惜歎之由。二品被レ仰。亦彼年齢有二御不審一。数輩雖レ候二御前一。無二覚悟人一。仍被レ尋二大夫属入道一之処。六十二之由申レ之云々」という記事がある。

『平家物語』から受ける印象は、人も無げな振舞いをする人物で、風雅の道には無縁のような気もするが、治承二年三月一五日賀茂重保勧進『別雷社歌合』に「従二位行権中納言兼中宮兼大夫左衛門督平朝臣時忠」として出詠している。源平動乱の終息した後に奏覧された『千載和歌集』にも、巻第十九釈教歌・一二三八番に、

前大納言時忠

観音の誓ひを思ひてよみ侍りける
頼もしき誓ひは春にあらねども枯れにし枝も花ぞ咲きける

という一首が名を顕して入集している。『建礼門院右京大夫集』には、中宮権大夫時忠が五月五日中宮徳子に菖蒲の根に歌を添えて献じ、右京大夫が返歌したことが語られている。また、高野山に入った西行と「中宮大夫」なる人とが歌の贈答をしていることが『山家集』によって知られるが、その「中宮大夫」は時忠であろうと考えられている。なお、平藤幸「平時忠伝考証」（『国語と国文学』第七九巻第九号、平成一四年九月）参照。

一六　霜枯ノ小竹ガ上ノ青翠、紫野ニ染返シ

「紫野」は山城国。現、京都市北区紫野。ここでの表現は、あるいは堯が湘浦でなくなった後、娥皇・女英の姉妹の后が悲しんで流した涙がかかって竹を斑に染めたという故事によるか。この故事は「愁賦」の句に「竹斑二湘浦一　雲凝二鼓瑟之蹤一」（和漢朗詠集・下・雲・四〇三）と詠まれ、『唐物語』一三話で「君恋ふる涙の色の深きには竹も涙に染むとこそ聞け」という歌とともに語られ、『続古事談』巻六漢朝・七話でも「竹斑湘浦」の故事として説明されている。平家物語では覚一本巻六「祇園女御」でも、藤原邦綱の人となりを語る中でこの故事を語る。

一七　汀ノ浪、湊ノ水、錦ヲ濯フニ似タリケリ

上の「細谷川ノ水ノ色、薄紅ニテ流タリ」と共に、詩歌の修辞を用いた表現で、藤原忠通の詩句「巴峡紅粧流不レ尽　蜀江錦彩濯彌新」（法性寺関白御集・浮レ水落花多）などに通うものがある。

一八　直実の経正宛書状

延慶本及び長門本の、直実が消息状等を送る部分は、次のごとくである。

延慶本（巻九—25）

直実余ニ哀ニ覚テ、敦盛ノ頸ヲ彼直垂ニツヽミテ、篳篥ト巻物トヲ取具《とりぐし》テ、「御孝養候ベシ」トテ状ヲ書ソヘテ、屋嶋ヘ奉レ送。釣舟ノ有ケルニ、雑色一人、水手二人シテ奉ル。平家屋嶋ヘ付給ケル十三日ノ酉剋計《ばかり》ニ追付、「御船ニ可レ申事候」ト申タリケレバ、平家ノ舟ヨリ「何事ゾ」ト問《とふ》。「源氏ノ御方ニ候熊谷ガ使」ト申ス。是ヲ聞テ船内サワギアヘリ。熊谷ガ使ノ舟モ平家ノ船ニ不二近付一、四五段計ニユラヘタリ。新中納言、家長ヲ召テ、「アレホドノ小舟ニ如何ナル樊会張良ガ乗タリトモ何事カ可レ有。家長見テ参レ」ト宣ヘバ、家長、郎等二人ニ腹巻キセテ、吾身ハ木蘭地ニ色々ノ糸ニテ、師子ニボウタムヌイタルヒタヽレニ、ワキニ小具足計ニテ、ハシ舟ニ乗テコギ向タリ。子細ヲ問。「熊谷方ヨリ修理大夫殿ノ御方ヘ御文候」ト申テ、立文ヲ持タリ。新中納言此文ヲ取テ、「熊谷ガ私文ノ候ナル」トテ、修理大夫殿ヘ奉ル。大夫殿此文ヲ見給ニ、御子ノ敦盛ノ御首ナリ。母北方是ヲ見給テ、舟中ニ有トアル上下泣悲ム事、実ニト覚テ哀也。「熊谷ハヒタスラノ荒夷ニコソ有ラメト思程、情有テ、敦盛ガ首ヲ送タル心ノ中コソ哀ナレ」トテ、熊谷ガ状ヲ見給フニ、(以下書状の引用)

長門本(巻一六)

元暦元年二月七日巳の剋、平家は一ノ谷を落されて、同十三日讃岐国屋島のいそにぞ着給ふ、同八日、熊谷は見し面影のみ身に添ひて、忘れがたさぞまさりける、此首をおくらばやとは思へども、私の物になし、せめての思の余りにや、召されたりける御直垂に空しき死骸を押巻、かの篳篥さしそへて、雑色二人水手二人添へて釣船に乗せ、屋島の磯へぞ送りける、同十三日の酉の刻ばかりに、熊谷使平家の船にはおひつきたり、御船に申べき事候と申ければ、平家の船より、いづくよりぞといひければ、源氏の御方に候給ふ熊谷殿よりの御使とぞ申ける、平家の船中何となく熊谷が使とき、、あわてさわぐ事斜ならず、去程に熊谷が使の船も近付きて、五たんばかりにぞゆらへたる、新中納言のたまひけるは、いかなる樊噲張良が乗たりとも、か程の小船に何事のあるべきぞ、平内左衛門はなきか、行向ひて事の仔細尋よかし、伊賀平内左衛門尉家仲は、木蘭地に色々の糸をもて、獅子に牡丹をぬひたるひたゝれ、こしあて小具足ばかりにて、郎等二人に腹巻きせ、はし船にとり乗り、熊谷が使の船におしむかひて、事の様をぞ尋ねける、源氏の御方に候熊谷殿より、修理大夫殿へ御状の候と申ければ、新中納言見給ひて、これは私の状と覚ゆるぞとて、修理大夫殿へ奉らる、修理大夫殿あけて見給ふに、御子敦盛の空しき死骸をぞ送りたりける、打いで給ふその日よりして、いまや〳〵と期したりける事なれども、時にさしあたりては恩愛の道力及ばぬ御事にて、御涙更にせきあへず、御母北の方夢の様なる心地して、御涙にぞかきくれける、見そめ見えそめしそのいにしへさへくやしくて、後悔せらるゝぞ哀なる、御船に候ける貴賤上下皆袖をぞぬらしける、熊谷はさればひたすらあらゑびすかとこそ思ひたれば、情深くもこれをば送りたる物かなとて、御涙をおさへ、修理大夫殿、熊谷が状をあけて見給ふに、其状に云、(以下書状の引用)

一九　経盛の両親の悲歎

長門本巻一六の、敦盛のなきがらを前にして直実の状を読んだ後の経盛や敦盛母の描写は次のごとくである。

修理大夫殿御涙にぞかきくれ給ひける。御母北ノ方、一所にさしつどひて空しき死骸を中に置き、件ノ篳篥をあなた此方へ取渡し、こはされば夢かや〳〵とて、唯なくより外の事ぞなき、されども熊谷が使の余りに久しく待けるが、さすがにおもはれければ、修理大夫殿御涙をおさへて御返事あり、

二〇　楽天悲一子之別

白楽天は憲宗の元和六年（八一一）、四〇歳の時、三歳の娘金鑾子と死別して、「念二金鑾子一二首」（白氏文集・巻一〇）「病中哭二金鑾子一」（同・巻一四）などの詩を詠じて嘆いた。「病中哭二金鑾子一」の末尾四句を引いておく。

送ッテ出デ二深村ノ巷一ヲ　看ルレ封ゼラルルヲ二小墓田一ニ
莫レ言フコト二三里ノ地一ト　此ノ別レハ是レ終天ナリ

二　法然
九条兼実・式子内親王など、多くの貴顕から尊信された。しかし、兼実の弟慈円は『愚管抄』巻六で「『タヾ阿弥陀仏トバカリ申ベキ也。ソレナラヌコト、顕密ノツトメハナセソ』ト云事ヲ云イダシ、不可思議ノ愚癡無智ノ尼入道ニヨロコバレテ、コノ事ノタヾ繁昌」したこと、後鳥羽院の女房などが弟子の安楽房（遵西）・住蓮に帰依したことが因でこの両僧が斬罪に処され、法然も流されたことなどを述べ、「大谷ト云東山ニテ入滅」した際も「往生〳〵ト云ナシテ人アツマリケレド、サダカナル事モナシ」と、批判的に述べている。法然の著作としては、『選択本願念仏集』『一枚起請文』などがある。法然の伝記資料として重要な『法然上人行状絵図』は全四八巻。『法然上人絵伝』とも呼ばれる。後伏見院の命により、徳治二年（一三〇七）から一〇年余をかけて法印舜昌が旧伝を集成したものという。京都知恩院蔵本は国宝。

三　大納言佐
『吾妻鏡』元暦二年（一一八五）四月一一日条、壇浦の戦で生捕りにされた女房の一人として「大納言典侍重衡卿妻」が挙げられている。『山槐記』治承四年（一一八〇）四月一二日条に、

大納言典侍御乳母也、蔵人頭重衡朝臣妻、前大納言邦綱卿女、不レ存二其旨一、今朝沙汰出来、俄奉仕云々、仍遅参歟、

とあり、『愚管抄』巻五にも重衡の最期を述べた部分で、壇浦で生捕られた後の彼女について、

重衡ハ、邦綱ガヲトムスメニ大納言スケトテ、高倉院ニ候シガ安徳天皇ノ御メノトナリシニムコトリタルガ、アネノ大夫三位ガ日野ト醍醐トノアハイニ家ツクリテ有リシニアイグシテ居タリケル。

という。

亖　小宰相
生年未詳。寿永三年（一一八四）没。藤原氏北家高藤流、憲方の女、母は藤原顕隆女。上西門院の女房。『建礼門院右京大夫集』に、

治承などの頃なりしにや、豊の明の頃、上西門院の女房、物見に二車ばかりにてまゐられたりし、とり〴〵に見えし中に、小宰相殿といひし人の、鬢額のかゝりまでことに目とまりしを、年頃心かけて言ひける人の、通盛の朝臣に取られて歎くと聞きし、げに思ふもことわりと覚えしかば、その人のもとへ

さこそげに君歎くらめ心そめし山の紅葉を人に折られて

返し

何かげにひとの折りけるもみぢ葉を心うつして思ひそめけんなど申ししをりは、たゞあだごととこそ思ひしを、それゆゑ底の藻屑とまでなりしを、あはれのためしなさは、よそにて歎きし人に折られなましかば、さはあらざらまし。かへすがへすためしなかりける契りの深さも言はんかたなし。

と回想している。なお、日下力『いくさ物語の世界 中世軍記文学を読む』（二〇〇八年六月刊、岩波新書）、松尾葦江『軍記物語原論』（二〇〇八年八月刊、笠間書院）第四章第二節を参照。

亖　上西門院
統子は初め恂子といった。大治元年八月一七日、一歳で内親王、同二年四月六日准三宮とされ、賀茂斎院に卜定されたが、天承二年（一一三二）六月二九日病により退下した。保元二年（一一五七）八月一四日入内、同三年二月三日弟後白河天皇の准母の義により皇后宮とされた。同

四年二月一三日上西門院の院号を蒙った。永暦元年（一一六〇）二月一七日出家、法名を真如理といった。『愚管抄』巻五で平治の乱の際、反乱軍が三条烏丸御所に放火し、後白河院と上西門院を一本御書所に移したことを述べて、「上西門院ハ待賢門院ノ一ツ御腹ニテ、母后ノヨシトテ立后モアリケルトカヤ。サテカタ〳〵殊ニアヒ思テ、一所ニツネハオハシマシケルナリ」という。

二五　一夜ニ生ル松枝

『大鏡』巻二「時平伝」に、菅原道真が太宰府で没した後、「夜のうちにこの北野にそこらの松を生《おほ》し給ひて、渡り住み給ふをこそは、只今の北野宮と申して、あら人神におはしますめれば、おほやけも行幸せしめ給ふ」とあり、『愚管抄』巻三にも「マヂカクコノ大内ノ北野ニ一夜松オヒテワタラセ給テ、行幸ナル。神トナラセ給テ、人ノ無実ヲタヾサセオハシマス」という。

二六　大内山ノ霞ハ木隠テノミ見エ渡ル

『拾遺和歌集』に「流され侍りてのち、いひおこせて侍りける　贈太政大臣　君が住む宿の梢のゆくゆくと隠るるまでにかへり見しはや」（別・三五一）の歌がある。『拾遺抄』では同じ歌（別・二二七）に、詞書「流され侍りて後、乳母のもとにいひおこせて侍りける」、第二句「宿の梢を」、第四句「隠れしまでに」。『大鏡』巻二「時平伝」にもあり。

二七　袁盎卻坐

『史記』袁盎鼂錯列伝第四一のこの故事に相当する部分を掲げる。

上幸㆓上林㆒、皇后・慎夫人従。其在㆓禁中㆒、常同㆑席坐。及㆑坐、郎署長布㆑席。袁盎引㆔卻慎夫人坐㆒。慎夫人怒、不㆑肯㆑坐。上亦怒、起入㆓禁中㆒。盎因前説曰、臣聞、尊卑有㆑序、則上下和。今陛下既已立㆑后。慎夫人乃妾。妾・主豈可㆓与同㆒㆑坐哉。適所㆔以失㆓尊卑㆒矣。且陛下幸㆑之、即厚賜㆑之。陛下所㆔以為㆓慎夫人㆒、適所㆓以禍㆒㆑之。陛下独不㆑見㆓人彘㆒乎。於㆑是上乃説、召語㆓慎夫人㆒。慎夫人賜㆓盎金五十斤㆒。

次に、右の袁盎の言葉に引かれている、『史記』呂后本紀第九での「人彘」に関する記述を掲げる。

呂后最怨㆓戚夫人及其子趙王㆒。迺令㆘永巷囚㆓戚夫人㆒、而召㆗趙王㆖。……孝恵元年十二月、帝晨出射。趙王少。不㆑能㆓蚤起㆒。太后聞㆓其独居㆒、使㆓人持酖飲㆒㆑之。犁明孝恵還。趙王已死。……太后遂断㆓戚夫人手足㆒、去㆑眼煇㆑耳、飲㆓瘖薬㆒、使㆑居㆓厠中㆒、命曰㆓人彘㆒。居数日、迺召㆓孝恵帝㆒観㆓人彘㆒。孝恵見問、迺知㆓其戚夫人㆒。迺大哭、因病、歳余不㆑能㆑起。

「袁盎卻坐」の故事は源光行の『蒙求和歌』第三秋部廿首で、次のごとく呂后のことをも含めて解説している（片仮名本で不審の箇所は平仮名本を参照した）。

袁盎却坐　女郎花

漢ノ文帝ノ上林ノミユキニ、慎夫人トイヘル女御カタハラニ有リ、袁盎タチヨリテ夫人ノ座ヲシリゾケリ、オホヤケ御ケシキカハリ、夫人イカレル色アリ、袁盎ガ云ハク、オホヤケハキサキアリ、妾アリ、夫人ハ妾ナリ、妾ハオホヤケトユカヲヒトツニスル事ナシ、昔ノ人彘ガタメシヲ思ヒシレ、ト云ヒケリ、オホヤケ、袁盎ガカシコキ心ヲホメテ、金五十斤ヲタマハセケリ、人彘ガタメシト云ヘルハ、漢ノ高祖ノキサキ呂大后ノ太子孝恵ヲウメリ、マタ戚夫人ガハラニ趙王如意ヲウメリ、夫人、御志フカカリケル故ニ、東宮孝恵ステテ、趙王ヲ東宮ニタテカヘムトシ給ヒケルヲ、呂大后モナゲキ、ヨヒトモカタブキケリ、張良ハカリゴトヲメグラシテ、商山ノ四皓ヲカタラフニ、四皓、山ヨリイデテ東宮ヘマヰリケリ、高祖コレヲミタマヒテ、四賢ヒトツココロニキタリタスケタテマツルコトヲココロニクキコトニオボシテ、東宮タテカフベキコトヲオモヒトドマリタマヒヌ、高祖カクレタマヒテノチ、孝恵クラヰニツキタマヒヌ、呂大后、趙王ヲウシナヒ、夫人ヲウシナハムトスルヲ、孝恵帝ナサケフカキココロニテ、コノコトヲサトリテ、趙王ヲミニソヘ、夫人ヲハグクミタマヘドモ、帝ユミイタマフヲリ、趙王ノヒトリヰタマヘルヲウカガヒテ、鴆酒ノマセテケリ、夫人ヲバアシテヲキリ、ミミヲフスベ、クスリヲヌリテ、オニノヤウニツクリナシテ、厠ノ下ニオキテ人彘トナヅケケリ、恵帝カナシミウレヘタマヒケリ、鴆酒トイヘル、毒酒ナリ、鴆ト云フ鳥有リ、クチナハヲノミクラフナリ、ソノ鳥ノ毛入リタル酒也、マタ鴆ノハヲ酒〔に〕入レテ、ノマセテコロセリトモ云ヘリ、恵帝コノ後ヨノマツリゴトヲオコナハズ、ヤマヒニシヅミタマヒテケリ、人彘ガ霊、呂后トリコロシテケリ、父呂公、昔呂后ヲミテ云ハク、幸貴ノミナレドモ、千夫ノ相アリトイヘリケリ、高祖一人ガホカミエタル人ナクシテシヌ、ハカニヲサメテ、帳床屏風ノカザリ、イキタリシトキノゴトシ、ツギノ日、狩猟人千余人タカヲスヱ、イヌヲヒキテ、雨ニアヒテ日クレヌ、ツカノモトニカヘリテ、オノオノアツマリヤドレリ、内ニ美人有リ、モノ云フコトナシ、ソノミヲマサグルニ、ハダヘアタタカニシテ、ナツカシキニホヒナリケレバ、ヒトリフタリチカヅキ、アヒニケルホドニ、ミウラヤミツツ、ワレモワレモトアラソフホドニ、九百九十九人ニアタルタビ、ソノミトケウセニケリ、カリビトタレト云フコトヲシラズ、後ニコソ呂公（呂后）トハシリニケル、高祖ヲクハヘテ千人ノ相ムナシカラズゾアリケル

ヲミナヘシタマノマガキハココロセヨサテゾムカシモツユニシヲレシ　（三八）

二八　忠快

『吾妻鏡』元暦二年（一一八五）四月一一日条に、壇浦の戦で生虜とされた僧の一人に「律師忠快」を挙げ、六月二日条に伊豆に流されたこと、七月二六日条に忠快が一昨日伊豆国小河郷に到着し、狩野宗茂がその由を申したこと、文治五年（一一八九）五月一七日条には忠快を召還する由の宣下状が到着したことを記す。建久六年（一一九五）六月二五日条には、京都から鎌倉に帰る頼朝に、知盛男中納言禅師増盛と共に従ったこと、九月二八日条には「碩学之故歟」、仏法に帰依する三浦義澄の申請によって三浦に向かったことを記す。建暦元年（一二一一）から建保四年（一二一六）にかけては、「小河法印忠快」として将軍実朝のために仏事を修している。嘉禄二年（一二二六）六月一四日条には、大慈寺の三重宝塔の供養の導師であったことを記す。

藤原定家の『明月記』嘉禄三年三月一八日条に、

或人音信云、（中略）横河長吏忠快法印一昨日早世云々、門徒闘諍張本也、受ㇾ病七ヶ日、事躰時行歟云々、冥罰歟、当初同甲子由聞之、旧遊之零落可ㇾ悲、

と見える。

盛衰記ではこの先、巻四六「時忠流忠快免」で、頼朝が地蔵の霊夢を見て忠快を赦免したことを詳しく語るが、そこに引かれる頼朝の「ミチノクノ里ハ遥ニ遠ク共書尽テゾツボノ石ブミ」の歌は、『新古今和歌集』雑下・一七八六に、慈円への返歌として載る歌を若干変えて用いたものである。

詠歌を嗜んだようで、早く賀茂重保撰『月詣和歌集』に「権律師忠快」として自然詠が二首入集し、勅撰集では『玉葉和歌集』に、いずれも動乱にかかわる、次の二首の歌が入集している。

兄弟に一度におくれてなげき侍けるを、平行盛をそくとぶらひ侍ければつかはしける　法印忠快

うき身をばこととはずともかゝる世のかなしきことはしるやしらずや（雑四・二三四二）

返し　平行盛

かなしさをよそのなげきとおもはねば人をとふべき心ちだにせず

（同・二三四三）

　ことありて伊豆国にながされ侍けるを、をそくとひける人に申
　　つかはしける　　法印忠快
　身のうきか人のつらきかさりともとおもふ日数をとはで過ぬる（雑
　五・二五七一）

二九　平教盛

　久安四年（一一四八）一月二八日左近将監、同年四月二六日叙爵。淡路守・左馬権頭・越中守・常陸介などを歴任。永暦二年（一一六一）九月一五日には憲仁親王（高倉天皇）を皇太子に立てようと謀ったとして、平時忠と共に解官されたが、同二年二月一七日能登守とされ、長寛二年（一一六四）七月八日には内蔵頭を兼ね、仁安三年（一一六八）二月一九日高倉天皇の践祚の日、蔵人頭とされ、八月一〇日任参議、同月一二日正三位に叙された。養和元年（一一八一）一二月四日権中納言に任ぜられ、同二年三月八日従二位に叙され、寿永二年（一一八三）四月五日中納言に転じたが、一門の都落ちに従い、八月六日解官された。

　『吾妻鏡』には、元暦二年（一一八五）三月二四日条に、壇浦の戦で入水したことを記し、四月一一日条にも「入レ海人々」の一人として「門脇中納言教盛」の名を挙げる。没後年を経た建久六年（一一九五）六月二五日条には、京から鎌倉に戻る頼朝に教盛の子の中納言律師忠快と知盛の子の中納言禅師増盛ら、平氏の縁に連なる人々が従ったことを記す。盛衰記ではその死を巻四三「平家亡虜」で、知盛と共に海に入ったが熊手で引き上げられて自害したと語る。

三〇　平維盛

　仁安二年（一一六七）二月七日叙従五位下、同日美濃権守に任ぜられた。右近権少将・中宮権亮・春宮権亮等を歴任、治承五年（一一八一）六月一〇日右近権中将に転任、蔵人頭に補され、同年一二月四日従三位に叙された。養和二年（一一八二）三月八日伊予権守を兼ねたが、寿永二年（一一八三）七月二五日一門と共に都落ちしたので、八月六日解官された。『玉葉』には承安二年（一一七二）一月一九日、高倉天皇が後白河法皇の法住寺殿に朝覲行幸した際の御遊で源雅賢と共に付歌《つけうた》を勧めたことに始まり、安元二年（一一七六）三月四―六日の法皇五十賀関係の記事で舞人を勧めたこと（→巻四〇・補注三〇）、治承四年五月二六日甲冑姿の重衡と共に、衣冠に装束を改めた維盛が法皇御所に参じて、以仁王・源頼政らの軍勢との宇治川の合戦の報告をしたこと、同年一一月一日条に富士川で頼朝勢と対戦した追討使維盛以下の平家の軍勢が「空被二追返一」と伝聞したことなどを記し、寿永三年（一一八四）二月一九日条に一谷での平家の敗北後についての記事の中で「伝聞……又維盛卿三十艘許相卒指二南海一去了云々」と書くなど、維盛のことを伝える記事は少なくない。『吾妻鏡』では軍事関係の記事中に見られる。

　盛衰記ではこれ以前、富士川の戦で大将軍とされたことを語る巻二三「朝敵追討例」で「年二十二、美形《みめかたち》勝《すぐれ》タリ。絵ニカク共筆モ難レ及トゾ見ヘタリケル」とその美貌を称え、巻三一「維盛惜妻子遺」では一門と共に都落ちした際の妻や子供達との悲しい生別のさまを詳述する。巻三六「維盛住吉詣」では弟資盛をさそって福原からひそかに住吉社に参詣通夜し、「今一度都へ帰入、再妻子令レ見給へ」と祈誓したと語る。

　『建礼門院右京大夫集』には、賀茂祭の折の警固の姿を「まことに絵物語りいひたてたるやうにうつくしく見えし」とある他、自身を「歌もえよまぬ者」としていたこと、宮女房と浮気していると聞いた右京大夫のおせっかいな諫めの歌に「かやうのこともつきなき身には言葉もなきを」と言いながら返歌していることなどが知られる。

　近世文芸では延享四年（一七四七）一一月大坂竹本座初演、二世竹田出雲・三好松洛・並木千柳（宗輔）合作の浄瑠璃「義経千本桜」が、維盛生存伝説を用いて、三段目において維盛は元の家来で今は吉野の下市の鮨屋弥左衛門の家に奉公人弥助としてかくまわれており、頼朝はそれ

を知っていて、彼を助命する意向であると悟った維盛は出家するという展開を語っている。なお、高橋昌明『平家の群像物語から史実へ』参照。

三　平維盛室

『尊卑分脈』藤原氏北家末茂流、権大納言成親の子女のうち、「経房卿室　元維盛卿室」と注する女子である。母についての注記はないが、藤原定家の『明月記』治承五年（一一八一）六月一二日条により、彼女の母は藤原俊成女後白河院京極で、彼女は京極の二女と知られる。定家はこの日父俊成に命ぜられ、六月一〇日右近権中将に転任、蔵人頭に補された平維盛邸に祝意を表するために赴き、維盛が外出していたので障子を隔てて彼女に面会している。『建礼門院右京大夫集』に、維盛室が右京大夫に薬玉を贈った際の贈答歌が見える。『尊卑分脈』の注記により、維盛なき後、権大納言藤原（吉田）経房と再婚したことが知られる。

三　一谷の合戦

『吾妻鏡』寿永三年二月七日・八日・一五日条は、一谷の合戦について、次のように記す。

○七日丙寅。雪降。寅剋。源九郎主先引二分殊勇士七十余騎一。着二于一谷後山一。号二鴨越一。爰武蔵国住人熊谷次郎直実。平山武者所季重等。卯剋。偸廻二于一谷之前路。自二海道一競二襲于舘際一。為二源氏先陣一之由。高声名謁之間。飛騨三郎左衛門尉景綱。越中次郎兵衛盛次。上総五郎兵衛尉忠光。悪七兵衛尉景清等。引二廿三騎一。開二木戸口一。相戦之。熊谷小次郎直家被レ疵。季重郎従夭亡。其後蒲冠者。并足利。秩父。三浦。鎌倉之輩等競来。源平軍士等互混乱。白旗赤旗交レ色。闘戦為レ躰。響レ山動レ地。凡雖二彼樊噲張良一。輙難二敗績一之勢也。加之城郭。石巌高聳而駒蹄難レ通。澗谷深幽而人跡已絶。九郎主相二具三浦十郎義連已下勇士一。自二鴨越一此山猪鹿兎狐之外不レ通険阻也。被二攻戦一間。失二商量一敗走。或策レ馬出二一谷之舘一。或棹レ船赴二四国之地一。爰本三位中将重衡。於二明石浦一。為二景時。家国等一被二生虜一。越前三位通盛。到二湊河辺一。為二源三俊綱一被二誅戮一。其外薩摩守忠度朝臣。若狭守経俊。武蔵守知章。大夫敦盛。業盛。越中前司盛俊。以上七人者。範頼。義経等之軍中所二討取一也。但馬前司経正。能登守教経。備中守師盛者。遠江守義定獲レ之云々。

○八日丁卯。関東両将。自二摂津国一。進二飛脚於京都一。昨日於二一谷一遂二合戦一。大将軍九人梟首。其外誅戮及二千余輩一之由申之。

○十五日甲戌。辰剋。蒲冠者範頼。源九郎義経等飛脚。自二摂津国一参二着鎌倉一。献二合戦記録一。其趣。去七日於二一谷一合戦。平家多以殞レ命。前内府（宗盛）已下浮二海上一赴二四国方一。本三位中将生二虜之一。通盛卿。忠度朝臣。経俊。已上三人。蒲冠者討二取之一。経正。師盛。教経。已上三人。遠江守義定討二取之一。敦盛。知章。業盛。盛俊。已上四人。義経討二取之一。此外梟首者一千余人。凡武蔵相模下野等軍士。各所レ竭二大功一也。追可二注記言上一云々。

『玉葉』寿永三年二月八日条は、一谷の合戦に関する情報を次のように書き留めている。

八日、丁卯天晴、未明、人走来云、自二式部権少輔範季朝臣許一申云、此夜半頃、自二梶原平三景時許一、進二飛脚一申云、平氏皆悉伐取了云々、其後午刻許、定能卿来、語二合戦子細一、一番自二九郎許一告申、搦手也、先落二丹波城一、次落二一谷一云々、次加羽冠者申二案内一、大手、自二浜地一寄二福原一云々、自二辰刻一至二巳刻一、猶不レ及二一時一、無レ程被二責落一了、多田行綱自二山方一寄、最前被レ落二山手一云々、大略籠二城中一之者不レ残二一人一、但素乗船之人々四五十艘許在二島辺一云々、而依レ不レ可二廻得一、放レ火焼死了、疑内府等歟云々、所二伐取一之輩交名未二注進一、仍不レ進云々、剣璽内侍所安否、同以未レ聞云々、

『百練抄』寿永三年二月八日条は次のごとくである。

八日丁卯。九郎進二飛脚一云。自二昨日寅時一至二午時一合戦攻落。大将軍已下多以打二取之一畢。本三位中将重衡為二生虜一云々。

慈円は『愚管抄』に、この合戦について次のように記す。

サテ平氏宗盛内大臣ハ、我主トグシタテマツリテ、義仲ト一ニナランズルシタクニテ、西国ヨリ上洛セシメテ、福原ニツキテアリケル程ニ、同寿永三年二月六日ヤガテ此頼朝ガ郎従等ヲシカケテ行ムカイテケリ。ソレモ一ノ谷ト云フ方ニ、カラメ手ニテ、九郎ハ義経トゾ云ヒシ、後ノ京極殿ノ名ニカヨヒタレバ、後ニハ義顕トカヘサセラレニキ、コノ九郎ソノ一ノ谷ヨリ打イリテ、平家ノ家ノ子東大寺ヤク大将軍重衡イケドリニシテ、其外十人バカリソノ日打取テケリ。教盛中納言ノ子ノ通盛三位、忠度ナド云者ドモナリ。サテ船ニマドイノリテ宗盛又ヲチニケリ。（巻五）

彼にはやはり義経の活躍ぶりが強く記憶されていたらしいことが知られる。

菱沼一憲『源義経の合戦と戦略 その伝説と実像』（二〇〇五年四月刊、角川書店）では、兼実の『玉葉』二月八日条の記事を「現在我々が知り得るもっとも正確な記録」であるとし、これを骨子として合戦の実態を詳しく検討している。

高橋昌明『平家の群像 物語から史実へ』も、一谷の合戦の経過についての信頼に足る史料は右の『玉葉』二月八日条の記事のみであるとし、この合戦は生田森と一谷に設けられた防御陣地をめぐる攻防戦と捉えるべきで、一谷の合戦と呼ぶのは義経中心の理解のし方であること、源氏軍の勝利の功は物語に語られていない多田行綱をリーダーとする摂津武士たちに帰さねばならないこと、平家側は京都側が持ちかけた謀略としての和平交渉に騙されたかもしれないこと、わが子知章を討たれた知盛が述懐した場面（巻三八・五五一—五六頁）は物語作者の創作であったかもしれないことなどを述べている。

三三　前備前守国盛

『尊卑分脈』桓武平氏、教盛の男教経に「本国盛」とあり、それによれば、教経の初名と考えられる。

三四　源仲頼

『尊卑分脈』文徳源氏に、

康季
├ 資遠
│ ├ 忠遠　左衛門尉　実和泉守卜部兼仲子也
│ └ 仲頼　使　後白河院北面　依平相国訴配流讃岐国又被召返也
└ 仲頼　使

と載る。

『吾妻鏡』治承五年（一一八一）二月九日条、寿永五年（一一八四）二月一三日条に検非違使としての職務をつとめたことを記す。

後白河法皇の『梁塵秘抄口伝集』巻一〇に「仲頼こそ千日の歌みなうたひ通したる者はありしか。われより先達にてありし上に、同じやうにうたひ出でしかば、いと歌教ふることはなかりしかど、年ごろ伴僧にてありしかば、声なけれど、せめ歌などはあしくも聞えず」と評する。

和歌をもたしなみ、『千載和歌集』に二首が載る他、『月詣和歌集』に五首採られている。

三五　首渡し

『吾妻鏡』寿永三年二月九日・一一日・一三日条は、一谷の合戦で討死した平氏の首が大路を渡されたことを次のように記す。

○九日戊辰。源九郎主入洛。相具之輩不レ幾。従軍追可二参洛一歟。是平氏一族首可レ被レ渡二大路一之旨。為二奏聞一。先以揚レ鞭云々。

○十一日庚午。平氏等之首可レ被レ渡二大路一之由。源氏両将経二奏聞一。仍博陸三公。堀川亜相忠親卿。等被レ預二勅問一。彼一族仕二朝廷一已年尚。可レ有二優恕沙汰一歟。将又範頼。義経為レ果二私宿意一。所二申請一非レ無二道理一歟。両様之間。難レ決二叡慮一。宜二計申一之由云々。而意見雖二区分一。両将強申請之間。遂可レ被レ渡之由治定云々。勅使右衛門権佐定長数度往反云々。

○十三日壬申。平氏首聚二于源九郎主六条室町亭一。所謂通盛卿。忠度。経正。教経。敦盛。師盛。知章。経俊。業盛。盛俊等首也。然後。皆持二向八条河原一。大夫判官仲頼以下請二取之一。各付二于長鎗刀一。又付二赤簡一。平某之由。注二付之一。各向二獄門一懸レ樹。観者成レ市云々。

『玉葉』寿永三年二月一〇日・一一日及び一三日条に、首渡しと神璽の問題について次のように記す。

○十日、己巳天晴、（中略）入レ夜蔵人右衛門権佐定長来仰、院宣云、平氏首等、不レ可レ被レ渡旨思食、而九郎義経、加羽範頼等申云、被レ渡二義仲首一、不レ被レ渡二平氏首一之条、太無二其謂一、何故被レ（渡）二平氏一哉之由、殊欝申云々、此条如何可二計申一者、申云、論二其罪科一、与二義仲一不レ斉、又為二帝外戚等一、其身或昇二卿相一、或為二近臣一、雖レ被レ遂二誅伐一、被レ渡レ首之条、可レ謂二不義一、近則、信頼卿頸所レ不レ被レ渡也、加レ之、神璽宝剣猶在二残之賊手一、無為帰来之条、第一之大事也、若被レ渡二此首一、将軍等只一旦申二所存一歟、被レ仰二子細一之上、何強執申哉、頼朝定不レ承二申此旨一歟、此上左右可レ在二勅定一者、定長云、被レ問二左大臣、内大臣忠親卿等一、各申二不レ可レ被レ渡之由一、一同云々、定長又語云、重衡申云、書札副二使者一、重衡郎従云々、遣二前内府之許一、乞二取剣璽一可二進上一云々、此事雖レ不レ可レ叶、試任二申請一可二御覧一云々、

○十一日、庚午雨降、（中略）及二晩頭一参院、（中略）仰云、（中略）抑、平氏首事、計申旨可レ然、又人々問二申不レ可レ被レ渡之由一、而将帥等殊欝申、其上強又可レ及二愁惜一、仍仰二可レ渡之由一了云々、申二畏承了之由一、

○十三日、壬申雨降、午後頗晴、此日被レ渡二平氏首一、其数十云々、公卿頭不レ可レ渡之由雖レ有二其議一、武士猶欝申云々如何、通盛卿首同被レ渡了、可レ弾二指之世也、

『百錬抄』寿永三年二月一三日条は次のごとくである。

十三日壬申。今日平氏等首被レ渡レ之云々。権中納言家通卿参入。仰下下賊首可レ懸二獄門樹一之由上。

三六　平資盛

仁安元年（一一六六）一一月二一日従五位下。越前守・侍従・右近権少将を経て、養和元年（一一八一）一〇月二九日右近権中将、寿永二年（一一八三）一月二二日蔵人頭に補され、七月三日従三位に叙されたが、七月二五日一門と共に西海に赴いたため、八月六日解官された。『吾妻鏡』寿永三年（一一八四）二月五日条に一谷の合戦で源氏と戦って敗退したこと、元暦二年（一一八五）三月二四日条に壇浦の戦で入水したことを記す。

盛衰記巻三「資盛乗会狼藉」では嘉応二年（一一七〇）七月三日、摂政藤原基房との間に「殿下乗合」の不祥事を起こしたことが詳しく語られる他、巻二四「頼朝廻文」、巻三六「義経向三草山」などに武将として登場するが、後者では「大勢ニ追散《おひちらさ》レテ、一矢ヲ射マデハ不二思寄一……面目ナシトテ福原へハ入給ハズ、舟ニ取乗、讃岐屋島城へ渡給」という。巻四二「資盛清経被害討」（一九九頁注二三）では、豊後国の者が「資盛入道」と清経を討ったというが、同巻「与一射扇」（二一四頁注一〇）には宗盛以下一門の人々に混じってその名が見えるという矛盾を生じている。

『建礼門院右京大夫集』に「資盛の少将」と名を顕して登場し、その和歌も引かれる他、明記しないものの、その叙述から、右京大夫の恋人であったことが知られる。和歌を好んだらしく、寿永二年（一一八三）七月の都落ち以前、藤原俊成を判者とする歌合を主催したことが、俊成男定家の歌学書『僻案抄』のうちの「かはやしろ」や諸家集などによって確かめられる。賀茂重保撰『月詣和歌集』には「平資盛朝臣」として八首入集する。勅撰和歌集には『新勅撰和歌集』に一首、『玉葉和歌

集』に三首、『風雅和歌集』に一首、計五首が載る。

三七　平有盛

『吾妻鏡』寿永三年（一一八四）二月五日条に資盛・師盛らと共に源氏と対戦したこと、元暦二年（一一八五）三月二四日条に壇浦の戦で資盛らと同じく入水したことが記されている。盛衰記巻四三「二位禅尼入海」では、行盛と共に奮戦の末討死したと記す。

三八　六代

『吾妻鏡』文治元年（一一八五）一二月一七日条に、北条時政が「遍照寺奥、大覚寺北菖蒲沢」で維盛の嫡男六代を捕らえたが、神護寺の文学（文覚）上人が「有二師弟之昵一」と称して、鎌倉の頼朝に助命を請うからしばらく猶予してほしいというので、それに従ったことを記し、一二月二四日条には助命されたことを次のごとく述べる。

廿四日癸酉。文学上人弟子某。為二上人飛脚一参申云。故維盛卿嫡男六代公者。為二門弟一之処。已欲レ被二梟罪一。彼党類悉被二追討一畢。如レ此少生者。縦雖レ被二赦置一有二何事一哉。就レ中祖父内府(重盛)於二貴辺一被レ尽二芳心一。且募二彼功一。且被レ優二文学一。可二預給一歟云々。彼者為二平将軍正統一也。雖二少年一争無二成人之期一哉。尤難レ測二其心中一。但上人申状又以非レ可二黙止一。進退谷之由被レ仰云々。使者僧懇望及二再三一之間。暫可レ奉レ預二上人一之旨。被レ遣二御書於北条殿一云々。

さらに、建久五年（一一九四）四月二一日条に六代禅師が文学の書状を持って京都から鎌倉に来たこと、五月一四日条に六代を暫く関東に住まわせるべき由の沙汰があったこと、六月一五日条に頼朝が六代を招いて対面し、「無二異心一者。可レ補二一寺別当職一之由」述べたことを記す。

六代の死は覚一本では建久一〇年（一一九九）三月の文覚流罪以後、検非違使安倍資兼に捕らえられて、相模国の田越川で斬られたとするが、延慶本・長門本は文覚流罪後、同年二月五日資兼に捕らえられて千本松原で斬られた、享年二六と語る。盛衰記は六代の死を記さない。建久九年没とするのは『鎌倉年代記』裏書による。『六代御前物語』『六代君物語』などの中世物語が、助命されたことを中心に、父維盛のことをも語っている。

三九　土肥実平

相模国土肥郷（現、神奈川県足柄下郡湯河原町・真鶴町）に住した。治承四年（一一八〇）八月、頼朝が山木兼隆を討つ際に合戦のことを打ち明けられ、信頼されて忠節を尽くした。建久二年（一一九一）七月一八日、幕府の内御厩の立柱上棟の沙汰をしているのが『吾妻鏡』によって知られる事蹟としては最後のもの。

四〇　平重国

藤原経房の『吉記』養和元年（一一八一）一月二八日条に秋の除目を記すが、その中に「右馬少允平重国、(臨時内給、)」と記す。

『玉葉』寿永三年（一一八四）三月一日条に、「定長語云、重衡所レ遣之使者(左衛門尉重国、)帰参」とある。

四一　重衡の宗盛宛て書状

『玉葉』寿永三年二月一〇日条によれば兼実は、重衡が使者に宗盛宛ての書状を持たせて剣璽を返還させようと言ったと、後白河法皇の使者の藤原定長から聞いている。↓補注三五。

四二　重衡訊問

重衡が二度にわたって推問されたことは、『吾妻鏡』寿永三年二月一四日・一六日条が次のように記す。

○十四日癸酉。晴。右衛門権佐定長奉二勅定一。為レ推二問本三位中将重衡卿一。向二故中御門中納言(家成卿)八条堀川堂一。土肥次郎実平同二車彼卿一。来二会件堂一。於二弘庇一問レ之。口状条々注二進之一云々。

○十六日乙亥。今日。又定長推二問重衡卿一。事次第同二一昨日一云々。

四三　武士の狼藉を止むべき由の院宣

ここにいう院宣に関連する記事は、『玉葉』寿永三年二月二二日及び二三日条に、次のように載る。
〇廿二日、辛巳天晴、（中略）今日申刻許、左大弁経房卿来、語二世上事等一、（中略）語云、諸国兵粮之責、幷武士押三取他人領一事、可レ停二止之由被レ下二宣旨一、武士実申行云々、
〇廿三日、壬午大夫史隆職、近日可レ被レ下之宣旨等注二進之一、仍続二加之一施行、更以不レ可レ叶事歟、有レ法不レ行、不レ如レ無レ法、
　応レ令三散位源朝臣頼朝追二討前内大臣中朝臣以下党類一事、
右左中弁藤原朝臣光雅伝宣左大臣宣奉勅、前内大臣以下党類、近年以降専乱二邦国之政一、皆是氏族之為也、遂出二王城一、早赴二西海一、就レ中掠二領山陰山陽南海西海道諸国一、偏奪二取乃貢一、論二之政途一、事絶二常篇一、宜レ令三彼頼朝追二討件輩一者、
　　寿永三年正月廿六日　　　左大史小槻宿禰
　応レ令三致位源朝臣頼朝召二進其身源義仲余党一事、
右左中弁藤原朝臣光雅伝宣左大臣宣奉勅、謀反之首義仲余党、遁而在二都鄙一之由、普有二其聞一、宜レ令三彼頼朝召二進件輩一者、
　　寿永三年正月廿九日　　　左大史小槻宿禰
　　五畿内七道諸国同下二知之一、
応レ令八乙散位源朝臣頼朝甲且捜二尋子細一経五言上四、且従七停止六武勇輩押一下妨神社仏寺、幷院宮諸司及入領等上事、
右近年以降、武勇輩不レ憚二皇憲一、恣耀二私威一、成二自由一、下レ文廻二諸国七道一、或押二黷神社之神供一、或奪二収仏寺之仏物一、況院宮諸司及人領哉、天譴遂露、民憂無レ定、前事云存、後輩可レ慎、左中弁藤原朝臣光雅伝宣、左大臣宣、奉レ勅、自今以後、永従二停止一、敢莫二更然一、但於レ有二由緒一者、彼頼朝相二訪子細一、言二上于官一、若不レ遵二制旨一、猶令二違犯一者、専処二罪科一、曾不二寛宥一者、
　　寿永三年二月十九日　　　左大史小槻宿禰

左弁官、下二五畿内諸国七道諸国一同レ之、
　応四早仰下国司上、停三止宛二催公田庄園兵粮米一事、
右治承以降、平氏党類暗称二兵粮一、掠二成院宣一、恣宛二五畿七道之庄公一、已忘二敬神尊仏之洪範一、世之衰微、民之凋弊、職而由レ斯、況源義仲不レ改二其跡一、益行二此悪一、曾失二朝威一、共背二幽冥一、爰散位源朝臣頼朝、不レ廻二幾日一討二滅西賊一、然則干戈永斂、宇宙静謐、件大納言藤原朝臣忠親宣、奉レ勅、早仰二諸国司一、宜レ停二止件催一者、諸国承知、依レ宣行レ之、
　　寿永三年二月廿二日　左大史小槻宿禰
中弁藤原朝臣、
また、『吾妻鏡』寿永三年三月九日条の次の記事もこれに関連する。
九日戊戌。去月十八日　宣旨状到二着鎌倉一。是近日武士等寄二事於朝敵追討一。於二諸国庄園一打二止乃貢一。奪二取人物一。而彼輩募二関東威一歟。無二左右一難レ処二罪科一之由。公家内々有二其沙汰一云々。武衛依下令二伝聞一之給上。下官全不レ案下煩二庶民一之計上。其事早可レ被二糺行一之由。被二申請一之云々。
　寿永三年二月十八日　宣旨
近年以降。武士等不レ憚二皇憲一。恣耀二私威一。成二自由下知一。廻二諸国七道一。或押二黷神社之神税一。或奪二取仏寺之仏聖一。況院宮諸司及人領哉。天譴遂露。民憂無レ空。自今以後永従二停止一。敢莫二更然一。前事之存。後輩可レ慎。若於レ有二由緒一。散位源朝臣頼朝相二訪子細一。触レ官言下上不二道行一旨上。猶令二違犯一者。専処二罪科一。不二曾寛宥一。
　　　　　　　　蔵人頭左中弁兼皇后宮亮藤原光雅奉

四　宗盛の返状
『吾妻鏡』寿永三年二月二〇日条引用の全文を示す。なお、同書の「廿日己卯」は「廿六日乙酉」であるべきと考えられている。

廿日己卯。去十五日。本三位中将〔重衡〕遣前左衛門尉重国於四国。告 勅定旨於前内府〔宗盛〕。是旧主并三種宝物可奉帰洛之趣也。件返状今日到来于京都。備 叡覧云々。其状云。

去十五日御札今日廿一日到来。委承候畢。蔵人右衛門佐書状同見給候畢。 主上国母可有還御之由。又以承候畢。去年七月。行幸西海之時。自途中可還御之由。 院宣到来。備中国下津井御解纜畢之上。依洛中不穏。不能不日立帰。慭被遂前途候畢。其後云日次之世務世理。云恒例之神事仏事。皆以擁怠。其恐不少。其後。頗洛中令属静謐之由。依有風聞。去年十月。出御鎮西。漸還御之間。閏十月一日。称帯 院宣。源義仲於備中国水嶋。相率千艘之軍兵。奉禦万乗之還御。然而為官兵。皆令誅伐凶賊等畢。其後着御于讃岐国屋嶋。于今御経廻。去月廿六日。又解纜遷幸摂州。奏聞事由。為随 院宣行幸近境。且去四日相当亡父入道相国之遠忌。為修仏事。不能下船。経廻輪田海辺之間。去六日修理権大夫送書状云。依可有和平之儀。来八日出京。為御使可下向。奉勅答不帰参之以前。不可有狼藉之由。被仰関東武士等畢。又以此旨。早可令仰含官軍等者。相守此仰。官軍等本自無合戦志之上。不及存知。相待院使下向之処。同七日。関東武士等襲来于 叡船之汀。依 院宣有限。官軍等不能進出。各雖引退。彼武士等乗勝襲懸。忽以合戦。多令誅戮上下官軍畢。此条何様候事哉。子細尤不審。若相待 院宣。可有左右之由。不被仰彼武士等歟。将又雖被下 院宣。武士不承引歟。若為緩官軍之心。忽以被廻奇謀歟。倩思次第。迷惑恐歎。未散朦霧候也。為自今以後。為向後将来。尤可承存子細候也。唯可令垂賢察御。如此之間。還御亦以延引。毎赴還路。武士等奉禦之。此条無術事候也。非難渋還御之儀。差遣武士於西海依被禦。于今遅引。全非公家之懈怠候也。和平事。為朝家至要。為公私大功。此条須被達奏之処。遮被仰下之条。両方公平。天下之攘災候也。然而于今未断。未蒙分明之 院宣。仍相待慥御定候也。凡夙夜于 仙洞之後。云官途。云世路。我后《キミ》之御恩。以何事可奉報謝乎。雖涓塵不存疎略。況不忠之疑哉。況反逆之儀哉。行幸西国事。全非驚賊徒之入洛。只依恐 法皇御登山也。朝家事可為誰君御進止哉。主上女院御事。又非 法皇御扶持者。可奉仰誰君哉。雖事躰奇異。依恐御登山一事。周章楚忽。遷幸西国畢。其後又称 院宣。源氏等下向西海。度々企合戦。此条已依賊徒之襲来。為存上下之身命。一旦相禦候計也。全非公家之発心。敢無其隠也。云平家。云源氏。無相互之意趣。平治信頼卿反逆之時。依 院宣追討之間。義朝朝臣依為其縁坐。有自然事。是非私宿意。不及沙汰事也。於 宣旨院宣者非此限。不然之外。凡無相互之宿意。然者。頼朝与平氏合戦之条。一切不思寄事也。公家仙洞和親之儀候者。平氏源氏又弥可有何意趣哉。只可令垂賢察給也。此五六年以来。洛中城外各不安穏。五畿七道皆以滅亡。偏営弓箭甲冑之事。併抛農作乃貢之勤。因茲。都鄙損亡。上下飢饉。一天四海。眼前煙滅。無双之愁悶。無二之悲歎候也。和平儀可候者。天下安穏。国土静謐。諸人快楽。上下歓娯。就中合戦之間。両方相互殞命之者不知幾千万。被疵之輩難記楚筆。罪業之至。無物于取喩。尤可被行善政。被施攘災。此条。定相叶神慮仏意歟。還御事。毎度差遣武士。被禦行路之間。不被遂前途。已及両年候畢。於今者。早停合戦之儀。可守攘災之誠候也。云和平云還御。両条早蒙分明之 院宣。可存知候也。以此等之趣。可令披露給。仍以執啓如件。

二月廿三日

『玉葉』寿永三年二月二九日・三〇日条には、宗盛の返状に関連して、風評についての次のような記述が存する。

○廿九日、戊子晴、（中略）九郎為追討平氏、来月一日可向西国之由有議、而忽延引云々、不知何故、或人云、重衡処遣前内大臣許之使者、此両三日帰参、大臣申云、畏承了、於三ヶ宝物并主上女院八条〔院〕殿者、如仰可令入洛、於宗盛ハ不能参入、賜讃岐国可安堵、御共等ハ清宗ッ可令上洛云々、此事実、若因茲追討有猶予歟、

○卅日、己丑晴、定能卿来、談世上事、平氏申可和親之由云々、

四五　高倉院

仁安四年（一一六六）一〇月二〇日皇太子とされ、同三年二月一九日六条天皇より受禅、三月二〇日即位の儀が行われた。嘉応三年（一一七一）一月三日、一一歳で元服。治承四年（一一八〇）二月二一日皇太子言仁親王（安徳天皇）に譲位、三月一九日から四月九日まで厳島に御幸した。同五年一月一四日、六波羅池殿に崩じ、東山清閑寺に葬られた。

藤原定家は日記『明月記』に「未明、巷説云、新院已崩御、依庭訓不快、日来不出仕、今聞此事、心肝如摧、文王已没、嗟乎悲矣、倩思之、世運之尽歟」（治承五年一月一四日条）と書き、さらに臨終のさまを聞き書きしている。一周忌の行われた養和二年（一一八二）一月以後、源通親は『高倉院升遐記』を書いて高倉院を偲んだ。

高倉院は和歌よりも詩文を好んだらしいが、『新古今集』に四首、『続後拾遺集』に一首が収められている。

第三十九

一　八条院

保延四年（一一三八）四月九日内親王、久安二年（一一四六）四月一六日准三宮とされた。保元二年（一一五七）五月一九日出家、応保元年（一一六一）一二月一六日八条院の院号を蒙った。

『玉葉』治承四年（一一八〇）五月一五日条に、

今夜三条高倉宮院第二子、配流云々、件宮八条女院御猶子也、

とあり、以仁王を猶子とした。盛衰記巻一五「宮御子達」には、以仁王が宇治川の合戦に敗れ、討たれた後、八条院の許で育てられていた以仁王の御子は六波羅に連行されたが、仁和寺の守覚法親王の弟子になることで助命された顚末が語られる。

二　延慶本の重衡が内裏女房への文を信時に託する部分（巻一〇―4）

中将宣ケルハ、「去比西国へ院宣下リシカバ、二位殿ノオワスレバト、憑シク待ツレドモ、其事既ニ空シ。於今ニ者被切事必定也。但最後ノ妄念トナリヌベキ事アリ。都ヲ出シ時モ、汝ガ無リシ時ニ、其ノ左右モ聞ザリキ。抑汝シテ時々文遣シ人ハ未ダ内裏ニトヤ聞」ト宣ケレバ、「信時サコソ承候へ」ト申ケレバ、「彼ノ人ノ許へ文ヲ遣バヤト思へドモ、誰シテ可遣トモ不覚。信時持テ行ナムヤ」トテ、御文ヲ書テ、被預武士ニ宣ケルハ、「知タル女房許へ文ヲ遣バヤト思ハカナワジヤ」ト宣へバ、「何ニカ苦候べキ。但御文ヲ賜テ見進セン」ト申ケレバ、見セラル。一首歌ニテゾ有ケル。此御文ヲ奉見テハ、物歩《武士歟》モ哀ニゾ思ヒケル。

三　桜町中納言成範卿ノ娘、中納言局

延慶本・長門本には女房の出自についての記述はない。覚一本では、

此女房と申すは、民部卿入道親範のむすめ也。みめかたち世にすぐれ、なさけふかき人也。されば中将、南都へわたされてきられ給ぬときこえしかば、やがてさまをかへ、こき墨染にやつれはて、彼後世菩提をとぶらはれけるこそ哀なれ。（巻一〇・内裏女房）

という。「民部卿入道親範」は平親範（範家男。承久二年〔一二二〇〕九月二八日没、八四歳）、『尊卑分脈』にはその女子は見出されない。

四　孀鳥ノ一声

後文にも「廿日夜モ既ニ暁ニ成ヌ。野寺ノ鐘モ打響、孀鳥ノウカレ声、旅ノ眠ヲ驚《おどろかす》」（巻四二「継信孝養」、二二六頁）とか、「適言問《たまたまこととふ》者トテハ、巴峡ノ猿ノ一叫、埘定ムル鶏、孀鳥ノウカレ音《ごゑ》」（巻四八「法皇大原江入御」）などと、類似の表現を用いている。延慶本第二末（巻五—2）「文学ガ道念之由緒事」では、遠藤武者盛遠（出家する前の文覚）が刑部左衛門の妻を深く恋慕して病人同様になったことを語る中で、張文成がひそかに則天武后に逢った話に言及するが、そこでも「適《たまたま》マドロメバ、又孀鳥ノ目ヲサマスモ情ナク」と述べ、「可憎病鵲半夜驚レ人」の詩句と、「サレバ此ノ心ヲ光行ハ」として「一人寝るやもめがらすはあな憎や」の歌を引いている。新古今時代の和歌にもこの詩句の影響が認められ、虚誕である則天武后と張文成の恋物語が広く愛されたことが知られる。

五　平盛国

『尊卑分脈』に、子として盛康（検非違使、右衛門尉、従五位下）を掲げる。

『吾妻鏡』治承五年（一一八一）閏二月四日条に、清盛（入道平相国）が九条河原口の盛国の家で死去したことを記す。平家敗北後の元暦二年（一一八五）五月八日条では、幕府で平貞能や「盛国法師」が鎮西で支配していたらしい領家の給与として得た知行所の所在地を注進すべきことが議された。同年五月一六日条には、捕らわれて鎌倉に入った宗盛父子に、「盛国入道」が源則清・同季貞等と共に家人として従った、彼等は前検非違使尉であるという。文治二年（一一八六）七月二五日条にその死が次のように記されている。

廿五日庚子。大夫尉伊勢守。平盛国入道。去年被二召下一。被レ預二岡崎平（三浦介義明舎弟）四郎義実一之処。日夜無言。常向二法華経一。而此間断食。今日遂以帰泉。二品令レ聞レ之給。心中尤可レ恥之由被レ仰云々。是下総守季衡七男。平家氏族也。去承安二年十月十九日遂二出家一。今年七十四云々。

六　板垣兼信

清和源氏、武田信義の男。有義の兄弟。『吾妻鏡』寿永三年（一一八四）二月五日条に、一谷を攻撃する大手の大将軍範頼に従った武士の交名にその名が見え、三月一七日条に、土肥実平との間が円滑でないので自身が上司であるとの「御一行」を頂きたいとの飛脚を鎌倉に送ったが、頼朝はそれを認めなかったという。平氏滅亡後は、文治五年（一一八九）五月二二日条に、太皇太后宮藤原多子の領の地頭として違勅のことがあったとされたこと、建久元年（一一九〇）八月一三日に隠岐国へ流罪とされたことなどを記す。

七　重衡の関東下向

『玉葉』寿永三年三月一〇日条に、「今日、重衡下二向東国一、頼朝所二申請一云々」という。また、『吾妻鏡』寿永三年三月一〇日条にも、「十日己亥。晴。三位中将重衡卿今日出レ京赴二関東一。梶原平三景時相二具之一。是武衛依下令二申請一給上也」という。

八　重衡の東海道下りの道行文

試みに盛衰記と延慶本・長門本・覚一本の道行に言及される地名・歌枕を表示する。

源平盛衰記	延慶本	長門本	覚一本
	久々目路		
	六波羅		
三条			
賀茂川			
白河			
粟田口			

松坂				
四宮川原	四宮川原		四宮河原	
袖クラベ				
会坂ノ関	会坂		逢坂山	
大津浦				
打出宿	打出浜			
	ニホノ渡リ			
	矢馳			
	長柄ノ山			
粟津原	粟津ノ原			
勢多唐橋	勢多ノ唐橋		勢田の唐橋	
野路宿	野路		野路のさと	
篠原堤				
	守山			
鳴橋				
	荒血山			
			志賀の浦	
鏡山	鏡山	鏡山	鏡山	
馬淵ノ里				
長光寺（武作寺）				
老蘇杜	生礒ノ森			
平ノ小森				
	犬山			
	磨針山			
	小野ノ古路			
真野ノ入江				
比良ノ高峰		比良の高根	比良の高根	

伊吹ガスソ	伊吹山	伊吹が嶽	伊吹の嵩
不破ノ関屋	不破ノ関屋	不破の関屋	不破の関屋
	杭瀬河		
	笠縫		
	赤池		
	熱田八剣		
鳴海ノ塩ヒガタ	成身ノ塩干潟	鳴海の汐干潟	鳴海の塩ひがた
	二村山		
	堺川		
八橋	谷橋	八はし	八橋
浜名ノ山	浜名ノ橋	浜名の橋	浜名の橋
	池田宿		池田の宿
小夜中山	更夜ノ中山	さよの中山	さやの山中
宇津山	宇津ノ山	宇津の山べ	宇都の山辺
			手ごし
			甲斐のしら根
清見関	清見ガ関	清見が関	清見が関
富士ノスソ野	富士ノスソ	富士の裾べ	富士のすそ野
浮島原			
足柄関		足柄の関	足柄の山
伊豆国府	伊豆ノ国府		
北条			
		こよろぎのいそ	こゆるぎの森
			まりこ河
			小磯
			大磯
		相模川	

		八松	やつまと
		とがみ河原	とがみが原
		みこしが崎	御輿が崎
鎌倉		鎌倉	鎌倉

この道行文中の長光寺（武作寺）の縁起で語られる「太子ノ妃高橋ノ妃」は、『上宮聖徳法王帝説』で、膳部加多夫古臣《かしわでのかたぶこのおみ》の女子、菩岐々美《ほききみの》郎女《いらつめ》と呼ぶ膳《かしわで》妃（「干食王后」とも書く）のこと。聖徳太子の妃で、春米《つきしね》女王・長谷《はつせ》王・久波太《くわた》女王・波止利《はとり》女王・三枝《さきくさ》王・伊止志古《いとしこ》王・麻《ま》呂古《ろこ》王・馬屋古《まやこ》女王の八人の子の母。法隆寺金堂釈迦三尊像光背銘の注に、太子の薨逝する前日、すなわち推古三〇年（六二二）二月二一日世を去ったこと、没する際に水を乞うたが、太子は与えなかったことを記す（東野治之校注岩波文庫『上宮聖徳法王帝説』、二〇一三年三月刊、岩波書店）。『上宮聖徳太子伝補闕記』には、「太子謂㆓夫人膳大郎女㆒曰。汝我意触㆑事不㆑違。吾得㆑汝者我之幸大」という記述がある。『聖徳太子伝暦』に、「六年戊午春三月。挙㆓膳太娘㆒為㆑妃。謂㆓侍従㆒曰。吾常相㆓諸氏女人之体㆒。此人頗合。故挙而為㆑内（妃イ）。天皇復歓賜㆑宴。群臣已下嬬已上。給㆑物有㆑差」という。「六年」は推古六年（五九八）。また同書に、「廿九年辛巳春二月。太子在㆓斑鳩宮㆒。命㆓妃沐浴㆒。太子亦沐浴。服新潔㆓衣袴㆒。語㆑妃。曰吾今夕遷化矣。子可㆓共去㆒。妃（亦）服新潔㆓衣裳㆒。臥㆓太子副床㆒。明旦太子并妃久而不㆑起。左右開㆓殿戸㆒。乃知㆓遷化㆒。時年四十九。又説。壬午年者誤也。（下略）」という。『新撰姓氏録』左京皇別上に「高橋朝臣　阿倍朝臣同祖。大稲輿命之後也。景行天皇巡㆓狩東国㆒供㆓献大蛤㆒。于㆑時天皇喜㆓其奇美㆒。賜㆓姓膳臣㆒。天渟中原瀛真人天皇諡天武。十二年改㆓膳臣㆒賜㆓高橋朝臣㆒。」とある。顕真撰『聖徳太子伝私記』（古今目録抄）上巻に、

次法隆寺学問寺

次西間須弥壇阿弥陀三尊者。間人皇女。后聖徳太子高橋妃之御本体故。尤根本尊像也。云云

と見える。顕真は生没年未詳、弘長二年（一二六二）生存の法隆寺の僧。『聖徳太子伝私記』は大日本仏教全書・聖徳太子伝叢書所収。

なお、盛衰記はこの後、巻四五「内大臣関東下向」、「池田宿遊君歌」にも、平宗盛・清宗父子の海道下りの道行文があり、それは右表（重衡の道行文）の覚一本と類似する点が多い。

九　昌寛（一法房）

一品房と称し、後に成勝寺執行、法橋とされた。『吾妻鏡』治承五年（一一八一）五月一三日、同一四日、七月三日条等では小御所・厩や鶴岡若宮の造営などの作事の奉行を、八月二九日条では伊豆・箱根両山の長日祈禱の奉行を勤めている。元暦元年（一一八四）八月八日条の平家追討使範頼に従った輩の内にも、同二年一月二六日条の範頼と共に豊後国に渡った輩の中にも「一品房昌寛」として見える。

一〇　狩野介宗茂

『吾妻鏡』建久四年（一一九三）三月二一日条に、武芸に秀で、隔心なき者として頼朝が選んだ二二人の中に入っている。同年五月二九日富士野の狩で父祐泰の仇工藤祐経を討った曽我五郎時致を新開実重と共に尋問するよう命じられた。同年八月一七日、頼朝に疑われて伊豆国に下向させられる範頼を宇佐美祐茂と共に預り、守護した。同六年五月二〇日、頼朝の天王寺参詣の随兵に加わっている。元久二年（一二〇五）六月二二日、既に出家の身で北条義時の下、畠山重忠の討伐に加わった。承久三年（一二二一）承久の乱で東の将兵として戦った。嘉禄二年（一二二六）幕府竹御所の作事事始の奉行をしたとあるのが、同書で知られる最後の事蹟。

一一　重衡の伊豆下着・頼朝と重衡

『吾妻鏡』寿永三年三月二七日・二八日条に次のように記す。

○廿七日丙辰。三品羽林（重衡）着伊豆国府。境節武衛令坐北条給之間。景時以専使伺子細。早相具可参当所之由被仰。仍伴参。但明旦可遂面謁之由。被仰羽林云々。
○廿八日丁巳。被請本三位中将藍摺直垂。立烏帽子。引於廊令謁給。仰云。且為奉慰君御憤。且為雪父尸骸之恥。試企石橋合戦以降。令対治平氏之逆乱如指掌。仍及面拝。不屑眉目也。此上者。謁槐門之事。亦無所疑歟者。羽林答申曰。源平為天下警衛之処。頃年之間当家独守朝廷之。許昇進者八十余輩。思其繁栄者二十余年也。而今運命之依縮。為囚人参入上者。不能左右。携弓馬之者。為敵被虜。強非恥辱。早可被処斬罪云々。無纎芥之憚奉問答。聞者莫不感。其後被召預狩野介云々。

一二　一樹ノ陰ニ宿、一河ノ滝ヲ汲人モ
延慶本は「一樹ノ影ニ宿、一河ノ流ヲ汲モ、多生ノ縁猶深シト云事」、長門本は「一樹の陰にやどるもといふ白拍子」、覚一本は「一樹のかげにやどりあひ、おなじながれをむすぶも、みなこれ先世の契といふ白拍子」という。この諺を詞章に取り込んだ白拍子歌謡を「契ノ白拍子」と称したか。

この諺はこれ以前にも巻三二「福原管絃講」に、平時子の言葉として「誠ヤ一樹ノ陰ニ宿リ、一河ノ流ヲ渡《わたる》モ、皆是、先世ノ契トコソキケ」とあった。『海道記』に「一樹ノ陰宿縁浅カラズ」というのを比較的早い例として、謡曲「江口」「山姥」「紅葉狩」など、同様の表現を成句として引く作品は多い。『説法明眼論』に「或処一村、宿一樹下、汲一河流、一夜同宿、一日夫婦……皆是先世結縁」とあるのが典拠かとされてきたが、聖徳太子に仮託された同書は江戸時代の成立ともいう。

一三　夜明ニケレバ、女暇給テ帰ヌ
延慶本（巻一〇—9）では、重衡が「燈火暗シテハ数行虞氏ノ涙……」の朗詠をしたことを述べた後、是聞テ人々申ケルハ、「西国ニテ如何ニモ可成給人ノ離一門ヲテ、人シモコソアレ、被生取給テ、見馴レヌ軍兵ニ伴テ下給ツラム道通《スガラ》、如何心細ク思給ツラン。雪山ノ鳥ノ今日ヤ明日ヤト鳴ラムモ、又蜉蝣ノアダナル露命思合セラレ給覧ト哀也」ト申テ、鹿野介以下、聞人涙ヲゾ流ケル。中将、鹿野介ニ、「各今ハ帰給へ。夢ミン」ト被仰テ、枕ヲ西ニゾ傾ケ給ケル。八音ノ鳥モ鳴渡リ、衣々ニナル暁、千手モイトマ申テ帰ニケリ。

と述べる。長門本巻一七の叙述は次のごとくである。

中将ともし火くらうしては数行ぐしが涙といふ朗詠を、二三遍せられて後、「此世の思ひ出なるべし、今はとくやすまれよ、我も夢見ん」とて、母屋のまくを引おろされければ、武士ども畏てまかり出ぬ、中将は枕を西にそばだてらる、此女御前にふしにけり、其夜ほどなく明ければ、女起きていづ、

一四　中原親能
実父は藤原光能（藤原氏北家長家流、民部少輔忠成男。参議正三位に至る）で生母の父広季の子となったという。掃部頭、正五位下に至る。『吾妻鏡』寿永三年（一一八四）二月五日条に、一谷合戦の搦手の大将軍義経に従う武将の一人として「斎院次官親能」の名がある。同年一〇月六日条では新造の公文所の吉書始に寄人として参上している。元暦二年（一一八五）一月二六日条の、範頼と共に豊後国に渡った武将の中にも彼の名がある。

一五　重衡が厚遇されたこと
『吾妻鏡』元暦元年四月二〇日条の次のようにある。

廿日戊子。雨降。終日不休止。本三位中将（重衡）依武衛御免有沐浴之儀。其後及秉燭之期。称為慰徒然。被遣藤判官代邦通。工藤一﨟祐経。并官女一人号千手前。等於羽林（重衡）之方。剰被副送竹葉上林（「竹葉」は酒、「上林」は酒の肴）已下。羽林殊喜悦。遊興移

レ剋。祐経打レ鼓歌二今様一。女房弾二琵琶一。羽林和二横笛一。先吹二五常楽一。為二下官一。以レ之可レ為二後生楽一由称レ之。次吹二皇麞急一。謂二往生急一。凡於レ事莫レ不レ催レ興。及二夜半一。女房欲レ帰。羽林暫抑二留之一。与レ盃及二朗詠一。燭暗数行虞氏涙。夜深四面楚歌声云々。其後各帰二参御前一。武衛令レ問二酒宴次第一給。邦通申云。羽林。云二言語一。云二芸能一。尤以優美也。以二五常楽一謂二後生楽一。以二皇麞急一号二往生急一。是皆有二其由一歟。楽名之中。廻忽者。元書二廻骨一。大国葬礼之時調二此楽一云々。吾為二囚人一待レ被レ誅条。存下在二旦暮一由上之故歟。又女房欲レ帰之程。猶詠二四面楚歌句一。彼項羽過レ呉之事。折節思出故歟之由申レ之。武衛殊令レ感事之躰給。依レ憚二世上之聞一。吾不レ臨二其座一。為レ恨之由被レ仰云々。武衛又令レ持二宿衣一領於千手前一。更被二送遣一。其上以二祐経一。辺鄙士女還可レ有二其興一歟。御在国之程可レ被二召置一之由。被レ仰之云々。祐経頻憐二羽林一。是往年候二小松内府一之時。常見二此羽林一之間。于レ今不レ忘二旧好一歟。

一六　千手前の病と死、能「千手」

『吾妻鏡』文治四年（一一八八）四月二二日条に「入レ夜。御台所御方女房号二千手前一於二御前一絶入。則蘇生。日来無二指病一云々。及レ暁。依レ仰出二里亭一云々」、同年四月二五日条に「今晩千手前卒去。年廿四。其性大穏便。人々所レ惜也。前故三位中将重衡参向之時。不慮相馴。彼上洛之後。恋慕之思朝夕不レ休。憶念之所レ積。若為二発病之因一歟之由。人疑レ之云々」とある。

三番目物の能「千手」は千手の前をシテ、重衡をツレ、狩野介宗茂をワキとして、この一夜の宴をほぼ平家物語の叙述に沿って劇化した鬘物で現在物、作者は未詳だが金春禅竹の可能性があるという。また、現在は伝わらないが、世阿弥作の「千寿」という夢幻能があったらしい。

一七　維盛その他の平氏の人々に関する風聞

『玉葉』寿永三年二月一九日条に次のように記す。

此日、中御門大納言被レ来、伝聞、平氏帰二住讃岐八島一、其勢三千騎許云々、被レ渡之首中、於二教経一者一定現存云々、又維盛卿三十艘許相卒指二南海一去了云々、又聞、資盛貞能等、為二豊後住人等一乍レ生被レ取了云々、此説、日来雖二風聞一、人不二信受一之処、事已実説云々、

一八　維盛の粉河寺参詣

延慶本にも第五末（巻一〇—15）「惟盛粉河へ詣給事」があるが、そこでは維盛はすでに高野に詣で、滝口入道に会い、高野巡礼を果たし、出家した後、滝口入道に勧められて、熊野詣での前に粉河観音に詣でたとする。そして同寺の景観を描写し、縁起を詳しく語るが、盛衰記が述べる重盛の打札のことや法然に会って受戒したことなどはない。

一九　法華経ノ提婆品

『法華経』のこの部分を（少し前から）読み下して示す。

（仏は諸の比丘に告げたまふ、「未来世の中に）若し善男子・善女人有りて、妙法華経の提婆達多品を聞き、浄心に信仰して疑惑を生ぜざれば、地獄・餓鬼・畜生に堕ちずして、十方の仏前に生まれ、所生の処には、常に此の経を聞かん。若し人・天の中に生まるれば、勝妙の楽を受け、若し仏前に在らば、蓮華のなかに化生せん」と。

二〇　滝口入道の出家後の居所

延慶本（巻一〇—13）では、出家後は、法輪寺の内の往生院から山崎の宝寺へ、さらに南都東大寺の永観律師の旧庵室から高野山の清浄心院、後に同じく蓮華谷の梨子坊へと移ったとしている。

巻四十

一　滝口入道と横笛の和歌の贈答

延慶本（巻一〇—13）では次に掲げるように、横笛が剃髪する際に詠

歌し、滝口入道がそれを聞いて返歌したと語る。

女（中略）自ラ髪ヲ押切テ、庵室ノ窓ニ投懸クトテ、
剃ルマデハ浦見シ物ヲアヅサ弓誠ノ道ニイルゾウレシキ

時頼是ヲ聞テ、
ソルトテモナニカウラミムアヅサ弓引留ムベキ心ナラネバ

長門本巻一七では次に掲げるように、時頼の出家を知らない横笛が彼を訪れて、一首の歌を書いた扇を見て出家を知ったと語り、横笛の歌はない。

横笛此由を知らずして、とはれぬ事をかなしみて、滝口が年頃申むつびし三条にいたりて、滝口殿はといひしかば、返事はなくて扇を一本なげいだす、一首の歌あり、

そるまでも頼しものをあづさゆみ誠の道に入ぞうれしき

と書たるをみてこそ、滝口出家してけりと思ひて、（下略）

覚一本巻一〇では、横笛の出家を聞いた滝口入道が歌を贈り、横笛が返歌するという関係は盛衰記と同じであるが、次のように歌は異なる。

横笛もさまをかへたるよしきこえしかば、滝口入道一首のうたをおくりけり。

そるまではうらみしかどもあづさ弓まことの道に入ぞうれしき

横笛がかへり事には、

そるとてもなにかうらみんあづさ弓ひきとゞむべき心ならねば

二　横笛説話

延慶本では横笛の話は第五末（巻一〇—12）「観賢僧正勅使ニ立給シ事」の次、（14）「惟盛出家シ給事」の前に、（13）「時頼入道々念由来事付永観律師事」として語られる。

後代の文学では、御伽草子『横笛草紙』が時頼と横笛の恋、横笛の入水、時頼の出家を物語っている。

三　彼高野山ハ、帝城ヲ去テ二百里…夕日ノ影モ閑也。

高野山は紀伊国、現、和歌山県伊都郡高野町高野山。紀伊半島北部、紀ノ川の南にある平坦な隆起準平原の山地に位置する宗教の町。「内外八葉」と呼ばれる峰に囲まれ、東西に長く、東に奥院、西に大門がある。「彼高野山ハ帝城ヲ去テ二百里……夕日ノ影モ閑也」に相当する部分を三本について見ると、

延慶本第五末（巻一〇—11）「惟盛高野巡礼之事」では、

抑高野山ト申スハ、帝城ヲ去テ二百里、郷里ヲ離テ無人声、晴嵐不レ鳴レ梢ヲシテ、夕日ノ影モ閑也。

という。長門本巻一七では、

奥の院に参りて大師の御廟を拝み給ふに、誠に高野ノ御山は帝城を去りて二百里、郷里を離れて無人声、青嵐こずゑをならせども、夕日の影は閑也、

という。覚一本巻一〇「高野巻」では、

高野山は帝城を避て二百里、京里をはなれて無人声、青嵐梢をならして、夕日の影しづかなり。

という。

この部分は後代文学作品の高野山の描写にしばしば踏襲されている。たとえば、室町物語『高野物語』（宮内庁書陵部本）の冒頭は、

そもそもかうや山と申は、ていしやうをさつて地ひやくり、きやうりをはなれてむにんじやう、せいらんこずゑをならさずして、せきじつのかげしづか也、

というもの、やはり室町物語『三人法師』の冒頭も、

そもそも高野山と申すは、帝城を去つて遠く、旧里を離れて無人声。

である。能「高野物狂」のクリにも影響を認めることができる。

四　般若寺ノ観賢僧正

観賢が入定した空海の髪を剃り、衣裳を新たにした話は、『今昔物語集』巻一一「弘法大師始建高野山語第二十五」に次のように語られる。

其後久ク有テ、此ノ入定ノ峒《ほら》ヲ開テ、御髪剃リ、御衣ヲ着セ替奉ケルヲ、其事絶テ久ク無カリケルヲ、般若寺ノ観賢僧正ト云フ人、権ノ長者ニテ有ケル時、大師ニハ曽孫弟子ニゾ当ケル、彼ノ山ニ詣テ入定ノ峒ヲ開タリケレバ、霧立テ暗夜ノ如クニテ露不レ見リケレバ、暫ク有テ、霧ノ閑マルヲ見レバ、早ク、御衣ノ朽タルガ風ノ入テ吹ケバ、塵ニ成テ被二吹立一テ見ユル也ケリ。塵閑マリケレバ大師ハ見エ給ケル。御髪ハ一尺計生テ在マシケレバ、僧正自ラ水ヲ浴ビ浄キ衣ヲ着テ入テゾ、新キ剃刀ヲ以テ御髪を剃奉ケル。水精ノ御念珠ノ緒ノ朽ニケレバ御前ニ落散タルヲ拾ヒ集メテ、緒ヲ直ク挿《すげ》テ、御手ニ懸奉テケリ。御衣清浄ニ調ヘ儲テ着奉テ出ヌ。僧正自ラ室ヲ出ヅトテ、今始テ別レ奉ラム様ニ不レ覚泣キ悲レテ、其後ハ恐レ奉テ、室ヲ開ク人無シ。

『打聞集』六「大師投五胡給事」もほぼ同じで、これらには淳祐（俊祐）は登場しない。宗性編『日本高僧伝要文抄』第一・弘法大師伝下でも同様に、次のごとく淳祐は登場していない。

観賢僧都。大師御入定以後。稍歴二数年一。開二其殿戸一欲レ拝二見之一。而其形像都不レ見矣。僧都涕泣起居礼拝懺謝言。弟子従レ生已来。未レ致二所犯一。何不レ見之。爰大師漸現。如三霧巻二月影一。於レ是観賢歓喜作礼。纔得レ奉レ見。則剃二御髪一。除二去旧衣一。更奉レ覆二新浄衣一矣。僧都曰。我猶以難レ奉レ見。況末葉弟子哉。不レ如二重レ石作一レ墓。若後代人不レ得レ見者決定生レ疑。是故奉レ隠耳。則作レ墓封レ戸畢。文

観賢と弟子の淳祐（俊祐）が高野山奥院に参ったことは、『古事談』第三僧行に次のように語られている。

弘法大師御入定之後、経二八十余年一、般若寺僧正観賢、参二入奥院一、御衣ヲ奉レ令二着改一、被レ奉レ剃二御髪一ケリ。其時僧正弟子石山内供奉淳祐ハ不レ奉レ見云云。仍僧正淳祐ノ手ヲ取テ、サグリマイラセラレケル。其手ハ一生ノ間カウバシカリケリ。其後更無下臨二参廟院一之人上云云。（追記、石山聖教ハ、于今薫香甚也云云。是淳祐之手ヲ触之故也云云。）（第三・一二　観賢僧正、入定弘法大師の髪を剃る事、石山寺薫の聖教の事）

また、尚祚の『高野山奥院興廃記』にも「排二廟塔戸一親臨二石室一拝二見入定聖容一事」として次のように記す。

醍醐天皇御宇延喜廿一年十一月廿七日。般若寺僧正観賢忝奉二聖主勅命一。親開二入定禅窟一。是則主上依二大師御夢想一。調二檜皮色御装束一襲一被レ奉レ送二高野廟一云故也。種々奇瑞具在二別紙一。遂石室拝見。容儀顔色于今不レ変。儼然如二古相皃一。即剃二鬢髪一奉レ覆二衣裳一。初則吾猶難レ奉二拝見一。後代弟子誰又披哉。仍堅閉二禅窟一永不レ可レ開云云。爰石山淳祐内供随二従僧正一入二石室中一。奉レ摩二大師御膝一。是故其手一期有二余香一而不レ失云々。是則大師御入定之後八十三年之事也。

さらに『元亨釈書』巻一〇「醍醐寺観賢」にも次のごとく伝える。

釈観賢。姓秦氏。讃州人。為二聖宝上足一。延喜二十一年。上夢。弘法大師奏曰。我衣弊朽。願忝二宸恵一。覚後勅択二法之徒尤者一。送二紫衣一襲於野山一。賢中レ選入レ山。啓二定扉一如レ隔二雲霧一。不レ看二儀容一。賢作礼曰。少年修レ道。梵行為レ瑕。況奉二遺法一累二歳月一乎。黙訴須臾。真儀漸見。猶如二霧斂月彰一。賢頂礼瞻仰。鬚髪甚長。便剃落而換レ衣。諸衆不レ能レ見。時淳祐為二童侍一。賢問曰。見乎。対曰。不レ見。賢執二祐手一摸二定躯一。祐纔触レ膝乃覚二暖柔一。其手甚香。経レ歳薫不レ竭。賢謂レ衆曰。我猶見難矣。況下レ我者哉。後世浮矯者。不二容易見一。恐致二疑謗一。胥議重レ石固封焉。

五　彼迦葉尊者ノ鶏足洞ニ入

『梁塵秘抄』巻二に、

迦葉尊者の石の室、祇園精舎の鐘の声、醍醐の山には仏法僧、鶏足山には法の声、（一八二）

伽葉尊者の禅定は、鶏足山の雲の上、春の霞みし竜花会に、付嘱の衣を伝ふなり、（一八三）
迦葉尊者あはれなり、付嘱の衣を頂きて、鶏足山に籠り居て、竜花のあか月待ち給ふ（一八四）
三会のあか月待つ人は、処を占めてぞ坐します、鶏足山には摩訶迦葉 や、高野の山には大師とか、（二三四）
などの今様がある。

六　高祖大師ハ大権化現也

以下、「宝剣ヲ安置シ給ヘリ」（一三五頁三行）まで、滝口入道が語る弘法大師の事蹟についての記述は、『日本高僧伝要文抄』第一、『元亨釈書』巻一、『明匠畧伝』他に見えるところと類似する点が少なくない。以下、『日本高僧伝要文抄』を中心に『元亨釈書』で補う形で挙げておく。

○母ノ夢ニ、天竺ヨリ聖人来テ……随従シ給ヘリ。（一三三頁一五行）
父母夢。聖人従二天竺一飛来入二我等懐一。仍任胎。経二十二月一誕生。当二宝亀五年一甲寅。誕生之時。多有二霊瑞一。（高僧伝要文抄）

○石淵勤操僧正ニ……空海ト号ス。（一三三頁一六行）
十八上二大学一。雖レ読二儒書一。志在二仏経一。偶逢二沙門勤操一受二虚空蔵求聞持法一。未二薙染一而事二修練一。甫二冠歳一。就レ操落髪。受二沙弥十戒一。研究二三論一。時操在二泉州槙尾山寺一。初名教海。後自改二如空一。延暦十有四年。登二東大寺壇一受二具足戒一。又改二空海一。（元亨釈書）

○延暦二十三年……流布セヨト。（一三四頁三行）
延暦二十三年甲申。以二右大弁兼越前大守藤原朝臣葛野麻呂後称賀能一為二遣唐大使一。以発向之。大師奉レ勅為二留学一。其年六月同二乗賀能船一。……偶然幸遇二青竜寺東塔院和尚法諱恵杲阿闍梨一。……和尚乍見含レ笑。歓喜曰。我先知二汝来一。相待久矣。今日相見。大好大好。報命欲レ竭。無レ人二付法一。……六月上旬。入二学法灌頂壇一。是日臨二大悲胎蔵大曼荼羅一。依レ法抛レ花。偶然着二中台毗盧遮那如来身上一。阿闍梨讃曰。不可思議不可思議。再三讃歎。即沐二五部灌頂之誓水一。受二三密加持之印明一。従レ此以後受二胎蔵之梵字儀軌一。学二諸尊之瑜伽観智一。七月上旬。更臨二金剛界大曼荼羅一。重受二五部灌頂一。亦抛〔レ花〕得二毗盧舎那一。和尚驚歎如レ前。……恵杲又云。此沙門是非二凡徒一。第三地菩薩也。内具二大乗心一。外示二小国沙門一也。（高僧伝要文抄）

○空海和尚行年三十四…去ニケリ。（一三四頁一〇行）
大同元年八月。趣二於本郷一。泛レ舶之日。祈請発レ誓云。学二教法秘密一。若有二感応地一者。我斯三鈷飛到而点着。仍向二日本之方一投二揚之一。遥入二空中一。（高僧伝要文抄）

○和尚行年三十三…宝剣ヲ安置シ給ヘリ。（一三四頁一三行）
参議従三位右大弁秋篠朝臣安人。左少史正七位上村主豊田麻呂給二官符一之後。為レ結二構仁祠一截二払樹木一之間。於二唐土一所レ投三鈷懸二樹間一。弥増二歓喜一。則知レ為二機縁相応之勝境一。又感二地主山王所レ告之不レ空。誠是至二于三会之暁一不レ可レ滅密蔵之地耳。隧二夷地形一。土中堀二出一宝剣一。長五尺、広一寸八分。又覚二前仏之遊処一。伽藍之旧基一也。依レ勅備二叡覧一。然間不レ慮成レ祟。卜筮所レ奏当二此剣一。仍入二銅筒一返二安置之一。是乃外護大明神惜レ之而已。……又記云。多宝塔一基。高十六丈。奉レ安二置一丈八尺六寸大日。一丈四尺四仏一。三間四面講堂一宇。奉レ安二置一丈六尺阿閦如来。八尺五寸四菩薩。七尺二寸不動。降三世。并七躯一。二十一間僧房一宇。已上大師御在世造レ之。（高僧伝要文抄）

七　恵果和尚

『明匠畧伝』震旦に次のごとく伝を記す。

一青龍寺恵果阿闍梨。唐代宗。徳宗。順宗。三代国師也。日本廃帝。称徳。光仁。桓武御宇一。当二三国高僧碑云。

俗姓馬氏。京兆照応人也、見二不空三蔵一。不空三蔵乍驚。称二泰蔵器一。即授二三摩邪戒一。許二灌頂位一。有二日本沙門空海一。授二秘奥一如レ瀉レ瓶。永貞元年十二月五日。五更去レ世。春秋六十。一人哀慟。四衆感歎。碑云。弘法大師撰。（中略）弟子空海。顧二桑梓一。則東海之東。想二行李一則難中之難。波濤万々。雲山幾千来也。和尚掩色之夜。於二境界中一告二弟子一曰。汝未レ知二吾与レ汝宿契之深。多生之慶一也。是故勧レ汝遠渉。授二我深法一。授法云畢。吾願足矣。汝西土也。接二我足一。吾東生入二汝室一。莫二久遅留一。吾在レ前去也。文。

八 丹生明神

丹生神社の本社は紀伊国。現、和歌山県伊都郡かつらぎ町上天野。『弘法大師行化記』では単に「山王」という。『高野大師御広伝』下では「山王丹生大明神」「丹生津姫命」という。文学作品では『今昔物語集』巻一一「弘法大師始建高野山語第二五」、『打聞集』六「大師投五胡給事」に語られている。

九 心蓮上人

『高野山往生伝』に「三十 心蓮上人」を挙げ、「心蓮上人。号二理覚房一。毎事修学。不レ好二交衆一。懸二心於極楽世界一。養二眼於顕密法門一。……爰治承五年夏四月。寝膳乖和。薬石失レ方。逝水不レ帰」という。すなわち、維盛が高野山に入った三年前に寂している。

一〇 藤原景康

『平治物語』（金刀比羅本）中では、自ら「景泰生年廿三」という。それによれば保延三年（一一三七）生。系譜未詳。その死は『平治物語』（陽明文庫本）上「待賢門の軍の事」に、

重盛はしばらく合戦して、敵をたばかり出し引しりぞく。悪源太、勝にのりて追つかけければ、重盛の馬の草わき、太腹を篦深《のぶか》に射させ、馬しきりにはねければ、堀川の材木の上、下立《おり》ッたり。鎌田兵衛、川をはせ渡して、馬より下重《おりかさな》ッて重盛に組まんとしけるを、重盛の郎等与三左衛門尉かげやす、鎌田にむずと組む。上になり下になり組みあい(ママ)けるを、与三左衛門上に成《なり》、鎌田をとりて押さへける所に、悪源太はせよりておちかさなり、与三左衛門をうち取《とる》。

と語られる。この後、やはり重盛の郎等進藤左衛門尉が重盛を合戦の場から遠ざけ、義平・政清と戦い、討たれた。「二人の郎等が討死しけるあひだにぞ、重盛はるかにのびにける」という。

一一 平清経

『吾妻鏡』治承五年（一一八一）二月一二日条に、知盛・行盛らと共に美濃国で源義明らの源氏を討ち取って上京したこと、文治元年（一一八五）一〇月二〇日条に、範頼が鎮西で入手し、頼朝に献じた仙洞の重宝の御剣鵜丸は、平氏都落の際に清経が法住寺殿から持ち出した二腰（吠丸と鵜丸）の一つであることを記す。

盛衰記では巻二四「頼朝廻文」に近江源氏追討の大将軍の一人として名を連ね、巻二六「平家東国発向」、「知盛所労上洛」にも知盛らと共に東国に向かったこと、所労により上京した知盛と行動を共にしたこと、巻三三「清経入海」に、平家の命運をはかなんで豊前国柳浦で入水したこと、都に遺した妻との交情などが語られる。ゆえに巻四二「資盛清経被討」（→一九九頁注二四）や同巻「与一射扇」（→二一四頁注一〇）の記述は矛盾する。

『建礼門院右京大夫集』には、平氏の都落ち以前のこととして、清経の恋人であったが心変わりされたと聞いた大炊御門斎院（式子内親王）中将との歌の贈答を載せ、都落ち以後には維盛の熊野での入水を聞いたことに続いて、清経の死についても、「この三位中将、清経の中将と、心とかくなりぬるなど、さまざま人のいひあつかふにも、残りて、いかに心よわくやいとど覚ゆらん」と言及しつつ、自身の恋人資盛のことを思いやっている。

清経が安元二年（一一七六）三月四日から六日にかけての後白河法皇

五十の賀に維盛と共に舞人として参加していることは、『玉葉』当日条、『安元御賀記』『平家公達草紙』によって知られる。

能「清経」は世阿弥作の二番目物（修羅能）で、清経が豊前国柳が浦で入水したのち、家人淡津の三郎（ワキ）が遺髪を都の清経の妻（ツレ）に届ける。妻が嘆き悲しみ、手向返しの歌を詠んで思い寝をするうちに清経の霊（シテ）が現れて、自らの修羅道の苦しみや死を語るが、最後には仏果を得る。盛衰記巻三三「清経入海」の影響が認められる。

三　平貞能

『吾妻鏡』治承四年（一一八〇）一二月二日条に重衡・淡路守清房・肥後守貞能等が源氏を討つために東国に発向したが途中から帰京したこと、養和二年（一一八二）四月一一日条に平家の使者として鎮西で兵糧米を厳しく徴集したことを記す。平家滅亡後の元暦二年（一一八五）五月八日条には、幕府で平家没官領の他に鎮西で貞能や盛国法師（平盛国）が領家の給与として得て、その支配下にあるらしい知行所のありかを注進すべきことが議されたという。同年七月七日条には宇都宮朝綱の嘆願によって貞能の身柄が朝綱に預けられたことを次のように記す。

七日戊子。前筑後守貞能者。平家一族。故入道大相国〔清盛〕専一腹心者也。而西海合戦不レ敗以前逐電。不レ知二行方一之処。去比忽然而来二于宇都宮左衛門尉朝綱之許一。平氏運命縮之刻。知レ少二其時一。遂二出家一遁二彼与同之難一訖。於レ今者隠二居山林一。可レ果二往生素懐一也。但雖二山林一。不レ蒙二関東免許一者難レ求之。早可レ申二預此身一之由懇望云々。朝綱則啓二事之由一之処。平氏近親家人也。為二降人一之条。還非レ無二其疑一之由。有二御気色一。随而無二許否之仰一。而朝綱強申請云。属二平家一在京之時。聞下挙二義兵一給事上。欲二参向一之刻。前内府不レ免之。爰貞能申二宥朝綱并重能有重等一之間。各全レ身参二御方一。攻二怨敵一畢。是啻匪レ思二私芳志一。於レ上又有レ功者哉。後日若彼入道有下企二反逆一事上者。永可下令レ断二朝綱子孫一給上云々。仍今日有二宥御沙汰一。所レ被レ召二預朝綱一也。

三　熊野山

熊野三山（熊野三社）の中心的存在である熊野本宮大社をさしていう。『延喜式』巻一〇・神名下に「熊野坐神社名神大」と見える。「熊野」という地名は、『日本書紀』巻一・神代上に、火神の軻遇突智《かぐつち》を生む時に焼かれてなくなった伊弉冉尊《いざなみのみこと》を「紀伊国熊野之有馬村」に葬ったと見え、同書巻三・神武天皇紀には、東征の軍を進めた即位前の神武天皇が紀伊国名草から「遂越二狭野一、而到二熊野神邑一、且登二天磐盾一。……帥レ軍而進、至二熊野荒坂津一。（亦名丹敷浦）……時彼処有レ人。号曰二熊野高倉下一」と見える。後者は『古事記』中・神武天皇の条にも述べられている。また、『日本霊異記』下「憶持法花経者舌著曝髑髏中不朽縁第一」に「紀伊国牟婁郡熊野村、有永興禅師。化二海辺之人一」とある。伊弉冉尊を葬ったという「紀伊国熊野之有馬村」は、現在の三重県熊野市有馬町であるとされる。神武天皇が到達した「熊野神邑」は和歌山県新宮市新宮のあたりかという。『日本霊異記』にいう「紀伊国牟婁郡熊野村」も新宮市付近とされ、南菩薩と呼ばれた永興禅師は那智の妙法山に住んでいたかと考えられる（日本歴史地理大系『和歌山県』）。これらのことから、和歌山・三重両県にまたがる「山の熊野」とともに、太平洋・熊野灘に面する「海の熊野」をも考える必要がある。深い山中に位置する本宮と海に近い新宮・那智とは本来別々の発祥・信仰があったのであろう。熊野三山として三社が連係するようになったのは平安時代に入ってからのことであろうと考えられる。新宮は『延喜式』巻一〇・神名下に「熊野早玉神社大」と載る。ここでは前記した「熊野坐神社」とこの「熊野早玉神社」のみで、熊野三社という呼び方は未だ生まれていない。

四　女ノ心ヲ悪ミテ、遥ニ飛来ツヽ、此砌ニゾ住給

『熊野の御本地の草子』では、善財王は最愛のせんかう女御（五衰殿）が九九九人の后達の奸計によって首を斬られたことを、首のない女

御の乳を飲んで成長した王子から知らされて、「女人の悪しきによりてかゝる憂き目を見る事こそ悲しけれ。世にありても何にかはせん」と思い切り、王子を伴って飛ぶ車に乗り、紀伊国牟婁郡音無川「そなへの里」に落ち着いて、熊野権現として垂迹したと語る。そして、証誠殿は本地阿弥陀如来で前身は善財王、両所権現は本地大慈大悲観世音菩薩で前身はせんかう女御（五衰殿）、那智権現は本地薬師如来で前身は地けん聖（王子の師僧）、若王子は本地十一面観世音菩薩で前身は王子であり、九九九人の后は電、また赤虫となったという。

一五　役小角

『元亨釈書』巻一五「役小角」に、

藤葛為レ衣。松果充レ食。持二孔雀明王咒一。駕二五色雲一。優二遊仙府一。駆二逐鬼神一。以為二使令一。日域霊区。修歴殆徧。

というのが注二九以下の叙述と関係あるか。同書は続いて役小角が葛木嶺から金峯山へ渡る石橋を架する仕事に励まなかった一言主神を怒って呪縛し、宮人に憑いた一言主神に国家を窺う危険人物と訴えられて、伊豆大島に流されたことを述べ、さらに、

小角嘗在二摂州箕面山一。山有レ滝。小角夢。入二滝口一謁二龍樹大士一。覚後構二伽藍一。自レ此号二箕面寺一為二龍樹浄刹一。

という。この部分はあるいは注二七以下の記述と関係があるか。

伝承では、役行者は前鬼・後鬼の夫婦の鬼を使役したといわれ、吉野では役行者像の脇侍としてこの二人の鬼の像が見られる。地名としての前鬼は奈良県吉野郡下北山村前鬼。釈迦ヶ岳・大日岳の東南の傾斜地に開けた古い山伏村。標高約八〇〇メートル。大峯七十五靡二九番の宿。三重《みえ》の滝はその裏行場。役行者に従った前鬼・後鬼の子孫と伝えられる五家が宿坊を営んで奥駈入峯の先達を勤めてきたが、現在は小仲《おなか》坊のみ残る。

なお、盛衰記巻二八「天変」（『中世の文学　源平盛衰記』㈤・一一二頁注一六以下）に、役行者に関する詳しい記述が存する。

一六　円珍

一五歳の年に比叡山に登り、義真を師として学び、天長一〇年（八三三）受戒して一二年間籠山した。仁寿三年（八五三）七月渡唐のために出国、唐では諸所の寺院を訪れて学び、天安二年（八五八）六月帰朝した。園城寺（三井寺）を再興し、同寺別当、第五世天台座主となった。天台宗寺門派の祖である。

『元亨釈書』巻三「延暦寺円珍」に、

珍詣二紀州熊野一。適風雨晦冥。迷失レ路。俄大烏飛来為二前導一。已而至レ祠。衣上之蓑不レ遑レ解。便講二法華一。神排二殿戸一。自レ此熊山一乗八講。雖二晴天一置二蓑講師座下一。以為レ式。珍睿山房有二山王明神座一。或曰。山王受レ戒時坐。此故人呼二珍房一曰二山王院一。

とあるのが、注三一以下の記述に関係があるか。

一七　花山天皇

誕生翌年の安和二年（九六九）八月一三日立太子、永観二年（九八四）八月二七日、円融天皇の退位によって践祚したが、寛和二年（九八六）六月二三日暁、ひそかに禁中を出て東山花山寺において落飾、法名を入覚と号した。時に一九歳。前年亡くなった女御藤原忯子（為光女）のことを悲しむ心に、皇太子懐仁親王（円融天皇の第一皇子。一条天皇）の登極を望む藤原兼家がつけ込んだ策略の結果であるとされる。出家後は比叡山、書写山、熊野をはじめ諸所を遍歴した後、正暦二年（九九一）頃には帰京、花山院東院に住して風雅な生活を送った。

『元亨釈書』巻一七「寛和皇帝」に、出家後のこととして、那智での修行について次のように述べる。

偏奉二僧儀一。修二密法一。王畿霧区多所二游歴一。又入二紀州那智山一不レ出二三歳一。其励苦精修。苦行之者皆取レ法。一日神龍降献二如意珠一顆。水精念珠一串。海貝《アハビ》一枚一。帝置二宝珠於巌屋一。念珠於千手

院一。以為二地鎮一。苦行上首。伝持秘授至二如今一。其海貝九穴。沈二滝下一。……自三帝修二練此地一。苦行者六十人。至レ今不レ絶。

盛衰記では巻三「法皇熊野御参詣」で後白河法皇の熊野参詣を述べた後、続けて「那智籠山」で、

昔ハ平城法皇ノ有二御幸一ケル由、那智山ノ日記ニトヾマリ、近《ちかく》ハ花山法皇御参詣、滝本ニ三年千日ノ行ヲ始置セ給ヘリ。

として、前引の奇跡を詳しく語っている。

一八　宇多天皇

元慶八年（八八四）四月臣籍に降り、源姓を賜ったが、仁和三年（八八七）八月二六日親王とされ、立太子、践祚した。寛平九年（八九七）七月三日皇太子敦仁親王（醍醐天皇）に譲位した。昌泰二年（八九九）一〇月二四日仁和寺において落飾、法諱を空理、後に金剛覚という。真言僧益信《やくしん》を師として、真言広沢流第二祖となった。承平元年七月一九日仁和寺御室において崩じた。文事・和歌に熱心であると共に仏道にも精進し、高野山、竹生島、金峯山寺などに御幸した。『日本紀略』昌泰三年一〇月条、『東寺長者補任』同年条に「南山」（高野山）参詣の記事がある。「寛平法皇ノ御参詣」とはそのことをさすか。

一九　後白川院ノ卒都婆ノ銘

盛衰記巻三「法皇熊野御参詣」に、

法皇ハ、御出家ノ思出ニ熊野御参詣アリ。三山順礼ノ後、滝本ニ卒堵婆ヲ立ラレタリ。「智証門人阿闍梨滝雲坊ノ行真」トゾ銘文ニハ書レタル。サマデナキ人ノ門流ヲ汲《くむ》ダニ嬉キニ、昔ハ一天ノ聖主、今ハ三山ノ行人、御宸筆ノ卒堵婆ノ銘、三井ノ流ノ修験ノ人、サコソ嬉ク思ケメ。書伝《かきつたへ》タル水茎ノ跡ハ今マデ通《かよふ》ラシ。

という。

なお、院の熊野詣でと今様の関係については、五味文彦『後白河院―王の歌―』（二〇一一年四月刊、山川出版社）参照。

二〇　三善清行

『扶桑略記』巻二四・延喜一八年条に、

同十月廿六日。参議式部大輔三善朝臣清行薨。其子浄蔵参二詣熊野一。路間暗下憶父卿可上レ赴二黄泉一。即従二中途一退還。卒去以後経二五箇日一。加持之処。棺中蘇生。善相公再得二活命一。為レ子礼拝。運命有レ限。歴二於七日一。十一月二日遂以即世。洗レ手漱レ口。対レ西念仏。気絶火葬。灰燼之中。其舌不レ焼。已上伝

とある。『拾遺往生伝』中にも、

大法師浄蔵。……又参二詣熊野一之間。暗知二父卿之薨日一。途中俄帰レ路。遇二滅後之五日一。大法師忽動二冥官一加持。蘇生父卿。即着二位袍一而礼拝。経二七日一亦薨。是令レ知二運命有レ限也。

という。『日本高僧伝要文抄』第一・浄蔵伝にも、

又云。又参二熊野一道間知下可レ有二父入滅一之事上。従二途中一還向。逝去之後。自及二四五日一。悲歎加持念還蘇。則着二位袍一礼拝。為二子孫一示二遺言一。経二五六日一。為レ令レ不レ相二違運命一洗レ手嗽レ口。対二西面一念仏。漸以滅度。焼葬煨燼之中其舌不レ焼。父又不二凡人一。文。

という。

二一　通仁親王

『中右記』大治四年（一一二九）閏七月一一日条に、

或人密語云、二宮去夜令レ薨給畢、御年六歳、名道仁、従二降誕年一御目不二見給一、坐二但馬守敦兼朝臣宅一也、強不二風聞一、世人不レ知、

『永昌記』同年同月一〇日条に、

夜半太上天皇第二親王薨逝、生年六歳、両眼如レ盲、起居不レ調、恒又苦悩、遂以飛去歟、日来痢病、近日及二赤痢一、法皇御在世之日、渡二御但馬守敦兼宅一、御乳母夫、年来雖レ有二万々御祈願一、（鎮イ）為二不予之人一、仍無二御同宿之儀一歟、可レ憐々々、

とある。『参考源平盛衰記』は「鳥羽帝皇子。按ズルニ、行尊祈リテ蘇

ラシムルハ君仁《キミヒト》也。今鏡ノ説後注ニ見ユ」とする。
君仁親王は天治二年（一一二五）五月二四日—康治二年（一一四三）一〇月一九日、一九歳。鳥羽院の第三皇子。母は待賢門院。『台記』康治二年一〇月一九日条に、

十九日壬寅、（中略）伝聞、今日、法皇第二《（ママ）》親王薨去云々、有レ筋無レ骨、先年出家云々、

という。
『今鏡』藤波の下第六「志賀のみそぎ」に、待賢門院所生の鳥羽院の皇子・皇女を述べて、

その生み奉り給へる宮々は、一の御子は讃岐の院におはしましき。二の御子は御目暗くなり給ひて、幼くて隠れ給ひにき。三の御子は若宮とておはしましし。幼くよりなえさせ給ひて、起き臥しも人のまゝにて、物も仰せられでおはしましし。十六にて御髪《ぐし》下させ給ひて隠れさせ給ひにき。御みめもうつくしく、御髪も長くおはしましけり。（中略）この宮赤子におはしましける時絶え入り給へりければ、行尊僧正祈り奉られけるに、白川法皇、「位も継ぎ給ふべくは生き返り給へ」と仰せられける程に直らせ給ひたれば、頼もしく人も思ひあへりけるに、そのかひなくおはしましける、いかに侍りけるにか。なえさせ給ひたりとも御命は十に余りておはしますべく、又人の験《しるし》も尊くおはすれば、直らせ給へども、位は別《べち》の事なるべし。

と語る。『参考源平盛衰記』の注するように、『今鏡』のこの記事によって行尊の法験を言ったか。

二二　三重ノ滝
西行の『山家集』に次のような歌がある。

三重の滝を拝みけるにことに尊く覚えて、三業《さんごふ》の罪もすすがる
る心地しければ
身につもる言葉の罪も洗はれて心澄みぬる三重《みかさね》の滝（下・一一一八）

二三　千草ノ岳
『山家集』に次のような歌がある。

千草《ちくさ》の嶽にて
分けて行く色のみならず梢さへ千草の嶽は心染《そ》みけり（下・一一一五）

二四　古家ノ宿
『山家集』に次のような歌がある。

古屋と申す宿にて
神無月しぐれふるやに澄む月は曇らぬ影も頼まれぬかな（下・一一一三）

二五　馳児宿
『山家集』に次のような歌がある。

行者還り、稚児の泊り、続きたる宿なり、春の山伏は屏風立と申す所を平《たひら》かに過ぎんことをかたく思ひて、行者、稚児の泊りにて思ひ煩ふなるべし
屏風にや心を立てて思ひけん行者は帰り稚児は泊りぬ（下・一一一七）

二六　釈迦岳
『山家集』に次のような歌がある。

天法輪の嶽と申す所にて、釈迦の説法の座の石と申す所拝みて
こここそは法《のり》説かれける所よと聞く悟りをも得つる今日かな（下・一一一九）

二七　大王ノ阿私仙ニ従テ、千歳ノ給仕ニ相似タリ
『法華経』提婆達多品第一二に、

吾於ニ過去。無量功中一。求ニ法華経一。無レ有ニ懈倦一。於ニ多却中一。

常作二国王一。……時有二仙人一。来白レ王言。我有二大乗一。名二妙法蓮華経。若不レ違レ我。当二為宣説一。王聞二仙言一。歓喜踊躍。即随二仙人一。供二給所一レ須。採レ菓汲レ水。拾レ薪設レ食。……于時奉事。経二於千歳一。

と説き、続いて偈で、仙人のことを「阿私仙」と呼び、「爾時王者。則我身是。時仙人者。今提婆達多是」と説く。

六　寛和ノ比

『栄花物語』では巻四「見はてぬ夢」の初めのあたりで、正暦二年（九九一）二月一九日の円融院の葬送のことに続いて、次のように語る。

花山院所々あくがれありかせ給ひて、熊野の道に御心地悩ましうおぼされけるに、海人の塩焼くを御覧じて、

旅の空よはの煙とのぼりなば海人の藻塩火たくかとや見ん

とのたまはせける。旅のほどにかやうのこと多く言ひ集めさせ給へれど、はかばかしき人し御供になかりければ、みな忘れにけり。さてありきめぐらせ給ひて、円城寺といふ所におはしまして、桜のいみじうおもしろきを見めぐらせ給ひて、ひとりごたせ給ひける、

木《こ》の本をすみかとすればおのづから花見る人になりぬべきかな

とぞ。あはれなる御有様もいみじうかたじけなくなん。

元　花山法皇ノ行給ケル所

『山家集』に次のような歌がある。

那智に籠りて滝に入堂し侍りけるに、「この上に一二の滝おはします。それへまゐるなり」と申す常住の僧の侍りけるに、具してまゐりけり。花や咲きぬらんと尋ねまほしかりける折節にて、たよりある心地して、分けまゐりたり。二の滝のもとへまゐり着きたる、「如意輪の滝となんと申す」と聞きて拝みければ、まことに少しうち傾きたるやうに流れ下りて、尊く覚えけり。花山院の御庵室の跡の侍りける前に、年古りたりける桜の木の侍りけるを見て、「すみかとすれば」とよませ給ひけんこと思ひ出でられて

木《こ》の本に住みける跡を見つるかな那智の高嶺の花を尋ねて（中・八五二）

三〇　後白河法皇五十賀

安元二年三月四日から六日まで行われた後白河法皇の五十賀の有様は、九条兼実が日記『玉葉』に詳しく記録している。維盛が青海波を舞ったのは三月六日の後宴でのことである。四日には清経らと共に万歳楽を舞っている。藤原隆房の筆になる『安元御賀記』はこの三日間のことを記した仮名日記である。

『平家公達草紙』の維盛が青海波を舞う場面は、『安元御賀記』と密接な関係のあることを想像させる記述となっている。

山の端近き入日の影に御前の庭の砂子ども白く清げなる上に、花の白雪空に知られて散りまがふほど、物の音《ね》もてはやされたるに、青海波の花やかに舞ひ出でたるさま、惟盛朝臣の足踏み、袖振るほど、世のけいき、入日の影にもてはやされたるかたち、似るものなく清らなり。同じ舞なれど目なれぬさまなるを、内・院を始めたてまつり、いみじくめでさせ給ふ。父大臣言忌《おとこと》みえし給はず、おしのごひ給ふ、ことわりと見ゆ。見る人涙を流す。片手は源氏の頭中将ばかりだになければ、なかなかにかたはらいたくなん覚えけるとぞ。

『建礼門院右京大夫集』にも、維盛の熊野での入水の噂を聞いた際の感慨を次のように記している。

きはことにありがたかりしかたち用意、まことに昔今見る中に、ためしもなかりしぞかし。されば折々にはめでぬ人やはありし。法住寺殿の御賀に青海波舞ひての折などは、光源氏のためしも思ひ出でらるるなどこそ人々言ひしか。花のにほひもげにけおされぬべくなど聞えしぞかし。

三　伊予入道頼義

『続本朝往生伝』、『古事談』第四勇士―一六話及び第五神社仏寺―五三話、『発心集』第三―三話等に頼義の往生が伝えられている。『続本朝往生伝』を掲げる。

前伊予守源頼義朝臣者。出二累葉武勇之家一。一生以二殺生一為レ業。況当二征夷之任一。十余年来唯事二闘戦一。梟二人首一断二物命一。雖二楚越之竹一。不レ可二計尽一。預二不次之勧賞一。叙二正四位一。任二伊予守一。其後建レ堂造レ仏。深悔二罪障一。多年念仏。遂以出家。瞑目之後。多有二往生極楽之夢一。定知。十悪五逆猶被レ許二迎接一。何況其余乎。見二此一両一。太可レ懸レ恃。

巻四十一

一　頼朝の叙正四位下

頼朝はこれ以前の寿永二年（一一八三）一〇月九日、本位に復している。このことは『玉葉』同日条に「今日有二小除目一云々。（中略）又頼朝復二本位一之由被二仰下一云々」とあり、『百練抄』でも「十月九日。前兵衛佐頼朝復二本位一」と記すが、『吾妻鏡』は寿永二年の記事を欠くから、幕府側の記録を知ることはできない。

この叙正四位下の叙位については、『玉葉』寿永三年三月二八日条に、見二聞書一、全無二別事一、可レ為二大除目一之由、兼日謳哥、而依二頼朝申状一、被レ止二珍事等一了云々、頼朝叙二正四位下一、若是所望歟、将又推被レ行歟、然者同可レ被レ任二直官一歟、

という。『百練抄』も同年三月二七日条に、

廿七日丙辰。除目入眼也。源頼朝叙二正四位下一。本従五位下。天慶秀郷自二六位一叙二四位一之例也。

とある。『吾妻鏡』では同年四月一〇日条に次のようにいう。

十日戊寅。源九郎使者自二京都一参着。去月廿七日有二除目一。武衛叙二正四位下一給之由申レ之。是義仲追討賞也。持二参彼聞書一。此事。藤原秀郷朝臣天慶三年三月九日自二六位一昇二従下四位一也。武衛御本位者従下五位也。被レ准二彼例一云々。亦依二忠文宇治民部卿。之例一。可レ有二征夷将軍　宣下一歟之由有二其沙汰一。而越階事者彼時准拠可レ然。於将軍事一者。賜二節刀一被レ任二軍監軍曹一之時。被レ行二除目一歟。被レ載二今度除目一之条。似レ始二置其官一。無二左右一難レ被二　宣下一之由。依レ有二諸卿群議一。先叙位云々。

とある。

頼朝が『公卿補任』に登載されるのは、元暦二年（一一八五）四月二七日、従二位に叙されてからのことである。その時の尻付に、

（前略）寿永二十九復二本位一。同三三廿七正四下（元従五下。追二討前伊与守源義仲一賞。其身不二上洛一。猶在二相模国鎌倉一）。

延慶本・長門本・覚一本等の記述は、ほぼ同様である。延慶本を示せば、左のごとくである。

同（三月）廿八日、鎌倉ノ前兵衛佐頼朝四位之上下シ給フ。元ハ従下ノ五位ナリシニ、五階ヲ越給ヘルゾ優敷《ゆゆし》キ。伊与守源義仲追討ノ勧賞トゾ聞ヘシ。（巻一〇―21）

二　崇徳院遷宮

崇徳院は崇徳天皇。第七五代。元永二年（一一一九）五月二八日―長寛二年（一一六四）八月二六日、四六歳。鳥羽天皇の第一皇子。母は藤原璋子（待賢門院）。源顕兼編の『古事談』巻二臣節・五四話に、「待賢門院ハ、白川院御猶子之儀ニテ令二入内一給、其間法皇令二密通一給、人皆知レ之歟、崇徳院ハ白河院御胤子云々、鳥羽院モ其由ヲ知食テ、叔父子トゾ令レ申給ケル、依レ之大略不快ニテ令レ止給畢云々」と語っている。

諱は顕仁《あきひと》。保安四年（一一二三）一月二八日立太子、鳥羽天皇の譲位により践祚。永治元年（一一四一）一二月七日皇太弟体仁親王（近衛天

皇）に譲位、新院と呼ばれた。保元元年（一一五六）七月二日鳥羽法皇崩直後の七月一一日、同母弟の後白河天皇と皇位を争う保元の乱が起こるが、敗れて翌一二日出家、同月二三日讃岐に配流され、長寛二年八月二六日讃岐国の白峯寺（現、香川県坂出市青海町、西国八一番札所）付近の配所において崩じ、同寺に接する讃岐白峰陵に斂葬された。以上のことは『保元物語』に詳しく語られる。讃岐院と呼ばれたが、安元三年（一一七七）七月二九日崇徳院と追号された。盛衰記巻八「讃岐院」がこのことを語る。

詠歌に優れ、在位中、また退位後に群臣に百首歌を詠進させ、藤原顕輔に『詞花和歌集』（六番目の勅撰集）を撰進させた。同集初出の歌人である。

延慶本第五末（巻一〇―22）「崇徳院神ト崇奉ル事」での記述は次のごとくである。

四月十五日、崇徳院ヲ神ト崇メ奉ル。昔合戦ノ有シ大炊殿ノ跡ニ建二テ社一ヲ、有二遷宮一。賀茂祭ヨリ以前ナレドモ、院ノ御沙汰ニテ、公家ニハ不二知食一トゾ聞ヘシ。去正月比ヨリ被二造営一ケリ。民部卿成範卿・式部権少輔範季奉行シケリ。成範卿ハ依三テ為二ニ信西入道ガ息一被レ憚ケリ。法皇震（ママ）筆告文アリ。参議式部大輔俊経卿ゾ草シケル。権大納言兼雅卿・紀伊守範光為二リ勅使一。御廟ノ御正躰ニハ御鏡ヲ被レ用ケリ。彼ノ御鏡ハ、先日御遺物ヲ兵衛佐局ニ被レ尋ケレバ、此御鏡ヲ奉タリケリ。八角ノ大鏡、自レ元金銅ニ普賢ノ像ヲ被レ奉二鑄付一、今度被レ奉レ納二平文ノ箱一ニ。又故宇治左大臣ノ廟、同在二東方一。卿大夫廟或有レ主或无レ主。今度ハ无レ主。権大納言着二拝殿一、再拝畢テ被レ披二告文一。又有二再拝一テ、俗別当神祇大副ト安部兼友朝臣ニ下給フ。後ニ朝臣祝中テ、前庭ニシテ焼レ之ケリ。以二玄長一故孝長卿子為二別当一、以二慶縁一故西行法師子為二権別当一。遷宮ノ有様、於レ事ニ厳重ニゾ侍ケル。

長門本巻第十七では、維盛の死に引続いて頼朝の昇階が述べられ、次に遷宮のことが左のごとく簡単に語られる。

四月十五日、崇徳院を神に崇奉るべしとて、昔合戦のありし大炊殿の跡に、社をたて、遷宮あり、加茂の祭り以前なれども、院の御さたにて、公家しろしめさずとぞ聞えし、

覚一本巻第十「三日平氏」での遷宮の記述は、

同（四月）三日、崇徳院を神とあがめたてまつるべしとて、むかし御合戦ありし大炊御門が末に社をたてて、宮うつしあり。院の御沙汰にて、内裏にはしろしめされずとぞきこえし。

というのであるから、長門本の遷宮の記述は日付を別にすれば覚一本に極めて近いといえる。

吉田経房は、寿永二年一一月一九日の法住寺合戦の有様を『吉記』の同日条に詳しく記した後に、

今年闘諍堅固当二百卅三年一、而保元已後連々雖レ有二逆乱一、何時可レ及二今度一哉、於二根元一者、故不レ記之、偏是讃岐院怨霊之所為歟、天照太神不二令レ奉レ守給一、雖二先世御果報一、可レ悲可レ歎、筆端難レ及、後代有レ恐、然而諸人定以記歟、慭録二大概一而已、

と述べている。同年一二月二九日に崇徳院及び藤原頼長の社の事始のことがあった。同書の同日条はこのことを、

今日奉二為崇徳院并宇治左府一、春日河原保元戦場、可レ被レ建二仁祠一事始也、明年正月十三日可レ有二棟上一、同十七日遷宮、院司式部権少輔範季朝臣奉行云々、

と記す。翌寿永三年四月一日には、崇徳院の御正体のこと、民部卿藤原成範が造宮の上卿であることが議論されたという。すなわち、同書の同日条に次のようにある。

式部権少輔範季朝臣来談云、崇徳院御粉《マヽ》社、毎事未レ定、御正体可レ被レ用二何物一乎之由有レ議、先被レ尋二兵衛佐局一、申云、年来御持仏御在座時御愛

物也普賢像、并御鏡当時見在、又以㆓木御枕㆒被㆑奉㆑造㆓仏像㆒。先被㆑仰㆓合左府㆒之処、可㆑被㆑安㆓如意輪普賢二体㆒、御枕之外、右府被㆑申云、二体之体無㆑謂、可㆑被㆑〔脱二〕如意輪㆒、今一体奉㆑安㆓如経所㆒可㆑有㆓其勤㆒歟云々、社司卜部之輩等所望未㆓事切㆒、又可㆑被㆑補㆓僧官㆒、材木被㆑懸㆓津々㆒、寸法被㆑摸㆓稲荷社㆒、院司上卿民部卿也、而別当入道云、散位人有㆑憚、加之保元敵人子也、閑院一族尤可㆓奉行㆒、其中大納言可㆑宜歟、此条雖㆑為㆓内々事㆒、経㆓奏聞㆒了、無㆓分明仰㆒、愚案、尤可㆑然事歟、

結局、上卿は民部卿成範から大納言藤原実房に改められ、遷宮は四月一五日と決定した。同書の四月九日条にいう。

九日丁卯　天晴、崇徳院社造宮上卿民部卿、保元合戦讎敵信西入道子也、人以㆓相傾之由㆒、大蔵卿奏聞之、仍被㆑改㆓皇后宮大夫㆒云々、尤可㆑然事也、雖㆓院中事㆒、為㆓散位奉行㆒不㆓穏便㆒、況於㆓敵人子㆒乎、十五日可㆑有㆓遷宮㆒、賀茂祭日不㆓甘心㆒事歟、

そして、四月一五日に遷宮が行われた。同書の同日条は次のごとくに記す。

十五日、天晴、今日賀茂祭也、院無㆓御見物㆒、依㆓天下違乱㆒可㆑為㆓冷然㆒云々、

今日、崇徳院、宇治左大臣、為㆓崇霊神㆒、建㆓仁祠㆒、有㆓遷宮㆒、以㆓春日河原㆒為㆓其所㆒、保元合戦之時、彼御所跡也、当時為㆓上西門院御領㆒、今被㆓申請㆒被㆑建之、点㆓津々材木㆒造営、遷宮之間儀可㆓尋注㆒、院司権大納言、兼雅、式部権少輔範季朝臣奉行之、神祇大副卜部兼友宿禰被㆑補㆓社司㆒、備㆓其事㆒、又被㆑補㆓僧官㆒、其名可㆓尋注㆒、故入道教長卿、彼院御寵女兵衛佐猶子也、天下擾乱之後、彼院并槐門悪霊、可㆑奉㆑祝㆓神霊㆒之由、故光能卿為㆑頭之時、被㆑仰㆓合人々㆒、其後行隆朝臣又奉行、又光雅光長等朝臣奉行之、或蔵人方、或官方也、今偏為㆓院御沙汰㆒、範季朝臣奉行、未㆑知㆓可否㆒、朝家大事不㆑如㆓此事㆒歟、先召㆓諸道勘文㆒、可㆑及㆓群議㆒事歟、事不㆑及㆑広、只被㆑仰㆓合三丞相㆒有㆓沙汰㆒之、傍輩雖㆑不㆑可㆑及㆓三公㆒、如㆑此大事、争無㆓群議㆒哉、愚案可㆑被㆑逐㆓北野之例㆒、神祇官強不㆑加歟。

今日賀茂祭也、尤可㆑被㆓相避㆒歟、但無㆓他日次㆒之上、不㆑可㆑憚之由、人々被㆓計申㆒云々、

同書はさらにこの後、四月二五日・同二六日条に、この崇徳院の神殿から蛇が出現したこと、範季や卜部兼友が夢想を体験したこと、崇徳院を神として祭ったことを源通親や経房・藤原兼光らが白河院・鳥羽院・待賢門院の御陵三所に告申したことを記している。

○廿五日　天陰小雨時々降、人々談云、去廿一日崇徳院神殿下、蛇七岐出、其中一白、翌日聞㆓此旨㆒、範季朝臣欲㆓奏聞㆒之処、御所中間不㆓達得㆒退出、其夜夢想、彼院御㆓坐宝殿内㆒、其御体慥不㆓令㆑見給㆒、令㆓曽比伏㆒給、宇治左府令㆑着㆓夏衣冠㆒給、被㆑談㆓世上事㆒、有㆓不便思食之気㆒云々、件夢子細範季朝臣委注記云々、可㆑尋㆑之、又同夜神祇大副兼友夢、神祇官とおぼしき所、兼友与㆓範季㆒祗候、両人懐中ニ蛇入之由見之、件所雖㆑存㆓本官㆒、為㆓此新社㆒云々、

○廿六日甲申　終日雨下、今日依㆑被㆑奉㆑祝㆓崇徳院㆒、可㆑被㆑告㆓申御陵三ヶ所㆒、可㆑勤㆓使節㆒之由、依㆑有㆓其催㆒、先行水之後、巳時参院、（中略）可㆑被㆑進㆓御陵㆒之御書、雖㆑可㆑為㆓宸筆㆒、依㆑有㆑煩、被㆑清㆓書彼御書㆒、件草、式部大輔俊経卿兼日草進㆑之、（中略）予此間起座退出、爰次官雖㆓来進㆒、依㆑為㆓宸筆㆒、猶自持㆓御書㆒、駕㆑車参㆓安楽寿院㆒、鏁門敢不㆑開、自㆓腋門㆒参入、（中略）次予着座、次再拝、次披㆓御書㆒、（中略）読㆓申之㆒、次又再拝、次仰㆓御堂所司㆒可㆑令㆑焼㆓御書㆒之由雖㆓相存㆒、敢不㆑見、爰着㆑冠者一人出来、相尋之処、為㆑焼㆓御書㆒之役、相㆓具火㆒参上之由称㆑之、神祇大副兼友差進云々、仍以㆓件男㆒令㆑焼㆑之、差共人令㆑実㆓検之㆒、於㆓御塔壇上㆒焼㆑之云々、（中略）哺時帰㆑家、

御陵三ヶ所
白河院、成菩提院、
参議左近中将通親卿、次官中務少輔兼親、
鳥羽院、安楽寿院、
参議左大弁経房、次官皇太后宮権亮有実、
待賢門院、法金剛院、
参議右大弁兼光朝臣、次官紀伊守範光、
（下略）

『玉葉』によれば、法住寺合戦以前から、崇徳院怨霊が天下の乱逆を起こしているとの噂が流れ、後白河法皇が神社の建立や崇徳院の改葬などを考え、このことを九条兼実に諮問していたことが知られる。すなわち、同書の寿永二年閏一〇月二日条は次のようなものである。

二日、癸亥天晴、午刻、右中弁光雅為二院御使一来、余依二念誦之間一、不レ出二客亭一、召二簾前一謁レ之、広庇也、光雅仰云、天下乱逆、連々無二了時一、是偏為二崇徳院怨霊一之由、世之所二謳歌一也、仍可レ建二神祠於成勝寺中一之由、叡慮決イ有レ之、仰二彼寺行事弁光長一、有二其沙汰一之処、猶有二御思惟一、去比被レ訪二占者一処、占趣太不快云々、仍重被レ問下可レ有二改葬一哉否之由上、申二最吉之由一、仍就二其赴一可レ有二沙汰一之処、先規已邂二逅廃帝、及崇道天皇等之例一、大旨雖レ載二国史一、子細不レ詳、随又事幽玄、専難レ被二遵行一、随レ宜可レ被二計行一歟、被レ仰二彼息法印一、偏為二沙汰一、被二遂行一、叶二時議一歟、将又自レ院可レ被レ差二副別使一歟、可レ令二計申一者、兼又、日時於レ院可レ被レ勘歟、又其地如何、又准二廃帝等例一者、可レ被レ置二山陵一歟、如レ此之間事、委思量可レ令レ奏者、

申云、先改葬之条、雖レ不レ可二必然一、偏就二御占之趣一、可レ被レ行之由被二仰下一、不レ可レ及二異議一、其上沙汰之趣、只可レ在二勅定一、但彼法印、当時現存、尤可レ有二便宜一歟、有二其人一ハ自レ院被レ副二御使一、有二何事一哉、於二日時一者、尤於レ院可レ被レ勘歟、無二其人一ハ、又雖レ不レ被レ副レ人、何事之有哉、於二其所一者、暗只今難二計奏一、且被レ仰二合彼法印一尤宜歟、兼又被レ置二山陵一事、不レ可レ然歟、其故ハ中古以来依二遺詔一、代々帝王已無二此事一、且為レ蕩二怨心一、被レ置二山陵一之条、不レ合二道理一、只就二仏教一不レ可レ過レ被レ奉レ訪二菩提一歟云々、光雅又云、平城上皇乱之時、弘仁被レ申二柏原山陵一所一、任二彼例一保元乱之時、被レ申二安楽寿院一所一、今度之事、又尤可レ被レ申二彼寺一歟、而被レ加二法金剛院一如何、又可レ有二告文一哉、其〔使公卿歟〕如何者、申云、被レ申二両寺一尤可レ然、告文必可レ有使者、公卿四位殿上人之間、可レ依二時議一、則光雅帰了、此事惣無レ所レ抛歟、

右の文中、「彼息法印」とは崇徳院の皇子で仁和寺に入り、宮法印と呼ばれた元性（元暦元年一〇月一七日没、三四歳）のことである。

このことについての以後の『玉葉』の記事は、以下のごとくである。

○寿永二年一二月二六日条
蔵人少輔親経来、問云、崇徳院可レ被レ立二神祠一之由有二其沙汰一、其所如何、可レ被レ申者、院宣云々、申云、此事先日依二御占不快一、止二神祠一、可レ為二改葬一之由承レ之、今仰相違如何、但此条和説也、於二其所一者、暗難二計申一、若無二一定之〔地〕一者、可レ然之所両三所相定、可レ被レ行二御占一歟、

○寿永三年一月五日条
行隆語云、我子息不レ論二男女一、有二霊魂託事一、及二大乱之時一必有二此事一、所レ謂崇徳院并宇治左大臣等霊魂也、所レ言之事如レ指レ掌、皆以符合、可レ謂二奇異一、此事敢不二口外一云々、余問云、当時有二其事一哉、答云、近則一昨日三日有二託言事一、其趣、西海主再可レ帰二都城一、日本国神明併有二加護一、神璽宝剣、安穏可レ被レ奉二相具一也、而奉二相従一輩之中、無下可レ量二重事一之器上、仍恐自有下乖二神慮一之事上歟、若然者三神欲二紛失一、可レ悲云々、但十之八九有二帰レ都之

運二云々、又云、凡武士等可二滅亡一之期也、於下欲レ乱二天下一之意趣上、如レ思遂了、於レ今者天下属二静謐一、我等欲二鎮居一云々、但於レ被レ立二神祠一者、全非レ所レ望、讃州墓所之辺可レ立二一堂一、又可レ修二仏（惣イ）事一云々、又云、義仲不レ可レ久、頼朝又可レ然、平氏若有レ運歟、極可レ依二其所行一云々、即及二亥終一退出了、此託言事、為二後鑑一記レ之、可レ謂二奇異一歟、

○同年一月一一日条

範季為二院御使一来、問二崇徳院仏祠之間事一、被レ問二先例一之後、可レ有二沙汰一之由申了、

○同年五月一三日条

式部権少輔範季来、語二崇徳院廟遷宮之間、蛇出来并夢想等之事一、範季并俗別当兼友等、同夜有二厳重夢想一云々、此次語二秘事一、

史書では、『百練抄』寿永二年一一月二五日条に、

於レ院有二議定一。（中略）崇徳院宇治左府怨霊可二沙汰一事等也。

同書の同年一二月二九日条に、

奉三為崇徳院并宇治左大臣一。保元戦場地（春日河原）。可レ被レ立二仁祠一事始也。

同書の寿永三年四月一五日条に、

賀茂祭也。崇徳院并宇治左府廟遷宮也。件事。公家不二知食一。院中沙汰也。仍不レ被レ憚二神事日一也。

という。

また、『愚管抄』も、

寿永三年四月十六日ニ、崇徳院并宇治贈太政大臣宝殿ツクリテ社壇春日河原保元戦場ニシメラレテ、範季朝臣奉行シテ霊蛇出キタリ。又預ニナサレタル神祇権大副ト部兼友夢相アリナンドキコヘキ。コノ事ハコノ木曽ガ法住寺イクサノコト、偏ニ天狗ノ所為ナリト人ヲモヘリ。イカニモコノ新院ノ怨霊ゾナド云事ニテ、タチマチニコノ事出キタリ。新院ノ御ヲモイ人ノ烏丸殿トテアリシ、イマダイキタリケレバ、ソレモ御影堂トテ綾小路河原ナル家ニツクリテ、シルシドモ有リトテヤウ〳〵ノサタドモアリキ。（巻五）

と記す。右の文中の「烏丸殿」は『吉記』にいう兵衛佐局（重仁親王の生母）であろう。

『雍州府志』巻二・神社門上愛宕郡に、

崇徳天皇の社　日記に、崇徳天皇の社を大炊通りの東に建て、尊霊を慰すと云ふ。今、大炊通りの東、聖護院の杜の西北の田畝、民間に崇徳と称するの処有り。古へ斯の地に在ること必せり。嗚呼、惜しい哉。

という。

『京都市の地名』は「崇徳院社跡」の項を立て、「現、左京区聖護院」とする。

三　藤原成範

藤原信頼と対立した父信西が横死した平治元年（一一五九）一二月の平治の乱で下野国に配流されたが、永暦元年（一一六〇）二月召還され、中納言正二位に至った。和歌を好み、勅撰集は『千載和歌集』初出。『唐物語』の作者かという。盛衰記巻二「清盛息女」に清盛女子・藤原（花山院）兼雅との関係、桜を愛して桜町（桜待）中納言と呼ばれたことを語る。高倉天皇に愛された小督の父でもある。

四　藤原範季

承安五年（一一五七）一月二五日、式部権少輔に補された。文治二年（一一八六）一一月一日、木工頭と皇太后宮亮を解官された。頼朝が逃亡中の義経を「京中諸人同意結構之故候。就レ中範季朝臣同意事。所二憤存候一也」（吾妻鏡・同年同月五日条）と訴えたためであった。建久八年（一一九七）後鳥羽天皇の御侍読となり、同年一二月一五日従三位、建仁三年（一二〇三）一月五日従二位に叙された。女範子（重子、修明門

院）が順徳天皇の生母となったので、建暦元年（一二一一）五月二六日、正一位左大臣を追贈された。『愚管抄』巻五に「コノ範季ハ後鳥羽院ヲヤシナイタテマイラセテ、践祚ノ時モヒトヘニサタシマイラセシ人也」という。幼時の源範頼を養ったこと→二一頁注一九。

五　信西

七歳で父に死別、長門守高階経敏の養子となったが、その後藤原姓に復した。待賢門院、次いで鳥羽院の判官代となり、鳥羽院に近侍し、日向守・少納言正五位下に至ったが、天養元年（一一四四）七月、前途に見切りをつけて出家した。妻紀伊二位が後白河天皇の乳母だったこともあって、保元の乱では天皇側を勝利に導くのに力あり、乱後もその政治下で政治的手腕を発揮した。後白河天皇が譲位した後はその寵臣藤原信頼と対立し、また平清盛と親しい間柄であったため源義朝の憎しみを買って、信頼・義朝らが起こした平治の乱では宇治の奥、田原に逃亡して、自害したとも、源光保に殺されたともいう。彼の生前の政治活動は『保元物語』『平治物語』に語られ、その死は『愚管抄』巻五に詳述されている。『尊卑分脈』に「達二諸道一才人也、通二九流八家一」というように博識宏才を以て知られ、諸書に逸話も多い。歴史書『本朝世紀』はその編著。詩や和歌も遺っている。その子息にも多くの学者・名僧が輩出している。棚橋光男『後白河法皇』（一九九五年一二月刊、講談社）第一章2参照。

六　藤原兼雅

永万元年（一一六五）七月二七日叙従三位。仁安三年（一一六八）二月一七日任権中納言。養和二年（一一八二）三月八日任権大納言、元暦元年（一一八四）一二月三〇日これを辞したが、文治三年（一一八七）一一月四日還任、同五年七月一〇日任内大臣、翌建久元年七月一七日転右大臣、同九年一月五日叙従一位、一一月一四日左大臣に転じた。翌正治元年（一一九九）六月二二日これを辞した。同二年七月一四日出家、同月一八日薨じた。

七　藤原俊経

承安四年（一一七四）四月二六日叙従三位。治承四年（一一八〇）一二月二二日任式部大輔、寿永二年（一一八三）一二月一〇日任参議、同三年一月六日叙正三位、文治元年（一一八五）五月八日出家、法名を隆心といった。文章博士で近衛・高倉両帝の侍読を務めた。

八　藤原範光

刑部卿三位（範子）、卿二位（兼子）は姉妹である。寿永二年（一一八三）八月、二度目の紀伊守となり、文治二年（一一八六）一一月までその任にあった。正治三年（一二〇一）一月二九日従三位に叙せられ、参議を経て権中納言従二位に至った。『新古今和歌集』初出の歌人。盛衰記巻三二「四宮御位」に、高倉天皇の四宮尊成親王（後鳥羽天皇）の乳母として、四宮を抱いて西国の平氏の許に行こうとしていた刑部卿二位（能円の妻であった）を引き留め、後鳥羽天皇の践祚に功績のあった人物であると語る。ただし、覚一本巻八「山門御幸」で、範光が天皇の朝恩を期待して二首の歌を禁中で落書したと語るのは付会である。

九　藤原頼長

久安五年（一一四九）七月二八日左大臣に任ぜられ、同日従一位に叙された。翌六年九月二六日、異母兄の前太政大臣忠通に代わって氏長者とされた。父忠実に愛されたが、忠通とは対立し、近衛天皇崩後は鳥羽法皇からも疎んじられた。保元元年（一一五六）七月一一日の保元の乱では崇徳院と共に後白河天皇側と戦って敗れ、同月一四日合戦中に当たった流れ矢が原因で奈良坂において没した。安元三年（一一七七）七月二九日、太政大臣正一位を贈官贈位された。忠通の男右大臣兼実の日記『玉葉』当日条に詳しく、盛衰記巻八「宇治左府贈官」にも語られている。頼長の日記は『台記』という。橋本義彦『人物叢書　藤原頼長』（一九六四年九月刊、吉川弘文館）、棚橋光男『後白河法皇』第一章1参照。

一〇　卜部兼友

『玉葉』には承安二年（一一七二）九月から一一月にかけて、外宮修造に関連して覆勘使の一人としてその名が見え、治承三年（一一七九）四月三日条には賀茂斎院諸司を卜定したこと、同五年二月一三日条には御所の吉凶、他所への行幸の吉凶を卜したことを記す。文治三年（一一八七）三月一五日には西海に沈んだ宝剣についての占卜を問われている。同四年二月七日条には後鳥羽天皇の病平癒を祈って「自㆓今日㆒三ヶ日……参㆓籠本宮㆒」という。同書に兼友の名が見える最後は文治六年一月二日条である。

一一　藤原教長

藤原氏北家師実流、大納言忠孝の男。母は源俊明女。参議左京大夫、正三位に至った。崇徳院の近臣で保元の乱にも関わり、乱後出家、法名を観蓮といった。常陸国に配流されたが、応保二年（一一六二）三月召還された。和歌をよくし、能書でもあった。勅撰集は『詞花和歌集』に初出。家集は『貧道集』。

一二　西行

兵衛尉となり、鳥羽上皇の下北面、徳大寺家の随身であったが、保延六年（一一四〇）二三歳で出家した。各地を巡歴したが、生活の本拠地は高野山、晩年は伊勢に移った。崇徳院、待賢門院や上西門院の女房達と和歌の上で交渉があり、藤原頼長に一品経書写の勧進を行なっている。盛衰記巻八「讃岐院」で出家にまつわる伝説や崇徳院との関係が語られる。崇徳院の皇子宮法印元性とも近かった。平時忠と和歌を贈答したり、清盛が摂津国和田で催した千僧供養・万灯会を称える歌を詠み、高野山のために便宜を図った清盛の恩義に報いるために、一山で尊勝陀羅尼を誦するようにと指示した書状（高野山金剛峯寺蔵「円位真名消息」）を遺している。また、平家の敗北後捕らわれた宗盛に同情する歌を詠んだ（→巻三七補注七）。文治二年（一一八六）八月一五日、陸奥の同族藤原秀衡の許に東大寺再興の沙金勧進に赴く途中、鎌倉で源頼朝と会い、一夜語り合った（吾妻鏡）。真言の行者であると共に和歌をよくし、早く『詞花和歌集』に「読人しらず」として一首が載り、名を顕しては『千載和歌集』以後の勅撰集に多く入集した。家集は『山家集』の他、『聞書集』に治承・寿永の乱に関わる歌、『残集』に平忠盛の家を訪れた際の歌を収める。最晩年には河内国の弘川寺に住み、伊勢神宮に自歌合『御裳濯河歌合』『宮河歌合』を奉納した。

なお、後藤実基の養子基清（二〇九頁注三三、巻四二補注二七）の実父佐藤仲清は西行の兄弟である。

一三　一条忠頼

治承四年（一一八〇）九月一〇日、父信義と共に石橋山合戦の事を聞き、同月一五日信濃国の平家の方人を討つ。同年一〇月二〇日、信義が平家の陣の後に回り、水鳥の飛び立つ音に驚いた平家の軍勢が源氏の襲来と誤認して逃げた（富士川合戦）。忠頼はこの合戦に従った。

「忠頼被討」の事件は『吾妻鏡』元暦元年（一一八四）六月一六日・一七日・一八日条に、次のごとく詳記されている。

〇十六日癸酉。一条次郎忠頼振㆓威勢㆒之余。挿㆓濫㆑世志㆒之由有㆓其聞㆒。武衛又令㆑察給之。仍今日於㆓営中㆒所㆑被㆑誅也。及㆓晩景㆒。武衛出㆓于西侍㆒給。忠頼依㆑召参入。候㆓于対座㆒。宿老御家人数輩列座。有㆓献盃之儀㆒。工藤一﨟祐経取㆓銚子㆒。進㆓御前㆒。是兼被㆑定㆓于其討手㆒訖。而対㆓于殊武将㆒。忽決㆓雌雄㆒之条。為㆓重事㆒之間。聊令㆓試案㆒歟。顔色頗令㆑変。小山田別当有重見㆓彼形勢㆒起座。如㆑此御杓者。称㆑可㆑為㆓老者之役㆒。取㆓祐経所㆑持之銚子㆒。爰子息稲毛三郎重成。同弟榛谷四郎重朝等持㆓盃肴物㆒。進㆓寄于忠頼之前㆒。有重訓㆓両息㆒云。陪膳之故実者上括也者。閣㆓所㆑持物㆒。結㆑括之時。天野藤内遠景承㆓別仰㆒。取㆓太刀㆒進㆓於忠頼之左方㆒。早誅戮畢。此時武衛開二御後之障子一。令レ入給云々。其後。忠頼共侍新平太。并同甥武藤与一及山村小太郎等。自二地下一見二主人伏死一。面々取二太刀一。奔‐昇于侍之上一。綷起二於楚忽一。祗候之輩騒動。多為二件三人一被レ疵云々。既参二于寝殿近々一。重成。重朝。結城七郎朝光等相戦之。討‐取新平太。与一一畢。山村者擬レ戦二遠景一。々々相‐隔一ヶ間一。取二魚板《マナイタ》一打レ之。山村顛‐倒于縁下一之間。遠景郎従獲二其首一云々。

○十七日甲戌。召二鮫嶋四郎於御前一。令レ切二右手指一給。是昨夕騒動之間。有二御方討罪科一之故也。

○十八日乙亥。故一条次郎忠頼家人甲斐小四郎秋家被二召出一。是堪二歌舞曲一之者也。仍武衛施二芳情一。可レ致二官仕一之由。被二仰出一云々。

「忠頼被討」についての延慶本（巻一〇―22）の叙述は盛衰記とほとんど変わりがないが、「安田三郎義定ハ、忠頼ガ父武田ノ信義ノ追討ノ為ニ、甲斐国ヘゾ趣ニケル」までで、義定（義貞）と信義・忠頼との関係についての記述やこのことに関する感想などはない。

一四　工藤祐経

生年未詳。建久四年（一一九三）五月二八日没。藤原氏南家乙麿流、祐継の男。左衛門尉となる。『吾妻鏡』元暦元年（一一八四）四月二〇日条に生捕られて鎌倉に下っていた平重衡を摂待する席で鼓を打ち、今様を歌ったという（↓巻三九補注一五）。同年八月八日条に平家追討使範頼に従った武将の一人としてその名が見え、同二年一月二六日条の、範頼と共に豊後国へ渡った武将の中にも名を連ねている。文治二年（一一八六）四月八日、義経の愛人静が鶴岡宮廻廊で舞った際にも鼓を打った。同五年の頼朝の奥州合戦、建久元年（一一九〇）一〇月～一二月の頼朝の上洛に従った。

祐経は安元二年（一一七六）伊豆の狩場で射られて死んだ河津三郎祐泰の遺児曽我十郎祐成・五郎時致の兄弟に、父の仇として狙われていたが、建久四年五月の富士野・藍沢の狩場の旅宿で襲われて殺された。この仇討ちは『曽我物語』に詳しく物語られている。

一五　武田信義

『吾妻鏡』文治二年（一一八六）三月九日条に、

九日丁亥。武田太郎信義卒去。年五十九。元暦元年。依二子息忠頼反逆一。蒙二御気色一。未レ散二其事一之処。如レ此云々。

というが、同書建久五年（一一九四）一一月二一日条に記す千番小笠懸の射手の筆頭に「武田太郎信義」とあり、文治二年の死は誤りと考えられている。

一六　安田義定

『吾妻鏡』治承四年（一一八〇）八月二五日条によれば、石橋合戦の事を聞き、俣野五郎景久と戦ってこれを破った。寿永三年（一一八四）二月五日条、一谷合戦の搦手の大将軍義経に従った将兵の筆頭に「遠江守義定」とある。建久五年八月一九日条にその死について、

十九日丁未。安田遠州梟首。去年被レ誅二子息義資一。収‐公所領一之後。頻歌二五噫一。又相‐談于日来有レ好之輩類一。欲レ企二反逆一。綷已発覚云々。遠江守従五位上源朝臣義定。年六十一。

と述べ、官歴を記す（「歌五噫」は世に容れられないと嘆くこと）。

一七　源義仲

盛衰記巻二六「木曾謀叛」にその出自が詳しく記され、以後巻二八「頼朝義仲中悪」で頼朝との関係が述べられ、巻二九「礪並山合戦」、巻三〇「木曾山門牒状」、巻三二「義仲行家入京」、巻三三「木曾洛中狼藉」、巻三四「法住寺城郭合戦」、巻三五「粟津合戦」などで、その活動と敗死が語られる。

一八　源行家

盛衰記巻一三「行家使節」で、新宮十郎義盛と号していたが、以仁王の平氏追討の令旨を諸国の源氏に伝える際に蔵人にされ、行家と改名したという。以後、巻二七「墨俣川合戦」や「矢矯川軍」で、平家との戦

いに敗れたこと、巻二八「頼朝義仲中悪」及び巻三二「義仲行家入京」で義仲と提携したこと、巻三三「行家依謀叛木曾上洛」では義仲と不和になったこと、同巻「室山合戦」で平氏に敗れたことなどが語られる。『吾妻鏡』によれば、平氏滅亡後義経と共に都落ちし（文治元年一一月三日条）、その後義経とも別れ、頼朝に追われた末、和泉国小木郷で常陸房昌明らに討たれ、その首が鎌倉に届けられたという（文治二年五月二五日条）。覚一本巻一二「泊瀬六代」にその死を詳しく語る。盛衰記は巻四六「義経行家出都」に都落ちのことを語るが、その死についての記述はない。

一九　平宗清

『吾妻鏡』元暦元年（一一八四）六月一日条に、頼盛の帰洛について述べたくだりで、

武衛先召弥平左衛門尉宗清。左衛門尉季宗男。平家一族也。是亜相下着最初。被尋申之処。依病起遅留之由。被答申之間。定今者令下向歟之由。令思案給之故歟。而未参着之旨。亜相被申之。太違亭主御本意云々。此宗清者。池禅尼侍也。平治有事之刻。奉懸志於武衛。仍為報謝其事。相具可下向給之由。被仰送之間。亜相城外之日。示此趣於宗清之処。宗清云。令向戦場給者。進可候先陣。而倩案関東之招引。為被酬当初奉公歟。平家零落之今参向之条。尤称恥存之由。直参屋嶋前内府云々。

という。『平治物語』にも頼朝との関係が詳しく語られている。

後代の文芸では、近松門左衛門の「源氏烏帽子折」や常磐津「恩愛瞶《ひとめの》関守」で常盤と牛若を助けた人物と脚色され、並木千柳他の浄瑠璃「一谷嫩《ふたば》軍記」では御影の里の石屋白毫の弥陀六と名乗って世を忍んでいる姿で登場する。

二〇　平治の乱後の頼朝と宗清

平治の乱後、宗清が頼朝を捕らえた場所がどこであったかは、『平治物語』の諸本によって違っている。学習院蔵九条家旧蔵本では、父義朝一行から落伍した頼朝は、近江国の山寺や「浅井の北郡」の老人夫婦にかくまわれていたが、翌年二月になると、東国へ下ろうとして、老人の子の衣服を着て、不破の関を越えて関ヶ原に着いたところで、宗清に捕らえられたと語る。

二月にも成ぬれば、「さてもあるべきか。東国の方へ下て、年比の者に物をもいひ合せ、したしき者の有かなきかをも尋ん」と、色々の小袖・朽葉のひたゝれをば、宿のあるじにとらせて、肌には小袖ひとつきて、あるじの子が着たりける布の小袖・紺の直垂をとりて着、わら履をはき、鬚切といふ重代の太刀の丸鞘なるを菅にて包、脇にはさんで、不破の関をこえて、関原と云所に着にけり。大従(ママ)うてのぼりけるに憚て、道のほとりの藪かげに立かくれけるを、弥平兵衛、〔尾張よりのぼるとて、〕是を見付てあやしみ思ひ、郎等をもッて召しとりみれば、兵衛佐也。悦て乗替にのせてぞのぼりける。中宮大夫進の首を持せて上りたり。首をば検非違使請取て、渡して掛られぬ。兵衛佐をば、弥平兵衛に預られたり。此弥平兵衛、なさけある仁にて、さまぐ\にいたはりもてなしけり。（中・頼朝生け捕らるる事）

二一　所知得給へり

『吾妻鏡』寿永三年（一一八四）四月六日条に、

六日甲戌。池前大納言〔頼盛〕并室家之領等者。載平氏没官領注文。自公家被下云々。而為酬故池禅尼恩徳。申宥彼亜相勅勘給之上。以件家領卅四箇所。如元可為彼家管領之旨。昨日有其沙汰。令辞之給。此内。於信濃国諏方社者。被相博伊賀国六ヶ山云々。

として、「走井庄河内」以下具体的な荘園名を挙げた二通の文書を引用する。

また、平頼盛の帰洛、平宗清の去就を、同書元暦元年（一一八四）六月一日・同五日条は以下のように記す。

○六月小　一日戊午。武衛招二請池前亜相一給。是近日可レ有二帰洛一之間。為二餞別一也。右典廐并前少将時家等在二御前一。先三献。其後数巡。又相互被レ談二世上雑事等一。小山小四郎朝政。三浦介義澄。結城七郎朝光。下河辺庄司行平。畠山次郎重忠。橘右馬允公長。足立右馬允遠元。八田四郎知家。後藤新兵衛尉基清等。応レ召候二御前簀子一。是皆馴二京都一之輩也。次有二御引出物一。先金作剣一腰。時家朝臣伝レ之。次砂金一裹。安芸介役レ之。次被レ引二鞍馬十疋一。其後召二客之扈従者一。又欲レ賜二引出物一。武衛先召二弥平左衛門尉宗清一。左衛門尉季宗男。平家一族也。（中略、この部分↓補注一九）平家零落之今参向之条。尤称二恥存之由一。直参二屋嶋前内府一云々。

○五日壬戌。池前大納言被二帰洛一。武衛令レ辞二庄園於亜相一給之上。逗留之間。連日竹葉勧二宴酔一。塩梅調二鼎味一。所レ被レ献之「又」金銀尽レ数錦繍重レ色者也。

二二　源義広

『吾妻鏡』治承四年（一一八〇）一一月七日条に「今日。志太三郎先生義広。十郎蔵人行家等参二国府一謁申云々」とあり、頼朝に対面しているが、その後対立し、足利又太郎忠綱を語らって鎌倉を攻めようとしたが、小山朝政らに敗れ、義仲と行動を共にした。覚一本巻一二「泊瀬六代」では平家滅亡後、服部平六に追われて伊賀国「千度の山寺」で自害したと語る。『吾妻鏡』元暦元年五月一五日条が記す義広の死は次のごとくである。

十五日壬寅。申剋。伊勢国馳駅参着。申云。去四日。波多野三郎。大井兵衛次郎実春。山内滝口三郎。并大内右衛門尉惟義家人等。於二当国羽取山一与二志太三郎先生義広一合戦。殆及二終日争一雌雄一。然而遂獲二義広之首一云々。此義広者。年来含二叛逆之志一。去々年率二軍勢一。擬レ参二鎌倉一之刻。小山四郎朝政依二相禦一之。不レ成而逐電。令レ属二義仲一訖。義仲滅亡之後又逃亡。曽不レ弁二其存亡一之間。武衛御憤未レ休之処。有二此告一。殊所二令レ喜給一也。

二三　平頼盛の還任、範頼の任参河守その他の任官

『吾妻鏡』元暦元年（一一八四）五月二一日条に、

廿一日戊申。武衛被レ遣二御書於泰経朝臣一。是池前大納言。同息男。可レ被レ還二任本官一事。并御一族源氏之中。範頼。広綱。義信〔善信〕等可レ被レ聴二一州国司一事。内々可レ被二計奏聞一之趣也。大夫属入道書二此御書一。付二雑色鶴太郎一云々。

とあり、また六月二〇日・同二一日条に、次のように記されている。

○廿日丁丑。去五日被レ行二小除目一。其除書今日到来。武衛令レ申給任人事無二相違一。所謂権大納言平頼盛。侍従同光盛。河内守同保業。讃岐守藤能保。参河守源範頼。駿河守同広綱。武蔵守同義信云々。

○廿一日戊寅。武衛召二聚範頼。義信。広綱等一有二勧盃一。次被レ触二仰除目事一。各令二喜悦一歟。就レ中。源九郎主頻雖レ望二官途吹挙一。武衛敢不レ被二許容一。先被レ挙二申蒲冠者一之間。殊悦二其厚恩一云々。

二四　大内義信

『吾妻鏡』建仁二年（一二〇二）三月一四日条に「金吾（将軍源頼家）乳母入道武蔵守源義信朝臣」とあり、同三年一〇月八日条によれば、将軍実朝の元服に際して加冠の役を務めている。建永二年（一二〇七）二月二〇日条に「故武蔵守義信入道」とあるので、それ以前に没したと知られる。

二五　備後国ニ行向テ合戦シケリ

『玉葉』元暦元年（一一八四）六月一六日条に、

早旦、範季来談二世間秘事一、……平氏党類、追下散在二備後国一之官兵上云々、土肥次郎実衡頼朝郎従也、息男早川太郎云々、仍在二播磨国一之梶原平三景時、同郎従、超二備前国一了。聞二其隟一、平氏等少々来二着室泊一、

焼払云々。仍被レ催二遣京都武士等一。

とある記事と関わりがあるか。

三六　三日平氏ト笑ケルハ此事也

延慶本第五末（巻一〇—26）「平家々人ト池大納言ト合戦スル事」では次のように語る。

爰《ここに》伊賀伊勢両国ノ住人、平家重代ノ家人共此事（平頼盛が頼朝に厚遇された末、関東から帰京すること）ヲ聞テ、「一門ヲ引離レテ都ニ留給ダニモ心憂《うき》ニ、剰ヘ今日此比関東ヘ下向シテ、頼朝ニ伴給事、不可爾《しかるべからず》。イザ一矢射テ、西国ノ君達ニ物語申テ咲《わらは》ン」ト議テ、貞能ガ兄平田入道ヲ大将軍トシテ、五百余騎ニテ、近江国篠原ノ辺ニ打出テ待係タリ。大納言ノ御共ノ武士千余人ナリケル上、近程ノ源氏□此事ヲ聞テ、我先ニト馳向テ、数剋合戦ス。両方命ヲ失フ者二百余人也。然ドモ両国ノ住人散々打落レテ、蜘蛛ノ子ヲ散ス如ニシテ、剰ノ命生テ、希有ニシテ落ニケリ。平家普代相伝ノ家人タル上、弓矢取《とる》身ノ習ニテ、責テノ好《よしみ》ヲ忘レヌ事ハ哀ナレドモ、責テノ事ニヤ、思立コソ忝《オヽケナ》ケレ。

一方、長門本巻一七では極めて簡単に、

（六月）十八日、伊賀伊勢両国の住人、肥後守貞能が兄平田入道貞継法師を大将軍として、近江国へ発向して合戦をいたす、然るに両国の住人等、一人も残らずさん〴〵にうちおとさる、平家重代相伝の家人、皆昔のよしみを忘れぬ事は哀なれども、思ひ立こそ覚束なけれ、せめての思ひの余りにやとこそ覚ゆれ、三日平氏とは此ことをいふにや、

と語るにとどまる。

覚一本巻一〇「三日平氏」も、これに近く、

同（六月）十八日、肥後守貞能が伯父、平太入道定次〔を〕大将として、伊賀・伊勢両国の住人等、近江国へうち出たりければ、源氏の末葉等発向して合戦をいたす。両国の住人等一人ものこらずうちおとさる。平家重代相伝の家人にて、昔のよしみをわすれぬ事はあはれなれども、おもひたつこそおほけなけれ。三日平氏とは是也。

と述べる。

「三日平氏」について、『吾妻鏡』は元暦元年七月五日、八月二日・三日条で、次のように述べる。

○五日辛卯。大内冠者惟義飛脚参着。申云。去七日於二伊賀国一。為二平家一族等一被レ襲之間。所二相恃一之家人多以被二誅戮一云々。因レ茲諸人馳参。鎌倉中騒動云々。

○八月大　二日戊午。雨降。大内冠者飛脚重参着。申云。去十九日酉剋。与二平家余党等一合戦。逆徒敗北。討亡者九十余人。其内張本四人。富田進士家助。前兵衛尉家能。家清入道。平田太郎家継入道等也。前出羽守信兼子息等。并忠清法師等者。逃二亡于山中一畢。又佐々木源三秀能相二具五郎義清一。合戦之処。秀能為二平家一被二打取一畢。惟義已雪二会稽之恥一。可レ預二抽賞一歟云々。

○三日己未。雨降。召二大内冠者使一。賜二委細御書一。其趣。攻二撃逆党一事。尤神妙。但可レ被二抽賞一之由被二進申一。頗背二物儀一歟。其故者。補二一国守護一之者。為レ鎮二狼戻一也。而先日為二賊徒一被レ殺二害家人等一訖。是無二用意一之所レ致也。豈非二越度一哉。然者。賞罰者宜レ任二予之意一者。又被レ発二御使於京都一。今度伊賀国兵革事。偏在二出羽守信兼子息等結構一歟。而彼輩遁二囲之中一。不レ知二行方一云々。定隠二遁京中一歟。早尋二捜之一。不レ廻レ踵可レ令二誅戮一之趣。被レ仰二遣源九郎主許一云々。安達新三郎為二飛脚一首途云々。

「三日平氏」に関連する記事は、『玉葉』元暦元年七月八日・同月二〇日・同月二一日条にも、次のように見える。

○八日、甲午晴、伝聞、伊賀伊勢国人等謀叛了云々、伊賀国者、大内冠者源氏、知行云々、仍下二遣郎従等一、令レ居二住国中一、而昨日辰刻、家

継法師平家郎従、号二平田入道一、是也、為二大将軍一、大内郎従等悉伐取了、又伊勢国信兼和泉守、已下切二塞鈴鹿山一、同謀判了云々、因二此事一院中物忩、取レ喩無レ物、

○廿日、丙午晴、（中略）伝聞、昨日伊勢謀叛之輩、出二逢近江国一、与二官兵一合戦、官軍得レ理、賊徒退散、為宗者伐取了云云、天下大慶何事加レ之哉、

○廿一日、丁未伝聞、謀叛大将軍平田入道家継法師、被二梟首一了、其外両三人為二大将軍一者被レ伐了云々、忠清法師、家資等籠レ山了云々、又官軍之内、大佐々木冠者不レ知レ名被レ伐了、凡官兵之死者及二数百一云々、

また『山槐記』元暦元年七月に次のように記されている。

○八日甲午　天晴、伊賀伊勢平家郎等反云々、

○十七日癸卯　陰晴不定、朝小雨、今日被レ発二遣伊勢幣一、（中略）此間伊勢伊賀両国与二平家一、仍諸人不二往反一云々（下略）

○十九日乙巳　天晴、伊賀伊勢平家郎等反、仍遣二官兵一源氏郎等、今日午剋於二近江国大厚庄一合戦、平田入道貞能兄、被レ打二取官兵一、両方失レ命者多、両国兵敗走云々、

一方、史書『百練抄』の記述は、以下のようである。

十九日乙巳。今日於二近江国一。官軍与二伊賀伊勢凶徒筑後前司貞能兄平田入道已下一合戦。凶徒敗績。

近年の中世史の研究では、川合康「治承・寿永の内乱と鎌倉幕府の成立」（『岩波講座　日本歴史』第6巻中世1、二〇一三年一二月刊、岩波書店）が、寿永三年（元暦元年）、頼朝が厳しい家人統制を展開したことを述べた後、

こうしたなか、元暦元年七月七日に、平田家継（平貞能の兄）や伊藤忠清らが鈴鹿峠を封鎖して、伊勢・伊賀で大規模な反乱を引き起こした。反乱参加者は伊勢北部と伊賀に本拠をもつ武士団連合であり、かつて木曾義仲に対抗して源義経の軍勢に加勢した伊勢平氏・平氏家人が中心であったと思われる。この反乱は、同一九日に鎌倉軍によって鎮圧されたが、八月になると京武者の平信兼も反乱への関与が疑われ、伊勢に出陣した義経軍によって追討された。この元暦元年の乱も、それまで同盟軍的関係にあった軍事貴族や武士を、頼朝の指揮下に一元的に再編する過程で起こったものといえよう。頼朝は、源平諸流の軍事貴族が並存する白河・鳥羽院政期以来の伝統的武士社会の克服を志向したのであり、そこが平清盛と決定的に異なる点であった。

と論じている。

二七　池殿と頼朝との関係

学習院蔵『平治物語』（九条家旧蔵本）では、生捕られた頼朝に同情した「或人」が「池殿と申は、大弐清盛の継母、尾張守頼盛の母儀、故刑部卿忠盛の後室にて、人の重く思たてまつる」と教えて彼女にすがることを勧めたので、頼朝は密かに彼女に助けを請うた。「むかしより人のなげきをあわ《（ママ）》れみて思ふ人」であった池殿は頼朝に同情して、孫に当たる（「継孫」という）重盛を通じて頼朝の助命を訴えたが、清盛ははっきりした返事をしなかったので、自身も泣かんばかりに訴え、さらに何度も重盛や自身の子の頼盛に訴えさせたので、ついに清盛も頼朝の死罪を流罪に軽減したという。↓巻三七補注二七。

二八　後鳥羽天皇

寿永二年（一一八三）八月二〇日祖父後白河法皇の詔により、平氏一門に奉じられて西海に赴いた安徳天皇に代る新帝として、閑院において践祚した。このことは盛衰記巻三二「四宮御位」で語られている。文治六年（一一九〇）一月三日、一一歳で元服。建久九年（一一九八）一月一一日、皇太子為仁親王（土御門天皇）に譲位後、長く院政の主であった。承久三年（一二二一）五月、北条義時の追討を企てた承久の乱に敗れ、七月八日出家（法名良然）、関東の沙汰により同月一三日隠岐国に遷され、延応元年二月二二日、同国苅田行在所に崩じた。同年五月二九

日顕徳院の号を奉ったが、仁治三年（一二四二）七月八日後鳥羽院と改められた。陵は京都市左京区大原勝林院町大原陵。島根県隠岐郡海士町海士（中ノ島）に火葬塚がある。盛衰記では巻四八「女院六道」で承久の乱を「御謀叛」といい、「配流ノ後ハ隠岐院トゾ申ケル。又ハ後鳥羽院トモナヅケ奉ル」というが、崩御のことには言及しない。和歌を愛して建仁元年（一二〇一）一一月和歌所を設け、元久二年（一二〇五）三月源通具・藤原有家・同定家・同家隆・同雅経に『新古今和歌集』を撰進させた。勅撰集では同集初出。家集『後鳥羽院御集』、歌論書『後鳥羽院御口伝』がある。有職故実書『世俗浅深秘抄』もその撰述とされる。

二九　太政官庁ニテ御即位アリ

『玉葉』元暦元年七月二八日条に、

廿八日、（甲寅、帰忌日）晴、此日有二即位事一、依二治暦四年例一、於二太政官正庁一被レ行レ之、抑相二待剣璽帰来一、可レ遂二行即位一哉否、予被レ問二人々一、依二摂政及左大臣等一、申下不レ備二剣璽一践二天子之位一、異域雖レ有レ例、我朝曽無上レ蹤、然而依下叡慮幷識者等、議奏、不レ知二天意一不上レ測二神慮一、所レ被レ行、只以レ目耳、

と述べ、兼実自身は出仕しなかったが、息男の右大将良通は出仕したので、彼から聞いたことを記している。

『山槐記』元暦元年七月二八日条にも、

廿八日甲寅　陰晴不定、天皇於二太政官一（治暦例也、広房任二日向守一修造云々、）有二即位事一、予依二脚病一不二出仕一、

とあり、中山忠親は出仕しなかったが、左少将兼宗・右少将忠季の両息は出仕したので、彼等から聞いたことを詳記し、さらに後日右衛門権佐藤原定長から聞いたこととして、「又曰、雖レ無二剣璽一、出御之時内侍前後又立二御帳東西一」と追記する。

『百練抄』元暦元年七月二八日条には、

廿八日甲寅。御即位也。任二治暦例一。（四年）於二太政官庁一始二行之一。

とのみ記す。

三〇　義経の任左衛門尉並びに検非違使の宣旨

『山槐記』元暦元年八月六日条に、

六日壬戌　朝間天晴、今日被レ行二女叙位一、又義経被レ下二検非違使宣旨一、上卿右衛門督□□云々、

『玉葉』元暦元年八月六日条に、

六日、（壬戌）晴、（中略）午刻、源中納言来数刻言談、（中略）明日可レ有二除書一、九郎可二任官一者、

とある。

『吾妻鏡』元暦元年八月一七日条には、次のように述べる。

十七日癸酉。源九郎主使者参着。申云。去六日任二左衛門少尉一。蒙二使宣旨一。是雖レ非二所望之限一。依レ難レ被レ黙二止度々勲功一。為二自然朝恩一之由。被二仰下一之間。不レ能二固辞一云々。此事頗違二武衛御気色一。範頼義信等朝臣受領事者。起レ自二御意一被二挙申一也。於二此主事一者。内々有レ儀。無二左右一不レ被レ聴之処。遮令二所望一歟之由有二御疑一。凡被レ背二御意一事。不レ限二今度一歟。依レ之可レ為二平家追討使一事。暫有二御猶予一云々。

三一　平信兼

生年未詳。元暦元年（一一八四）八月没。桓武平氏、和泉守盛兼男。左衛門尉、検非違使、出羽・和泉・河内等の守、正五位下。治承四年（一一八〇）八月挙兵した頼朝が伊豆国で最初に討った山木判官兼隆の父である。当時兼隆は父の訴えによって伊豆国に配流されていた。「三日平氏」についての補注二六にも引いたように、頼朝は「今度伊賀国兵革事、偏在二出羽守信兼子息等結構一歟」と見なして、義経に信兼の捜索と誅戮を命じていた。

義経が平信兼を討ったことに関連して、『吾妻鏡』元暦元年八月二六日及び九月九日条に、次のように述べている。

○（八月）廿六日壬午。源廷尉〔義経〕飛脚参着。去十日。招二信兼子息左衛門尉兼衡。次郎信衡。三郎兼時等一。於二宿廬一誅二戮之一。同十一日。信兼被レ下二解官宣旨一云々。

○（九月）九日乙未。出羽前司信兼入道已下平氏家人等京都之地。可レ為二源廷尉沙汰一之由。武衛被レ遣二御書一。

平家没官領内京家地事。未レ致二其沙汰一。仍雖二一所一不レ宛二賜人一也。武士面々致二其沙汰一事。全不二下知一事也。所詮可レ依二 院御定一也。於二信兼領一者。義経沙汰也。　御判

『山槐記』元暦元年八月に、義経の信兼への攻撃について、

○十日丙寅（中略）今夜検非違使義経召二寄出羽守信兼男三人一、有下示二子細一事上之間、件三人或自殺、或被二切殺一云々、

○十二日戊辰　天陰、午後雨、頃之止、九郎判官義経発二向伊勢国一、為レ伐二出羽守信兼一云々、一昨信兼三（ママ）人殺害依二此事一云々、

という。一〇日の事件については『百練抄』同日条に、

今夜。出羽守信兼并男左衛門尉兼衡被レ下二解官宣旨一。件信兼子息三人。於二新廷尉義経宿所一自害云々。

と記す。

三　平行盛

『吾妻鏡』治承五年（一一八一）二月二一日条に、頼朝軍を追討するため、知盛・清経と共に発向したが、知盛の病のため近江国から京に帰ったこと、同年一一月二一日条に、通盛と共に北国から京に帰ったこと、元暦元年（一一八四）一二月七日条に、五百余騎の軍兵を率いて、備前国児島に城を構えていたが、佐々木盛綱が郎従六騎と藤戸の海路を馬で渡って行盛を追い落としたことを記し（→補注七三）、同二年四月一一日条に、壇浦の戦で「入レ海人々」の一人として「左馬頭行盛」の名を挙げる。

盛衰記では巻二四「近江源氏追討使」に「発向ノ大将軍ニハ」として、知盛を初めとする六人の平家の公達を列挙するが、その四人目に「左馬頭行盛」として登場する。巻二七「資永中風」で木曾義仲追討のために「左馬源行盛、薩摩守忠度」が大将軍として北国へ発向したという。巻三二八「燧城源平取陣」にも、大将軍九人のうち四人目に見える。巻三二「落行人々歌」にその経歴を記し、都落ちに際して藤原定家に巻物・消息を送ったこと、定家はその消息の端に書かれていた歌を『新勅撰和歌集』に「左馬頭行盛」と名を顕して入れたことを述べる。巻四三「二位禅尼入海」では、法華経の提婆品を読誦した後、奮戦の末に平有盛と共に討死したと語られる。

『千載和歌集』巻第八羇旅歌・五二〇番、

　海辺時雨といへる心をよみ侍りける　　読人しらず

かくまではあはれならじをしぐるとも磯の松が根枕ならずは

という歌は、平氏一門が都落ちする以前に成った、賀茂重保撰『月詣和歌集』に「平行盛」の詠として入集している。『月詣集』にはこの歌を含めて、行盛の歌が七首見出される。勅撰集に名を顕して載る歌は、『新勅撰和歌集』に一首、『玉葉和歌集』に二首である。『新勅撰集』入集の歌は盛衰記巻三二に、消息の端に書かれていたとする歌で、

　寿永二年、大方の世静かならず侍りし頃、詠みおきて侍りける歌を定家がもとにつかはすとて、包み紙に書き付け侍りし　　平行盛

流れての名だにもとまれゆく水のあはれはかなき身は消えぬとも　（雑二・一一九四）

『玉葉集』の二首のうち一首は全性との贈答歌で、

　元暦元年、世の中騒がしく侍りける比、平行盛備前の道を固むとて、壇の浦と申す所に侍りけるに、八月十五夜月くまなきに、過ぎにし年は経正、忠度朝臣などもろともに侍りけるを、いかばかりあはれなるらむと思ひやられて、そのよし申しつかはす

とて　　　　　　　　　　　　　　　　全性法師
ひとりのみ波間にやどる月を見て昔の友や面影に立つ（雑四・二三一七）

返し　　　　　　　　　　　　　　　　平行盛
もろともに見し世の人は波の上に面影うかぶ月ぞかなしき（同・二三一八）

という、一谷の戦以後のものである。全性は伝不明だが、『風雅和歌集』雑下・二〇〇六の歌によって、平家一門と共に両国へ下り、その滅亡後帰京したことが知られる。

三三　範頼の西海道下向

『百練抄』は補注三一に引いた、平信兼の子息三人が自害した記事に続いて、

九月二日戊子。参河守範頼為追討使下向西国。

と記す。『玉葉』元暦元年（一一八四）八月一日条によれば、その頃都においては、

或人云、鎮西多与平氏了、於安芸国与官軍早川云々、六ヶ度合戦、毎度平氏得理云々、

と風聞されていた。「早川」は土肥実平の男。早川太郎→補注二五・三八。

参河守範頼が平氏追討のために西海道に下向したことに関連して、『吾妻鏡』元暦元年八月及び九月に次のような記事がある。

○（八月）六日壬戌。武衛招請参河守。足利蔵人。武田兵衛尉給。又常胤已下為宗御家人等依召参入。此輩為追討平家。可赴西海之間。為御餞別也。終日有御酒宴。及退散之期。各引賜馬一疋。其中。参州分秘蔵御馬也。剰被副甲一領云々。

○八日甲子。晴。参河守範頼為平家追討使赴西海。午剋進発。旗差旗巻之。一人。弓袋一人。相並前行。次参州。著紺村濃直垂。加小具足。駕栗毛馬。次扈従輩一千余騎。並龍蹄。所謂。北条小四郎。足利蔵人義兼。武田兵衛尉有義。千葉介常胤。境平次常秀。三浦介義澄。男平六義村。八田四郎武者知家。同男太郎朝重。葛西三郎清重。長沼五郎宗政。結城七郎朝光。藤内所朝宗。比企藤四郎能員。阿曾沼四郎広綱。和田太郎義盛。同三郎宗実。同四郎義胤。大多和次郎義成。安西三郎景益。同太郎明景。大河戸太郎広行。同三郎。中条藤次家長。工藤一﨟祐経。同三郎祐茂。天野藤内遠景。小野寺太郎道綱。一品房昌寛。土左房昌俊以下也。武衛構御桟敷於稲瀬河辺。令見物之給云々。

○（九月）二日戊子。小山小四郎朝政下向西海。可属参州之由被仰云々。又彼官途事所望申左右兵衛尉也云々。

○十二日戊戌。参河守範頼朝臣去朔日使者。今日参着献書状。去月廿七日入洛。同廿九日賜追討使官符。今日一日九月。発向西海云々。

兼実はこの頃の頼朝の動静に関心を寄せ、『玉葉』八月一七日、同二一日条に、次のような伝聞を書き留めている。

○十七日、癸酉（中略）伝聞、頼朝出鎌倉已上洛之間、逗留伊豆国、秋中不可入京云々、此事甚不甘心、天下勿滅亡歟、

○廿一日、丁丑（中略）伝聞、頼朝出鎌倉城来着木瀬川伊豆与駿河之間云々、辺暫逗留、進飛脚申云、已所上洛仕也、但ひきはりても不上洛候也、先参河守範頼蒲冠者是也、令相具数多之勢、所令参洛也、雖一日不可逗留京都、直可向四国之由所仰含也云々、

三四　足利義兼

生年未詳。正治元年（一一九九）三月八日没。清和源氏、義康男。母は熱田大宮司範忠女。北条時政の聟。上総介、上野介、武蔵守、左馬頭、従四位下に至った。『吾妻鏡』治承四年（一一八〇）一二月一二日条に、新造の大蔵御所に移る頼朝に北条時政・義時父子と共に「足利冠者義兼」が従ったという。元暦元年（一一八四）八月八日条の、平家追討使範頼に従う武将の交名や、同二年一月二六日範頼と共に豊後国に渡った

武将達の中にも、義時に続いて「足利蔵人義兼」の名がある。文治五年（一一八九）の奥州合戦、建久四年（一一九三）五月の富士野の狩にも参加し、同六年の頼朝の上洛にも従った。

三五　武田有義

生年未詳。正治二年（一二〇〇）没。清和源氏、武田太郎信義（→一六四頁注九）の男。一条忠頼（→一六四頁注六）の弟。兵衛尉となる。忠頼が討たれた後、武田氏の惣領となった。『吾妻鏡』には、治承四年（一一八〇）一〇月一三日条に、父や兄と長田父子を討つために駿河国に赴いたと記すのが初出。寿永三年（一一八四）二月五日の、一谷の合戦での範頼に従った武士、同年八月八日、範頼に従って平家追討に向かった武士、元暦二年（一一八五）一月二六日、同じく豊後に渡った武士などの一人。文治五年（一一八九）七月一九日条では頼朝の奥州征伐に従軍し、建久元年（一一九〇）一一月七日、頼朝の上洛入京では先陣を務め、建久六年三月の頼朝の東大寺供養のための南都下向や五月の天王寺参詣にも随行した。梶原景時の謀叛に連座して滅亡した。

三六　佐々木盛綱

仁平元年（一一五一）生。没年未詳。宇多源氏、秀義の三男。法名西念。兵衛尉となった。『吾妻鏡』によれば、治承四年（一一八〇）八月一七日、頼朝の命により山木兼隆を討った。元暦元年（一一八四）一二月七日頼朝から与えられた馬で藤戸の海を渡った。奥州合戦、建久四年（一一九三）五月の富士野の狩に加わり、頼朝の二度の上洛にも従った。出家後も建仁元年（一二〇一）五月一四日、謀叛した城資盛を攻め、元久二年（一二〇五）閏七月二六日、平賀朝政を討っている。

三七　北条時政

保延四年（一一三八）―建保三年（一二一五）一月六日、七八歳。桓武平氏、時方男。遠江守、従五位下に至った。女政子の夫頼朝をその挙兵の時から支え、平家滅亡後の文治元年（一一八五）一一月二五日入洛して、京都の守護に当たった。建仁三年（一二〇三）九月二日対立する比企能員を謀殺し、元久二年（一二〇五）六月二二日畠山重忠・重保父子を討った。さらに同年閏七月一九日妻牧氏と謀って将軍実朝の廃立を謀って失敗し、北条に隠退した。

三八　土肥遠平

生没年未詳。桓武平氏、実平の男。土肥弥太郎・小早河太郎などと呼ばれる。『吾妻鏡』治承四年（一一八〇）八月二〇日、頼朝が伊豆国から相模国土肥郷に向かった時、父と共に随い、石橋山の合戦に敗れた頼朝が真鶴崎から安房国へ赴く際、伊豆山にいた政子のもとに使者として遣された。文治五年（一一八九）七月一九日、父と共に頼朝の奥州征伐の供をした。また、同年二月三〇日条により、平家追討の恩賞として平家の没官領長門国阿武郡を与えられていたことが知られる。建仁二年（一二〇二）五月三〇日条に、遠平が預所であった早河庄（現、神奈川県小田原市早川）の知行を停止し、箱根神社に寄進したとあるのが、『吾妻鏡』によって知られる遠平の最終記事である。

三九　千葉常胤

元永元年（一一一八）五月二四日―建仁元年（一二〇一）三月二四日、八四歳。桓武平氏、下総介常重の男。母は平政幹女。治承四年（一一八〇）九月一七日、下総国に向かった頼朝の許に子息達を連れて馳せ参じ、以後宿老として遇された。寿永元年（一一八二）八月一八日、頼家の七夜の儀を沙汰して頼朝を感ぜしめた。同三年二月の一谷の合戦、八月八日平家追討に発向した際など、範頼に随っている。頼朝はしばしばその功を賞し、文治元年（一一八五）一〇月二八日には片岡常春から取り上げた下総国三崎庄を常胤に与えた。文治五年七月一七日、頼朝の奥州征伐では東海道の大将軍とされた。建久元年（一一九〇）一一月七日の頼朝の上洛入京の際は後陣を務めた。

四〇　千葉常秀

生没年未詳。桓武平氏、胤正の男。境平次・千葉平次と称した。『吾妻鏡』によれば、元暦元年（一一八四）八月八日、平家追討使として進発した範頼に祖父常胤と共に従い、翌二年一月二六日にはやはり祖父と共に豊後国に渡った。文治二年（一一八六）五月一四日、工藤祐経等と共に酒を携えて、当時鎌倉に留められていた静の宿所を訪れて宴を催している。文治五年八月の奥州征伐では祖父や父と行動を共にした。建久元年（一一九〇）一一月七日の頼朝の上洛入京では先陣五十九番を務め、一二月一一日頼朝の推挙により、祖父の勲功の賞を譲られて左兵衛尉とされた。同六年三月一〇日、東大寺供養に列する頼朝に供奉し、五月二〇日の天王寺参詣にも従った。元久二年（一二〇五）六月二二日畠山重保が殺された戦では、大手の後陣であった。建保七年（一二一九）一月二七日、将軍実朝が右大臣拝賀のため鶴岡八幡宮に参詣（その直後公暁に襲われて横死した）の際、随行していた。宝治元年（一二四七）六月七日、三浦泰村の妹聟であった常秀の男秀胤が同族の大須賀胤氏・素暹（東胤行）等に討たれた記事に「亡父下総前司常秀」とあるので、それ以前に没したと考えられる。

四一　三浦義澄

大治二年（一一二七）―正治二年（一二〇〇）一月二三日、七四歳。桓武平氏、義明の二男。伊東祐親の聟。『吾妻鏡』によれば、治承四年（一一八〇）六月二七日、千葉胤頼（常胤の六男）と共に京より北条の頼朝の許に参上した。石橋山の合戦には間に合わず、畠山重忠に攻撃されて討死した父を見殺しにせざるをえなかった。頼朝に宿老として遇され、元暦元年（一一八四）六月一日、彼が催した平頼盛の餞別の席に重保や小山朝政等と共に候した。同年八月八日、平家追討使として進発する範頼に男義村と共に従い、同二年一月二六日同じく義村と共に豊後国に渡った。同年三月二二日には義経の命で彼を壇浦に案内した。文治五年（一一八九）七月―八月の頼朝の奥州攻めにも義村と共に従軍した。建久元年（一一九〇）一一月七日の頼朝の上洛入京の際、同六年三月―七月の上洛の際も義村と共に供奉している。

四二　三浦義村

生年未詳。延応元年（一二三九）一二月五日没。桓武平氏、義澄の男。母は伊東祐親女。三浦平六と称した。駿河守正五位下に至る。父の存命中は、元暦元年八月八日範頼に従って西国に赴いたのをはじめ、父と共に行動することが多かった。正治二年（一二〇〇）一月二〇日梶原景時を討つために駿河国に遣され、元久二年（一二〇五）六月二二日には北条義時に従って畠山重忠を討った。建暦三年（一二一三）五月二日和田合戦では、弟胤義と共に当初は和田義盛に同心していたが、後に翻意して義時に義盛の挙兵を知らせ、義盛を敗死に導いた。建保七年（一二一九）一月二七日、将軍実朝を殺した公暁から連絡を受けた際は義時にそのことを報じ、その命によって長尾定景に公暁を討たせた。承久三年（一二二一）五月―六月の承久の乱では、後鳥羽院に従った弟胤義からの書状を義時に示し、東海道を攻め上る大将軍の一人として京方（院の兵）を攻め、敗れて自殺した京方の武将胤義父子の首を大将軍平泰時の許に送った。泰村が重い中風を煩って急死した夜、泰時は義村の遺族を弔問している。

四三　土屋宗遠

生年未詳。建暦三年（一二一三）五月没か。桓武平氏、中村宗平の男。土肥実平の弟。土屋三郎と称した。相模国大住郡土屋に住した。『吾妻鏡』によれば、治承四年（一一八〇）八月二〇日伊豆国を出て相模国土肥郷に向かう頼朝に従い、一〇月二三日相模国府で勲功を賞せられ、一一月四日佐竹秀義攻撃に加わった。承元三年（一二〇九）五月二八日梶原家茂（景茂男）を殺害し、身柄を和田義盛に預けられたが、将軍実朝は頼朝の月忌に当たるとして放免した。建暦三年五月の和田合戦で和田一族と運命を共にしたか。

四四　渋谷重国

生没年未詳。桓武平氏、河崎重家の男。相模国渋谷庄に住した。『吾妻鏡』によれば、治承四年（一一八〇）八月一三日頼朝から書状を送られたが、石橋山の合戦では大庭景親等と共に頼朝を攻めた。寿永三年（一一八四）一月二〇日には範頼・義経に従って上洛し、木曾義仲討伐に加わった。元暦二年（一一八五）二月一日範頼と共に豊後国に渡り、原田種直を討った。建久四年（一一九三）五月八日富士野の狩に行く頼朝に従った。同五年一二月一五日伝馬五頭を割り当てられたとあるのが、同書によって知られる重国の最後の事蹟である。

四五　長野重清

生没年未詳。桓武平氏、畠山重能の男。重忠の弟。秩父三郎と称した。『吾妻鏡』によれば、文治四年（一一八八）三月一五日、鶴岡八幡宮の法会に参った頼朝の先陣を務め、同五年七月一九日彼が奥州征伐に出陣した際、従軍した。元久二年（一二〇五）六月二二日重忠が討たれた時は信濃国にいた。それ以後の重清の消息は不明。

四六　稲毛重成

生年未詳。元久二年（一二〇五）六月二三日没。桓武平氏、小山田有重男。小山田三郎・稲毛三郎と称した。『吾妻鏡』治承五年（一一八一）四月二〇日条に「小山田三郎重成」の名で、頼朝の意に背いたとして籠居したこと、同二年四月五日条に、牛追物で多く射当てたとして褒美を与えられたことを記す。寿永三年（一一八四）二月五日、弟榛谷重朝と共に一谷合戦での大手大将軍範頼に従って戦った。寿永三年（一一八四）六月一六日頼朝の命により、天野遠景や父有重・弟重朝と共に一条忠頼（→一六四頁注六）を誅した。文治五年（一一八九）七月一九日頼朝が奥州征伐に進発した時も重朝と共に従軍し、建久元年（一一九〇）一一月七日の頼朝の上洛入京、同六年三月―六月の上洛でも、弟と共に供奉した。正治元年（一一九九）一〇月二八日梶原景時を弾劾するために鶴岡八幡宮の廻廊に集まった御家人達の中に「稲毛三郎重成入道」もいる。元久二年六月二二日平賀朝雅の讒言に動かされた北条時政の意向によって畠山重忠・重保父子が誅殺された翌二三日、重成は大河戸行元に殺された。『吾妻鏡』は重忠・重保父子が殺された因は重成にあるとしている。

四七　榛谷重朝

生年未詳。元久二年（一二〇五）六月二三日没。桓武平氏、小山田有重の男。稲毛重成の弟。榛谷四郎・小山田四郎と称した。『吾妻鏡』の初出は治承五年（一一八一）四月一日、頼朝の寝所に祇候する家人の一人に選ばれたこと。平家との合戦、奥州征伐、頼朝の二度の上洛、梶原景時弾劾の合議など、兄重成と行動を共にしている。誅せられたのも同日だが、重朝は経師谷口で重季・秀重の二人の子と共に三浦義村に討たれた。

四八　葛西重清

清重が正しい。応保二年（一一六二）―暦仁元年（一二三八）、七七歳。桓武平氏、豊島清元男。『吾妻鏡』治承四年（一一八〇）九月三日条に、石橋山の合戦で敗れた頼朝が清元・清重父子に「有志之輩」を語らって参向せよとの書を遣したが、特に清重は源家に忠節を抽んでた者なのでねんごろな言葉で記したという。一〇月二日条に、武蔵国に入った頼朝の許に清元・清重が参上したとある。元暦元年（一一八四）八月八日、平家追討使範頼に従って西国に下り、同二年一月二六日、範頼と共に豊後国に渡った。文治五年（一一八九）七月一九日奥州征伐に進発した頼朝に従い、功を賞せられて陸奥の数ヵ所を与えられ、戦後処理のため翌年まで陸奥に留まった。建久元年（一一九〇）一一月―一二月、同六年三月―六月の、頼朝の二度の上洛にも供奉し、建久元年一二月一一日には頼朝の推挙により、右兵衛尉とされた。建保二年（一二一四）七月二七日大慈寺の供養に将軍実朝が参った時の後騎では「葛西左衛門尉清重」として加わっている。その後出家して法名を定蓮といい、壱岐入道と呼ばれた。承久三年（一二二一）の承久の乱の際は、義時をはじめとする宿老の一人として「壱岐入道」も鎌倉に留まって祈禱や軍勢の派遣に当たった。

四九　宇都宮四郎茂家

『吾妻鏡』の八田朝家にあたるか。知家とも。生没年未詳。藤原氏北家道兼流、宗綱の男。『尊卑分脈』に「実者下野守源義朝子」という。『吾妻鏡』治承五年（一一八一）閏二月二三日条に、小山朝政が志田義広（→一六八頁注九）と戦った際、朝政勢に加わった。元暦元年（一一八四）六月一日、頼朝が催した平頼盛への餞別の席に候し、同年八月八日平家追討使として進発した範頼に男朝重と共に従い、翌二年一月二六日豊後国にも渡っている。同年四月一五日、頼朝に功なくして右衛門尉に任官したと咎められた。文治五年（一一八九）の頼朝の奥州征伐、建久元年（一一九〇）、同六年の二度の上洛にも朝重と共に従った。建仁三年（一二〇三）六月二三日、将軍頼家の命により下野国で阿野法橋全成（義朝男、今若）を誅した。建保元年（一二一三）一二月一日以前には出家して筑後入道と呼ばれ（法名は尊念）、承久三年（一二二一）の承久の乱では、北条義時らと共に宿老の一人として鎌倉に留まっている。

五〇　八田朝重

知重とも。生没年未詳。藤原氏北家道兼流、朝家の男。『吾妻鏡』に、治承五年（一一八一）四月七日、頼朝の寝所近辺に祗候する御家人に選ばれたという。平家との合戦、頼朝の奥州征伐、二度の上洛などで、父と共に行動した。建久元年（一一九〇）一二月一一日には頼朝の推挙により、父の賞を譲られて左兵衛尉に任官した。後に左衛門尉となっている。

五一　小山朝政

保元三年（一一五八）―嘉禎四年（一二三八）三月三〇日、八一歳。藤原氏北家藤成流、小山四郎政光の嫡男。『吾妻鏡』によれば、治承四年（一一八〇）九月三日、頼朝から参向を促す書状を送られている。同五年閏二月二三日、頼朝と対立していた志田義広と戦って敗走させた。元暦元年（一一八四）六月一日、頼朝が催した平頼盛への餞別の席に候し、九月二日範頼の下で平家と戦うよう命ぜられて西国へ下向、翌二年一月二六日には弟宗政・朝光と共に豊後国に渡った。同年四月一五日には、功なくして右兵衛尉に任官したと頼朝に咎められている。頼朝の奥州征伐、二度の上洛にも宗政・朝光と共に従い、建久元年（一一九〇）の最初の上洛の折は頼朝の推挙により右衛門尉に任官した。承久三年（一二二一）の承久の乱には、宿老の一人として鎌倉に留まった。それ以後出家して法名を生西と号し、下野入道と呼ばれた。

五二　小山朝光

結城朝光とも呼ばれる。仁安三年（一一六八）―建長六年（一二五四）二月二四日、八七歳。藤原氏北家藤成流、小山四郎政光の男。母は頼朝の乳母の寒河尼。『吾妻鏡』治承四年（一一八〇）一〇月二日条に、武蔵国に進出し、隅田宿にいた頼朝の許に寒河尼が最後の末子を伴って参上し、その子の奉公を望んだので、頼朝は自ら元服させ、小山七郎宗朝と名乗らせたという。後年朝光と改めた。上野介、従五位下に至った。兄の朝政・宗政と共に平家との合戦、頼朝の奥州征伐、二度の上洛に従った。承久の乱の際は東山道の大将軍の一人とされた。寛喜元年（一二二九）一〇月五日上野介に任ぜられ、叙爵。その後出家して法名を日阿と号し、上野入道と呼ばれた。文暦二年（一二三四）五月評定衆とされたが、まもなく辞した。

五三　長沼宗政

小山五郎とも呼ばれる。応保二年（一一六二）―仁治元年（一二四〇）一一月一九日、七九歳。藤原氏北家藤成流、小山四郎政光の男。長沼は下野国芳賀郡長沼庄にちなむ。淡路守、従五位下に至る。『吾妻鏡』治承五年（一一八一）閏二月二三日条に記す、頼朝に敵対する源（志田）義広との戦いで勲功があったことを賞された（閏二月二八日条）。兄の朝政、弟の朝光と共に平家との合戦、頼朝の奥州征伐、二度の上洛に従った。

五四　比企朝宗

生没年未詳。藤原氏、遠宗男。平家との合戦では範頼に従った。奥州合戦の後、陸奥国岩井郡に派遣された。建久五年（一一九四）二月二日、平義時の嫡男金剛（泰時）の元服の座に比企能員と共に連なっている。母は比企尼。武蔵国比企郡の武士。

五五　比企能員

生年未詳。建仁三年（一二〇三）九月二日没。本姓は藤原氏。遠宗の男。頼朝の乳母比企尼の甥で猶子。『吾妻鏡』治承五年（一一八一）閏二月二七日条に、頼朝の命で三浦介義澄と共に源義広の伴党の首を梟するために腰越に遣されたという。頼家は能員の屋敷、比企谷殿で誕生した。寿永元年（一一八二）一〇月一七日条によれば、幕府御所に戻った政子・頼家に能員は「御乳母夫」として贈物を献じている。平家との合戦では範頼に従って戦った。奥州合戦にも従っている。建久元年（一一九〇）一二月一一日頼朝の推挙によって右衛門尉に任官した。同六年の頼朝の上洛にも随行した。建仁三年将軍頼家に、女で頼家の妾若狭局を通じて北条時政の追討を訴え、聞き入れられたが、これを頼家母政子に知られ、時政に謀られて、天野遠景・仁田忠常に誅殺された。

五六　大多和義成

生没年未詳。桓武平氏、相模国三浦郡大多和郷を本拠とした。大多和三郎義久の男。三浦義明の孫。山内首藤俊綱女を妻とした。平家との合戦では範頼に従って戦った。建久三年（一一九二）三月二三日頼朝が逗子の岩殿観音堂に参詣した時、垸飯を献じた。

五七　安西秋益

生没年・系譜共に未詳。延慶本巻一一—1に見える安西三郎景益か。延慶本巻一一—8には明益、長門本巻一七には秋益。安房国の住人。治承四年（一一八〇）九月一日、頼朝の幼少時に昵近したので頼朝が書を送り、参向するよう促し、同四日参向した。平家との合戦では太郎明景と共に、範頼に従って戦った。

五八　安西明景

生没年・系譜共に未詳。延慶本巻一一—8に安西小太郎明景、巻一一—1に安西小次郎時景（長門本巻一七には秋景）。景益の嫡男か。『吾妻鏡』からは、平家との合戦で景益と共に範頼に従ったことのみ知られる。

五九　工藤三郎

祐茂か。生没年未詳。延慶本巻一一—1に宮藤三郎資茂、長門本巻一七に工藤秋義の名が見える。藤原氏南家乙麿流、祐継男。祐経の兄。右衛門尉となる。宇佐美三郎と称した（底本では両者は別人）。『吾妻鏡』によれば、頼朝の挙兵の時から従い、平家との合戦では範頼の下で戦った。奥州合戦、頼朝の二度の上洛にも従った。建久四年（一一九三）八月一七日、伊豆国に下向させられた範頼の身柄を狩野介宗茂（→巻三九補注一〇）と共に預った。

六〇　天野遠景

生没年未詳。藤原氏南家乙麿流、景光の男。『尊卑分脈』に「天野藤内左兵衛尉　民部丞　法名蓮景」、『相良系図』に「民部丞内舎人　伊豆国住天野」と注す。頼朝の挙兵の時から従って、山木討伐・石橋山合戦で戦った。平家との合戦では範頼の下で戦った。建久二年（一一九一）一月一五日鎮西奉行人とされた。同六年の頼朝の上洛に従った。建仁三年（一二〇三）九月二日、北条時政の謀事に従って新田忠常と共に比企能員を誅殺した。建永二年（一二〇七）六月二日、自身の勲功を記した述懐の款状を北条義時に提出して恩沢を望んでいる。

六一　大野実秀

長門本巻一七にも見えるが未詳。『参考源平盛衰記』に、大野を大胡・大蔵・太畑、実秀を家長・実季とするものありという。延慶本巻一一—1、一一—8には大胡太郎実秀。

六二　小栗重成

　生年未詳。元暦二年（一一八五）三月没か。桓武平氏、重能の男。常陸国新治郡の伊勢神宮領小栗御厨（現、茨城県筑西市八田）の武士。『吾妻鏡』によれば、治承四年（一一八〇）一一月八日佐竹秀義を攻めた頼朝が重成の八田の館に入った。翌年閏二月の志田義広攻撃に加わっている。文治五年（一一八九）八月二二日、頼朝は葛西清重と重成に平泉の藤原泰衡の倉を検分させ、重成は玉幡他を与えられた。建久四年（一一九三）七月三日、重成は泰衡の倉の玉幡を与えられた後、夢に悩まされ、精神異常となった由をその郎従が梶原景時を通じて申した。

六三　伊佐友政

　未詳。長門本は巻一七で井佐小次郎朝正を、延慶本巻一一—1、巻一一—8に伊佐小次郎朝正を挙げる。常陸国伊佐郡の武士か。建久元年（一一九〇）と同六年の二度の頼朝上洛に随行した伊佐三郎行政と関係があるか。

六四　浅沼広綱

　生没年未詳。藤原氏北家藤成流、足利有綱の男。阿曽沼四郎ともいう。民部丞となる。『吾妻鏡』治承五年（一一八一）閏二月二三日、志田義広との戦に加わった。平家との合戦では範頼に従い、奥州合戦にも従軍した。建保七年（一二一九）一月二七日、将軍実朝が鶴岡八幡宮で右大臣拝賀（儀式の直後公暁に襲われて殺された）の際に参列している。

六五　大河戸広行

　生没年未詳。下総権守重行の男。武蔵大河戸御厨を本拠とする武士。三浦介義明の聟。兵衛尉となる。『吾妻鏡』によれば治承五年（一一八一）二月一八日、亡父重行が平家方だったため、気色を損じていた頼朝に許され、行元ら弟三人と共に三浦義澄に伴われて参上した。平家との合戦では行元と共に範頼に従い、頼朝の二度の上洛にも行元と共に従っている。

六六　大河戸三郎弘政

　『吾妻鏡』によれば大河戸行元か。生没年未詳。重行の男。広行の弟。平家との合戦や頼朝の二度の上洛など、兄広行と共に従っている。元久二年（一二〇五）六月二三日、稲毛重成を誅殺した。

六七　中条家長

　永万元年（一一六五）—嘉禎二年（一二三六）八月二五日、七二歳。義勝房法橋盛尋の男。横山党の一族。八田知家の養子。武蔵国中条保（現、埼玉県熊谷市）を本貫とした。寿永三年（一一八四）二月の一谷合戦の時から範頼に従って戦った。奥州合戦にも従軍、頼朝の二度の上洛にも従った。承久三年（一二二一）の承久の乱では宿老の一人として鎌倉に留まった。貞応二年（一二二三）四月一日出羽守に任ぜられ、従五位下に叙された。評定衆の一人であった。

六八　昌俊

　生年未詳。文治元年（一一八五）一〇月二六日没。渋谷氏の系図で、桓武平氏、河崎重家の男で、渋谷重国（→補注四四）の弟、永治元年（一一四一）生とするが、確かではない。『平治物語』に登場する源義朝の童で、義朝が尾張国野間の内海で長田忠致に殺されたことを常盤に報じた金王丸の後身とする伝承（八坂本平家物語など）もある。土佐房と称した。もと興福寺金堂の堂衆。下野国中泉庄を与えられた。盛衰記ではこの先巻四六「頼朝義経中違」で、「本大和国住人ナルウヘ奈良法師也」として、頼朝に仕えるに至った経緯を詳しく記す。平家との合戦では範頼に従った。文治元年（一一八五）一〇月、頼朝が義経を討とうとした際、進んで討手を領状して上洛、一七日義経の六条室町亭を襲ったが敗れ、鞍馬の山奥に逃れたのを捕らえられ、六条河原で斬られた。盛衰記巻四六「頼朝義経中違」「土佐房上雒」、『義経記』巻四などにこのことが語られ、幸若「堀川夜討」、能「正尊」にも演じられる。

六九　小野寺道綱

生没年未詳。義寛の男。『吾妻鏡』に、治承五年（一一八一）閏二月二三日志田義広攻撃の戦に加わったという。平家との合戦では範頼に従い、また奥州合戦に従軍、建久四年（一一九三）五月の富士野の狩に参加、頼朝の二度の上洛にも従った。

七〇　藤原景家

生没年未詳。藤原氏北家秀郷流、伊藤景綱の男。藤原忠清の弟。男景高は平宗盛の乳母子。平家の家人で、盛衰記にはこれまで、巻四「成親以下被召捕」、巻一五「宇治合戦」、巻二七「矢矯川合戦」、巻二八「燧城源平取陣」、巻二九「平家礪波志雄二手」、巻三〇「平氏侍共亡」、巻三一「青山琵琶流泉啄木」、巻三三「水島軍」などに登場していた。

七一　盛綱が浦人を殺したという伝承

覚一本巻一〇「藤戸」では、盛綱は浦の男一人に「しろい小袖・大口・しろざやまきなンどとらせ、すかしおほせて」渡海が可能な道筋を問うたところ、男は「浦の物どもおほう候へども、案内しッたるはまれに候。このおとこそよく存知して候へ。たとへば河の瀬のやうなるところの候が、月がしらには東に候、月じりには西に候。両方の瀬のあはひ、海のをもて十町ばかりは候らん。この瀬は御馬にてはたやすうわたさせ給ふべし」と教えたので、たいそう喜んで家子郎党にも知らせず、男と共に裸になって実際に渡ってみたのち、その男を殺したと語る。

男申けるは、「これより南は北よりはるかにあさう候。敵、矢さきをそろへて待ところに、はだかにてはかなはせ給まじ。かへらせ給へ」と申ければ、佐々木げにもとてかへりけるが、「下﨟はどこともなき物なれば、又人にかたらはれて案内をもおしへんずらん。我ばかりこそしらめ」とおもひて、かの男をさしころし、頸かき切ッてすててンげり。

四番目物の能「藤戸」（作者は不詳。一説に観世元雅）はこの伝承にもとづく執心物で、藤戸の先陣の功名によって児島の地を与えられて入部した盛綱（ワキ）の前に、殺された漁師の母（前シテ）が現れて悲しみを訴え、殺したことを告白した盛綱を激しく責める。盛綱が漁師の供養の管絃講を催すと漁師の亡霊（後シテ）が現れ、盛綱の忘恩の罪を責めるが、結局は成仏得脱するというものである。藤戸町藤戸にある藤戸寺（高野山真言宗）の『藤戸寺縁起』がこのことを語り、盛綱は寺の前の経ヶ島に供養の石塔を建立したと述べる。

七二　佐々木高綱

生年未詳。建保二年（一二一四）没。宇多源氏、秀義の四男。左衛門尉に至る。頼朝挙兵後は兄盛綱と行動を共にすることが多かった。寿永三年（一一八四）一月二〇日、木曾義仲の勢と戦った宇治川で梶原景季と先陣を争ったことは、盛衰記では巻三五「高綱渡宇治川」に語られる。東大寺復興に奉行として力を尽した。高野山で出家した。建仁三年（一二〇三）一〇月一五日、高綱の男重綱が官軍として比叡山の堂衆と戦って討死したが、その直前すでに出家していた高綱は重装備した息子の姿を見て、兄盛綱らに重綱の戦死を予言し、兵法の故実を語ったという（吾妻鏡・同年一〇月二六日条）。

七三　馬で渡海して武功をあげた佐々木盛綱

『吾妻鏡』には元暦元年一二月二日・七日・二六日条に、次のごとく記されている。

○二日丁巳。武衛被ㇾ遣二御馬一疋葦毛一。於佐々木三郎盛綱一。々々為ㇾ追二討平家一。当時在二西海一。而折節無二乗馬一之由。依ㇾ令二言上一。態立二雑色一。被ㇾ送二遣之一云々。

○七日壬戌。平氏左馬頭行盛朝臣。引二率五百余騎軍兵一。構二城郭於備前国児嶋一之間。佐々木三郎盛綱為二武衛御使一。為ㇾ責二落之一雖二行向一。更難レ凌二波濤一之間。浜潟案レ轡之処。行盛朝臣頻招レ之。仍盛綱励二武意一。不レ能レ尋二乗船一。乍レ乗レ馬渡二藤戸海路一三丁余。所二相具一之郎従六騎也。所謂志賀九郎。熊谷四郎。高山三郎。与野太郎。橘三。同五等也。遂令レ着二向岸一。追二落行盛一云々。

○廿六日辛巳。佐々木三郎盛綱自馬渡二備前国兒嶋一追二伐左馬頭平行盛朝臣一事。今日以二御書一。蒙二御感之仰一其詞曰。自レ昔雖レ有下渡二河水一之類上。未レ聞下以レ馬凌二海浪一之例上。盛綱振舞。希代勝事也云々。

七四　高階泰経

治承二年（一一七八）一一月二四日大蔵卿とされ、翌三年一一月一七日解却されたが、養和二年（一一八二）三月八日再び大蔵卿とされた。寿永二年（一一八三）一二月二一日従三位に叙されたが、法住寺合戦後の同年一一月二八日、義仲の介入により、他の後白河法皇近臣と共に大蔵卿を解官され、翌寿永三年三月二七日還任した。文治元年（一一八五）一二月二七日には「同二意行家義経一、欲レ乱二天下一之凶臣也」（玉葉・同日条）という頼朝の口入によって解官された。建久二年（一一九一）一二月一三日松尾・北野両社行幸行事官賞により、正三位に叙された。同八年九月六日出家した。

七五　藤原長方

安元二年（一一七六）一二月五日任参議、翌治承元年一二月二七日叙従三位、同三年九月五日正三位とされ、養和元年（一一八一）一二月四日権中納言に任ぜられた。寿永二年（一一八三）一二月二二日叙従二位、元暦二年（一一八五）六月二五日病のために出家した。藤原兼実はその出家を「長方雖レ不レ及二豪傑一、当世之名士也、朝廷之失臣、公之巨損、何事如レ之哉」（玉葉・同日条）と嘆き、その死を耳にした際は「末代之才士也、又詩人也、可レ惜可レ哀」（同・建久二年三月一一日条）と惜しんだ。説話集『続古事談』巻二臣節に、清盛が福原遷都を強行した後、古京（京都）と新京（福原）の優劣を古京に残っていたしかるべき人々に論じさせた際、長方ひとりが新京をひどく批判したが、その論が認められた話（六〇話）がある等、長方の見識や学才を語る説話は多い。梅小路中納言と号した。和漢兼作の人で、歌人としては、『千載和歌集』初出、『続詞花和歌集』以下多くの私撰集にも入り、家集『長方集』がある。

七六　左衛門尉時成

生没年、系譜未詳。『玉葉』寿永三年（一一八四）一月二八日条に、義経の郎従が大夫史小槻隆職宅に侵入し、公文書を収めた文庫を壊し、文書を奪った際、「為二左衛門尉時成奉行一」と見える。同書文治元年（一一八五）一二月二七日条に、「同二意行家義経一、欲レ乱二天下一之凶臣也」という頼朝の申入れにより解官された人々の中に、左衛門尉時成の名もある。

七七　藤原有経

生没年未詳。北家藤成流。右馬允義経（義常）の男。有常とも。松田二郎と号した。祖父波多野二郎義通は保元の乱で源義朝に従って戦ったが、後に義朝と不和になった。『吾妻鏡』治承四年（一一八〇）一〇月一七日条によれば、父義経は頼朝に攻められて自害したが、有常は大庭景義の許にいて難を逃れた。同書元暦二年（一一八五）四月一五日条の「東国住人任官輩事」の中で、頼朝は「馬允有経」という人物を「少々奴。木曾殿有二御勘当一之処。少々令レ免給タラバ只可レ候ニ。五位ノ補二馬允一。未曽有事也」と罵っている。「故波多野右馬允義経嫡男有経」については、同書文治四年（一一八八）四月三日条に、鶴岡宮臨時祭で流鏑馬の射手に選ばれ、「頗施二抜群芸一。御感之余給二一村一」という栄誉に浴し、父の自害後「為二囚人一所レ被レ召二預景能一也。経二七ヶ年一。遂有二此慶賀一云々」とあり、前述の元暦二年四月一五日条「馬允有経」は義経男有経と別人ともいう。

七八　元暦元年の大嘗会御禊

『玉葉』元暦元年一一月二五日、二六日条にこの時の大嘗会御禊についての記述がある。兼実自身は病のため参加せず、男右大将良通が語ったことを記している。そこに「節下内大臣実定」（二五日条）、「今日節下作法頗未練之気云々」（二六日条）などとある。

七九　藤原実定

保元元年（一一五六）一一月三日叙従三位、長寛二年（一一六四）閏一〇月二三日権大納言に任ぜられたが、翌永万元年（一一六五）八月一七日これを辞し、正二位に叙された。安元三年（一一七七）三月五日大納言に還任、同年一二月二七日任左大将、寿永二年（一一八三）四月五日任内大臣、同年一一月二一日木曾義仲の介入によってこれを停められたが、翌三年一月二二日還任した。文治二年（一一八六）一〇月二九日右大臣に、同五年七月一〇日左大臣に転じた。翌建久元年（一一九〇）七月一七日これを辞し、同二年六月二〇日病により出家、法名を如円といった。『吾妻鏡』建久二年閏一二月二五日条にその死を記し、「幕下（頼朝）殊歎息給。関東有二由緒一。日来所レ被レ重之也」という。盛衰記巻三「実定厳島詣」に権大納言辞任のこと、巻一七「実定上洛」に旧都となった京の都・大宮の御所で月見をしたこと、同巻「待宵侍従」及び「優蔵人」に歌人小侍従との交情を語る。和歌をよくし、『千載和歌集』初出の歌人。私撰集にも『後葉和歌集』を始め、多くの集に入る。家集『林下集』がある。

八〇　寿永元年の大嘗会御禊

『玉葉』寿永元年一〇月二一日条に、この大嘗会御禊についての記述がある。そこで「節下内大臣宗盛有二兵杖一」とあり、「日没之後着二御頓宮一云々、節下大臣両度落馬待賢門前一所、三条京極一所、節旗柄折了、是不吉之兆也云々」という「違例」があったと記している。

八一　長門国彦島

『日本書紀』巻八・仲哀天皇八年に「春正月己卯朔壬午、幸二筑紫一。……又筑紫伊覩県主祖《いとのあがたぬしのおや》五十迹手《いとて》、聞二天皇之行一、……参二迎于穴門《あなと》引嶋一」とある「引嶋」がこの彦島と考えられ、「ヒコシマ」と訓まれている。源俊頼の『散木奇歌集』哀傷部に「ひくしまといふところのあまとて、くだりにまうできて、ものどもこゝろざしてはべりけるが、このたびもまうできて、たゐといふものをもていで、はべりけるをみてよめる

たつなみのひくしまにすむあまだにもまだゝひらかにありけるものを」（七九五）とある「ひくしま」も、この彦島と考えられる。『吾妻鏡』元暦二年（一一八五）二月一六日条に、義経が率いる関東の軍兵が平家追討のため讃岐国に向かったことを記した後に、「平家者結二陣於両所一。前内府〔宗盛〕以二讃岐国屋嶋一為二城郭一。新中納言知盛相二具九国官兵一。固二門司関一。以二彦嶋一定レ営。相二待追討使一云々」という。↓補注一〇三。

八二　「頼朝条々奏聞」に相当する文書

『吾妻鏡』では寿永三年二月二五日条に、次のごとく記されている。

廿五日甲申。朝務事。武衛注二御所存一。条々被レ遣二泰経朝臣之許一云々。其詞云。

言上

条々

一　朝務等事

右。守二先規一。殊可レ被レ施二徳政一候。但諸国受領等尤可レ有二計御沙汰一候歟。東国北国両道国々。追二討謀叛一之間。如レ無二土民一。自二今春一。浪人等帰二住旧里一。可レ令二安堵一候。然者。来秋之比。被レ任二国司一。被レ行二吏務一可レ宜候。

一　平家追討事

右。畿内近国。号二源氏平氏一携二弓箭一之輩并住人等。任二義経之下知一。可二引率一之由。可レ被二仰下一候。海路雖レ不レ輙。殊可二忩追討一之由。所レ仰二義経一也。於二勲功賞一者。其後頼朝可二計申上一候。

一　諸社事

我朝者神国也。往古神領無二相違一。其外今度始又各可レ被二新加一歟。就レ中。去比鹿嶋大明神御上洛之由。風聞出来之後。賊徒追討。神戮不レ空者歟。兼又若有二諸社破壊顛倒事一者。随二功程一。可レ被二召付一処。功作之後。可レ被二御裁許一候。恒例神事。守二式目一。無二懈怠一可レ令二勤行一由。殊可レ有二尋御沙汰一候。

一　仏寺間事

諸寺諸山御領。如レ旧恒例之勤不レ可二退転一。如二近年一者。僧家皆好二武勇一。忘二仏法一之間。行徳不レ聞。無二用枢一候。尤可レ被二禁制一候。兼又於二濫行不信僧一者。不レ可レ被レ用二公請一候。於二自今以後一者。為二頼朝之沙汰一。至二僧家武具一者。任レ法奪取。可レ与下給於追二討朝敵一官兵上之由。所二存思給一也。

以前。条々事。言上如レ件。

寿永三年二月日　　　　　　　　　　源頼朝

また『玉葉』寿永三年二月二七日条には、「伝聞、頼朝四月下旬可二上洛一云々、又以二折紙一計二申朝務一云々、人以不レ〔可〕レ為レ可、頼朝若有二賢哲之性一者、天下之滅亡弥増歟」と記されている。

八三　高階経仲

早く永万二年（一一六六）一月一二日大膳亮になったが、大膳大夫になった日時ははっきりしない。元暦元年（一一八四）七月二日叙従四位上、同年九月一八日右馬頭となった。文治元年（一一八五）一二月一七日、頼朝の口入により父泰経と共に解官されたが、同六年一月五日正四位下に、同一〇年一月五日従三位に叙された。建仁四年（一二〇四）一月五日正三位とされた。

八四　元暦二年正月十日

『吉記』元暦二年一月一〇日条に、

十日甲午　大夫判官義経発二向西国一云々、

『百練抄』元暦二年一月一〇日条に、

十日甲午。為レ追二討平氏一。検非違使左衛門尉源義経発二向西海一了。

という。

八五　同十三日、九郎大夫判官、淀ヲ立テ渡部へ向フ。

前からの記述によれば、「同」は「元暦二年正月十日」の「正月」を受けることになる。延慶本（巻一一—1）も、

十三日、九郎大夫判官ハ淀ヲ立テ渡辺へ向《むかふ》。

というので、同じことになる。長門本は義経の淀から渡辺への移動に関する記述はない。覚一本巻一一は、

同二月三日、九郎大夫判官義経、都をたッて、摂津国渡辺よりふなぞろへして、八嶋へすでによせんとす。

という。

八六　大内維義

生没年未詳。清和源氏、義信の男。『吾妻鏡』寿永三年（一一八四）二月五日条に、一谷に向かう搦手の大将軍義経に従う将兵の交名に大内右衛門尉惟義として見えるのを始めとして、同年（元暦元年）五月一五日条に源（志田三郎先生）義広を討ったこと、同年八月二日条に平家継らを討ったこと、文治元年（一一八五）八月二九日条に相模守に任ぜられたことを記す。建保六年（一二一八）七月八日条に、将軍実朝の鶴岡八幡宮参詣の際に前駿河守惟義朝臣として供養しているのが同書に見える最後の記事である。

八七　田代信綱

生年未詳。安貞二年（一二二八）頃没か。『尊卑分脈』藤原氏南家乙麿流工藤に、工藤狩野介宗茂（→巻三九補注一〇）の男として載り、「田代冠者　母茂光女　茂光息女子也　非二実子一」と注する。茂光は宗茂の父。延慶本第五本（巻九—20）「源氏三草山并一谷追落事」に、その出自を後三条院の三宮輔仁親王五代の孫で、父は伊豆国司為綱、母は工藤茂光女であり、父が任をおえて上京後、母方の祖父茂光に育てられ

たと語る。盛衰記巻三六「義経向三草山」でもほぼ同様の記述があるが、先祖については輔仁親王ではなく、後三条院の落胤とされる藤原有佐の五代の孫という。石橋山の合戦では頼朝方として戦った。『吾妻鏡』寿永三年（一一八四）二月五日条に、一谷に向かう義経に従う将兵の一人として、同じく元暦二年（一一八五）二月一九日条に、屋島内裏を攻撃する義経の将兵の筆頭にその名がある。また、同年四月二九日条には、西国に派遣された御家人は専横なふるまいがある義経に従わぬよう、内々に触れよとの頼朝の書状を彼が与えられたことが述べられており、頼朝が彼を信頼していたことが知られる。

八八　和田義盛

久安三年（一一四七）―建暦三年（一二一三）五月三日、六七歳。桓武平氏、三浦（杉本）義宗の男。母は遊女玉。和田太郎、また小太郎と称した。『吾妻鏡』治承四年（一一八〇）八月の記述によれば、叔父三浦義澄や弟宗実らと共に頼朝の許に馳せ参じようとしたが、石橋山の合戦には間に合わず、畠山重忠と戦った。同年一一月一七日、頼朝に侍所別当に補された。元暦元年（一一八四）八月八日、弟宗実・義胤らと共に、範頼に従って平家追討のため西国に赴いた。翌二年一月一二日条に、周防国に留まることに飽きて、鎌倉に帰参しようとしたというが、同月二六日には範頼に従って、弟二人と共に豊後国に渡ったという。故に義盛とその弟達が義経に従ったという盛衰記の記述は『吾妻鏡』の記述と齟齬する。建久元年（一一九〇）・同六年の頼朝の二度の上洛では先陣の随兵の奉行であった。建久元年一二月一一日には頼朝の推挙で左衛門尉とされた。建久四年五月の富士野の狩に参加し、工藤祐経を父の仇として討った曽我五郎時致を頼朝が尋問した席に列した。正治元年（一一九九）一二月一八日梶原景時が鎌倉から追放される際、奉行を務めた。元久二年（一二〇五）六月二二日北条時政が畠山重忠を討った戦に、時政方として加わった。建暦三年（一二一三）三月、甥の和田平太胤長が謀反人として恥かしめられたことを憤って逆心を起こしたという。同年四月二七日将軍実朝の使者に対して、将軍への恨みはないが、北条義時の傍若無人さを正そうとする若輩達を諫めても留められないと答え、五月二日御所を襲い、激戦の末に討死した。

八九　和田宗実

義実ともいった。生没年未詳。桓武平氏、義宗の男。和田三郎と称した。『吾妻鏡』によれば、平家との合戦では兄義盛や弟義胤と共に行動している。文治五年（一一八九）の陸奥合戦や建久年間の頼朝の二度にわたる上洛にも、義盛と共に随っている。

九〇　和田義胤

生没年未詳。桓武平氏、義宗の男。和田四郎と称した。『吾妻鏡』によれば、平家との合戦では兄の義盛・宗実と共に行動している。それ以外のことは不明。

九一　多々良義春

頼朝の挙兵の際、その勢に合流しようとしたが畠山重忠と戦って討死した多々良八郎重春（吾妻鏡・治承四年八月二四日条）やその弟四郎明宗（同・治承四年八月二二日条）らの父か。生没年未詳。

九二　梶原三郎景能

梶原景茂か。仁安二年（一一六七）―正治二年（一二〇〇）一月二〇日、三四歳。桓武平氏、景時の男。梶原三郎と称する人物は、延慶本では景義、景茂、盛衰記では景家、景能、景茂などと表示される。兵衛尉に任ぜられた。『吾妻鏡』文治二年（一一九一）五月一四日条に、頼朝に召喚されて鎌倉に留っていた静を工藤祐経らと訪れた際、静に艶言を発して彼女を憤らせたという。奥州合戦や富士野の狩に参加し、建久六年（一一九五）の頼朝の上洛などに従った。正治元年（一一九九）一一月一二日、父景時が子息達を連れて相模国一宮に退いた際には鎌倉に留まり、将軍頼家の前で父のために陣弁したが、結局駿河国で一族と運命を共にした。

九三　平佐古為重

生没年未詳。相模国三浦郡平佐古（平作）の武士。『吾妻鏡』によれば、頼朝の挙兵の時から頼朝側に就き、寿永三年（一一八四）二月五日の一谷合戦では義経の勢に入っている。建久年間の二度にわたる頼朝の上洛にも従った。

九四　庄家長

生没年未詳。広高の男。児玉党の一族。『吾妻鏡』によれば、寿永三年（一一八四）二月五日の一谷合戦では範頼の勢に属し、頼朝の二度の上洛にも従った。

九五　庄広方

生没年未詳。児玉家弘の男。児玉党の一族。『吾妻鏡』によれば、一谷の合戦では「庄司五郎広方」として範頼の勢に属している。

九六　椎名六郎胤平

未詳。「千葉系図」「相馬系図」などに、桓武平氏、千葉介常重の男に常胤と胤光がおり、胤光に「椎名五郎」と注す。

九七　横山時兼

仁平三年（一一五三）生か。建暦三年（一二一三）五月没、六一歳か。時広の男。右馬允とされた。寿永元年（一一八二）八月頼家が誕生した際、護刀を献じている。建久元年（一一九〇）一一月七日の頼朝の上洛入京では先陣を務めた。建暦三年（一二一三）五月の和田義盛の乱で義盛と共に戦って討死した。

九八　片岡八郎為春

弘経か。生没年未詳。『義経記』巻四に、「常陸国鹿島行方」の出身とある。

『吾妻鏡』文治元年（一一八五）一一月三日条、西海に赴こうとした義経主従の中に「片岡八郎弘経」として加わっている。

九九　鎌田藤次光政

未詳。後文（巻四二「継信孝養」、二二四頁）で、鎌田藤太盛政と同じく、平治の乱に敗れた後、尾張国野間の内海で源義朝と共に舅の長田忠政に殺された鎌田政清（正清）の子というが、『吾妻鏡』建久五年（一一九四）一〇月二五条には、頼朝は故正清の功を賞して「雖レ被レ尋二遺孤一無二男子一」と記し、『山内首藤系図』でも正清の子としては「鎌倉大将家女房、花山院法印室」と注する女子を載せるのみである。

一〇〇　同十四日、伊勢・石清水・賀茂三社へ奉幣使ヲ被レ立

延慶本（巻一一―2）も単に「十四日」のこととして述べるので、盛衰記と延慶本は共に「正月十四日」のことと解していたか。

覚一本（巻一一「逆櫓」）は、

同十三日、伊勢大神宮・石清水・賀茂・春日へ官幣使をたてらる。

という。この前に「二月三日」の記事があるので、「同」は二月を受ける。

藤原（中山）忠親の『達幸故実抄』第三に、

陣右筆作法事。

文治元二十二。三社奉幣定。予移二端座一令レ敷レ軾。此間宰相中将泰通。着座。予召二右少弁一仰二日時事一。又召二外記一仰云。奉二幣伊勢石清水賀茂社一之例文硯持参レ。（下略）

とある。あるいはこの時のことをいうか。文治元年（一一八五）は元暦二年。

一〇一　藤原忠親

保延六年（一一四〇）一月六日叙従五位下、左中将・蔵人頭などを経て、長寛二年（一一六四）一月二一日任参議、仁安二年（一一六七）二月一一日任権中納言、治承四年（一一八〇）一月二〇日叙正二位、寿永二年（一一八三）一月二二日任権大納言、文治五年（一一八九）七月一〇日転大納言、建久二年（一一九一）三月二八日内大臣に任ぜられた。

同五年七月二六日上表、一二月一五日出家した。中山内大臣と号した。日記『山槐記』は仁平元年（一一五一）から建久五年に至る。『達幸故実抄』は忠親の八代の孫中山定親が『山槐記』から朝儀や故実の記事を抄出、編修したもの。

一〇二　同十五日ニ、源氏ハ西国へ発向ス

延慶本（巻一一―2）は「元暦二年正月」を受けて、

　十五日、範頼ハ神崎ヲ出テ、山陽道ヨリ長門国へ趣。海上ニ船ノ浮ベル事幾千万ト云事ナシ。大海ニ充満シタリ。

という。盛衰記・延慶本共に「正月十五日」のことと解されるような記述である。

長門本（巻一八）は、

　二月十五日、三河ノ守範頼、西河神崎を出て西国へ下向す、

という。

覚一本（巻一一「逆櫓」）は、

　同十六日、渡辺・神崎両所にて、この日ごろそろへける舟ども、ともづなすでにとかんとす。

という。「同」は「二月」を受ける。

一〇三　この頃の源平双方の動向

『吾妻鏡』元暦二年二月一六日条は次のように記す。

　十六日庚午。関東軍兵為レ追二討平氏一赴二讃岐国一。廷尉義経為二先陣一。今日酉剋解レ纜。大蔵卿泰経朝臣称レ可レ見二彼行粧一。自二昨日一到二廷尉旅館一。而卿諫云。泰経雖レ不レ知二兵法一。推量之所レ覃。為二大将軍一者。未三必競二一陣一歟。先可レ被レ遣二次将一哉者。廷尉云。殊有二存念一。於二一陣一欲レ弃レ命云々。則以進発。尤可レ謂二精兵一歟。平家者結二陣於両所一。前内府〔宗盛〕以二讃岐国屋嶋一為二城郭一。新中納言知盛相二具九国官兵一。固二門司関一。以二彦嶋一定レ營。相二待追討使一云々。

一〇四　聞トモ聞ジ

覚一本巻六「祇園女御」に、中宮御所である殿上人が禁忌の朗詠をしたのを立聞きした藤原邦綱が「あなあさまし、是は禁忌とこそ承はれ。かゝる事きくともきかじ」と言って、その場から逃れたという挿話が載る。

延慶本（巻一一―3）では、義経はこの後畠山重忠の意見を徴し、畠山が義経の意見を強く支持したので若い者達が目くばせして笑い、景時が赤面したと述べている。

一〇五　此意趣ヲ結テゾ、判官終ニ梶原ニハ弥讒セラレケル

逆櫓をめぐっての義経と梶原景時の論争で盛衰記に近い叙述をするのは延慶本（巻一一―3）である。長門本や覚一本には、義経が「若党ドモ景時取テ引落セ」といったので景時もいきり立ち、義経の家来と景時の子息達が色をなして対峙し、三浦義澄や畠山重忠らが必死に制止したという場面は描かれていない。ただし長門本（巻一八）は、

　此君を大将軍としては、軍は得せじとぞつぶやきける、それより判官を悪みはじめて終に讒し失ひてけり、

と以後の二人の関係に言及するが、覚一本（巻一一「逆櫓」）は、

　判官と梶原と、すでにどしいくさあるべしとざゞめきあへり。

というのにとどめている。なお、日下力『いくさ物語の世界中世軍記文学を読む』が、逆櫓論争を例に、義経の「悲劇を招く資質」について論じている。

一〇六　渋谷重助

生没年未詳。桓武平氏、重国の男。『吾妻鏡』元暦二年（一一八五）四月一五日条に載る頼朝の文書で、頼朝の推挙なくして馬允に任官したことを咎められ、同年五月九日条でも、頼朝は重助を以前は平家に、次いで木曾義仲に、さらに義経に従ったとして、その官職を停めるよう上申せよと範頼に指示している。

一〇七　金子家忠

生没年未詳。家範の男。本姓、桓武平氏。武蔵七党の村山党に属する。武蔵国入間郡金子郷（現、埼玉県入間市の西部）の武士。保元の乱・平治の乱で義朝の家人として戦った。頼朝挙兵の頃は、平家方として三浦義明の衣笠城を攻めた。元暦二年（一一八五）二月一九日、義経の下、屋島合戦で屋島の内裏を攻めた。文治三年（一一八七）三月一九日、法隆寺領の地頭として播磨国鵤庄を押領したことを頼朝に咎められている。建久年間の頼朝の二度にわたる上洛に従った。

一〇八　佐藤忠信

生年未詳。文治二年（一一八六）九月二〇日没。佐藤庄司基治の男。継信の弟。挙兵した頼朝の許に馳せ参ずる義経に、藤原秀衡が、この兄弟を付けたという。『吾妻鏡』によれば元暦二年（一一八五）屋島の合戦で戦い、平家滅亡後兵衛尉とされたが、頼朝に咎められた。頼朝と不和になった義経に従って西国に下ろうとしたが、その後京都に戻り、文治二年九月二二日密告によってありかを知った糟屋有季に襲われ、自殺したという。『玉葉』では同年九月二〇日条に、「伝聞」として、比企朝宗（→補注五四）に捕らえられようとして自殺したと記す。『義経記』巻六では北条義時に攻められて自害したと語る。

巻四十二

一　脇梶

「わいかぢ」の語は覚一本巻一一「逆櫓」に、義経の質問に対する梶原景時の逆櫓についての説明の言葉として、「舟はきッとをしもどすが大事に候。ともへに櫓をたてちがへ、わいかぢをいれて、どなたへもやすうをすやうにし候ばや」という例があり、脇梶（わきかぢ）の音便形で、「わきかぢ」は、『岩波古語辞典』では「船の両側面に取り付けた板。また、そこに掛ける櫓」と説明される。同書では盛衰記の本例は「わきかぢ」の用例とされている。『日本国語大辞典』では「わいかじ（脇梶・脇舵）」の項で、「①舵を損じたときに入れる代用の舵。また、横風の強いとき、横流れ防止のために舷側に入れる和船の補助の舵。②舷側に立てる櫓、つまり脇櫓の別称」と説明し、覚一本巻一一「逆櫓」の例は②の例とし、盛衰記の本例はやはり「わきかじ」の用例とする。『邦訳日葡辞書』の「Vaicagi」の説明は「舵を操るのを助ける、藺草で作った太綱」と訳されている。ただし、「太綱」の原文はCamudeで未詳の由を注記する。

二　湯ヲ取ラス

『日本国語大辞典』はこの意味での用例として、次の和歌二首を掲げる。

身の沈みけることを歎きて、勘解由判官にて　　源　順
……緑の衣　脱ぎ捨てむ　春はいつとも　白浪の　浪路にいたく
行き通ひ　ゆも取りあへず　なりにける　舟のわれをし　君知らば
あはれ今だに　沈めじと　海人の釣縄　うちはへて　引くとし聞
かば　物は思はじ（拾遺和歌集・巻九・雑下・長歌・五七一）

寄レ船恋
恋しさは泊りも知らで行く舟のゆにかく物は涙なりけり（源三位頼政集・下・恋・四五六）

三　河越重房

生年未詳。文治三年（一一八七）一〇月以前没か。桓武平氏、重頼の男。娘は義経室。『吾妻鏡』寿永三年（一一八四）一月二〇日に、木曾義仲を討った範頼・義経に率いられ、父重頼らと共に入京、仙洞を警護したという。同年（元暦元）九月一二日、頼朝の命によりかねて義経に嫁す約諾のあった重房女（一七歳）が上洛した。文治元年（一一八五）一〇月二三日、重房は義経の縁者であるとの理由で、既に予定されていた勝長寿院落慶供養の供奉人から除かれた。以後同書にはその名が見え

ない。盛衰記には巻三五「義経範頼京入」に河越父子の名が見え、巻四四「屋島内府八歳子亡」で宗盛の末子能宗（副将）を一時預ったこと、同「忠清入道被切」で忠清を斬ったことが語られ、巻四六「義経始終有様」に、伊勢義盛の自害に続いて、河越父子が誅されたと記す。『吾妻鏡』文治三年一〇月五日に、重頼が義経の縁に連なるために誅せられた後、その妻（比企尼）を哀れんで武蔵国河越庄を与えたとあるので、重房もそれ以前に誅されたか。なお、義経室となった重房女は、文治五年（一一八九）閏四月二〇日義経が平泉衣川の館で藤原泰衡に攻められて自害するに先立って、義経の手で殺された。

四　堀弥太郎

生没年、系譜未詳。景光か。『吾妻鏡』元暦二年（一一八五）六月二一日に、近江国野路で平清宗を梟したという。頼朝と不和になった義経と共に都落ちをしたが、その後別れて京に隠れ住んでいたのを知られ、文治二年（一一八六）九月二二日糟屋有季に捕らえられ、義経の潜伏場所や義経の使として藤原範季と会っていたことなどを白状したという。『玉葉』では九月二〇日条に「伝聞」として、景光の逮捕者を比企朝宗とする。なお、『平治物語』（古活字本）下「牛若奥州下りの事」では、「奥州の金商人吉次といふ者」が登場し、また「堀弥太郎と申《まうす》は金商人也」ともいう。

五　熊井忠元

生没年、系譜未詳。源義経の郎等。『吾妻鏡』には見えない。盛衰記ではすでに巻三五「義経範頼京入」、巻三六「源氏勢汰」などに登場していた。巻四三「平家亡虜」で壇浦の海戦での働きが語られ、巻四四「戒賢論師悪病」で江田源三と共に宗盛の子への愛情に涙したと述べ、巻四六「土佐房上雒」で文治元年（一一八五）一〇月一七日の堀川夜討の際に「膝節イサセテ死生不定也」という。『義経記』巻七「判官北国落の事」では義経主従の一人として山伏に変装したという。

六　江田弘基

生没年、系譜未詳。源義経の郎等。『吾妻鏡』には見えない。盛衰記では巻三五・巻三六・巻四四・巻四六などで熊井太郎と並んで登場する。

七　源弘綱

生没年、系譜未詳。『吾妻鏡』元暦二年（一一八五）四月四日条に、義経の使が平家を悉く討滅したと都に報じたことに続けて、「京又以二源兵衛尉弘綱一。註二傷死生虜之交名一。奉二仙洞一云々」という。あるいはこの人物か。盛衰記巻四六「土佐房上雒」では、源八兵衛尉広綱が堀川夜討で昌俊側の兵に射られて死んだとする。

八　義経勢の桜波介良遠攻撃

『吾妻鏡』元暦二年二月一八日条は「阿波国椿浦」に着いた（→一九七頁注二六）後の義経勢の行動を次のように記す。

則率二百五十余騎一上陸。召二当国住人近藤七親家一為二仕承一。発二向屋嶋一。於二路次桂浦一。攻二桜庭介良遠一散位成良弟。之処。良遠辞レ城逐電云々。

九　勝浦ト申

義経が「此所ヲバ何ト云ゾ」と問うたのに対して、こう答えたのは浦人である。延慶本（巻一一―4）でも「浦ノ長、次郎大夫ト云者」が答えたという。しかし、長門本や覚一本では、その直前に義経に服属した近藤親家が答えたように読める。長門本（巻一八）で「昔崇道尽敬天皇異賊を平らげ給ひしに、軍かち給しよりして、勝浦と申伝へたり」と言ったのも、浦人よりは親家にふさわしいか。盛衰記で義経が語る天武天皇の話は延慶本・長門本・覚一本には見えない。

一〇　近藤親家

生没年、系譜未詳。『吾妻鏡』元暦二年（一一八五）二月一八日条に登場する（→補注八）。菱沼一憲『源義経の合戦と戦略―その伝説と実像』によれば、藤原師光（西光）の男という伝えも存するという。本姓藤原氏で、右兵衛少尉に至った。阿波国富田庄の前身である国衙領の津田島の地頭で、鎌倉幕府の御家人となったという。

一一　屋島

讃岐国。現、香川県高松市屋島。瀬戸内海に突出した溶岩台地で、近世の埋立てにより半島状の陸繋島となる以前は島だった。二九二メートルの南嶺、二八二メートルの北嶺の二つの峰があり、南北約五キロ、東西約二キロ。『日本書紀』巻二七天智天皇紀、天智六年（六六七）一一月条に「是月、築二倭国高安城、讃吉国山田郡屋嶋城、対馬国金田城一」という古代の「屋嶋城」の城跡は北嶺にある。南嶺は屋島のほぼ中央で、山上に南面山屋島寺（千光院とも。空海の建立といわれ、西国八十八カ所第八四番札所）がある。平氏が築いた屋島内裏は屋島東麓の南部、牟礼及び高松（古高松《ふる》）に面した側に位置していたと見られる。屋島は国の史跡、天然記念物に指定されている。最寄駅は高松琴平電鉄志度線の琴電屋島駅。

一二　伝内左衛門尉成直

生没年未詳。阿波民部大輔成良（田口重能、二三頁注二五）の嫡男。盛衰記巻四三「成直降人」で、伊勢三郎義盛に謀られて降参し、父成良に書状を送り、それによって成良も義経に内通し、平家を裏切ったと語られる。

一三　河野通信

保元元年（一一五六）―貞応二年（一二二三）。六八歳。通清の男。『吾妻鏡』によれば、治承五年（一一八一）閏二月一二日、平家に叛いて伊予国を押領したが、その後民部大輔成良に攻められて屈伏した。元暦二年（一一八五）二月二一日、兵船三〇艘で義経を援けた。平家滅亡後は奥州合戦にも参加した。元久二年（一二〇五）閏七月二九日、将軍実朝は通信の勲功を賞し、伊予国の御家人三二名を彼に属せしめた。承久の乱では後鳥羽院側の武士として「一方張本」であったとして、承久三年（一二二一）六月二八日、北条泰時は通信の討罰を命じ、乱後陸奥国平泉に流されて、同地で没した。一遍智真はその孫。

一四　金泉寺《こんせんじ》

寺伝によれば、奈良時代に阿波国板野郡の郡衙の定額寺として創建され、金光明寺と呼ばれていたという。「大寺」という地名も当寺に由来するとされる。境内から天平期や奈良時代の瓦が出土していることから、定額寺であったとする寺伝はある程度裏付けられる。空海が開基、亀山天皇が経庫を建立したとも伝える。山号の「亀光山」は亀山天皇に由来するという。「金泉寺」の寺号は空海が掘ったと伝える境内の「黄金井の泉」にもとづき、この水を飲むと長寿になるという。天正一〇年（一五八二）長宗我部氏によって焼かれ、天和二年（一六八二）再建された。御詠歌は「極楽の宝の池を思へただこがねの泉澄み湛へたり」。最寄駅はJR高徳線板野駅。

一五　立文持テ足バヤニ行下種男アリ

義経が「京家ノ者」という、この文使いの男をどのように利用して屋島の情報を聞き出したかを語るこの部分は、盛衰記が最も詳しい。長門本巻一八は、

判官ちかくうちよせて問はれけるは、屋島の城はいかなる所ぞと、無下に浅間に候ぞ、敵がしらでこそ申候へ、汐のみちたる時こそ島になり候て、船なくて通ふべくも候はね、汐干候ぬれば、西にそひて馬の太腹もつからず候ぞ、かれに添ひて落さんには何も候まじとぞ申ける、

という程度である。延慶本や覚一本では屋島の城の有様を聞き出すことはない。長門本では、男は文の内容を語っていない。

義経が男から文を奪い取った後の行動も、長門本では盛衰記や延慶本のように文を捨てず、次のようになっている。覚一本巻一一もほぼ同じ。

城近くなりければ、その男捕へて縛り付《つけ》よとて、道の辻の率都婆に

縛付て、持たるたてぶみとりて見給へば、此ほど源九郎義経が大将にて渡り候也、さるすゝどき男にて、此大風吹候とも定めて寄せんずらんと覚候、勢を召して用心候へとぞ書かれたる、判官悦で、是こそ義経に天の与給つる文なれ、鎌倉殿に見せ奉らんとて、おし巻て鎧の胸板にさしはさみてうち給ふ、

一六　藤原基実

久安六年（一一五〇）一二月三〇日叙正五位下。左少将を経て、仁平二年（一一五二）三月八日叙従三位、時に一〇歳。久寿三年（一一五六）一月二七日任権中納言、同年九月一三日任権大納言。同二年一月二四日叙正二位、同年八月一九日任右大臣。同三年八月一一日父忠通の跡を襲って関白とされた。時に一六歳である。永暦元年（一一六〇）八月一一日関白右大臣から関白左大臣に転じた。長寛二年（一一六四）閏一〇月七日左大臣を辞し、弟兼実を内大臣に申任した。翌永万元年（一一六五）六月二五日関白を改めて摂政とされた。同二年七月二六日痢病により薨じ、八月一二日薨奏があって、太政大臣正一位を贈られた。六条摂政といわれる。近衛家の祖。

一七　平盛子

保元元年（一一五六）―治承三年（一一七九）六月一七日、二四歳。桓武平氏、清盛の三女。母は平時子か。長寛二年（一一六四）、九歳で関白藤原基実の室となる。仁安二年（一一六七）一一月一八日従三位に叙され、准三宮。白河殿と称された。『愚管抄』巻五に盛子と摂関家領、摂関家の財宝との関係、没した時のことなどにつき記す。

一八　武例・高松

牟礼は古代の讃岐国三木郡武例（和名抄・巻九）で、もと香川県木田《きた》郡牟礼町。以前は高松の東、大川郡志度《しど》町（現、さぬき市志度）の西、同郡庵治《あじ》町（現、高松市）の南、同郡三木町の北に位置する。志度湾西部に面している。平安末期から鎌倉時代にかけて、石清水八幡宮の宮寺領であった牟礼庄の地に比定される。石清水祭神のうち比咩大神（玉依姫）の節会や端午の節会に用いる御供米を納めていたという。

高松は、ここではかつて古高松《ふるたかまつ》村と呼ばれていた地域をさす。古代の山田郡高松郷（和名抄・巻九）の地とされる。高松平野の東端に当たる。天正一六年（一五八八）生駒親正が香川郡笑原《のはら》の海辺に築城し、その地を高松と称したので、もとの高松郷を古高松と改めたという。ＪＲ高徳線に屋島駅、高松琴平電鉄志度線に古高松駅がある。

一九　塩花

『邦訳日葡辞書』に「Xiuobana. シヲバナ（潮花）満ちて来る時の潮とか、流れる水とかの猛烈な力とほとばしり。例　Xiuobanaga quru.（潮花が来る）満ち潮が突進して来る」とある。

二〇　『吾妻鏡』元暦二年二月一九日条に、大坂越えをして屋島に着いた義経勢が牟礼・高松の民家を焼いたことを述べた（↓二〇六頁注一一）後、

依之。先帝令レ出二内裏一御。前内府又相二率一族等一浮二海上一。廷尉著赤地錦直垂。紅下濃鎧。駕二黒馬一。相二具田代冠者信綱。金子十郎家忠。同余一近則。伊勢三郎能盛等一。馳二向汀一。平家又棹レ船互発二矢石一。此間。佐藤三郎兵衛尉継信。同四郎兵衛尉忠信。後藤兵衛尉実基。同養子新兵衛尉基清等。焼二失内裏并内府休幕以下舎屋一。黒煙聳レ天。白日蔽レ光。

と記し、さらに三月八日条にも次のように記す。

八日辛卯。源廷尉義経飛脚自二西国一参着。申云。去月十七日。僅率二百五十騎一。凌二暴風一。自二渡部一解纜。翌日卯剋。着二于阿波国一。則遂二合戦一。平家従兵或被レ誅。或逃亡。仍十九日。廷尉被レ向二屋嶋一訖。此使不レ待二其左右一馳参。而於二幡磨国一顧レ後之処。屋嶋方黒煙聳レ天。合戦已畢。内裏以下焼亡無二其疑一云々。

二一　前内大臣宗盛……イツマデト無慙ナレ

延慶本（巻一一—8）には次のようにある。

去年ノ春一谷ニテ打漏サレシ人々、平中納言教盛、新中納言知盛、修理大夫経盛、新三位中将資盛、讃岐中将時実、小松新小将有盛、同侍従忠房、能登守教経、此人々ハ皆船ニ乗給フ。大臣殿父子ハ一ツ御船ニ乗給ヘリ。右衛門督モ鎧キテ打立タムトセラレケルヲ、大臣殿大ニセイシ給テ、手ヲ取テ、例ノ女房達ノ中ニオワシケルゾ憑シゲナク、大将軍ガラモシタマワザル。残ノ人々モ是ヲ見給テ、ナギサ〳〵ニヨセヲイタル儲舟共ニ、我先ニト諍乗テ、或ハ七八丁計、或一丁計息《おき》ヘ指出シテゾオワシケル。

長門本にはここに相当する叙述はない。

二二　武蔵三郎左衛門有国、城ノ木戸ノ櫓ニテ

ここから「詞戦《ことばだたかひ》」が始まる。長門本・覚一本で詞戦をしかける平氏の武将は有国ではなく、越中次郎盛嗣で、長門本では「舟の屋形の上にのぼりて」、覚一本では「船のおもてに立いで」て、声をかけている。延慶本でもしかけているのは盛嗣であるが、詞戦そのものは翌日の合戦でのこととされる。

二三　常葉

『平治物語』で、義朝が殺された永暦元年（一一六〇）に「廿三なりき」と語るのによれば、保延四年（一一三八）の誕生。同（学習院本）下「常葉六波羅に参る事」で、「大宮左大臣伊通公の、中宮御所へ、見目よからん女をまいらせんとて、よしときこゆる程の女を、九重より千人召れて百人えらび、百人より十人えらび、十人がうちの一にて、此常葉をまいらせられたりしかば、わろかるべきやうなし」と、その美貌をたたえている。平治の乱後、義朝との間にもうけた今若・乙若・牛若の三人の男子の助命を嘆願するため六波羅に出頭し、助命に成功した後、平清盛に愛されて女子（廊の御方）をもうけ、後に一条（藤原）長成の妻となり、侍従能成を産んだという。義経が頼朝に追われるようになった文治二年（一一八六）六月六日、「於㆓一条河崎観音堂辺㆒。尋㆓出与州（義経のこと）母并妹等㆒生虜。可㆑召㆓進関東㆒歟由云々」との記事が、『吾妻鏡』同年六月一三日条に載るが、それ以後のことは明らかでない。

二四　金子親範（近則）

生没年未詳。家範男。家忠の弟。『吾妻鏡』では「余一近則」と記し、屋島の合戦で義経の下、兄と共に戦ったことを記すのみ。

二五　土屋義清

生年未詳。建暦三年（一二一三）五月没。岡崎義実の男。母は中村宗平女。兵衛尉・大学助となる。頼朝が挙兵した時から源氏方であった。志田義広攻撃にも加わっている。奥州合戦に従軍し、頼朝の二度の上洛にも従った。和田合戦で和田義盛に加担して討死した。

二六　後藤実基

生没年未詳。藤原氏北家時長流、実遠の男。『吾妻鏡』では屋島の合戦で義経の下、戦ったことを記す他、没官京地目録にその名が見えるのみ。保元・平治の乱以来の源義朝配下の「ふるつはもの」。

二七　後藤基清

久寿二年（一一五五）—承久三年（一二二一）七月二日、六七歳。実基の養子。実父は藤原（佐藤）仲清（西行の兄弟）。従五位上左衛門少尉となる。元暦元年（一一八四）六月一日、頼朝が催した平頼盛の餞別の宴に「馴㆓京都㆒之輩」の一人として列なった。同二年四月一五日頼朝の推挙なくして兵衛尉に任官したことを咎められた。同年（文治元）一二月一七日四人の平忠房を預かった。奥州合戦、頼朝の二度の上洛に従っている。都では藤原（一条）能保家の郎等とされていたらしいが、能保やその男高能の没後、建久一〇年（一一九九）二月一四日に、世を乱すとの理由で、他二人の武士と共に捕らえられ、基清は讃岐国守護職を罷免された。しかし正治二年（一二〇〇）二月二六日には頼家の鶴岡社参に随行しているので、比較的早く許されたらしい。この捕縛事件の

ことは『愚管抄』巻六や『明月記』建久一〇年三月四日・二二日条に見える。『愚管抄』によれば、梶原景季の讒言により源通親が後鳥羽院に奏上して、処分が行われたらしい。元久二年（一二〇五）閏七月二六日、源朝雅を攻めた。承久の乱では後鳥羽院方として戦った咎により、承久三年（一二二一）七月二日、男基綱に斬られた。慈光寺本『承久記』に「後藤左衛門ニ仰付《おほせつけ》テ、桂里ヨリ後藤判官召出シテ、親ノ頸切《きる》コソアサマシケレ」という。

二八　小河資能

祐義か。生没年未詳。武蔵西党の小川氏か。『吾妻鏡』寿永三年（一一八四）二月五日条によれば、一谷の合戦で義経勢に属している。文治元年（一一八五）一〇月二四日勝長寿院落慶供養の随兵、建久二年（一一九一）二月四日頼朝の二所詣の随兵を務めた。

二九　諸身能行

未詳。『新定源平盛衰記』は「諸岡兵衛能行」とする。『吾妻鏡』では寿永元年（一一八二）八月一二日条に、頼家誕生の際に鳴弦役を務めた師岳兵衛尉重経、元暦二年（一一八五）四月一五日条に、功なくして任官した御家人を咎めた頼朝の下文の中に兵衛尉重経、文治五年（一一八九）七月一九日条に、奥州攻めに発向した頼朝に従った将兵の中に師岡兵衛尉重経がいる。師岡重経は盛衰記巻三五「義経範頼京入」、巻三六「源氏勢汰」にも、義経に従う将兵の一人としてその名が記されている坂東平氏、秩父氏の一族。『中世の文学　源平盛衰記』(六)・三三八頁（巻三五補注三）にその系図が掲げられている。あるいはこの師岡重経と関連するか。

三〇　矢野家村

生没年、系譜等未詳。『吾妻鏡』では元暦二年（一一八五）四月一一日条の、義経合戦注進のうち「生虜人々」の将兵の最後に「右馬允家村」とあり、同年五月一六日条の宗盛・清宗父子が鎌倉に護送されてきた記事で、この父子に騎馬で従った家来達の最後に「家村」の名がある。盛衰記巻四三「平家亡虜」でも、義経の注進状に「矢野右馬允家村、同舎弟高村」と、この兄弟の名が見える。

三一　源氏ノ兵多コノ人ニゾ討レケル

延慶本・長門本・覚一本ともに、佐藤継信は屋島の戦の最初の日に教経に討たれたと語る。延慶本（巻一一―8）で戦の流れを見ると、義経が名乗りをあげて惣門の前の渚に進んできたので、船の中の宗盛が「能登殿、上リテ軍シ給ヘ」と命じ、教経が「承候ヌ」と答えて「船ノ舳ニカヒダテカキテ」押し寄せ、義経の勢と戦になる。義経が「矢面ニ立テ我一人ト責戦ケレバ……大将軍ヲ打セジトテ、判官ノ面ニ立戦」った継信・忠信・後藤実基・同基清らのうち、継信が教経に射られたのである。

長門本や覚一本では、義経の名乗りの後に詞戦があり、その後の合戦で継信が射られる。

三二　勝浦ニテ軍シケル輩

延慶本（巻一一―8）に、嗣信（継信）の死とその供養を述べた後、

サルホドニ勝浦ニテ戦ツル源氏ノ軍兵共、ヲクレバセニ馳テ追付タリ。

として、足利蔵人義兼ら二四人の名を列挙し、さらに

土佐房昌俊等ヲ始トシテ四十余人ニテ馳加ル。

という。その顔ぶれは同本で神崎を発って長門国へ向かった範頼に従った将兵と多く重なっている。

長門本にはこの部分に相当する記述はない。

三三　藤原則明

生没年未詳。北家時長流、則経男。「頼義朝臣郎等七騎内也　猛将後藤太　内舎人　号後藤内」（尊卑分脈）。

三四　扇の的

延慶本（巻一一―8、9）は、

判官此物共（遅ればせに追い付いた「勝浦ニテ戦ツル源氏ノ軍兵共」四十余人と藤次範忠ら七騎）ヲ先トシテ、平家ノ軍兵ニ指向テ、数剋戦ハセケルホドニ、平家ノ軍兵引退テ、シバシタメラヒケルトコロニ、平家ノ方ヨリ船一艘進ミ来ル。

という。

長門本巻一八は、佐藤嗣信が教経に討たれた戦いについて、「其日判官軍に負て引退けり」と述べ、義経勢が「当国ノ内牟礼高松の境なる野山」で野宿した「あくる廿一日」のこととして、

去程に日もくれほどになりて、尋常にかざりたる船一艘、渚に向ひて船を平付に直す、

という。

覚一本巻一一ではやはり嗣信の討死の後、平家にそむいた阿波・讃岐の兵士が加わって、義経勢が「程なく三百余騎になりにける」と述べ、

「けふは日くれぬ、勝負を決すべからず」とて引退く処に、おきの方より尋常にかざッたる小舟一艘、みぎはへむいてこぎよせけり。

と語る。

三五　玉虫前

長門本巻一八では与一が扇の的を射、さらに五十余りの武者を射たことを語った後に、次のようにいう。

彼扇たてたる女房は、もとは建春門院の雑仕に参て、玉虫と召されけるが、当時は平大納言時忠ノ卿の中愛の前とぞ申ける、天下に聞えける美女なり、是をもて扇をたてたらば、九郎判官さるなさけある男なれば、近く打寄せて興に入んずらんとはかりて、船の艫屋形に簾をかけて、その中に能登守教経、上総悪七兵衛景清以下惣じて十余人、究竟の手だりの精兵をとゝのへて、近付よりたらば、一矢にい落さんと巧みて、さらぬ様にもてなして、渚近くさし寄せたれば、判官先に心えて、はるかに引退てぞ見られける、蘇武が胡国に囚られし事も、一百の城をかまへたりけるに、九十九の城おとして、今一の城を攻落さんとしけるに、美女を出て扇をたて、射させけるに、心ゆるしをやしたりけん、生ながらとられて、十九年の春秋をぞ送りける事どもぞんぢし、平家のはかりごと賢かりけれども、源氏それに落ざりけるこそいみじけれ、

三六　佐伯景弘

生没年未詳。佐伯直の末裔。安芸国の厳島神社（現、広島県廿日市市宮島町）の創祀者佐伯鞍職の子孫という。同社の神主。平家との関係で昇進し、従四位下安芸守となり、一時は平姓を名乗った。壇浦の合戦で討死していない。『吾妻鏡』文治三年（一一八七）六月三日条に、平家滅亡の際海中に沈んだ宝剣（三種の神器の剣）を海人に探させるよう、「厳島神主安芸介景弘」が命じられている。

三七　与一冠者

延慶本・長門本・覚一本はすべて、後藤実基が直ちに那須与一を扇の的の射手に推薦したとする。義経が畠山重忠に打診し、重忠が辞退して代りに那須十郎を推薦し、召し出された十郎が弟与一を推すという盛衰記のような複雑な経緯は語られない。覚一本では与一は一旦固辞して義経の怒りを買い、「はづれんはしり候はず、御定で候へばつかまッてこそみ候はめ」と言って、馬を海へ乗り入れる。

三八　平家員

延慶本・長門本・覚一本とも、「年五十余リナル武者」（延慶本）、「武者の五十余ばかりなる」（長門本）、「とし五十ばかりなる男」（覚一本）などというのみで、名を記さない。

三九　丹生谷十郎

生没年、系譜未詳。覚一本・長門本は「みをのや十郎」。みをのやも伝未詳。三穂屋・三保屋・美尾野・三尾谷・水保屋・水尾谷などとも。『吾妻鏡』によれば、水尾谷十郎は文治元年（一一八五）一〇月一七日、

土佐房昌俊と共に京の義経の六条室町亭を襲った（堀川夜討）。同五年の奥州合戦、建久元年（一一九〇）の頼朝の上洛にも従っている。正治二年（一二〇〇）一二月二七日、朝廷に背いた近江国の住人柏原弥三郎を攻めて敗走させた。なお、頼朝は文治二年六月二日没した平頼盛の弔問の使節として、水尾谷藤七を上洛させているが、この人物も一族か。

四〇　松浦太郎

生没年未詳。松浦党の武士。延慶本・長門本・覚一本とも「重俊」とするが、盛衰記は「松浦太郎高俊」という。巻五「成親以下被召捕」、巻六「西光父子亡」で、安元二年（一一七七）六月の鹿谷事件の中心人物西光を拷問、斬刑した。

四一　脇ニ挟タル弓ヲ海ニゾ落シケル

延慶本・長門本・覚一本ともに、平家方の誰が義経に熊手を掛けたかを明記しない。

四二　河越宗頼

未詳。あるいは巻三五「義経範頼京入」、巻三六「源氏勢汰」に見える河越大郎重頼の弟か。

四三　片岡経俊

未詳。あるいは巻三五「義経範頼京入」、巻三六「源氏勢汰」に見える片岡大郎経治（春）・弟八郎為春の兄弟と関わりがあるか。

四四　河村能高

未詳。あるいは河村秀高、その男義秀の一族と関わりがあるか。『秀郷流系図　河村』の秀高（波多野遠義二男）の男義秀に「河村三郎本名義高」と注する。ただし義秀は石橋山の戦で頼朝に敵対したことを咎められて大庭景能に身柄を預けられ、斬られる筈であったのを景能にかくまわれ、頼朝に召し出されたのは建久元年（一一九〇）八月一六日のことなので、屋島の戦に加わっていたとは考えられない。なお、河村氏は相模国河村郷を本領としていた。

四五　鎌田政清

生年未詳。保安四年（一一二三）生か。平治二年（一一六〇）一月四日没。藤原氏北家藤成流、鎌田権守通清の二男。源義朝の乳母子。正清とも。左兵衛尉となった。保元の乱・平治の乱では義朝の下で奮戦し、平治二年一月敗れて義朝と共に遁れた尾張国野間内海において、舅の長田忠宗に主君と共に謀殺された。頼朝は父義朝と共にしばしば正清を厚く弔っている（吾妻鏡・治承四年八月一八日、文治元日八月三〇日、同年九月三日、建久五年一〇月二五日の各条参照）。

四六　藤原秀衡

学習院蔵旧九条家本『平治物語』に、鞍馬を出て身を寄せた義経を庇護し、彼が平家に対して挙兵した頼朝の許に参ずる時、直垂・太刀と十二疋の中から選んだ「烏黒なる馬の八寸ばかりなる」を贈ったとある。『玉葉』は嘉応二年（一一七〇）五月二七日条に「奥州夷狄秀平任二鎮守府将軍一、乱世之基也」、養和元年（一一八一）八月一五日条に「陸奥守藤原秀平……天下之恥、何事如レ之哉、可レ悲々々」と記すほか、秀衡が平清盛の命により、頼朝を伐つとの請文を進めた（治承四年一二月四日条）とか、頼朝が秀衡の娘を娶るとの相互の約諾があったが、未だ実行されていない（治承五年四月二一日条）など、噂をも書き留め、秀衡が東大寺の大仏の復興に鍍金用の黄金を寄進したことや頼朝が後白河法皇に献じた進物が実は秀衡からの進物であることなども記している。文治四年（一一九三）一月九日条には、

或人云、去年九十月之比、義顕（義経のこと）在二奥州一、秀衡隠而置レ之、即十月廿九日秀衡死去之刻、為二兄弟和融一、（兄他腹之嫡男也、弟当腹太郎云々）以二他腹嫡男一令レ娶二当時之妻一云々、各不レ可レ有二異心一之由、令レ書二祭文一了、又義顕同令レ書二祭文一、以二義顕一為二主君一、両人可レ給二仕之由有二遺言一、仍三人一味、廻下可レ襲二頼朝一之籌策上云々。

という。『吾妻鏡』にも秀衡についての記載は少なくない。養和元年

（一一八一）八月一三日条には頼朝を追討せよとの宣下があったが、同二年四月五日条には、頼朝が江ノ島に弁才天を勧請して文覚に秀衡調伏を祈願させたという。その他、秀衡から都への貢馬・貢金を頼朝が取次いだこと、義経が頼朝と不和になった後、また秀衡の許に赴いたこと、朝廷からの下文に対し、秀衡が義経を援けて反逆する意図はないと弁明したこと（文治三年九月四日条）などである。文治三年（一一八七）一〇月二九日条には、

今日。秀衡入道於㆓陸奥国平泉館㆒卒去。日来重病依㆑少㆑恃。其時以前。伊予守義顕為㆓大将軍㆒可㆑令㆓国務㆒之由。令㆑遺㆓言男泰衡以下㆒云々。

とある。盛衰記ではこれ以前、巻二六「通信合戦」に、頼朝・義仲等を討てとの宣旨が城資永と秀衡に下されたこと、巻二七「頼朝追討庁宣」に、頼朝追討の院庁の下文が遣されたことを述べ、後者では院庁下文の全文を引き、秀衡の出自をも記している。

四七　兵士達の感動

長門本巻一八は続いて次のような故事を記す。

昔唐の太宗の高麗国を討んとて、自ら戦場に臨幸し給て、大軍柳城に宿るに及んで、前後の戦に死たる亡卒の遺骸を集て、哭し悲しみ給て大牢の備を儲、自ら是を祭給へり、死兵の爺嬢是を聞て、男子の喪せるをば天子啼哭給て、自ら是を祭り給へる上は、死ても怨こゝろなしとて、帝徳をぞ感ける、諸の勇士も是を見、いよ〳〵忠義を竭けんと思ひ知りてあはれ也、

『吾妻鏡』元暦二年二月一九日条は、屋島の合戦について補注二〇所引のごとく記述したのに続けて、佐藤継信の討死について、次のように記す。

于㆑時越中二郎兵衛尉盛継。上総五郎兵衛尉忠光（平氏家人）等。下㆑自㆑船而陣㆓宮門前㆒。合戦之間。廷尉家人継信被㆓射取㆒畢。廷尉太悲歎。屈㆓一口衲衣㆒葬㆓千株松本㆒。以㆓秘蔵名馬㆒（号㆓大夫黒㆒。元院御厩御馬也。行幸供奉時。自㆓仙洞㆒給㆑之。毎㆑向㆓戦場㆒駕㆑之。）賜㆓件僧㆒。是撫㆓戦士㆒之計也。莫㆑不㆓美談㆒云々。

四八　源氏・平家双方の陣

延慶本・覚一本は弓流しの話の後にこのくだりがある。長門本巻一八は嗣信の他にも数名の源氏の平氏を討ち取った教経の活躍を述べ、「それを始として平家の侍ども、揉にもうで戦ひける、其日判官軍に負て引退けり」と記した後、このくだりが続く。伊勢三郎義盛だけは平家の夜討ちを警戒して寝なかったというのは延慶本も同じである。長門本巻一八では「判官と片岡太郎経春と伊勢三郎義盛ばかりぞ、平家定めて今夜夜討にせんとはかるらん、（中略）高き所にて遠見しつ、窪所には木猪（楯）を構へて、敵来らば射おとさんと窺ひけり」という。覚一本では義経と伊勢三郎の二人が寝ずに、同様の警戒をしていたと語る。平家方の夜討ちの計画については、延慶本・長門本・覚一本とも盛衰記と同じく、越中次郎盛嗣と江見（恵美・海老）守方（時直）との先陣争いのために機を逸したとする。長門本巻一八では「既にどしいさかひせんといとなむ程に、其夜の夜討はせざりけり」という。覚一本巻一一は「夜討にだにもしたらば、源氏なにかあらまし。よせざりけるこそせめての運のきはめなれ」と論評する。

四九　判官急起直リ

延慶本（巻一一—9）は、

寅剋許《ばかり》ニ判官宣ケルハ、「シバシト思ツルニ、軍《いくさ》ニハヨクツカレニケル物哉。イザ殿原、ヨセム」トテ、六十余騎甲《かぶと》ノ緒シメテ、平家ノ陣へ押寄テ時ヲ作ル。平家モ周章《あわて》タリケレドモ、音《こゑ》ヲ合テケリ。

と述べて、次に越中次郎盛嗣と伊勢三郎の詞戦、源平両軍の激突、教経の活躍を語り、

サレバ時ヲ移シケル程ニ、源氏ノ軍兵多《おほく》打レニケリ。サル程ニ夜

モ明ニケリ。

という。

長門本巻一八は、

あくる廿一日の未《いまだ》明けざるに、判官又屋島の城にぞよせ給ふ、平家は昨日より船に乗居て、或は二三町四五町に押うかびて、互にときを作りて寄合、時うつる迄射合けり、

と述べ、次いで扇の的、義経の弓流しを語り、熊野別当湛増の源氏方への寝返り、平家の志度への退去、田内左衛門の降服などを語る。

覚一本巻一一は志度に退いた平家を義経が追撃した志度合戦を語り、「平家……又舟にとりのッて、塩にひかれ、風にしたがッて、いづくをさすともなくおちゆきぬ」という。

吾〇　常陸房海尊

生没年、系譜未詳。延慶本第六末（巻一二—4）「源氏六人ニ勧賞被行事」に、平家の滅亡後、京都を守護していた義経の許から、頼朝が鎌倉から遣した武士達は逃げていったが、「武蔵房弁慶、片岡八郎為春、枝源三、熊井太郎、常陸房快賢ナムドゾ、未《いまだ》判官ニハ奉㆑付タリケル」という。『義経記』巻三に「園城寺法師の、尋ねて参りたる常陸房」、巻四に琵琶湖で小舟を操っていた「究竟の檝取」とある。義経が奥州平泉に落ちていった時も供したが、巻八に義経が藤原泰衡に攻められて自害した衣川合戦の直前、近くの山寺へ行って「そのまま帰らずして失せにけり」という。

五一　後発軍の到着

『吾妻鏡』元暦二年二月二二日条は後発軍について次のように記す。

廿二日丙子。梶原平三景時以下東士。以㆓百四十余艘㆒。着㆓屋嶋礒㆒云々。

平家諸本のうち長門本巻一八は、扇の的から田内左衛門の降服などを記した後に、次のごとく述べる。

廿二日、渡辺神崎両所にありつる源氏の兵船、五百余艘になりて、かぢはらを先として、むらめいてこそこぎきたれ、判官のともなりける兵ども是を見て、六日の菖蒲会はて丶の花いさかひ、いさかひはて丶、のちぎり木かなとぞ笑ひける、

覚一本巻一一は、志度合戦で平家が「いづくをさすともなく」落ちていったこと、田内左衛門が降服したことを語った後に、次のごとく述べる。

同廿二日の辰剋ばかり、渡辺にのこりとゞまッたりける二百余艘の船ども、梶原をさきとして、八嶋の磯にぞつきにける。「西国はみな九郎大夫判官にせめおとされぬ。今はなんのようにか逢べき。会にあはぬ花、六日の菖蒲、いさかいはてのちぎりきかな」とぞわらひける。

延慶本（巻一一—11）は、補注四九で引いた「サレバ……サル程ニ夜モ明ニケリ」という文章に続いて、次のごとく簡潔に記す。

夜明ニケレバ風止ヌ。風止ケレバ、浦々嶋々ニ吹付ラレタル源氏共、船漕来テ判官ニ付ケリ。

なお、平家物語諸本間のゆれ方を通して、屋島合戦記事がどのように構成されてきたかを考察した論考として、松尾葦江「屋島合戦記事の形成」（千明守編『平家物語の多角的研究屋代本を拠点として』、二〇一一年一一月刊、ひつじ書房）などがある。

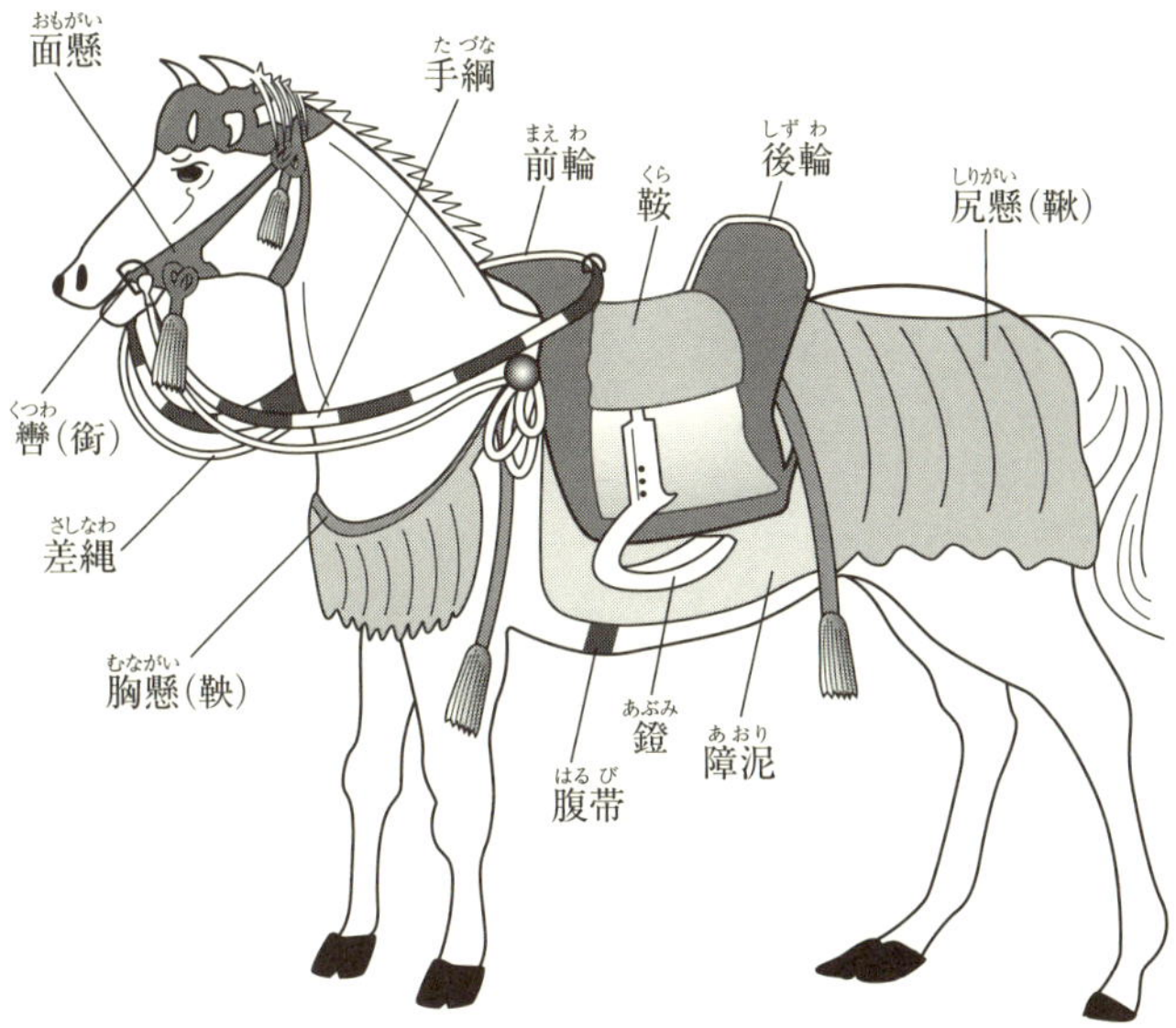
面懸《おもがい》
手綱《たづな》
前輪《まえわ》
後輪《しずわ》
鞍《くら》
尻懸《しりがい》(鞦)
轡《くつわ》(銜)
差縄《さしなわ》
胸懸《むながい》(鞅)
鐙《あぶみ》
障泥《あおり》
腹帯《はるび》

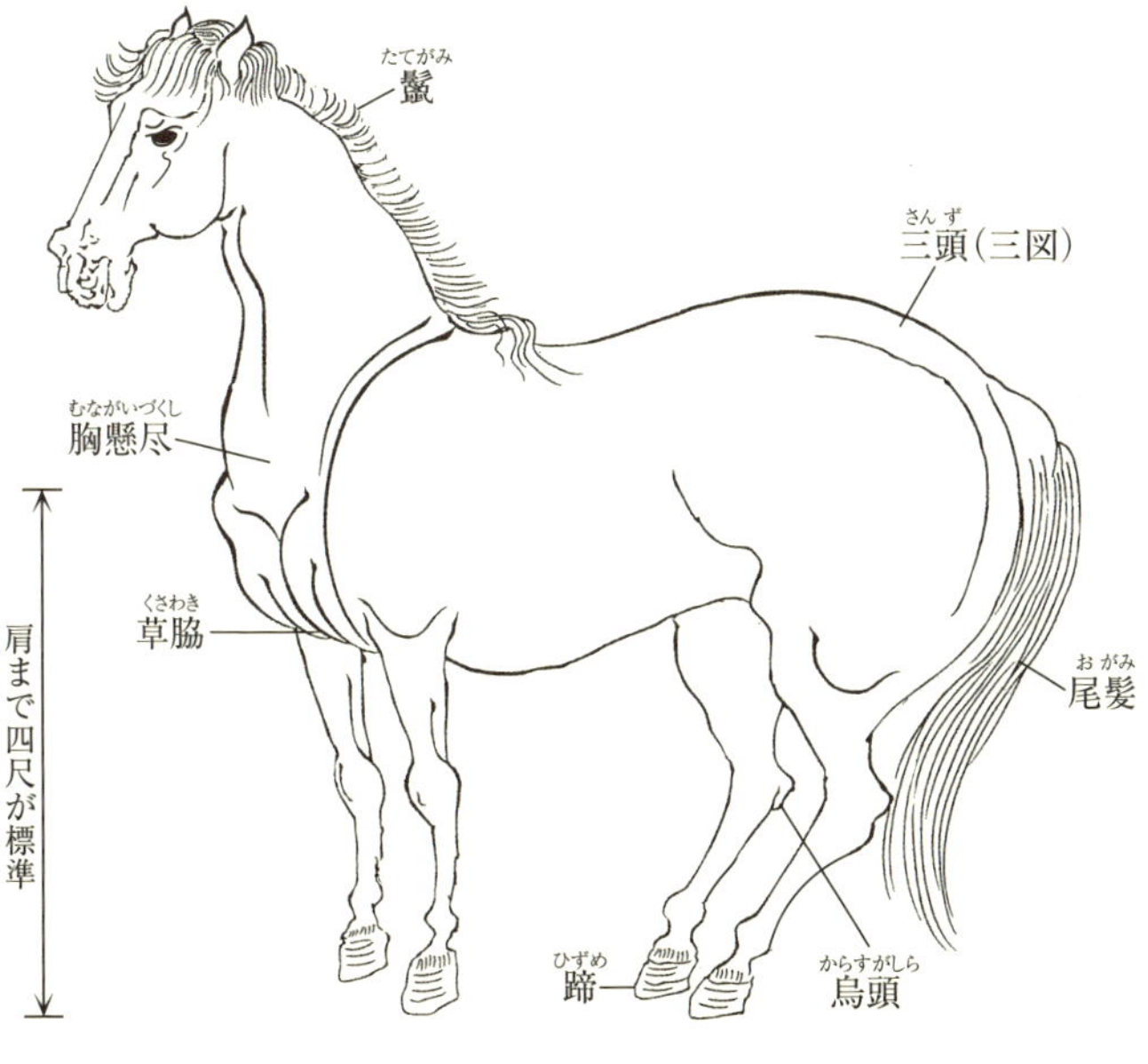
鬣《たてがみ》
三頭《さんず》(三図)
胸懸尽《むながいづくし》
草脇《くさわき》
肩まで四尺が標準
尾髪《おがみ》
蹄《ひずめ》
烏頭《からすがしら》

矢羽各種

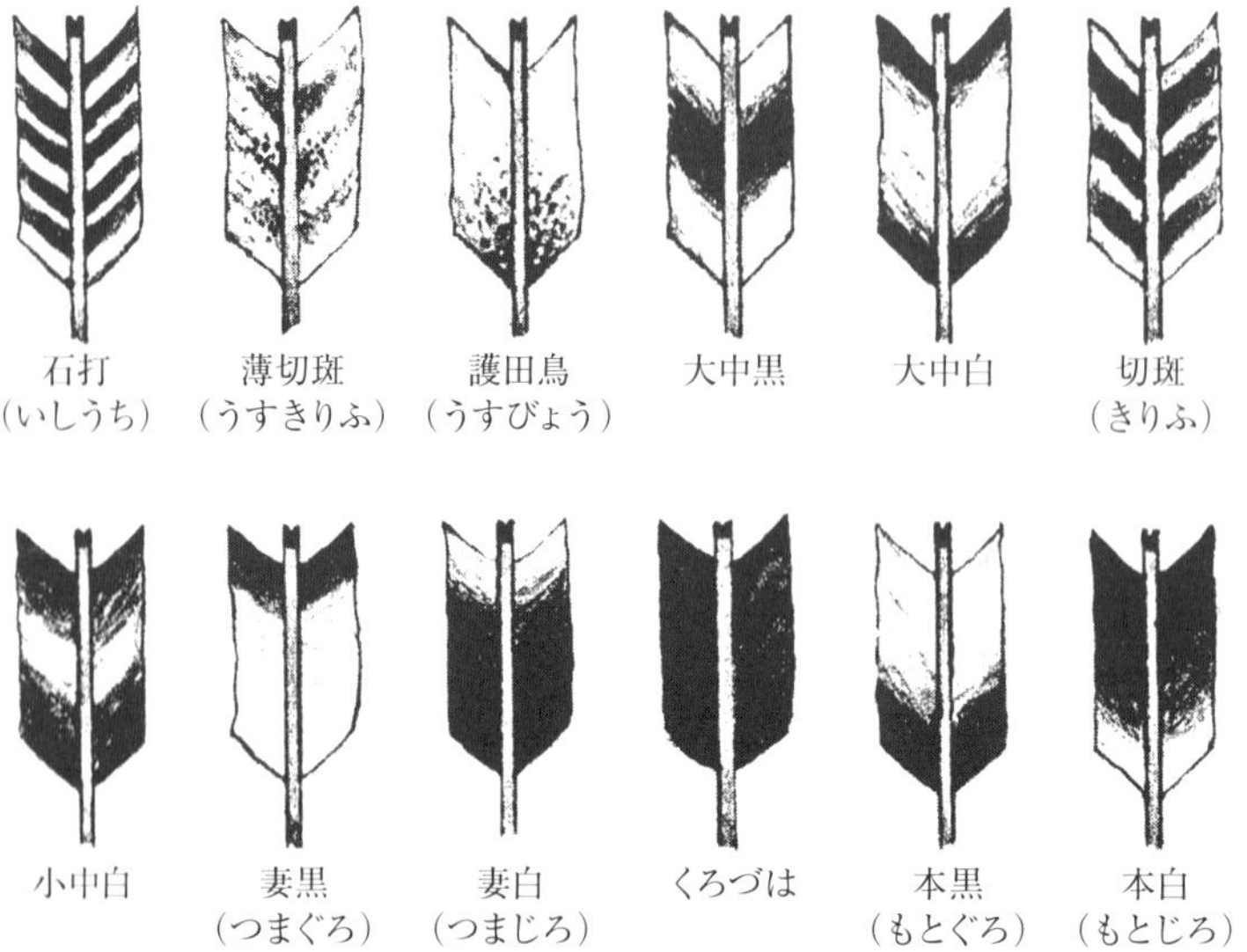

石打
（いしうち）
薄切斑
（うすきりふ）
護田鳥
（うすびょう）
大中黒
大中白
切斑
（きりふ）
小中白
妻黒
（つまぐろ）
妻白
（つまじろ）
くろづは
本黒
（もとぐろ）
本白
（もとじろ）

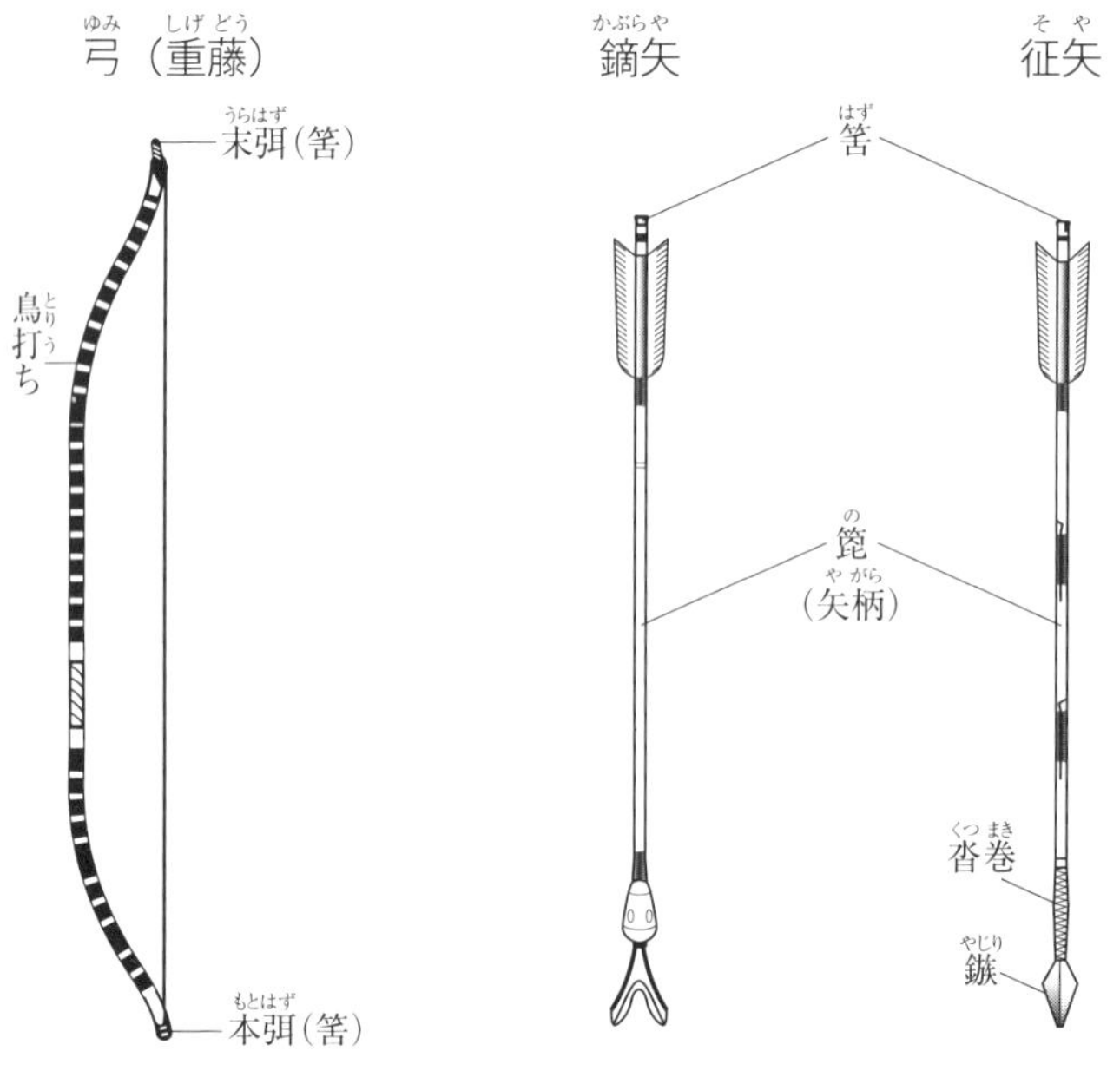

弓《ゆみ》（重藤《しげどう》）
鏑矢《かぶらや》
征矢《そや》
末弭《うらはず》(筈)
鳥打《とりう》ち
本弭《もとはず》(筈)
筈《はず》
箆《の》
(矢柄《やがら》)
沓巻《くつまき》
鏃《やじり》

源平盛衰記と諸本の記事対照表

この表は、源平盛衰記に比較的近似している延慶本・長門本と、性格の異なる語り本系の覚一本とをとりあげて、盛衰記を基準として記事内容の異同を概観したものである。（使用した底本は以下の通り。源平盛衰記＝慶長古活字本　延慶本＝汲古書院刊影印　長門本＝勉誠出版翻刻　覚一本＝日本古典文学大系）

一、ゴチック体は章段名を示す。

一、〔 〕内は本文中の日付を示す。

一、下欄の記号の○×は該当記事の有無を表わす。（◎＝盛衰記と同内容ながら詳細である。●＝同じ事柄を扱うが異なる内容を持つ。×＝該当する記事がない。）

一、矢印は記事の位置が異なることを表わす。⊙は、記事の前半、後半など、一部分の位置が異なることを表わす。見開き頁を越えて位置が異なる場合は頁を数字で示した。本冊の範囲を超える場合は、前出・後出のように示す。

なお、他の平家物語諸本及び史料については左記の書に所載の表に譲ることとした。

『平家物語の基礎的研究』渥美かをる　三省堂　昭37
　＊読み本系・語り本系の二十二種の諸本

『平家物語研究事典』市古貞次編　明治書院　昭53
　＊覚一本・屋代本・延慶本・四部合戦状本

『源平盛衰記年表』松尾葦江編　三弥井書店　平27

源平盛衰記	延慶本	長門本	覚一本
〈巻第三十七（巻九）〉	〈第五本（巻九）〉	〈巻第十六〉	〈巻第九〉
熊谷父子城戸口に寄す	源氏三草山幷一谷追落事	熊谷平山城戸口寄事	一二之懸
熊谷父子、城戸口で名乗る	○	○	○
直実、初陣の直家に矢の防ぎ方を教える	○	○	○
平山同所に来る			
季重、成田五郎に騙されて遅れ	×	×	×

をとるが途中で追い抜く			
季重、城戸口に到着し、遅れた理由を熊谷父子に説明する	○	○	○
成田五郎も到着	×	×	×
直実、平家の管弦の音に涙ぐむ	×	×	×
平家城戸口を開く			
盛嗣・景清等、城外へ駆け出す	○	○	○
季重、城内へ駆け入る	○	○	○
熊谷父子、駆け入る	○	○	○
直実、盛嗣等と詞合戦	○	○	○
直実、馬を射られる	○	○	○
直家、小肘を射られる	○	○	○
直家は十六才を十七才と偽って参陣	×	×	×
源平侍合戦			
季重、休んでいたが再び参戦する（平山が二度の懸）	×	×	●
後日、関東では季重が一陣と決定された（一二の懸）	○	●	●
		一谷合戦事	二度之懸
成田や基国等が加わり大混戦	○	○	○（土肥次郎）
平次景高城に入る			
景高、範頼の制止を拒み、和歌を詠んで攻め入る	●	×	●

助光、河原兄弟を射殺す	○	○	◎
藤田行安・江戸四郎・人見四郎も討死する	●	●	×
河原・藤田の子等、後に生田庄を賜り堂塔を造立	×	×	×
景季、兜を落とされながら、菊池高望を討ち取る	●	●	●
景時、景季を助けて城外へ出る（梶原が二度の懸）	○	○	○
平三景時の歌共			
景時は梅の花枝を箙《えびら》に添えていた（花箙）	●（景季・桜）	●（景季）	×
景時は頼朝の奥入りの時や円子川で連歌をする	×	×	×
義経鵯越を落とす			**坂落**
義経軍、鵯越に向かう〔2・7〕	●（前出「源氏三草山并一谷追落事」）	●（前出「熊谷平山城戸口寄事」）	○（前出「老馬」）
途中、平家の雑兵と合戦する	×	×	×
鉢伏礒ノ途に登り、坂落を命ず	●	●	●〔2・7〕
占いとして、赤白二疋の馬を落とす	●	●	●
義経軍、坂を落とす	●	○	○
重忠、馬を担いで下りる	○	×	×
馬の因縁			

馬因縁についての説明	×	×	×
坂落成功	○	○	○
仮屋に放火、人々は海へ逃げる	○	○	○
教経、淡路に渡る	○	○	●
盛俊、則綱を助命して返り討ちに遭う	越中前司盛俊被討事 ○	○	越中前司最期 ●
一谷落城、平家の人々、海上へ遁れる	○	○	×
	薩摩守忠度被討給事	薩摩守忠度被打事	忠度最期
重衡卿虜	本三位中将被生取給事	本三位中将被生取事	重衡生捕
重衡、渚を落ちる	○	○	○
庄家長、重衡の馬を射る	○（景時）	○（景時）	○（景季）
守長、主を捨てて逃走、重衡捕縛される	●	●	○
守長主を捨つ			
大仏の夢告	×	×	×
守長、後に尾張法橋の後家の尼の後見となる。人々の賛否両論	●	●	●
同人郭公の歌			
守長、郭公の絵扇作成に失敗するが、和歌を詠んで感嘆される	×	×	×
白川関附子柴歌			
能因、都で白川関の和歌を詠む	×	×	×

待賢門院加賀、附子柴の和歌を詠み、千載集に入集	×	×	×
平家公達亡ぶ			
忠度、忠澄に討たれる	●	●	○
携帯した巻物中の歌と署名で忠度だと分かる	●	○	●
忠澄、忠度の知行荘園を賜る	○	○	×
通盛、成綱に騙し討ちされる	●（盛綱）	×	●
業盛、泥屋兄弟に討たれる	○（比気兄弟）	○（臂屋兄弟）	●（土屋五郎）
〈巻三十八〉			
知盛戦場を遁れ船に乗る	新中納言落給事　付武蔵守被討給事	新中納言知盛船乗給事	
知章、父知盛を庇い、敵の童に討たれる	○	○	○
頼賢、童を討った後、自害	○	○	●
知盛脱出、馬（井上）のこと	○	○	●
経俊敦盛経正師盛已下の頸共一谷に懸けらる	敦盛被討給事　付敦盛頸八島へ送事	経盛子息敦盛被討事	敦盛最期
経俊、那和大郎に討たれる	×	×	●
敦盛、直実に討たれる	○	○	●
笛（さえだ）の由来	×	×	●
直実、敦盛の首と笛を直家に見せて述懐する	×	×	×
直実、発心の思いを起こす	○	○	○
			知章最期

経正、高家に追われて切腹。たぶさに師である守覚法親王自筆の真言を結んでいた	×	×	●（河越重房）
守覚法親王、経正の追善を行う	×	×	×
	備中守沈海給事	備中守師盛被討事	落足
師盛、伊勢三郎に討たれる	●（十郎大夫）	●（十郎大夫）	○（本田次郎）
	越前三位通盛被討給事		
	大夫業盛被討給事	大夫業盛被討事	
	平家ノ人々ノ頸共取懸ル事		
義経、平家の首千二百を晒す	○	○	○（二千余）
熊谷敦盛の頸を送る			
直実、書状と共に、敦盛の首や遺品を経盛に送る〔2・13付〕	◎〔2・8付〕	◎〔2・8付〕	×
経盛、直実からの書状を読む	○〔2・13〕	○〔2・13〕	×
経盛、直実に返信〔2・14付〕	○〔2・14付〕	○〔2・8付〕	×
直実、後に法然の許で出家、蓮生と名乗る	○	×	×
小宰相局慎夫人			
重衡北方、出家を止められる	○	○	×
	通盛北方ニ合初ル事　付同北方ノ身投給事	小宰相身投事	小宰相身投
小宰相は上西門院の仲介で通盛と結ばれた	◎	○	○
慎夫人の故事（妻妾同席せず）	○	×	×

時員、小宰相に通盛の死を報告	◎	◎	◎
小宰相入水〔2・13〕	○〔2・13〕	○〔2・13〕	○〔2・13〕
乳母子の女房、忠快により受戒	○	○	〈巻第十〉○
平家の頸獄門に懸けらる	平氏頸共大路ヲ被渡事	平家頸獄門被懸事	首渡
源氏、十日に上洛と披露	●〔2・10〕	○〔2・10〕	●〔2・12〕
維盛北方、夫の安否を気遣う	○	○	○
仲頼、六条河原で平氏の首を受け取る〔2・13〕	○〔2・13〕	○〔2・13〕	○〔2・13〕
平家の首、獄門に懸けられる	○	○	○
惟盛北方頸を見せらる	惟盛ノ北方平家ノ頸見セニ遣ル事		
北方、平家の首を見に行かせ、維盛が病という噂を聞く	○	○	○
維盛、妻子に文を送る	○	○	◎
	〈第五末（巻十）〉	〈巻第十七〉	
重衡京入・定長問答	重衡卿大路ヲ被渡サ事	本三位中将被渡大路事	内裏女房
重衡、大路を渡され、八条堀川で尋問〔2・14〕	○〔2・14〕	○〔2・14〕	○〔2・14〕
定長、三種の神器と重衡を交換する旨の院宣を重衡に伝える	○	○	○
重国花方西国下向・上洛	重衡ノ卿賜院宣西国へ使ヲ被下事	西国被下院宣事	
重国、西国へ下向〔2・15〕	○〔2・15〕	○〔2・15〕	┐○

再び重衡の尋問〔2・16〕	○〔2・16〕	●〔2・13〕	×
武士の狼藉停止の院宣〔2・18〕	○〔2・18〕	○〔2・18〕	×
諸国兵粮米の献納停止の院宣〔2・22〕	○〔2・27〕	○〔2・22〕	×
重国・花方、帰洛〔27日〕	○〔27日〕	○〔27日〕	×
宗盛からの請文の内容〔2・28付〕	宗盛院宣ノ請文申ス事 ○〔2・28付〕	○〔2・28付〕	○〔2・28付〕
時忠、花方に「波方」の焼き印を押し、髻を切り鼻を削ぐ	×	×	●
〈巻三十九〉			
友時重衡の許へ参る	重衡卿内裏ヨリ迎女房事	三位侍木工右馬允朝時事幷内裏女房見参事	
友時、重衡に面会する	○〔3・1〕	○	○
重衡内裏女房を迎う			
重衡、友時を介して内裏女房と文を交わす	○	○	○
重衡、内裏女房を呼び対面する	○	○	○
			八島院宣
			請文
同人法然房を請ず	重衡卿法然上人ニ相奉事	法然上人対面事	戒文
重衡、出家を願うが叶わず	○	○	○
重衡、法然により受戒	○	○	○
法然の出自	×	×	×

同人関東下向の事	重衡卿ヲ実平ガ許ヨリ義経ノ許へ渡ス事	自屋嶋院宣御返事被申事 自公家兵衛佐許被仰事 本三位中将関東下向事	海道下
重衡、実平から景時に預けられる〔3・2〕	◎〔3・2〕	◎〔3・2〕	○
盛国父子、捕縛される〔3・5〕	○〔3・5〕	×	×
	公家ヨリ関東へ条々被仰事		
兼信・実平、西国へ発向〔3・7〕	○〔3・7〕	○〔3・7〕	×
	重衡卿関東へ下給事		
重衡、関東へ下向〔3・10〕	●〔3・10〕	○〔3・10〕	●〔3・10〕
重衡、長光寺で念誦	×	×	×
長光寺の縁起	×	×	×
伊豆国府に到着〔3・23〕	○〔3・26〕	●（大庭着）〔3・28〕	×
頼朝重衡対面			
重衡、北条館へ入る〔3・24〕	×	×	×
重衡、鎌倉へ入る〔3・26〕	●〔3・27〕	○	○
			千手前
重衡と頼朝の対面〔3・27〕	○	○	○
重衡、宗茂に預けられる	○	○	○
重衡酒盛	重衡卿千手前ト酒盛事		
重衡、湯浴みをする〔晦日頃〕	○	○〔3・29〕	○
重衡、宗茂館で千手らと酒宴	○	○	○

重衡、人に千手の素性を問う	○	○	○
頼朝、親義に音曲の意を問う	○（大江広元）	○（大江広元）	×
四面楚歌の歌の故事	○	○	○
頼朝、重衡の許へ伊王を派遣	×	×	×
千手・伊王、重衡三年忌に出家	×	×	●
維盛八島を出づ	惟盛卿高野詣事	維盛高野熊野参詣同被投身事	横笛
維盛、屋島を出て紀伊に向かう〔3・15〕	○〔3・10〕	○	○〔3・15〕
同人粉河寺に於て法然坊に謁す			
維盛、粉河寺に参詣、法然により受戒	●	×	×
同人高野参詣・横笛	惟盛高野巡礼之事 観賢僧正勅使ニ立給シ事 時頼入道々念由来事付永観律師事		
維盛、高野山に入る	○	○	○
時頼、横笛と別れ法輪寺で出家	◎	○	○
横笛、時頼を訪ねるが会えず〔10・16〕	●〔10・16〕	●〔10・6〕	●〔2・10余り〕
横笛、大井川で入水	○（桂川）	○（桂川）	●
時頼、高野山奥の院に横笛の卒塔婆を立て、宝幢院梨坊に移る	●	●	×
〈巻四十〉			

法輪寺・高野山			高野巻
法輪寺の由来	×	×	×
維盛、時頼と再会する	○	○	⊙
維盛、時頼と高野山を巡礼する	○	○	○
維盛、弘法大師の御廟を拝す	○	●	○
観賢大師を拝す			
観賢、御廟で大師の御髪を剃る	○	○	○
長暦三年、貴僧、大師の体を傷付け御廟の扉が閉ざされる	×	●	×
弘法大師入唐			
時頼、空海入唐、帰国後丹生明神の導きで高野山を開くと語る	●	×	×
維盛出家	惟盛出家之給事		維盛出家
維盛・重景・石童丸、出家	○	○	○
維盛、武里に遺言を託す	○	○	○
唐皮抜丸	惟盛粉河へ詣給事		
唐皮・小烏・抜丸の由来	●（第三末（巻七）「頼盛道ヨリ返給事」）	●（巻第一「忠盛卒事」）	×
三位入道熊野詣	惟盛熊野詣事　付湯浅宗光ガ惟盛ニ相奉ル事		熊野参詣
維盛、岩代王子で宗光と遭遇	○	○	○
維盛、過去に岩田川で水浴びしたことを思い出す	○	●	●

維盛、本宮寂静坊の庵室に入る	×	×	×
熊野大峰	熊野権現霊威無双事		
大峰山・熊野の由来	●	×	×
維盛、新宮・那智に詣でる	⊙	●	○
	那智籠ノ山臥惟盛ヲ見知奉事		
維盛、花山法皇の旧跡を訪ねる	×	○	○
那智籠の僧、維盛・時頼の姿を見て涙する	●	●	●
中将入道入水	惟盛身投給事		維盛入水
維盛、浜宮王子より金島に渡航、松に名籍を記す〔3・28〕	○〔3・28〕	○〔3・28〕	○〔3・28〕
維盛・与三兵衛・石童丸、入水	○	○	○
渚で人々が、沖に紫雲を見る	×	×	×
			三日平氏
武里、資盛に維盛入水を報告	○	○	○
	重衡卿鎌倉ニ移給事		
〈巻四十一〉			
頼朝正四位下に叙	兵衛佐四位ノ上下シ給事		
頼朝正四位下になる〔3・28〕	○〔3・28〕	○〔3・28〕	○〔4・1〕
崇徳院遷宮	崇徳院ヲ神ト崇奉ル事		
大炊殿跡へ崇徳院遷宮〔4・15〕	○〔4・15〕	○〔4・15〕	○〔4・3〕
造営奉行成範を兼雅に変更	○	×	×
忠頼討たる			
忠頼、誅される〔4・26〕	○〔4・26〕	×	×

頼朝、信義追討を義貞に命じる	○	×	×
頼盛関東下向	池大納言関東ヘ下給事	池大納言関東下向事	
頼盛、帰洛〔5・15〕	○〔6・5〕	○〔6・5〕	○〔6・9〕
頼盛、関東下向	○〔5・3〕	○〔5・3〕	○〔5・4〕
宗清、病と偽り関東下向を辞退	○	○	○
	池大納言鎌倉ニ付給事		
頼盛、鎌倉に到着	○〔5・16〕	○〔5・16〕	○〔5・16〕
頼盛、頼朝と対面、帰洛	○	○	○
義経関東下向	池大納言帰洛之事		
義経、関東へ下向〔6・1〕	○〔6・1〕	×	×
親能義広を搦む			
親能、義広を捕縛〔6・3〕	○〔6・3〕	×	×
頼盛、大納言に還任〔6・6〕	×	×	×
範頼、参川守に就任〔6・6〕	●〔9・18〕	●〔9・18〕	●〔8・6〕
平田入道謀叛三日平氏	平家々人ト池大納言ト合戦スル事	三日平氏事	
兼信、備後国で平家に勝利〔去晦日〕	×	×	×
兼信、美作国司を所望〔6・8〕	×	×	×
貞継法師、近江で合戦	●	○〔6・18〕	○〔6・18〕
平家軍敗北（三日平氏）	●	○	○
維盛旧室夫との別れを歎く	惟盛ノ北方歎給事		
使者が戻り、北方へ維盛の死を	○〔秋モ半バ〕	○〔8月中旬〕	○〔7月末〕
告げ遺言状を渡す〔7・7〕			

			藤戸
頼朝、維盛の死を惜しむ	○	○	○
平家、都を思い涙する〔7・25〕	平家屋島ニテ歎居ル事 ○〔7・25〕	○〔7・25〕	○〔7・25〕
新帝御即位	新帝御即位事	新帝御即位事	
新帝（後鳥羽）、即位〔7・28〕	○〔7・28〕	○〔7・28〕	○〔7・28〕
義経使宣を蒙る	義経範頼官成ル事		
義経左衛門尉となる〔8・6〕	○〔8・6〕	○〔8・6〕	○〔8・6〕
伊勢滝野の軍			
義経、滝野城を攻める〔8・11〕	×	×	×
屋島の八月十五夜			
行盛、和歌を詠む〔8・15〕	×	×	○
範頼西海道下向	参河守平家ノ討手ニ向事　付備前小島合戦事	佐々木三郎盛綱藤戸渡事	
範頼、西海道へ下向〔9・2〕	○〔9・21〕	○〔9・22〕	○〔9・12〕
範頼、室高砂に逗留〔12・20頃まで〕	⊙	⊙	●
義経従五位下に叙す			
義経、従五位下検非違使となる〔9・18〕	○〔9・18〕	○〔9・18〕	○〔9・27〕
盛綱海を渡る・小島合戦			
行盛、備前国児島に着く	○	○	○
範頼、西河尻、藤戸渡に布陣	○	○	○
盛綱、漁夫に浅瀬を教わる〔9	○〔9・25〕	○〔9・25〕	●〔9・25〕

・25〕			
盛綱、藤戸を渡る〔9・26〕	○〔9・26〕	○〔9・26〕	○〔9・26〕
平家方の加部源次、討たれる	○	○	×
平家、屋島へ退却	○	○	○
海佐介海を渡る	平家屋島ニ落留ル事		
昔、海佐介、馬で海上を渡る	×	×	×
義経拝賀御禊供奉	御禊ノ行幸之事		
義経、院御所へ参上〔10・11〕	×	×	×
大嘗会の御禊、義経本陣に供奉〔10・25〕	●（行幸〔10・23〕、豊禊〔10・25〕）	●（行幸〔10・23〕、豊禊〔10・25〕）	○
実平西海より飛脚			
実平、義経に援軍を求める	×	×	×
知盛、長門国彦島に築城	○	×	×
範頼、長門国府に布陣	○	×	×
範頼、惟義を呼び豊後へ向かう	○	×	
知盛、屋島で和歌を詠む	○	○	×
大嘗会行わる	大嘗会被遂行事		
太政官庁で大嘗会〔11・18〕	○〔11・18〕	○〔11・18〕	○〔11・18〕
頼朝条々奏聞	兵衛佐院へ条々申上給事	頼朝条々奏聞事	高野御幸
頼朝、後白河院に条々を奏聞	○	○	×
	〈巻第六本（巻十一）〉	〈巻十八〉	〈巻第十一〉
義経院参平氏追討	判官為平家追討西国へ下事	九郎大夫判官被渡四国事	逆櫓
義経、西国発向に先立ち、院御所へ参上〔元暦2・1・10〕	○〔元暦2・1・10〕	○〔元暦2・1・16〕	○〔元暦2・1・10〕

義経西国へ発向			
義経、渡部へ向かう〔2・13〕	○〔2・13〕	×	●〔2・3〕
三社諸寺祈禱	大神宮等へ奉幣使被立事		
三社へ奉幣使を遣わし、延暦寺・園城寺・東寺・仁和寺で調伏の法を行う〔2・14〕	●〔2・14〕	×	●〔2・13〕
屋島で女房・宗盛・知盛等歎く	○	○	○
梶原逆櫓	判官与梶原逆櫓立論事		
範頼は長門国、義経は四国へ発向〔2・15〕	⊙〔2・15〕	○〔2・15〕	○〔2・3〕
義経と景時、大物浦で逆櫓論争	○	○	○
義経と景時、同士討ち寸前となる	○	○（後出「住吉神主長盛奏聞鏑矢事」）	○（後出「鶏合壇浦合戦」）
景時、範頼につき長門に向かう	○	×	×
〈巻四十二〉			
義経纜を解き西国に向かう	判官勝浦ニ付テ合戦スル事	勝浦着給事	
義経、出航するが、暴風雨で船が破損〔2・16〕	○〔2・16〕	○〔2・16〕	○〔2・16〕
義経、五艘で再び出航〔2・17〕	○〔2・18〕	○〔2・17〕	○〔2・16〕
義経、阿波国に上陸	○	○〔2・18〕	○〔2・17〕
義経、良連を捕らえる	○（良遠）	×	×
資盛清経討たる			
児島城の戦	×	×	×

範頼、豊後へ入り、資盛・清経の首を京へ送る	×	×	×
勝浦合戦付勝磨			勝浦付大坂越
義経、良遠を攻める	×	○	○
義経、この地が勝浦だと知る	○	●	○
大海人皇子が月下勝磨に勝浦の地名を聞いた故事	×	×	×
親家屋島へ尋承する	伊勢三郎近藤六ヲ召取事		
親家、義経軍に加えられる	○	●	●
義経、勝宮合戦・新八幡参拝	●	×	×
金仙寺観音講	判官金仙寺ノ講衆追散事	金山寺講座着給事〔2・19〕	
義経、金仙寺を占拠して酒宴	○	●	×
	判官八島へ遣ス京ノ使縛付事		
義経、基実北政所の使者を捕縛し、文を海に捨てる	○	●	●
	八島ニ押寄合戦スル事	屋嶋合戦事〔2・20〕	
義経、屋島に押し寄せる	○	○	○〔2・18〕
屋島合戦			
成直、通信を討ち洩らすが、百六十人の首を平家に進上	○	×	○
源氏軍、武例高松に放火	○	×	○
源氏軍、屋島を攻める〔2・20〕	○	●	○
			嗣信最期
有国と伊勢三郎、詞戦	○（盛次）	○（盛次）	●（盛嗣）

屋島内裏炎上	×	奥州佐藤三郎兵衛被討事 ○	○
範忠、義経軍に加わる	○	能登守毎度高名事 ○	×
玉虫扇を立つ	**余一助高扇射事**	**奈須余一扇射事**	**那須与一**
玉虫前、舳頭に扇を立てて、源氏を招く〔2・20〕	○	○〔2・21〕	○
与一扇を射る			
重忠等、射手を辞退	×	×	×
与一、扇を射る	○〔2・20〕	○	○〔2・18〕
玉虫前、和歌を詠む	×	×	×
			弓流
与一、家員を射る	○	○	○
「近き代の人」の和歌	×	×	×
		悪七兵衛尉水保屋甲鉢付引切事	
景清ら三人上陸、丹生屋十郎敗走	●	●（水保屋十郎）	●（みをの屋十郎）
鞆六郎、義経を狙うが、大胡小橋太に討たれる	×	×	×
義経、海上に落とした弓を命賭けで取る（弓流し）	○	○	○
宗行、盛継に錣をひきちぎられる（錣引き）	●（丹生屋と景清）	●（水保屋と景清）	●（みをの屋と景清）

宗行、義経から竜頭の甲を賜る	×	×	×
源平侍共の軍			
教経上陸、合戦	○	○	○
継信の孝養			
継信、教経に射られて落馬	○	○	○
菊王丸、忠信に射られる	○	○	○
継信、義経に遺言	●	●	●
義経、継信・光政を弔う	●	●	●
源氏軍、武列高松に布陣する	○	○	○
平家軍、先陣争いのため夜討の機会を逃す	○	◎	○
	盛次与能盛詞戦事		
源氏軍、焼内裏を攻め落とす	●（後出「源氏ニ勢付事付平家八島被追落事」）	×	×
〔2・21〕			
後発軍、義経に合流	×	×	×

源平盛衰記(七)

第一期三十九回配本
中世の文学

定価は函に表示してあります

平成二十七年十月二十五日　初版第一刷発行

©校注者　久保田　淳
　　　　　松尾　葦江

発行者　吉田　榮治

製版者　ぷりんてぃあ第二

〒一〇八―〇〇七三
東京都港区三田三―二―三九

発行所　株式会社　三弥井書店

電　話　（〇三）三四五二―八〇六九
振替口座　〇〇一九〇―八―二一一二五番

ISBN978-4-8382-1041-1　C3391　　ぷりんてぃあ第二